中世王朝物語全集 22

物語絵巻集《ものがたりえまきしゅう》

伊東祐子 校訂・訳注

笠間書院

目次

凡例

一、本文校訂に際しては、本全集の方針にしたがい、底本に次のような操作を加え、読みやすさに配慮した。

1、底本の仮名遣いは歴史的仮名遣いに統一し、漢字に送り仮名が不足する場合は、適宜補った。

2、底本の仮名に漢字を当てたり、漢字で書かれた副詞や助詞を仮名に直したり、底本の漢字により適切な漢字を当てるなど、表記の統一につとめた。

3、底本の漢字に必要に応じて振り仮名を付した。底本の仮名に漢字を当てた場合、底本の仮名を振り仮名で示して残した場合もある。

4、底本の反復記号「〱」「ゝ」は用いなかったが、漢字一字の反復のみ「々」で示した。

5、本文は適宜段落に区切り、濁点・句読点を加え、会話や消息等の箇所を明示するために「　」を施した。

6、会話には、直前に話者が記されている場合を除き、右肩に（　）に入れて話者を示した。和歌の詠者の指示も同様にした。

7、和歌は二字下げとした。

8、物語の展開が把握しやすいよう、段落に分けて通し番号を付し、段落ごとの内容を要約した小見出しを掲げた。

二、現代語訳は、本文に忠実であるようつとめた。

三、現代語訳において、主要な登場人物には人物番号を与え、人物名の下に□に入れて示した。この番号は、本文の小見出し・系図・梗概と照応している。

四、注が必要な場合には、当該本文の右肩に、通しの注番号を付し、各巻末に一括して掲げた。

五、本文と現代語訳の後に、梗概・絵の説明・系図・解題を付した。また、口絵としてモノクロ図版を絵巻ごとに一面掲載した。

【藤の衣物語絵巻】

一、本絵巻は孤本であり、現在は日本とアメリカの美術館に分蔵されている。本書の底本には、細見美術館蔵の一巻（実見による）、ブルックリン美術館蔵の一巻（実見による）、ならびにクリーヴランド美術館蔵の一図、フリア美術館蔵の一図を用いた。

本絵巻のすべての影印と翻刻が、伊東祐子『藤の衣物語絵巻（遊女物語絵巻）影印・翻刻・研究』（笠間書院、一九九六年七月）に掲載されている。

二、本絵巻には錯簡が散見するため、筆者による復原案（伊東祐子前掲著書、第二章を参照されたい）にもとづくことにする。復原案によると、二巻にわたって十八組の詞と絵が推定された。第一段から第一八段と順に番号を付し、その段序にそって詞書（物語本文）と画中詞（絵の中の書き入れ）の本文・現代語訳を示す。対応する詞の認められない絵五図の画中詞は、一括して末尾に掲載する。

なお、それぞれの詞と絵の現状での所在を示すため、符号もあわせて示すことにする。符号は所蔵先を示すアルファベットの頭文字（J＝日本の細見美術館蔵。B＝アメリカのブルックリン美術館蔵。C＝アメリカのクリーヴランド美術館蔵。F＝アメリカのフリア美術館蔵）とともに、所蔵場所ごとに、詞と絵それぞれに巻頭から通し番号を付したものである。

三、本文の注番号は、詞書は漢数字、画中詞は算用数字を用いて区別し、それぞれ各段ごとに通し番号を付した。

四、本絵巻の画中詞では、「候」の略字や「まいらせ候」「まいらす」の草書体が用いられているが、本全集の本文校訂の方針にしたがい、「候」「まゐらせ候」「まゐらす」に改め、送り仮名が不足する場合は補った。

五、画中詞は会話文を主とし、他に歌などの口ずさみや、「……と思ふ」「……と泣く」などの心情や動作についての記述がある。それらの画中詞は端から順に記されているのではなく、当該人物の近くに記されており、それぞれの会話文のはじまりには、「一、二、三、……」「上、中、下」などの順番を示す番号あるいは符号が付されている場合が多い。そこで、番号・符号が付されている場合はその順にしたがい、番号・符号のない場合は＊印を付し、画面右側に位置するものから示す。なお、番号が重複して付されている例も若干認められるが、そのままにした。単純な誤りとも思われるものの、同時に発言されたことを示すものと思われなくもない。

また、ひとつの絵のなかに複数の部屋が描かれ、各部屋ごとに会話や口ずさみ、心情、動作がひとまとまりとなって書き入れられている場合がある。このようにひとつの絵のなかに画中詞のまとまりが複数ある場合は、画面右側に位置するひとまとまりの画中詞から順に示すことにする。

六、画中詞には、誰の発言であるのか、誰の心情や動作であるのか明記されていない。そこで、誰の言動であり、心情であるのかを推定し示した。なお、画中詞のなかには、人物の呼称を示したものがある。人物呼称の書き入れについては、各段の画中詞の本文の末尾に、画面右に位置するものから順に〔　〕内に列記する。列記にあたっては、仮名書きを漢字に改めた場合があるが、底本での表記をルビとして残した。

七、解題では、『藤の衣物語絵巻』の詞書と画中詞の語彙・語法の異なりに注目し、絵巻の制作年代と絵巻のもとになった物語の成立年代が異なることを述べた。画中詞は絵巻制作時の口語を反映するものであり、『藤の衣物語絵巻』の制作年代は室町前期ごろと推定される。それに対して、平安時代の語彙・語法を踏襲する『藤の衣物語』は、鎌倉時代の物語と語彙・語法が重なるだけでなく、プロットなど多数の共通項を有しており、鎌倉時代の物語と推定される。さらに『藤の衣物語』が、あそび（遊女）と貴族社会の交流、行基信仰の盛り上がりなど平安末期から鎌倉時代にかけての時代背景を反映している点についても考察した。本物語ではあそび・幸寿《こうじゅ》（かうしゆ）を母とする女児が国母への道を歩むが、その女児の父であり、失踪し山伏に身をやつした男主人公（太政大臣の子息）は行基菩薩にたとえられている。

八、細見美術館ならびにブルックリン美術館には、貴重な蔵書の閲覧調査の機会を与えていただき、さらに本書への掲載を許可していただいた。心より感謝申し上げる。また、クリーヴランド美術館、フリア美術館には、貴重な蔵書の本書への掲載を許可していただいた。心より御礼申し上げる。

【下燃物語絵巻】

一、本書の底本には、甲子園学院美術資料館蔵の絵巻（一巻。実見による）を用いた。校訂本文作成にあたっては、次の二本を参照した。

・九曜文庫蔵本（一巻。実見による。中野幸一氏「『下燃物語』残欠絵巻について」（『室町物語集』「日本古典文学影印叢刊27」日本古典文学会、一九九〇年五月）に影印と翻刻がある。）

・穂久邇文庫蔵本（一巻。絵はなく、絵にあたる箇所に「絵」と記してあるのみ。コピーによる。）

二、底本である甲子園学院本、および九曜文庫本、穂久邇文庫本の本文には一文字分ほどの空白箇所が三箇所ほど認められる。空白箇所は□で示した。なお、空白に当てはまる文字を推定し、注に記した。

三、解題では、『下燃物語絵巻』の近似する二つの伝本（甲子園学院本、九曜文庫本）の関係、ならびに『下燃物語絵巻』の親本として土佐光信筆本が想定しうることについて、さらに本絵巻に語られた中納言と中宮の兄妹の悲恋と、『増鏡』に見える公宗中納言と佶子中宮の兄妹の悲恋との関係についてなどを考察した。

四、甲子園学院ならびに九曜文庫には、貴重な蔵書の閲覧調査の機会を与えていただき、さらに本書への掲載を許可していただいた。心より感謝申し上げる。また、中野幸一氏には、種々ご教示いただき、九曜文庫本とともに穂久邇文庫本についても便宜をはかっていただいた。厚く御礼申し上げたい。

【豊明絵巻】

一、本絵巻は尊経閣文庫に伝わるのみの孤本であり、本書の底本もそれによる。尊経閣叢刊『豊明絵草子』（一九三六年一月、育徳財団）の影印を用いた。

二、解題では、本絵巻と『とはずがたり』の関係について、両作品の作者を後深草院二条とする説、『とはずがたり』が本絵巻の表現を引用したとする説などを紹介し検討した。また、九条教家を本絵巻の男主人公のモデルとする説についてなどもとりあげた。

三、尊経閣文庫には、貴重な蔵書の本書への掲載を許可していただいた。心より御礼申し上げる。

【なよ竹物語絵巻】

一、本書の底本には、金刀比羅宮蔵の絵巻（一巻。実見による）を用いた。校訂本文作成にあたっては、以下の諸本を参照した。

・『鳴門中将物語』（『群書類従・第二十七輯』巻第四八二、所収）

・『古今著聞集』（「日本古典文学大系」岩波書店、所収。「新潮日本古典集成」新潮社、所収）

・曇華院蔵本（箱書「なよ竹の巻物」。一巻。実見による）

二、解題では、『なよ竹物語』の名称について――本物語には「なよ竹物語」「鳴門中将物語」の二つの名称がある――、『なよ竹物語』の視点について、金刀比羅宮蔵『なよ竹物語絵巻』の本文と『古今著聞集』所収の本文との関係についてなどを考察した。なお、資料として、曇華院本の詞書の翻刻を掲載した。

三、金刀比羅宮、京都曇華院には、貴重な蔵書の閲覧調査の機会を与えていただき、さらに本書への掲載を許可していただいた。心より感謝申し上げる。また、東京国立博物館にも、狩野養信の模写になる絵巻を閲覧させていただいた。心より御礼申し上げる。

【掃墨物語絵巻】

一、本絵巻は徳川美術館に伝わるのみの孤本であり、本書の底本もそれによる。『徳川美術館名品集1　絵巻』（徳川美術館、一九九三年四月）等所収の影印を用いた。

二、本絵巻には、絵に対応する詞が欠けている箇所や錯簡も認められるため、筆者による復原案にもとづくことにする。

三、画中詞は会話文を主とし、他に独り言や歌などの口ずさみが記されている。それらの画中詞は端から順に記されているのではなく、当該人物の近くに記されており、それぞれの会話文のはじまりに、「一、二、三、四」と発言の順番を示す番号が付されている場合もある。そこで、番号が付されている場合はその順にしたがい、番号のない場合は＊印を付し、内容を考慮して順に示した。ひとつの長い絵のなかに複数の別の場面が描かれている場合は、画面右側に位置する場面の画中詞から順に示すことにする。

四、解題では、『堤中納言物語』所収の『はいずみ』との関係、本絵巻に登場する二人の僧（逃げ去る僧と語り手の僧）についてなどをとりあげた。

五、徳川美術館には、貴重な蔵書の閲覧の機会を与えていただき、さらに本書への掲載を許可していただいた。心より感謝申し上げる。

【葉月物語絵巻】

一、本絵巻は徳川美術館に伝わるのみの孤本であり、本書の底本もそれによる。『日本の絵巻10』（中央公論社、一九八八年一月）等所収の影印を用いた。

二、本絵巻は大部の物語から一部分を詞書として抄出しての絵巻化とおぼしく、登場人物たちの関係や物語の内容もはっきりしない点が少なくない。梗概では、試行錯誤した経緯についても注記した。なお、系図はあくまで試案であることをお断りしておく。

三、解題では、絵巻の制作年代、物語の成立年代についてなどをとりあげた。

四、徳川美術館には、貴重な蔵書の本書への掲載を許可していただいた。心より御礼申し上げる。

物語絵巻集

藤の衣物語絵巻

ふぢのころもものがたり

『藤の衣物語絵巻』第二段（細見美術館蔵）

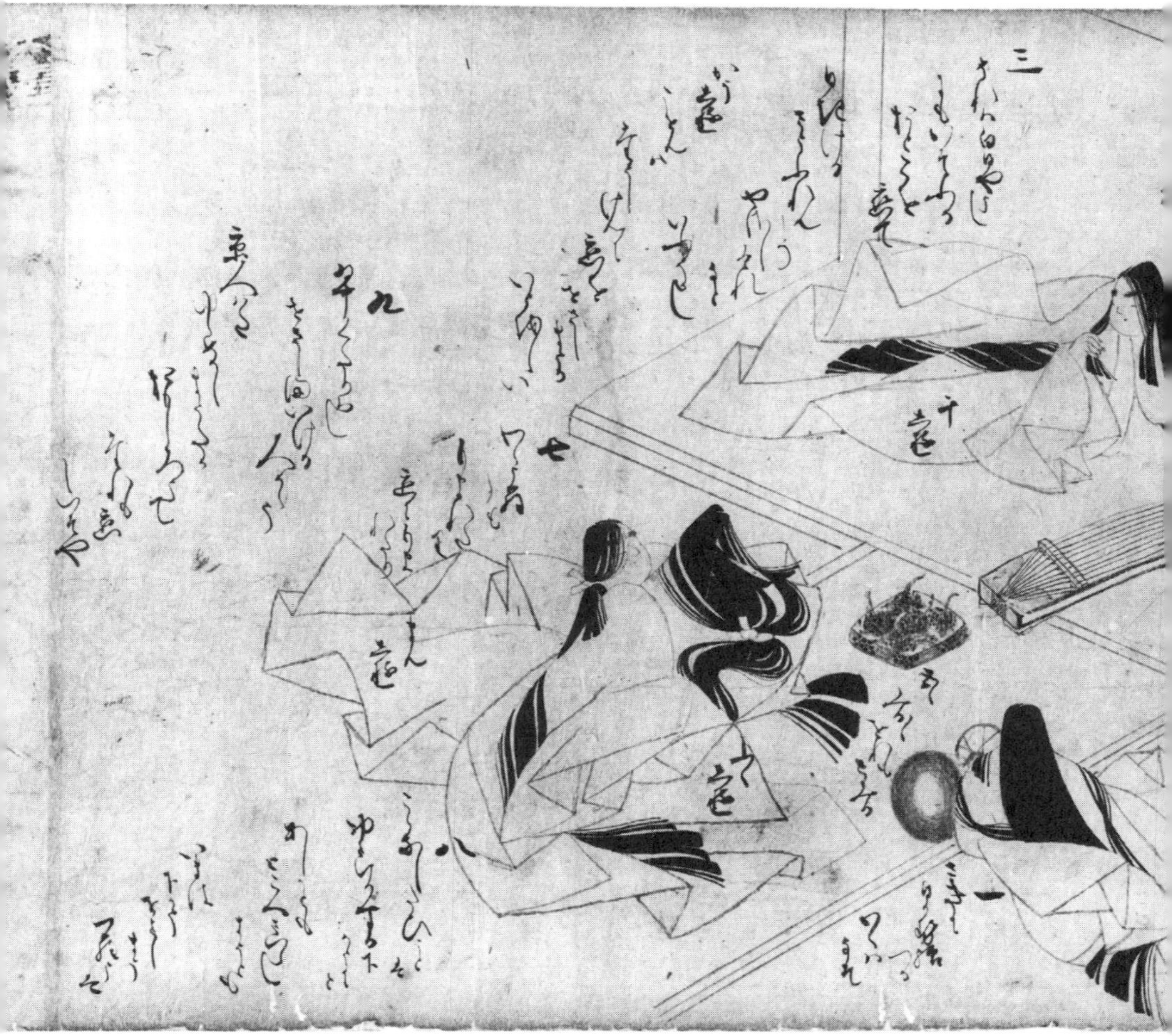

○第一段（詞書・J詞1）一

［一］若き人1一行、住吉詣の途上、あそびのもとに宿る

旅《たび》人のかたには、いとかい二しめりて、人のけはひもせず。さきざき宿るは、いとかしがましく人呼びがちなるならひに、「(あそび)いかなるにか」と、いとことたがひて聞かるれど、さるならひとなれることにて、三あそびども、衣《きぬ》、袴《はかま》などかたくなにひきつくろひて、あまた出《い》でゐぬ。

旅人は、「おぼえなし」と、はしたなき心地すれど、おどろき顔《がほ》にもあらず。なかに、四おとなしき、髭《ひげ》などよきほどにきよげなる、これぞ受領《ずりやう》なども言ひぬべき、なれたるけはひして、「(右近大夫)いと忍びて、にはかなる物参りを思ひ立ちつるに、風吹きぬべかりつればなん。波の立《た》ち処《ど》も案内《あむない》知り侍らざりつるを、わざともうれしき宿りなむめる。五かからぬついでならば、落《お》ちとまりぬべうこそおぼゆれ、若き男子《をのこ》の侍るも、ならはぬ船路《ふなみち》に心地をなんそこなひて、かたがた、もの騒《さわ》がしかりぬべければ、下向《げかう》にはかならず」など、こしらへて、うちとけぐるしう思へる気色もいと心恥づかしけれど、面《おも》なくならひぬる癖《くせ》にて、「(長者)さやうにこ

○第一段（詞書）

［一］　旅人一行が宿っている部屋のあたりは、まったくしんみりとしていて、人のいる気配もない。これまで、ここに宿る人たちは、たいそうにぎやかで、とかくあそびたちを呼ぶという習慣であるので、あそびたちは、「この旅人一行はどうしたのかしら」と、まったく様子が違っていると感じられるが、そうするのが習慣となっていることなので、あそびたちは、衣や袴などを無造作にひきつくろって、幾人も旅人のもとに出かけていって座ってしまう。

旅人は、「あそびを呼んだおぼえはない」と、間の悪い気がするが、あそびを見て驚いたというふうでもない。一行のなかに、年かさでものの心得がある感じで、髭などもよい具合にすっきりとしていて、これこそ受領などと呼ぶのにふさわしいと思われる人27が、ものなれた様子で、「まことに内密に、急な住吉詣でを思い立ったのですが、風が吹き荒れそうでしたので。海路の波がどこに立つのか詳しく知りませんでしたから、ことさらうれしい宿りと思われます。こうした内密の物詣でとは別の機会でしたならば、このままここに泊まって残りたく思われますが、年若い男子1がございまして、その子も、なれない船旅に気分を悪くしていて、何やかやとあわただしいことですので、帰路にはかならず立ち寄りましょう」などと、とりなして、あそびたちとうちとけづらそうに思っている顔つきも本当にこちらが気後れするほどりっぱであるが、あつかましいことが習慣になってしまった癖で、

とさら忍ばせ給はば[六]、その心してこそ[七]侍らめ。波のよるよるはならひ侍る宿の癖にて、かやうにて[八]御伽《とぎ》ばかりは、ところせくも侍らまし」とて、鼓《つづみ》などはうちやりて、[九]朗詠《らうえい》し、[10]今様《いまやう》などうたひすさぶ。

［二］若き人[1]、あそび・幸寿《かうじゅ》[2]と一夜を過ごす

はしたなくも酔《ゑ》ひ果て、[11]物語なんどす。ありつる人は、端《はし》なる妻戸《つまど》の一間《ひとま》なるにすべり入りて、心地悪《あ》しげにもてなせば、[12]長者《ちやうざ》、目とどめて、(長者)「若き御方の御伽に」とて、むすめなるがなかに、[13]をかしやかなるを、おし入れたり。つつましながら、え過ぐさずなりぬ。親《おや》だちつるかたへも、おのがさまざまなる仮寝《かりね》の夢も、所がらは、をかしからずしもなけれど、夜深くまぎらはし出《い》でぬ。

○**第一段（画中詞・J絵1）**

上　［やさの前］これなう[1]、御もとい[2]。
下　［福寿《ふくじゅ》御前］うう、あぢよく[3]。かけてもの失《うしな》ふなよ。
一　［長者《ざ》］君をはじめて[4]　や　見る時は　や
二　［菊寿《きくじゅ》御前］千代も経《へ》ぬべし　や

長者[30]は「そのように、とりわけ内密になさっていらっしゃるのならば、その心づもりでいたしましょう。波のよる、夜ごとには習慣となっております宿のならわしですので、このようにして、お話のお相手ぐらいは、やっかいなことと思われるかもしれませんがいたしましょう」と言って、鼓などはおしやって、朗詠をし、今様などを気の向くままにうたう。

［二］　旅人一行は、みっともないことに、すっかり酔ってしまって、おしゃべりなどをする。さきほど話題になった若き人[1]は、端にある妻戸のそばの一間の部屋にするりと入って、気分悪そうにふるまっているので、長者[30]は目をとめて、「若き御方のお話のお相手に」と言って、娘たち（あそびたち）のなかでかわいらしい感じの子[2]を、一間の部屋におし入れた。若き人は、気がひけるものの、その娘（あそび）[2]をそのまま見過ごすことができなくなってしまった。親めいた人のもとへもあそびを送り、めいめいそれぞれ旅の空での仮寝の夢（かりそめの一夜）も、所が所であるだけに、心ひかれないわけではないけれど、旅人一行は、夜深く、闇に身を紛らわすようにして、宿を出てしまった。

○**第一段（画中詞）**

上　［やさの前］これをねえ、御もとへ。
下　［福寿御前］ええ、うまくやってね。けっしてなくさないでね。
一　［長者］あなたをはじめて見る時は

三　［右近大夫］いかなるおもしろさぞや。この[5]宿かげどもこそ、目もおよばね。かからぬ折ならば、うるはしく行先《ゆくさき》も忘れぬべくおぼゆる。さしたる宿願《しゆくぐわん》にて、にはかに物参りを思ひ立つほどに、吹く風が変はりて、思ひのほかに降《お》りてよ。このたびは、かたがた、もの騒がしかりぬとおぼゆる。下向《げかう》に、[6]とい。

四　［長者］いかさまにも、今宵《こよひ》は、御とまりにてこそ候はむずらめ。御物参りの御姿とは、みな見まゐらせ候ふ。今宵は、[7]御のどかに[8]御やすみ候ひて、若き者《もの》どもに[9]御腰《こし》打たせさせおはしまし候はむばかりは、何と候はんぞ。ならひにて候へば、いかにも[10]宮仕《みやづか》ひこそし候はむずれ。若き御方は、[11]などら隠れさせおはしまし候ふ。[12]幸寿御前《かうじゆごぜん》、御伽《とぎ》に参れや。

五　［右近大夫］若きとてめでてなう[13]。あれも、船に心地を損《そん》じて、かたがたむつかしくて。これは、いかにとよ。[14]子《こ》もなきは、一定、魔縁《まえん》にあひぬとおぼゆる。[15]南無帰依《なむきえ》法《ほふ》。

六　［[16]長者］ああ、口々《くちぐち》。[17]きうきう。人の御心をのみこそ

二　［菊寿御前］千年もめぐり過ぎてしまうだろう。

三　［右近大夫］何というおもしろさでしょうか。この宿の人影こそ、目も及ばないほどのすばらしさです。このような内密の物詣でではない折であったならば、まちがいなく行先も忘れてしまうに違いなく思われます。特別に心にいだいている宿願によって、急に物詣でを思い立ったのですが、風向きが変わって思いのほかに船から降りたのですよ。今回は、何やかやとあわただしいことと思われます。物詣での帰路に、と約束しますよ。

四　［長者］どう考えましても、今夜は、ご宿泊されるのがよろしくございましょう。御物詣でのお姿とは、すっかりお見受けしております。今夜は、ごゆっくりお休みなさいまして、若い者たち（あそびたち）に御腰を打たせなさいましょうくらいは、どうということもないでしょう。いつもの習慣でございますので、ぜひともお仕えいたしましょう。若いお方[1]は、どうしてお隠れなさるのでしょうか。幸寿《こうじゆ》御前[2]、お話のお相手に参上なさいよ。

五　［右近大夫］若いということで、気に入ってかわいいと思うのですね。あの子[1]も、船旅に気分を損なって、あれやこれやと厄介でありまして。これは、どうしたことなのでしょうか。子もないのでは、きっと、魔縁にあってしまうと思われます。南無帰依法。

六　［長者］まあ、おっしゃることが、まちまちで。くすくす。あなたのお心のほうをこそ、おしはかり申したくござ

はかりまゐらせたく候ふに、かく心かしこくては、何《なに》かし候はむぞ。[18]御憎《にく》や、ただ。

七 〔右近大夫〕とは、何《な》ぞ。人をさうなく憎きとや。物詣《まう》での[19]はなへに、いとほしきと言ひ直さんとよ。さなくは、かこち候はんぞ。

七 〔長者〕や、千寿御前《せんじゆごぜん》は、あの御そばへ。

八 〔菊寿御前〕[20]いとほしいぞ、と言へば、またまたは、[21]といとい。

八 〔左近蔵人〕奇異《きい》に、おもしろき[22]眺望《てうばう》かな。

九 〔長者〕いつも御宿《やど》に[23]せさしまし候へよ。かく便《びん》よく候ふ。

十 〔平六左衛門〕これは、こちなき御宿にてありける。[24]もたいなきことかな。

十一 〔宮内の少輔《せう》〕端《はし》にて候ひつるほどに、便《びん》よく候ひて。一宿《いつしゆく》にて候へば、とても明日《あす》は住吉《すみよし》へ[25]御参《さん》候はむずるから。

十二 〔平六左衛門〕何《なに》と[26]御座《ざ》あらんずることと[27]やらん。

十三 〔宮内の少輔〕御船《ふね》にとまりぬる者どもが、うらや

いますのに、こんなふうにあなたのお心が賢いのでは、どういたしましょうか。お憎らしいことよ、まったく。

七 〔右近大夫〕とは、いったいどういうことで。私のことを、ためらうことなく憎らしいというのですね。物詣での出はなに、船から降りることになってしまって、お気の毒なことと言い直すのがよろしいと思いますよ。そうでもなければ、言いがかりをつけたくございますよ。

七 〔長者〕やあ、千寿御前は、あの方の御そばへ。

八 〔菊寿御前〕お気の毒なことだよ、と言えば、またまたは、といとい。

八 〔左近蔵人〕風変わりで、おもしろい眺めだなあ。

九 〔長者〕いつもご宿泊先になさってくださいましよ。このように、都合がよくございます。

十 〔平六左衛門〕これは、無作法な御宿であったよ。もってのほかのことだなあ。

十一 〔宮内少輔〕端に控えておりましたので、都合よくございまして。一泊でございますので、何としても明日は住吉へご参詣いたしますでしょうから。

十二 〔平六左衛門〕どうして、ここにおいでになろうというのでしょうか。

十三 〔宮内の少輔〕御船に残った者たちが、うらやましがっているでしょうよ。

十四 〔平六左衛門〕ここにいるからといって、とくに何かあればいいのですが。傾城を見て、目を楽しませているだ

ましがるらんは。
十四　［平六左衛門］ここなればとて、何《なに》とあら[28]こそ。[29]傾《けい》城《せい》に目を[30]こやしたばかり。
＊　［左近蔵人］思ふことなき御旅《たび》ならば、いかにこれもおもしろからん。何ごとも、にがにがとおぼゆる。
一　［若き人］やすみたるものを、誰《た》そ、[31]えい、これは。
二　［幸寿《かうじゆ》］[32]御腰《こし》に参れ、とて。
三　［若き人］さらば、こなたへ入りて。たてばや。
＊　［幸寿］[33]うつくしの人や。まだこそ見ね。[34]御恥づかしくて、胸も騒ぐ、と[35]思ふ。
＊　［若き人］思ふよりは、[36]いかなよさぞや。[37]憎《にく》うもなきふりかな。
〔[38]宮内の少輔《せう》、平六左衛門、やさの前《まへ》、福寿御《ふくしゆこ》前《せん》、千寿御《せんしゆこ》前《せん》、左近蔵人、菊寿御《きくしゆこ》前《せん》、長者《さ》、右近大夫、幸寿《かうしゆ》〕

けです。
＊　［左近蔵人］心配ごとのない御旅であったなら、どんなに、こうしたことも楽しいことだろうか。何ごとも愉快でなく思われる。
一　［若き人］休んでいましたものを、誰ですか、ねえ、この人[2]は。
二　［幸寿］御腰を打ってさしあげなさい、と言われまして。
三　［若き人］それならば、こちらへ入って。戸を閉めましょう。
＊　［幸寿］美しい人[1]だわ。こんなに美しい人はまだ見たこともない。お恥ずかしくて胸もどきどきする、と思う。
＊　［若き人］思っていたよりは、どれほどよいことか。かわいらしくなくもない立ち居の姿だなあ。

○ 第二段（詞書・J詞2）

[三] 若き人[1]、守りの剣を、幸寿《かうじゆ》[2]に残し、去る

もの言ひそぼるるにも、さし答《いら》へもせず、ながめのみせらる。はじめは、いとつつましく、うちとけ苦しげにおぼいたりし[一]かど、出で給ふとては、また立ち返り[二]、簾《すだれ》をひき着て、（若き人）[三]「いわけなくより身に添へる守《まぼ》りなり。人に取らせて、形見に置きたれ」とて、笛ばかりなる[四]ものの、錦《にしき》して包みたるをたまへりしを見れば、剣《けん》といふものなりけり。ぬぎすて給へりし御衣《ぞ》の、にほひ変はらぬとをぞ、身をさらぬ御形見と慰むるも、[五]徐君《じよくん》が塚《つか》の上にかかりけむも、よそふるかたとしはなけれど、あはれなりかし。

○ 第二段（画中詞・J絵4）

＊ [明寿《めいじゆ》] 恋しから[1]う折《をり》[2]はぁ　門《かど》に立《た》[3]ても見るべきにぃ　分《わ》[4]からかいたる榎《えん》[5]の木の　枝《えだ》[6]のさいたるしげさよ

一 [菊寿《きくじゆ》] さきにひかせ給ひつる楽《がく》は何《な》ぞ。

二 [幸寿《かうじゆ》] 想夫恋《さうふれん》[7]とやら[8]う。

もの思へば涙の玉《たま》のおのづから忍びもあへぬ音《ね》をなと

○ 第二段（詞書）

[三] 幸寿[2]が、何かたわむれごとを言ひかけても、若き人[1]は受け答えもせず、物思いにしずんでばかりおいでになる。若き人は、はじめはとても気が引けて、幸寿とうちとけづらそうにお思いでいたが、宿をお立ちになるという時になって、また引き返して、簾を引きかぶって顔を入れて、「幼少のころから、身に添えているお守りです。あの人[2]に与えて、私の形見として置いてください」と言って、笛くらいの大きさで、錦の布で包んであるものをお与えになったが、見るとそれは、剣というものであるのだった。お脱ぎすてになったお召し物で、若き人の匂いと変わることのないものと、その剣とを、肌身離さぬお形見として、恋しい気持ちを慰めるというのも、徐君を埋葬した塚の上にかかっていたとかいう剣にも、よそえられるというわけではないけれど、せつなく胸にしみることであるよ。

○ 第二段（画中詞）

＊ [明寿] 恋しく思うだろう折は、門に立ってでも見たいものなのに、枝分かれさせられている榎木の枝が、枝分かれして生い繁っていることよ。（榎木の枝が、立ちはだかって、恋人の姿が見えないよ。）

一 [菊寿] さきほどお弾きになられた曲は何ですか。

二 [幸寿] 想夫恋というのでしょうか。

物思いをしていると、涙の玉が自然とこぼれて、こらえ

がめそ
　[9]心のうちに。

三　［千寿《じゅ》］それは、[10]白拍子《しらびやうし》にもかぞふる、[11]男を恋ひて弾《ひ》きける想夫恋《さうふれん》こそやさしけれ、など、言ふぞかし。幸寿《かうじゅ》御前《ごぜん》は、[12]当時《たうじ》、現《げん》に恋をせさし[13]まうが、[14]いとほしい。

四　［幸寿］誰《た》が申すぞ。我だに知らぬ。

五　［千寿］誰《たれ》も言ふ。[15]おれも、さ見る。

五ゝ　［菊寿］見る、見る。おれも、さ見る。

六　［幸寿］[16]片山《かたやま》の葛《くず》の葉は　風にもまれたり

七　［福寿《ふくじゅ》］[17]わらうらももまれたり　恋にもまれたり

八　［万寿《まんじゅ》］[18]ここなし旅人《たびうど》は、物参りする下向《げかう》に、とあし[19]かども、どこへ参らし[20]まうとも、いまは下向せさしまう[21][22]つらうは。

九　［福寿］田舎下《ゐなかくだ》りばし、[23]せさし[24]まいける人からう[25]。京人はた、[26]ゆらめかしまうたがおもしろうて、誰《たれ》も恋しい[27]ぞや。

十　［菊寿］[28]上下《かみしも》の[29]大名たちの、折烏帽子《をりえぼうし》着《き》むとして、[30]腕《うで》首取《くびと》てやあ、ここへと、[31]鄙《ひな》まで言はるるには似ぬそた。

きれずに声をあげて泣いてしまうことを、咎めないでくださいね。
　心のなかで。

三　［千寿］それは、白拍子でもうたうもの、夫を恋しく思って弾いたという想夫恋こそけなげである、などと言うのですよ。幸寿御前は、現在、実際に恋をしていらっしゃるのが、いじらしい。

四　［幸寿］いったい誰がそんなことを申すのですか。自分自身でさえ知らないのに。

五　［千寿］誰もみんな、言っているわ。あたしも、そう思う。

五ゝ　［菊寿］思う、思う。あたしも、そう思う。

六　［幸寿］片山の葛の葉は、風に吹かれて、もみくちゃにされている。

七　［福寿］わたしの心ももみくちゃにされている。恋の思いにもみくちゃにされている。

八　［万寿］先日ここを訪れた旅人は、物詣での帰路に立ち寄ろうと言っていたけれども、どこへお参りなさったとしても、今はもうお帰りでおいででしょうよ。

九　［福寿］田舎下りをなさったような人でしょうか。都の人はまた、ゆらゆらとゆったりふるまっていらしたのがすてきで、誰もみな恋しいのですよ。

十　［菊寿］上下同じ布地の上衣と袴姿の大名たちが、折烏帽子を身につけようとして、腕首を取ってへつらってねえ、

〔明寿《めいしゅ》、幸寿《かうしゅ》、菊寿《きくしゅ》、千寿《しゅ》、福寿《ふくしゅ》、万寿《まんしゅ》〕

ここへと鄙までやって来たと言われるような様子には、お見受けしませんでした。

○第三段（詞書・J詞3）

[四]幸寿《かうじゅ》[2]、若き人[1]が語った言葉を思い出す

またとだに思ひあはせぬ仮寝《かりね》の夢は、見る夜あまたにならひぬることにて、とまる枕にだに面影《おもかげ》さだめがたく、一浮きたる恋にただよふ契りは、さらでだにあはれなるを、いかなるにか、二ありし十六夜《いさよひ》の面影は身をさらぬ心地して、三行方《ゆくへ》も知らず果《は》てもなき。

もののみ悲しくながめ過ぐすを、傍《かたへ》の者どもは、（あそび）「ありし旅人《たび》は、下向にかならず、とありしかど、物参りの日数《ひかず》も過ぎぬらんかし。いづかたへ、わたりける人ならん」など、あさはかに四言ひ出《い》づるも例のことめきたるを聞くに、我が心ひとつはいかに迷ひぬるにか、かならずまた立ち返るべきたのめものたまはず、ただ、いと心細くもの思へるけはひにて、（若き人）「いかなるにか、いとながらへんことも知りがたき身の行方なれば、世になきものとなりぬとも、いかでか知るべき。おのづから、さにや、とばかりも聞きあは

○第三段（詞書）

[四]　せめてもう一度だけでも同じ夢を見たいと願っても、二度とふたたび、ひき合わせることのない仮寝の夢（かりそめの一夜）は、見る夜が数多くなるにつれてなれてしまうもので、一夜をともにした人の面影が、とまり残っているはずの枕にさえ、面影はさだかでなく、小端舟のようにたよりなく浮かぶ恋に、漂うように日を送るというあそびの宿命は、そうでなくてさえはかなく身にしみるものであるのに、どうしたわけか、あの十六夜にであった人[1]の面影は、幸寿[2]の身から離れない気持ちがして、つのる恋しさは、行先もわからず、どこまでつづくのか果てもない。

幸寿は、何かにつけて悲しく、ぼんやりと物思いに沈んで過ごしているが、傍らのあそびたちは、「いつぞやの旅人は、物詣での帰路にかならず、と言っていたけれど、物詣でにかかる日数も過ぎてしまっているでしょうにねえ。どちらへ出かけた人なのでしょう」などと、考えなしに口にするのも、いつものことめいているが、そうした会話を聞くにつけても、私[2]の心ひとつはどうしてこれほどあの人[1]への思いに迷ってしまったのか、かならずふたたび立ち戻ってくるからという期待を持たせるような言葉もおっしゃらず、ただとても心細そうに物思いをしている様子で、「どうしたわけか、まっ

するとあらば、あはれならじや」と、あながちに引き向けてのたまひしに、涙のこぼれしを、いとあはれとおぼしたる気色にて、（若き人）「我は、いとあはれとおぼゆるを、せめて五また人を見むまでは、思ひ出でなむや」と、あながちにかき寄せつつのたまひし言の葉ごとに、いまも聞く心地して、慰めがたく思ひつづけられて、傍《かたへ》の、波の寄る辺をのみ待つことにならひぬれば、ある折、「旅人、着《つ》きぬ」とて、かしがましう人呼びののしるけはひ、にぎははしきを聞くにも、ありし人のしめやかなりし御けはひは、まづ、ふと思ひ出でらる。

[五]長者30、若き人1を慕う幸寿《かうじゅ》2を、いさめる

傍《かたへ》の者どもは、（あそび）「いかにせむ」と、六みどりの眉墨《まゆずみ》を引きつくろひ、七容飾《ようしょく》をこととするけはひも、我しも、さこそならひしことなれど、今さらあぢきなうも、と見るに、長者《ちやうざ》、寄り来て（長者）「はや、出で立ち給へ。など、かくはながめ給ふ」と、いさむれば、（若き人）八「また人を見むまでは忘るなよ」と、のたまひし言の葉はまづ悲しきに、たへず、九涙は浮きぬ。

いかにももの憂ければ、（幸寿）「風邪にや、わびしく侍れば」

たく、これからさきも生きながらえていけるかどうかもわからない身の上ですので、この世になき人となってしまったとしても、どうしてあなたが知ることができるでしょうか。自然とあなたの耳に入って、そうではないかしら、とくらいでも思い当たることがあったならば、私のことをかわいそうにと思ってくれないでしょうか」と、やむにやまれぬ様子で、私をあの人の正面に向かせておっしゃったので、思わず涙がこぼれてしまったが、その私の姿をたいそういとおしいとお思いになっている様子で、「私はあなたのことをとてもいとおしく思われるが、せめてあなたが、別の人と一夜をともにするまでは、私のことを思い出してくれないだろうか」と、やむにやまれぬ様子で、私2を抱き寄せてはおっしゃった言葉のひとつひとつが、今も耳に聞こえる気がして、恋しさを慰めがたく思いつづけずにはいられなくて、傍らのあそびたちは、波が寄せるように立ち寄る人々を待つことが習慣になってしまっているので、ある時、「旅人が到着した」と言って、やかましくあそびたちを呼び、大騒ぎをしている様子がにぎやかであるのを聞くにつけても、かつてのあの人1のしんみりとしていたご様子が、まずふと思い出されてくる。

[五]　傍らのあそびたちは、「どうしましょう」と言って、みどりの眉墨を引き整えて、化粧に余念がない様子であるのも、自分自身2もそのようにすることが習慣となっていたことではあるけれど、今となってはつまらないことと思って見ていると、長者30が近寄ってきて、「早く、お支度をなさい。

とて、思ひかけねば、(長者)「このごろは、かく[一〇]のみ、[一一]あそびをももの憂くし給ふこそ、あやしけれ。かかる身とはなりぬれど、おのづから[一二]忘られがたき袖のなごりは、おぼえずしもなけれど、憂き世をわたるならひ、さてしもひとつ[一三]思ひに沈《しづ》み果ててもいかがせん。嘆く暁《あかつき》もあれど、あり経《ふ》れば、また、慰む夜半もありつつこそは過《す》ぐすならひなれ。おぼし慰めよ。ありし人の御さまは、忘れがたくおぼすらんもことわりなれど、たのめぬ契りは、待《ま》つべき月日も限りなし。これは、[一四]播磨《はりま》の国の小坂《をさか》殿の御一門《いちもむ》ぞ[一五]とよ。並びなき[一六]大名《だいみやう》なり。[一七]美女《びでう》たち、とく出だせ、とのたまふ。わびしくとも念《ねむ》じて、かまへて座につき給へ」と、そそのかすを、聞き入れぬもあやにくなれば、鏡《かがみ》とり寄せて、髪《かみ》かきときなむとするほどに、わりなく心地わびしくて、たびたび返しなどすれば、いとほしと見わづらひて、みな出《い》でぬ。

[六]幸寿《かうじゅ》[2]、乳房の先の変化に妊娠を知り涙する

かうのみあるも、我ながらあやしく思ひつづくれば、[一八]ただにもあらずなりにけり。三月《やよひ》の中《なか》の十日なりしかば、はや五月《いつつき》ばかりにもなりにけり。ひとり残りて、みづから乳房《ち》をかき

どうして、こんなふうに物思いに沈んでいらっしゃるのですか」といさめるので、若き人[1]が「別の人と一夜をともにするまでは、忘れないでいてくれよ」と、おっしゃった言葉が、まず悲しく思い出されてきて、こらえきれず、涙が浮かんでしまう。

幸寿[2]は、長者が言うように、確かに気がすすまずおっくうであるので、「風邪でしょうか、気持ちが沈んで心細くございますので」と言って、宴席に出ることなど、思いも寄らない様子であるので、長者[30]は、「このごろは、ただこのようにして、あそびのおつとめをも気がすすまないようにしていらっしゃるとは、おかしなことです。私も、こうした身の上とはなってしまいましたが、自然と忘れがたい袖のなごり(忘れられない相手)は、思い出されないわけでもありませんが、憂き世を過ごすならわしとして、そんなふうに、ひとつだけの思いに沈み果ててしまっても、どういたしましょうか。嘆き悲しむ暁の別れもあるけれど、生きながらえていれば、また、心慰む夜半の逢瀬もあったりと、そうして月日を過ごすならわしなのです。お心を慰めなさい。いつぞやの人[1]のお姿は、あなた[2]が忘れがたくお思いでいらっしゃるのももっともなことではありますが、あてにならない約束は、待たなければならない月日も際限ありません。こちらは、播磨の国の小坂殿のご一門ですよ。肩を並べるものがない大名です。美女たちを、早く宴席に出させなさい、とおっしゃっています。気持ちが沈んでつらくとも、ぐっとこらえて、心

出でて見れば、い[一九]と黒うなりにけり。身の上には、いまだならはぬこと[二〇]なれば、さかさかしく[二一]思ひ咎むるも、さるかたになれる身は、をかし。「(幸寿)かかる御形見さへ、添ひにけるよ」と思ふにぞ、また、しほしほ[二二]とうち泣かれぬる。

○ **第三段（画中詞・J絵3）**

＊　［松の前］心地返らし[1]まうは、あの瓜をなり候へ[2]かし、とうば[3]の申せど。

して座にお着きなさい」と、せきたるようにすすめるので、それを聞き入れないのも、聞きわけがないようなので、幸寿は鏡をとり寄せて、髪を櫛でとかそうとするうちに、どうしようもなく気持ちが沈んでつらくて、何度も嘔吐などをするので、あそびたちも気の毒なことと見るに見かねて、みんな出て行ってしまった。

［六］　幸寿[2]は、こんなふうでばかりいるのも、自分自身のことながら、なんだかおかしなことと思いつづけていたところ、普通の状態でもなくなってしまったのだった。若き人[1]と一夜をともにしたのは、三月の中旬であったので、はやくも妊娠五ヶ月ほどにもなってしまっていたのだった。幸寿は、ひとり部屋に残って、自身で乳房を出して見てみると、妊娠の徴候をしめすように、乳房の先がたいそう黒みをおびてしまっていたのだった。自分自身のこととしては、まだ経験していないことなので、利口ぶって、あれこれいぶかしく思っていたのも、そうしたことになっている身としては、おかしな気がする。「このようなお形見の子まで、身に加わってしまったよ」と思うにつけても、また、しくしくとつい泣いてしまう。

○ **第三段（画中詞）**

＊　［松の前］気分がお治りなら、あの瓜をお召し上がりくださいよ、とおばあさんが申していますが。

＊　［幸寿］自分のことながら、何だか変だと思っていたけ

＊［幸寿《かうじゆ》］我ながら、あやしと思ひつるに、さればこそ。かかることのありけるよ。何《なに》とて、かくはかなき契りにしもとどまりけることぞや、と、ひとすぢに浅くしもおぼえぬは、我《わ》が思ひなしからと、[4]涙をおさへて思ひつづく。

一［うば］幸寿御前《かうじゆごぜ》[5]は、当時《たうじ》、何《なに》と[6]やらん、病《や》みがちに[7]わしますは。つはり始[8]めらう。大名の[9]着《つ》かい給《たま》ふた折《をり》、出《で》[10]さい給はで、[11]ううう。

二［としこそ］幸寿御前《かうじゆごぜ》は、一《い》向《かう》に、当時《たうじ》は恋[12]をせさしまうとて、[13]あれがいに物をな[14]らいで、[15]ゑづか給ふと[16]よ。あら、[17]いましの[18]食《く》ひ物の多さや[19]な。うば、あれ、[20]のぞか給へ[21]とよ。

三［うば］恋[22]、ううう、なに恋ふぞ。いせ恋がものならねば、をとめが喜びな。身ぞ疲[23]れうずる。
誰《たれ》を[24]恋ひさ給ふとあるぞ。

四［としこそ］い[25]さう。上臈《じやうらふ》と[26]やらう。[27]御前《ごぜ》たちこそお[28]せごたれ、[29]人が言はばや。

五［男[30]児］幸御前《かうごぜ》の御料《ごれう》、[31]おれにみな、[32]くれい、[33]えい、

れど、やっぱりそうだったのだ。このようなことがあったのだよ。いったいどういうわけで、このような一夜かぎりのかりそめの逢瀬にもかかわらず、子供が宿ったのだろうか、と前世からの宿縁がひたすら浅いものとも感じられないのは、私がことさらそう思って見ているせいかしらと、涙をおさえて思いつづける。

一［うば］幸寿御前[2]は、現在、どうしたというのでしょうか、体調をくずしがちでいらっしゃるのは。つわりがはじまっているのでしょう。大名が到着なさった折だというのに、宴席にも、お出にならないで、ううん、困ったこと。

二［としこそ］幸寿御前は、ひたすら、現在は、恋をしていらっしゃるということで、あのようにものも召し上がらないで、吐いておしまいになるのですよ。あら、あちらの方々の食べ物の多いことですねえ。おばあさん、あれを、おのぞきになってくださいよ。

三［うば］恋、うう、何を恋しているのか。にせものの恋といったものでなければ、おとめの喜びだよ。身も疲れるだろう。
幸寿御前は、いったい誰を恋していらっしゃるというのでしょうか。

四［としこそ］さあねえ。高貴なお方とかいうことです。御前たち（あそびたち）がおっしゃっていました、他の誰が言ったりしましょうか。

五［男児］幸御前[2]のお召し上がり物を、おれにみんなお

うば。

一　〔長者〕いや、あれがやうに、参り候はぬ時に、[34]傾城《けいせい》の恥にて候ふ。御酌《しやく》申せや。

二　〔[35]御館《みたち》〕いやいや、どこに、[36]さう。[37]五文字つぶりたへ[38]てさうものを。

三　〔福寿《ふくじゅ》〕誰《たれ》とも知らぬ旅《たび》人になるれば、なごりのをしきかな。

四　〔二郎〕やや、これは、[39]きへたり、きへたり。おのおの、[40]一声《せい》、ひとつひとつ申し候はばや。

五　〔長者〕いかにおもしろく[41]候《さふら》はむ。御一声《せい》をうけたまはり候ひてこそ、申し候はむずれ、[42]我々も。

六　〔二郎〕今の[43]我らがありさまぞ、[44]新鋭景気なりける。

七　〔[45]□ん寿《じゅ》〕[46]きうきう。[47]供御《くご》、候ふ。

七　〔五藤大《ごとうだい》〕や、申ししやう、これがさき、[48]はあ。

八　〔二郎〕やあ、[49]忘れたあ。[50]これあ、[51]もたいない。

九　〔福寿〕やあ、[52]何まれ、[53]教へたべ。申《まう》さうなあ。

〔松の前《まへ》、としこそ、[54]□ん寿《しゅ》、[55]御館《みたち》、二郎《らう》、福寿《ふくしゅ》、[56]五藤《とう》大〕

くれよ、ねえ、おばあさん。

一　〔長者〕いえ、あの幸寿のように、宴席に参上いたしませんのでは、傾城の恥でございます。お酌してさしあげなさい。

二　〔御館〕いやいや、どこでございますか。五文字つぶりたへてございますものを。

三　〔福寿〕誰とも知れない旅人[1]になれ親しんだので、なごり惜しいのですよ。

四　〔二郎〕やや、これは。きへたり、きへたり。めいめい、一声を、ひとつひとつ申し上げましょう。

五　〔長者〕どんなにおもしろくございましょう。みなさまがたの御一声をお聞かせいただきましてから、申し上げましょう、わたくしどもも。

六　〔二郎〕今の我らのありさまこそ、新鋭の今をときめく様子なのでした。

七　〔□ん寿〕くすくす。お召し上がり物でございます。

七　〔五藤大〕や、申しましたように、こちらがさき、はははっ。

八　〔二郎〕やあ、忘れたあ。これはもってのほかのこと。

九　〔福寿〕やあ、どんなものであっても、教えてください。お忘れになった歌を申し上げましょうねえ。

○ **第四段（詞書・J詞4）**

［七］幸寿《かうじゆ》[2]、十二月二十日すぎに、女児[3]を生む

十二月《しはす》の二十日余りに、いとらうたげなる女子を生みてけり。何《なに》のあやめ見ゆべくもなきほどなれど、なべての列《つら》にも見えねば、まづ、[一]うち泣かるる。

[二]母も、「いかなりし人の御形見にか、かかる波風にたぐひて生ひ出で給ふべくもなきを、いかがして都人《みやこびと》にたてまつらん」など思へど、知るたよりもなし。[三]琴《こと》の師とて、都人の時々立ち寄るに言ひあはすれど、「誰《たれ》人ともなくては[四]いかでかなむ」と思ひわづらふ。

思ひなしの添ふにや、ありし御面影のふとおぼゆる心地するも、いとあはれなれば、我が使ふ者にも抱《いだ》かせず、われ同士《どし》のなかにぞ、うつくしみあつかひける。

○ **第四段（画中詞・J絵2）**

一　［長者］[1]如法《によほふ》、ただ便《びん》なう候へども、これは、上臈《じやうらふ》の、如法、[2]子とも。[3]かたじけない人にてわたらせ給ひ候へば、いかなるものの腹にも宿るは、ならひにて候ふ。御腹《はら》に

○ **第四段（詞書）**

［七］　十二月の二十日過ぎに、幸寿[2]は、たいそうかわいらしげな女の子[3]を生んだのだった。生まれたばかりで、まだ何の区別も見分けられるはずのないころではあるけれど、普通の身分の人と同列にも見えないかわいらしさなので、まず、つい涙がこぼれてしまう。

母（長者）[30]も、「どのようなご身分の方のお形見であるのか、このような海辺の波や風にまじって成長なさるはずもない様子であるので、何とかして都の人（父親）にさしあげたい」などと思うが、知る手がかりもない。琴の師匠として、都の人で、時々立ち寄る人に相談するけれども、「何という人ともわからないのでは、どうして都の人にさしあげられましょうか」と困惑する。

ことさらそう思って見るからであろうか、ありし日の若人[1]の面影がふっと思い出される気持ちがするにつけても、とても胸がいっぱいになるので、幸寿[2]は女児[3]を、自身が召し使う者にも抱かせず、自分の仲間同士のなかで、かわいがって育てるのだった。

○ **第四段（画中詞）**

一　［長者］まったく、ただ、困ったことでございますけれど、この子[3]は、高貴なお方[1]の、まったく、子ではないかとも思われまして。もったいないほどのご身分の方でいらっしゃるので、どのような女の腹にも子が宿るのは、よ

よるべきにても候はず。心ばかりは、いかほどもかしづきまゐらせ候ひてこそ、父《てて》、上臈にも申し候はめ、と思ひて候ふに。ただ、我《わ》が上臈と思ひまゐらせ[4]させ給ひ候ひて、これを、いとほしがりまゐらせさせ給へ。[5]わらはが候はむほどは、わびしめまゐらせ候ふまじく候ふぞや。

二　［都の古宮仕へ人］さるにても、いかほどの人にて、わたらせ給ひ候ふぞ。げにもや、大事に、いとほしく思ひまゐらせさせ給ふらん、御ことわりかな。あな、うつくしの御顔《かほ》や。いつしか、思ひつきまゐらせて候ふぞや。[6]上臈と黄金《こがね》とは、など、申し候ふことの候ふぞかし。のどかに念仏申して候ふは、よく候へども、[7]あられぬべくも候はで、去年《こぞ》より、[8]兵庫の寺に候ふ比丘尼《びくに》のゆかり候ひて、そこに候ひつれども、琴《こと》の師の[9]女房のさまざま仰せられ候ふほどに、さらば、と思ひて候ふ。さばかり参らせ候ふほどにては、おろかなる御ことは候ふまじ。

三　［長者］いかほどの人とも、わざとつつむ御ことにて候ふほどに、いま、おのづから、御覧じ候はむずらん。おぼしめしあはせ候へ。

くありがちなことでございます。誰がお生みになったのかによって区別されるべきでもございません。気持ちだけは、どれほどでも大切にお育て申し上げまして、父にあたる、高貴な方にも申し上げましょうと思っておりますが。ただあなた[32]も、ご自分にとっての大切な高貴な人とお思い申し上げなさって、この子をかわいがってさしあげてくださいませ。わたくしが生きております間は、わびしい思いをおさせ申し上げるようなことはございませんよ。

二　［都の古宮仕人］それにしても、父にあたる人[1]は、どれほどのご身分の方でいらっしゃるのですか。なるほど、この君[3]を、大切に、いとおしくお思い申し上げていらっしゃるのも、ごもっともなことですよ。まあ、かわいらしいお顔だこと。早くも、この君に心ひかれ申し上げておりますよ。上臈と黄金とは、その価値が朽ちることはない、などと申しますことわざがございますよね。のんびりと念仏をお唱え申しておりますのは、よいことではございますが、そうしてばかりいられるはずもございませんで、去年から、兵庫の寺におります比丘尼と縁故がございまして、そこにおりましたが、琴の師の妻がいろいろ仰せになられましたので、それならば、と思い立ったのでございます。そんな具合で参上いたしましたからには、おろそかにするようなことはございません。

三　［長者］父にあたる人[1]がどれほどの身分の方とも、ことさら内密にしなければならないことがございまして、近

四　［菊寿《きくじゅ》御前］母御前《ごぜ》は、[10]堅固《けんご》、[11]枉惑《わわく》を仰せらるる。いつ、思ひあはせんぞや。訪《おとづ》るる人があらばこそ、[12]そゑにさ言はんには。人、かつぐべくはや。たのもしげに言ひて、[13]思ひつきなかげにも、[14]さてこそあらうずらめ。をかしや、あの水疱《すいはう》も、これにては、[15]なほら給はんずらん。[16]いしいことや。

五　［明寿《めいず》御前］あら、寒《さむ》や、[17]おれは。御介錯《かいしゃく》の尼御前《ごぜん》は、これなう。[18]今は、おれらは、この御寮《れう》にあたりついても、抱《いだ》くまじ[19]いかう[20]。

六　［乙寿《おとじゅ》］御介錯のいらい[21]給ひた時に、おれらが抱《いだ》きまゐらすることもあるまじいかや、[22]はは。

七　［今御乳の人］などや、ちご、あの御口つぼめたる御顔のつぼさ、[23]見まゐらせさせ給へ。御ほどよくてよ。あら、いとほし。御乳《ち》房が、はりて候ふ。ちご、召させ候はで、[24]三月《さんがち》かく候ひて、風がわびしく候ひて。

八　［長者］うう。[25]や、御風になあたらい給ひそ。[26]道理《だうり》、道理。この火のそばにて、[27]御乳《ち》、ならせまゐらせさせ給へ。[28]もして、[29]きせまゐらせうよ、御乳《ち》の人。

いうちに、自然とご覧になっていただけるでしょう。その時、お思い合わせください。

四　［菊寿御前］お母様[30]は、まったくでたらめなことをおっしゃっている。いったいいつ、思い合わせようというのでしょうか。訪れる人がいればこそ、それゆえに、そんなふうに言うこともできるでしょうが。人を騙そうというのですか。あてになりそうに言っておきながら、手がかりも思いつかないといったような、そんなことでしょう。おもしろいことですね、君[3]のあの水疱も、こうして尼御前がおいでになって、お治りになろうとするのでしょう。すばらしいことですよ。

五　［明寿御前］まあ、寒いこと、あたしは。お世話役の尼御前[32]は、この方ですか。尼御前がおいでになった今は、あたしたちは、この姫君様[3]にぴったりつき添って、抱っこすることもむずかしいのでしょうか。

六　［乙寿］お世話役がいらっしゃった今は、あたしらがこの君[3]をお抱き申し上げることもないのでしょうか、ねえ。

七　［今御乳の人］どうしたというのでしょうか、赤ちゃんのあのお口をつぼめたお顔のかわいらしさを、見申し上げなさってください。ちょうど具合がよいですよ。あら、困ったこと。御乳房《おちち》がはっております。赤ちゃんをお呼び寄せなさらないで、三月《みつき》こんなふうに仕えていて、風が身にこたえまして。

八　［長者］ええ。ねえ、お風にあたらないようになさって

〔明寿《めいす》御前《こせん》、菊寿《きくしゆ》御前《こせん》、都30の古宮仕《ふるみやつか》へ人、乙寿《おとしゆ》、今御乳《いまち》の人、長31寿《しゆ》〕

○ 第五段（詞書・J詞5）

［八］幸寿《かうじゆ》[2]、女児[3]の顔に若き人[1]の面影を見る

「去年《こぞ》（幸寿）のこのほどぞかし」と、一忘られがたき夢の行方《ゆくへ》を、かこつべきかたなくながむれば、そこはかとなく霞める空のみうつろひて、凪《な》ぎたる波の上は、二跡《あと》の白波をだに、いづかたと思ひやりて、したふべきかたなきに、若きどち、例のさしつどへるなかに、この君をうちふせて、うつくしみたはぶるれば、高やかにうち笑ひつつ、いとらうたげなる口をつぼめて、物語とかするほどの顔《かほ》のにほひ、たそがれ、あけぼののさやかにもあらざりしほどをさへ、なほよくまぎらはし給ひしかば、いと見きこえざりし御面影の、いとよくよそへらるるも、三せめてとはかなな（断絶）

くださいね。風が身にこたえるのももっともなことです。この火桶のそばで御乳をお飲ませ申し上げてくださいよ。もしてお着せ申し上げましょうよ、御乳母の人。

○ 第五段（詞書）

［八］「（若き人[1]と出会ったのは）去年のこの時分であったよ」と、忘れようにも忘れられない夢のような一夜のなりゆきを、愚痴をこぼすべき相手もなく、物思いにふけりながら見るともなく戸外を見ていると、どことういうことなくいったいに霞んでいる空が色を変えて、風が凪いでおだやかな波の上には、漕ぎ行く舟の跡に白波が生まれるが、せめてその白波をなりとどこへ行くのかと思いを馳せて、追って行きたいと思っても、すぐに消えてしまって、追って行くべき方向もわからないが、幸寿[2]は、若いあそびたちが、いつものように寄り集まっているなかに、この君[3]を腹這いにさせて、かわいがり戯れていると、きゃっきゃっと高らかに笑っては、とてもかわいらしげな口をつぼめてとがらせて、言葉にならないお話とかをする時の顔のつややかな美しさは、あの日、夕暮れや曙の、くっきりと見えることのなかった時刻でもあったのに、その折までもやはり念入りに取りつくろって目立たないようにしていらっしゃったので、よくは拝見することのなかった若き人[1]の御面影が、とてもよくよそえられるにつけても、せめてもう一度だけでもお会いしたいとはかないのぞみをいだくのも、（以下、断絶）

○第五段（画中詞・J絵5）

一　［長者］あら、めづらしや。京より[1]下らい給ひたか。どこに、[2]わたらい給ひけるぞ。

二　［四郎］いや、京にも候はずこそ。あからさまに、まかり下りて候ひしほどに、たのみて候ふ郡司《ぐんじ》のひとりむすめの候ふが、[3]美しい上臈《じやうらふ》の、ほかへ[4]通《とほ》ら給ひ候ひけるを、見たてまつりて候ひけるより、恋をし候ひて、泣きもみ候ふ間《あひだ》、しあつかひ候ひて、婿《むこ》取りをし候はむと[5]し候《さふら》へば、すべてこと人は見じ、と申し候ひて、手づから髪を切りて候ふほどに、力および候はで、この[6]兵庫の御寺《てら》へ送り候ふ。その送り、[7]いしいしに見放ちがたく候ひて、今まで候ひつる。国にも、心苦しくわづらはしきことどもが候ひて。

三　［長者］やや、ありがたの御ことやな。さて、その上《じやう》臈《らふ》には、[8]あひまゐらせさ給ひたけるかう。どこで、見まゐらせてぞ。

四　［四郎］[9]されあとて、[10]近づいたることも候はず。ただ、つい、通りに、[11]見たてまつて候ひけると[12]やらう。希《き》代《たい》の

○第五段（画中詞）

一　［長者］まあ、めずらしいこと。京から下っていらしたのですか。どこに、お出かけでいらしたのですか。

二　［四郎］いえ、京にいたわけでもございません。ちょっと、田舎に下っておりました間に、頼みにしております郡司のもとに一人娘がございますのが、美しい貴公子がよそへお通りなさいましたのを、拝見いたしました時から、恋をいたしまして、身をよじって泣きますので、父の郡司はどうしたものか困ってしまいまして、婿取りをいたそうとしたのですが、娘は、他の人と結婚するつもりはまったくないと申しまして、自分の手で、髪を切ってしまいましたので、力及びませんで、娘をこの兵庫のお寺へ送ったのです。その見送りは、つぎつぎにいろいろと見放しがたくございまして、今までお仕えしておりました。国でも、気がかりで厄介なことがあれこれございまして。

三　［長者］おや、まあ、めったにない御ことですねえ。ところで、娘さんは、その貴公子にはお会い申し上げなさったのでしょうか。どこで、拝見したのでしょうか。

四　［四郎］それだからといって、（娘は貴公子に）近づいたこともございません。ただ、ついちょっと、通りで拝見しただけのようでございます。世にも稀なことと思われます。まさに、今年、十八歳になったのでした。髪を切ったのでございます。父親の郡司は、ものも食べないで、泣きわめいているのですよ。こまごまとしたことは、どのよう

こととぞ。まさに、今年、十八になり候ひつる。髪を切りて候ふ。父の郡司《ぐんじ》は、物も[13]食べいで、泣きおめき候ふ[14]とよ。こまごまのことは、何と候ひける[15]やらん。河内へは、のちにまかり下りて候ひし間《あひだ》、知り候はず候ふ。ぞや。

五　［長者］あら、いとほしやな。
[16]ささと、舌ならす。
[17]力ないことかな。それも、[18]女房の契りは[19]あはれなこと。仏に[20]ならうずる人にてこそ[21]あるらうめ。[22]いかなける上臈ぞや。

六　［四郎］さて、何ごとどもか、[23]をわたり候ふ。御前《ごぜ》たちは、つつがのことなく[24]御わたり候ふやらん。菊寿御前《きくじゅごぜん》は、何ごとか。

七　［菊寿《きくじゅ》］ここによ。めづらしやな。

八　［四郎］お、お、お、こちへもまかり来《こ》へ。ただ、とくより存じ候ひながら、何かとあることども候ひて、[25]お土産《みあげ》ひとつも候はず候ふ。[26]すずくり、二、三連《れん》づつ、御《ご》前《ぜ》たちの御なかへ、ああ。

九　［菊寿］久しく[27]見えさい給はねば、これにこそ、おぼ

でございましたでしょうか。河内へはその後、下りましたため、知りませんのでございます。

五　［長者］まあ、お気の毒なことですね。
ささ、と舌をならす。

いたしかたないことですね。それも、女性の宿命は、悲しいこと。仏になろうという人であるのでしょう。いったいどのような貴公子だったのでしょうか。

六　［四郎］ところで、どんなことがおありでございましたか。御前たちは、つつがなくお過ごしでございましょうか。菊寿御前はどうしましたか。

七　［菊寿］ここにいますよ。めずらしいですね。

八　［四郎］おう、おう、こっちへおいでください。ただもう早くからお伺いしたいと存じながら、何やかやと用事がございまして、お土産ひとつもございませんのです。すず栗、二、三連ずつ、御前たちの御なかへ、さあ。

九　［菊寿］長いことお見えでいらっしゃらないので、こちらでこそ気がかりに思っておりました。何ですか、お土産ですって。

十　［長者］お気の毒なことですね。若い御前たちもたくさんいるので、あの人がいうことが、お気の毒で。幸寿御前のことが思われてなりません。

十一　［菊寿］本当ですよ。まず、その幸寿のことが思われて、つい顔をじっと見つめてしまいます。

又一　［幸寿］思えば、本当に、どこから降ってきた人なの

つかなく候ひつれ。何《なに》、土産《みあげ》や。

十 ［長者］いとほしやな。若い御前《ごぜ》たちもあまたあれば、あれが言ふことが、いとほしくて。幸寿御前《かうじゆごぜ》のことが思はるる。

[28]十一 ［菊寿］げによ。まづ、それが上、[29]はれて顔がまぼらるる。

又一 ［幸寿《かうじゆ》］思へば、げに、いづくより、ふりたりける人ぞや。[30]みたりともおぼえぬ草木も、何といふものとてこそ生ひいづれ、種《たね》といふもののなきことやある。いと不思議なる御身ぞ[31]とよ。何と誇らせ給ふぞ。などやらん、久しくあるべしともおぼえねば、いくほど、見[32]まゐすべしともおぼえず。いかなりしものとか、おぼえもせさせ給はん。何の身に[33]ならふずる人ぞ。何かをかしからん、高《たか》の御声や。

又二 ［福寿《ふくじゆ》］[34]上﨟と黄金《こがね》と、[35]ふたいの母御前《ごぜ》の[36]昵懇《ぢこん》に[37]おせごたれば、やうこそあらんずらめな、御寮《ごれう》。

又三 ［万寿《じゆ》］[38]とこ御寮《れう》に[39]あやさこせうふしに、とのみ[40]おほせごたるは、何の心ぞ[41]よう。

かしら。結婚しているとも思われない草木も、何というものによって生まれ出たというのか、種というものがないことがあろうか。本当に不思議な、この子[3]の御身の上よ。何だってそんなに誇らしげにしていらっしゃるのかしら。どうしてかしら、長く生きていられるとも思われないので、どれほどの間、この子[3]を拝見していられるのかともわからない。私がどのような人であったのか、おぼえていらっしゃるだろうか。いったいどのような身の上になろうとする人なのかしら。何がおかしいというのかしら、高やかなお声ですこと。

又二 ［福寿］上﨟と黄金とは、その価値が朽ちることはない、とふたいの母御前がねんごろにおっしゃっているので、そういう子細があるのでしょうねえ、姫君様[3]。

又三 ［万寿］とこ御寮にあやさこせうふしに、とばかり仰せになるのは、どのような気持ちからなのでしょうかしらねえ。

又四 ［福寿］ほほう、ほほう、みずからすすんで寄る辺なく浮かぶ舟に、ねえ、乗りそめて、夜ごとに波に濡れ、涙に濡れ、濡れずにいられる日はないよ、濡れない日はないよ。

又五 ［万寿］この話を、お聞きでいらっしゃいますか。胸をうつ話ですよ、四郎殿のおっしゃることは。どう思われますか、幸寿御前。

又六 ［幸寿］やっぱり、私のことが気になったのですね。

又四　［福寿］[42]ほほう　ほほう　[43]心から浮きたる舟に　や乗りそめて　夜な夜な波にぬれぬ日ぞなきや　なきや
又五　［万寿］これ、[44]聞かい給へや。[45]あはれなことよ、[46]四郎殿の[47]おしやることは。いかに、幸寿御前《かうじゆごぜん》。
又六　［幸寿］さればよ。片耳には聞く[48]とよ。[49]あれがいに[50]まれならばやと思ふに、この足《あし》まとひのただ。
〔四郎《らう》、菊寿《きくしゆ》、[51]長者《しや》・長寿《ちやうしゆ》、万寿《しゆ》、明寿《めいしゆ》、幸寿《かうしゆ》、福寿《ふくしゆ》〕

○第六段（詞書・Ｊ詞6）

［九］幸寿《かうじゆ》2、今様をうたいながら眠るように死去

さても、[一]思ひ寄らざりしゆきぶりの袖のにほひの、あやしく忘れがたきは、いかなるゆゑにか、と思へば、わが思ふ人の、かやうにてもかれとばかり見たらん、いかなる心地せむ、など、しひてあらぬに思ひなせど、いかなるにか、こと人[二]ともおぼえぬ心地のみ思ひまさらるるぞ、せむかたなき。

心地さへなやましくて、二、三日になりぬ。心細きに添へても、ながめまさる涙がちさを、傍《かたへ》の者どもも、とかく慰むとて、端近くながめゐたる夕《ゆふ》つ方《かた》、[三]入日を洗ふ沖つ白

聞くともなしに聞いていましたよ。あのように、自分で髪を切って出家したいと思っても、この足手まといの娘が、ただ、もう。

○第六段（詞書）

［九］　それにしても、思いも寄らなかった行きずりの人の袖の匂いが、不思議なほど忘れがたいのは、どのようなわけであるのか、と思うと、私2が恋しく思う人1が、このようにして、行きずりの人をあの人1とばかり見ているとしたなら、どんな気持ちがするだろうか、などとしいてあの人ではないと思い込もうとするけれど、どうしたことなのか、別人とも思えない気持ちだけが自然と増してくるのは、どうしようすべもない。

幸寿2は、体調までくずして、二、三日が経ってしまった。心細さに加えても、物思いにふけることが多く涙がちでいるのを、傍らにいるあそびたちも、あれこれと慰めようとして、端近くで、戸外を見やっていた夕暮れ時、入日を洗うという

波、はるばると凪《な》ぎわたりて、あたりの波もみがける絵《ゑ》の心地するほど、歌うたひ、[四]朗詠《らうえい》などして、「[五]沙羅《さら》や林樹《りむじゅ》の木のもとに　隠《かく》ると人に見えしかど」といふ[六]今様《いまやう》うたひて、波に沈《しづ》むかと見ゆる入日にむかひて、眠《ねぶ》るがごとくにて絶え果てぬ。

[七]海のおもてに、[八]紫の雲かすかにうつろひて、消えゆく空の色、心細くあはれなりとも、言ふべき言の葉なくなん。とまる傍《かたへ》は、思ひあへぬ悲しび、[九]末《すゑ》の露におくるる長者《ちやうざ》が嘆き、言へばなのめならんや。

○第六段（画中詞・J絵6）

一　〔男〕[1]あれあれ、[2]往生雲《わうじやうぐも》の立《た》たぞや[3]。あれ、[4]拝《をが》めやらしめ。

二　〔男児〕[5]どこに。まばゆくて。

三　〔男〕[6]日のいかきや。[7]を、見よ、見よ。あは、あは。

＊　〔あそびA〕[8]往生雲《わうじやうぐも》とは、何《な》ぞ。

＊　〔あそびB〕あな、[9]尊《たふと》やな。迎へさせ給へよ。南無阿弥陀仏。[10]紫雲《しうん》のことぞ。

沖の白波がはるばると一面に凪いで、あたりの波も磨いた絵のような気持ちがするなか、幸寿[2]は歌をうたい、朗詠などをして、「沙羅や林樹の木のもとに　隠ると人に見えしかど」という今様をうたって、波に沈むかと見える入日に向かって、まるで眠るかのように、息が絶え果ててしまった。

海の面では、紫の雲がかすかに色を変えて、消え行く空の色は、心細く胸にしみると言っても、言い表わすべき言葉もない。あとに残った人たちは、思い切ることのできない悲しみに沈み、末葉に宿った露に先立たれてしまった長者の嘆きの深さは、口にすれば通り一遍の言葉になってしまうだろうよ。

○第六段（画中詞）

一　〔男〕あれあれ、往生雲が立ったぞ。あれを拝みやりなさい。

二　〔男児〕何処に。まぶしくて。

三　〔男〕太陽の光がすごいよ。おお、見ろよ、見ろよ。ああ、ああ。

＊　〔あそびA〕往生雲とは、何ですか。

＊　〔あそびB〕まあ、尊いことよ。極楽浄土へお迎えなさってくださいよ。南無阿弥陀仏。紫雲のことですよ。

＊　〔幸寿〕南無阿弥陀仏、南無阿弥陀仏。

＊〔幸寿〕[11]南無阿弥陀仏、南無阿弥陀仏。

一　〔幸寿〕待ちまゐらせん、[12]えい、母御前《ごぜん》。

二　〔長者〕[13]何《なむ》でふかや。人は病《や》むなどいひてしばしもありてこそ、死ぬれ、[14]やう。幸寿御前《かうじゆごぜん》、目、[15]見あけさ給へ。[16]ま一度《いちど》、[17]もの言は給へや。幸寿御前《ごぜん》、[18]わらは、[19]捨て候うちぞや。[20]やきまれしてみばや、や。

三　〔あそびC〕あら、不思議や。これは、夢かや。[21]げにげに、とまで、かくて候ふや。[22]されば。[23]いういう。

四　〔あそびD〕あまりのことは、泣きだにせられぬや。これは、[24]いかがせうずるや。

五　〔あそびE〕このほど、[25]心細いぞ[26]とよ。思ひ出《い》だせよ。御寮《れう》に[27]いとほしくしまゐらせてたべ、などと、常に[28]おせごたつるぞや。

〔ナシ〕[29]

一　〔幸寿〕極楽で、お待ち申し上げましょう、ねえ、お母様。

二　〔長者〕なんということを言うのですか。人は病気になったなどといって、しばらく経ってから死ぬものなのに、ねえ。幸寿御前、目をお開けになってください。もう一度、ものをおっしゃってくださいよ。幸寿御前、わたくしを残していってしまうのですか。焼きまねをしてみましょうよ。

三　〔あそびC〕ああ、不思議なことよ。これは夢かしら。本当に本当のこと、と思われるまで、こうしているのですか。いったい全体、どうなってしまったの。おいおい。

四　〔あそびD〕あまりの出来事で、泣くことさえもできませんよ。これはいったいどうしたらいいというのでしょうか。

五　〔あそびE〕最近ずっと、心細そうでしたね。思い出してくださいよ。姫君様[3]をかわいがり申してください、などと、いつもおっしゃっていましたよね。

○第七段（詞書・J詞7）

[一〇]太政大臣[6]邸で、五節舞姫の童・下仕えを選ぶ

[一]浦の苫屋《とまや》にとどめ置きし忘れ形見も、はや十ばかりになり給ひぬかし。その年、五節《ごせち》、あそびども、のぞむことありて、太政大臣殿《おほきおほいどの》にも、大将殿、出《い》ださせ給へば、ことにはえばえしく、[二]童《わらは》、下仕《しもづか》へ選びととのへさせ給へば、のぼりぬ。あまた召し出《い》でて御覧ぜらる。

[三]をかしきとももあれば、定まりぬるは、さるべき女房などあづかりて、眉《まゆ》つくり、髪なで、つくろはせいたはるに、若き女房など、ものうたはせ、あひしらふとてあまた見ゆるにも、[四]この忘れ形見の御さまばかりなるも見えぬは、我《わ》が目からにや、と、まづ思ひ出でられて、人少ななる折《をり》、うち泣きつつ、(長者)「思ひかけず、心ひとつに思ひあつかふ[五]孫《むまご》なん侍るを、かかる身のたぐひにはあらせずもがな、と、かなしく[六]思ひ給ふる。上臈《じやうらふ》の御あたりに、[七]宮仕はせまほしく侍る」と憂《うれ》ふれば、(太政大臣)「いかなる人ぞ」など、問《と》へど、[八]そこはかと答《こた》ふべきかたなければ、ただうち泣きて、(長者)「おのが目からにや、いとらうたげにこそ侍れ。さまにしたがひ

○第七段（詞書）

[一〇]　あの浦の苫屋にとどめ置いた忘れ形見の女君[3]も、早くも十歳ほどにおなりになったよ。その年の五節に、あそびたちも臨席することがあって、上京した。太政大臣[6]邸でも、ご子息の大将殿[11]が舞姫をおさしだしなさるので、格別はなやかに童女や下仕えを選び、舞姫の準備をお整えになられるので、候補者を大勢お呼び寄せになってご覧になられる。

なかには美しい人たちもいるので、童女や下仕えに決まった人は、しかるべき女房などがあずかって、眉墨で眉を描き、髪を櫛でとかし、身づくろいをさせ、大切に世話をしているが、若い女房などが、何か歌わせ、応対するということで、たくさん見えるなかにも、この忘れ形見の女君[3]のご様子ほどである人も見受けられないのは、私の贔屓目のせいなのだろうか、と長者[30]はまず思い出されてきて、人数の少ない折に涙をこぼしながら、「思いもかけず、私の胸ひとつに、大切に思いお世話しております孫がございますが、このような私どもと同じ身の上にはしたくないものと、いとおしく思っております。高貴な方のお側近くで、宮仕えをさせたくございます」と訴えるので、太政大臣[6]は「どういった人なのか」などとたずねるが、はっきりと誰の子であるとも答えるすべもないので、ただ涙をこぼして、「私の贔屓目のせいでしょうか、本当にかわいらしい感じでございます。様子に応じて、おもてなしください。並一通りの人とは思われませんでした方の忘れ形見でございますが、誰と名前を申し上げる

て、もてなさせ給へ。並々《なみなみ》とは、おぼえ侍らざりし人のなごりなれど、誰《たれ》とはえ聞こえ侍らず」と、言へば、思へるさま、いとあはれなるを、人々もいとほしがる。

[二]若き人[1]が太政大臣[6]の子息で、失踪中とわかる

五節のほどは、はえばえしくおもしろし。四位、五位ども、いときよげなる、あまた見ゆるなかに、九かの十六夜《いさよひ》のかげに見し心地するを思ひ出《い》づれば、なかにおとなだちて、一〇御許気《おもとき》色《そく》せし人と見なしつ。かたみに、「さよ」と、思ふより、かきもあへず涙をおさへつつ、ありしままのことども語る。一一紀《き》伊の守《かみ》なりしは、とりわきこの君につかうまつりしが子なり。一二行方《ゆくへ》も知らず一三果《は》てもなくなりにし嘆きに、左近蔵人と言ひしは、やがて、さま変へて、その国にある山寺におこなふ、これは兄なりけり。

母上の、年月経《ふ》れど、おぼしなぐさむ世なきに、ひとりとまり給へる一四若君をこそ、またなきほだし一五と心苦しくおぼしあつかふを、かかることを一六聞い給ひつつ、うち添へて悲しくおぼさざらんや。

ことはできません」と長者が言うので、孫娘のことを心配している様子が、たいそう胸にしみるので、人々も気の毒がる。

[二]　五節の行事の間は、はなやかで、目もさめるほどすばらしい。四位、五位の人々で、とてもすっきりと美しい感じの男性が大勢見えるなかに、あの十六夜の月光のもとで見た気がする人がいるので、思い出してみると、あの時の旅人一行のなかで、年長者めいて、お側近く仕える者の風情だった人と見きわめた。互いに、「そうだよ」と思うやいなや、涙をぬぐいさることもできず、涙をおさえては、当時起こった数々の出来事をありのままに語る。紀伊の守だった人は、とりわけこの君[1]にお仕え申し上げていた人の子である。この君が行方も知れず、どうなったのかもわからなくなってしまったことを嘆き悲しむあまりに、左近の蔵人[28]と言った人は、そのまま姿を変えて、その国にある山寺で修行をしているが、この人はその兄にあたるのだった。

若き人の母上[7]は、年月が過ぎても、失踪した我が子[1]に対するお気持ちの慰められる時とてなく、そのうえ、ひとりお残りになっている忘れ形見の若君[4]を、二つとないほだしと、気がかりにお思いになり、大切にお世話しているが、こうしてまた、忘れ形見の女君[3]が残されていたことをお聞きになって、さらに加えて、どうして悲しくお思いにならずにいられようか。

○第七段（画中詞・J絵7）

一 ［[1]大納言殿の御方］うつくしうおさせ[2]給ふものかな。

二 ［中宮］[3]わらはは、[4]炭をえ積《つ》まぬ。おかせ給へ、[5]えい。

三 ［大納言殿の御方］まかりぬ、とは、おぼえねど、いつ、[6]御出《い》でぞ。

四 ［中宮］里《さと》に、にほひ深きことども候ひて、つどひたりつる人にあはん、とて、ちと出《い》でむ、と申せば、五節過ぎて、うち出で候ふ者あまたあらんずらむ、その折、出《い》でよ、と[7]三条殿の仰せらるるほどに、しひても、え申し候はで。

五 ［大納言殿の御方］げにも、また、それもよくこそなう[8]。

一 ［長者］[9]わらはが孫《むまご》の、十ばかりになり候ふが[10]候《さぶら》ふを、かかる身のたぐひには[11]なしたくも候はぬ。かやうの御所辺《へん》に、候はせたく候ふ。[12]尋常《じんじゃう》の人にて候ふ。

二 ［太政大臣］いとほしや。いかなる人ぞ。十ばかりは、げにも、[13]御《ご》宮仕ひもせられんずらむ。みざまは、よくてか。髪は、いかに。何ばかりの人と聞きてこそ、申しも出《い》でんずれ。

○第七段（画中詞）

一 ［大納言殿の御方[9]］美しく、灰をなでつけておいでですね。

二 ［中宮[16]］わたくしは、炭を積み重ねることができません。炭を置いてください、ねえ。

三 ［大納言殿の御方］退出になられたとは思われませんが、いつ、お越しになりますか。

四 ［中宮］実家で、趣深いことがございまして、集まっている人に会いたいと思うので、ちょっと退出したいと申しましたところ、五節の行事がすんでから、退出いたします人がたくさんあるでしょう、あなたも、その機会に退出なさい、と三条殿が仰せになられるので、無理にも申し上げることもできませんで。

五 ［大納言殿の御方］なるほど、また、それも良いですよねえ。

一 ［長者］わたくしの孫で、十歳ぐらいになりますのがございますが、こうしたあそびの身の上と同じようにはさせたくもございません。このようなお屋敷のあたりに、お仕えさせたくございます。人並すぐれた子でございます。

二 ［太政大臣］おいたわしいことですよ。どういった人ですか。十歳ぐらいとは、なるほど、お宮仕えもすることができるでしょう。見た目の姿は良いですか。髪はどうですか。どれほどの身分の人と聞いていればこそ、宮仕えの申し出をもしているのでしょうね。

三　[長者] 誰と申し候はむずるやらん[14]、なべての人とは見え候はぬ。ただ、みざまにしたがひて、もてなさせ給ひ候へかし。心ばかりは、いつき候へども、人はさこそおぼしめしもあなづり候はむずらめ。かなしく候ひしむすめの、とどめ置きて候ふほどに、かたがた、わらはが心の中、ただ御[15]おしはかり候へ。

[16]しうしうと泣く。

四　[大夫殿] 見ばや。[17]上童《うへわらは》などするほどの人か。いかなる髪の美しさぞや。つくろひ所もなくて。裾《すそ》はともかくもつくろひてん、額《ひたひ》つきこそ大事、何《なに》、欠けたる所もなくて。わらはが[18]養《やしな》ひ君にあづかりて候ふぞよ。御覧じ知れ。

五　[乙寿《おとじゅ》] 落ちて候ふものを。

六　[長者] みな落ちて候ふに、うれしのことかや。あはれ、幸寿《かうじゅ》が、よく候ひしものを。

[19]しうしうと泣く。

わらはが心地には、[20]御所の御女房にこそ[21]なしたく候へ。

七　[中将殿] うらやましの髪や。

三　[長者] 誰と申し上げたらよろしいでしょうか、並一通りの人とは見えません。ただ、見た目の姿に応じて、おもてなしくださいませ。わたくしの心だけは、大切にお育ていたしましても、他の人はそんなふうにあそびの子とお思いになって見下げることでございましょう。いとおしく思っておりました娘[2]が、亡きあとに残し置きました孫娘[3]ですので、あれやこれやと、わたくしの心中を、ただお察しください。

しくしくと泣く。

四　[大夫殿] お孫さん[2]を、見たいものです。上童などお側仕えをするほどの人ですか。あなた（乙寿）は、何という髪の美しさでしょう。手入れが必要な所もなくて。髪の裾は、ともかくもとりつくろえるでしょうが、額の生え際こそ大切なこと、何も欠けている所もなくて。わたくしが養い君として、おあずかりいたしますよ。ご了承ください。

五　[乙寿] 髪は、抜け落ちてございますのに。

六　[長者] すっかり抜け落ちてございますのに、髪を褒めていただき、うれしいことですよ。ああ、かなしいこと、幸寿の髪の方が、美しくございましたのに。

しくしくと泣く。

わたくしの思いでは、孫娘[3]を太政大臣邸のようなお屋敷の御女房にさせたく存じます。

七　[中将殿] うらやましいほどの美しい髪ですね。

八　[宮内卿殿] 孫とかいう人が、なぜでしょうか、いとお

八　[宮内卿殿] 孫《むまご》とかやいふ人の、など[22]やらん、いとほしき。見ばや。いかなる人の子ぞや。

九　[太政大臣] 何《な》ぞ、孫《まご》は、やがて泣きかけて、この養《やしな》ひ君の、やがていとほしきがけしからず[23]とよ、[24]えい。

十　[長者] いや、これは。[25]ただ今、御覧ぜさせおはしましける便《びん》なさよ。

十一　[上臈殿の御思人] [26]などら、おそく。[27]如法、[28]よきとももありて。

十二　[按察殿] 美しき人どもの候ふから、とくより参りて、見むとすれば、[29]もののまゐり候ひつるほどに、いとまがいり候ひて、いそがしまゐらせて、御ともに参りて候へば。

十三　[大将殿] これらは、こともかけ候はぬ。御覧ぜられ候はむずる[30]から。

十四　[太政大臣] ああ、さこそ見てこそ、よろづ[31]こころみさうては、とよ。

十五　[冷泉殿] 御大事かな、数々の御こころみは。[32]きうきう。[33]御若くはぞ。

しく思います。見たいものです。どのような人の子ですか。

九　[太政大臣] どうしてですか、孫[3]のことは、すぐさま泣いて訴えて、この養い君（乙寿）をすぐさまいとおしいとみんなが思っているのが気に入らないというのですよ、ねえ。

十　[長者] いえ、これは。たった今、泣き顔をご覧に入れてしまって、不都合なことでしたよ。

十一　[上臈殿の御思人] どうして、遅くなったのですか。たいそう美しい人たちもありまして。

十二　[按察殿] 美しい人たちがおりますので、早くから参上して見ようとしたのですが、お食事をさしあげておりましたので、時間がかかりまして、いそがせ申し上げて、お供として参上いたしました。

十三　[大将殿] これらの人たちは、何も不足するところがございません。ご覧になられましたでしょうか。

十四　[太政大臣] ああ、そのように思えばこそ、いろいろと試してみて、と思うのですよ。

十五　[冷泉殿] 大変なことですね、数々の御試みは。くすくす。お若いことですね。

十六　[さい] 御道案内のあやしさに。くすくす。

十七　[冷泉殿] どちらですか、厄介なことですよ。また、つまらないおしゃべりがわずらわしくて、と思う。

上　[若君] ねえ、蔵人、これが終わってから、御方のもとへ参上なさいよ。

十六　［さい］御案内《あんない》のあやしさに。きうきう。

十七　［冷泉殿］いづちかな、むつかしや。また、御そぞろごとのむつかしうて、[34]と思ふ。

上　［若君］や、蔵人、これ果てて、御方へ参れよ。

下　［蔵人A］[35]をを、[36]やがて。

＊［童女A］[37][38]さてかと思へば、また参れと[39]なう。

＊［童女B］したり、[40]と思ひて、扇《あふぎ》はづす。

＊［童女C］あら、恥づかし。御簾《みす》のうちは知らず、この男たちの。

＊［蔵人B］[41]憎《にく》の目《め》や。

＊［蔵人C］[42]殊勝《しゆしよう》、殊勝、心もおよばず。

＊［蔵人A］なかなるが、ふりのよくは。

〔乙寿《おとしゆ》、大夫殿、中将殿、宮内卿殿、民部卿殿、さい、[43]按察《あぜち》殿、冷泉《れんせい》殿、大将殿、上臈《らふ》殿の御思人、若《わか》君〕

下　［蔵人A］はい、終わり次第。

＊［童女A］そうしていられるのかと思えば、また、参上なさいというのですねえ。

＊［童女B］うまくいった、と思って、顔にかざしていた扇をはずす。

＊［童女C］まあ、恥ずかしいこと。御簾のなかの方々はともかくも、この男の人たちが。

＊［蔵人B］憎らしいほど、あっぱれなことですね。

＊［蔵人C］りっぱ、りっぱ、思いも及びません。

＊［蔵人A］真ん中の童女が、容姿がいいのでは。

○第八段（詞書・J詞8）

[三]大輔㉙と侍従㉞、女君③を迎えに浦の苫屋を訪問

[一]五節《ごせち》、臨時のまつりなどいふことどもも過ぎぬるのち、いたく暮れ果てぬほどに、[二]この大輔《たいふ》、[三]妹の侍従《じじゆう》など、しのびて、かの浦に御迎へに[四]遣はさせ給ふ。

かしこには、所のさま、いとものはかなげなり。船さし寄せて見わたせば、ただこの渚《なぎさ》なる、桟敷《さじき》二間《ま》ばかりに、小柴垣《こしばがき》のはづれ見えて、ひさしだつ軒《のき》にや、[五]苫《とま》といふものを葺《ふ》きたるなど、ことにふれて田舎《ゐなか》びたるけはひ、をかしく見ゆ。浦人の呼ばふ声々、波の音《おと》にたぐひて、いとものの悲し。

はかなしと見つる半蔀《はじとみ》に、輿《こし》さし寄せて降りぬれば、畳などは汚げなくて、[六]ささやかなる火桶《ひをけ》に火かきおこしたるほど、さるかたにつきづきし。海のかた、近く見わたされて、暮れゆくままに、浦の松風、音《おと》すさまじく、雪、霰、少しうち散る。

○第八段（詞書）

[三]　五節や賀茂神社の臨時祭などといった行事も過ぎてしまった後のとある日、たいそう暮れ果ててもしまわない時分に、この大輔㉙と、その妹の侍従㉞などを、こっそりと、あの浦に、幸寿が残した女君③を太政大臣邸にお迎えするために、お遣わしなさる。

あちらでは、あたりの様子も、本当に何とはなく頼りなげである。船をさし寄せて見わたしてみると、ただ、この渚のもと、桟敷二間ほどに、小柴垣の端が見えて、庇めいた軒であろうか、苫というものを葺いてある様子など、何かにつけて鄙びた気配が、興味深く目に映る。浦人の呼び続ける声々が、波の音とひびきあって、たいそうもの悲しい。

頼りないと思われた半蔀に、輿をさし寄せて降りたところ、畳などは汚げではなくて、ささやかな火桶に火をかき起こしてある具合は、それはそれでこうした住まいにふさわしい。海の方角が、間近に一望することができて、日が暮れてゆくにつれて、浦の松を吹く風が、すさまじい音をたて、雪や霰が少しぱらぱらと散る。

[三]大輔[29]、幸寿《かうじゆ》の姉・菊寿《きくじゆ》[31]と再会する

大輔もこの妻戸《つまど》に入れたれば、[七]なか開《あ》けて、「いと寒し」と、火桶、ひき寄せたれば、所につけたる饗応《あるじ》など、をかしやかなるをまかなふとて、若きぞひとり、出でたる。これは[八]菊寿《きくじゆ》と言ひしなり。幸寿《かうじゆ》が、父かはりたる姉なりけり。ありし折も、この大輔、とりわき語らひし者なり。過ぎぬるころも、心地わづらふことありて、のぼらざりけるを、かたみに見つけてめづらしがりつつ、その世のことなど、ほの言ひ出でつつ、あはれと思へり。

[四]侍従[34]、女君[3]と対面し、長者[30]・尼君[32]と語る

暮れぬれば、半蔀《はじとみ》下ろし、[九]なか引き立てて、君、渡したてまつる。[一〇]よしある都人のおとろへたるを、よすがありて語らひつつ、月ごろ、君に添へたてまつれる尼君、老いにたれどかたくなはしからず見ゆるぞ、具《ぐ》しきこえたる。

十ばかりときこゆれど、まだいと小さく細《ほそ》やかにて、[一一]御髪《ぐし》のみいとうつくしげにゆらゆらと広ごりたる末《すゑ》、目もあやなり。[一二]蘇《す》芳《はう》の織物、三つばかり、青《あを》き単衣《ひとへ》、まだ裾《すそ》短き袙姿《あこめすがた》にて、ついゐ給へる様体《やうだい》、こまやかなる御容貌《かたち》、愛《あい》

[三]　大輔[29]をもこの妻戸に入れたところ、なかの障子（襖）を開けて、「とても寒い」と言って、火桶を引き寄せているので、所がらにふさわしい接待など、気のきいたおもてなしをするということで、若いあそびがひとり出てきている。この人は、菊寿[31]と呼んでいた人である。幸寿[2]と父親違いの姉であるのだった。かつてのあの折も、この大輔が、特別に懇意にしていた人である。菊寿は、過日（五節の折）も、体調をくずしていて、上京しなかったのだが、お互いに気づいて、めったにないことと喜んで、その当時のことなどをほのかに口にしては、感慨深く思っている。

[四]　日が暮れてしまったので、半蔀を下ろし、なかの障子を引いて閉めて、女君[3]をお移し申し上げる。教養ある都人で今は落ちぶれている人を、縁故があって頼み込んで、ここ数か月もの間、この君のお側につき添わせ申し上げているが、その尼君[32]は、年はとってはいるけれど、みっともなくは見えない、その人をともなわせ申し上げている。

女君[3]は、十歳ほどと申し上げるが、まだ本当に小さくほっそりとしていて、御髪だけはたいそう美しい感じで、ゆらゆらと広がっている髪の裾は、目にもまばゆいほどである。蘇芳の織物を三つばかり重ねて、青い単衣を着て、まだ裾の短い袙姿で、膝をついて座っていらっしゃるからだつきや、こまやかに整ったお顔だち、こぼれるようなかわいらしさなど、目をみはらされる思いがして、あかりを近くにかかげて、

敬《ぎやう》など、目もおどろかるる心地して、火近くかかげて見たてまつれば、昔の御面影さへけざやかに立ち添ひ給へる、いと悲しくて、侍従、まづ、うち泣かれぬ。

（侍従）「かくまぎれどころなき御さまにて、かかる所に年月《としつき》を送りて生ひ立ち給ひけんほど、いとかたじけなしや」と、鼻うちかめば、長者、いと面立たし、と二三思ひよろこぶ。（長者）「何《なに》にも、幸寿《かうじゆ》は、ことにかなしくしける二四むすめにて、またなくこの御ゆかりにものをのみ思ひて、亡くなりにしすぢを、かくかたじけなく聞き合はせたてまつるにも、あらましかばいかばかりかひありて思ひきこえまし。また、かの行方《ゆくへ》なき人の御うへも、さだかならねど、ことのさまほの聞くにつけても、二五左も右も包みかねてやな二六む」と、二七見せも聞かせも恋しさの今さらにしのびがたきにも、（長者）「さても二八月ごろは、かたじけなくほどなき袖にはぐくみたてまつりつつ、もよほす二九かたも侍りながら、また、慰みつつこそはながらへ侍りしを、いつを頼みともなくひき別れたてまつりなば、いつかしき御あたりにかかる身の程にて参りたてまつらんも、君の御ため、なかなかに侍りぬべければ、

女君を拝見すると、昔の人（行方知れずの父君[1]）の面影までが、くっきりと立ち添うように浮かんでいらっしゃる、それが本当に悲しくて、侍従[34]がまず涙をこぼしてしまう。

「このように太政大臣のご子息[1]のお子様と紛れようもないご様子で、こうした所で年月を過ごしてお育ちなさったであろうとは、とても恐れ多いことですよ」と言って鼻をそっとかむので、長者[30]は、たいそう面目あることと思って喜ぶ。「何につけましても、幸寿[2]は、格別にかわいくてならなかった娘でありまして、他でもなく、この太政大臣家の御ゆかりの方[1]ゆえに、物思いばかりして、亡くなってしまったのですが、そのつながりをこのように恐れ多くもお聞き合わせ申し上げるにつけましても、もしも幸寿が生きておりましたなら、いったいどれほどかいあることとお思い申し上げたことでしょうか。また、あの行方の知れない方[1]のお身の上も、はっきりとではありませんが、事情をほのかに耳にするにつけましても、うれしく思うとともに、悲しくて、左の袖にも、右の袖にも涙を包みかねてしまいまして」と言って、幸寿に、成長した娘[3]の姿を見せたいもの、こうして太政大臣家に迎えとられていくということを聞かせたいものと、恋しい思いが今あらためてこらえがたいにつけても、「それにしましても、数か月来、恐れ多くも狭くみすぼらしい袖ながら、この君[3]を大切にお育て申し上げては、涙をもよおすようなこともございますものの、また心が慰められたりして、生きながらえてきましたが、いつまた会えるというあてもなく、引き

これこそながき御なごりならめ」など、むせ返るもことわりなれば、みな泣きぬ。

君も目をすりて、ねぶたげにまぎらはし給へば、(尼君)二〇「御殿《との》籠《ごも》れ」など、尼君の膝にかき伏せられて、はかなく寝入り給ひぬ。

二一この尼も、昔、嵯峨の入道太政大臣殿《おほきおほいどの》の御あたりにふれはひし人にて、この御ゆかりと聞くに、いとなつかしくて、侍従と昔語りなどするにぞ、二二この御行方《ゆくへ》もさだかに聞きあきらめけむかし。

［一五］大輔29と菊寿《きくじゅ》31、若き人1らをしのぶ

大輔は、菊寿《きくじゅ》とか言ひつると語らふ。(大輔)「この妻戸《つまど》ぞかし。昔、君の立ち入り給二三へりし」など、言ひ出でつつ、幸寿《かうじゅ》がありさまなど問へば、泣く泣く語る。

二三枕をそばだてて、鼻うちかみつつ聞く。忘れたてまつるとしはなけれど、年月《としつき》隔たりつつ、二四うちかすみぬる昔語り、かかる所にては、おどろかるる心地して、ありしその暁《あかつき》、雁《かり》のつらねて鳴き渡りしを、船に乗り給ひしあけぼのぞかし、いとものの心細げにながめ給ひし御顔のにほひ、常より

別れ申し上げてしまいましたならば、ごりっぱなご周辺に、このような身の上で参上申し上げるようなことも、君3の御ためには、かえってよくないことに違いありませんので、今日のこの別れこそ、永い別れのお名残惜しさでありましょう」などと言って、何度も涙にむせるのももっともなことなので、みな、泣いてしまう。

女君3も目をこすって、眠そうな様子で涙をまぎらわしていらっしゃるので、「おやすみなさいませ」などと言って、尼君の膝の上にかき伏せられて、あっけなく寝入っておしまいになった。

この尼32も、昔、嵯峨の入道太政大臣殿19のご周辺とかかわりあっていた人で、女君3が、この嵯峨の入道のご血縁と聞くにつけても、たいそう親近感がわいて、侍従34と昔語りなどをするが、それによって、この女君の父上1のご素姓もはっきりと聞いて明らかになったことだろうよ。

［一五］ 大輔は29菊寿31とか言った人とむつまじく語り合う。「この妻戸でしたね。昔、君1がお出入りなさったのは」などと、口にしては、幸寿2の様子などを尋ねるので、菊寿は、泣く泣く話して聞かせる。

大輔29は、枕をそばだてて高くして、涙まじりの鼻水をそっとかみながら菊寿の話を聞く。お忘れ申し上げるというわけではないけれど、年月が遠く隔たり、少し霞んでしまった昔語りは、このような場所で聞くと、はっとさせられる気がして、かつてのあの暁、雁が連なって鳴きながら空を渡って

ことに忘れがたく思ひ出《い》でたてまつる、御面影の、ただ今も見たてまつる心地すれど、十年《ととせ》になりぬかし。

［一六］女君[3]、船に乗り、浦の苫屋をあとにする

鐘の音《おと》だに聞こえねど、暁《あかつき》近くなりぬ。聞きもならはぬ浦風に、[三五]友呼ぶ千鳥の、ただこの枕《まくら》の上《うへ》かと聞こゆるも、いともよほし顔なり。まだ明けやらぬほどにぞ、御船に乗せたてまつりける。

○第八段（画中詞・J絵8）

一　［大輔］いかにや、これほどにめづらしきことこそなけれ、なう[1]。かく、年月《とし》経ても、絶えぬ契りなれば、行《ゆく》末《すゑ》もなかなか頼もしとは思はでか。さて、幸寿《かうじゆ》とかやは、何《なに》とて、亡くなりけるぞ。あはれなることかな。

二　［菊寿《きくじゆ》］さ候へばこそ、年月《とし》隔たりて候ひつるあはれさも悲しさも、今さらおどろかされて、悲しく候ふぞや。幸寿御前《かうじゆごぜん》は、この御ことののち、ただ、ものをのみ思ひて、また人[2]に見えんまでは忘るな、と、仰《おほ》せ言《ごと》候ひける、とて、この御言の葉の悲しき、とて、すべてまた、[3]あそ

いた光景を、船にお乗りになった曙であったよ、とても心細そうにながめていらした君[1]のお顔のつややかな美しさを、いつもよりもとりわけ忘れがたくお思い出し申し上げる、その君の御面影がたった今も拝見しているような気がするけれど、あれから十年にもなってしまったことよ。

［一六］　夜明けを告げる鐘の音さえ聞こえないが、暁近くなってしまった。聞きなれない浦風のひびきに、友を呼ぶ千鳥の鳴く声が、まるでただ、この枕もとかと聞こえてくるのも、本当に涙を誘うかのようである。まだ、夜が明けきってしまわないうちに、女君[3]を御船にお乗せ申し上げるのだった。

○第八段（画中詞）

一　［大輔］なんともまあ、これほどにめずらしいことはないよ、ねえ。こうして年月が経っても、絶えることのない前世からの約束なのだから、将来もかえって頼もしいとは思わないかい。ところで、幸寿[2]とかいう人は、どうして亡くなったのだい。気の毒なことだよ。

二　［菊寿］そのような前世からの約束がございませばこそ、年月が隔たってしまいましたあわれさも悲しさも、今あらためて気づかされて悲しくございますよ。幸寿御前[2]は、若き人[1]とのこの御事ののち、ただ物思いばかりして、「別の男の人と一夜をともにするまでは忘れないでいてくれ」という若き人の仰せ言がございましたと言って、このお言葉が悲しいと言って、まったく二度とふたたび、あそ

びもし候《さふら》[4]はず、泣く泣く、ただこの御形見をのみ明け暮れの慰めにて候ひしが、三年[5]と申し候ひし年、亡くなりて候ふよ。

三　［大輔］あはれなりける心かな。女のみな、かかれかし。この御形見は、似させ給ひたるか。など、五節には上《のぼ》らざりしぞ。

四　［菊寿］我々[6]が心地には、ただ昔の御面影候[7]ふから、とこそ見まゐらせ候へ。さだかにもおぼえさせおはしまし候はぬ時に、いかが候ふらん。上《のぼ》りたく候ひしかども、いたはることが候ひて。

五　［大輔］ここにては、ことにさまざま昔語りのみかき尽くし思ひ出でられて、あはれなるぞや。

六　［菊寿］この妻戸[8]こそとよ。昔の御ことどもの、わら[9]はがあはれや。ながらへ候ひて、申し出で候ふべしとも、我ながらおぼえ候はざりし。かくも、げに[10]、めぐりあひまゐらせ候へば、命[11]つれなく候はば、とも、頼まれ候ひて。

一　［侍従の乳母］あな、御[12]いとほし。これほどにまがは

びのおつとめをすることもございませんで、泣く泣く、ただこの若き人とのお形見の子[3]だけを、明け暮れの慰めとしておりましたが、三年と申しました年に、亡くなったのでございますよ。

三　［大輔］胸を打つ心ばえですね。女の人は、みんなこのようであってほしいものよ。このお形見の子[3]は、君（若き人）[1]に似ていらっしゃいますか。あなたは、どうして五節の折には上京しなかったのだい。

四　［菊寿］わたくしどもの印象では、ただ行方知れずの御方[1]の御面影そのままかしら、とお見受け申し上げてございます。はっきりともお思い出されなさいませぬ時に、どうしておうかがいいたしましょうか。上京したくございましたが、病気になっておりまして。

五　［大輔］ここでは、ことさら、いろいろと昔の思い出話ばかりが、あるかぎり思い出されてきて、胸にしみることだよ。

六　［菊寿］この妻戸ですよ。昔の数々の出来事が、わたくしには悲しく思われますよ。こうして生きながらえまして、思い出話を申し上げることができましょうとも、自分自身、思ってもみませんでした。このように、なるほどめぐりあい申し上げましたので、これから先も元気でありましたなら、末長くあなたとの関係もつづくに違いない、とも頼みに思われまして。

一　［侍従の乳母］まあ、おいとおしいこと。これほどに、

ぬ御面影にて、かかる波風にまじりて、生ひ立たせおはしまし候ひつらん、かたじけなさよ。さは、聞きまゐらせながらも、これほどとは思ひまゐらせ候はでよ。

二　［長者］あな、うれし、かたじけな。かく申させおはしまし候ふにも、わらはが心のなか、ただ[13]おぼしめしやらせおはしまし候へ。幸寿《かうじゅ》候はば、いかに、と、いとど悲しく候ひて。

三　［都の古宮仕へ人］[14]これは、太政の大臣殿《おほいどの》と申し候ふ、御孫《むまご》[15]かな。尼は、この[16]御父《てて》、嵯峨の入道大臣殿《おほいどの》に、ちと候ひし者にて候ふ。この大臣殿《おほいどの》の御若さかりまで候ひし。御上《うへ》は、三所わたらせおはしまし候ひしぞかしな。小野《をの》の六の宮と申し候ひし御むすめの御腹《はら》には、少将殿と申し候ひし。内大臣殿《うちのおほいどの》の御方には、同じ御年にて、それも少将殿と申し候ひし。源大納言殿の御方にも、若君わたらせ給ひ候ひし。これは、いづかたの御孫《むまご》にてわたらせおはしまし候ふぞや。

四　［侍従の乳母］これは、宮の御方の少将殿と申し候ひし御なごりにて。大臣殿《おほいどの》の御方のも同じ御年にて、[17]月御

太政大臣のご子息[1]のお子様と、紛れようもないお顔立ちで、このような波風にまじってお育ちしていらっしゃいましょうとは、恐れ多いことですよ。そんなふうにお聞きしてはおりましたものの、これほどまで似ておいでとは存じませんでしたよ。

二　［長者］まあ、うれしいこと、もったいないお言葉ですこと。このように、この君[3]について申し上げてくださいますにつけても、わたくしの胸のうちを、ただおしはかってくださいませ。幸寿[2]が生きておりましたならば、どんなに喜んだことかと、いっそう悲しくございまして。

三　［都の古宮仕人］この君[3]は、太政大臣殿[6]と申しますお方のお孫さんですね。尼[32]は、この太政大臣殿の御父君、嵯峨の入道大臣殿[19]に、ちょっとお仕えしていた者でございます。この太政大臣殿[6]のお若い盛りまでお仕えしました。ご夫人方は、お三人おありでいらっしゃいましたですよね。小野の六の宮[18]と申しました方の御息女[7]がお生みになられた方は、少将殿[1]と申し上げました。内大臣殿の御方[8]のもとには、同い年で、その方も少将殿[10]と申しておりました。源大納言殿の御方[9]のもとにも、若君[11]がおいでていらっしゃいました。この君[3]は、どなたのお孫さんでおいでていらっしゃいますか。

四　［侍従の乳母］この君[3]は、宮の御方[7]の御子息で、少将殿[1]と申し上げました方のお残しになった人でございまして。大臣殿の御方[8]の御子息[10]も、同い年で、月違いの

弟《おとと》にて候ひしを、我こそとおぼしめし候ひて、さまざまの空事《そらごと》、出で来候ひて、この少将殿は[18]御寺のあづかりまゐらせて、都《みやこ》のうちにも、[19]え御わたり候はざりしほどに、そこにて何と候ひける[20]やらん、失《う》せさせおはしまして候ふ。[21]御下り候ひし道にて、この御ことは、出で来させおはしまして候ひける。

さて、思ひのままに御嫡子《ちゃくし》にて、三位中将までならせおはしまして候ひしが、御もがさ大事にて、御目さへ片《かた》端《は》になりて、[22]御まじろひも絶えて、しばしわたらせ給ひ候ひしが、つひに、御かくれ候ふ。

大納言殿の御方のは、当時《たうじ》、大将殿と申し候ふ。御子のわたらせ給ひ候はで、この[23]御あえの若君を、さもや、など、仰せ言候ふぞ。

御名をば、何と申し候ひけるぞ。

五　［都の古宮仕へ人］さては、その大将殿とかやのいまだ若君と申し候ひしまで、見まゐらせ候ひし。按察殿と申し候ひし[24]をばの局《つぼね》より参り候ひしが、いまだ名も候はで、今参りにて二、三年候ひしほどに、思ひかけ候はず、人

弟君でございましたが、自分こそ嫡子にとお思いなさいまして、いろいろとありもしない作りごとが出て来まして、こちらの少将殿[1]は御寺がお預かり申し上げて、京の都のなかにもお越しになることができずにおりました間に、そこで、どのようなことがございましたのでしょうか、失踪なさったのでございます。京から、御下向いたしました道すがら、この宿での出来事がお起こりになったのでございました。

そうして、大臣殿の御方の少将殿[10]は、思いどおりにご嫡子になって、三位中将にまでおなりでいらっしゃいましたが、重い疱瘡をわずらって、御目まで不自由になって、ご交際も絶えて、しばらくはご存命でいらっしゃいましたが、とうとうお亡くなりになったのでございます。

大納言殿の御方[9]がお生みになった方は、現在、大将殿[11]と申します。ご子息がおありではございませんで、このわが子としても不似合いではない（少将殿の忘れ形見の）若君[4]を、いっそ後継にしようかしら、などといった仰せ言もございます。

あなた[32]は宮仕え当時のお名前は、何と申しましたか。

五　［都の古宮仕人］それでは、その大将殿[11]とか言われる方が、まだ若君と申しておりました時まで、拝見してございました。按察殿と申しておりましたおばの部屋から参上していましたが、まだ名前もございませんで、今参りの状態で二、三年お仕えしておりました間に、思いもかけませ

にすかされて、奥の夷《えびす》にとられ候ひて、年月《とし》候ひしほどに、都《みやこ》のこともそののち絶えて、御行方どもも知りまゐらせ候はで、その者にさへおくれ候ひてのち、また、まどひ上《のぼ》りて候ひしほどに、かかる御ことにとりつきまゐらせ候ひて、御[25]いとほしさに何ごともおぼえ候はず。この御すぢにてわたらせおはしまし候ふと知りまゐらせ候ひては、いとど御[26]なつかしく、御いとほしく候ふぞや。

さて、その大臣殿《おほいどの》の御方は、いまだ御[27]わたり候ふか。

六　[侍従の乳母]　それは、やがてこのおそろしき御心がまへどもあらはれ候ひて、とくより、御所うちにも御[28]わたり候はで、あさましき御ことにて候ひしが、三位中将殿さへ亡くならせ給ひてのち、ほどなくうちつづきうせさせ給ひて候ふ。物の報《むく》[29]ひほどとおぼえ候ひて。

七　[長者]　ただ今こそ、よろづうけたまはり候へ[30]とよ。いかでか[31]なう。ただ、行方《ゆくへ》はかりもなく思ひまゐらせて嘆き過ぐし候ひつるとよ。御[32]おしはかり候へ。あら、かたじけな。うるはしくも見まゐらせ候はざりしかども、御[33]雲透《くもす》きの、さも御[34]うつくしう候ひしぞや。下衆《げす》などこ

ず、人に言いくるめられて、陸奥国の夷の妻とされまして、年月を送っておりました間に、京の都のことも、そののちは音信もぷっつりと絶えて、太政大臣家の方々のその後のことも存じませんで、その結婚相手の男にまで先立たれましたあと、また、どうしてよいかわからないままに上京いたしましたところ、このような御ことにかかわり申しまして、君[3]のおいとおしさに、他のことは何も思われませんでした。その君が、この太政大臣家のお血筋でおいでていらっしゃいますと知りましたからには、いっそうお親しみをおぼえ、おいとおしくございますよ。

ところで、その大臣殿の御方[8]は、いまだにご存命でございますか。

六　[侍従の乳母]　そのことですが、間もなくこのおそろしいご策謀の数々が発覚しまして、早くから太政大臣邸にもいらっしゃいませんで、あきれるほどひどい出来事でございましたが、ご子息の三位中将殿[10]までお亡くなりなさったのち、どれほどもなく、大臣殿の御方もつづいてお亡くなりなさったのでございます。策謀の報いといったところではと思われまして。

七　[長者]　たった今、すべてのことをおうかがいいたしましたよ。何とかして知りたいと思っておりましたがねえ。ただ、若き人[1]を見つけ出そうにもあてもないことと思いまして、嘆きながら過ごしておりましたよ。ご推察くださいませ。まあ、失礼なことを申しまして。あらたまって拝

そ、かかることは候へ、上臈《じやうらふ》の御なかにもや。ああ、ただ。さて、この后は、大将殿の同じ御腹、候ふなう。

八　［侍従の乳母］いや、さもわたらせおはしまし候はず。誰《たれ》と申し候はむずるやらん。世には、[35]前斎宮の御あたりより出で来させおはしまして、など申し候へども、[36]燈台《とうだい》の下にて候ふぞや。それも、ただ、御内参《うちまゐ》りのほどより、大将殿の同じ御こと候ふ。その御方にとりもちあつかひまゐらせられ候ふ[37]ぞとよ。[38]御かしこく。

上　［都の古宮仕へ人］[39]御ねぶたかう。御なごりにと来よ。あら、[40]御いとほし。

下　［女君］[41] [42]あう。

〔侍従の乳母《めのと》〕

○　第九段（詞書・J詞10）

［七］宮の御方7、若君4と姫君3を養育する

祖母上《おばうへ》の御はらからに、中将にてうせ給ひし人の御むすめ、二葉より御あたりさらず生ひ出で給ひしを、忍びつつ、深き御契りなりし。あやにくに、父大臣《おとど》、例のくまなき御心に

見したわけでもございませんでしたが、薄暗がりで透かして見えたお姿1は、いかにもお美しゅうございましたよ。下々の階層などにこそ、こうした出来事はございましょうが、上流の階層のお方のなかにもあるのですか。ああ、まったく。ところで、この后宮16は、大将殿と同じ御方がお生みになられたのでございますよね。

八　［侍従の乳母］いいえ、そのようにもおありではいらっしゃいません。どなたと申し上げますのでしょうか。世間では、前斎宮のご周辺よりお生まれになられて、などと申しておりますけれども、燈台下《もと》暗し、で身近なことはかえってわかりにくいものでございます。とはいえ、ただもう、ご入内のころから、大納言殿の御方9に引き取られ、大将殿とご同様でございます。その大納言殿の御方9に大切にお世話していただいてございますよ。ごりっぱなことで。

上　［都の古宮仕人］お眠たそうですね。別れのお名残にということで、こちらにおいでなさい。まあ、おいとおしいこと。

下　［女君］はあい。

○　第九段

［七］　祖母上7のご兄弟に、中将でお亡くなりになられた人12があるが、その人の御娘13は、幼少のころから祖母上のもとで、祖母上のご子息で、今は行方知れずの少将殿1とともに、お側を離れることなくお育ちなさったのだが、二人は

て、さまたげきこえ給ひしを、かたみに深くおぼし嘆きけるまぎれに、ただならずさへおはしける。

生《む》まれ給ひしほどにも、ものをのみ嘆き給ひしゆゑにや、いくほどなくて、うせ給ひにし。その御ゆゑにことつけて、わづらはしきことどもも出《い》で来《き》しぞかし。

とまり給へる若君をこそ、またなき御形見とおぼしあつかふめるに、この君をさへたづねとり給ひて、いとどさりがたきほだし添ひぬる心地し給ふ。これはしも、あやにくに、昔の御面影をうつし給ひつるは、今さらあらたまる御悲しみなれば、この忘れ形見をだに、御心の限りはいかで、とおぼしあつかへど、殿は、中宮、宮々《みやみや》、大将の御かしづきよりほか、またなき御いとなみなれば、祖母上《おばうへ》は、御心ひとつにはおよばぬこと多く、涙の種《たね》添ふ御かしづきなり。

〔一八〕太政大臣[6]、孫にあたる姫君[3]と対面する

殿にも、(宮の御方)「かかる人なん、思ひかけぬ所にものするよし聞きしかば、知らぬ顔にてはふらさむも、と思ひ給ひて、迎へとりにし」とて、見せたてまつり給へば、(太政大臣)「若君こそ、違《たが》ふところなく生ひ出づると思ふに、なほしもけざやかに思ひ

人目を忍んでは、深いご関係であった。あいにくなことに、父である太政大臣[6]は、例によって抜け目ないご性分で、二人の仲を知り、妨げ申し上げなさったが、互いに深く嘆き悲しみ、心が取り乱されたなかで、御娘[13]は身ごもってまでおしまいになられたのだった。

若君[4]がお生まれになったころにも、何かにつけて嘆いてばかりいらっしゃったせいであろうか、御娘[13]は、どれほどもなくてお亡くなりになってしまった。そのご原因にかこつけて厄介なこともいろいろと出て来たのだったよ。

祖母上は、あとにお残りになっている若君[4]を、ふたつとないお形見とお思いになってお世話なさるようであるが、この女君[3]をまでさがし求めてお引き取りになって、いっそうこの世から離れようと思っても離れがたいほだしが、加わってしまったお気持ちがなさる。この女君は、そこまで似ていなくともと思われるほどに、行方知れずの父[1]の御面影を写し取っていらっしゃったのだが、それは今になって新しくよみがえってくる御悲しみであるので、せめてこの忘れ形見の女君をなりと、お心の限りは何とかして幸せにしてあげたい、と大切にお思いになってお世話なさるが、殿[6]は、中宮[16]、皇子たち、大将[11]のお世話以外は、比類ないご多忙さであるので、祖母上[7]は、御心ひとつでは行き届かないことが多く、涙の原因が加わってしまう御養育である。

〔一八〕　宮の御方[7]は、殿[6]にも、「このような人が、思いも寄らない所においでになる旨を聞きましたので、知らんぷ

出でらるるは、僻目《ひがめ》にや」など、さすがあはれとおぼい[二]て、(太政大臣)[三]「后宮、三品宮に、さりぬべき御あそびがたきもがな、とつねにのたまふに、参らせ給へ」など、のたまひすてて立ち給ひぬるにも、[三]あはれなることどものたまひ出でつつ、うち[四]泣い給ふ。

○第九段（画中詞・J絵11）

上［按察殿］あはれ、この君達《きんだち》の[1]御父《てて》御寮《れう》わたらせ給はば、今は、大臣にもならせ給ひなん。若君も、御元服《げんぷく》、姫君も、一定、御内参《うちまゐ》りなどもあらまし。なほも、出《い》で来《き》こそせさせ給はましも。

この御方には、昔び、古めかしき御すぢにて、[2]御かすかにはあり。うつくしさは、過ぎさせおはしましたり。こと御方々は、[3]御肝《きも》まさりに、我よからんと、いとなませ給ふ。御思ひはありながら、[4]世おぼえのいたくわたらせ給はぬぞや。

あの御方には、我生《む》まぬ中宮をだに、とりもちまゐらせて、宮たちをもひしめきもちあつかひまゐらせさせ給

りをしてほうっておくようなのもどうかしら、と存じまして、引き取ってしまいました」と言って、女君[3]をお見せ申し上げなさったところ、殿は、「若君[4]こそ、行方知れずの息子[1]と違うところなく成長していると思っていたが、なおいっそう、くっきりと息子の面影が思い出されてくるのは、そう思い込んでいるための見誤りだろうか」などといって、さすがに胸にしみることとお思いになって、「后宮[16]が、三品の宮に、しかるべき御あそび相手があればなあ、といつもおっしゃっているので、この君[3]を参らせなさい」などと、言いたいことだけおっしゃって、お立ち去りなさってしまうにつけても、宮の御方[7]は、せつない胸のうちをいろいろとお口になさっては、ついお泣きになる。

○第九段（画中詞）

上［按察殿］ああ、この君たちのお父様[1]がおいでていらっしゃったならば、今ごろは、大臣にもきっとおなりでいらっしゃいましょう。若君[4]もご元服なさり、姫君[3]も、必ずやご入内などもあったことでしょうに。やはり、なんといっても、行方知れずのお父様[1]がお姿をあらわしなさったならばいいのですけれど。

この宮の御方[7]は、昔めいていて、古風なご性分でひっそりとしています。美しさの盛りは、お過ぎでいらっしゃいます。他のご夫人方は、ご度胸がまさっておいでで、ご自分の判断でよいようにとり行なっていらっしゃる。宮の

へば、大将殿の御光《ひかり》のみにても[5]あらばや。[6]いしきぞや。ただ人は、御肝《きも》にて、世にもわたらせ給ふ[7]ごさめれ。

中　［兵衛佐殿］さらば、御生《お》ひ出でして、この君達《きむだち》、[8]御めでたくて、御世おぼえもはなやかにならせ給へかし。いつとなく、かた据ゑたるも悲し。若君の御ことをも、今は、男とも、法師とも、いつよりとも、さだめまゐらせ給へかし。

下　［大蔵卿殿］大将殿の御子は、待てども待てどもわたらせ給はず。これ、御法師になしては、[9]いしき御大事。祈りたてまつらせむ、[10]とせんせんが申すぞや。人や聞かむ、と恐ろしくて。

下々　［按察殿］さやうのことぞ、また、まねびにも出《い》づまじきかと。[11]壁に耳、と言ふ、恐ろしや。

一　［太政大臣］いたいけや。あれは誰《た》そや。

二　［宮の御方］さ候へばこそ、[12]あてをだにも心苦し、と思ふに、また、思ひかけぬ所に、かかる人のとどめ置きて、と聞くほどに、さてまた、しばしも聞きながら、あるべきにてもなくてはふれんも、と思ひて、迎へて候ふ

御方は、お気持ちはおありになるものの、世間の評判がそれほどではいらっしゃらないのですよ。

　あの大納言殿の御方[9]は、ご自身が生んだのではない中宮[16]をさえ、大切にお世話申し上げて、皇子たちをも何人もかかえながら、大事にお世話申し上げていらっしゃるので、彼女の評判の高さは、ご子息の大将殿[11]のご威光のせいだけでもないようです。たいしたものです。皇族でない人は、ご度胸で、世の中をお渡りになられるもののようでございます。

中　［兵衛佐殿］そういうことなら、ご成長なさって、このお子様たち[3][4]がごりっぱになられて、世間のご評判もはなやかにおなりになってくださいませ。いつというあてもなく、将来像を決めてあるのも悲しい。若君[4]のご将来についても、今は、元服させて一人前の男にするとも、出家させて法師にするとも、いつからとも、お決め申し上げなさってくださいよ。

下　［大蔵卿殿］大将殿[11]のお子様は、待っても待ってもお生まれなさいません。この若君[4]を、御法師の身にしてしまったならば、とんでもない一大事。しっかりお祈り申し上げましょうと、せんせんが申すのですよ。他人が聞かないかしら、と恐ろしくて。

下々　［按察殿］そのようなことは、二度と、誰かの言ったままのことにせよ、口にすべきでないことかと。壁に耳、ということわざにも言います。恐ろしいことですよ。

ぞ。何《なに》とともなり候ふべき人々やらん。[13]

三　[太政大臣] 不思議や。いづくにありける人ぞや。僻《ひが》目《め》か、違《たが》ふところなく似たるは。あはれなり、あはれなり。

やや、[14]うち向かふ。

これは、祖父《おほぢ》ぞよ。[15]中宮の一品宮に御あそびがたきのほしきと、いつとなくおほせらるるに、[16]いしき人かな、参らせさせ給へ。

四　[宮の御方] さやうの[17]まじろひは、まだ幼くて。ものの心も知るほどになりてこそ、せめて。

五　[若君] や、絵《ゑ》、読みに参りたれば。

六　[高倉殿] 昨日の御書《ふみ》よ、受けさせおはしまし候ひしところは、おぼえさせおはしまし候ふか。それを復《ふく》して、[18]入させおはしませ。御絵《ゑ》も、さることにて。

七　[若君] それは読み果《は》てて、今朝《けさ》また習ひたるよ。[19]韻《ゐむ》の字も書きおぼえつ。

八　[宮の御方] [20]いしのことや。あれも、次第《しだい》に、丈《たけ》は高くなりて、何《なに》にならんずる人やらん。[21]ぬしは、ただ法師

一　[太政大臣] あどけなくかわいらしいことよ。あれは誰だい。

二　[宮の御方] さようでございませばこそ、若君[4]のことさえをも気がかりなことと思いますのに、また、思いも寄らない所に、このような人[3]が残されてと聞きましたので、そうしてまた、少しの間でも、聞いていながら、あるべき状態でもなくて放っておくようなのもどうかしらと思って、引き取ったのでございますよ。何にともなろうとすべき人たち[3][4]なのでしょうか。

三　[太政大臣] 不思議なことよ。どこにいた人なのか。そう思って見るための見誤りだろうか、行方知れずの息子[1]と違ったところもなく似ているのは。ああ、胸がいっぱいだ、ああ。

少し、姫君[3]の方に、身体を向ける。

この私が、あなた[3]のお祖父さまですよ。中宮が一品宮[20]にお遊び相手がほしいといつもおっしゃっていられるので、ちょうどよい人だな、参上させなさい。

四　[宮の御方] そのような宮仕えは、まだ幼すぎて。ものの分別もわきまえ知るころになりましてからこそ、せめて。

五　[若君] もしもし、絵を、読みに参りましたが。

六　[高倉殿] 昨日のご書物よ、教えをお受けなさいましたところは、お覚えなさいましたか。それを復習してから、お入りなさいませ。御絵も、それはそれとして。

七　[若君] その書物は読み終えて、今朝また習いましたよ。

にとてあるに、さやうになさせ給ひ候へかし。さるべくばかりこそ[22]ありたきことなれ。

九　〔太政大臣〕ああ[23]、ま、僧正がりやらん[24]、と言へば、大将が、いそがずとも、と言へば。何《なに》とも、はからはむずらん。

一　〔姫君〕はや、読めやう[25]。

二　〔冷泉殿〕あの御方、御帰りののち。まづ、絵《ゑ》を御覧ぜさせおはしませよ。

三　〔姫君〕[26]烏滸《をこ》のありつるは、それか。

四　〔冷泉殿〕いや、上巻にこそ。

〔兵衛佐殿、大蔵卿殿、按察殿[27]、[28]若君《わか》・十二、高倉殿、冷泉《れんせい》殿〕

○第十段（詞書・J詞11）

〔一九〕若君[4]、太政大臣[6]家を継ぐべく元服する

太政大臣殿《おほきおほいどの》は、おぼしそめぬるすぢを、また、ともかくもならぬ御癖《くせ》にて、大将殿の御つぎならでは、世に立ちつぎ給ふべきものともおぼされぬに、三十路《みそぢ》に近くなり給ひぬれど、

韻の文字も書き覚えました。

八　〔宮の御方〕感心なことね。あの子[4]も、次第に背丈が高くなって、何になろうとする人なのでしょうか。あなた[6]はただ、法師に、という心づもりなので、そのようにおさせなさってくださいよ。そうなるくらいが、のぞましいことですよ。

九　〔太政大臣〕ああ、今すぐに、若君[4]を僧正のもとへやろう、と言うと、大将[11]が、急がなくとも、と言うので。何か考えをめぐらしているのでしょう。

一　〔姫君〕早く、読んでよう。

二　〔冷泉殿〕あの御方[6]がお帰りのあとで。まず、絵をご覧なさってくださいよ。

三　〔姫君〕おもしろいことがかかれていたのは、それかしら。

四　〔冷泉殿〕いえ、上巻にこそ。

○第十段（詞書）

〔一九〕　太政大臣殿[6]は、一度お思い込みになった方針を、また他には、どうにもこうにもならないご性分で、大将殿[11]の直系のご後継でなくては、断じて太政大臣家をお継ぎすべきものともお思いでいらっしゃらないが、大将殿は三十歳近くにおなりになったけれども、お子様がおいでていらっしゃらないのを、この上なくお嘆きになっては、ご祈禱やら何やらとお思い及ばぬことなくあらゆることを試みてはいられる

御子もの し給はぬを、またなくおぼし嘆きつつ、御祈り何《なに》かとおぼしいたらぬことなけれど、いまだしるし見え給はぬを、大将殿は、この若君、よろづにめやすく生《お》ひ出《い》で給ふを、(大将殿)「みづからのに侍らずとも、御末《すゑ》、絶えざらんのみ一ぞかしこく侍らめ」と、つねは聞こえ給へど、(太政大臣)「今、さりとも」とのみ、二聞き過ぐし給ふを、何《なに》とおぼしなるにか、十二月《しはす》ばかりに、元服《げんぷく》をさせたてまつり給ひし。この春よりは、侍従《じじゆう》と聞こゆ。

みづからは、はかなかりける御末《すゑ》なれば、尊《たふと》き道に入り三なまほしく、おもむけ給ひしかど、殿は、さやうにだにおぼしも入れざりしを、四大上《おほうへ》はうらめしくおぼされしかど、思ひかけぬにかく定まり給ひ五ぬるがうれしきにも、かくては、いとどいにしへざまの御面影《おもかげ》、ただそれとのみおぼゆるに、涙のひまなくおぼさるる。

[三〇]二の宮21、姫君3に心ひかれて、侍従4に問う

六紫のゆかりはなれぬ御むつび、遠《とほ》からぬ出《い》で入《い》りに、気色や見給ひけん、二の宮、この姫君の御行《ゆ》く末《すゑ》ゆかしき御心地、深くのみなりゆくにそへては、七一品宮に参り給ふべかなるを、

けれど、いまだにそのききめもお見えでないのを、大将殿は、この若君4が、何ごとにつけても難がなく感じよく成長していらっしゃるので、「自分の子ではないといたしましても、ただもう太政大臣家のご子孫が途絶えることなく続くということが、賢明でございましょう」と、つねづね申し上げていらっしゃるが、太政大臣殿は「もうじきに、そうは言っても、あなたのお子もお生まれになるだろう」とおっしゃるばかりで、お聞き流しなさっていたのだが、どのようにお思いになられたのか、十二月ぐらいに、若君を元服させ申し上げなさった。若君は、この春からは、侍従と申し上げる。

侍従4自身は、はかなかった両親のご子孫であるので、尊い仏の道に入ってしまいたく思って、その意向をほのめかしなさっていたけれど、殿6は、そのようにさえもお心にもおとめでなかったのを、大上7は、うらめしくお思いになられていたのだが、思いがけずこのようにお定まりになったことがうれしいにつけても、こうして元服してみると、いっそう行方知れずの息子1の御面影、ただそのままと思われるので、涙の絶え間もなく悲しくお思いになる。

[三〇]　紫のゆかり——いとしく思う姫君3の血縁である侍従4——と離れることのないご親交ゆえ、姫君のお住まいとも遠くはないお出入りに、姫君の様子を目になさったのだろうか、二の宮21は、この姫君のご将来が知りたいというお気持ちばかりが強くなっていくにつれて、姫君が一品宮20に参上なさる予定という噂を、気がかりにお思いになられては、

心もとなくおぼされつつ、侍従にも、御ありさまなど、つねはゆかしげに問ひ給ふとては、ひまなくまつはし給ふを、心苦しく思ひきこえ給ふ。

○第十段（画中詞・C絵1）

一　［京極殿］誰、候ふぞ、公卿座に人音《おと》のし候ふは。

二　［按察殿］宮の[1]御方と侍従殿とにてわたらせおはしましけるに、何と[2]やらん、[3]御きうきうめきにて。

三　［京極殿］[4]うう、当時《たうじ》は、侍従殿の御方の御ことのうちそはせおはしまして候へば、あまりに[5]御めでたく候ひて、心のひまなさもおぼえ候はず、これをのみ沙汰《さた》しまゐらせ候ふ。つひに、かく候ひける御ことを、心もとなく候ひつる御ほどなどや、と思ひまゐらせて。また、御子も出《い》で来《き》させおはしまして候はば、その折《をり》こそ、ともかくも候はめや。しかも、心もとなきことも候はで、[6]御いとほしく候ひてよ。

四　［高倉殿］さ候へばこそ、昔の御面影の、御姿変はり候ひては、ただそれとのみ、おぼえさせおはしまし候へ

侍従[4]にも、姫君のご様子などを、いつも知りたそうにしてお尋ねなさろうとしては、絶え間なくつきまとっていらっしゃるのを、侍従は胸の痛むこととお思い申し上げていらっしゃる。

○第十段（画中詞）

一　［京極殿］誰が伺候しているのですか、公卿の座に人音がいたしますのは。

二　［按察殿］宮の御方（二の宮）[21]と侍従殿[4]とで、お越しでいらっしゃいましたが、何でしょうか、くすくすとお笑い声めいていていて。

三　［京極殿］ええ、今は、侍従殿の御方[4]の御元服のことがお加わりでいらっしゃいますので、あまりにおめでたくございまして、心のせわしなさも苦になりませず、このことばかりお取りはからい申しております。結局、このようになりました御ことを、気がかりに待ち遠しく思っておりましたご歳月などよ、と存ぜられまして。また、大将殿[11]のお子様でもご誕生なさいましたならば、その折こそ、ともかくもございましょうが。しかも、侍従殿[4]は気がかりな点もございませんで、おいとおしくございまして。

四　［高倉殿］さようでございませばこそ、行方知れずの少将殿[1]の御面影が、こうして侍従殿[4]も元服して御姿が変わりましては、ただそのままと、お見受けなされますので、胸がいっぱいでございまして、うれしく思われるにつけて

ば、[7]御あはれに候ひて、うれしきにつけても、また、この[8]御方さまは、いとど[9]御もよほしげに候ふ。

五　［京極殿］げにもげにも、[10]さるぞや。また、この姫[11]御寮《れう》をも、御[12]女御参りなどこそや候ふべきに、宮へ御参り[13]とかや。何ごと候ふぞ、と[14]一日《ひとひ》も申し候へば、御方には、何ともなきこと仰せ言候ひて、いたづらごとと仰せ言候ひし時に、やう候はむずらん。

六　［高倉殿］さやうに数まへまゐらせさせおはしまし候はば、げにいかにめでたく候はん。ただ、[15]御心づくしにてのみ見まゐらせ候ふも、[16]御心苦しう候ひて。

七　［冷泉殿］御心ざまの[17]御いとほしさは、しかも惜《を》しく思ひまゐらせ候ふ、何ごとも。

八　［大蔵卿殿］何と[18]やらん、こまごまと御物語[19]なう。[20]御ゆかしや。一定、誰《たれ》にても[21]道芝、しまゐらせさせ給ふから。

九　［按察殿］この姫君の御ことをこそ、[22]宮の御方には、[23]如法、御心かけまゐらせさせ[24]おはしまし候ひて、あれがやうに、侍従殿をもまつはしまゐらせさせおはしまし候

も、また、この宮の御方さま[7]は、いっそうお涙を催し気味でございます。

五　［京極殿］いかにもいかにも、そのとおりですよ。また、この姫君様[3]をも、女御として御入内などもございますべきですのに、宮[20]へ御参りなさるとか。どうしたことでございますか、と先日も申しましたところ、宮の御方[7]は、何ともないこととお言葉がございまして、そんな心配はつまらないこととお言葉がございましたので、子細がございますのでしょう。

六　［高倉殿］そのように、人並にお扱い申し上げなさいますならば、なるほど、どんなにかすばらしくございましょう。ただ、お心悩みの尽きないものとしてばかりお孫さん[3][4]を見申し上げますのも、お気の毒でございまして。

七　［冷泉殿］姫君のお気立てのおかわいらしさは、しかももったいないほどに存じられます、何ごとも。

八　［大蔵卿殿］何でしょうか、二の宮[21]と侍従殿[4]のお話は、こまごまとしたおしゃべりのようですね。知りたいものです。きっと、二の宮[21]は誰でもいいから道芝――恋の取り持ち役――をしてさしあげるよう、おさせになろうというのでしょう。

九　［按察殿］この姫君[3]の御ことを、宮の御方（二の宮）[21]は、まったくご執心申し上げなさいまして、あのように、侍従殿[4]をもまとわりつかせ申し上げていらっしゃるようでございます。そのようなことかしらと。

ふなれ。さやうのことか。

一　［二の宮］ここにある人の、一品宮へ参らんずると聞きしは、[25]いつけなるぞ。いかにも、[26]春宮の行《ゆ》く末《すゑ》ゆかしき御ことにてありぬとおぼゆるこそ、うらやましけれ。おほかたは、[27]さらでもありぬべき御ことぞかし。[28]ぬしの御心ひくことか。

二　［侍従］なにと候ふことやらん、[29]いたく知り候はねども、いまだいふかひなく幼く候ふ時に、さやうの[30]まじろひも、きとは、よも、とおぼえ候ふ時に、まして、ぬしの心ひくまでの思ひやりも候はじ、とおぼえ候ふ。

三　［二の宮］さ候へば、[31]御すすみかと思へば、[32]宮よりかく仰せらるるが、げにさるべし、ともおぼえぬことがらにて。

いくつぞ、さほど言ふかひなきほどにはなきか、とこそ聞きしか。誰《たれ》に似て候ふ。

四　［侍従］十にもあまりて候へども、歳のほどよりは、小さく候ふ。誰《たれ》に、としも候はぬが、いにしへざまの面影にて候ふ、などぞうけたまはり候へども、見ぬことに

一　［二の宮］ここにいる人[3]が、一品宮[20]へ参上するだろうと聞いたが、それはいつのことなのかい。いかにも、春宮となるであろう将来は心ひかれる御ことだと思われるが、それこそ、うらやましいことだ。だいたいのところ、そうでなくとも、きっとあることなのでしょう。姫君[3]のご様子は、あなた[4]のお心をひくことですか。

二　［侍従］どんなでございますでしょうか、詳しくは知りませんが、まだ言ってもはじまらないほど幼くございますので、そのような交際（宮仕え）は、急には、まさかあるまい、と思われますので、まして、あなた[21]の心をひきつけるまでの思慮分別もございますまいと思われます。

三　［二の宮］そのようでございませば、姫君[3]が一品宮に参るということは、一品宮の先走った一方的なお考えかと思いますので、一品宮からこのようにおっしゃられても、なるほどそのとおりなのだろう、とも思われぬことがらでして。

姫君[3]はいくつですか。それほど、言ってもはじまらないといった年齢ではないのではないか、と聞きました。誰に似てございますか。

四　［侍従］十歳を越えてございますが、年齢のほどよりは小さくございます。誰に似ているということもございませんが、行方知れずの父[1]の面影でございますなどとうけたまわっておりますけれど、私自身が見ていないことでございますので、なるほど似ているともわからないのです。

て候へば、げに、ともおぼえ候はず。

五　［二の宮］さては、我[33]が御身にこそ似たるらめ。違《たが》ふところもなきとこそ、大臣《おとど》は、いつとなき言種《ことぐさ》なれば。などやら[34]ん、ゆかしき。幼き人は、何か苦しからん。ちと、見ばや。なほ、ちごどもとあそびたき心の失《う》せぬ。

六　［侍従］いつとなくそそき候へば、やすくこそ候はむずれども、御覧じどころ候ひぬ、ともおぼえ候はぬ言ふかひなさにて候ふものを。

七　［二の宮］さればこそゆかしけれとよ[35]。なべてしからんには、身のほど知らぬ所望《しょまう》も便《びん》なくこそ。

＊　［侍従］をかしく、人を[36]たださします、と思ひてほほゑむ。

〔冷泉《れんせい》殿、京[37]極《こく》殿・大将殿《との》の御[38]介錯《かいしゃく》、大蔵卿殿、高[39]倉殿・侍従御乳母《めのと》、[40]按《あ》察《せち》殿、二宮・兵部卿と申也、侍従〕

五　［二の宮］それでは、あなたにこそ似ているのでしょう。あなた[4]と父上[1]は、違うところもないほど似ていると、太政大臣殿[6]はいつということなくおっしゃっていることですので。なぜでしょうか、姫君[3]に心ひかれるのです。幼い人というのはどうして困ることがありましょうか。ちょっと、見たいのです。やはりまだ、幼い子供たちと遊びたいという思いが消えないのです。

六　［侍従］いつということなく、ざわざわと忙しくしておりますので、垣間見することはたやすいことでしょうが、ご覧になるだけの価値がございますとも思われませぬ、取るに足らない幼さでございますのに。

七　［二の宮］それだからこそ見たいのですよ。普通の状態（成人した女性）であるようなのは、姫君を見たいという身のほど知らずの所望も不都合なことで。

＊　［侍従］おかしなこと、姫君を取り調べておいでになる、と思って苦笑する。

○ 第十一段（詞書・B詞7＋B詞1）

[三]『山伏』[1]、初瀬にて、偶然、母[7]らと出会う

一 ともすれば、忍びあへぬ涙の色もあやし二かりぬべければ、立ち寄る山伏の房《ばう》にも三今日《けふ》は行かず、奥の山に入《い》りて、大きなる木の根《ね》のなつかしからぬに寄りゐつつ、人目思はぬ隠ろへに所得《ところえ》て思ひつづくれば、さらに涙におぼほれて、日を欠かぬつとめも怠《おこた》りぬべければ、四かの杉の洞《ほら》にて行なひ給ひけん昔おぼえて、（『山伏』）「まぎるるや」と、五懺法《せんぽふ》の六六根段《ろくこんだむ》を少しうちあげたれば、げに七かの日たんしやうにもおのづから通ひぬべきを、心のなかはしも、たとしへなく濁《にご》り深くぞ思ひ知らるる。

（『山伏』）「八かよへるとかや、言ひし言の葉におどろかれて、ふと見やりしかば、さりやと、昔のかげの思ひ出でられしを、かの山伏のかぞへし年月《としつき》も、我ながら見で隔たりぬるかし。身のかげも同じつもりにこそ。近きかひなくも」と思ふにぞ、少しほほゑまるる心地する。

「母上《ははうへ》の、（『山伏』）しのびがたげにもり九出《い》でし御けはひ、鼻うちかみ給ひしに、今まで忘れ給はざりけるは、よろづにすぐ

○ 第十一段（詞書）

[三] ややもすると、こらえきれずにこぼれてしまう涙に濡れて、変わってしまう衣の色も、どうしたことかと不審に思われるに違いないので、いつも立ち寄る山伏の僧房にも今日は行かず、奥の山に入って、大きな木の根で寄り添いたいとは感じさせないようなごつごつした木の根にもたれて座って、他人の目を気にせずにいられる隠れ処を手に入れて、気を許して、母上のことを思いつづけていると、あらたにまたあふれ出す涙にくれて、一日も欠かしたことのない勤行も怠ってしまいそうなので、あの杉の洞で勤行をなさったとかいう昔の人のことが思い出されて、「動揺する思いも紛れるだろうか」と、法華懺法の六根段を声高く少しとなえていると、なるほど本当に、あの日たんしゃうにも自然と似通ってくるかのようであるが、心の中はというと、比べようもないほど、煩悩が深いことと思い知らされる。

「忘れ形見の息子[4]が私に似ているとか何とかと言った山伏[33]の言葉にはっとさせられて、ふと息子に目をやったところ、そのとおりだよと、昔の自分の面影が思い出されてきたが、あの山伏[33]が数えた年月も、自分自身のことながら、見もせずに、歳月を隔ててしまったことだよ。自分自身の面影も、あの山伏と同じだけの年月が積もり重なって、変わってしまったことだろう。あの山伏と知り合いであったのにお互いに気がつかないのでは、近くにいてもかいのないこと」と思うと、つい少し苦笑いをしてしまいそうな気持ちがする。

れて悲しく、このたびならでは、また、いつの世にか対面たまはることはあるべきぞ。我と知られたてまつらんことは、なかなか御心も乱れぬべし。世になくなりぬる年月《としつき》にだに、なほおぼし忘れざめるに、我も人も心弱く聞こえかよはば、なかなか道の障《さは》りにもや」と、今さらよしなかるべきことは、一〇返す返す思ひ返せど、なほ気色もゆかしくて、今宵《こよひ》は、一一初夜《そや》も過ぐるほどに、やをらたたずみて聞けど、山伏の訪《おと》なひもせず。

（『山伏』）「かの病者《びやうざ》の亡くなりにけるにや。さもあらずは、なほざりならず契るめりしかば、必ずまうでんものを。また、のたまふめりしやうに、この人、一二房《ばう》には一三しいで給ひけるにや」、人けはひもせねば、一四やをら、例の局《つぼね》に入りて、日暮らし、思ひ砕けつる心のほどのはかなさも、（『山伏』）「我と思ひ立ちにし道心にあらましかば、いかなることを見聞くとも、おどろかれざらまし」と、心浅さも我ながら恥ぢしめられて、罪障《ざいしやう》を懺悔《さんぐゑ》一五しつつ、数珠《ずず》おしすりて、例の、一六経をぞ読む。

「母上がこらえきれなそうに、行方知れずの私[1]のことをおもらしになったご様子や、涙まじりの鼻をちょっとおかみになったことにつけても、今まで私のことを忘れていらっしゃらなかったのは、何にもましてせつなく悲しくて、この機会でなくては、またいつの時に、対面いただくことがあるだろうか。だからといって、私が息子であると、母上に知られ申し上げるようなことは、かえってお心も乱れてしまうに違いないだろう。私が失踪し、この世にいなくなってしまった年月の間でさえも、やはりずっと、お思い忘れでいらっしゃらないようであるのに、自分も相手も気弱になって、言葉を通わせ申し上げたならば、かえって仏道の支障にもなってしまうのではないか」と、今さらどうしようもないことは、くり返しくり返し思い返しはするけれど、やはり母上の様子も知りたくて、今夜は、初夜の勤行の時刻も過ぎるころに母上のもとに行き、そっとたたずんで耳をすませてみるが、山伏[33]の訪問を思わせる音もしない。

「あの病気の人が亡くなってしまったのだろうか。さもなければ、いいかげんでなく約束したようであったので、必ずやおうかがいするだろうに。また、おっしゃっていたようだったように、この人が、僧房にお出かけなさったからか」、人の気配もしないので、そっと、いつもの部屋に入って、日が暮れるまでずっと、心が砕けてしまうほどに思い乱れていた自身の心の程度の頼りなさにつけても、「自分自身の意思で決心した道心であったならば、どのようなことを見たり聞

〔三三〕『山伏』[1]、名を伏せ、母・宮の御方[7]らと話す

忍ぶ声《こゑ》を聞きつけ給ひて、[一七]昨夜《よべ》の戸《と》を、やをら開《あ》けて、(宮の御方)「心もとなく待ちたてまつりつるを、うれしき御声にこそ」と、のたまふが、まがはぬ御けはひなるに、胸うち騒《さわ》ぐ。御心をしづめて、(『山伏』)「昨夜《よべ》の山伏に聞こしめしたがふるにや。これは、あらぬ修行者《しゆぎやう》に侍り」と、聞こゆれば、(宮の御方)「もとより、その御経の声をこそ聞かまほしくうれへ侍りしか。ただ、いささか近く[一八]てを、[一九]聞かせ給へ」と、のたまふ。

(侍従)「いと寒く侍り。この煎じ物をだに」とて、侍従ゐざり出《い》でたれば、(山伏)「さやうのもの、つかうまつることもならひ侍らぬうへ、かくて侍るほど、よろづの物を断《た》ちて、水をだに[二〇]すき侍らず」と、言へば、(侍従)[二一]「いといとほしき御ありさまかな。いづこにおはする人ぞ。誰《たれ》とか聞こえ給ふ。かかる人は、ことにゆかしげなきわざと思ひしかど、昨夜《よべ》聞き給ひけん山伏の行方《ゆくへ》にならひて、なべてこそゆかしけれ」と言ふ。

いとむつかしくて、(『山伏』)「定めたる住処《すみか》も侍らず。さればとて、心と思ひとりたる道心にもあらず。心ならず、かくな

いたりしたとしても、驚かされたりしなかったものを」と思慮の浅さをも、自分のことながら、恥ずかしいことと思い知らされて、罪障を懺悔しては、数珠をおし擦って、いつものように経を読む。

〔三三〕　宮の御方[7]は、『山伏』[1]がひそかに経を読む声をお聞きつけになって、昨夜の戸を、そっと開けて、「今か今かと気が気でなくお待ち申し上げていましたが、うれしいお声ですこと」とおっしゃるが、その様子が、紛れようもない母上（宮の御方）のご雰囲気であるので、胸がどきどきする。『山伏』[1]は、動揺するお心を静めて、「昨夜の山伏[33]とお聞き違いをなさっているのではありませんか。ここにいるのは、別の修行者にございます」と申し上げると、宮の御方は、「もとから、あなたの、その御読経の声を聞きたく思って嘆いておりました。ただ、ほんの少し近くでね、お聞かせください」とおっしゃる。

「たいそう寒くございます。せめて、この煎じたあたたかいものなりと、どうぞ」と言って、侍従[34]が膝をすりながら出てきたので、『山伏』[1]は、「そのようなものをお読みしてさしあげることも習っておりませぬうえに、こうして修行しております間はあらゆるものを断って、水をさえ口にしておりません」と言うと、侍従は、「本当にお気の毒なご様子ですね。どこに住んでいらっしゃる方ですか。誰と申し上げなさるのですか。このような人は特に興味をそそられないものと思っておりましたが、昨夜、あなたもお聞きなさったでし

り行きたる放《はふ》れ人《びと》にて、はかばかしく聞こゆべき名も侍らず。されば、かやうの方《かた》に、験《げん》など侍るべき身にもあらぬ修行者になむ。さりともとおぼされば、いたづらにつとめ侍る夜々の行なひばかりを聞こしめさむことは、[三二]いかがし侍らん」とて、寄りゐつつ経をよむ。

〔三〕『山伏』[1]、母・宮の御方[7]と女君[3]を見る

後夜《ごや》[三三]のほどに、弁[三四]もおはしたり。こなたの遣り戸ひき開《あ》けて、ついゐ給へれど、なかなかなれば見もやらず。昨夜《よべ》の桟敷変はらでゐたれば、御燈明《あかし》の影なる方《かた》にて、さやかにも見えず。

しばしありて、「(宮の御方)かく心地さへ悩ましげにて、たびたび返しなどし侍るは、いかなるべきにか」とて、十四、五もやとおぼゆる人の、いみじくうつくしげなるが、紅梅の織物、三[三五]つばかり、なよなよと着なし給へるを[三六]、膝にかき伏せて、几帳[三七]もおしやりつつ、見えぬべくゐざり出《い》でたる人、ただありしながらの御面影ながら、いみじく痩せ痩せにおとろへ給へり。さかりに見えし御髪《ぐし》も、ただおしやりつつさはらかに見ゆるぞ、いとあはれなる。

ようが、その山伏[33]の素姓にならって、同じ山伏であるあなたのことも、おしなべて知りたく思うのです」と言う。

『山伏』[1]は、とてもうっとうしくて、「定めている住処もございません。だからといって、自分の心から決意した道心というわけでもありません。不本意ながら、このようになっていった落ちぶれ者でありまして、はきはきと申し上げることができるような名前もございません。ですから、このような方面に、験などございますような身でもない修行者でございまして。それでもかまわないとお思いでいられるのなら、役に立たないながらも勤めております夜ごとの勤行くらいをお聞きなさるようなことは、どういたしましょうか、かまいません」と言って、寄りかかって座りながら経を読む。

〔三〕 後夜のころに、弁[4]もおいでになった。弁は、こちらの遣り戸を引き開けて、膝をついて座っていらっしゃるけれど、『山伏』[1]は、なまじっか動揺しそうなので、見やりもしない。『山伏』は、昨夜の桟敷と変わらずに座っているので、弁の姿は御燈明の影になる方向ではっきりとも見えない。

しばらくして、「このように気分まですぐれない様子で、何度も嘔吐などをしますのは、いったいどういうことなのでしょうか」と言いながら、十四、五歳かと思われる人で、たいそうかわいらしげな人が、紅梅の織物を三枚ほどを、なよなよと着こなしていらっしゃる、その女君[3]を膝の上にかき伏せて、几帳をも押しやり押しやりして、こちらから見えてしまいそうなくらいに、膝をすりながら出て来た人は、ただ、

「五十路《いそぢ》には、『山伏』少しあまり給ふらむかし。この世ながら、かくて、我とも知られたてまつらぬも、罪得《つみう》らんかし。[六]したひ（以下、断絶）

○第十一段（画中詞・[1]J絵10）

一　［あこ丸《まろ》］奇異《きい》、不思議に候ふことかな。[2]九つにまかりなり候ひし年、父、祐成《すけなり》、[3]紀伊《き》の守《かみ》にてまかり下向の時、あひ具《ぐ》してまかり下りて候ひしに、かの国にて、母、亡くなり候ひし間《あひだ》、父にもうち捨てられ候ひて、あひ親しく候ふ山伏、[4]本宮に[5]重参《ぢうさん》して候ふ者の、あはれみをかけ候ひて、年ごろ、候ひしほどに、おのづから苦行《くぎやう》などつかうまつりて、諸国修行《しゆぎやう》ののち、都《みやこ》へは、入り候はむと存じ候ひつるほどに、おのづから申しも入れ候はず、一昨年《おととし》候ふ[6]やらん、[7]少納言の局《つぼね》にはおとづれまゐらせて候ひしかば、御返事も候はざりし間《あひだ》、不審に候ひながら、年月《としつき》まかり過ぎ候ひぬるに、[8]ひとへに、仏の御しるべと存《ぞむ》じ候ふ。

二　［侍従殿］[9]少納言殿は、この御方の十の御年にて候ひ

かつての母上[7]の御面影さながらであるものの、ひどく痩せ細って衰えていらっしゃる。盛りと見えた御髪も、今はただ後ろにおしやって、さっぱりと見えるのが、とても胸をうつ。

「五十歳を少し過ぎていらっしゃるのだろうよ。この世にありながら、母上にこうして私が息子であるとも知られ申し上げないのも、罪深いことであろうよ。（以下、本文断絶）

○第十一段（画中詞）

一　［あこ丸］めずらしく、不思議にございますことよ。九つになりました年、父、祐成が、紀伊の守になって下向いたしました時、私をいっしょにともなって下りましたが、その国にて、母が亡くなりましたため、父にもうち捨てられまして、互いに親しくしておりました山伏で、本宮にくり返し参詣しております者が、慈悲の心をかけまして、その山伏に数年来お仕えしました間に、自然と、苦行などにもお仕えいたしまして、諸国修行ののち、京の都には入りたく存じましたが、自然となりゆきにまかせて、申し入れもいたしませんで、一昨年でございましょうか、少納言の部屋にはお便りいたしましたが、お返事もございませんでしたので、不審に存じながらも、年月が過ぎてしまいましたが、こうしてお目にかかれましたのも、ひとえに仏のお導きと存じます。

二　［侍従殿］少納言殿が亡くなりましたのは、この御方（若君・弁少将）[4]が十歳の御年でございました。この君

し。これをこそ、御形見と撫《な》で生《お》ほしまゐらせられ候ひて、昔の御ことをも、慰む方にも、もよほすつまにも思ひまゐらせられて候ひしが、御行《ゆ》く末《すゑ》、いかがと、心苦しくのみ思ひまゐらせて[10]かく候ひしなり。

大将殿の、御子のわたらせおはしまし候はで、一すぢに、とりたてまゐらせさせおはしまし候へば、この御[11]めでたさも見まゐらせられば、いかにかひあることにて候はまし、と、あはれに候ふぞや。

三 「あこ丸」さては、ただ、本に復《ふく》したる御こと候ふや。させる御咎《とが》も候はぬ、[12]理運の御ことを失《うしな》ひまゐらせられて候ひしゆゑ。いかで[13]三位の中将殿も、[14]のたらせ給ひ候はんぞ。神仏照覧《せうらん》候ひてこそ、この御末《すゑ》は、かく相続する御ことにて候ふらめ。ただ、昔の御面影とおぼえさせ給ひ候ふ。あはれに候ふ御こと候ふかな。

四 [15]「あこ丸」いとうらやましき御さまどもかな。おのづから、おぼすことあらじ、と推《お》しはからるる行《ゆ》く先《さき》の御つとめどもの、[16]まぎるるかたなく、頼《たの》もしくこそあれ。

五 「宮の御方」[17]御推しはかりは、さもありぬべく候へど

[4]を、お形見と撫でいつくしみお育て申し上げまして、行方知れずの少将殿[1]の御ことをも、心慰むすべにも、涙を誘うきっかけにもお思い申し上げておりましたが、この君[4]のご将来はどうなるのかしら、とそれだけを気がかりにお思い申し上げて、このように亡くなってしまったのです。

大将殿[11]が、お子様がおいでていらっしゃいませんで、同じお血筋ゆえに、この行方知れずの少将殿[1]の忘れ形見の若君[4]に目をかけてお世話申し上げていらっしゃいますので、もしも少納言が生きていて、この若君[4]のごりっぱになられたお姿を拝見されましたならば、どんなにかかいあることでございましたでしょうか、と悲しくございますよ。

三 「あこ丸」それでは、ただ、本来の嫡流にお戻りになったということですね。さしたる過失もございませんのに、当然出あうべきご運を失い申し上げてございましたので。どんなにか、三位の中将殿[10]ものたうち回っていらっしゃることでしょうか。神仏の照覧がございますればこそ、この少将殿[1]のご子孫は、このように太政大臣家を相続することになったのでございましょう。若君[4]は、ただ、行方知れずの少将殿[1]の御面影そのままとお思い出されなさいます。悲しくございます御ことですね。

四 「あこ丸」たいへんうらやましいみなさんのご様子ですね。自然と、お思い悩むこともあるまいと推察されます将来のための仏道修行の数々も、紛れようもなく、頼もしく思われます。

も、なほ、この世ののぞみの深く候ふゆゑ、大略《たいりやく》、[18]左道《さたう》を離れ候はぬとぞう[19]けたまひ候ふ。

　あら、不思議や。げにげにと、[20]あこ丸《まろ》と言ひし者にてありける。[21]いまだ、いはけなくこそありしに、よくぞ昔の人の面影を忘れざりける。あはれや、と思ひて[22]うち泣き給ふ。
＊　［小弁殿］あまりに眠《ねぶ》たくて、すべてうつつよなき。[23]何と候ふら、侍従殿のわななき声して、泣かせ給ふは。[24]夢ら、[25]うつつから、山伏から。
＊　［物の怪］むつかしや。聞くも憎きことども言ふ山伏かな。走り出《い》でて打たばや、[26]と物の怪思ひて、う、う、う。
＊　［弁少将］かく聞く人よりも、など[27]やらん、行方《ゆくへ》も知らぬ、あの山伏の、よにものなつかしく、あはれにおぼゆる。いかなる人ならん。[28]かやうにて過ぐす人、いかが心も澄むらん。うらやましや、[29]など、案《あむ》じゐたり。
＊　［あこ丸］[30]この大陀羅尼《だらに》をば、いかが名づけ、いかが受持《じゆぢ》せんや。仏、阿難《あなん》に告げ給はく、

五　［宮の御方］ご推察では、そのようであるのでしょうが、やはり、この世での望みが深くございますため、おおかた、正しくない道から離れられないのです、とうけたまわっております。
　まあ、不思議なこと。なるほど、ほんとに、あこ丸[33]と言っていた者でした。まだ、幼少であったのに、よくぞ、行方知れずの息子[1]の面影を忘れずにいてくれたこと。胸にしみることよ、と思って、はらはらとお泣きになる。
＊　［小弁殿］あまりに眠たくて、すべて、現実とも思われません。何でしょうか、侍従殿[34]が声をわななかせて泣いていらっしゃるのは。夢かしら、現実かしら、山伏のせいかしら。
＊　［物の怪］うっとうしいことよ。傍らで聞いても憎らしいことをあれこれ言う山伏[33]だよ。走り出て行って、叩いてやりたいものだ、と物の怪[8]は思って、ううう。
＊　［弁少将］こうして話を聞く人[33]よりも、どうしてだろう、素姓もわからないあの『山伏』[1]が、なんともどこかしら親しみをおぼえ、心にしみるように思われる。どのような人なのだろう。このようにして過ごす人は、どんなに心も澄んでいることだろうか。うらやましいことよ、などと思いめぐらしている。
＊　［あこ丸］この大陀羅尼の名をば、何と名づけ、どのように受持したらよいのか。仏が阿難に告げておっしゃることには、

＊　〔『山伏』〕あな、不思議。夢の心地こそすれ。あれは、侍従にや。[31]少納言といひし者、いかがなりけん。まだ、忘れぬ人もありけるよ。上《うへ》も、ただにおはする御けはひなめり。知られたてまつらで、止《や》まんことも悲し。かく、と名のり出《い》でても、いかなるべし、ともおぼえず、身もすくむ心地こそすれ。

[32]あこ丸にてありけることよ。我も人も、見忘れたる面影こそことわりなれ。これはまた、されば、ありし[33]のぶの草のこれほどにおとなしくなりけるか[34]とよ。思ひやるかたなく、あはれも、悲しさも、ためしやあるらん、[35]など、案《あむ》じほれて身もはたらかされず。

〔小弁殿・侍従が姪《めい》、侍従殿〕

○　第十二段（詞書・J詞9）

〔四〕『山伏』[1]、あはざなる御契りも、今こそ限りならめ、女君[3]が、我が子であると知ると、うち思ふ涙におぼるる心地すれば、ともかくも言ふことはなくて、（『山伏』）二「諸悪重《しよあくぢう》病是故《びやうぜこ》普《ふ》賢若見受持是経典者《げんにやツけんじゆぢぜきやうでんしや》」うちあげたる、いとなつか

＊　〔『山伏』〕ああ、不思議なこと。夢を見ているような気がする。あれは、侍従[34]ではないかしら。少納言と言っていた者はどうなったのだろう。まだ、私のことを忘れていない人もいたのだったよ。母上[7]も、お変わりなくおいでのご様子のようだ。息子であると、母上に知られ申し上げないで終わってしまうようなことも悲しい。けれど、これこれと、名のり出ても、どうなるだろうとも思われず、身体もこわばるような気持ちがすることだ。

あこ丸[33]であったこととは。私も相手も顔見知りであったのに、以前の面影を見忘れてしまっているのも、もっともなことだ。この子はまた、それならば、かつてのしのぶ草の若君[4]がこれほどに一人前らしくなったのかなあ。胸の思いをどうしようにもすべもなく、せつなさも悲しさも、こんな例があるだろうか、などと放心したようにあれこれ思いめぐらして、身体を動かすこともできない。

○　第十二段（詞書）

〔四〕　二度と会わないというお約束も、今こそ限界であるだろう、と心をよぎる思いに涙がとめどなくあふれる気持ちがするので、とにもかくにも口にする言葉もなくて、「諸悪重病是故普賢若見受持是経典者」と、張り上げている、その『山伏』[1]の声がとても親しみ深く尊いことこの上なく感じられるが、すると、小弁といって、侍従[34]の姪にあたる小さな女の子に、物の怪が移って、ただしんみりと少し泣いて、

しく尊《たふと》きこと限りなきに、小弁とて、侍従が姪の小さきに移りて、ただしめじめとうち泣きて、女君の御傍《かたは》らなる守《まぼ》りをとりて、「(物の怪)これをだに、のけさせ給へ。三むつかしく侍り」と、投げ出でたるものを見れば、錦《にしき》の袋《ふくろ》めくものの上に、かねして銘《めい》をつけたる文字の、見し心地する面影なれど、おぼしも寄らぬにあやし。

「(宮の御方)かれを、この物の怪のいとひ侍るにて、いにしへのゆゑも尊《たふと》く侍り。これは、おのれが父に侍りし人の、物の怪をわづらひ侍りけるに、四修学院《しゆがくゐん》といふ所につねに籠《こも》り侍りける、その寺《てら》の師《し》にて侍りし者の、我が命にかへて祈り侍りけるに、五かの明王《みやうわう》の帳《ちやう》のなかより、剣《けん》をたまはりて、これを、かの人の身に添へよ、と夢に見えけるを、やがてうつつに侍りける。そののち、おこたり侍りにしを、我が子にて、この人の親《おや》なりし孫《むまご》に六伝へ給へりしなり。その人、なくなりにしのち、思ひかけぬ所にとどめける人を、たづねとりて侍れば、これなん、ここに添ひて侍りける。いとあはれに侍る」七とうち泣き給ふに、思ひ出《い》づれば、かの浦《うら》の苫屋《とまや》にとどめ置きしものなり。(『山伏』)「今までも、限りなくお

女君[3]の御傍らにあるお守りを取って、「せめてこれをなりと遠ざけてください。うっとうしくございます」と言って、投げ出してきたものを見ると、錦の袋めいたものの上に金属で銘をつけてある、その文字が、かつて見たことのあるような気がする面影ではあるけれど、『山伏』[1]はお思い寄りにもならないことなので、不思議である。

「あのお守りを、この物の怪が嫌っておりますにつけても、遠い過去のお守りの由来も尊くございます。このお守りは、私の父[18]でございました人が、物の怪を患いました時に、修学院という所にいつも籠っておりましたが、その寺の師でございました者が、自身の命と引きかえに祈りましたところ、あの明王の帳のなかから、剣を頂戴して、この剣を、その人[18]の身に添えなさい、と夢に見えたのですが、夢から覚めても、その剣はそのまま現実にもございましたのでした。その後、父は快復いたしましたが、私の息子[1]であって、この女君[3]の父親であった、孫にお伝えなさったのです。その息子が失踪してしまった後、思いがけない所に残していた子をさがし求めて引き取りましたところ、この剣が、この子[3]に添えられていたのでした。本当に胸がいっぱいでございます」と言って、母上（宮の御方）[7]が少しお泣きになるので、思い出してみると、かつて『山伏』自身が、あの浦の苫屋（あそびの宿）に残し置いてきたものである。『山伏』[1]は「今までも、母上がこの上なく大切にお思いでいらっしゃる人のようなのはいったい誰なのだろう、とふっと思っていたが、

ぼす人げなるは、誰《たれ》ならむ、とうち思ひつるに、かしこにかかる人のとどまりけるよ」と、いかがあはれならざらん。

ともかくも、答《こた》へきこゆべき方《かた》なければ、不覚《ふかく》の涙のすすみ出《い》づるをまぎらはして、聞きもとどめぬさまに念誦《ねむず》をしつつ、数《ず》

[三五] 物の怪[8]があらわれ、姫君[3]らの将来を予言する

珠《ず》おしするほど、(物の怪)「あな、恥づかし、恥づかし」と泣き入りて、(物の怪)「君をば、我、失《うしな》ひてし人ぞかし。されど、それゆゑ、かく尊《たふと》き人ともなり給ひぬれば、その結縁《けちえん》となりて、かくめぐりあひきこえて、読み給ふ御経の声をも聞きつるに、罪軽《かろ》みて、仏道《ぶつだう》近くなりぬ。我が子を世にあらせんとせし心ざしに、はかりしことなれど、かかる心しあれば、いかでかよくもあらん。はかばかしくもあらで、亡《う》せにき。君の御末《すゑ》こそ、道理《だうり》のままに栄え給ふべければ、この姫君も国の親ともなり給ふべければ、[八]いとくちをしくてさまたげきこえんとしつれど、対面《たいめむ》たまはりぬれば、恥づかしく[九]て去《い》ぬるなり。同じくは仏道《ぶつだう》[10]なし果て給ひてよ。また、この御あたりへさらにまうでじ」といみじく恥ぢ泣くほどに、うちたたく人あり。聞けば、昨夜《よべ》の山伏なり。

あそこにこのような人が残されていたのだったよ」と思うにつけても、どうしてせつなくないことがあろうか。

[三五]　『山伏』[1]は、とにもかくにも、お返事申し上げるべきすべもないので、不覚にもこぼれ落ちる涙があふれてくるのをとりつくろって、母上[7]のお言葉を聞きとめてもいない様子で、念誦をしては数珠をおし擦っているうちに、「ああ、恥ずかしい、恥ずかしい」と、物の怪[8]は泣きに泣いて、「あなた[1]を、自分こそが、この世からなきものにしてしまった人ですよ。けれども、それがもとで、あなたはこのように尊い人ともおなりになったので、その結縁となって、このようにめぐりあい申し上げて、お読みになるお経の声も聞いたので、私の罪も軽くなって、仏道が近くなりました。わが子[10]を時めかせようとした親心から策謀したことではあるけれど、このような邪心があったのでは、どうしてうまくいくでしょうか。予期したようなりっぱな状態にもならないで、わが子は亡くなってしまいました。あなた[1]のご子孫こそ、道理のままに栄えていかれるはずですので、この姫君[3]も国母（天皇の母）ともおなりになるに違いないので、本当に無念で、さまたげ申し上げようとしたのですが、あなたと対面いただきましたので、恥ずかしくて消え去るのです。同じことなら、仏道をお極めなさってくださいね。ふたたび、このご周辺には、けっして参上しないつもりです」といって、ひどく恥ずかしがって泣いているうちに、戸を叩く人がいる。聞けば、昨夜の山伏[33]である。

〔二六〕『山伏』1、笛めいたものを、弁4に残して去る

入り来て、（あこ丸）「後夜もはるかに過ぎ侍りぬれば、いくほどと思ひ給へど[一一]、この病者《びやざ》[一二]の、ちととりのべて見え侍るひまと思ひ[一三]」とにや、しのびやかに言ひまぎらはして、（『山伏』）「これ、置《お》かせ給へ。いと不用《ふよう》なるものを、今まで」とにや、しのびやかに言ひまぎらはして、弁の御傍《かたは》らにさし置きて、ふとまぎれ出《い》でぬ。（弁）「何《なに》ぞ」と見れば、[一五]笛《ふえ》だつものにや、袋に入《い》れたり。夢のやうに、おぼしやる方《かた》なく、あきれたる[一六]ほどの御心地どもなれば、かれにも、これにも、きとものも言はれ給はず。侍従ぞあひしらふ。

上も、几帳[一七]引き隔てて、今ぞ、なほ、夢のやうに聞きつることにあはせて、ふとまぎれ出《い》でぬる人のさまなど、あやしくもありつることどもかな、とやうやうおぼしあはせられつつ、みな泣き給ふ[一八]。

山伏には、かかることどものたまはず、念誦《ねんず》少しして、侍従と語らひて、暁に出でぬ。ありつる人、いづちかおはしにけん。

〔二六〕　昨夜の山伏（あこ丸）33が入って来て、「後夜もはるかに過ぎてしまいましたので、どれほど読経できることか、と存じますが、この病人が少々持ち直したように見えましたので、その合間にと存じまして」と言って、座にまだ着ききらないざわめきに紛れて、『山伏』1は、「これを、置かせてください。まったく不用なものを、今まで持っておりまして」とか何やかやと、こっそりと言葉をにごすように言って、弁少将4の御傍らにさし出すように置いて、ふっと紛れるように出て行ってしまった。「何であるのか」と見ると、笛めいたものであろうか、袋に入れてある。まるで夢を見ているようで、お思いめぐらしになるすべもなく、誰もが呆然としているといった具合のお気持ちであるので、あちらでもこちらでも、即座にものを言うこともおできにならない。侍従34が昨夜の山伏33の応対をする。

母上7も、几帳を隔てて、今こそ、やはり夢のなかでの出来事のように聞いていたことと照らし合わせて、ふっと、紛れるように出て行ってしまった人の様子などが、不思議にも起こった数々の出来事だったこと、と次第にあの『山伏』は行方知れずの少将殿であるとお思い合わせになられてきて、みんなお泣きになる。

昨夜の山伏33には、こうした出来事についてはおっしゃらず、昨夜の山伏は念誦を少しして、侍従と言葉を交わして、暁に出て行ってしまった。さきほどの人（『山伏』）1は、いったいどちらにいらっしゃってしまったのだろうか。

○第十二段（画中詞・J絵9）

一　［宮の御方］これ、御覧じ候へ。かやうに、心地をさへたびたび返して、心苦しく候ふぞや。さるべき御契りこそ候はめ。これ、とかく[1]念《ねむ》じて給ひ候へ。旅の空にて、いかにすべし、ともおぼえ候はでよ。

二　［『山伏』］返[2]りごとは言はで、気色ばかり、うちしはぶきて、念《ねん》じゐたる気色のよさなり。

三　［物の怪］あな、恥づかし。君をば、我、失《うしな》ひし人ぞかし。[3]同じ年になりし我が子を、いかなれば気圧《けお》さるべきぞ、と思ひし。悪心《あくしん》に、よくはかりしかど、何《なに》とてかよからん。片端人《かたはびと》にさへなりて、失せにしも、報ひぞかし。されど、それゆゑ、かく尊《たふと》き人ともなり給ひぬ。その結縁《けちえん》にひかれて、今、対面《たいめん》たまはるなり。仏道《ぶつだう》、なし果て給へよ。長くまかりなん。君の[4]御末こそ、なほ家をも継《つ》ぎ、国の親ともなり、尊き人とも仰《あふ》がれ、いろいろにみな、栄え給ふべければ、いかに思へどくちをしきぞ。恥づかし[5]やな。こころみ顔にな[6]う。悔しく候ふぞ[7]とよ。観音《くわんおん》[8]の御導《みちび》きにてこそ、ありとだに知らぬ君達《きみたち》にもめぐ

○第十二段（画中詞）

一　［宮の御方］この人[3]をご覧になってください。このように、気分まですぐれなくてたびたび嘔吐をして、気がかりでございますよ。こうして出会いましたのも、そうなるべき前世からのご宿縁があるのでしょう。この人を、よくなるように、あれこれお祈りしてあげてくださいませ。旅先でありまして、どうしたらよいのか、ともわかりませんでね。

二　［『山伏』］返事は言わないで、形ばかり咳払いをして、ずっと祈禱をしている、その様子のりっぱさである。

三　［物の怪］ああ、恥ずかしい。あなた[1]を、私こそが、この世からなきものにしてしまった人ですよ。あなたと、同じ年になったわが息子[10]を、どういう理由で、あなたに圧倒されなければならないのだろう、と思ったのでした。邪な心で周到に策謀したのでしたが、どうしてうまくいくでしょうか。息子が、不自由な身体にまでなって亡くなってしまったのも、因果応報というものですよ。そうではありますが、それが原因で、あなたはこのように尊い人ともおなりになられました。その結縁に導かれて、今、対面いただくことです。仏道を極めてくださいね。長く、お暇いたしましょう。あなたのご子孫こそ、やはり、太政大臣家をも継ぎ、国母（天皇の母）ともなり、尊き人とも尊敬され、三人それぞれにみな繁栄なさるに違いありませんので、どう思い返しても無念なことですよ。恥ずかしいことです

りあひ給へ。うらやましやな。[9]あら、[10]いしやな。[11]我が子をこそ、かくて見むとは思ひしかなう。[12]あら、たとしへなや。[13]いういう、をうをう、しくしく、さめざめ。

四　[侍従][14]なう、これは、さて、誰《たれ》ぞ。まことにて候ふかや。夢かや。さて、あの山伏は、誰《た》そや。

五　[宮の御方]さて、あの山伏は、誰《たれ》にてわたらせ給ふぞ、[15]と思ひかねて問ふ。

六　[物の怪][16]ああ、老いぼれ、[17]我が御子よ。何《なに》ならば何《なに》、[18]と物の怪、腹立ちて言ふ。

＊　[物の怪]この御経の声《こゑ》の尊《たふと》くて、[19]うう、うう。恥づかしくて[20]なう。

＊　[弁少将]これは、[21]されば、夢か、うつつか。あきれて、[22]ものだに言はれず。まことかや、これは。

＊　[『山伏』][23]南無法華経中十羅刹《じふらせつ》。

＊　[『山伏』]言の葉もなくて、[24]ものも言はれず。あきれ果てておぼゆれば、心をしづめて、目をふさぎつつ、いとど念《ねむ》じ入りたるほど、返す返す、されば、この[25]忘れ形見どもをば、いづくに摘《つ》み置《お》きけるぞや、うつつともお

ねえ。私の正体を確かめようといった表情ですね。後悔されることですよ。観音のお導きによって、この世に生をうけているとさえ知らないお子さんたちにも、おめぐりあいになられるとは。うらやましいことですよ。ああ、りっぱなことですよ。わが子をこそ、このような身の上にして、その姿を見たいと思っていたのですがねえ。ああ、あなたと息子とは、たとえようもないほど違ってしまったよ。おいおい、おうおう、しくしく、さめざめ。

四　[侍従]ねえ、このように（物の怪となって）語るのは、さていったい誰ですか。本当のことなのでございましょうか。夢かしら。そうして、あの『山伏』は、誰なのかしら。

五　[宮の御方]はてさて、あの『山伏』は、どなたでいらっしゃるのかしら、と思案にあまって問う。

六　[物の怪]ああ、老いぼれ、あんた[7]の息子さんですよ。どうだから、どうだっていうの、と物の怪が腹を立てて言う。

＊　[物の怪]この御読経の声が、尊くて、うう、うう、恥ずかしくてねえ。

＊　[弁少将]これは、それではいったい、夢なのか、現実なのか。呆然として、ものをさえ、言うこともできない。本当のことなのかしら、これは。

＊　[『山伏』]南無法華経中十羅刹

＊　[『山伏』]言葉もなくて、ものを言うこともできない。茫然自失といった感じなので、心を落ち着かせて、目をぎ

ぼえず、と片心《かたごころ》には、また案《あむ》ず。

上 ［あこ丸］[26]何《なに》ぞら、女声《をんなごゑ》にて、口説《くど》き泣くは。邪気《じやけ》の人、起こりたるから、不便《ふびん》のことかな、と思ひて、いと[27]どかはかはとたたく。

下 ［『山伏』］[28]たたくからゐん。

〔侍従殿、弁少将、小弁殿〕

○ 第十三段（詞書・B詞2）

［三七］誰も治せない帝25の病気を、若い荒験者5が治す

その夏ごろ、内裏《うち》に御悩みあり。一瘧病《わらはやみ》といふことにや、とこころみさせ給へど、えまじなひ得《え》させ給はで、たびたび起こらせ給ひつつ、さるべき験者《げんざ》ども、いといとほしげなめるを、いかがせまし、とさらぬ御祈りどもも、やうやうところせきまでなり行く。

二御はらからの山の御子《みこ》も、三七仏薬師を行なひて、さぶらはせ給ふ。四寺《てら》、山《やま》の五行者《ぎやうじや》ども、あまたしるしなくて日数《ひかず》つもるを、六天《あめ》の下《した》おぼし騒《さわ》ぐほどに、なにがし七阿闍梨《あざり》、「このほど、八葛川《かつらがは》より出で侍る九荒験者《あらげんざ》なり。まだ若く侍れど、

ゅっと閉じては、いっそうひたすら祈っている間、くり返しくり返し、それならば、この忘れ形見の子供たちを、どこに残し置いてきたのだろうか、現実のこととも思えない、と心の片隅では、また思いめぐらす。

上 ［あこ丸］何だろうか、女声で、くどくどいって泣くのは。物の怪をわずらっている人が、ぶり返しているのかしら、かわいそうなことだなあ、と思って、いっそう、こつこつと戸を叩く。

下 ［『山伏』］たたくからゐん。

○ 第十三段（詞書）

［三七］ その年の夏ごろ、帝25がご病気になる。瘧病《わらわやみ》ということではないかと、祈禱を試みさせなさるけれど、呪術によって病気を治すことがおできにならないで、たびたびご病気がぶり返しなさるので、しかるべき験者たちも、たいそう気の毒な様子に見えるが、いったいどうしたらよいのかしらと、それ以外のご祈禱も数々試みられ、次第に宮中にあふれるまでになって行く。

帝とご兄弟の比叡山の延暦寺の座主である御子26も、七仏薬師のご祈禱を行なって、伺候していらっしゃる。三井寺や比叡山の修験道の行者たちも、大勢、祈禱を行なっても効き目も見えないまま日数が重なるのを、国じゅう不安に思ってざわめいている時に、某阿闍梨が、「近ごろ、葛川から修行を積んで出て来ました荒験者5です。まだ、年若くございま

もしや、とこころみさせ給ふべくや」と、座主《ざす》の御子《みこ》より聞こえさせ給へれば、一〇寺《てら》のなにがし僧正《そうじやう》、参《まゐ》るべきよしは申しながら、みだり脚《あし》の気《け》にためらひかねたるよし聞こゆれば、今日《けふ》のひまに召したり。

まづ、うちあげたる声《こゑ》、いと若きものから、一一しみ返り尊《たふと》き一二に、いと思はずにおぼされつつ、一三御几帳のひまより御《ご》覧《らむ》ずれば、二十にはあまれらん、と見えて、容貌《かたち》などこまやかならねど、おしなべてなまめかしく、なべての人とは見えぬ袖のかかり、用意《ようい》を、いと思ひのほかに御覧《ごらむ》じおどろかせ給ふ。

一四千手経《せんじゆきやう》など読みて、たびたび加持《かぢ》したてまつる。(荒験者)一五「南無《なむ》本寺《ほんじ》根本中堂《こんぽんちうだう》医王《いわう》善逝《ぜんぜい》十二《じふに》大願《たいぐわん》部類《ぶるい》眷属《けむぞく》」など、一六もみ入《い》りたるほど、みな言ふことなれど、御涙も浮《う》きて尊《たふと》くおぼさるるしるしにや、起こらせ給はずなりぬ。我は、と思へる有験《うげん》の僧ども、いといとほしげなりつるに、思ひのほかに、みなおぼしおどろく。

すが、もしや効き目があろうかと、試みさせなさってはいかがでしょうか」と、座主の御子[26]を通して申し上げさせなさったところ、三井寺の某僧正が参上する予定という旨を申しながら、脚気の病状をおさえかねているという旨を申し上げてきたので、祈禱の予定者の空いた今日の機会に、荒験者をお呼び寄せになる。

まず、高く張り上げた声が、とても若々しいものの、あたりにしみとおって、尊く感じられるので、帝[25]は、まったく意外なこととお感じになって、御几帳の隙間からご覧になってみると、二十歳は越えているのだろうと見えて、容貌などは、細部まできちんと整っているというわけではないけれど、全体にわたって優美で、並一通りの人とは見えない、袖の下がった風情や、心づかいある立ち居振る舞いを、まったく予想外のことと、ご覧になって驚いていらっしゃる。

千手経などを読んで、幾度も加持祈禱をしてさしあげる。「南無本寺根本中堂医王善逝十二大願部類眷属」などと、医王善逝のご加護を願って、両手を合わせておしもみながらひたすら祈っているうちに、誰もが口にする言葉ではあるけれど、帝は、御涙も浮かんできて、尊くありがたいお気持ちにおなりになるが、その効験であろうか、病気がぶり返しなさらなくなった。我こそは、帝のご病気を治してみせようと思っていた霊験あらたかな僧たちも、ご病気を治すことができず自信を失って、本当にお気の毒な様子であったのに、予想外のことと、誰もが驚いたこととお思いになる。

[二八]荒験者[5]、霊験を評価され、僧都の位を授かる

まかづるとて、関白殿をはじめたてまつりて、上達部《かむだちめ》、殿上人、ある限り歩《あよ》[二七]みつつ来て送るほど、なべておはしぬべけれど、ほかざまにも見やらず、おしのどめて歩《あゆ》み出《い》づる用意《ようい》、もてなしさへいとめでたきを、「誰《たれ》が子にか、弟子《でし》にか」など、人々ささめく。

やがて、僧都《そうづ》になさせ給ひければ、宮も、わらはよりうたきものにおぼさるる人にて、いと面立《おもだ》たしくおぼしよろこぶ。

[二九]帝[25]、新僧都[5]が誰の子か、知りたがり問う

その宵《よひ》にまうのぼらせ給ひつるに、のどかに御物語聞こえさせ給ふ。(帝)「ありつる山伏は、誰《たれ》が子にか。験《げん》こそあらめ、容貌《かたち》、用意《ようい》までことなりかし」など、聞こえさせ給へば、宮、「そのゆゑ、子細《しさい》ども侍りて、とり申しにくく侍り。師の僧正《そうじやう》、いはけなくより懐《ふところ》さらず生《お》ほし立て侍りて、[二八]うたて名をさへ立ち侍りけり」など、奏《そう》し給ふほどに、僧都のよろこびに、僧正も宮の御宿直所《とのゐどころ》に参れるよし聞こしめして、御前《まへ》にめしつつ問はせ給ふ。うれしさの、袖にもあ

[二八] 荒験者[5]が退出するというので、関白殿をはじめ申し上げて、上達部や殿上人も、そこにいる人がみな、歩んできてお見送りをするあいだ、荒験者の様子はごく普通でいらっしゃるけれど、わき目もふらず、ことさらゆったりと落ち着いて歩を進めていく心づかいや立ち居振る舞いまでがたいそうりっぱであるのを、「いったい誰の子なのか、誰の弟子なのか」などと、人々はささやく。

帝[25]は荒験者を、そのまま僧都におさせになられたので、座主の宮[26]も、荒験者が童の時から目をかけてかわいらしい子だとお思いでいらっしゃったので、たいそう面目あることと喜んでおいでになる。

[二九] その宵に、座主の宮[26]が参上なさったので、帝[25]は、のどやかにお話を申し上げなさる。「先ほどの山伏は、誰の子なのか。確かに霊験あらたかのようだが、そればかりか容貌や心づかいまで格別であるとはね」などと、申し上げなさるので、座主の宮は「そのいきさつには、いろいろと子細がございまして、取り立てて、申し上げにくくございます。師にあたる僧正[14]が、新僧都[5]が幼少の時より、懐から離すことなく育て上げまして、いやな評判まで立ちましたのでした」などと、奏上なさっているうちに、弟子が僧都の位を授かったお礼のために、僧正[14]も、座主の宮のご宿直所に参上している旨を、帝がお聞きなさって、御前にお呼び寄せしておたずねなさる。うれしい思いが、包みきれないほどにあふれる涙となって、袖を濡らして色を変えているのを、帝をは

まる涙の色を、みな、あはれがらせ給ふ。[一九]弁中納言も御前《まへ》[二〇]にさぶらひて、[二一]聞い給ふにも、折々はかかる世の物語にも、[二二]御耳とまりける。

○第十三段（画中詞・B絵5）

一　[帝] いかに、[1]諒《りやう》、[2]何《なに》は、ゆゆしき弟子《でし》をば持ちたるものかな。僧都《そうづ》になされぬるは、験《げん》こそあらめ、容貌《かたち》、用意さへ、なべてならぬは。誰《た》が子ぞ。いまだ、よに若きな。年は、いくつぞ。

二　[座主の宮] [3]かしく。ゆゆしき面目《めむぼく》と思はれよ。御覧のおもむき、身にあまりて存じ候ふは。

三　[横川の僧正] あああ、ともかくも申し入れ候ふべき言の葉もおぼえず候ふ。

四　[座主の宮] 誰《た》が子候ふぞ、と[4]御たづね候ふ。ありのままに申されよ。

五　[横川の僧正] [5]たれがしと、分明《ふんみやう》に申し入れ候ふべきかたなく候ふ。昔、修行《すぎやう》つかうまつり候ひし時、河内の国、何の郡《こほり》と申し候ふ所にて、[6]同行《どうぎやう》の候ひしが、かの谷

じめみな、僧正の心中を察し、ご同情なさる。弁中納言[4]も、帝の御前に伺候していてお聞きになるにつけても、時々はこのような世間話にもお耳がとまるのだった。

○第十三段（画中詞）

一　[帝] いかにも、まこと、何とやら[14]は、すばらしい弟子を持ったものよなあ。僧都の位を授けられたのも、霊験こそあらたかであるのだろうが、容貌や心づかいまで、並一通りでないとは。いったい誰の子なのか。まだ、いかにも若いことよな。年は、いくつなのか。

二　[座主の宮] 恐れ多いこと。すばらしき名誉と思いなされよ。帝がそのようにご覧になられた趣旨は、身にあまる光栄と存じますよ。

三　[横川の僧正] あああ、とにもかくにも、お耳にお入れ申し上げますような言葉も浮かびません。

四　[座主の宮] 誰の子ですか、とご質問がございます。ありのままに申し上げなされよ。

五　[横川の僧正] 誰それと、はっきりお耳にお入れ申し上げられますようなすべもございません。昔、修行をいたしておりました時、河内の国の何とか郡と申します所に、ともに仏道修行にはげむ同行がございましたが、あの谷川の付近ではじめて出会いましたのは、五月の上旬でございましたが、六月に、安楽寺に下向いたしました。七月くらい

川のほどにて、見そめ候ひしことは、五月の上旬にて候ひしに、六月に[7]安楽寺《あんらくじ》へまかり下り候ひし。七月ばかりに、跡形《あとかた》なくなりて候ひし。水の底に入り候はずよりほかはとこそ、ことのやうおぼえ候ひしかども、いかが候ふらん。[8]所労《しょらう》とのこと候ひしを、修行《しゅぎゃう》のならひは験《げん》をあひ待つこと候はで、捨《す》て候ひてまかり通り候ふほどに、一人とどめ置き候ひしこと、つらつら案《あむ》じ候ふに、返す返す不便《ふびん》におぼえて、一夜を経《へ》て、一人まかり帰り候ひて、これをたづね候ひしほどに、かれは、ある岩のかげにて、はやまかり候ひにけり。いかがし候ひてこれをともかくも引き返し候ふべきと、案《あむ》をめぐらし候ひて、奥ざまへ谷川の候ひし端《はた》につきて入りて候へば、この川のあなたに、人の姿なるものの見え候ひし。不思議に候ひて、歩《あゆ》みよりて見候へば、なほ、人にて候ふ。また、けものにてぞ候ふらん、と存《ぞん》じ候ひて、[9]呪《じゅ》をみて、[10]印《いん》を結びて、一時ばかりまぼり候へども変はり候はぬほどに、[11]「汝《なんぢ》は何《なに》ものぞ。人ならば近づけあひたづねん」と申し[12]て候ひしにつきて、かれも歩《あゆ》みより候ふ。よに、むくつ

に谷川に戻ってみると、その同行の者は跡形もなくなっていました。水の底にでも入ってしまわないことより他は考えられないのでは、とそうした事情が思われましたけれども、どういたしましょうか。病気との心配がございましたが、修行のならわしは、霊験を互いに待つことはございませんので、そのまま見捨てて通り過ぎましたところ、一人だけにして残してきたことがよくよく思いめぐらしますと、返す返す、かわいそうなことに思われて、一夜を過ごして、一人戻りまして、この人をさがし求めましたところ、その人は、ある岩の陰で、もはや亡くなってしまっていたのでした。どうにかいたしまして、この人をともかくも引き戻そうと、思案しまして、奥の方へ、谷川がございましたほとりに沿って入って行きましたところ、この川の向こう側に、人の姿をしているものが見えたのでした。不思議に存じまして、一歩一歩近づいて、見ますれば、やはり人間でございます。あるいはまた、獣でございましょうか、と存じまして、呪（陀羅尼）をためして、印を結んで、二時間ほどじっと見つめておりましたけれども、変化がございませんので、「そなたは、何者であるぞ。もしも人間であるのなら、近くに寄せて、しっかりと事情を聞こう」と申しましたのに応じて、彼も一歩一歩近寄ってきます。いかにも気味が悪く存じましたものの、細くございます谷川を隔てて、私を迎えに近づいてまいります者を見ましたところ、そのような所にいるにふさわしいとも思われませぬ人柄、

けく存《ぞむ》じ候ひながら、細く候ふ谷川を隔てて、むかへに近づきて候ふを見候へば、さる所にあるべしともおぼえ候はぬ人柄《ひとがら》、容貌《かたち》、ありさまなる、十八、七もや候ひつらん、同行《どうぎやう》にて候ひける。髪をば切り候ひて、首のまはりに候ふを、この川[13]にて洗ひて候ひけるとて、しほしほと濡れたるやうに候ひて、「出家の本意《ほい》ありて、かくなりたり。同じくは、本意《ほい》とげて」と申し侍[14]りしを、ことのやう、あひたづね候へば、分明《ふんみやう》ならず候へども、いかにも本意《ほい》をとげなむと、師にもあれ、親にもあれ、恨みて家を出でたるものと推量《すいりやう》、おぼえ候ひしほどに、これを見捨て候はむこと、またおほきにあるまじくおぼえ候ひて、かやうにて引《ひ》き具《ぐ》し候ひては、人に見つけられてわづらはしきことも候ひぬと存《ぞん》じ候ひて、かのむなしき山伏の着て候ひしし[15]のぶ摺《ず》りの衣、頭《かしら》に被《かづ》くもの、脛巾《はばき》などまで[16]移し着せ候ひて、「あはれにおぼえ候ひつる山伏は、とてもむなしき者に侍[17]り。これは、あひ助け候はむ」と、え歩《あゆ》み候はぬを、とかくし候ひて、あひ助けまかり候ひていたはり候ひしほどに、[18]安楽寺の別当にてま

容貌、風采である人で、十七、八歳ででもございましょうか、私と同様、仏道修行を志す人でございました。髪を切りまして、首の周りについておりますのを、この川で洗っておりましたのでした、ということで、しとしとと濡れている様子でございまして、「出家へのもとからの望みがあって、このような姿となっています。同じことなら、望みを遂げて」と申しましたのですが、ことの子細をしっかり聞きましたところ、明瞭ではなくございますけれども、いかにも出家の望みを遂げようと思って、師にもあれ、親にもあれ、誰かを恨んで家を出てきた者と推量され、思われましたので、この人を見捨てるようなことは、また、大いにあってはならないことと思われまして、このような姿のままで、いっしょに引き連れて行きましては、人に見つけられて、面倒なことにもなってしまうと存じまして、あの亡くなった山伏が着ておりました、しのぶ摺りの衣、頭に被るもの、脛に巻くものなどまで移し着せまして、「気の毒に思われます山伏は、しょせん、今は亡き者でございます。こちらの方は、きっとお助けしましょう」と言って、歩くこともできませんのを、ああしたりこうしたりいたしまして、何とかお助けいたしまして、介抱しておりましたところ、私が安楽寺の別当として下向いたしました時に、引き連れて下ったのですが、どうしても、そうして、この姿のままではいるまい、もとからの出家の望みを遂げようと深く思っておりましたが、私はこの人を何としても出家

かり下り候ひしにともなひて候ひしが、いかにもさては
この姿にてあらじ、本意《ほい》をとげんと深く思ひて[19]候《さふら》ひしを、
いかにもしてやつしがたく存《ぞむ》じて、もしや心とまり候ふ
と、妹《いもうと》にて候ひし者にあひ住ませなどはかり候ひしか
ども、その年の秋、跡形《あとかた》なく消え失せて候ひし。形見に
これなん、かの妹《いもうと》の腹に出で来て[20]侍りしを、泣く泣く
懐《ふところ》さらず、生ほし立てて候ひしものにて候ふ。いかな
る人にて候ひけるとも、今にえうけたまはりおよび候は
ぬ。不審《ふしん》に存じ候ふ。

六　［帝］不思議のことかな。さて、いかがなりけん。し
ばしもありけむほど、いかなりし者とも言はざりけるに
や。

七　［横川の僧正］[21]あらせつけ候はむとて、しきりにあひ
たづぬることも候はざりける。

＊　［弁中納言］何《なに》とあることぞや、[22]と、これを聞くにも、
ものの案《あむ》ぜらるる。思ひかけぬことどもさへ、とかくう
ち案《あむ》じて、いとものも言はず。

＊　［新大納言］不思議や。目が、はたとさめたる。さる

姿に変えがたく存じまして、もしや、この世に心がとまる
ことがございましょうかと、私の妹[15]でございました者に
いっしょに住まわせたりなどして、たくらんでみましたけ
れども、その年の秋、跡形もなく、消え失せてしまいまし
た。形見にこの人（新僧都）[5]が、その妹のもとに生まれ
ましたのを、泣く泣く、懐から離すことなく育て上げまし
たのでございます。この人[5]の父にあたる人がどのような
人でございましたとも、いまだにうかがい及んでございま
せん。判然としないことでございます。

六　［帝］不思議なことだな。それから、どうなったのだろ
うか。わずかにもせよ、ともに暮らしていたという間、ど
のような家柄の者であったのかとも言わなかったのかい。

七　［横川の僧正］居つかせいたしたいと思いまして、しつ
こく、問いたずねることもございませんでした。

＊　［弁中納言］何ということなのか、と、この僧正の話を
聞くにつけても、ついいろいろと思いめぐらされる。思い
がけないことまであれこれと頭のなかをめぐって、まった
くものも言わない。

＊　［新大納言］不思議なことだわ。目が、ぱっと覚めたこ
と。そのような事情もあってかしら、美しかった人の形見
ということで、荒験者[5]もそんなにもすばらしかったのだ
わ、と思う。

一　［権大納言典侍殿］不思議なことですよ、ねえ。このお
話をお聞きなさい。それほどに美しかった人の子なので、

こともありてかや[23]、うつくしかりけるなごりにて、さもよかりけるなう[24]、と[25]思ふ。

一　［権大納言典侍殿］不思議や、やう[26]。これ聞かせ給へ。さほどうつくしかりける人の子にて、よに、ただ、よかりけるなう[27]。うつくしき男《をとこ》のふりにて見たき、と申[28]しつるはな。

二　［督典侍殿］容貌《かたち》も、よくこそありつれや、痩せ痩せなるしも、行のほど見えて、かはらかによくてよや[29]。法師は、ただ目にもたへぬ心地するに、よや、とおぼえて。誰やらん[30]、よに思ひ出でらるる人もありてよ。

三　［弁内侍殿］かくは思ひかけず、あの[31]弁中納言の御ふりの思ひ出でられて、と申せば、侍従の、「いまいましや、法師に[32]似《に》せやうや」、とてありつる時に、せめての[33]御方人《かたうど》かな。「似《に》たらんさへにや、いたはしかるべき」といさかひてよ。

四　［宮人さぶらふ］いかほど[34]、兵衛の内侍殿のほめてよ。殿上まで送られて、ゆゆしき男《をとこ》たちにかしづかれたりけるも、人柄のすべてをかしく候[35]ふなく、けしきのよくて、

いかにも、まったく、すばらしかったのですねえ。僧の姿ではなく、美しい男性貴族の姿にして見てみたい、と申しましたのはねえ。

二　［督典侍殿］器量もよかったですけれどね、痩せ痩せの姿がかえって、修行に打ち込んでいる具合がうかがえて、すっきりとして感じがよかったのですよ。法師というのは、まったく見るにたえない気持ちがするものですが、この人（荒験者）[5]は美しいこと、と思われて。誰かしら、いかにも、思い出されてくる人もありましてね。

三　［弁内侍殿］これほどとは思いも寄らず、あの弁中納言[4]の立ち居のお姿が思い出されてきて、と申し上げたところ、侍従[34]が、「縁起でもないこと、法師に似せようとはね、とんでもない」と言っていた時なので、せめてもの私のお味方ですよ。「似ているだろうと思うことまでが、弁中納言殿に気の毒でたまらない」と、言い争ったのですよ。

四　［宮人さぶらふ］どんなにか、兵衛の内侍殿が、ほめていましたよ。宮中の殿上の間にまで送り届けられて、りっぱな男性貴族たちに大切にされていたというのに、荒験者[5]の人柄がまったく魅力的でなく、ありさまもりっぱだと思われないことのほうが、いやでございまして。その荒験者の身の上に関することが話に出たのですか。

五　［督典侍殿］どんなにか、荒験者の素姓まで心ひかれることですよ。悪い感じの人というふうでもないことよと思われまして。

と見ぬがうたて候ひて。その人の上が出でてか。

五　［督典侍殿］いかほどに、身の行方《ゆくへ》さへおもしろくてよ。わろわろとしたる人とてもなきよと。

六　［[36]木高きさぶらふ］上﨟にて候ふか。誰《た》が子ぞ。何と聞けども、耳にも入《い》らぬ。おもしろき人ならば、いかばかり、とおぼゆる。[37]御所の御心地の御めでたさには、[38]いみじし。

一　［平宰相］さても、さしも[39]御心苦しく候ひつる御心地、[40]御落居《らつきよ》、めでたく候ふ。そののちは、[41]ちとも[42]御見分《けぶん》も候はぬから。

二　［[43]勾当内侍殿］あう、今は、さはさはの御ことにて候ふ。日ごろの御くたびれもいかが、と[44]御心苦しう候ひつるに、いたくの御ことも候はで。

三　［平宰相］返す返す、めでたく候ふ。宮は、まだ御前《まへ》に御伺候《しこう》、候ふやらん。この僧、ゆゆしき[45]高名《かうみやう》の者候ふかな。うるはしく、めでたく候ふ。

四　［勾当内侍殿］さりげに候ふ。僧正とかやも、[46]御参りて、御物語の御ほどにて候ふ。

六　［木高きさぶらふ］身分の高い方でございますか。誰の子ですか。何やかやと聞こえてきましたが、耳にも入っておりません。出家者ではなく、心ひかれる人の姿であるならば、どれほどすばらしいことかと思われます。御所様（帝）[25]のお加減がすっかり治ったお喜ばしさは、なんともすばらしいことです。

一　［平宰相］それにしましても、あれほど、気がかりでございました帝[25]のご病状が、落ち着かれなさいましたとは、喜ばしいことでございます。その後は、少しも、どうなられたかお見届けしておりませんが。

二　［勾当内侍殿］ええ、今は、さわやかなご様子でございます。ここ数日のお疲れもどれほどかと気がかりに思っておりましたが、たいしたこともございませんで。

三　［平宰相］返す返すも、喜ばしいことです。座主の宮[26]は、まだ、帝の御前にご伺候しておいででしょうか。この僧[5]は、おそろしいほどすばらしい手柄を立てた人ですね。りっぱで、喜ばしいことでございます。

四　［勾当内侍殿］そのようでございます。僧正[14]とかいう人も、ご参上しまして、おしゃべりをしておいでのご様子でございます。

五　［平宰相］座主の宮も、まったく、わが比叡山延暦寺の名誉、とお礼を仰せになられました。総じて、人々も恐ろしいほどすばらしいと思っております。誰の子ということを、申し上げませんので、不審に存じまして、おたずね申

五　［平宰相］宮も、[47]如法、我が山の面目《めんぼく》、とかしこまり仰せられ候ひつる。おほかた、人々もゆゆしく候ふ。誰《たれ》の人といふこと聞こえ候はぬ、不審《ふしん》に候ひて、あひたづね申し候ひつれば、ただ[48]化《け》したる定のものぞ[49]とよ、とて宮は笑はせ給ひ候ひつる。

六　［勾当内侍殿］そのゆゑども、師の僧正に[50]御たづね候ひげに候ふ。不思議やとぞ、聞き候ひつる。これゆゑ、僧正も[51]わろき名を立ちけると[52]なう。

七　［平宰相］うう、[53]さとやらん。げに、[54]誰、候ふぞら。申し候ひつる、さては、[55]さもや候ふらん。[56]きうきう。

八　［勾当内侍殿］いや、[57]無相や、ただ。

＊　［平宰相］曲者《くせもの》の、[58]かうぶり着つかな。いかにも、これは、殿の大かぶりを[59]ぞへして着たる、とおぼゆるとまぼる。

一　［白川中将］今日《けふ》の御験者《げんじや》は、誰《た》が子息《しそく》、候ふぞ。験《げん》こそあらめ、美相《びさう》にて候ひつるな。

二　［蔵人佐］宮に、[60]殿のたづね申され候ひつれば、[61]諒《りやう》、何《なに》僧正が甥《をひ》とぞ申され候ひつる。おほかた、神つき候ひ

し上げましたところ、ただ、真理が姿を変えたものですよ、と言って、宮はお笑いなさいました。

六　［勾当内侍殿］その事情をいろいろと、師の僧正におたずねがございましたようです。不思議なことよ、とお聞きいたしました。これが原因で、僧正にもよくない噂が立ったということですよ。

七　［平宰相］ううん、そういうことなのでしょうか。なるほど、どのような人でございましょうか。申しましたことは、それでは、そういうことなのでしょう。くすくす。

八　［勾当内侍殿］いえ、姿かたちのないもの、無相ですよ、ただ。

＊　［平宰相］あやしいものが、冠を被ったことだよ。いかにも、これは、殿の大冠をへこませて被っていると思われる、とじっと見守る。

一　［白川中将］今日の御験者は、誰の子息でございますか。霊験あらたかなだけでなく、美しい顔立ちでございましたね。

二　［蔵人佐］座主の宮に、殿がおたずね申されましたところ、まこと、何とか僧正[14]の甥[5]と申されました。総じて、神がとりついたのでした。まだ、ご伺候していますか。

三　［白川中将］殿が宮中のご宿直所におります間は、この人も伺候してございます。

上　［蔵人佐］やあ、殿も官職を預けたという。もし見るのなら。

き。いまだ御伺候、候ふか。

三　［白川中将］殿の直廬《ちよくろ》[62]にて候はむほどは、これも伺候《しこう》し候ふ。

上　［蔵人佐］や、殿も、つかさあづけ[63]つるてふ。見《み》ば。

下　［きりの前］をう、とて、参り候はん。

〔横《よ》川の僧《そう》正、座《ざ》主《す》の宮、弁中納言、新大納言殿、宮人さふらふ、督典《すけ》侍殿、権大納言典《すけ》侍殿、木高《たか》きさふらふ、弁内侍殿、[64]勾当《こうたうの》内侍殿、平宰相、白川中将、きりの前《まへ》、蔵人佐〕

○第十四段（詞書・B詞3）

［三〇］帝25、春宮の女御3に思いを寄せる

春宮の御局《おほんつぼね》は、例の梨壺《なしつぼ》なれど、北舎《しや》、淑景舎《しげいさ》など、そのつづき、このごろ、いたく[一]荒れそこなはれたれど、修理職《しゆりしき》に憂ふることありて、ことゆかねば、女御の御局《つぼね》は麗景殿《れいげいでん》なり。

御心に離《はな》れぬことしあれば[三]、上《うへ》、[二]宣耀殿《せんえうでん》にかよはせ給ふたよりには、たえず、そのあたりをうかがはせ給ふに、近き渡殿のかをりより心にくくて、[四]ほのぼの聞こゆるものの音《ね》など、うちとけぬものからゆゑ深き手づかひまで、あま

下　［きりの前］はい、と答えて、参上しましょう。

○第十四段（詞書）

［三〇］　春宮（皇太子）20のお住まいは、いつものように梨壺であるが、北舎、淑景舎などといった、梨壺とのつづきの建物が、このごろ、ひどく荒れて傷んでいるけれど、修理職に嘆き悲しむことがあって、修復作業がうまく進まないので、春宮の女御3のお住まいは麗景殿である。

帝25は、お心のなかに住みついて離れないことがあるので、宣耀殿にお通いになられるついでには、いつも麗景殿のあたりの様子をおうかがいになられるが、近くの渡殿にただよう香りからして奥ゆかしくて、ほのかに聞こえてくる楽の音色など、気を許してしまわないながらも、趣深い手の使い方まで、多くの御方々には似ていない、そんな雰囲気がはっきり

たの御方々には似ぬけはひしるきにも、いとど[五]室《むろ》の八島《やしま》に宿《やど》求めまほしき。御口ずさみの、忍びあまる折々は、新中納言ぞ、我さへあやなくもの思ひつきぬる心地しつつ、嘆きわたる。

[三]春宮の女御[3]に、第一[22]、第二皇子[23]が誕生する

上《うへ》、いまだ[六]女御子《をんなみこ》だにおはしまさぬを、一、二の御子《みこ》さへ、うちつづき出《い》で来給ひぬるを、さるべき御仲らひにも過ぎて、まだ若き御ほどに、とりもち後見《うしろみ》きこえ給ひつつ、つねは内裏《うち》住《ず》みせ[七]させたてまつり給ふ。[八]我が御み子の定《ぢやう》にもてなしきこえ給ふ。公事《くじ》などなきひまには、まうのぼらせ給ひつつ、うつくしみきこえさせ給ふも、せめての御むつびなるべし。

御乳母《めのと》たちも、はればれしく思ふべかめれど、内大臣殿《うちのおほいどの》、中納言など立ち添ひもてかしづききこえ給へば、よろづ心もとなきことあらんや。はえばえしき御さまなるべし。

うかがえるにつけても、いつもよりいっそう、古歌にあるように、室の八島に宿を求めたい思いでいっぱいになる。こうした古歌のお口ずさみが、こらえきれずに帝のお口からこぼれ出てしまう時々は、新中納言[4]は、自分までわけもなく恋の思いが染みついてしまった気持ちがして、くり返しため息をついている。

[三]　帝[25]には、いまだに皇子はもとより、皇女さえいらっしゃらないのに、春宮の女御[3]には、第一皇子[22]だけでなく、第二皇子[23]までつづいてお生まれなさったが、その皇子たちを、しかるべきお間柄ゆえのもてなし方を越えて、帝もまだお若いご年齢であるので、大切にお世話して、ご後見申し上げなさっては、ふだんは宮中に住まわせ申し上げなさる。ご自身の皇子に対するもてなし方のようにお世話申し上げなさる。帝は、政務や儀式などのない、あいた時間には、皇子たちを参上させなさっては、おかわいがり申し上げなさるのも、皇子たちの母である春宮の女御への恋しさを秘めての、せめてもの御なれ親しみであるのだろう。

それぞれの皇子の乳母たちも、当然、晴れがましく思っているようだが、内大臣殿[11]や中納言[4]なども、寄り添って、大切にお世話申し上げなさるので、何ごとにつけても、気がかりなことがあったりしようか。はなやかな春宮の女御のご様子であるようだ。

○第十四段（画中詞・B絵6）

一　［帝］[1]やや、[2]くは、扇《あふぎ》[3]よや。この宮は、女御に似て、[4]かう、[5]春宮の御面影《おもかげ》、[6]とくおぼえぬ。

□[7]　［権大納言典侍殿］さりげにわたらせおはしまし候ふ。三位殿の、[8]さうて候ふなり。

三　［勾当内侍］[9]あな、[10]御いたいけや。ただ、などか、この御方に一所もわたらせおはしまし候はざるらん。[11]なうなう、これ、まはし候はん。御覧《ごらむ》ぜさせおはしませ。

四　［内大臣］[12]御所《ごしょ》さまの[13]御ことは、さる御ことにて、[14]御わたくしこそ、うらやましき御ことにて候ふらん、と推《すい》し候ふは、いかに。

五　［勾当内侍］なにゆゑか。

六　［内大臣］ゆゑと申せから。[15] [16]きうきう。

七　［帝］面嫌《おもきら》ひとかやは、下衆《げす》のすることかし。あはれ、春宮のおはしませかし。[17]興《けう》さまさせん。いかにをかしからん。

八　［内大臣］[18]にがにがしき御ことにて候はむずる。きうきう。

○第十四段（画中詞）

一　［帝］もしもし、ほら、扇ですよ。この宮[23]は、女御[3]に似ていて、こう、春宮[20]の御面影が、すぐに思い浮かびません。

□　［権大納言典侍殿］そんなふうでおいでていらっしゃいます。三位殿がそのように言っています。

三　［勾当内侍］まあ、あどけなくておかわいらしいこと。ただ、どうして、こちらの御方（帝[25]のもと）には、お一人も宮がお生まれなさらないのでしょうか。ねえねえ、これを回しましょう。ご覧になってくださいませ。

四　［内大臣］御所さま[25]の御ことはそれはそれとして、個人的にこそ、うらやましい御ことでございましょう、と推量しておいでなのではございませんか、いかがですか。

五　［勾当内侍］どうしてですか。

六　［内大臣］理由を申しなさいというのですか。くすくす。

七　［帝］人見知りとかいうことは、身分の低い人がすることですよ。ああ、春宮もいらっしゃればいいのに。興をさまさせましょう。どんなにおもしろいでしょうか。

八　［内大臣］不愉快な御ことでございましょう。くすくす。

九　［権大納言典侍殿］まあ、おかわいらしいこと。私がお願いするのも筋違いながら、御所にございます扇をお取りになってくださいませ。ぴいぴいおっしゃる宮たちのかわいいお声ですこと。

十　［兵衛内侍］宮たちを見たいあまりに、この御簾もない

九　〔権大納言典侍殿〕あな、[19]御いとほし。あいなう、御所に候ふ扇、とらせおはしませ。[20]ひひめかせおはします御声よ。

十　〔兵衛内侍〕あまりの[21]御ゆかしさに、この御簾《みす》もなきかたをさへ開《あ》けて[22]なう。[23]御所にいかがおぼしめすらん、わびしや。

＊　〔二宮〕[24]あてて、ふうう。

上　〔一宮〕[25]ちよちよ、扇、[26]候はせい、[27]えい。

下　〔権中納言〕召され候へ。御所にこそ、御扇は候へ。

＊　〔一宮の大納言殿〕ただならぬ御気色の折々見ゆるに、いとどわびしくて。[28]御恥づかしさの汗も垂《た》りて。

＊　〔二宮の御乳母大弐〕はればれしや、と思へど、[29]御いたいけさに、さし出でて見まゐらすることよ。面《おも》なれぬるさまの、我ながら。

〔内大臣《のおとど》、[30]勾当《こうたうの》内侍、兵衛内侍、権大納言典侍《すけ》殿、権中納言、一宮の大納言殿、二宮の御乳母《めのと》・大弐〕

所をまで開けてねえ。御所さま[25]がどのようにお思いでいらっしゃるか、いたたまれない思いですよ。

＊　〔二の宮〕あてて、ぷうう。

上　〔一の宮〕ちょっとちょっと、扇をください、ねえ。

下　〔権中納言〕お取り寄せください。御所にこそ、御扇はございます。

＊　〔一宮の大納言殿〕いわくありげなご様子が、何かの折ごとに見えるのがいっそういたたまれなくて。お恥ずかしさのあまり、冷や汗も流れて。

＊　〔二宮の御乳母大弐〕晴れがましいことと思うけれど、宮たちの御あどけなさに、つい顔をさし出して拝見してしまうことですよ。自分の顔を見られることになれてしまったありさまが、我ながらいやなことで。

○第十五段（詞書・B詞8）

〔三〕入道太政大臣[6]死去、中納言[4]らが供養する

入道太政大臣《おほきおとど》は、残りなき御栄えを見おきたてまつりて、かくれ給ひにしかば、内大臣殿《うちのおほいどの》、皇太后宮など、嵯峨の大殿《おとど》に渡り給ひつつ、御法事のことといとなませ給ふ。

亡き御かげしも、ところせき御勢《いきほ》ひなれど、なほ行く末《すゑ》ゆかしき[一]御執《しうふ》やありけん、かねておぼしおきてしほどよりは、けざやかにもあらざりし終はりの御さまを、いかがと心苦しく嘆き添へさせ給ひつつ、[二]のたまひおきしこととかや、[三]天王寺《てんのうじ》、[四]高野《かうや》などにて、経、仏、供養《くやう》ぜさせ給ふ。ことさら、七、七にあてじとおぼすも、大臣《おとど》は、なほところせき御身のほどもことごとしくて、中納言ぞ忍びてまうで給ひける。天王寺にても、みづから書かせ給へる[五]金泥《こんでい》の法華経、供養《くやう》じたてまつり給ひける。

高野《かうや》にのぼり給ひても、さまざま僧どもなどにものたまはず忍び給へど、かかる所には、ことにまぎれ所なくなん。

○第十五段（詞書）

〔三〕　入道太政大臣[6]は、余すところないご繁栄を、途中まで拝見したところでお亡くなりになってしまったので、内大臣殿[11]、皇太后宮[16]などは、嵯峨のお屋敷にお渡りになって、ご法事のことをとり行ないなさる。

亡き入道太政大臣のご威光は満ちあふれるほどのご威勢ではあるけれど、やはりもっと将来を見ていたいというご執心があったからだろうか、前もって心に決めてお置きになったほどよりは、きっぱりとした感じでもなかった最期のご様子を、いったいどうしたことかと、おいたわしくお思いになって、嘆きをお加えなさっては、生前、言い残していらっしゃったこととかいうことで、天王寺や高野などで、経や仏のご供養をおさせになる。特に改めて四十九日に当てて供養するまでもあるまい、とお思いになるものの、内大臣は、やはり自由な行動も思うにまかせないご身分の高さゆえ、おおげさなことになってしまいそうなので、中納言[4]がこっそりと参詣なさったのだった。天王寺においても、太政大臣ご自身でお書きになられた金泥の法華経を、ご供養申し上げなさるのだった。

中納言[4]は、高野山にお登りになられるに際しても、あれこれと、僧たちなどにもおっしゃらず、こっそりとお出かけなさるけれど、このような所では、とりわけ紛れようもないことで。

〔三〕中納言[4]、高野の奥の院で『山伏』[1]を見かける

その夜は、[六]奥の院といふ所にて、のどかに行なひもせまほしくて、[七]佐世《すけよ》、道定《みちさだ》などにまぎれつつ、人少なにてまうで給ふ。かの[八]慈尊《じそむ》の暁《あかつき》もはるかにおぼしやらるるに、[九]里《さと》わかぬ月のかげのみぞ、都《みやこ》の空も変はらぬ光なりける。

かかる所をのみこそ、つねはあくがれ歩《あり》き給ひけめ、と、まづおぼし出《い》づる人の御うへにぞ、涙にくもる心地し給ふ。

（中納言）「こよひ我深山《みやま》の月をながむとも知らでや野辺の露をしくらむ

まだ世におはせば、かかる折節《をりふし》も知り給はでや」など、つねよりも思ひつづけらるるに、この御堂《だう》の後ろのかたに、[一〇]しみ返りたる声にて、経をいと尊《たふと》く読む。折《をり》からは、いと涙もよほさるるに、初瀬《はつせ》にて聞きし声の、ふと思ひ出でらるる、いとなつかしき心地して、道定《みちさだ》に、（中納言）「いかなる人ぞ。何となく見てまゐれ」とのたまふほどに、[一一]後夜の鐘もひびくほどなく、（『山伏』）[一二]「得無生法忍華徳菩薩《とくむしやうぼふにんけとくぼさつ》」など果てつかたをのどかに誦《ずん》じて、こなたざまへめぐるは、閼伽《あか》の水汲みに降《お》るるなるべし。御前《まへ》を通りざまに数珠《ずず》おしすりて、忍

〔三〕　その夜は、高野山の奥の院というところで、のんびりと勤行もしたくて、佐世、道定などに紛れるようにして、供の者も少しだけで参詣なさる。あの慈尊の暁――弥勒菩薩が五十六億七千万年の後にこの世にあらわれ、華林園の龍華樹の下で衆生済度のために三度の法会を開くという暁――のこともはるかにお思いやらずにはいられないが、どの里と分け隔てることなくさし照らす月光だけは、この高野の空も都の空も変わることのない光であるのだった。

このような所をばかり、いつもは心ひかれてさまよい歩いていらっしゃったのだろう、と、まずお思い出される人、行方知れずの父・『山伏』[1]のお身の上を思うと、涙で月も曇ってしまうお気持ちがなさる。

「今宵、私がこうして高野の深山の月を目にしながらあなたを思っているとも知らないで、父上よ、あなたは今ごろ、露の置いた野辺の草を敷いて、濡れながら眠っているのだろうか。

まだ、この世に生きていらっしゃるのならば、こうしたあなたの父である入道太政大臣[6]の死去というような節目も、お知りでいらっしゃらずにいるのか」などと、父・『山伏』[1]のことを、いつもよりも次々と思いつづけていると、この御堂の後方で、あたりにしみとおる声で、経をとても尊く読む。場合が場合ゆえ、いっそう涙がもよおされるが、初瀬で聞いた声がふっと思い出されてきて、とても親しみを感じる気がして、道定に、「どのような人であるのか。何気なく見て参

びやかに[二三]回《ゑ》向《かう》するなるべし。（『山伏』）[一四]「成等正覚《じやうとうしやうがく》」などほの聞こゆ。立ちざまに、鼻うちかみて、

（『山伏』）[一五]露ほさぬしのぶの衣よそながら[一六]涙の[一七]ふちとなりぬべきかな

いみじく心澄《す》みげに、うちながめて過ぐる山伏のけはひ、ただ、ありし人よ、と見るに、ふと立ち出で給ふを、見て、いづちともなくまぎれ失せぬ。

月はあかけれど、山もと霧りわたりて行方《ゆくへ》も見えず。いみじく恨めしければ、とばかりかきくれて、たびたび鼻うちかみ給ふを、いづくの[一八]杣《そま》にてか、[一九]さすがあはれと聞き給ひけん。

○第十五段（画中詞・B絵8）

＊［『山伏』］涙[1]のふちとなりぬべきかな

＊［中納言］あな、不思議や。ただ、その人のけはひ、面影ぞや。いかがすべき、あれにや、と[2]思ふ。

一　［中納言］や、あの山伏は、いづち行《ゆ》くぞ。き[3]と、追ひつきて見入れ。よく知られでよ。

りなさい」とおっしゃっているうちに、後夜の時刻を告げる鐘の音も響く間もなく、「得無生法忍華徳菩薩」などと、経文の終わりのほうをゆったりと唱えて、こちらのほうへまわって来るのは、仏にお供えする閼伽の水を汲むために降りてくるのに違いない。中納言の御前を通りがけに、数珠をおし擦って、ひそやかに回向するのであるらしい。「成等正覚」などと、ほのかに聞こえる。立ち去り際に、涙まじりの鼻をそっとかんで、

山中を歩き回って、草の露に濡れてかわく時とてない、私のしのぶ摺りの衣は、よそながらも——失踪し表立って喪にも服せない身の上ではあるけれど——、こぼれ落ちる涙が淵となるほどにあふれ、あたかも藤の衣（喪服）の色にそめてしまうに違いないことだ。

たいそう心が澄みきった様子で、ふっと物思いにふけって、通り過ぎていく山伏の雰囲気が、ただ、初瀬で出会った人[1]だよ、と思って、中納言がさっと立って外にお出になるのを、『山伏』[1]は見て、どこへともなく紛れるように消え失せてしまった。

月の光は明るいが、山の麓には霧が一面にたちこめて、『山伏』の行方も見えない。中納言[4]は、『山伏』が姿を消してしまったことが、たいそう恨めしいので、しばらく涙で目の前が真っ暗になって、何度もくり返し、涙まじりの鼻をおかみになるが、その中納言の様子を、『山伏』は、いったいどちらの杣の木のもとで、さすがにいとおしいとお聞きに

二　［従者A］霧にまぎれて、行くかたの見え候はぬ。あれや、[4]有王丸《ありわうまろ》、走れ。

三　［有王丸］[5]あち候ふ[6]から、[7]こち法師《ほうし》やら。[8]山法師、[9]どち走れ。捕《と》らへてまゐり候ふべきから。

四　［従者A］いや、[10]とよ。行《ゆ》かん所、[11]主《ぬし》に知られで、見入《い》れてまゐれとこそ。山伏よ、奇異《きい》にもの騒がしき。

五　［中納言］誰《たれ》なるらん、知りまゐらせたる者げに候ふ。[12]我々が袖の色を、あはれと[13]ばし見ける[14]から。うちながめつることは、[15]聞かじやまうづるか。

六　［従者B］誰《たれ》なるべし、ともおぼえぬ。何とて、[16]おぼつかなからじやまうぞら。

＊　［有王丸］おお、霧かしや。[17]葦《あし》に踏まれて、石に先が[18]見えいで。

［[19]ナシ］

なったことだろうか。

○第十五段（画中詞）

＊『山伏』「涙のふちとなりぬべきかな」

こぼれ落ちる涙が淵となるほどにあふれ、しのぶ摺りの衣を藤の衣（喪服）の色にしてしまうに違いないことだ。

＊［中納言］ああ、不思議なことだよ。ただ、その人、行方知れずの父上[1]の雰囲気、面影そのままだよ。どうしたらよいのだろうか、あれではないか、と思う。

一　［中納言］おい、あの山伏（『山伏』[1]であろう）は、どちらへ行くのか。すぐさま追い着いて、見届けよ。うまくやって気づかれないでおくれよ。

二　［従者A］霧にまぎれて、山伏の行く先が見えません。あれだよ、有王丸、走れ。

三　［有王丸］あっちですか、こっちの法師ですか。山法師はどっちに走ったのか。つかまえてさしあげるべきなのでしょうか。

四　［従者A］いえ、そうではないと思いますよ。行く先を、山伏本人に知られないで、その目で確かめて参りなさい、ということです。山伏は、不思議なくらい、せっかちですね。

五　［中納言］誰なのだろう、知り申し上げている者のようにございます。わたくしたちの喪服の袖の色を、かわいそうにとでも思ったのかしら。ふっと口ずさんだ歌は、お聞

○ 第十六段（詞書・B詞5）

〔三四〕帝[25]、病気により退位、出家し白川の院に移る

上《うへ》は、一いと心づくしなることを、またなくおぼし嘆かせ給ふつもりにや、このごろは、いとあつしくならせ給ひつるに、夏ごろ、御脚《あし》の気《け》とかや、にはかに重らせ給ひて、限りのさまにおはしましけるのち、いと世の中もあぢきなくおぼさるれば、おりさせ給ひぬ。同じ御垣《みかき》のうちのたのみだになきは、いとど心ぼそくおぼされながら、残り少なき御心地にいそがされて、おり給ひにしのち、御さま変はりて、ひとすぢに、二後《のち》の世をだに、と深くおぼし澄まさせ給ひつつ、白川の院に行なはせ給ふべし。

〔三五〕一宮[22]が春宮となり、女御[3]は、立后する

一宮、坊にゐさせ給ひぬれば、女御、后に立たせ給ひにしぞかし。二宮、五ばかりにならせ給ふに、また、御気色ありて、めづらしく三女みこにてさへおはすれば、四上も、ことさらめづらしさを添へて、もてはやしきこえさせ給ひて、例あることに加へさせ給ふことどもも、これやまた、末《すゑ》の世のながきためしにも五ならなん、と面立《おもだ》たしくてよ。

き申しませんでしたか。

六　［従者B］誰だろうとも、思い出せません。どうして気がかりでないことがありましょうか。

＊　［有王丸］おお、霧ですよ。葦に踏まれて、石にさえぎられて、先が見えなくて。

○ 第十六段（詞書）

〔三四〕　帝[25]は、たいそう心をすり減らしてしまうことを、またとないほどお思い嘆きになっていらっしゃることが積もり重なったせいか、このごろは、とても病弱になられて、夏ごろ、脚気のご病気とか、急に病状が重くおなりになられて、今は最期の様子でいらっしゃったが、その後、本当に世の中のこともつまらなくお思いになられて、位をお退きになってしまわれた。春宮の女御[3]と同じ皇居のなかであればこそ、女御に会えるかもしれないという期待もあったが、退位してしまえば、その期待さえ持てなくなってしまうのは、ますます心細いこととお思いになられるものの、命も残り少ないという気持ちにせかされて、位をお退きなさった後、ご出家をなさって、一心に、せめて来世の極楽往生をなりと果たしたいと、深く願って心をお澄ませになっては、白川の院で勤行に励んでいらっしゃるに違いない。

〔三五〕　一の宮[22]が、春宮におつきになられたので、女御[3]は后にお立ちになられたのだよ。二の宮[23]が五歳ほどにおなりの時、また、ご懐妊のご徴候があって、今回はめずらしい

【三六】出産後、中宮[3]の容態が急変、僧都[5]が召される

夜も過ぎぬるのち、今は、と人々も、かたへはうちまどろみなどしぬるひまに、御物の怪にや、六いとあさましくにはかなる御心地のさまを、あるが限りおぼしまどふ。

さるべき僧どもも、みなまかでにけるを、召しなどするほど、「なほ、誰《たれ》かさぶらふ」とたづねさせ給ふに、「横《よ》川の僧正の七壇所《だんしよ》に、かの僧都《そうづ》のみなん、さぶらひける」とて、いそぎ参れり。

【三七】僧都[5]が加持をすると、物の怪[8]があらわれる

夜もすがら、御加持《かぢ》参りて、暁がたにぞ、御物の怪うつりて、さまざま名のるなかに、(物の怪)「八ながくこの御あたりにまうでじ、と聞こえしかど、昔、九意趣《いしゆ》深く思ひきこえし御末《すゑ》のみ、かくあやにくに栄え給ふを見るが心憂《う》きに、ひまをうかがひつるなり。一〇この后宮《きさいのみや》、中納言殿などこそあらめ、この僧都《そうづ》さへ、こと人にやおはする。人こそ知らねど、一一同じ野のゆかりの草のみ、栄え給ふめれば、さるたびには、我をのみ、うたてありて人の言ふなん、悪心《あくしん》のやむ世《よ》なきに、一二初瀬《はつせ》にて対面《たいめむ》聞こえし人も、なほざりならずとぶらひ給へば、は

ことに皇女[24]でまでいらっしゃるので、帝[20]も、格別、めずらしいことへの祝意を添えて、大切におもてなし申し上げなさって、通例の皇女誕生のお祝い事に、さらにお加えなさることの数々は、これはまた、後世に長く言い伝えられる例にもなってほしいものと、晴れがましい気がすることだ。

【三六】 夜も過ぎてしまった後、今はもうだいじょうぶだと、女房たちも半分はうとうとなどしてしまった、その気のゆるんだ隙に、御物の怪のしわざであろうか、まったくあきれるほどに、急変してしまった中宮[3]のご容態を、そこに居るものは誰も彼もみな、どうしたらよいかわからず、途方にくれておいでになる。

しかるべき僧たちも、みな退出してしまっていたので、お呼び寄せなどするあいだ、「やはりそのまま、誰か伺候していないのか」と、たずねさせなさったところ、「横川の僧正[14]の壇所に、あの僧都[5]だけが伺候しておりました」ということで、僧都が急いで参上した。

【三七】 僧都[5]は一晩中、ご加持をしてさしあげて、暁近くになって、ようやく御物の怪が寄りましに移って、あれこれと名のりをあげるなかに、「長く、このご周辺には（太政大臣のご子息だった少将殿[1]のご子孫のあたりには）、参上しないつもりだと申し上げたのですが、昔、恨みの思いを深くいだき申し上げていた人[1]のご子孫ばかりが、このように私の思惑とはうらはらに繁栄なさるのを見るのが情けなくつらくて、物の怪となってとりつく機会をうかがっていたのです。

るかに浮かみぬれど、いまだ折々《をりをり》の炎《ほのほ》を、えさまさぬなん苦しきに、この[三]御ゆかりにのみかく恥《はぢ》をかくよ」とて泣く。いと心得ず、聞く人々あり。僧都も、いと不思議に、思ひあはすることしあれば、目も大《おほ》きになる心地して、いそぎ封じ給ひぬ。

[三八]僧都[5]、霊験を評価され、僧正の位を授かる

なごりなく、おこたり給ひぬれば、おぼし喜ぶことなのめならんや。折々は、かくまたなき験《げん》をのみあらはし給ふに、帝《みかど》も尊《たふと》ませ給ひて、僧正になされにけり。

みづからは、ことごとしきことはむつかしくおぼゆるままに、はひ隠れて聞けば、[四]宮にも、師の僧正など、置き所なくおぼしおどろく。御気色にしたがひてや、ことさら人々も、喜びにとかや、もの騒がしければ、暇《いとま》をだにはかばかしく聞こえで、いづちとなく出でぬ。

かく、ともすれば、行方《ゆくへ》なき修行《すぎやう》にのみ心を入《い》れて、跡もとどめぬを、「さまでなくとも」と心苦しく、山には、人々、おぼし嘆く。

この后宮[3]、中納言殿[4]などこそ言うまでもありませんが、この僧都[5]まで他人でいらっしゃいましょうか。世間の人は知りませんが、同じ野のゆかりの草、つまり同じ人[1]のお子さま方ばかりが、お栄えになっていらっしゃるようなので、そしてしかるべき機会には、私のことをばかり、嫌な人だったと世間の人が言うのを聞いて、恨みを抱き、害を与えようとする心がやむ時とてなかったのですが、初瀬で対面申し上げた人[1]も、いいかげんな気持ちでなく供養してくださったので、はるかに地獄の底より浮かびあがりましたが、いまだに折々の地獄の責め苦の炎を消すことができないのがつらいというのに、この同じ人のご血縁の方によってばかり、こうして恥をかくことよ」と言って、泣く。まったく理解できずに聞いている人々がいる。僧都[5]も、たいそう不思議であるが、思いあたることがあるので、目も大きくなる気がして、急いで物の怪を封じ込めておしまいになった。

[三八]　中宮[3]のご容態も、ご病気だった気配さえすっかりないほどにお治りになったので、うれしくお思いになることといったら、ありきたりのうれしさであろうはずがない。僧都[5]は、折々にこうして、比類ない霊験をばかりお見せになるので、帝[20]も尊いものとしてあがめ重んじなさって、僧正になされたのだった。

新僧正[5]自身は、おおげさなことはわずらわしく思われるままに、そっと隠れて聞いていると、座主の宮[26]も、師の僧正[14]なども、身の置き所もないほどに驚いていらっしゃる。

○第十六段（画中詞・B絵9）

一　［別当殿］[1]御所の御殿油《とのあぶら》を、[2]何《なに》やらん、姿も見えぬ物の、[3]けたんけたんとしつるを、あれあれと申す、と思ひて、[4]如法、などやらん、胸の騒ぎておどろきたれば、[5]ひしひしとするは何《なに》ぞや。

二　［内侍殿］このほどの、[6]御式《しき》のおもしろさ、ひまなさに、夜を経《へ》て寝ぬほどに、くたびれてよく寝入《ねい》りて、すべて起き上がりたれども、いまだ目がさめぬやう。[7]げに、[8]何《なに》ぞら、御加持《かぢ》の声は。また、何《なに》ぞや、ただ今。

三　［三位殿］あな、けしからずや。折にこそよれ、[9]やどりやうともや。すべて、[10]わらはは歩《あり》けども足が立たぬぞや。[11]わなわな。[12]御うつりのこと、申しに出でて、たびた[13]び倒《たふ》れて、ああ。

四　［内侍殿］三位《さんゐ》殿の、叱らせ給ふに、[14]ちと目がさめたる。何《なに》に[15]ぞやう、このひしめきは。

五　［三位殿］内侍殿[16]やう。あの[17]御鏡《かがみ》、すすぎて出《い》ださせ給へ。[18]寝やうや、ただ。

六　［内侍殿］御鏡《かがみ》、[19]あう。

座主の宮や師の僧正のうれしそうなご様子にしたがってか、ことさらに人々もお祝いにとでもいうのか、やって来て、何やらあわただしいので、新僧正[5]は、お暇乞いをさえはきはきとも申し上げないで、どこへともなく出かけてしまった。

このように、ややもすれば、行方も知れない修行にばかり夢中になって、足跡も残さないのを、「それほどまで、修行に打ち込まなくとも」と、気がかりなことと、比叡山では人々が嘆かわしくお思いになっている。

○第十六段（画中詞）

一　［別当殿］御所の御殿油を、何でしょうか、姿も見えないものが、かたんかたんと音を立てているのを、あれあれ、と申し上げている、と思って、まったく、どうしたのかしら、と胸騒ぎがして、はっと目がさめたのですが、みしみしと音がするのは何ですか。

二　［内侍殿］このほどの、お誕生のお祝いの有様のおもしろさ、絶え間なさに、夜を過ごして眠らなかったので、くたびれて、ぐっすり寝入ってしまって、まったく起き上がりはしたけれども、いまだに目がさめませんよ。あなたが言われるように、なるほど、何かしら、ご加持の声が聞こえてくるのは。また、いったいどうしたというのかしら、ただ今、こんな時間に聞こえてくるとは。

三　［三位殿］まあ、いけないこと。時と場合によるものなのに、仮り寝をしてしまうとは。まったく、わたくしは、

上　［督殿］何《なに》となく、起きゐたれども、何《なに》をいかにすべしともおぼえ候はぬ。[20]されば、何《なに》と候ひける御ことぞ。

中　［権大納言殿］[21]御所へ参りたれども、寄りつくべきやうもなし。ただ、あさましかりつる御やう、とばかり、ちと立ちなほらせおはしまして、とてあれども、いかほど、いかなる御ことやらん。ゆゆしき僧都《そうづ》の、御加持《かぢ》に参りて、と。

下　［督殿］いつほどよりの御ことぞや、御匣殿の御局《つぼね》の御参りの折こそ、おどろきて候へ。[22]御盥《たらひ》、あう。

下々　［権大納言殿］それは、やがてよ。三位殿の起こさせ給ひつる折よ、[23]なう。

一　［御匣殿］[24]なう、御盥[25]やう。

二　［大納言殿］[26]あう、[27]きとや。御盥、督殿。

一　［宣旨殿］あまりのことは、あきれ候ふぞや。御心地、出《い》で来《き》候へば、まづ、めでたく。

二　［[28]権中納言大夫］はるかに、御気色は、なほらせおはしましてよ、[29]なう。

三　［[30]右大臣殿］なほ、同じ御ことから[31]。いかが見えさせ

歩こうとするけれど、足が立ちませんよ。わなわなとふるえてしまって。御うつりのことを、申し上げるために出かけて、何度も倒れてしまって、ああ。

四　［内侍殿］三位殿がお叱りなさったので、ちょっと目が覚めました。何があったのかしら、大勢の人がこうしてざわざわしているのは。

五　［三位殿］内侍殿、よう。あの御鏡を、水ですすいでお出しください。寝たりするでしょうか、まったく。

六　［内侍殿］御鏡ね、はい。

上　［督殿］何となく、ずっと起きていましたが、何をどうすべきことかともわかりません。いったい全体、何といたしました御ことですか。

中　［権大納言殿］御所へ参上しましたが、近くに寄ろうにも、そのすべもありませんでした。ただ、とんでもなかった中宮[3]の御容態が、しばし、ちょっとお持ち直しになられて、ということですが、どのような程度で、どのような御ことなのでしょうか。畏怖すべきすばらしい僧都[5]が、ご加持をしてさしあげるために参上している、ということで。

下　［督殿］いつごろからの御出来事ですか。御匣殿のお部屋に参りました時こそ、驚いてしまいました。御盥を、はい。

下々　［権大納言殿］それは、そのまま、すぐにですよ。三位殿がお起こしなさった折ですよ、ねえ。

おはしまし候ふ。誰《た》そや、32大進《だいじん》や候ふ。33神事《しんじ》のことはいかに。

四　〔権中納言大夫〕今ほどは、立ちなほりたる御ことげに候ふ。34御占《みうら》どもは、如法、めでたく候ふ。

＊　〔僧正〕35ビセイゼイ・ビセイジャ・サンボリギテイヤ・ソハカ・ヲン・ビセイゼイ・グロベイルリ

〈内侍殿、別当殿、三位殿、督殿、権大納言殿、大納言殿、御匣《くしげ》殿、36権中納言大夫、宣旨《せむし》殿、37僧《そう》正、38右大臣殿〉

○第十七段（詞書・B詞6）

〔三九〕宮の御方7、死去、中宮3・中納言4が弔う

秋のころ、祖母上《おばうへ》、亡《う》せ給ひぬれば、御[一]親たちの行方《ゆくへ》をだに知り給はぬ御身どもにて、ひとへにはぐくまれきこえ給ひしかば、中宮もありがたき御暇《いとま》をのがれて、籠りおはしませば、まして[二]権中納言も、御法事のこと、またゆづるかたなく、あはれに深き御心ざしを尽くし給ふ。

一　〔御匣殿〕ねえ、御盥を、よう。

二　〔大納言殿〕はい、すばやくね。御盥を、督殿。

一　〔宣旨殿〕思ってもみなかったことなので、驚いてしまいましたよ。ご正気を取り戻されましたので、何はさておき、おめでたいことで。

二　〔権中納言大夫〕はるかに、お加減はお治りでいらっしゃいましてということですよ、ねえ。

三　〔右大臣〕やはり、ひきつづき、同じご容態かしら。どのようなお具合とお見えでいらっしゃいますか。誰ですか、大進は伺候していますか。神事のこと（占い）は、どんな様子ですか。

四　〔権中納言大夫〕今ごろは、快復しているご様子でございます。数々の御占いの結果は、まったくすばらしくございます。

＊　〔僧正〕〔薬師如来大呪〕ビセイゼイ・ビセイジャ・サンボリギテイヤ・ソワカ・オン・ビセイゼイ・グロベイルリ

○第十七段（詞書）

〔三九〕　秋のころ、祖母上7がお亡くなりになってしまったので、御親たちがどのような人だったのかさえお知りでいらっしゃらないお二人であって、ひたすら、祖母上に大切に養育していただいていらっしゃったので、中宮3も、めったにとれないお休みをうまく言いつくろっておとりになって、喪

〔四〕中納言[4]、新僧正[5]がある山伏の死を弔うと聞く

僧なども、あまたさぶらふ。横川《よかは》の僧正も、親しくつかうまつるなかにて、さぶらふべきを、(横川の僧正)「老いのつもりにや、行歩《ぎやうぶ》もかなひ侍らぬ代はりにも、新僧正をこそさぶらはすべく侍るに、このほど、修行《しゆぎやう》にまかり出《い》でて行方《ゆくへ》も知らず侍り」とて、三律師《りし》といふ弟子《でし》をさぶらはす。

初夜の懺法《せむぽふ》、果てて、親しき限り、二、三人召しとどめて、四中納言君、法文など言はせて、内裏《うち》にも聞かせ給ふ。

(中納言)「かの僧正のさぶらはぬこそ、折節《をりふし》、いと本意《ほい》なけれ」などのたまひ出でたるに、(律師)「学問など、年のほどに過ぎたる才《ざえ》のかたは五さることにて、六法師といへど七容貌《かたち》こそ侍る。うちうち、世を捨てぬほどは、俗に変はることも、みないと侍らぬを、道心のかた、ことにすすみたる人にて、かならず尊《たふと》まれんとには侍らで、かくのみ修行《しゆぎやう》に心を入れて、いと跡《あと》もとどめ侍らず。年ごろ、ゆゑ侍りて、時々まかりあふ山伏の侍るを、あはれみて、かたみに浅からずげには八侍なれど、かれも、いづくとなくまどひ歩《あり》く者に侍なるが、このほど亡くなりにける、とて、しばし高野《かうや》辺《へん》にまかり籠

に籠っていらっしゃるので、まして権中納言[4]もなおさらのこと、御法事のことを、他にまた任せられる人もなく、祖母上への深い哀悼のお気持ちをお尽くしになって、とり行いなさる。

〔四〕　僧などもたくさん伺候している。横川の僧正[14]も、生前、祖母上[7]に親しくお仕え申し上げていた間柄であって、この法事にも伺候すべきであるのだが、「老齢のせいか、歩行もままなりませんので、その代わりとしてでも、新僧正[5]をお仕えさせるつもりでございましたが、最近ずっと、修行に出かけておりまして、行く先も存じません」ということで、律師という弟子を伺候させる。

初夜の懺法が終わって、親しい人だけ、二、三人をお召しとどめになって、中納言の君[4]は、僧たちに法文などを言わせて、帝[20]もお聞きなさる。

「あの僧正[5]が伺候していないことこそ、場合が場合なだけにまったく不本意なことです」などと、中納言[4]が口に出しておっしゃったところ、「あの僧正[5]は、学問など、年齢のわりにすぐれた学識を有している、といった点はそれはそれといたしまして、法師といっても、顔立ちが美しくございます。内々のことですが、世を捨てていない間は、普通の人と変わることも、すべて、まったくございませんでしたが、悟りを求める心を特に強く持っている人で、高僧の位を得て必ずや人から尊敬されたいと思っているというのでもございませんで、こんなふうにばかり修行に没頭して、まったく足

るべく侍りし、となんしも法師の語り侍りける」など、律《り》師《し》聞こゆ。

〔四二〕その『山伏』1こそ、中納言4らの父と判明

更《ふ》けぬれば、[九]みな立ちぬるに、阿闍梨[一〇]は、なほさぶらひて、「さても、（あこ丸阿闍梨）[一一]つねに行方《ゆくへ》たづねよ、とうけたまはる初瀬《はつせ》に侍りし山伏、そののちは絶《た》えてまかりあふことも侍らざりしを、このほど亡くなりにけるにや、とうけたまはり侍りしになん。過《す》ぎぬる八月の十五日、名高き空もことに隈《くま》なく侍りしに、終はり侍りけるよし、高野《かうや》に侍りし大徳《だいとこ》[一二]の語り侍りしなり。あやしくなべての人に変はりて、かはらかに、けはひをかしく侍りしのみならず、かの行基菩薩《ぎやうきぼさつ》[一三]の変化《へんげ》し給ひけるにや、とあやしく侍りしは、露霜《つゆしも》にのみ濡れ[一四]そほちたる藤[一五]の衣なれど、すべて身にふれぬるもののか[一六]をりは、なべての人に変[一七]はりてなむ侍りける。四、五日、心地、例ならざりけるにや、うち臥《ふ》しがちに侍りけれど、宵《よひ》、暁《あかつき》のつとめ、怠ること侍らざりき。毎日のつとめに読み侍りける、法華経一部、読み果てて、（『山伏』）[一八]「即往安楽世界阿弥陀仏《そくわうあんらくせかいあみだぶつ》」と、数珠《ずず》おしすりて、今ともおぼえ侍らぬに、息絶《いきた》え、ま

跡もとどめないのです。数年来、わけがありまして、時々、出会っております山伏がございますのを、いとおしがって、お互いに浅からず思っていたようではございましたが、その山伏も、どことということなくさまよい歩いている者でございましたそうですが、近ごろ、亡くなってしまったということで、少しの間、高野山のあたりでお籠りいたす予定ということでございました、と、法師が語っておりました」などと、律師が申し上げる。

〔四二〕　夜も更けてしまったので、みな席を立ってしまったが、阿闍梨33は、やはりそのまま伺候して、「それはそうと、いつも行方をさがし求めよと、うけたまわっております、初瀬で居合わせました『山伏』1には、その後はぷっつりと、お会いいたすこともございませんでしたが、近ごろ亡くなってしまった人ではないかと、うけたまわりましたので。過ぎにし八月十五日、名月と評判の空も、ことさら曇りなくございました時に、命が終わってしまった旨を、高野におりました大徳が、語ってございましたのです。不思議なことに、普通の人とは変わって、すっきりとした感じで、雰囲気が魅力的でございましただけでなく、あの行基菩薩が姿をお変えになられたのでは、と不思議でございましたのは、『山伏』が身にまとっているのは、露や霜にばかりびっしょり濡れている粗末な藤の衣ですのに、すべて『山伏』の身に触れたものの香りは、普通の人とは異なってよい香りがしていたのでした。四、五日、体調が、いつもと違って思わしくなかったの

なこ閉ぢ侍りにし、とぞうけたまはる。ことのさま、かたがたあやしくおぼえ侍りて、こまかにたづね侍りしかば、いかなるものとも知り侍らず。ただ、この一両年《いちりやうねん》、この御寺に籠りあひ侍りしなり。誰《たれ》の人といふ名のりも、さらに申し侍らざりき。ことのついでに申し侍るは、月ごろ、かく定めたる住処《すみか》もなくまどひ歩《あり》けど、我と起こせる道心ならねばにや、詮《せん》なき妄執《まうしう》のみありて、ひとへに一九後生《ごしやう》のみもおぼえざりしを、二〇初瀬寺《はつせでら》になんまかり籠れることありしよりぞ、さらにこの世のことはおぼえずなりにし、かかる身となりて、何ごとをか、と我ながらおぼえしかど、なほかかりけり、と身に思ひ知れば、さかしらの道心こそありがたかるべけれ、とぞ侍りし。いにしへ、四国に修行《しゆぎやう》し侍りしに、ある深山に籠り侍りし聖《ひじり》にあひて、学問《がくもん》すること三年二一侍りし。そののちは、さらに一巻も身にそへ侍らねば、聖教《しやうげう》二二にまなこを当《あ》つること侍らず、とは申しながら、二三くらき所なく、問ふことの問答は侍りしなり。かの人にあひて、才学《さいがく》つくことのみ侍りき、など、ことのありさま語り侍りしに、いかにも、さにや、と思ひあはせられて、あはれに

か、横に臥せりがちでございましたが、宵、暁の勤行を怠ることはございませんでした。毎日の勤行に読んでおりました法華経一部を読み終えて、「即往安楽世界阿弥陀仏」と数珠をおし擦って、まさか今亡くなるとも思われませぬ時に、息が絶え、目を閉じてしまったのでした、とうけたまわりました。ことの子細が、いろいろと不思議に思われまして、大徳に詳しく事情をたずねましたところ、どのような者とも存じません。ただ、この一、二年、この御寺にいっしょに籠ってございました方です。誰それの人、という名のりもいっこうに申し上げませんでした。何かのついでにその『山伏』が申しましたことには、数か月もの間、このように定まった住処もなくさまよい歩いているが、自分自身の心から仏道を志して出家したわけではなかったせいか、思ってもかいのない妄執ばかりがあって、一心に来世のことばかりも思われなかったが、初瀬寺に参籠することがあった時から、まったくこの世のことには執着がなくなってしまった、このような出家者の身の上となっていながら、いったい何を思いわずらっているのかと、自分のことながら感じていたのだが、やはり、こうなるべき宿命だったのだ、と身にしみて思い知ったので、利口ぶっての道心ではあったけれど、こうして仏道を志したことこそ感謝すべきことだったのだ、ということでございました。かつて、四国で修行しておりました時に、ある深山に籠っておりました聖に会って、学問を学ぶことが三年ございました。その後は、まったく、一巻も身にそなわりませんで

二四思ひ給へられ侍るを、今うけたまはることのさまのよそへられ侍るかな。いかで、さもあらば、この僧正、語らひより侍りけん。まかりかくれてのち、見侍りければ、二五蓑《みの》の裏《うら》になむ、結びつけて侍りしものなり、とて持て侍りしを、御覧《ごらむ》ぜさせん、とて取りてしなり」とて、さし置くものを見給へば、

（中納言）したはばや憂き世離《はな》るるしるべにも誰《たれ》とは知らぬ人の
行方《ゆくへ》を

と書きたるは、我が御手なり。いと不思議にて、とばかりものも言はれず。

[四二]中納言④、父・『山伏』①の辞世歌を見て泣く

おぼし出づれば、かの初瀬《はつせ》にて、この阿《あ》闍《ざ》梨《り》に二六「護《ご》身《しん》つかうまつりてんや」と言はれて、（『山伏』）「かかるかたのことは、いと知り侍らず。ただ、後《ご》世《せ》を思ふ二七ばかりにまどひ歩《あり》くものなり」とありしことの、二八いとうらやましかりしかば、二九つぎの夜、畳紙《たたうがみ》に書きて見せしを、取りて去《い》にけるなるべし。傍《かたは》らに書かれたるものを見れば、

（『山伏』）高野《たかの》三〇山のぼる煙《けぶり》をそれとだにみやこよ誰《たれ》か思ひあは

したので、聖教にまなこを当つる（仏教の真理を見きわめる）ことはないのです、とは申しながらも、経典に関してなど、不案内なところもなく、疑問点についての問答はございましたのです。あの人（『山伏』）①と出会って、学識がつくことばかりございました、などと、ことの次第を大徳が語りましたので、いかにも、あなた④から、さがしてほしいと言われていた山伏は、その人ではないか、と思い合わせられまして、胸をうつことと存ぜられますが、今、お聞きいたしました事情が、私がさがしている人によそえられるのです。どうして、それならば、この僧正⑤はその『山伏』と親しく言葉を交わすようになったのでしょうか。『山伏』が亡くなりましてから後に、見ましたところ、蓑の裏に結びつけてありましたものです、と言って、大徳が持ってまいりましたのを、あなた④にご覧に入れようと思って、取ってきたものです」と言って、阿闍梨㉝がさし置くものを、中納言がお目になさったところ、

あとを慕って、ついて行きたいものです。この憂き世を離れ出家するための道先案内人としてでも、誰とも名前も知らないあなた①の行方を。

と、書いてあるのは、中納言④自身のご筆跡である。まったく不思議なことで、しばらくものも言うことができない。

[四二]　お思い起こせば、あの初瀬で、この阿闍梨㉝に、「護身法をしてさしあげたらどうだろうか」と言われて、『山伏』①が「こうした加持祈禱といった方面のことはまっ

せん

返事とは見えねど、限りとおぼえ給ひけるに、[三一]さすが、かくとも知らじかし、と思ひ出で給ひけるにやと、その奥にぞ終はり給ひける時日、書かれたる。かねてこそ知り給ひけれ、といとあはれなり。見給ふ御心地ども、いかばかりの悲しさなりけん。包みあまる御涙の色をぞ、あまりもあやしと思ひけん。

[四三]中納言4、父・『山伏』1の思い出を回想する

のちにぞ、ことのさま心得《う》るに、初瀬《はつせ》にて、折々はありし房《ばう》にも[三二]立ち寄りて、物語などし給ひしに、ただ、うちのたまふ言の葉にも、いと深き法文の心を引き寄せなど、ことごとしくわざとならで、「(『山伏』)世のかりそめなること、目《め》の前《まへ》に見、聞き、無常にもおどろかれぬ人の心も、輪廻《りんゑ》には契り深く、[三三]生死《しやうじ》は出でがたき道理《ことわり》を[三四]思ひ知らでのみなむ」とさまよく[三五]のたまひしよ。さるは、上《うへ》にだにのぼり給はず、つねは[三六]簀子《すのこ》の片端《かたはし》などに寄りゐ給へりし面影、数々思ひ出でられつつ、あはれにもくやしくも、今のやうに恋しく思ひ出できこゆるままに、ことごとなく弔《とぶら》ひきこゆ。

たく存じません。ただ、後世の安楽（極楽往生）を思うためだけに、さまよい歩いているものです」と言っていたことが、とてもうらやましかったので、翌日の夜、畳紙にこの歌を書いて『山伏』1に見せたのを、取って、立ち去ってしまったのに違いない。中納言の歌の傍らに書いてあるものを見ると、

高野山にたちのぼる煙を、せめて私の荼毘の煙であるとだけでも、都では、いったい誰が思い合わせてくれるだろうか。

お返事とは見えないけれど、もはや命も最期とお感じになった時に、さすがに、こうして自分が亡くなろうとしているということをも知らないのだろうよ、と私たちのことをお思い出しになったのではないかと思われて、その歌が書かれた紙の奥に、命が終わりになられた日時が書かれている。中納言4は、父1は以前から、私たちのことを知っていらっしゃったのだった、と思うと、本当にせつなく胸がいっぱいになる。父が残した歌を、父亡きあとでご覧になるお二人43のお気持ちはどれほどの悲しさだっただろうか。袖に包み隠しても包みきれずにあふれ出る涙で、にじんだ御袖の色を、あれほどまでに涙するのはおかしなこと、と事情を知らない傍らの人たちは思ったことだろう。

[四三]　中納言4は、後になって、事の子細を理解してみると、初瀬で、機会あるたびに、亡き父・『山伏』1のいた僧房にも立ち寄って、おしゃべりなどなさった時に、ただ、ちょっとおっしゃる言葉につけても、たいそう深遠な法文の内

かく言ふは、[三七]長月《ながつき》の四日なれば、三、七日とぞ数へらる。母上《ははうへ》は、二十日あまりのほどに亡《う》せ給ひにし。折節《をりふし》も、契り浅からず、かれこれと、御法事も忍びたれどいとなませ給ふ。

○第十七段（画中詞・B絵10）

一　[中納言] さて、そのなごりとて、跡とふ者も[1]候はぬから。

二　[あこ丸阿闍梨] 年来《ねんらい》、まかりあひ候ひては、ものをも申し候ひける行者の候ひけるが、[2]五旬の間《あひだ》、弔《とぶら》ひ候ふとぞ、[3]申し候ひし。さてこそ、[4]かの僧正とやらんに思ひあはせて、あやしく存《ぞん》じ候へ。おほかた、高野《かうや》うちにあはれみ候ひて、[5]如法、弔《とぶら》ひ[6]候はんずる。

三　[中納言] ふと、うち出でがたき子細ども候ひて、思ひやるかたなき心の中も、[7]心得がたくとぞ思ひ給ふらん。今、のどかに。

四　[あこ丸阿闍梨] [8]ほほ、[9]とかしこまりて、心の中に、あやしと思ふ。

容を引き寄せなどして、おおげさで、わざとらしい感じではなくて、「この世がほんの一時的なはかないものであることを、目の前に、見たり聞いたりして、無常な出来事にも驚かされたりしない人の心も、輪廻には宿縁が深く、迷いの生死をくり返し、輪廻から解脱することはむずかしいという道理を思い知ることもなくて過ごしているのです」と、感じよくおっしゃったことだよ。そのくせ、お部屋にさえお上がりなさらず、いつも、濡れ縁の片端などに寄りかかって座っていらした面影などがいろいろと思い出されてきて、せつなさで胸がいっぱいになったり、父とも気づかずにいたことが悔しかったり、たった今のことのように恋しくお思い出し申し上げるままに、他のことには目もくれず、亡き父[1]をお弔い申し上げる。

　このように語るのは、九月四日であるので、『山伏』[1]の死後、三、七日、二十一日目にあたる日と数えられる。母上[7]は、息子の死から二十日あまりの間にお亡くなりになってしまわれたことになる。二人が亡くなった時節がこれほどまでに近いのも、親子としての前世からの因縁も浅くないと思われて、中納言[4]は、父上[1]と祖母上[7]と、お二人分のご法事をも、人目を忍んではあるけれど、とり行なわせなさる。

○第十七段（画中詞）

一　[中納言] ところで、その『山伏』の子孫ということで、亡き後の弔いをする者もございませんのでしょうか。

＊［中宮］夢かや、されば。[10]いまだ世におはせば、いま一度《たび》とこそ思ひ念《ねん》じつれ。[11]しくしく。

＊［御匣殿］この山伏とかやの行方は、[12]など、これほどあはれなることぞや、心得《え》ずや、[13]と聞きゐたり。

一［刑部卿殿］御談義[14]とかやは、あはれなることから、[15]御鼻どもかませ給ふ。御おとなひは、何となく、聞かねども、涙のこぼるるやうにおぼゆる。

二［大夫殿］何でうかや、御談義の音《おと》もせぬ。[16]何《なに》ぞら、しめじめと御物語[17]にて、あはれげなる御おとなひは、と目をしばたたきて、聞きまゐらせ候ふぞとよ。[18]

三［兵衛佐殿］何ごとにてあらんぞ。[19]昔の御ことなどにてこそあるらめ。後夜まで、御弔問《ちやうもん》は、さながら[20]通《とほ》させおはしますから、寒《さむ》や、眠《ねぶ》たや。

四上［小大輔殿］泣くをば、ことに[21]無慙《むざう》がらじ。[22]まはしが御恋[23]しうて、[24]光明真言を十万と思ひて、みて候へば、眠《ねぶ》[25]たくて。

四中［刑部卿殿］いつまで、十万ぞ。一日にや。

四下［小大輔殿］いや、御七日、七日によ。

二［あこ丸阿闍梨］数年来、修行の道すがら、出会いましては、ものを申し上げていた行者がございましたが、その行者が五旬の間、弔っています、と高野におりました大徳が申していました。そういうことであればこそ、その行者は、あの僧正とかいう人[5]ではないかと思いあたって、不思議に存じました。おおむね、高野のなかで、『山伏』の死を悲しんで、法式通りに弔っているのでございましょう。

三［中納言］すっと、口にしがたい子細があれこれございまして、悲しい思いを晴らしようもない私の心の中も、理解しがたいことと思っていらっしゃることでしょう。今じきに、ゆっくりと（お話ししましょう）。

四［あこ丸阿闍梨］ほほう、とかしこまって、心のなかでは不可解なことと思う。

＊［中宮］夢かしら、それではいったい全体。父上[1]（『山伏』）が、今なお、この世に生きていらっしゃるのなら、もう一度お会いしたいと、そればかりを心のなかで祈ってきたというのに。しくしく。

＊［御匣殿］この『山伏』とかいう人の消息はどうしてこれほど悲しいこととお思いなのかしら、理解しがたいこと、と聞きつづけている。

一［刑部卿殿］法文のご談義とかは、胸にしみることなのかしら、お二人とも涙まじりのお鼻をおかみになっていらっしゃること。もれてくる御物音は、何とはなく、よくはわかりませんが、涙が自然とこぼれるように思われます。

五　［刑部卿殿］わらはは、[26]御時にひまがなくて、法華経を六十部と思ふが、知らぬ。

六　［大夫殿］ここは、ただ、くり返し百万遍《ひゃくまんべん》[27]を申す。兵[28]ず、何《なに》ごとかして。

七　［兵衛佐殿］いや。ただ赤子《あかご》は、[29]数珠《ずず》とるすべを知らぬ。

八　［刑部卿殿］うちたえてなう。[30]不思議や。く、[31]く、く。

［あこ丸阿闍梨《あさり》、御匣《くしげ》殿、刑部卿殿、兵衛佐殿、大夫殿、大[32]輔が娘《むすめ》・小《こ》大輔殿・菊寿《きくしゅ》が腹《はら》］

○第十八段（詞書・B詞4）

［四］中納言4、百日の法要のために小野を訪れる

一限りあれば、薄墨《うすずみ》なる御袖の色を、人知れずおぼし嘆く。深き御涙の色のみや、げにふちとなるらん、とぞ、あはれに例《ためし》なき。

ほどなく、二御百日などいふほどにもなりぬ。十二月《しはす》の十日なれば、かねてより、中納言は小野《をの》におはしまして、のどかに経など書き給ふ。

二　［大夫殿］どうしたというのかしら、ご談義の音もしません。何でしょうか、しんみりとおしゃべりをしていて、悲しげな御物音がもれてくるのは、と思って、しきりにまばたきをして、お聞き申し上げておりますよ。

三　［兵衛佐殿］どんなことを話しているのでしょうか。行方知れずの父上1の御ことなどであるのでしょう。後夜まで、ご弔問はそのままお通ししていらっしゃるから、寒いわ、眠たいわ。

四上　［小大輔殿］泣くのを、格別、おいたわしいこととは思いません。数珠を回すことが御恋しくて、光明真言を十万遍と思って、試していますので、眠たくて。

四中　［刑部卿殿］いつまで、十万遍唱えるのですか。一日ごとにですか。

四下　［小大輔殿］いえ、七日、七日のご法要ごとにですよ。

五　［刑部卿殿］わたくしは、お時間に余裕がなくて、法華経を六十部とは思っていますが、どうなるかわかりません。

六　［大夫殿］こちらは、ただ、くり返し百万遍、念仏を申します。兵ずは、どんなことをしていますか。

七　［兵衛佐殿］いいえ、何も。ただもう、赤子は、数珠を繰る方法も知りません。

八　［刑部卿殿］ちっとも知らないというのですねえ。不思議なことね。くっくっくっ。

[四五] 中納言[4]、僧正[5]と対面し、父について語り合う

横川《よかは》は近きほどなれば、「かの僧正も帰りにけり」と聞き給ひて、忍びて山にのぼり給ふ。おどろきて、対面《たいめむ》しきこえたり。世のはかなきことなどしめやかにのたまひつつ、(中納言)「思ひかけぬことなれど、見給ひけん[三]山伏の行方《ゆくへ》なん、いとうけたまはらまほしきゆゑ侍る[四]。いかやうにてかありけん、終はりのありさま[五]なむどゆかしき」よし、おしあてにのたまふに、(僧正)「誰《たれ》と聞こえける人にか侍りけん。年ごろ、知るよし侍りし[六]修行者《すぎやうじや》の、秋のころみまかり[七]侍りしこそ、また、知る人なきやうに侍りし。あはれに思ひ[八]給へられ侍りて、五句[九]の間《あひだ》、かの院[一〇]にまかり籠りて、つとめ[一一]をも回向《ゑかう》し侍りしが、いかで聞こしめされけることにか侍らん」と言ふに、されば[一二]よ、とおぼして、(中納言)「その人をば、いかでか知りそめ給ひけん。はじめよりのことこそ、ありのままに聞かまほしけれ」とのたまふに、(僧正)「そのゆゑは、いとうち出でがたきことに侍る[一三]」と、御たづねにつきて申し出づるばかりなり。

(僧正)「いまだ童《わらは》にて、この房《ばう》に侍りし時、[一四]天狗《てんぐ》やうのもの[一五]の、

○ 第十八段（詞書）

[四四] 喪服の色には制限があるので、表向きは祖母上[7]の服喪ゆえ薄墨色である喪服の袖の色を、中納言[4]は人知れず嘆かわしくお思いになっている。かつて父・『山伏』[1]が、その父・入道太政大臣[6]の死に際して、淵となるほどにあふれる涙で藤の衣に染めたように、父・『山伏』の死を悼む中納言の深い悲しみの涙は、淵となるほどにあふれて袖を濡らし、本当に、薄墨色の衣を、藤の衣の色に染めることだろう、と胸にしみて悲しく、こんな例は聞いたこともない。

どれほどもなく、御百日の法要などという時分にもなってしまった。十二月十日であるので、前もって、中納言は小野にいらっしゃって、のどかに経などをお書きになる。

[四五] 横川は近い距離にあるので、「あの僧正[5]も戻ってきた」とお聞きになって、中納言[4]は、こっそりと比叡山にお登りになる。僧正は驚いて、対面申し上げる。中納言は、この世がはかないことなどをしんみりとおっしゃって、「思いも寄らないことですが、あなたがお看取りなさったとかいう『山伏』[1]の素姓について、本当におうかがいいたしたい理由があるのでございます。どのような様子だったのでしょうか、最期の様子などを知りたい」旨を、当て推量でおっしゃると、「お名前は、何と申し上げた方でございましたでしょうか。数年来、わけがあって知り合いでおりましたが、その修行者（『山伏』）が、秋のころに亡くなりました。かわいそうに私の他に知り合いもないようでございました。

はかりもてまかり侍りける二六にや、近江《あふみ》の国、何の郡《こほり》とかやいふ所の山二七のなかに、捨て置きて侍りけるを、この人なん見あひ侍りて、あはれみ侍りて、とかく加持などし侍りて、生き出でて侍りけるのち、木樵《きこ》る童《わらは》二八のいふかひなきに、二九山《さん》王《わう》うつりましまして、さまざま告げ知らせ給ふこと侍りしゆゑに、身の行方《ゆくへ》もおのづからうけたまはりしかば、三〇いかにもいかにも、三一と思ひ給へりしかど、すべていづくにも跡をとどめじ、と思へりし人にて、ここかしこに、しばしも籠り侍るならでは、二、三日も同じ所に住《ぢう》せじ、と思へりし間《あひだ》、おのづから、かかる修行《しゆぎやう》のたよりなむ三二どに、まかりあひ侍るばかりなりき。まことに、さるべき契りにや侍りけん、かかるとぢめにしも、まかりあひ侍りて、三三高野《かうや》にてなん、終《を》はり侍りしなり」とうち泣きつつ、思ふことしあれば、ありのままに聞こゆ。君は、まして、かきつくしおぼしやるかたなきあはれの例《ためし》ありなむや、とめづらかなり三四しほどに、

存ぜられまして、五旬の間、あの院に籠りまして、勤行をして、回向をし、亡き修行者の冥福を祈っておりましたが、そのことをあなたは、どうしてお聞きになられたのでございましょうか」と僧正[5]が言うので、中納言[4]は、思ったとおりだったよ、とお思いになって、「その人[1]とは、いったいどういうきっかけで知り合うようになられたのでしょうか。出会ったはじめからのことを、ありのままに聞きたいのです」とおっしゃると、僧正[5]は、「その間の事情については、たいそう口にしがたいことでございます」と、中納言からのご質問について申し上げるばかりである。

「私がまだ子供のころで、この僧房におりました時、天狗のようなものが、私をだまして連れ去りましたのでしたか、近江国の何とか郡とかいう所の山中に、私を置き去りにしていってしまったのですが、この人[1]が出くわしまして、私のことをかわいそうに思いまして、あれこれと加持祈禱などをいたしまして、私が生き返りましたのち、薪を伐り集める子供で取るに足らないような子に、山王がのり移りまして、いろいろとお告げになられることがございましたために、自分自身の素姓も自然とお聞きいたしましたので、いかにもいかにもこの人こそ父ではないか、と存じましたが、その人[1]はまったくどこにも足跡を残すまいと思っていた人で、そこそこのお寺にしばらくお籠りになるほかは、二、三日でも同じ所にとどまるまい、と思っていましたので、なりゆきにまかせて、このような修行のついでなどに出会う程度でございま

○第十八段（画中詞・B絵3）

一　［中納言］おのづから、[1]隠れなきことにて候へば、聞きも伝へ給ひ候ふらん。いはけなく候ひしほどにて、親と言ひけん人の面影もおぼえ候はぬ身にて候ふ。年ごろ、昔語りにのみ聞き候ひつるを、思ひかけ候はず、[2]あやしきことどもを、あまたうけたまはりあはすること候ひて、その行方《ゆくへ》おぼつかなくて候ふに、[3]かくうけたまひ候ふ人の、あやしくおぼえ候ひつるを、[4]いつぞやも物の怪の申し候ひしことにて思ひあはせられ候ひて、かかる例《ためし》や候ふらん、と前《さき》の世の契りもゆかしく案ぜられて候ふ。

二　［僧正］[5]諒《りや》、よくも、すべて身の行方を知り候はぬものにて候ひしに、かかる曲《くせ》事に[6]あひ候ひけるも、[7]山王の御しるべと存じ候ひて、かたじけなく候ふ。さて、近く候ふ山寺に、立ち入りて候ひし間《あひだ》、ほどなくこの[8]房中にも聞こえ候ひて、たづね来たりて候ひしかども、そのついでに出家つかうまつりて候ひし。かの人、在所《ざいしょ》も定《さだ》め候はねば、ただ[9]所々、[10]彷徊《ほうかい》にて、修行のたよりにまかりあひ候ふばかりにて、いかに申し候ひしかども、一日も

した。本当に、そうなるべき前世からの約束がございましたからでしょうか、時も時、このような一生の終わりの時に出会いまして、高野で命を終えましたのです」と、時々涙をこぼしては、心に思うことがあるので、ありのままに申し上げる。中納言の君[4]は、まして、心のあらん限りを尽くしても、亡き父・『山伏』[1]への思いを晴らしようすべもないせつなさで胸がいっぱいになって、こんな例は他にまたあるだろうか、と目を見張らされる思いがしたが、〈以下、断絶〉

○第十八段（画中詞）

一　［中納言］自然と、知れわたっていることでございますので、伝え聞いてもおいでてしょう。幼くございましたころでしたので、父親[1]といっていた人の面影もおぼえておりませぬ身でございます。何年ものあいだ、父のことは、昔の思い出話としてだけ聞いてきたのでしたが、思いがけず、不可思議なことを数々、たくさんお聞きして思いあたることがございまして、父の消息が気がかりでたまりませんでしたが、こうして今、お話をお聞きしております人が不思議と父ではないかと思われたのですが、いつぞやも、物の怪が申しましたことによって、やはりその人は父であり、私たちも兄弟であったと思い合わせられまして、このような例は、ほかにありましょうかと、前世の宿縁も知りたいと思いめぐらさずにはいられないのでございます。

二　［僧正］まこと、詳しくもまるで自分自身の素姓も存じ

定めてさせらるることも候はざりしかども、まかりあひ候ふたびには、深き法文の要《よう》[11]どもも、一言葉づつ仰せられ候ひしことどものみ耳の底におさまり候ひて、心つき候へば、これまでも法恩《ほふおん》[12]のみあはれにおぼえて候ふ。

三 〔中納言〕さほどの御言の葉も伝へられ候ひつらんこそ、うらやましく候へ。さにや、とあやしく候ひし人をば、一間《ま》[13]に見あひて候ひしかども、面影も容貌《かたち》もおぼゆるまでも候はず、さだかに見参《げざむ》にも入り候ひて、ものをも申し候はざりしことのみ、くやしくおぼえ候へども、時にのぞみ候ひては、思ふばかりも候はず、[14]かげろふなどのやうに候ひしことの、うらめしくも候ひて。

四 〔僧正〕まかりもむかひ候ふ。また、まさしく山王の御託《たく》候ひしうへは、かれもあらがひ所なく、あはれにも思はれて候ひしかども、誰《たれ》といふことをうけたまはりひらき候はざりつるに、邪気《じやけ》の申し候ひしことも、今こそ思ひあはせられ候へ。[15]かたじけなく、今よりは、細々《さいさい》に、奉公《ほうこう》もつかまつり候ふべく候ふ。

五 〔中納言〕まことに、あはれに候ひけることども候ふ

ませぬ者でございましたが、このような普通にはありえないような出来事に出会いましたのも、山王権現のお導きと存じまして、恐れ多くございます。そうして、捨て置かれた所から近くございます山寺に立ち入っておりましたところ、間もなく、この横川の僧房の中にも私のことが聞こえてきまして、私を訪ねてやってきたのですが、その機会に、出家いたしましたのでございました。その人[1]は、居場所も定めてございませんで、ただ、あちらこちらさまよい歩いていて、修行のついでに出会うばかりでございまして、私がどんなに申し上げましても、一日なりと、前もって定めて、宿泊されるということもございませんでしたが、出会いますたびごとには、深い法文の教えの要所、要所を、一言ずつ仰せられました、その言葉の数々だけが、耳の底に残りまして、わきまえ知ることができましたので、これまでも、仏法を通じての恩のみをしみじみとありがたく感じていたのでございます。

三 〔中納言〕その程度のお言葉でも、父[1]から伝え聞かされておいでとは、うらやましく存じます。父ではないかと、不思議に思われました人とは、一間にて顔をあわせましたが、面影も顔立ちも思い出されるほどでもございませんので、はっきりとお目にもかかりまして、ものをも申し上げませんでしたことだけが、本当に悔しく思われますが、せっかく出会いの機会に直面しながら、思うほどにもございませんで、蜻蛉などのようにはかなく姿を消してしまわれ

かな。御参内《さんだい》のついでには、かならず[16]御立ち寄りも候へ。うとうとしかるべきことにても候はざりけると、かへすがへすあはれに候ふ。

[17]〔ナシ〕

○ 対応する詞《ことば》の認められない絵

▽画中詞・[1]F絵1

一 [菊寿《きくじゅ》][2]あはれなりや　あはれなり　磯《そ》なれなれ　たはぶれし　人の面影に

二 [明寿《めいじゅ》]いまもなれ　磯《そ》なれなれて　見ばやとぞ思ふ

三 [千寿《せんじゅ》][3]ここな舟より[4]宿らふに、[5]大名《だいみやう》げも見えぬ。[6]むたもないばら。

四 [万寿《まんじゅ》][7]進士《しんじ》や、殿人《とのびと》やらう。なえ烏帽子《えぼうし》の[8]見うるは。

五 [王寿《わうじゅ》][9]京人げなぞや。

六 [稚《ち》寿《じゅ》御前]などやらん、[10]このほど大鼓《つづみ》をうち忘れたる。菊寿御前《きくじゆごぜん》の声は、など[11]嗄《か》れたぞ。

七 [菊寿]何とてやらう、[12][13]咳病《がいびやう》ののち、はたと嗄《か》れたよ。幸寿御前《かうじゆごぜ》の声、持たらば、いかに[14]うれしからう。

ましたことが、うらめしくもございまして。

四 [僧正]向かい合ってお話しいたしましたこともございます。また、間違いなく山王権現のご託宣がございましたので、あの人[1]も父と子であることを否定しようがなく、私[5]のことをいとおしいとも思ってくれていましたが、父が誰であるのか、ということを、うかがって明らかにしてはおりませんでしたので、あの物の怪[8]が申しましたことも、今こそ思い合わせられました。恐れ多いことですが、今からは、こまごまと、お仕えをもいたしたく存じます。

五 [中納言]実に、胸にしみる出来事の数々ですね。ご参内のついでには、必ずお立ち寄りください。あなた[5]と私[4]は兄弟であり、疎遠にすべき間柄でもなかったのでしたと、かさねがさね胸がいっぱいでございます。

○ 対応する詞の認められない絵

▽F絵1

一 [菊寿]ああ恋しいよ、ああ恋しい。磯辺の波風になれるようになれ親しんで、たわむれたあの人の面影に、

二 [明寿]今もなれ、磯辺の波風になれるようになれ親しんで、逢いたいなあと思うよ。

三 [千寿]ここにある舟から降りて、宿をとろうというのに、大名のようにも見えません。供の人もないようですね。

四 [万寿]文章生や、貴族の家に出入りする家人でしょうか。かぶりなれたなえ烏帽子が見てとれるのは。

八　[明寿] 心[15]とやよれ　つまの波は　かかるらう　袖の浦に　寄せ寄せて　波はかかるらう

九　[福寿《ふくじゅ》] まことや、幸寿御前《かうじゆごぜ》の、錦の守《まぼ》りをま[16]うけさしまうたと夢に見つる。[17]子まうけさしまいなうず。

十　[稚《ち》寿《じゅ》御前][18] 正夢《まさゆめ》。大名《だいみやう》の子[19]はらうで、[20]迎へられさしまわうず。

十一　[幸寿《かうじゅ》] 心はやく、[21]あはせさしまうたり。

十二　[千寿] [22]おれ、腰、[23]抱《だ》かふ、[24]えい。

十三　[明寿] おれは、ちごを抱《だ》かう。

十四　[幸寿] さも、ただ。

十五[25]　[菊寿] おれは、首を抱《だ》かう。きうきう。

上　[旅人] 申し候ふ。この辺《へん》に[26]旅人《たびうど》の宿るべき所や候ふ。[27]一宿《いしゆく》、申し候はん。

中　[長者] ここは、やがて、よき御宿《やど》にて候ふ、[28]いらい給へ、と[29]申さい給へよ。

中々　[かめこそ] 大名げも[30]候《さふら》はぬぞ。[31]人少なで。

下　[長者] よし[32]とよ。誰《たれ》にても、[33]わたらい給へ、便《びん》よく候ふぞ、と[34]申さい給へ。

五　[王寿] 都の人のようだわね。

六　[稚寿御前] どうしたのかしら、最近、大鼓をうち忘れているわ。菊寿御前の声は、どうして、かすれているの。

七　[菊寿] どうしてなのかしら、咳病をわずらったあと、ぱったりとかすれたのよ。幸寿御前の声を、もしも持つことができたなら、どんなにうれしいでしょうか。

八　[明寿] 自分の心から打ち寄せよとでもいうのか。つまの波はかかるだろう。袖の浦に打ち寄せ打ち寄せして、涙の波はかかるだろう。

九　[福寿] ほんとに、そうそう、幸寿御前が、錦のお守りをお授かりになったと夢に見ました。子をお授かりなさるのでしょう。

十　[稚寿御前] 正夢だわ。大名の子を身ごもって、迎えとられなさるのでしょう。

十一　[幸寿] 気が早くも、夢解きをなさいましたね。

十二　[千寿] 赤ちゃんが生まれる時には、あたしは、幸寿御前の腰をかかえましょう、ねえ。

十三　[明寿] あたしは、赤ちゃんを抱っこしよう。

十四　[幸寿] そんなふうに、まったく、もう、勝手なことばかり言って。

十五　[菊寿] あたしは、幸寿御前の首に手を回して抱こう。くすくす。

上　[旅人] 申し上げます。このあたりに旅人が宿ることのできる所はございますか。一泊、お願い申したいのです。

〔千寿《しゆ》、明寿《めいしゆ》、幸寿《かうしゆ》、菊寿《きくしゆ》、万寿《まんしゆ》、王寿《わうしゆ》、[35]長寿《しゆ》、かめこそ、福《ふく》寿《しゆ》、稚《ち》寿《しゆ》御前〕

▽画中詞[1]・J絵12

上　〔大蔵卿殿〕この御所[2]なるほどに、かまへて十部読まん。尊《たふと》や、[3]経段《きやうだん》の。

中　〔侍従殿〕御懺法《せんぽふ》のあまりに尊きなう[4]。[5]錫杖《しやくぢやう》のほどなど、遣り水の音《おと》さへあひて、心細く、涙のこぼるる。

下　〔大蔵卿殿〕山里ほど、さすが心細き。

一　〔故宮[6]の三条殿〕故宮[7]の御のちより、この御所の御留《る》守《す》にて、御念仏[8]候はな。かやうの御仏事[9]など、御なごりにて、年月《としつき》つもり候ひぬるも、いつまでかとあはれに候ひて。あの法師どもも、しだいに弟子《でし》にのみ代はりゆき候へば、あはれに候ふぞや。今年ばかりにてや候はむずらん。あの若く候ふは、[10]すわそんえいがあとに入りて候ふものにて。年ごろ候ひしものを、とあはれに候ひて。尼《あま》と同じ年にて候ひしぞや。

二　〔宮の御方〕げに、それも知りがたきを。我が身も、

中　〔長者〕ここは、まさにちょうどよいお宿でございます、いらっしゃいませ、と申し上げなさいよ。

中々　〔かめこそ〕大名のようでもございませんよ。人も少なげで。

下　〔長者〕構いませんよ。どなたであっても、お越しなさいませ、都合よくございます、と申し上げなさい。

▽J絵12

上　〔大蔵卿殿〕この御所にいる間に、心して、経を十部読みましょう。尊いことですね、法華懺法の経段の声が。

中　〔侍従殿〕御懺法があまりに尊いことですね。錫杖が鳴る具合など、遣り水の音まで響きあって、心細くて、涙がこぼれてくること。

下　〔大蔵卿殿〕山里の様子は、さすがに心細いこと。

一　〔故宮の三条殿〕故宮[18]がお亡くなりになった後より、この御所のお留守番役として、お念仏をお仕えいたしましょう。このようなご仏事なども、故宮を思い出す御よすがでありまして、年月が積もり重なってしまいますにつけても、いつまでお仕えできるだろうかと悲しく思われまして。あの法師たちも、次第に弟子に代わっていくばかりでございますので、感慨深くございますよ。お仕えできますのも、今年ぐらいでございましょうか。あの年若くございますのが、すわそんえいの後に入ってきました者でして。すわそんえいは、何年も仕えておりましたものを、と悲しくござ

今は、さま変へて、のどかにこれにて行なひも[11]したきを、女御など、今ほど、[12]候《さふら》ひつかせ給ひて、と思ふほどに、うちつづき、宮たちの御こと、[13]いしいしと思ふほどに、心ならずうち過ぎて。いつを限りなるべしともおぼえねば、今は、やうやうと思ふに、あの中納言殿の、なほ、ただしたはしげにて、かやうにこれにても添《そ》ひ出で、あはれなる。

三　［故宮の三条殿］今日《けふ》、明日《あす》の御ことは、思ひ寄らぬ御ことかな。女御殿、御位《くらゐ》高くならせおはしましてのちの御こと、[14]昔の御代はりにも、この[15]御ことどもをこそ、御行方《ゆくへ》久しく見まゐらせさせおはしますべく[16]候へや。

四　［宮の御方］されば、さ思はんほどに、[17]いつか期《ご》にてか、とおぼえて。ふといかなることもあらば、あわたたしきぞかし。のどかに[18]思ひまうけたくこそ。

五　［故宮の三条殿］それは、いづくにもより候ふまじ。御心ひとつに、御念仏だにも候はば、何時《いつ》をかならずおどろくべきにても候はず。

＊　［僧4］[19]摩《ば》訶《か》薩《さ》

いまして。この尼と、同い年でございましたのですよ。

二　［宮の御方］本当に、いつまで元気でいられるか、それも知りがたいことですが。私自身も、今は、尼に姿を変えて、のどかにこちらで勤行をも行ないたいのですが、女御③などが、今のうち、宮中での暮らしにおなれなさってから、と思っている間に、うち続いて宮たちがお生まれになって、その宮たちの御ことに次々と心をくばっているうちに、不本意ながらも時が過ぎてしまって。宮たちのお世話もいつまでという限りがあるべきものとも思われませんので、今はようやく尼に姿を変えようと思うのですが、あの中納言殿④が、やはり相変わらず、ただもう、私のことを慕わしそうにしていて、このようにこちらにも付き添ってやって来ていて、いとおしいのです。

三　［故宮の三条殿］今日、明日の御ことは、誰にも考え及ばない御ことですよ。女御殿が、御位が高くおなりなさいまして後の御ことを、行方知れずのご子息①の御代わりにも、この女御殿の宮たちの御ことをこそ、御行く末長くお世話申し上げなさいますのがよろしくございますよ。

四　［宮の御方］ですから、そんなふうに思っているうちに、いつの間にか最期の時になるのではないかと思われまして。ふいに、どのようなことでも起こったならば、あわただしいことですよ。ゆっくりと、心の準備をしたいと思いまして。

五　［故宮の三条殿］その心のご準備は、どこでなければな

＊［僧3］[20]法王《ほふえ》子《し》菩薩《ほさつ》

＊［僧2］[21]爾時《じし》文殊師利《ぶんじゆしり》

＊［僧1］[22]妙法《べうほ》蓮花経安楽行品《れんぐわけいあんらくけいひん》

一　［中納言］[23]ひととせ、初瀬《はせ》にて、いとあやしきことのありしかど、ふと跡形《あとかた》なく見失ひて、思ふはかりなく、いづくをさしてたづぬべし、ともおぼえぬ。山伏[24]いしいしには、[25]さる人に見あひたらば、あらん所告げよ、と言ひ置きたれども、絶えて見あはぬとかや。ひとすぢに昔語りに思ひしよりも、心に離《はな》るる世なくのみおぼえて、世にある心地もせぬ。

二　［内大臣］[26]何とて、さは、おぼしめし寄りて候ひける[27]やらん。いづくとも御在所《ざいしよ》を知りまゐらせて候はば、海《うみ》山《やま》を越えても、参りこそし[28]候《さふら》はめ。すべて定めたる所なし、と[29]仰せ言《ごと》候ひけると申し候ひし。

三　［中納言］さればこそ、物の怪の言ひしにおどろかれて、そののちこそ、よろづ思ひあはすれ。この[30]蟬丸《せみまる》をたびたりしかば疑ひもなきぞかし。

〔大蔵卿殿、故《こ》宮の三条殿〕

らないというような、場所によるものでもないでしょう。普通のご生活のなかででも、お心ひとつに御念仏だけでもございますならば、いつその時（最期の時）が来たとしても、きっと驚くようなこともございませんでしょう。

＊［僧4］摩訶薩

＊［僧3］法王子菩薩

＊［僧2］爾時文殊師利

＊［僧1］妙法蓮花経安楽行品

一　［中納言］先年、初瀬にて、まことに不思議なこと（父と思しき『山伏』に出会ったこと）がありましたが、ふっと、跡形なく見失ってしまいまして、どこに行ってしまったのか、見当をつけようもなく、どこを目当てとしてさがすのがよいのかもわかりません。山伏たち次々には、そういう人[1]に出会ったならば、居場所を告げよ、と言い置いているのですが、ぷっつりと絶えて、出くわすこともないとか。ひたすら、過去のお話と思っていた時よりも、初瀬で父上ではないかと思われる山伏[1]に出会って以来、ただもう、父上のことが心から離れる時もないように思われて、生きた心地もしません。

二　［内大臣］どういうわけで、それでは、お父上[1]ではないかとお思い寄りなさったのでしょうか。どこであったとしても、お父上のご在所をお知りいたしましたなら、海や山を越えてでもお迎えに参上いたしましょう。まったく、定めている住まいもない、というお言葉がございました、

▽画中詞・B絵1[1]

一　［女君］[2]よに、おもしろかりつる笛かな。いかな人か[3]吹きつらん。心細《ぼそ》の月や。同じかげをこそ、人も見るらめ、と思へば、そぞろにあはれなり。

二　［尼］[4]問ひ候はん、えい。[5]やう、[6]山伏の御房、[7]笛吹きつるは、いかなる人にて候ひけるぞ。ここなる人の問ひまゐらせてと候ふ。

三　『山伏』えうけたまはり候はぬ。

＊　［女君］何《なに》とやらん、この山伏の面影ぞ、ものなつかしき心地のする胸騒《むなさわ》ぎや、[8]と思ふ。

＊　『山伏』などやらん、[9]おのづから見し人にてやあるらん、と思へど、さして誰《たれ》ともおぼえず。〔ナシ〕[10]

▽画中詞・B絵2[1]

一　［僧兵A］ただ今、殊勝《しゅしょう》[2]の笛をこそうけたまはりて候ひつれ。幼き人に聞かせまゐらせ候はで。

と申していました。

三　［中納言］だからこそ、物の怪の言った言葉にはっとさせられて、その後になって、すべて思い当たったのです。この蝉丸という笛を、私にくださったので、父上[1]であることは疑いようもないのですよ。

▽B絵1

一　［女君］本当に、心ひかれる美しい笛の音ですね。どんな人が吹いているのでしょうか。心細げな月ね。同じ月光を、あの人（行方知れずの父・『山伏』[1]か）も、今ごろ見ているのかしら、と思うと、なんということもなく悲しい気持ちになります。

二　［尼］おたずねしますね。ねえ、山伏の御房さま、笛を吹いたのは、どのような人でございましたか。ここにいる人（女君[3]か）がおたずね申し上げてね、ということです。

三　『山伏』お聞き及んでございません。

＊　［女君］どうしてかしら、この山伏の面影が、どことなく親しみをおぼえて、胸がどきどきするよ、と思う。

＊　『山伏』どうしてだろうか、自然と、見知っていた人ではないかしら、と思うけれど、これといって誰であるとも思い出せない。

▽B絵2

一　［僧兵A］たった今、すばらしい笛の音をお聞かせいた

二 〔僧兵B〕[3]楽《がく》は、何《なに》にて候ひけるぞ。

三 〔僧兵A〕[4]えうけたまはり知り候はぬ。

四 〔僧兵B〕思ふに[5]曲《ごく》にてこそ候ひつらめ。[6]いかなる人、候ふやらん。

五 〔僧兵A〕[7]誰《たれ》、候ふやらん。[8]俗《ぞく》の忍びて候ひつるとおぼえ候ふ。暗く候ひて。

＊ 〔僧兵C〕[9]南無慈悲万行菩薩《なむじひまんぎやうぼさつ》、心中の[10]主願《しうぐわん》成就《じやうず》、[11]う、う、う。

一 〔物詣姿の女性A〕御笛の音《ね》の聞こえつると思へば、[12]などら見えさせ給はぬ。

二 〔物詣姿の女性B〕[13]若宮《わかみや》へ御参りげにて。

＊ 〔[14]祈りの声〕[15]唯識三十頌《ゆいしきさんじふじゆ》、[16]南無《なも》大明神《だいみやうじん》。

〔[17]ナシ〕

▽画中詞・[1]B絵4

一 〔内大臣〕[2]や、[3]あれはいかに。ただ今、召しつるは。いつほどより、ここには。

二 〔中納言〕何ごとにて[4]候ひけるぞら。ただ今参りて候

だきました。幼い人にお聞かせ申し上げませんで。

二 〔僧兵B〕この楽曲は、何でございましたかね。

三 〔僧兵A〕聞き知ってはおりません。

四 〔僧兵B〕思うに、管絃の曲でございましょう。どのような人でございましょうか。

五 〔僧兵A〕どなたでございましょうか。在家の方が人目を忍んで、お越しになったものと思われます。暗くございまして。

＊ 〔僧兵C〕南無慈悲万行菩薩。心中の主願成就、う、う、う。

一 〔物詣姿の女性A〕御笛の音が聞こえてきたと思うのに、どうしてお姿がお見えでいらっしゃらないのでしょうか。

二 〔物詣姿の女性B〕若宮へ、ご参詣の様子でありまして。

＊ 〔祈りの声〕唯識三十頌。南無大明神。

▽B絵4

一 〔内大臣〕おや、いったいどうしたの。たった今、帝がお召しでしたよ。いつごろから、ここにはいるのですか。

二 〔中納言〕どのような御用件でございましたのかしら。こちらへは、今しがた参上してございます。

三 〔内大臣〕御遊の内容や役割のこと、行幸の取り運びの順序などを、ご相談なさりたいというようなことなのでしょう。

四 〔中納言〕行幸はやっぱり、延期にならないのかしら。

ふ。

三　［内大臣］[5]御遊の所作《しよさ》、任《にん》のこと、行幸《ぎやうかう》の次第《しだい》など、[6]仰せあはせられんとやらむとて。

四　［中納言］行幸《ぎやうかう》は、なほ、延《の》び[7]候はぬから。このほど、とかく心よからぬことども候ひて。

五　［内大臣］さもあるまじき[8]ごさめれ。[9]すはや、うしろにて、[10]宰《さい》が、何と[11]やらん、笑ひげなる、知らで[12]なう。[13]きうきう。

六　［中納言］何[14]と候ふぞ。御物笑ひこそ、たへがたく候へ。翁《おきな》びたる、うしろの烏滸《をこ》さなどにてこそ候[15]はめな。

七　［宰相殿］いや、笑ひもまゐらせ候はぬものを。ここに、右京とこそ、ものを申し候ひつれ。

八　［中納言］何ぞ、またなく人の案《あむ》ぜさせ給ふことは。おほかたは、知らぬやうにて、[16]心にまかせてもてなしきこゆとも、[17]心にてこそあるべきに、左右《さう》なくさだめきこえける。[18]親心も、ひとすぢに上《かみ》なき御宿世《すくせ》にこそ、と思へばかたじけなし。かくて、[19]身の光となり給ふべき御契りにこそありけめ、と[20]案《あむ》じ給ふ。

近ごろ、なにかと気持ちのよくないことがあれこれございまして。

五　［内大臣］延期などということは、あってはならないことと思われます。そうら、後ろで、宰が、どうしたというのでしょうか、笑っているようなのも、知らないでねえ。くすくす。

六　［中納言］どういうことですか。御物笑いにされることこそ、たえがたくございます。年寄りめいている、後姿の愚か者さ加減などによって、笑われているのでしょうね。

七　［宰相殿］いいえ、お笑い申し上げたりなどしておりませんものを。ここで、右京とお話し申し上げていただけです。

八　［中納言］何ですか、またとなくあなた[3]が思いわずらっていらっしゃることは。総じて、知らないふりをして、心にまかせてお世話申し上げていますが、私と同じ心であるに違いないので、考えるまでもなく、見定め申し上げることができるのでした。行方知れずとなった親[1]の心としても、ひたすら、あなたのこの上ないご運勢を願っていると思うと、それも恐れ多くもったいないことです。あなたには、こうしてご自身が光とおなりになるべき前世からのお約束があったのでしょう、と思いめぐらしております。

九　［春宮の女御］何事も思いわずらったりしておりません。どうしてそんなふうにお思いなのですか。

上　［宰相殿］わたくしは、世にも不可思議なことを、何度

九　［春宮の女御］何ごとも、案じ候はぬ。[21]などら、さはおぼしめす。

上　［宰相殿］[22]わらはは、よにあやしきことを、たびたび見てよ。あの脇戸《わきど》のもとに、[23]内裏《うち》の御方の、つねに立たせおはしますに、見あひまゐらせてよ。[24]近さよなう。ゆかしくおぼしめす人のあるから。誰《たれ》ぞや、とおぼゆる。

下　［右京大夫殿］げにや。誰《たれ》も、さることを見てよ。我ゆゑなど思ひまゐらせたらん、いかにおもしろからん。誰《たれ》ばかりぞや。[25]わたくしごとには、おぼえぬ。

＊　［春宮の女御］はかなかりける身のほどには、思ひのほかなれども、あはれに見し人の時々も立ち寄り給ひぬべき山里などに、行なひて、待ちつけきこゆ、と思はば、いかにうれしからん。例《ためし》なかりける[26]身のほどかな、[27]と思ふ。

＊　［大納言殿］限りなき御身のほどどもには、何ごとかおぼしめすらん、とのみ思ひまゐらすれども、つねは誇りかならず、[28]中納言殿□むども、つねはうちながめ、涙ぐませ給ふは、[29]絵物語にかきたるやうに、いかなる下《した》に

も見ていますよ。あの脇戸のもとに、内裏の御方（帝）が、いつもお立ちになっていらっしゃるのに出くわし申しましてね。近いことですねえ。会いたいとお思いになられる人があるからかしら。いったい誰なのかしら、と思われます。

下　［右京大夫殿］ほんとうにね。誰もみな、そうしたことを見ていますよ。自分に会いたいため、などとお思い申しましたなら、どんなに愉快でしょうか。お相手は、誰ほどの人なのでしょうか。うちうちのこととは思われません。

＊　［春宮の女御］心細い状態で生まれ育ったわが身にとって、予想もしなかった恵まれた境遇に身を置いてはいるけれども、心にしみる思いで見た人[1]（山伏に身をやつした父）が、修行の途中で時々にもせよ、お立ち寄りになるに違いない山里などで、勤行に励みながら、その人[1]との再会の機会を待ち受け申し上げる、というような暮らしを思い描くことができたなら、どんなにうれしいことだろう。例のないほど数奇なわが身の上であるよ、と思う。

＊　［大納言殿］この上ないお身の上のお二人[3][4]（春宮の女御と中納言）にとって、いったい何をお思いわずらうことがありましょう、何のご心配もないでしょうに、とばかりお思い申し上げているけれども、お二人はふだんは意気揚々としたご様子ではなく、中納言なども、ふだんは、つい物思いにふけっては涙ぐんでいらっしゃるのは、絵物語に書いてあるように、どのような人知れぬ心の奥に、嘆かわしい恋の御思いの一片でもあるのかしら、と注意して見

嘆かしき御ことはしのあるから、と目をつけまゐらすれども、さればとてさりげもなし。御親の御ことかや。人、昔になりぬることが、また、これほど尽きせずおぼしめすが、心得《え》ずや。[30]をりなへれ、昨日の里の返事もせぬことよ。まことや、[31]陣《ぢん》のこと、忘れて、言はむ。

〔右京大夫殿、宰相殿、大納言殿〕

（画中詞・[1]B絵7）

一　〔物詣の女A〕[2]やや、[3]御房。後夜、候ふか。この鐘は。
二　〔旅姿の僧〕はや、晨朝《じんでう》に。
三　〔物詣の女B〕やや、[4]寝過ごいて。をかしや。
＊　〔堂内の人〕南無阿弥陀仏、南無阿弥陀仏。
＊　〔堂内の人〕[5]夢から、うつつから。
〔[6]ナシ〕

申し上げているけれども、だからといって、そんな様子でもない。行方知れずのお父上[1]の御こととかいうことだけれど。人は、遠い過去になってしまったことを、また、これほど尽きることなくお思いでいらっしゃるのが、理解できませんよ。をりなへれ、昨日の里からの便りに返事もしていないことですよ。そうそう、詰め所のことを忘れていました、言いましょう。

▽B絵7

一　〔物詣の女A〕もしもし、お坊さま。後夜でございますか。この鐘の音は。
二　〔僧〕早くも、晨朝の鐘の音で。
三　〔物詣の女B〕おや、寝過ごしてしまって。おかしいわ。
＊　〔お堂のなかの人〕南無阿弥陀仏、南無阿弥陀仏。
＊　〔お堂のなかの人〕夢かしら、現実かしら。

注

○第一段

・詞書（J詞1）

一　『藤の衣物語絵巻』のはじまりは、細見美術館蔵の一巻の冒頭に位置する「詞」（J詞1）と「絵」（J絵1）を第一段とみなしたが、フリア美術館蔵の一図（F絵1）の画中詞によると、物語の展開を暗示するような夢――あそび・幸寿《かうじゆ》が「錦の守り」をもらったという夢を見た、大名の子を身ごもって、迎えとられるのではないか――が話題とされており、第一段（J詞1・J絵1）に先行するものとも思われる。「F絵1」に対応する「詞」は散佚してしまっているものの、「J詞1」は物語の冒頭としては唐突な印象もぬぐえず、現行の第一段（J詞1・J絵1）が本絵巻の本来の冒頭ではなかった可能性もある。画中詞F絵1注1およびF絵1の画中詞本文（一一二〜一一三頁）を参照されたい。

　また、『藤の衣物語』では、気象の急変によってあそびの宿に宿ることになったこの旅人一行について、なかでもあそび・幸寿《かうじゆ》と一夜を過ごした「若き人」の素姓が明かされないままに物語が進行していくため、登場人物系図で人物関係を確認したくなるが、系図を参照せずに、あそびたちの思いに寄り添い、誰だろうと思いながら読んでいくことも楽しみかたのひとつである。

二　かいしめりて―底本では「かひしめりて」。「かい」は、「かき」の音便形であり、接頭語。

三　あそび―『藤の衣物語絵巻』の詞書では、彼女たちは「あそび」とよばれ、すべて仮名表記である。画中詞では「あそび」の用例はなく、「けいせい（傾城）」が二例認められる。画中詞第一段注29、第三段注34参照。

　なお、旅人たちは住吉詣での途上に宿っている（第一段画中詞十一による）ところから、あそびの宿の舞台は、淀川河口の江口・神崎あたりであろう。「あそび」の語については、伊東祐子『藤の衣物語絵巻　影印・翻刻・研究』（笠間書院、一九九六年七月。以下、本書をさす時は、〈伊東『藤の衣』〉とする）の第五章「2『あそび』と『遊女』――平安・鎌倉・室町時代の用法」を参照されたい。

四　おとなしき、……言ひぬべき―この人物の名称や呼称は『藤の衣物語絵巻』の詞書には記されていない。第一段の画中詞（J絵1）によって「右近大夫」と推定した。

　なお、「右近大夫」とは、官職は右近衛府の近衛将監でありながら、位階は五位のもの。官位相当としては、近衛将監は従六位相当。

五　かからぬ―底本では「かかる」の「る」に見セ消チが付され、「る」の右傍に「らぬ」が並列して書き入れられている。以下、本稿では、底本の本文の右傍に並列して書き入れられていることを「並記」と言いあらわすことにする。

六　給はば―底本では「給と」の「と」の上に「はゝ」と重ネ

書キ。

七　こそ―かつての翻刻〈伊東『藤の衣』〉では「□そ」。底本では「こ」は虫損のため判読が難しいが、「こ」と推定した。

八　伽―側近く相手をつとめて、退屈や無聊などを慰める意で、話相手になること、また一夜をともにすることをも含めている。ここでも一夜をともにする意をこめている。

九　朗詠―『和漢朗詠集』などにみられる漢詩に、節をつけて吟じたもの。あそび（遊女）が得意としたもの。

一〇　今様―当世風の、といった意味で、古い歌謡（神楽歌・催馬楽・風俗歌）に対して、平安中期に起こった新様式の歌謡。院政期に最盛期を迎え、後白河法皇により『梁塵秘抄』にまとめられたが、以後は次第に衰退した。あそび（遊女）が得意としたもの。『藤の衣物語絵巻』では、第六段詞書（三五頁）に、幸寿《かうじゅ》が口ずさんだものとして今様が引用されている。詞書第六段注五、注六参照。

一一　物語なんどす―底本では「物かたりなんとす」。「なんと」を「など」（副助詞）と同じ「なんど」と解したが、「物かたり」を四段活用動詞の連用形と考え、助動詞「ぬ」の未然形「な」に助動詞「む」の終止形、さらに助詞「と」が接続した形ともとれるか。口語訳は、おしゃべりをしようとする、となる。「なんど」については、詞書第十八段注五・一三参照。

一二　長者―底本では「ちやうさ」。あそびの宿の女主人のこと。長者は、「あそび」である「幸寿《かうじゅ》」のことを「むすめ」と呼び（第一段）、「幸寿」が生んだ女児を「むまご（孫）」と呼んでいる（第七段）。第六段の画中詞では、幸寿が長者のことを「母御前《ははごぜん》」と呼んでいる。ただし、実際に血縁関係があるのかどうかは不明。なお、楢原潤子氏「中世前期における遊女・傀儡子の『家』と長者」（『日本女性史論集　9』吉川弘文館、一九九八年六月）に、遊女の家についての考察があるが、遊女の集団形態については不明な点が少なくない。画中詞第四段注31、詞書第七段注五参照。

一三　をかしやかなるを―かつての翻刻〈伊東『藤の衣』〉では「をかしや□なるを」。底本では「か」は、虫損のため判読しがたいが、「か」と推定した。

なお、この「をかしやかなる」あそびの名が「幸寿」であることは、第一段の画中詞四（一六頁）によりわかる。画中詞第一段注12参照。

・画中詞（J絵1）

1　なう―画中詞にのみ認められる語。「なう」には、終助詞（詠嘆の意を添えたり、相手に同意を求めて呼びかける意をあらわす）と感動詞（相手に呼びかけたり、驚いたり感動した時に発する語）の二通りがあるが、両者の区別は必ずしも明確でない。中世の歌謡や謡曲、狂言、『とはずがたり』などに用例が見える。なお、〈伊東『藤の衣』〉第四章、1「〈詞〉と〈絵〉の語彙・語法の比較」を参照されたい。

2　御もとい―文意がとりにくいが、J絵1の図様によると、結び文のようなものを手にした少女（やさの前）が、相手に渡そうとしている場面と思われることから、「御もとへ」の意かと推定した。『時代別国語大辞典　室町時代編』（三省堂）では、「い」を格助詞として立項し、格助詞「へ」の転じたものとしている。

3 あぢよく—副詞。うまく、手ぎわよく、の意。『岩波古語辞典』参照。

4 君をはじめて　や　見る時は　や　千代も経ぬべし　や—『平家物語』巻第一「祇王」（日本古典文学大系『平家物語上』九七頁。引用に際し、歴史的仮名遣いに改めた）に見える、後掲の今様の上の句にあたる。「や」は、間投助詞ではやし言葉のようなものだろう。『平家物語』でも、「あそびもの」である白拍子・仏御前がうたっている。

　君をはじめてみるをりは　千代も経ぬべしひめこ松
　おまへの池なるかめをかに　鶴こそむれゐてあそぶめれ

5 宿かげ—意味ははっきりしないが、宿の人影と解し、この宿のあそびたちの姿をさすものかと推定した。

6 とい—意味ははっきりしない。画中詞の文末に散見する。

7 御のどかに—形容動詞に「御」がついたもの。画中詞にのみ認められる語法。「のどか」を名詞的に受け取ったものとも思われるか。

8 御やすみ候ひて—動詞に「御」がついたもの。「御＋動詞連用形＋候ふ」という形で室町時代に多用された用法で本絵巻でも画中詞にのみ散見する。〈伊東『藤の衣』〉第四章、1「〈詞〉と〈絵〉の語彙・語法の比較」を参照されたい。

9 御腰打たせ—腰を叩くなど、マッサージのようなことをさせるという意。あそびたちが、宿を訪れた男性と一夜をともにする意がこめられている。なお、「腰打つ」は画中詞にのみ見える表現である。男性と一夜をともにする意をこめた表現として、詞書では「御伽」が用いられている。画中詞では「腰打つ」と「御伽」がともに見える。詞書第一段注八参照。

10 宮仕ひこそし候はむずれ—「宮仕ひす」となっているが、中古では「宮仕へす」。本絵巻では、第七段の詞書でも「宮仕はせまほしく侍る」と四段活用となっている。四段活用の「宮仕ふ」は、鎌倉時代になって見える語で、中世王朝物語の『石清水物語』『あまのかるも』などにも用例が認められる。詞書第七段注七参照。

11 などら—「ら」は「いづら」の「ら」に類するもので、「など」に接尾語「ら」がついたものか。画中詞第七段注26、B絵2注12、B絵4注21参照。

12 幸寿—底本では「かうしゆ」。本絵巻ではあそびたちの名称にはいずれも仮名（草体仮名）で「しゆ」がついている。あそびの名称の例として、『長秋記』元永二年（一一一九）九月三日、六日の条に「金寿」という漢字表記の名称が見えること、『梁塵秘抄口伝集』巻第十に「延寿」という漢字表記の名称が見えることなどから、「しゆ」は「寿《じゅ》」をさすと推定した。また、あそびたちの呼称には、「かうしゆ」「ふくしゆ」「きくしゆ」「せんしゆ（「千しゆ」の表記もあり）」「まんしゆ（「万しゆ」の表記もあり）」「ちやうしゆ（「長しゆ」の表記もあり)」など、幸福のイメージや命の長さを言祝ぐイメージがうかがえる。「寿」とともにそれぞれ漢字を推測して当ててみた。『長秋記』は『増補資料大成　長秋記一』(臨川書店)一六〇頁、一六一頁に、『梁塵秘抄口伝集』は岩波文庫、一〇一頁による。

なお、鎌倉幕府執権北条貞時(文永八年〈一二七一〉~応長元年〈一三一一〉)の幼名は「幸寿丸」といい、貞時の子の幼名にも「菊寿丸」「金寿丸」「千代寿丸」「成寿丸(執権北条高時)」が見える。高時の子の幼名も「亀寿丸」「万寿丸(勝寿、長寿とも)」、貞時の父・北条時宗の幼名も「聖寿丸」、祖父・北条時頼の幼名も「正寿丸」、時宗の弟・宗政の幼名も「福寿丸」であったという。長寿と幸せを願っての名称として参考になる。安田元久氏編『鎌倉・室町人名事典』(新人物往来社、一九八五年十一月)、奥富敬之氏『鎌倉北条氏の興亡』(吉川弘文館、二〇〇三年八月)一八五~一八八頁参照。

また、「舞の本」や「室町物語」などに見える作品『満仲(まんぢう)』において、主君である源満仲の子・美女丸の身代わりとして、父・藤原仲光によって命を絶たれる、仲光の子の名も「かうしゆまる」であり、「幸寿丸」の漢字が当てられていることをつけ加えよう。新日本古典文学大系『舞の本』所収『満仲』、『京都大学蔵　むろまちものがたり　第八巻』(臨川書店)所収『まんちう』参照。

13　なう―画中詞第一段注1参照。

14　子もなきは、一定、魔縁にあひぬとおぼゆる―ことわざのようなものがあったか、未詳。「魔縁」は仏教用語で、人をまどわし、生命をおびやかし、仏道修行などの善事を妨害するものの意。「魔縁」の例は、『保元物語』『平家物語』『とはずがたり』(僧の起請文中)などにも見える。

15　南無帰依法―底本では「なむきえ法」。「南無帰依仏」「南無帰依僧」とともに、三宝(仏・法・僧)を信奉し庇護を求める意をあらわす。『掃墨物語絵巻』の画中詞にも「南無帰依仏、南無帰依法、南無帰依僧」(本書『掃墨物語絵巻』四五二頁)の例が見える。

16　長者―かつての翻刻〈伊東『藤の衣』〉では、発言者を「左近蔵人」としていたが、内容から長者がふさわしいと判断して改めた。なお、この会話文中には「御憎や」と形容詞の語幹に「御」のついた例が見えるが、形容詞に「御」を冠した語法は、本絵巻では女性が用いている。画中詞第一段注34参照。

17　きうきう―笑い声の擬音。『古今著聞集』巻第十六・五二三段に「ただきうきうとわらふ」(日本古典文学大系・四一四頁)の例がある。本絵巻では画中詞にのみ見え、内訳は、あそびの宿の長者(第一段)、あそびたち(第三段、F絵1)、太政大臣家の女房たち(第七段)、男性貴族たち(第十段、第十三段、第十四段、B絵4)、と男女を問わず用いられているが、「きうきう」がどのようなニュアンスの笑い声を表わすのかはっきりしない。『暮らしのことば　擬音・擬態語辞典』（講談社、二〇〇三年）によると、室町時代の抄物『四河入海』（一五三四年成立）に「いつもかはらずけらけら咲（わらひ）をして戯るるぞ」の例が見える（「けらけら」項・吉田永弘氏執筆）とあり、『四河入海』は本絵巻より成立年代が若干下るものの、「けらけら」という擬音語が室町期に確認されるため、「きうきう」は「けらけら」とは異なるか。本絵巻では、冗談を口にし（時には自分を笑い者にして）、口にした本人が「きうきう」と笑っているという場合が目につく。「こらえきれずにしのび笑いをする様子。おかしいのをこらえながらもそれを楽しむような笑い方」（「くすくす」項・佐々木文彦氏執筆）とある「くすくす」に近いかと推定した。さらに検討したい。

18 御憎や―形容詞「憎し」の語幹に「御」がついたもの。画中詞第一段注34参照。

19 はなへ―意味がとりにくいが、「出はな」に類する語として、行動を起こしてすぐに、とりかかった矢先に、の意と解しておく。

20 いとほしいぞ―「いとほしきぞ」の転。形容詞の口語形で、画中詞にのみ見られる用法。使用者は、あそびたち、およびあそび周辺の人物がほとんどを占める。出雲朝子氏「『藤の衣物語絵巻』の画中詞について」（『中世王朝物語全集1　栞　第5号、一九九九年十月』）参照。

21 といとい―画中詞第一段注6参照。

22 眺望―底本では「てうはう」。「はう」は判読しにくい。かつての翻刻〈伊東『藤の衣』〉では「てう景」としているが改めた。なお、「はう」の「う」の字形は、第十七段五二行目末尾の「う」の字形に似ている。〈伊東『藤の衣』〉影印（一三四頁）参照。

23 せさしまし―サ変動詞「す」の未然形に尊敬の意をあらわす「さします」が接続。「さします」は上接の語の活用の種類によって「します」と使い分けられている。「さします」は、サセオハシマスの変化したサセマスの転（吉川泰雄氏「シマス・サシマス考」『近代語誌』角川書店、一九七七年三月）とも、尊敬の助動詞「さす」の連用形「させ」に丁寧の助動詞「ます」がついた「させます」の転（『角川古語大辞典』『岩波古語辞典』等）とも。狂言やお伽草子に用例が認められ、室町時代の敬語のひとつ。

24 もたいなき―「もたいなき」は、「もったいなき」の促音便「っ」の無表記。不都合である、もってのほかである、の意。

25 御参候はむずる―「御参候」は「今川了俊貞世自筆書状・一七〇」（東京大学史料編纂所、画像データによる）などにも「これへとく御参候べく候」と見える。

26 御座あらんずる―「御座ある」は「ござる」の古形。「ある」「いる」の尊敬語とも丁寧語とも言う。

27 やらん―「にやあらむ」「やあらむ」の転とされる語で、鎌倉時代以後、多く用いられた。…だろうか、…なのかしら、の意。転じて、…とかいうことだ、の意。本絵巻では「やらん」は二〇例、いずれも画中詞にのみ認められる。

28 あらこそ―「あらばこそ」の転か。

29 傾城―遊女の意とも、美人の意ともとれる。「傾城」の語は、詞書にはなく、画中詞にのみ認められる。画中詞第三段注34参照。

30 こやした―「こやしたる」の転。

31 えい―相手に呼びかけたり、念を押して言う声。『岩波古語辞典』参照。

32 御腰に参れ―画中詞第一段注9参照。

33 幸寿―かつての翻刻〈伊東『藤の衣』〉では、「若き人」の心内語としていたが、この心内語中に見える「御恥づかしくて」という、形容詞に「御」を冠した語法（画中詞第一段注34参照）が、本絵巻では女性に限って用いられていると推定されることから再検討し、幸寿の心内語と改めた。

34 御恥づかしくて―形容詞「恥づかし」の連用形に「御」がついた形。形容詞に「御」を冠した語法は、はやく『とはずがたり』に見出されるが、室町時代の物語にもまま見受けられるもので、本絵巻でも画中詞にのみ多数認められる。本絵巻では、女性が用いている。なお、〈伊東『藤の衣』〉第四章、1「〈詞〉と〈絵〉の語彙・語法の比較」参照。

35 と思ふ―本絵巻の画中詞は、その大半を画中の人物による会話文が占めるが、なかには心内語が記される場合がある。心内語のなかには、この場合のように「と思ふ」という説明も付されている例がある。

36 いかな―「いかなる」の転。

37 憎うもなき―「憎くもなき」の音便形。

38 〔宮内の少輔《せう》…幸寿《かうしゆ》〕―本絵巻の画中には、描かれた人物の傍らに、その人物の呼称が記されている場合がある。本書では、それらの呼称を、各段の画中詞の本文の末尾に〔 〕を付し、画面の右側に記された呼称から順に列記した。なお、底本の表記に漢字をあてた場合は、ルビとして底本の表記を示した。

○第二段

・詞書（J詞2）

一 おぼいたりしかど―「おぼしたりしかど」の転。

二 立ち返り―底本では「たち返」。

三 いわけなく―底本では「ゆわけなく」の「ゆ」に見セ消チが付され「い」が並記。

四 笛ばかりなるものの、錦して包みたるをたまへりしを見れば、剣といふものなりけり―第十二段の詞書にも「笛だつものにや、袋に入れたり」（七三頁）と類似する表現がみえる。実は若き人との一夜の逢瀬によって、幸寿は妊娠するのだが、本物語のプロットは「高藤内大臣」（『今昔物語集』など）にまつわる物語と重なる。内容は以下のとおり。雨宿り先での偶然の一夜の逢瀬ののち、男性は形見として「剣」（大刀）を残して去る。女性は妊娠し、女児が誕生するが、男性は女児の誕生を知るよしもない。やがて、年月を経て、男性は女児と再会し、形見の「剣」（大刀）が、二人が父と娘であることをつなぐ。〈伊東『藤の衣』〉第六章・1「父と子をつなぐもの―〈剣〉と〈笛〉」参照。

五 徐君が塚の上にかかりけむも―徐君の原話は、『史記』世家・呉太伯世家第一にみえるが、『今昔物語集』巻十の二十、『宝物集』巻第五、『十訓抄』第六、『平治物語』巻二、『源平盛衰記』巻第十五などにもみえ、広く知られていたものと思われる。細部はそれぞれの作品によって若干異なるが、おおよその内容は次のとおりである。徐君のもとに、季札という人が立ち寄るが、徐君は季札の身につけていた太刀をほしがる。しかし季札は、さらに出かけなければならないので、帰路に太刀を与えようと約束して去る。帰路、季札が、徐君に太刀を与えようと立ち寄ったところ、徐君はすでに亡くなっていた。季札は、徐君が埋葬されている塚を訪れ、徐君がほしがっていた太刀を、約束どおり、徐君の塚の上にかけた、という話である。ちなみに『史記』では、徐君は季札の剣をほしいと思うが、口には出さず、徐君の思いを察した季札も帰路、徐君に剣を与えようと約束を交わしたのではなく、心のなかで決めていたこととしている。たとえ相手が亡くなってしまったからといって、自分自身の心にそむくことはできないと、季札は塚の樹に宝剣をかけて立ち去ったとする。

季札の剣は、たとえ相手が亡き人となろうとも、約束が守られ果たされたことの証でもある。『藤の衣物語』のなかに「季札の剣」の故事が引用されているのは、若き人を含む旅人一行が、住吉詣での帰路に再びあそびの宿を訪れると約束し、その約束が、第八段において、若き人自身によってではないが、その父・太政大臣家の使者があそびの宿を再訪する（若き人と幸寿の間に生まれた女児を迎えるため）ことによって果たされることを暗示するか。あるいは、季札が約束を果たそうと徐君のもとを再訪した時、徐君がすでに亡くなっていたことから、幸寿の遠からぬ死を暗示するか。

・**画中詞（J絵4）**

1 恋しからう―「恋しかるらん」から「る」が落ち、「らん」が「らう」に転じたもの。助動詞「らん（らむ）」が「らう」に転じた例は、他にも画中詞に見える。画中詞F絵1注14参照。

2 折はぁ…見るべきにぃ―底本では歌句の末尾の「は」のあとには文字の繰り返しを示すと思われる「ゝ」が、「に」のあとには筆が下に引きのばされている。この箇所は歌謡を口ずさんでいる箇所であり、「ゝ」や筆の引きのばしは、音を長くのばして歌うことを示すのではないかと思われることから、母音「あ」と「い」を小文字で付け加えてみた。

3 立ても―底本では「たても」。「たちて」の促音便「たって」の「っ」の無表記。

4 分からかいたる―「わからかしたる」の転。「かす」は、動詞の未然形について他動詞的な意味をより強調する働きをもつ。ここでは、枝分かれさせられているの意。

5　榎の木―底本では「ゑんの木」。恋しい人を門に立って見ようと思っても、「ゑんの木」が枝分かれして生い茂って視界をさえぎって見えないという歌の内容から、ニレ科の落葉木で、高さ二〇メートル、径一メートルに達し、枝分かれして横に広がるという榎の木をさすものと推定した。「えのき」とは「枝《え》の木」の意か。『日本国語大辞典』の「えのき」の項によると、〔熊本分布相〕の発音として「エンノキ」と記されていることも傍証のひとつとなるだろう。なお、「榎の木」が和歌によまれることは少ないが、「川ばたの岸のえの木の葉をしげみみちゆく人のやどらぬはなし」（夫木抄・一四〇八二・為家）でも、葉が生い茂っていることをよんでおり参考になる。

6　枝のさいたる―底本では「えたのさいたる」。「さいたる」は「さき（割き）たる」の転で、枝分かれしているの意ととった。

7　想夫恋―雅楽の曲名。平調の唐楽。もとは晋の王倹が池に蓮を植えて愛した時の曲といわれ、「相府蓮」ともよばれる。「相府」とは大臣（大臣の役所・邸宅とも）をさし、王倹は晋の大臣である。日本では、音の通ずることから「想夫恋」（夫を想い恋うる曲）の意に解された。

8　やらう―「やらん」の転。「やらう」は早く『平家物語』の東国武士の言葉に見えるが、『平家物語』ではその他は「やらん」である。「やらう」は、室町時代の抄物などに相当数認められる語。画中詞第一段注27参照。

9　心のうちに―作中人物の行為の説明であり、幸寿が、心のなかで、「もの思へば…音をなとがめそ」の歌をつぶやいたということをさすか。

10　白拍子にもかぞふる―「白拍子」とは、もとは声明で、普通の拍子、または伴奏を伴わない意をあらわす語。後に雑芸で当世風の即興的な歌舞の名。さらには、そうした歌舞を得意とした雑芸の専業者の呼称。初期には男性で演じるものもあったが、院政・鎌倉時代には女性に限られるようになった。水干に袴姿の男装で、平安終末期に急速に盛んになる。貴顕ともかかわり、平清盛と祇王・仏御前、源義経と静御前、後鳥羽院と亀菊などが著名。「かぞふる」は、拍子をとってうたう意。参考「白拍子をまことにおもしろくかぞへすましたりければ」（日本古典文学大系『平家物語　下』巻第十「千手前」二六五頁）。

11　男を恋ひて…など、言ふぞかし―参考「琴をぞひきすまされたる…楽はなんぞときゝければ、夫をおもふてこふとよむ想夫恋といふ楽なり」（日本古典文学大系『平家物語　上』巻第六「小督」三九七頁）。

12　当時、現に恋をせさしまうが―底本では「たうしけんに恋をせさしまうか」。「たうし」は「当時」（現在）の意。「けんに」を、現実に、実際に、の意の「現に」と解したが、あるいは、若き人から形見にもらった「剣に」、幸寿が恋をしていると解する余地もあるか。

13　せさしまう―サ変動詞「す」の未然形に尊敬の意をあらわ

す「さしまう」が接続。「さしまう」は、上接の語の活用の種類によって「しまう」と使い分けられている。「さしまう」はサセタマフが変化したサシタマフによる語で、「しまう」はセタマフが変化したシタマフによる語であり、（サ）シマウ→（サ）シモウ→（サ）シモ→（サ）シムの変化をたどった語という（湯沢幸吉氏「足利期の敬語助動詞シモ・シムに就いて」『国語史概説』八木書店・一九四三年、大塚光信氏「シマウからシム」『京都教育大学国文学会誌』第二一号・一九八六年十一月、等による）。「さしまう」「しまう」の早い例は鎌倉時代後期書写の仏書の注釈書にみられるというが、世阿弥の作品、室町時代の「抄物」および絵巻の画中詞にも認められるもので、室町時代の敬語のひとつである。〈伊東『藤の衣』〉第四章、１「〈詞〉と〈絵〉の語彙・語法の比較」参照。

14　いとほしい―「いとほしき」の転。形容詞の口語形。画中詞第一段注20参照。

15　おれ―底本では「をれ」。「をれ」「をれら」は画中詞のみに認められる語。本絵巻には、八例用いられているが、すべて自称の代名詞として用いられている。内訳は女性七例、男児一例。女性七例はすべてあそびたちが、仲間同士のくつろいだおしゃべりで用いている。男児は、あそびの宿で生活をともにしている。〈伊東『藤の衣』〉第四章、２「〈絵〉の語彙・語法―あそびたちの用法」、出雲朝子氏「中世末期における東国方言の位相―『鼠の草子絵巻』の画中詞をめぐって」（『国語と国文学』八六三号、一九九五年十一月。『中世後期語論考』翰林書房、二〇〇三年、所収）、染谷裕子氏「室町時代末期の人称代名詞―その用法と資料性との関連」（『国文』第五二号、一九八〇年一月）参照。

16　片山の葛の葉は　風にもまれたり　わらうらももまれたり　恋にもまれたり―『室町時代物語大成』第十一巻所収の『藤ぶくろ』の絵・第三図の画中詞（四七八頁）にも、同じ歌謡が認められる。各句の文字数は五・五・八・五・五・八。

17　わらうら―一人称。本絵巻では、この歌謡での一例が認められるのみ。『田植草子』に「わらうら」「わらう」が数例見られるが、そこでは一人称・二人称の区別はなく、女性が用いることが多いが男性とみなされる例もあるという。ブロークンな鄙びた言い方か。山内洋一郎氏「田植草子のことば」（『中世語論考』清文堂、一九八九年六月）参照。

18　ここなし旅人―「ここなし」は「ここなりし」の促音便「ここなっし」の「っ」の無表記あるいは脱落。「旅人」は底本では「たひうと」。「たひうと」という仮名表記は画中詞にのみ見られる。詞書では「たひ人」（第一段・J詞1）。

19　あしかども―「ありしかども」の促音便「あっしかども」の「っ」の無表記あるいは脱落。

20　参らしまう―底本では「まいらしまう」。「まい（ゐ）る」の未然形に「しまう」がついたもの。画中詞第二段注13参照。

21　下向せさしまう―「下向す」の未然形に「さしまう」がついたもの。画中詞第二段注13参照。

22　つらう―「つらん（む）」の転。〈伊東『藤の衣』〉第四章、1「〈詞〉と〈絵〉の語彙・語法の比較」参照。

23　ばし―係助詞「は」に副助詞「し」がついたもので、「ばし」と濁音化して発音されたたものといわれる。鎌倉・室町時代に頻用された語法で、上にくる語句（ここでは「田舎下り」）を強調する働きをもつ。『岩波古語辞典』等参照。

24　せさしまいける―「す」の未然形に「さしまい」がついたもの。画中詞第二段注13参照。

25　人からう―「人からん（む）」の転。「人からん」は「人にかあらむ」の転か。〈伊東『藤の衣』〉第四章、1「〈詞〉と〈絵〉の語彙・語法の比較」参照。

26　ゆらめかしまうたが―「ゆらめかしまうたるが」の転か。「ゆらめく」の未然形に尊敬の「しまう」が接続したものか。京人の、ゆらゆらとゆったりふるまっていらした姿に心ひかれて、という文脈かと解したが、わかりにくい。画中詞第二段注13参照。

27　恋しいぞや―「恋しき」の転。画中詞第一段注20参照。

28　上下―底本でも「上下」。読みは「かみしも」で、上衣と袴をさすと解した。「上下」とは、平安時代から室町時代にかけて、狩衣・水干・直垂・素襖などの上着と袴とが同じ布地でできているものをさす。近世の武家の礼服で、同じ布地の肩衣と袴を紋付の衣の上に着るものとは異なる。なお、「上下」は、身分の上位と下位をさすともとれるか。

29　大名―時代によってさし示すものが異なるが、ここでは名田を多く領有する地方豪族をさすものと思われる。詞書第三段注六参照。

30　腕首取て―底本では「うてくひとて」。「とて」は、「とりて」の促音便「とって」の「っ」の無表記あるいは脱落。「腕首取る」は、へつらう、追従する、の意。

31　似ぬそた―底本「にぬそた」。文意がとりにくい。

○第三段

・詞書（J詞3）

一　浮きたる恋―参考「玉津島ふかき入江をこぐ舟のうきたる恋も我はするかな」（後撰集・恋三・七六八・くろぬし）。この歌は『古今六帖』にも見える。本絵巻では、小端舟に乗って客を迎えるというあそびの生活を重ねているものと思われる。参考「あそびの好むもの　雑芸鼓《つづみ》　小《こ》端舟《はしぶね》　おほがさかざし艫取女《ともとりめ》　男の愛祈る百大夫」（『梁塵秘抄』・雑八十六首・三八〇）。

二　ありし十六夜―底本では「ありしいさよひ」。若き人1と幸寿2が一夜を過ごした日をさす。なお、若き人ら一行があそびの宿を訪れたのが、十六夜であったとする記述は第一段には見えないが、第七段の詞書にも「かの十六夜のかげに見し」（三八頁）とある。詞書第七段注九参照。なお、「いさよひ」は、後に「いざよひ」と濁音となるが、その時期については、鎌倉時代以後とも室町時代以後とも諸説あるため、清音のままとしておく。

三　行方も知らず果てもなき—引歌「わが恋はゆくへもしらずはてもなし逢ふを限りと思ふばかりぞ」（古今集・恋二・六一一・みつね）による。『古今六帖』『和漢朗詠集』にも見える。なお、この引歌は第七段の詞書にも見える。詞書第七段注三参照。

四　言ひ出づるも—「も」は、底本では「を」に見セ消チが付され並記されている。

五　また人を見むまでは、思ひ出でなむや—若き人1（『山伏』）が語った言葉。幸寿により回想されている。第三段の詞書にも、「また人を見むまでは忘るなよ」（二二頁）と、ほぼ同じ内容の若き人の発言がくり返し回想されている。「また人」は、別の人（別の男性）の意。あそびである幸寿は、いずれ宿を訪れた別の男性と一夜をともにするであろうが、せめて別の男性と一夜を過ごすことになるまでの間だけでも私のことを思い出して、忘れないでいてほしい、と若き人が語りかけたものと解した。参考「また人に契ると聞かぬほどまでは忘られながらなほぞ頼みし」（続門葉和歌集〈一三〇五年成立〉・巻七・恋歌・五三三・題知らず・権律師頼験）、「また人になれける袖の移り香をわが身にしめてうらみつるかな」（源氏物語・宿木巻）。

六　みどりの眉墨—緑黛（リョクタイ）のこと。緑色、または青色系の眉墨をさす。青黒い眉墨とも。あるいは、緑髪（リョクハツ）、緑鬢（リョクビン）などの用法と同様に、「みどり」はつややかな漆黒の色をあらわし、「眉墨」も、眉墨で描いた「眉」そのものをあらわすか。

七　容飾—底本では「ゑふせく」の「せ」に見セ消チが付され「しよ」と並記。顔かたちの意の「容色」とも考えられるが、化粧をすることを意味する「容飾」と解した。

八　また人を見むまでは忘るなよ—詞書第三段注五参照。

九　涙—底本では「なんた」の「ん」に見セ消チが付され「み」が並記。

一〇　のみ—底本では「の」は「な」の上に重ネ書キ。

一一　あそび—「あそび」は、女性をさすのではなく、ここでは「あそび」と呼ばれる女性たちの行なう仕事をさしていると解した。具体的には、宴席に出て朗詠や今様をうたったり楽器を演奏すること、また宿を訪れた男性と一夜をともにすることなどをさす。

一二　忘られがたき—底本では「わすられかたき」。かつての翻刻〈伊東『藤の衣』〉では「わすれかたき」としていたが、「す」と「れ」の間で筆が動いていると判断し改めた。「忘られ」は四段活用「忘る」の未然形に助動詞「る」（可能の意）の連用形がついた形。「忘る」は、四段活用から平安時代には下二段活用となるが、四段活用も助動詞「る」を伴う形で平安時代以後も用いられた。『例解古語辞典』等参照。なお、本絵巻の第三段詞書には「わすれかたく」と下二段活用の例も見えるが、第五段詞書（J詞5）の冒頭では「わすられがたき」とあり、四段・下二段がともに見える。「忘れがたき」に比べて「忘られがたき」のほうが、忘れようと思っても忘れることができない、という思いが強くなると思われる。

一三　思ひに―底本では「思に」。「思に」の「に」は、「の」の上に重ネ書キ。

一四　播磨の国の小坂殿―底本では「はりまの国のおさか殿」。「小坂」の「小」は、「小暗《をぐら》し」などの「小《を》」と同類であろう。歴史的仮名遣いは「をさか」。ちなみに、たとえば底本の「おかし」「おりふし」も、歴史的仮名遣いでは「をかし」「をりふし」である。なお、「播磨の国の小坂殿」について、具体的なことは未詳。

一五　とよ―文末について感動の意をあらわすと解した。「ということだよ」と解する余地もあるか。なお、感動の意をあらわす「とよ」は、本絵巻の画中詞に散見する。画中詞第三段注21他参照。

一六　大名―時代によってさし示すものが異なるが、ここでは平安時代後期から鎌倉時代にかけて、名田を多く領有する地方豪族で、家子・郎党などを養うもののこと。『岩波古語辞典』等による。

一七　美女―底本では「ひてう」。「びんでう」の撥音便「ん」の無表記か。本絵巻では、ここに一例認められるのみ。この語は、他の作品においても用例数が少ないうえ、「美女」をさすとするもの、「便女」として雑用をする女をさすとするものなど、解釈が大きく異なる。『平家物語』には二例認められるが、巻第四「還御」の例「文も（ツ）たる便女がまい（ツ）て」（日本古典文学大系『平家物語　上』二七六頁）では「美女をビンジョと発音したための当て字か」と頭注があり、巻第九「木曽最期」の例「木曽殿は信濃より、ともゑ・山吹とて、二人の便女を具せられたり」（同『平家物語　下』一七六頁）でも同様の頭注「美女をビンジョと発音したために便女の字を当てたものか」に加えて、「延慶本は美女、熱田本は便女」と付記されている。『梁塵秘抄』（岩波文庫・六三頁）にも、「美女（びんでう）うち見れば　一本葛ともなりなばやとぞ思ふ　本より末まで縒られればや　斬るとも刻むとも　離れ難きはわが宿世」（雑八十六首・三四二）の例がみえ、「美女」と解している。小西甚一氏『梁塵秘抄考』（三省堂、一九四一年、四五三頁）でも「びんでう」は「美女」をこのように発音したものだろうと解し、室町時代歌謡に「飛驒」を「ひんだ」、「枝」を「えんだ」とする例を指摘している。一方、『中務内侍日記』「便女（びんでう）雑仕、車の前に立つ」（新日本古典文学大系『中世日記紀行集』二五九頁）では、「便女・雑仕」について「共に、雑役に従う下級の女官」とする注記がある。『とはずがたり』にも五節の舞の帳台の試みの場面で「ひてう・雑仕が景気など、残るなく、露台の乱舞、御前の召し、面白くとも言ふばかりなかりしを」（新潮日本古典集成・一二六頁）の例がみえ、仮名表記のままとなっているが、頭注では「ひてう」は、「びんぢょ」（便女、雑用をする女）の転「ひでう」か、とし、「雑仕」は雑役に従事する者、と記している。

本絵巻では、あそびの宿を訪れた播磨国の大名一行が、長者に対して、「ひてう」たちをすぐに座に出せ、と言っている文脈中に見出せる語で、長者はこの大名一行の言葉を引用して、幸寿に対して座に着くようにと促していることから、「ひてうたち」はあそびたちをさすと考えるのが自然ではないかと推定した。以上の理由により、あそびたちをさす語として、「美女たち」と解しておくが、あるいは宴席の準備のための召使の女性たちをさすと解する余地もなくはない。

一八 ただにもあらずなりにけり—妊娠をあらわす常套的表現。

一九 いと黒うなりにけり—乳房の先が黒味をおびることによって妊娠を知る、あるいは確認するという表現は、本絵巻に限らず平安後期から鎌倉時代の物語の五作品に七例みられるが、いずれも正式な夫婦関係にない女性たちの、望まれない妊娠の徴候として用いられている。詳しくは、〈伊東『藤の衣』〉第六章、2「妊娠の徴候—いと黒うなりにけり」参照。

二〇 ことなれば—底本では「は」は、「と」の上に重ネ書キ。

二一 さかさかしく思ひ咎むるも—文意がとりにくい。幸寿が、自身の妊娠に気がつかず、体調が思わしくないのをあやしんで、利口ぶってあれこれと原因を考えていたことをさすか、と解した。

二二 しほしほと—泣く様をあらわす語。画中詞では他に「しうしう」「しくしく」の例が認められる。画中詞第七段注16・19、第十七段注11参照。

・画中詞（J絵3）

1 返らしまう—「返る」の未然形に尊敬の意をあらわす「しまう」がついたもの。画中詞第二段注13参照。

2 なり—四段活用「なる」の連用形。ここは中世の用法で、「飲む」「食う」の尊敬語。『例解古語辞典』等参照。

3 うば—底本では「うは」。第三段J絵3にのみ登場する人物。J絵3には糸を紡ぐ老女が描かれており、「うば」はこの女性をさす語と推定される。「うば」には、老女（姥）の意と、祖母の意がある。画中詞によると、この女性はあそびたちと親しく、生活をともにしていると考えられることから、「祖母《うば》」の意の可能性もあると思われるが、あそびたちとの関係は明確とは言えないため、底本のとおり仮名表記のままとした。

4 涙をおさへて思ひつづく—幸寿の行為を示す。

5 御前—底本では「こせ」。「ごぜん」の約。「御前」は女性の名前の下につける敬称。本絵巻では、「ごぜん」「ごぜ」ともに、あそびたちの名称につけた例が散見する。

6 やらん—画中詞第一段注27参照。

7 わします—「おはします」が変化した語で、いらっしゃるの意。「わします」の語は鎌倉時代の語源辞書『名言記』に見えるが、他には用例が見られないという。出雲朝子氏「『藤の衣物語絵巻』の画中詞について」（『中世王朝物語全集1 栞・第5号、一九九九年一〇月』）参照。

8 始めらう—「め」は判読しにくい。「らう」は「らん」の転と思われるが、「はじめらん」は文法的な説明が難しい。

9 着かい給ふた折―底本では「つかいたまふたをり」。「つかせたまひたるをり」の転。「いたまふ」は尊敬の意をあらわす「せたまふ」の転で、上にくる語の活用の種類によって「させたまふ」が変化した「さいたまふ」となる場合もある。「いたまふ」「さいたまふ」という表現は、本絵巻の画中詞にのみ見出される表現であるが、画中詞のなかでも太政大臣家や宮中の人々は用いず、あそびたち、あるいはあそびたちと生活をともにする人々（長者やうばなど）に限定して用いられており、鄙びたブロークンな表現と推定される。画中詞第三段注15、および〈伊東『藤の衣』〉第四章、２「〈絵〉の語彙・語法―あそびたちの用法」参照。

10 出さい給はで―底本では「てさい給はて」。わかりにくいが、「出させ給はで」の転と解した。画中詞第三段注9参照。「でさせ」は「いでさせ」の約。『岩波古語辞典』参照。

11 ううう―底本では「うゝゝ」。困惑した時に発する声か。

12 恋をせさしまう―「恋をす」の未然形に尊敬の意をあらわす「さしまう」がついたもの。画中詞第二段注13参照。

13 あれがいに―『時代別国語大辞典　室町時代編』（三省堂）にみえる「これがいに」（このように、の意）と同様に、あのように、の意と解される。出雲朝子氏「『藤の衣物語絵巻』の画中詞について」（『中世王朝物語全集1　栞・第5号、一九九九年十月』）参照。なお、第三段・画中詞一の長者の会話文では、「あれがやうに」（二六頁）の例が見え参考になる。長者の言葉は、宿を訪れた大名一行に対するもの。一方、「あれがい」は、あそびの宿の侍女とおぼしき「としこそ」が、「うば」に話しかけているものであり、あそびの宿で生活をともにする人々の間で交わされることから、鄙びたブロークンな表現といえようか。また、第五段の画中詞又六でも、あそびの仲間に対する幸寿の会話文に「あれがい」（三四頁）の例が見える。第十段の画中詞九の按察殿（太政大臣家の女房）の会話文では「あれがやうに」（六〇頁）となっている。画中詞第五段注49参照。

14 ならいで―「飲む」「食ふ」の意の尊敬語「なる」の未然形に、「…ないで」「…ずに」の意をあらわす助詞「いで」が接続。尊敬語「なる」は中世の用法であり、助詞「いで」は室町時代にあらわれたという。『全訳古語辞典』『岩波古語辞典』参照。「なる」については、画中詞第三段注2参照。

15 ゑづか給ふ―四段活用動詞「ゑづく」（嘔吐する、の意）の未然形に、尊敬の意をあらわす「せたまふ」が接続し、さらに「せ」が脱落した形。上接する語の活用の種類によって、「させたまふ」の「せ」が脱落して「さたまふ」となった例もみえる。「せたまふ」「させたまふ」の「せ」が脱落した形は、「せ」が音便化した「いたまふ」「さいたまふ」とともに本絵巻の画中詞にのみ見出されるものである。なお、「せ」の脱落と解するよりも、音便化した「い」の脱落と考えたほうが自然か。

さらに、こうした表現は、画中詞のなかでも太政大臣家や宮中の人々は用いず、あそびたち、あるいはあそびたちと生活をともにする人々（長者やうばなど）に限定されて用いられており、鄙びたブロークンな表現と推定される。画中詞第三段注9、および〈伊東『藤の衣』〉第四章、2「〈絵〉の語彙・語法—あそびたちの用法」参照。

16　とよ—文末について感動の意をあらわすと解した。「というこ とだよ」と解する余地もあるか。詞書第三段注一五、画中詞第三段注21参照。

17　いまし—「ま」の字形には少々疑問があり、判読しにくい。「いまし」は、「あり」「行く」「来」の尊敬語「います」の名詞形。目前においでになる者の意で、対称（あなた、おまえ）の代名詞。ここでは、「いまし」が誰をさすのかはっきりしないが、あそびの宿を訪れた播磨国小坂殿一行をさすものと考えておく。

18　食ひ物—底本では「くひに物」の「に」に見セ消チ。

19　やな—文末に用い、感動の意を表わす助詞。『岩波古語辞典』参照。

20　のぞか給へ—「のぞかせ給へ」から「せ」が脱落したもの。画中詞第三段注15参照。

21　とよ—多く文末に用いて感動の意をあらわす。中世になって活発に用いられるようになった。伝聞の意は含まない。『例解古語辞典』等参照。詞書第三段注一五参照。

22　恋、ううう、なに恋ふぞ。いせ恋がものならねば、をとめが喜びな。身ぞ疲れうずる—底本では「恋うゝゝなに恋そいせ恋かものならねはおとめかよろこひな身そつかれうする」。「うば」の発言のなかにあるが、歌謡の一節を口ずさんだものか。意味がとりにくい。「いせ恋」は「えせ恋」の転か。「えせ」は、にせもの、まやかしもの、の意。

23　疲れうずる—「疲れむとする」の転「疲れむ（ん）ずる」がさらに転じたもの。「うずる」の語は『平家物語』から見られるが、室町時代の「抄物」「狂言」「キリシタン資料」等にも多数見出される。画中詞にのみ認められる語。〈伊東『藤の衣』〉第四章、1「〈詞〉と〈絵〉の語彙・語法の比較」参照。

24　恋ひさ給ふ—底本では「恋さ給」。「恋ひさせ給ふ」から「せ」が脱落したもの。画中詞第三段注15参照。

25　いさう—相手の言葉に対して、否定的な応答をする時に使う「いさ」「いさや」の転であろう。

26　やらう—画中詞第二段注8参照。

27　御前たち—底本では「こせたち」。あそびたちをさす。画中詞第三段注5参照。

28　おせごたれ—もとの形は「おほせごとあれ」で、「おほせごたれ」「おせごたれ」と変化したもの。画中詞五段注37、第六段注28参照。従来文献に見出されていない語という。出雲朝子氏「『藤の衣物語絵巻』の画中詞について」（『中世王朝物語全集1　栞・第5号、一九九九年十月』）参照。

29　人が言はばや—「ばや」は中世語特有の用法で打消の意をあらわす。他の誰が言ったりしようか、他の人が言うのではない、の意。出雲朝子氏「『藤の衣物語絵巻』の画中詞について」（『中世王朝物語全集1　栞・第5号、一九九九年十月』）参照。

30　男児―第三段J絵3には、椀と箸を持った男児が描かれているが、この男児が誰であるのかは画中詞にも記されておらず不明。あそびたちの宿で生活をともにしていると思われる。

31　おれ―底本では「をれ」。画中詞第二段注15参照。

32　くれい―下二段活用の命令形「くれよ」の転か。

33　えい―画中詞第一段注31参照。

34　傾城―遊女の意であろう。「傾城」の用例は画中詞にみえるのみ。画中詞第一段注29参照。

35　御館―底本では「みたち」。画中の人物の呼称として記されたもの。国府の官庁や領主の邸宅を敬っていう語。その館の主人である国司や領主をさしていうこともある。ここでは播磨国の小坂殿をさす。

36　さう―丁寧の意をあらわす「候ふ」の転であろう。

37　五文字つぶりたへてさうものを―底本では「五もしつふりたへてさうものを」とあるが文意が不明。「五文字」は、文字詞と思われるが、何をさすのかは不明。

38　さう―画中詞第三段注36参照。

39　きへたり、きへたり―底本では「きへたり〱」。文意不明。

40　一声―底本では「一せい」。歌謡などの、ひとこえ、ひとふしをさすか。『岩波古語辞典』等参照。

41　候はむ―底本では「さふらはむ」。本絵巻の画中詞では「候ふ」の略字が用いられ、活用語尾が省略されることも少なくない。この例のように底本にて仮名書きの場合は、ルビを付して示すことにした。詞書はすべて仮名書きであり、伺候する、の意で用いられているため、仮名表記のままとした。

42　我々―底本では「我〱」。「我々」は画中詞にのみ認められる語。男性女性を問わず、複数にも単数にも用いる自称の代名詞。単数の場合は、あえて複数表現をすることで、自己主張や自己顕示の印象を緩和し、謙遜の気持ちをこめて用いるという。ただし、複数か単数かの区別はかならずしも分明でない。『角川古語大辞典』等参照。なお、〈伊東『藤の衣』〉第四章、2「〈絵〉の語彙・語法―あそびたちの用法」を参照されたい。画中詞第八段注6・第十五段注12参照。

43　我ら―底本では「われら」。〈伊東『藤の衣』〉では「われ〱」と読んでいたが改めた。

44　新鋭景気―底本では「新ゑいけいき」。

45　□ん寿―底本では「□んしゆ」。第三段J絵3の図様では、あそびの髪と重なり一文字分が判読できない。「まんしゆ」（万寿）か。

46　きうきう―笑い声。画中詞第一段注17参照。

47　供御、候ふ―底本は「くこゝ」とも読めるが、判読しにくい。「ゝ」を「候」の略字と解してみた。あるいは、「くゝゝ」と読み、笑い声ととることもできるか。「供御」は、天皇の食事を言い、後に将軍・貴人の食事をも言ったが、室町時代になると、特定の人物の場合に限らず、飲食物、なかでも米飯を上品に言う言葉として用いられたという。J絵3の図様によると、あそびがひしゃく（柄勺）を手にしており、飲み物をすすめている場面のようでもある。『例解古語辞典』等参照。

48 はあ―笑い声か。参考「家の軒にあまたこゐして、はあとわらひて」（日本古典文学大系『古今著聞集』巻十七、六〇五段、四六八頁）。

49 忘れたあ―「たあ」は、「たり」の活用語尾「る」か「り」が脱落し、「た」となり、「た」の母音をのばして発音したものか。

50 これあ―「これは」の転か、「これ」のくだけた言い方か。

51 もたいない―底本は「もたいなひ」。「もったいなき」の転。形容詞の口語形。画中詞第一段注24参照。

52 何まれ―底本では「なにまれ」。「とまれかくまれ」に類似した語構成であり「なにともあれ」の転か。何であっても、の意か。

53 教へたべ。申さうなあ―底本は「をしへたへまうさうなあ」。文意がとりにくい。「たべ」は尊敬の意をあらわす「給ふ」の命令形「たまへ」の転、「まうさう」は「申さむ」の転、「なあ」は終助詞「な」の母音をのばして発音したものか、と解した。

54 □ん寿《しゅ》―画中詞第三段注45参照。

55 御館《みたち》―画中詞第三段注35参照。

56 五藤大―底本では「五とう大」。播磨国の小坂殿（御館）の従者とおぼしき男の呼称。画中詞に見えるのみの人物。『漢字源』（学研教育出版）の「大」の項によると、「親類じゅうの同世代の者や兄弟の中で、いちばん上の者をあらわすことば。たとえば「董大（トウダイ）」は董氏兄弟のいちばん上の者のこと。二番め以下は二、三…をつけて呼ぶ」とされる。ここでも、五藤氏兄弟のいちばん上の者のことをさす呼称と解しておくが、さらに検討したい。

○第四段

・詞書（J詞4）

一 うち泣かるる―連体形終止。なお、本絵巻では、詞書、画中詞ともに連体形終止が散見する。

二 母―底本では「はゝ」。幸寿の母である長者をさすと解したが、女児の母にあたる幸寿をさすと考える余地もあるか。ただし、長者と幸寿に血縁関係があるのかどうかは不明。詞書第一段注三参照。

三 琴の師―あそびたちに琴を教えるため、「琴の師」が都から時々立ち寄っていたという記述は、当時の文化交流をうかがううえで興味深い。

四 いかでかなむ―「なむ」は係助詞で、「たてまつるべき」などといった文が省略された形。

・画中詞（J絵2）

1　如法―画中詞にのみ見える語。副詞として用いられ、まったく、文字通り、もとより、たいそうなどの意をあらわす。『とはずがたり』にも多用されている。出雲朝子氏「『藤の衣物語絵巻』の画中詞について」（『中世王朝物語全集1栞・第五号、一九九九年十月』）参照。

2　子ども―底本では「ことも」。「こ」は「か」とも読めるか。

3　かたじけない―「かたじけなき」の転。形容詞の口語形。画中詞第一段注20参照。

4　させ給ひ候ひて―底本では「させ給候て」。「給候て」はかつての翻刻〈伊東『藤の衣』〉では「給そ」と読んでいたが、「そ」を、「候」の略字「、」と、「て」の二文字と判断し改めた。

5　わらは―画中詞にのみ見える語。画中詞のなかでも、太政大臣家や宮中の女房たち、およびあそびの宿の長者、あそび・菊寿が用いている。菊寿は、あそびの仲間同士では「おれ（底本では「をれ」）」、太政大臣家に仕える男性に対しては「わらは」を用いるというように使い分けており、「おれ」がくつろいだ表現であるのに比べ、「わらは」は改まった表現と言えよう。画中詞第二段注15参照。〈伊東『藤の衣』〉第四章、2「〈絵〉の語彙・語法―あそびたちの用法」参照。

6　上臈と黄金とは―ことわざであろうが未詳。「黄金《こがね》と侍《さむらい》は（侍と黄金は）朽ちても朽ちぬ」（黄金と武士の名誉は永久に朽ちることがない）ということわざに類するか。上臈（高貴な身分、家柄）も黄金と同じく、その価値は朽ちることなく不変だという意味か。画中詞第五段注34参照。

7　あられぬべくも候はで―底本では「あられぬへくも候はて」。文意がとりにくい。「あり」の未然形に可能の助動詞「る」の連用形、さらに強意の助動詞「ぬ」の終止形に推量の助動詞「べし」の連用形がついた形。「で」は、未然形について打ち消しの意をあらわすと解した。

8　兵庫の寺―底本では「兵このてら」。「兵庫」は摂津国。港があり栄えた。第五段の画中詞にも「兵庫の御寺」が見える。画中詞第五段注6参照。

9　女房―平安時代には宮仕えの女性をさしたが、ここは「妻」の意。中世以後の用法という。『例解古語辞典』参照。なお、本絵巻では、「女房」の例は他に画中詞のなかに二例見えるが、用法はそれぞれ異なっている。画中詞第五段注18、第七段注20参照。

10　堅固―底本では「けんこ」。副詞で、まったく、の意。

11　枉惑―底本では「わわく」。うそ、でたらめ、を意味する「枉惑（わうわく）」のこと。

12　そゑに―底本では「そへに」。「そ（其）ゆゑ（故）に」の約。それゆゑに、の意。

13　思ひつきなかげ―文意がとりにくい。「思ひつきなかるげ」あるいは「思ひつきなかりげ」の転か。何の手がかりも思いつかないといった様子、という意か。

14　あらうずらめ―「あらむとすらめ」の転「あらむ（ん）ず

らめ」がさらに転じたもの。画中詞第三段注23参照。

15 なほら給はんずらん―「なほらせ給はむとすらむ」の転。「せ給はむ」の「せ」の脱落。画中詞第三段注15参照。

16 いしい―「いしき」の転。形容詞の口語形。画中詞第一段注20参照。

17 おれ―画中詞第二段注15参照。

18 なう―画中詞第一段注1参照。

19 まじい―打消推量の助動詞「まじ」の連体形「まじき」の口語形。第四段・画中詞六の「乙寿」の会話文中にも見える。太政大臣家の女房や宮中の女房たちとともにいる男性は「まじい」ではなく、「まじき」を用いている。出雲朝子氏「『藤の衣物語絵巻』の画中詞について」(『中世王朝物語全集1栞・第5号、一九九九年十月』)参照。

20 かう―疑問の終助詞「か」の転か。底本の画中詞のなかに散見する。

21 いらい給ひた時―底本では「いらいたまひた時」。「いらせ給ひたる時」の転。画中詞第三段注9参照。

22 はは―底本では「はゝ」。「はあ」というように、「は」の音を長く伸ばして発音していることをあらわすとも考えられるか。画中詞第二段注2参照。

23 つぼさ―形容詞「つぼし」の名詞形。かわいらしさの意。

24 三月―底本では「さんかち」。わかりにくいが、「三か月」をあらわす語と解しておく。なお、愛知県知多郡南知多町大井に、「三ヶ月(さんがち)」「三月平(さんがちびらい)」という地名があるという。

25 うう。や―「うう」は直前の会話文を受け、承諾の意をあらわす声。「や」は、呼びかけの意をあらわす声と推定した。

26 なあたらい給ひそ―「なあたらせ給ひそ」の転。画中詞第三段注9参照。

27 そば―底本では「そは」。〈伊東『藤の衣』〉の翻刻では「そい」とあるが改めた。傍らの意の「そば」の例として、『岩波古語辞典』では室町時代の抄物等があげられている。

28 ならせ―「飲む」「食ふ」の尊敬語「なる」の未然形に、使役の助動詞「す」の連用形がついた形。画中詞第三段注2・14参照。

29 もして、きせまゐらせうよ―文意不明。「きせまゐらせうよ」は「きせまゐらせむよ」の転であろう。「きせ」は「着せ」か。

30 都の古宮仕へ人―底本では「宮このふるみやつかへ人」。

31 長寿―底本では「長しゆ」。ただし、長者をさすことは明らか。第一段の詞書で長者はあそびたちを「むすめ」と呼び、第四段の画中詞であそびたち(菊寿)は、彼女(長しゆ)を「母御前」と呼んでおり呼応すること、さらに第一・三・四・五・六・七・八段の絵に描かれた長者は、いずれも束髪・縮れ髪(第一段のみ束髪ではあるものの、縮れ髪とは分明でない)という特徴ある姿となっており、この第四段の絵に描かれた「長しゆ」と記された人物もこうした長者の特徴と一致することから、「長しゆ」は「長しや」と同一人物をさすと推定される。ちなみに、画中詞として書き込まれている長者の呼称は、第一段「長さ」、第四段「長しゅ」、第五段「長しや・ちやうしゆ」となっており、「長しや」と「長しゆ」が併用されている。詞書ではすべて「ちやうさ」。「長しゆ」は「長しや」の誤写かとも考えたが、『長秋記』元永二年（一一一九）九月三日の条に神崎のあそびたちの様子が描かれているなかに、「金寿　長者」とあり、金寿という呼称の長者の存在が確認できるため、ここでも長寿という名称の長者と推定しておく。『増補資料大成　長秋記一』（臨川書院）一六〇頁参照。

○第五段

・詞書（J詞5）

一　忘られがたき―詞書第三段注三参照。

二　跡の白波をだに―引歌「世の中を何にたとへむあさぼらけこぎゆく舟の跡の白波」（拾遺集・哀傷・一三二七・題しらず・沙弥満誓）による。『和漢朗詠集』にも同じ歌が見える。なお、白波の跡がはかなく消えてしまって、舟の行方も知れない様子に、誰ともわからず、行方も知れない若き人への恋しい思いが重ねられているといえよう。

三　せめてとはかな―底本では、第五段の詞書の最後の行の末尾となっている。形容詞「はかなし」の語が途中で切れてしまい、文脈も途絶えてしまっており、この行で詞書が切断されてしまったことが明らかである。

・画中詞（J絵5）

1　下らい給ひたか―底本では「くたらい給たか」。「くだらせ給ひたるか」の転。画中詞第三段注9参照。

2　わたらい給ひけるぞ―底本では「わたらい給けるそ」。「わたらせ給ひけるぞ」の転。画中詞第三段注9参照。

3　美しい―「うつくしき」の転。形容詞の口語形。画中詞第一段注20参照。

4　通ら給ひ候ひけるを―底本では「とをら給候けるを」。「とほらせ給ひ候ひけるを」の「せ給ひ」から「せ」が脱落したもの。画中詞第三段注15参照。

5　候へば―画中詞第三段注41参照。

6　兵庫の御寺―底本では「兵この御てら」。画中詞第四段注8参照。

7　いしいし―画中詞のみ見える語。順を追って、次々に、等々、以下、などの意をあらわす。『とはずがたり』にも散見する。

8　あひまゐらせさ給ひたけるかう―底本では「あひまいらせさ給たけるかう」。「あひまゐらせさせ給ひたりけるかう」の転。「させ給ふ」の「せ」の脱落については、画中詞第三段注15参照。「かう」は画中詞第四段注20参照。

9　されあとて―「さればとて」の転か。

10　近づいたる―「ちかづきたる」の転。

11　見たてまつて―「見たてまつりて」の転。「見たてまつって」の促音便の無表記か。

12　やらう―「やらん」の転。画中詞第二段注8参照。

13　食べいで―「いで」は打消の意をあらわす助詞。画中詞第三段注14参照。

14　とよ―本絵巻の画中詞では、感動の意を表わす例が散見し、ここも同様か。伝聞と解する余地もあるか。画中詞第三段注21参照。

15　やらん―画中詞第一段注27参照。

16　ささと、舌ならす―長者の行為をあらわしたもの。驚きと共感の気持ちをあらわす。

17　力ないこと―「力なきこと」の転。形容詞の口語形。画中詞第一段注20参照。

18　女房―女性一般の意と解した。画中詞第四段注9、第七段注20参照。

19　あはれなこと―「あはれなること」の転。

20　ならうずる―「ならんとする」の転。「うずる」については画中詞第三段注23参照。

21　あるらうめ―「らうめ」は不審。助動詞「らむ」の已然形「らめ」の転か。

22　いかなける―「いかなりける」の転。

23　をわたり候ふ―「わたり」は「あり」の尊敬語であろう。「を」は、はっきりしないが、この四郎の会話文には「御わたり候ふ」の表現も見え（次の注24参照）、「を」も「御」の発音を表記したものか。画中詞第一段注8参照。

24　御わたり候ふやらん―画中詞第一段注8参照。

25　お土産―底本では「おみあけ」。『岩波古語辞典』ではミヤゲはミアゲの転という。

26　すずくり、二、三連づつ―底本では「すゝくり二三れんつゝ」。お土産の品物と推定されるが、「すすくり」が何であるのかは未詳。かりに、栗を、輪になった糸のようなものに通したもの、あるいは等間隔で結びつけたものかと考えた。なお、詞書によると、「去年のこのほどぞかし」と幸寿が若き人と出会ったのが一年前のこの時分（三月中旬）であったと回想しており、この場面の季節は春と推定されるため、栗だとすると、干した栗か。

27　見えさい給はねば―底本では「みえさいたまはねは」。「さい給はねば」は「させ給はねば」の転。画中詞第三段注9参照。

28　十一―底本では「十二」のようにも見えるが、他に「十二」はないため「十一」とみなした。

29　はれて―文意不明。「思はれて」とありたいところか。

30　みたりともおぼえぬ草木―文意がわかりにくい。「見たり」として、結婚して新しい生命が誕生するというわけでもない草木でも、はっきりとした種子があってはじめて新しい命が芽生える。それに比べて、父にあたる男性が誰とも知れず、はかない一夜の逢瀬でしかなかったのに、女児が誕生したことの不思議さを、幸寿が思いめぐらした文脈と解しておく。

31　とよ―画中詞第三段注21参照。

32　まゐす―底本では「まいす」。本絵巻の画中詞では「まいらす」「まいらせ候」は草書で書かれており、草書の字形のどの箇所がどの文字と対応するのか判別しにくくはあるものの、ここでは「ら」が読み取りにくいため「まいす」としておく。「まゐす」は「まゐらす」の転でサ変活用。『岩波古語辞典』参照。

33　ならふずる―「ならむとする」の転。「ふずる」は、他の例では「うずる」と表記。画中詞第三段注23参照。

34　上臈と黄金と―ことわざであろうが未詳。第四段の画中詞でも、女児の乳母役として招かれた都の古宮仕え人（尼君）が、このことわざを口にしている。画中詞第四段注6参照。

35　ふたいの母御前―「ふたい」の意味がはっきりしない。

36　昵懇―底本では「ちこん」。ねんごろに、親密に、の意と解しておく。

37　おせごたれば―「おほせごとあれば」の転。画中詞第三段注28参照。

38　とこ御寮―底本では「とこ御れう」。「とこ」の意味がはっきりしない。「御寮」は、貴人またはその子女の敬称。本絵巻では「御寮《れう》」は四例（第四段1例、第五段2例、第六段1例）認められるが、いずれも画中詞の例であり、幸寿と若き人（太政大臣の子息）との間の女児をさすと思われる。なお、他に「御父《てて》御寮《れう》」（第九段。五四頁）「姫御寮《れう》」（第十段。六〇頁）の例がある。

39　あやさこせうふしに―文意不明。

40　おほせごたる―「おほせごとある」の転。画中詞第三段注28・第五段注37参照。

41　よう―「やう」の転か。画中詞第六段注14参照。

42　ほほう　ほほう―底本では「ほゝう〳〵」。和歌を口ずさむに際しての、はやし言葉のようなものであろう。

43　心から浮きたる舟に　や　乗りそめて　夜な夜な波にぬれぬ日ぞなきや　なきや―引歌「心からうきたる舟にのりそめてひと日も波にぬれぬ日ぞなき」（後撰集・恋三・七七九・をとこのけしきやうやうつらげに見えければ　小町）による。この歌は『古今六帖』『小町集』にも見える。また、『住吉物語』（藤井本）では「かくしつつ河尻を過ぐれば、あそびものどもあまた舟につきて、心からうきたる舟にのりそめてひとひも波にぬれぬ日ぞなき、などうたひて、淀までぞ着きにける」（『鎌倉時代物語集成』第四巻、一八七頁。一部表記を改めた）と、「あそび」が歌ったものとしてこの小町歌が見え、注目される。ただし、小町歌の「ひと日も」が、本絵巻では「夜な夜な」。「や」は、はやし言葉のようなものであろう。五句目以降、底本では「ぬれぬ日そなきや〳〵」。「なきや」をくり返したものと推定したが、検討の余地があるか。

44　聞かい給へや―「聞かせ給へや」の転。画中第三段注9参照。

45　あはれなことよ―「あはれなることよ」の転。

46　四郎殿―底本では「四らう殿」。「四ら殿」とも見える。

47　おしやる―「おほせある」の転。

48　とよ—画中詞第三段注21参照。

49　あれがい—幸寿の会話文中に見えるもので、相手は同じあそびの仲間の万寿である。鄙びたブロークンな言葉といえようか。画中詞第三段注13参照。

50　まれならばや—文意がはっきりしないが、郡司の一人娘が出家をしたように自分（幸寿）も出家したいと思うが、といった内容か。「まれ(稀)」の意で、めったにない状態（若くして出家をすること）でいたい、という意か。「まれ」は「まね（真似）」の転とも思えるか。画中詞第六段注20参照。

51　長者・長寿—底本では「長しや・ちやうしゆ」。「長しゆ」は長者の称と推定される。画中詞第四段注31参照。

○ 第六段

・詞書（J詞6）

一　思ひ寄らざりしゆきぶりの袖のにほひの、あやしく忘れがたきは—引歌「たまぼこのみちゆきぶりにおもはずにいもにあひみてこふる比かも」（古今六帖・二八五三）、「たまぼこのみちゆきぶりに思はずよいもをあひみてのちこひんかも」（古今六帖・三〇九二）。「ゆきぶり」は通りすがりの意。なほ、この第六段の冒頭の内容は、現在伝わる『藤の衣物語絵巻』には見えないが、本来『藤の衣物語』に語られていたある出来事を踏まえたものかと思われる。その踏まえられた出来事の内容がはっきりしないため、文意がわかりにくい。「若き人」1を恋しく思う幸寿が、通りすがりに出会っただけであるのに、袖の匂いが不思議なほど忘れがたい人について、かつて一夜をともにした「若き人」1ではないかと、思っているという文脈かと推定した。

二　おぼえぬ—底本では「おぼえぬに」の「に」に見セ消チ。

三　入日を洗ふ沖つ白波、はるばると凪ぎわたりて—引歌「なごの海の霞の間よりながむれば入る日をあらふ沖つ白浪」（新古今集・春上・三五・晩霞といふことをよめる　後徳大寺左大臣）による。「なごの海」には、地名とともに波が凪ぎわたっている意がかけられている。

四　朗詠—詞書第一段注九参照。

五　「沙羅や林樹の木のもとに　隠ると人に見えしかど」という今様—引歌「沙羅や林樹の木のもとに　帰ると人には見えしかど　霊鷲山の山の端に　月はのどけく照らすめり」（梁塵秘抄・雑法文歌五十首・一九一）による。第三句目「かへると」が、底本では「かくると」。「く」と「へ」は、誤写の可能性もある。歌意は、釈尊が入滅したと人には見えたけれど、亡くなったのではなく、月が地上を照らすように、今もみんなを照らし見守っている。釈尊の死をさす表現として「かくる」のほうが「かへる」よりわかりやすいか。

六　今様うたひて…絶え果てぬ—あそび・幸寿は、今様をうたいながら息絶え、空には紫の雲（詞書第六段注八参照）がかかり、幸寿が極楽往生したことが暗示されているが、この場面は、『宝物集』『十訓抄』に見える神崎の遊女・とねぐろの説話と重なる。遊女・とねぐろは、今様「我等はなにしに老

いにけん　思へばいとこそあはれなれ　今は西方極楽の　弥陀の誓を念ずべし」をうたいながら極楽往生を遂げたとされる。『宝物集』では、とねぐろは「年来色をこのみて、仏法の名字をしら」なかったと記される。仏法の名字とは、浄土教では「南無阿弥陀仏」の名号のこと。

ちなみに、『藤の衣物語絵巻』のこの詞書に対応する第六段の絵には、合掌する幸寿の姿が描かれているが、画中詞には、幸寿がうたったとされるこの今様は書き込まれておらず、その代わりでもあるかのように、「なむあみた仏〳〵」と書き込まれており、幸寿は「南無阿弥陀仏」の名号を唱えながら極楽往生したものとして描かれていることになる。詞書と画中詞のギャップが注目される。今様については、詞書第一段注10参照。

七　海のおもて―海の表面の意。「紫の雲」がどこに見えるのかはっきりしない。海面に映った紫の雲が、夕日が沈むままに色を変え、空の色も消えて行き、あたり一帯が暗くなって行くという情景を描いたものと解しておく。

八　紫の雲―紫雲（しうん）の訓読語。紫色の雲。中国では、神仙思想・道教思想において紫色が重んじられ、紫の雲が現れることは聖天子出現の祥瑞とされていた。中国・日本で浄土信仰がさかんになるなかで、極楽浄土には紫の雲がたなびき、念仏の行者の臨終の際に阿弥陀如来や菩薩たちが、紫の雲に乗って来迎すると信じられていた。紫の雲の記述は、幸寿の極楽往生を暗示している。『岩波仏教辞典』参照。画中詞第六段注2参照。

九　末の露におくるる長者が嘆き―引歌「末の露もとの雫や世の中のおくれ先立つためしなるらむ」（古今六帖・五九三）による。この歌は『和漢朗詠集』『遍昭集』『新古今集』にも見える。歌意は、末葉に置いた露と根もとにかかる雫が消えていく様子は、まるでこの世の中の人が、あとに残されたり、先に亡くなったりする例であるようだ、遅い早いといってもどれほどの違いもなく、いずれはみな消えていくさだめにあるものとして。「末の露におくるる長者が嘆き」とは、遅かれ早かれ、いずれは誰もが亡くなってしまうものと知りつつも、まだ年若い幸寿に先立たれてしまった長者の嘆きをさす。

・画中詞（J絵6）

1　男―第六段J絵6には、舟の上に立つ男が描かれているが、呼称も記されておらず、この男が誰であるのかは不明。

2　往生雲―紫雲、紫の雲と同じ。亡くなった人の極楽往生を暗示する雲のこと。第六段J絵6の右端上部には、往生雲（紫雲・紫の雲）を示すと推定される独特な形態の雲が描かれている。詞書第六段注八参照。

3　立たぞや―底本では「たたぞや」。「たちたるぞや」の転「たったぞや」の促音便の無表記。

4　拝めやらしめ―底本では「をかめやらしめ」。「拝めやる」は、はるか遠くの雲を拝むことと解した。「しめ」は、室町時代の狂言などの会話文に多用された語で、同輩や目下の者に命令する場合に用いた。尊敬の助動詞「しむ」の命令形（『岩波古語辞典』）とも、軽い尊敬をあらわす室町時代の口語「しまう」から転じた「しも」「しむ」の命令形（『例解古語辞典』）ともいう。画中詞第二段注13参照。

5　男児—第六段J絵6には舟のなかに後ろ姿の男児とおぼしき人物が描かれているが、名前も記されておらず、誰であるかは不明。あるいは、第三段の絵（J絵3）のなかの男児と同じか。画中詞第三段注30参照。

6　いかき—「いかし」は鋭く強い、激しい、の意をあらわす形容詞。太陽がはげしく光を放っているさまと解した。

7　を—感動や驚きをあらわす感動詞「をう」の転か。

8　あそびA—第六段J絵6には、あそびが五人描かれているが、名前が記されていないため、A〜Eを付し、それぞれ別の人物であることを示した。なお、あそびA・Bは海上の小舟の上におり、あそびC・D・Eは、あそびの宿の室内で、幸寿を囲んでいる。

9　やな—文末に用い、感動を表わす助詞。

10　紫雲—底本では「し雲」。詞書第六段注八、画中詞第六段注2参照。

11　南無阿弥陀仏、南無阿弥陀仏—底本では「なむあみた仏〳〵」。詞書第六段注六参照。

12　えい—画中詞第一段注31参照。

13　何でふかや—底本では「なむてうかや」。清濁ははっきりしないが、「なむでふ」としておく。「何といふことかや」の転。死を覚悟した幸寿の発言をさえぎり、いったい何ということを言うのか、の意。

14　やう—文末について詠嘆をあらわす助詞「や」の転か。あるいは、「幸寿御前」につづくものとして、人に呼びかけるときに発する語「や」の転か。画中詞第九段注25、第十三段注26、第十六段注7・15・16・25参照。

15　見あけさ給へ—底本では「みあけさたまへ」。「さたまへ」は「させたまへ」の「せ」が脱落した形。画中詞第三段注15参照。

16　ま一度—底本では「まいちと」。「ま」は「いま」の転。もう一度、の意。

17　言は給へや—底本では「いはたまへや」。「いはせたまへ」の「せ」が脱落した形。画中詞第三段注15参照。

18　わらは—画中詞第四段注5参照。

19　捨て候うちぞや—底本では「すて候うちそや」。「うち」は判読しにくいうえ、意味不明。

20　やきまれしてみばや、や—文意がとりにくい。赤木文庫蔵『雨若みこ（寛永写本）』（『室町時代物語大成』第二巻、三三頁）に、以下のような右大臣の姉娘が死去する箇所があり参考になるか。息絶えた姉娘に対して、もしや生き返ることもあろうかと、母親が娘の胸元にお灸をすえたところ（「御心もとにもぐさをすへてやきたまへば」）、娘は少し意識を取り戻し、「いまさらにやくとも何かあつからん常におもひにもゆるわが身を」という歌を最後の言葉として亡くなる。この例を参考にすると、『藤の衣物語絵巻』の画中詞では、息絶えた幸寿《かうじゅ》が、再び意識を取り戻してくれるかもしれないと、お灸をすえることをためしてみたいと、長者が提案しているのかと思われなくもないものの、「やきまれしてみばや」という言葉だけであるため、はっきりしない。「やきまれ」の「まれ」と、第五段の画中詞「まれならばや」（第五段注50参照）の「まれ」について、さらに検討すべきか。「みばや、や」の末尾の「や」は詠嘆の助詞と解した。

21 げにげに、とまで、かくて候ふや—底本では「けに〳〵とまてかくて候や」。文意がわかりにくい。幸寿の死を本当のことと思わざるをえないまで、こうして幸寿は目を閉じたまま動かないでいるのか、という意か。なお、「まて」は「さて」とも読めるか。

22 されば—驚きなどをあらわす文の中に用いて、それでは、いったい全体、の意。幸寿の突然の死に接し、いったい全体、どうなってしまったのか、という思い。画中詞第十二段注21、第十六段注20参照。

23 いういう—泣き声をあらわしたもの。画中詞第十二段注13参照。

24 せうずるや—料紙に損傷があり判読しにくいため、かつての翻刻〈伊東『藤の衣』〉では「□□するや」としていたが改めた。「せむとするや」の転。「うずる」については画中詞第三段注23参照。

25 心細いぞ—「心細きぞ」の転。形容詞の口語形。画中詞第一段注20参照。

26 とよ—画中詞第三段注21参照。

27 しまゐらせてたべ—「たべ」は「たまへ」の転か。

28 おせごたつる—底本では「をせこたつる」。「おせごたつる」は「おせごたりつる」の転。「おせごたる」は「おほせごとある」の変化したもの。画中詞第三段注28参照。

29 ナシ—画中（J絵6）に人物の呼称がまったく記されていないことを示す。

○ 第七段

・詞書（J詞7）

一 浦の苫屋—「浦」は海の湾曲した所、「苫屋」は屋根を苫で葺いた家のことで、水辺の粗末な家のこと。ここでは、あそびの宿をさす。

二 童、下仕へ—太政大臣邸では、子息の大将が五節の舞姫をさしだすことになり、その舞姫につき添う童女と下仕え選びが行われている様子が語られているが、そのなかに、長者とともに上京したあそびたち一行も加わっている。

後藤紀彦氏によると、「五節舞は、毎年十一月の五節会に天皇の前で舞姫が舞う行事で、大嘗会には五人の舞姫を公卿と国司が分担し、新嘗会には四人の舞姫を女御・公卿・殿上人・国司が分担して献ずる。さらに一人の舞姫には童女二人、下仕四人ほどを付するのが例で、その番に当たった公卿や国司は舞姫・童女・下仕を進献するには、容姿と歌舞・唱歌が巧みでなくてはならず、その人選に難渋した。平安時代末から鎌倉時代には、舞姫・童女には下級貴族の娘や侍女をもって充てたようであるが、下仕には多くの場合、江口・神崎の遊女を呼びよせて下見をして選び出して仕立てた」（週刊朝日百科『日本の歴史3中世Ⅰ　③遊女・傀儡子・白拍子』一九八六年四月）という。この後藤論文の記述は、『源家長日記』の建仁三年（一二〇三年）の条、藤原兼実による日記『玉葉』の承安元年（一一七一）の条に、下仕えとして江口・神崎のあそびが選ばれていたという記載により確認できる。『藤の衣物語絵巻』の第七段の、画中詞（J絵7）のなかに見える、あそび・乙寿に対する大夫殿（太政大臣家の女房）の会話「いかなる髪の美しさぞや。つくろひ所もなくて。裾はともかくもつくろひてん、額つきこそ大事、なに欠けたる所もなくて。わらはが養ひ君にあづかりて候ふぞよ。御覧じ知れ」は、詞書（J詞7）「童、下仕へ選びととのへさせ給へば……定まりぬるは、さるべき女房などあづかりて、眉つくり、髪なで、つくろはせいたはる」と呼応するものであり、乙寿が童女・下仕えのいずれかとして選ばれたことを推定させる。もっとも、『源家長日記』『玉葉』の記述を参照すると、乙寿も下仕えとして選ばれたものと考えるのがふさわしいだろう。また、『藤の衣物語絵巻』と、平安末期から鎌倉初期の『源家長日記』『玉葉』の記述が重なるということは、『藤の衣物語』の成立年代を考えるうえでも重要である。〈伊東『藤の衣』〉第四章、1、二九八～二九九頁参照。

なお、江口・神崎の遊女については、豊永聡美氏「中世における遊女の長者について」（『中世日本の諸相　下巻』吉川弘文館、一九八九年四月）が参考になる。

三　とも—わかりにくい。ある一団（一群）の人々の意か。ここでは、童女・下仕えの候補者として集まった人たちをさすと解した。あるいは、「をかしき（人）ども」の意か。

四　この—底本では「この」は補入。

五　孫—長者は、亡き幸寿の忘れ形見の女児を「むまご」と表現しているが、実際の血縁関係の有無は不明。詞書第一段注三、画中詞第四段注31参照。

六　思ひ給ふる—底本では「思ひ給うる」。「給ふる」は、下二段活用で謙譲の意をあらわすが、本絵巻では詞書にのみ認められる。下二段活用の「給ふ」は、平安時代に多用されたが鎌倉時代になると衰退に向かった。ただし、本絵巻を含め、鎌倉時代の『あさぢが露』『有明の別』などの物語に散見する。〈伊東『藤の衣』〉第四章、Ⅰ、三〇八～三〇九頁参照。詞書第九段注10、第十七段注二四、第十八段注八参照。

七　宮仕はせまほしく侍る—「宮仕ふ」という四段活用となっているが、平安時代までは「宮仕へす」という言い方をする。四段活用の例は、鎌倉時代の物語『石清水物語』『あまのかるも』にも用例が認められる。本絵巻第七段画中詞にも「宮仕ひ」（三九頁）の例が見える。画中詞第七段注13参照。

なお、「侍る」は底本では「侍」。ここは、長者の会話文中の一節で、上接の一文も「かなしく思ひ給ふる」と、連体形終止となっているため、ここも「侍る」と連体形と解しておく。詞書第四段注一参照。

八　そこはかと―「と」は「た」の上に重ネ書キ。

九　かの十六夜のかげに見し―あの十六夜の月光のもとで見た、の意。若き人[1]ら一行があそびの宿を訪れ、あそびと一夜をともにした日のことをさす。なお、その日が「十六夜」であったとする記述は第三段の詞書（二一頁）にも見える。詞書第三段注二参照。

一〇　御許気色せし人―底本では「をもときそくせし人」。「御許」は「御許人」の意で、貴人の側近く仕える者、近習の者とおぼしき人ということ。「御許気色せし人」が誰か名前は記されていないが、つづく詞書の本文では、左近蔵人の兄とされている。第一段の画中詞（J絵1）に名前の見える「右近大夫」をさすか。詞書第一段注四参照。

一一　紀伊の守―本絵巻のなかでは、はじめて見える呼称。この後、第十一段の画中詞（J絵10）の「あこ丸《まろ》」の会話文のなかに「父、祐成《すけなり》、紀伊の守にてまかり下向の時」（六七頁）という一節が見え、「あこ丸」の父が「紀伊の守」だったことがわかる。第七段と第十一段の「紀伊の守」は同一人物であろう。画中詞第十一段注3参照。

一二　行方も知らず果てもなく―引歌「わが恋はゆくへもしらずはてもなし逢ふをかぎりと思ふばかりぞ」（古今集・恋二・六一一・みつね。古今和歌六帖。和漢朗詠集）による。この引歌は第三段の詞書（二一頁）にも見える。詞書第三段注三参照。

一三　知らず―底本では「なく」に見セ消チが付され、「しらす」と並記。

一四　若君―若き人[1]（太政大臣の子息）の忘れ形見の息子で、若き人の「母上」[7]が養育している。「若君」[4]の母にあたる女性[13]については、第九段の詞書で語られる。

一五　ほだし―引歌「世のうきめ見えぬ山路へ入らむにはおもふ人こそほだしなりけれ」（古今集・雑下・九五五・もののべのよしな）による。「ほだし」は、出家あるいは往生の支障となるものをさすが、引歌により、いとおしく思うがゆえに、きっぱりと思い切れずに後ろ髪をひかれるものをさす。

一六　聞い給ひつつ―「聞き給ひつつ」の音便形。

・画中詞（J絵7）

1　大納言殿の御方―第七段J絵7では、右上の一室に二人の女性が火桶をはさんで対座し、おしゃべりをしているが、この会話者たちが誰であるのか、画中詞に人物名が記されておらず、詞書にもこれらの二人による会話文が見えないためはっきりしない。第七段の物語の舞台は太政大臣邸であること、また、画中詞の内容をもとに、太政大臣の娘である中宮[16]が、実家である太政大臣邸に来て、養い親である大納言殿の御方[9]と会話をしている場面ではないかと推定した。なお、『藤の衣物語絵巻』の画中詞では、人物の呼称が記される場合と、記されない場合とがあるが、その人物が女房の場合は、女房名を記すことがほとんどであることからも、この二人の女性が女房たちではない蓋然性が高い。

2　おさせ給ふ—第七段J絵7の図様によると、この会話を交わす二人の女性は、装飾のほどこされた火桶（火鉢）を囲むように対座しており、火桶の灰には整然と線がつけられ、真中には炭が積まれている。相手の女性は「炭をえ積まぬ」と発言していることから、「おさせ給ふ」は、灰に関する内容かと推定した。

3　中宮—画中詞第七段注1参照。

4　わらは—画中詞第四段注5参照。

5　えい—画中詞第一段注31参照。

6　御出でぞ—底本では「御いてそ」。「出づ」の連用形の名詞的用法に、「御」がついた形か。現代語の「おいでになる」の「おいで」と同じか。

7　三条殿—中宮[16]つきの女房かと思われるが未詳。「仰せらるる」と敬語も用いられている。対応する詞書のない絵（J絵12）のなかに、「こ宮の三条殿」と記された尼が登場するが、この人物は、宮の御方の父であり、すでに故人となった小野の六の宮に女房として仕えていたが、六の宮亡き後、尼になったものと推定されることから、第七段の画中詞にみえる「三条殿」とは別人か。

8　なう—画中詞第一段注1参照。

9　わらは—画中詞第四段注5参照。

10　候ふを—底本では「さふらふを」。なお、濁点を付し「さぶらふを」としたほうがよいか検討の余地あり。画中詞第三段注41参照。

11　なしたくも候はぬ—「たく」は願望の助動詞「たし」の連用形で、鎌倉時代に入ってから見られるようになった語。本絵巻では画中詞にのみ認められる。画中詞第七段注21、J絵12注11・18参照。

12　尋常—底本では「しんしやう」。態度、物腰などが人並すぐれてよいこと。品があること。

13　御宮仕ひ—底本では「こ宮つかひ」。「こ」と判読し「御《ご》宮仕ひ」と推定したが、このような言い方があるかどうか検討が必要。「宮仕ひ」は、四段活用の連用形の名詞的用法。詞書第七段注七参照。ちなみに、『源氏物語』藤袴巻に「御宮つかへ」の例が見えるが、「御」の読みははっきりしない。

14　やらん—画中詞第一段注27参照。

15　御おしはかり候へ—画中詞第一段注8参照。

16　しうしうと泣く—「しうしう」は「しくしく」に近いか。長者の行為をあらわす。

17　上童—底本では「上わらは」。貴人のそば近く仕える子供。候《さぶらひ》童《わらは》。『岩波古語辞典』によると、平安時代は少年、鎌倉・室町時代は少女に言うことが多いという。ここでは、少女をさす。

18　養ひ君—底本では「やしない君」。五節の舞姫に付き添う役として選ばれた童女・下仕えを女房たちがあずかって、眉や髪の手入れや世話をする、その対象となる童女・下仕えをさす。この場合、あそび・乙寿をさす。
19 しうしうと泣く―画中詞第七段注16参照。
20 御所の御女房―「御女房」という表現は不審。「御所」は天皇・上皇・三后の住まいをさすことが多いが、親王・将軍・大臣などの住まいをもさす。ここでは太政大臣家のようなりっぱな邸宅に女房として仕えることをさす。
21 なしたく候へ―助動詞「たく」については、画中詞第七段注11参照。
22 やらん―画中詞第一段注27参照。
23 とよ―文末に用いて感動の意をあらわすか。ここは不確かな断定ともとれるか。画中詞第三段注21参照。
24 えい―画中詞第一段注31参照。
25 ただ今―底本では「今」が判読しにくい。「今」という漢字と判断したが、かつての翻刻〈伊東『藤の衣』〉では、仮名として「く〻〻」と読み、笑い声かと解していた。
26 などら―「ら」は、「いづら」の「ら」に類するか。「何ぞら」の「ら」ともかかわるか。画中詞第一段注11、B絵2注12、B絵4注21、第十二段注26参照。
27 如法―画中詞第四段注1参照。
28 よきとも―「とも」がわかりにくい。詞書「をかしきとも」と対応するか。詞書第七段注三参照。
29 もののまゐり候ひつるほどに―何をさすのかはっきりしない。若君④に、食事や飲み物などをさしあげていたと解してみたが、召し上がっていたと解することもできるか。ただし、「ものの」の「の」が不自然。
30 から―疑問の意をあらわすか。画中詞第八段注7、第十一段注25、B絵4注7参照。なお、「ら」は「などら」「何ぞら」の「ら」とかかわるか。画中詞第七段注26、第十二段注26参照。
31 こころみさうて―「さう」は、丁寧語「さうらふ（候ふ）」の転。なお、「こころみ」は、底本では「心み」。
32 きうきう―笑い声。画中詞第一段注17参照。
33 御若くはぞ―底本では「御わかくはそ」。画中詞第一段注34参照。「はぞ」は強めか。
34 と思ふ―冷泉殿の行為をあらわす。
35 蔵人A―第七段J絵7には、画面左側に蔵人と思われる男性が三人描かれているが、呼称が記されていないため、A～Cを付し、それぞれ別の人物であることを示した。童女A～Cも、同様である。
36 をを―謹んで承ける声。『岩波古語辞典』による。
37 童女A―画中詞第七段注35参照。
38 さて―底本では「すて」の「す」に見セ消チを付し、「さ」を並記。
39 なう―画中詞第一段注1参照。
40 と思ひて、扇はづす―童女Bの行為をあらわす。
41 憎の目や―「にくし」の語幹で、しゃくにさわるほどあっぱれであること。「め」は、事態や出来事の意で、童女の一人が顔を隠していた扇をはずすという出来事をさすか。あるいは、童女たちの顔立ち、姿をさすか。

42　殊勝、殊勝―底本では「しゆせう〳〵」。

43　按察殿―底本では「あせち殿」。第九段J絵11では「按察殿」、第十段C絵1では「あせち殿」。「あぜち」は、一般的には「按察使」と記すが、第九段の表記にしたがい「按察」とした。

○第八段

・詞書（J詞8）

一　五節―底本では「五せちの」とあり、「の」に見セ消チ。五節は十一月の中の丑・寅・卯・辰の四日間、賀茂神社の臨時祭は十一月の下の酉の日に行なわれたことから、迎えが遣わされたのは、十一月末から十二月初めごろと推定される。

二　大輔―底本でも「大輔」と漢字表記。「大輔」は、本絵巻では第八段になってはじめて見える呼称。若き人とともにかつてあそびの宿を訪れ、その折、菊寿と親しんだ人物とされているが、そうした記述も、第一段の詞書・画中詞をはじめ、第八段以前には見えない。第一段の画中詞のなかに見える「宮内のせう」が、十年後、昇進して「少輔（せう）」から「大輔（たいふ）」になったと推定しておく。

三　妹の侍従―底本では「いもおとの侍従」。この女性は、第八段J絵8の画中詞に「侍従の乳母」と記されているように、女君3の乳母役として遣わされたものと推定される。

四　遣はさせ給ふ―主語は記されていないが、太政大臣家、具体的には女君3の父にあたる若き人1の母であり、太政大臣の妻の一人である宮の御方7と考えてよいだろう。

五　苫といふもの葺きたる―第七段の詞書にて、あそびの宿を「浦の苫屋」と呼んでいることと呼応する。詞書第七段注一参照。

六　ささやかなる火桶―『藤の衣物語絵巻』では、あそびの宿（第四段J絵2）と、太政大臣邸（第七段J絵7、第九段J絵11に二箇所）とで、火桶を描きわけている。

七　なか開けて―あそびの宿の構造は不明であるが、内部の部屋との境にある障子（襖）を開けたと解した。数行先に、「なか引き立て」と、この開けたものを、閉めた記述も見える。

八　菊寿―底本では「きくしゆ」。「菊寿」の名は、詞書では初出。ただし、画中詞では第一段J絵1より人物呼称として記載が認められる。なお、菊寿は幸寿の異父姉とされる。二人の母は、長者とも考えられるが血縁の有無ははっきりしない。ちなみに、あそびたちのなかで詞書中に名称が見えるのは「かうしゆ（幸寿）」と「きくしゆ（菊寿）」の二人のみ。詞書第一段注三参照。

九　なか引き立てて―詞書第八段注七参照。

一〇　よしある都人の…尼君―幸寿と若き人（太政大臣の子息）との間に誕生した女君3に、教養のある都人（底本では「宮こ人」）で現在は尼になっている人物を、養育係のような役割としてつき添わせていたことが記されているのは、詞書では初出。ただし、画中詞では、女君が誕生したことが語られている第四段の絵（J絵2）に「宮この古宮仕へ人」が「琴の師の女房」を仲立ちとして登場し、頭巾をかぶった尼姿で描かれている。第八段詞書では、この尼君は「月ごろ」女君につき添っているとされるが、画中詞にしたがえば「年ごろ」（数年来）とありたいところ。あるいは、第四段J絵2の画中詞では、第八段の詞書をもとに、先どりして登場させているのか。それとも別人か。ちなみに第四段の絵（J絵2）に描かれた尼君と、第八段の絵（J絵8）に描かれた尼君の姿は同じに見える。

一一 御髪のみ…広ごりたる末―『源氏物語』若紫巻「髪は扇をひろげたるやうにゆらゆらとして」を踏まえたもので、美しい少女の形容として常套的表現。

一二 蘇芳―底本では「すわう」。当時の発音をうかがわせる。染色の名で、黒味を帯びた紅色とも、紫がかった赤色とも。

一三 思ひよろこぶ―底本では「おもひなやよろこぶ」の「なや」に見セ消チ。

一四 むすめ―底本は「女」。長者が幸寿のことをさす場合は「むすめ」と仮名表記がなされており、この場合も「女」は「むすめ」と読んでよいだろう。

一五 左も右も包みかねてやなむ―引歌「憂しとのみひとへにものは思ほえでひだりみぎにもぬるる袖かな」（『源氏物語』須磨巻）による。源氏物語では、朱雀帝に対するなつかしさとつらさが交錯した光源氏の複雑な思いがよまれているが、『藤の衣物語』でも、孫娘が太政大臣邸に迎えられる喜びと、孫娘の行方知れずの父さらには亡き母・幸寿に対する哀惜の思いから涙をおさえることができないという、喜びと悲しみが交錯する長者の思いをあらわす。伊東祐子「『藤の衣物語』の引用をめぐって―引歌と行基菩薩からみえる時代背景」（『中世王朝物語の新研究』新典社、二〇〇七年十月）参照。

一六 なむ」と―長者の会話文と地の文とのつながりがわかりにくい。「なむ」で、一度会話文を区切ってみたが、あるいは区切らずに「さても」以下の長者の会話文とあわせて、ひとつづきの会話と考えることもできるか。

一七 見せも聞かせも―引歌「今さらに見せも聞かせもたらちねのあらましかばと音をのみぞなく」（為家集・一七九八）による。参考「人もがな見せも聞かせも萩の花咲く夕かげのひぐらしの声」（千載集・秋・二四七・和泉式部）。「見せも聞かせも」とは、見せたりも聞かせたりもしたい、という意。伊東祐子「『藤の衣物語』の引用をめぐって」（詞書第八段注一五）参照。

一八 月ごろ―長者は、幸寿亡きあと、女君[3]をいつくしみ育てて来た月日をさして「月ごろ」と表現している。「年ごろ」とある方が自然か。なお、女君[3]の養育係のようにしてつき添わせていた尼君についても「月ごろ」（三九頁）となっている。詞書第八段注一〇参照。

一九 かた―底本では「かた」は「よゝ」の上に重ネ書キ。

二〇 御殿籠れ―底本では「御とのこもれ」。「おほとのごもる

（大殿籠る）」が一般的な言い方であり、ここでも「御」はそのように読むべきか。ちなみに、『源氏物語語彙用例総索引』（勉誠社）によると、源氏物語中には「おほとのこもる」の四六例に対して、「御とのこもる」も三例認められる。

三一　この尼も、昔、…ふれはひし人にて—尼君はかつて、嵯峨の入道太政大臣に仕えていたという設定。詞書第八段注10参照。画中詞によると、嵯峨の入道太政大臣は、現在の太政大臣[6]の父にあたることがわかる。画中詞第八段注16参照。

三二　この御行方もさだかに聞きあきらめけむかし—女君[3]の父である若き人[1]の素姓については、詞書では詳しく語られず、第八段の画中詞によって知ることができる。

三三　入り給へりし—底本では「入給し」の「給」と「し」の間に「えり」が補入。

三四　枕をそばだてて—つづく「鐘の音だに聞こえねど」と合わせて、『白氏文集』「律詩」の「香爐峯下、新たに山居をトし、草堂初めて成る。偶々東壁に題す」「其三」の一節「遺愛寺の鐘は　枕を欹てて聴き　香爐峯の雪は　簾を撥げて看る」を踏まえる。なお、この詩句は『和漢朗詠集』「山家」にも「遺愛寺の鐘は枕を敧てて聴く　香鑪峯の雪は簾を撥げて看る」とあり、広く知られていた。この詩句による表現は『枕草子』『源氏物語』『大鏡』『平家物語』『東関紀行』『太平記』など多数に及ぶが、鐘の音を「枕をそばだてて」聴くとする表現は『源氏物語』『太平記』、『新古今集』の俊成歌「あか月とつげの枕をそばだてて聞くもかなしき鐘のおとかな」（一八〇九、『長秋詠藻』「述懐百首」一八二）などに見える。岡村繁氏『白氏文集三』（新釈漢文大系、明治書院、一九八八年。四二三〜四二六頁）に詳しい。

なお、「枕をそばだて」の解釈は、「斜めにたてる」（『岩波古語辞典』）、「枕から頭をもちあげて」（『例解古語辞典』）などとあって、はっきりしない。『源氏物語』柏木巻に、見舞に訪れた夕霧に対し、病床の柏木が「枕をそばだてて」話をする場面があるが、その場面を絵画化した徳川・五島本『源氏物語絵巻』では、枕を縦に立てて高くして、その枕に頭をのせた柏木の姿が描かれており、参考になる。

三五　うちかすみぬる—底本では「うちかすめぬる」の「め」に見セ消チを付し、「み」と並記。

三六　友呼ぶ千鳥—引歌「さよなかに友よぶ千どり物おもふとわびつつあるに鳴きつつあやな」（古今六帖・四四六〇・おほともの女らう）による。

・画中詞（J絵8）

1　なう—画中詞第一段注1参照。

2　また人に見えんまでは忘るな、と、仰せ言候ひける—第三段の詞書「せめてまた人を見むまでは、思ひ出でなむや」（二二頁）「また人を見むまでは忘るなよ」（二二頁）を踏まえる。詞書第三段注**五**・**八**参照。

3　あそび—詞書第三段注**二**参照。

4　候はず—画中詞第三段注41参照。

5　三年と申し候ひし年―幸寿が亡くなった時期のことをさす。若き人と一夜を過ごした時から三年後とも、女児誕生の時から三年後ともとれるか。

6　我々―底本では「我〱」。画中詞第三段注42、第十五段注12参照。

7　候ふから―「から」がわかりにくい。かしら、の意か。画中詞第七段注30参照。

8　こそとよ―「こそ」は「候そ」とも読めるか。「とよ」は画中詞第三段注21参照。

9　わらは―画中詞第四段注5参照。「わらはがあはれや」の文意がとりにくい。

10　げに―第八段の画中詞一の大輔の言葉「かく、年月経ても、絶えぬ契りなれば、行末もなかなか頼もしとは思はでか」（四七頁）を踏まえる。

11　命つれなく候はば―「つれなし」は事態に何の変化もないこと。ここでは、年月が経っても変わることなく元気であったならば、の意。参考「命つれなく候はば、三年が内には参るべし」（謡曲「柏崎」）。

12　御いとほし―画中詞第一段注34参照。

13　おぼしめしやらせおはしまし候へ―底本では、「候へ」は「候」。「候」の活用語尾が省略されている場合は「ふ」が多いが、文脈からは「候へ」とあるのがふさわしいと思われるため「へ」を補った。

14　都の古宮仕へ人―第八段J絵8には、呼称が記されておらず、検討しなければならないが、第四段J絵2に描かれている人物（都の古宮仕へ人）と同じ姿で描かれているため、同一人物と考えておく。詞書第八段注10参照。

15　かな―「候な」とも読めるか。

16　御父、嵯峨の入道大臣殿―底本では「御てゝさかの入道おほいとの」。詞書では「嵯峨の入道太政大臣殿《おほきおほいどの》」（四六頁）となっている。出家して嵯峨で暮らす、かつて太政大臣を務めた人物であり、若き人[1]の父にあたる現太政大臣[6]の父親をさす。

17　月御弟―底本では「月をとゝ」の「月」と「を」の間に「御」が補入。同じ年に生まれたが、数か月のちに生まれた弟であるということ。

18　御寺のあづかりまゐらせて―寺の管理下に置かれることをさす。「御寺」がどの寺をさすのかはっきりしないが、「三井寺」の可能性もあるか。

19　え御わたり候はざりし―画中詞第一段注8参照。

20　やらん―画中詞第一段注27参照。

21　御下り候ひし―画中詞第一段注8参照。

22　御まじろひ―「御まじらひ」の転。本絵巻の画中詞に散見する。

23　御あえの若君―「あえ」は、形が似る、あやかる、という意の下二段活用の動詞「あゆ（肖ゆ）」の名詞形。「御あえの若君」とは、我が子のいない大将[11]が、失踪した兄[1]の子、つまり大将にとっては甥にあたる若君[4]を、わが子としても不似合いではない（わが子になぞらえることができる）という意味で用いた表現と解した。『葉月物語絵巻』（徳川美術館蔵）第六段でも、后宮が、弟・大将の子を自身の子になぞらえて宮中に参上させるという場面で、その子のことを「御あえものにも、いとよきこと」と言っており、参考になる。『葉月物語絵巻』では「あえ」は「あへ」。

24 をば—底本では「おは」。「おば」は祖母の意であるが、本絵巻では、「お」と「を」の表記には揺れが認められるため「をば」(伯母・叔母)の意とも解しうる。尼君が、嵯峨の入道太政大臣家に仕えていた時、按察殿という女房名の「おば」の局に身を寄せていたという文脈であり、尼君の祖母というのでは年齢差がありすぎるため、尼君の父母の姉妹（伯母・叔母）と推定し、「をば」と改めた。詞書第九段注八参照。

25 御いとほしさ—画中詞第一段注34参照。この場合は名詞形。

26 御なつかしく、御いとほしく—画中詞第一段注34参照。

27 御わたり候ふか—画中詞第一段注8参照。

28 御わたり候はで—画中詞第一段注8参照。

29 報ひ—底本では「むくひ」。平安時代は「むくい」。「むくひ」は中世以降一般的に用いられた形。

30 とよ—画中詞第三段注21参照。

31 なう—画中詞第一段注1参照。

32 御おしはかり候へ—画中詞第一段注8参照。

33 雲透き—底本では「くもすき」。薄暗がりのなかで透かして見ること。ここでは、透かして見えた姿をさすと解した。

34 御うつくしう候ひしぞや—画中詞第一段注34参照。

35 前斎宮—系図不詳。太政大臣[6]の娘である后宮（中宮）[16]の生みの親にあたるか。あるいは、生みの親が仕えていた人物か。ここに見えるのみ。

36 燈台の下にて—底本では「とうたいの下にて」。あまり身近なことは、かえってわかりにくいという意味のことわざ、「燈台下《もと》暗し」と同じような内容と解した。

37 とよ—画中詞第三段注21参照。

38 御かしこく—画中詞第一段注34参照。

39 御ねぶたかう—形容詞「ねぶたし」の語幹に「御」がついた形。「かう」の用法ははっきりしないが、「からう（「かるらむ」の転）とありたいところか。画中詞第一段注34参照。

40 御いとほし—画中詞第一段注34参照。

41 女君—若き人（太政大臣家の子息）と幸寿の間に生まれた女の子[3]。

42 あう—応答する声。『岩波古語辞典』参照。

○第九段

・詞書（J詞10）

一 なりし—連体形終止。助動詞「き」の連体形終止は、第九段の詞書中にも、他に「うせ給ひにし」「迎へとりにし」が認められる。

二 ただならずさへおはしける—普通の状態でなくなってまでしまった、つまり妊娠までしてしまったということ。詞書第三段注一八参照。「ける」は連体形終止。

三　その御ゆゑにことつけて、わづらはしきことどもも出で来しぞかし―若き人（太政大臣の子息）1が後継争いに巻き込まれ失踪したきっかけとなったのが、父・太政大臣が認めなかった、いとこ同士の恋愛と相手の女性の妊娠・出産、さらにはその女性が亡くなるという事件であったか。相手の女性は、父は若き人の母の兄にあたる人物だが、若くして中将で死去してしまっており、後ろ盾のないことも太政大臣家の妻として望ましくなかったのかもしれない。若き人は、太政大臣家の長男であり、母も宮家の家系であり、本来ならば彼が太政大臣家を継ぐのに何の問題もなかったはずだが、若き人が相続することを心よからず思っていた人物たちにとって、この一連の出来事は、太政大臣家を相続する人物としての適性を問いただすに値する、格好の出来事だったのではないか。

四　ほだし―詞書第七段注一五参照。

五　うつし給ひつるは―底本では「うつしとり給つるは」の「とり」に見セ消チ。

六　中宮、宮々―「中宮」は太政大臣6の娘16で、「宮々」はその皇子たち。「中宮」は、太政大臣の妻の一人・大納言殿の御方が養育していることが、画中詞第八段（J絵8）七・八（五一・五二頁）、第九段（J絵11）上（五四頁）からわかる。

七　御いとなみ―「いとなむ」は忙しく仕事をする、の意。ここでは、太政大臣の多忙をきわめた仕事ぶりをさす。

八　祖母上―底本では「をはうへ」。ただしこの同じ段の冒頭では「おはうへ」とある。どちらも祖母上のこと。歴史的仮名遣いは「おば」。

九　かかる人―底本では「かかる事」の「事」に見セ消チを付し、「ひと」と並記されている。

一〇　思ひ給ひて―底本では「おもひたまひて」。若き人の母・宮の御方7の会話文中の例で、「給ふ」は謙譲の意をあらわすものとして用いられており、本来は下二段活用で「思ひ給へて」とあるべき。下二段活用の「給ふ」の誤用。なお、下二段活用の「給ふ」は平安時代には会話文・消息文のなかで多用されたが、鎌倉時代には衰退し、平安時代の物語の語彙・語法を受け継ぐ中世王朝物語などに見出される程度となっていくが、それらの作品においても『藤の衣物語絵巻』と同様に、下二段活用（謙譲をあらわす）と四段活用（尊敬をあらわす）の混同が認められる。謙譲をあらわす「給ふ」は本絵巻中七例用いられており、いずれも詞書にのみ見出されるが、そのうち四例は下二段活用ではなく、四段活用となってしまっている。〈伊東『藤の衣』〉第四章、1「〈詞〉と〈絵〉の語彙・語法の比較」三〇八～三〇九頁参照。詞書第七段注六参照。

一一　おぼいて―「おぼして」の転。

一二　后宮、三品宮に、さりぬべき御あそびがたきもがな、とつねにのたまふに―第九段J絵11の画中詞三の「中宮の一品宮に御あそびがたきのほしきと、いつとなくおほせらるるに」

（五六頁）と対応するが、詞書では「三品宮」、画中詞では「一品宮」というように、ずれが生じている。「一品宮」も「三品宮」も中宮16を母とする皇子たちと推定される。

三 あはれなることども―底本では「あはれなる事おほく」の「おほく」に見セ消チが付され、「とも」と並記。

四 泣い給ふ―底本では「ないたまふ」。「なき」の音便形。

・画中詞（J絵11）

1 御父御寮―底本では「御てゝ御れう」。「御寮」は貴人の子息・娘・若嫁の名前または身分をあらわす語の下につけて敬愛の意をあらわす語。第十段の画中詞五に「姫御寮」の例がある。なお、他に第四段、第五段の画中詞に、幸寿の生んだ女児3をさした「御寮」の例が見える。

2 御かすかにはあり。うつくしさは、過ぎさせおはしましたり―「かすか」はひっそりと目立たない様子。参考「さきのきさいの宮にて、幽（かすか）なる御ありさまにて…御さかりもすこしすぎさせおはしますほどなり。しかれども、天下第一の美人のきこえまし〳〵ければ」（日本古典文学大系『平家物語 上』巻第一「二代后」、一〇八頁）。

3 御肝まさり―底本では「御きもまさり」。同じ会話文中に「ただ人は、御肝《きも》にて、世にもわたらせ給ふごさめれ」とある。太政大臣6の三人の妻のうち皇族である「宮の御方」7に対して、皇族ではない他の二人の妻89は「肝まさり」であり「肝」が評価されている。胆力がある、度胸があると解してみた。

4 世おぼえ―底本では「代おぼえ」。世間の評判、の意と解した。

5 あらばや―「ばや」は中世語特有の用法で打消の意をあらわす。大将殿のご威光だけによるのだろうか、そんなことはない、の意。画中詞第三段注29参照。

6 いしきぞや―「いしき」は形容詞「いし」の連体形。見事である、りっぱだ、殊勝だ、けなげだ、などの意。程度がはなはだしい、ひどい、の意にも用いられる。

7 ごさめれ―「ごさんめれ」（「にこそあんめれ」の転）の転。

8 御めでたくて―画中詞第一段注34参照。

9 いしき―形容詞「いし」の連体形。ここでは、ひどい、はなはだしいの意。画中詞第九段注6参照。

10 せんせん―底本では「せん〳〵」。意味不明。

11 壁に耳、と言ふ―密談などのもれやすいことをたとえたことわざ。

12 あて―「あて」は人物をさすと思われるが、用法がはっきりしない。『栄花物語』に、父・三条院の死がわからずに、幼い禎子内親王が、「あて」に手紙をさしあげようと言い、「あて」は私を恋しいと思ってくれないのか、どうして久しくお越しになってくれないのか、と書き綴った手紙の例がある。ここでは、「あて」は父宮をさすことが明らかである。「あこ」が、わが子や近しい人を親しんで呼ぶ語であるように、「あて」は「てて」（父）を親しんで呼んだ語か。もっとも、「あて」は、一般的には、身分が高く、高貴である、上品である、といった意をあらわすことから、「父上」に限定された言葉ではなく、「高貴な人」あるいは「大切な人」といった意味をこめた二人称として用いられている可能性もある。『藤の衣物語絵巻』では、宮の御方の会話文中に用いられているが、会話文の流れとしては、若君4をさすと考えるのが自然でもあり、若君をさすと解しておく。「あこ」の誤写の可能性もあるか。孫たちにとっての父上の意として、若君と幸寿の娘3の父1（宮の御方にとっては息子）をさすものと解する余地もあるか。参考「これいかであてのもとに奉らん。…あては麿《まろ》をば恋しとは思ひたまはぬか」（日本古典文学全集『栄花物語　2』巻十三「ゆふしで」一〇四頁）。

13 やらん―画中詞第一段注27参照。

14 やや、うち向かふ―太政大臣の行為をあらわす。

15 中宮の一品宮―詞書第九段注三参照。

16 いしき―形容詞「いし」の連体形。ここでは、このましい、よい、すぐれているの意と解した。画中詞第九段注6参照。

17 まじろひ―「まじらひ」の転。画中詞第八段注22参照。

18 入させおはしませ―底本も同じ。「お入りなさいませ」の意味と思われることから、「入」は四段活用の自動詞として、「いり」と読むべきか。文法的には「入らせおはしませ」とありたいところ。「させ」は下二段活用の動詞に接続するので、「入れさせおはしませ」と「入」を他動詞として解すべきかとも思われるが、何を入れるのかはっきりしない。

19 韻の字―底本では「ゐむのし」。漢詩の句の末にあって、互いに諧調をなすひびきをもつ漢字のこと。若君はその漢字も書き覚えたという。

20 いしのこと―「いし」は形容詞「いし」の語幹。ここでは、すばらしい、感心だ、の意。画中詞第九段注6参照。

21 ぬし―二人称の代名詞。敬意をこめていう語。あなた。

22 ありたき―「たき」は、願望の助動詞「たし」の連体形で、鎌倉時代に入ってから見られるようになった語。画中詞第七段注11参照。

23 ああ、ま―底本では「あゝま」。「ああ」は応答の意をあらわす声。「ま」は「いま」の転で、ああ、今すぐ（若君を）僧正のもとにやろうかと言うと、大将が急がなくともと言うので、と解してみた。あるいは、「まあ」というような感動詞か。画中詞第六段注16参照。

24 やらん―四段活用の動詞「遣《や》る」の未然形に、意思をあらわす助動詞「む（ん）」がついたもの。

25 やう―画中詞第六段注14参照。

26 烏滸―底本では「おこ」。おもしろいことの意と解した。

27 按察殿―画中詞第七段注43参照。

28 若君・十二―底本では「わか君」の左下に「十二」と記されている。「十二」は若君の年齢であろう。年齢が書き込まれた例はここのみ。

○第十段

・詞書（J詞11）

一　ぞかしこく侍らめ―係り結びの法則にしたがえば「ぞ」の結びは連体形をとるため、助動詞「む」の連体形で「む」とあるべき。已然形「め」は破格。『藤の衣物語』（『藤の衣物語絵巻』の詞書）では、係り結びの法則は原則として守られており、助詞「ぞ」は二六例数えられるが、文末に用いられている一例、結びが流れてしまっている三例を除く二二例中、結びの破格は、この一例のみである。詞書第十七段注**七**参照。

二　のみ―底本では「たのみ」の「た」に見セ消チが付されている。

三　入りなまほしく―底本では「入まほしく」の「入」と「ま」の間に「な」が補入。「な」は助動詞「ぬ」の未然形。

四　大上―底本では「大上」と漢字表記。『栄花物語』に「北の方、大上、御心のいたるかぎりの事ども残るなうせさせたまふ」（日本古典文学全集『栄花物語　1』巻第三「さまざまのよろこび」一五四頁）の例があり、源雅信の妻をさす「北の方」に対し、「大上」は、雅信の母（時平女）をさすことがわかる。「大上」は、大北の方、大奥様といった意をあらわすか。本絵巻では、「大上」は太政大臣の妻であり、侍従（若君）[4]の祖母にあたる宮の御方[7]をさすことは明らかであるが、「大上」の呼称をどのようにとらえたらよいのかわかりにくい。なお、祖母をさす呼称としては、第九段の詞書に「おはうへ（祖母上）」（五三頁）がある。詞書第九段注**八**参照。

五　ぬるがうれしき―底本では「ぬるうれしき」の「る」と「う」の間に「か」が補入。

六　紫のゆかり―古今集歌「紫のひともとゆゑに武蔵野の草はみながらあはれとぞ見る」などによる語で、いとしく思う人の縁者をさす。ここでは、いとしいと思う姫君[3]と血縁（異母兄）である侍従（若君）[4]をさす。

七　一品宮―第九段の詞書では、太政大臣は三品宮のあそび友達として姫君を参上させるように語っていたが、ここでは「一品宮」となっている。第九段の画中詞でも一品宮となっている。詞書第九段注**三**、画中詞第九段注**15**参照。

・画中詞（C絵1）

1　宮の御方―ここでは「二の宮」[21]をさすと推定した。ただし、「宮の御方」という呼称は、本絵巻では、幸寿《かうじゆ》と一夜をともにした「若き人」[1]（のちに山伏となる）の母にあたる太政大臣の妻の一人、小野の六の宮の娘[7]に対して用いられることがほとんどである。

2　やらん―画中詞第一段注**27**参照。

3　御きうきうめきにて―動詞「きうきうめく」の連用形を名詞的に受けとり「御」をつけたものか。「きうきう」は笑い声の擬音。画中詞第一段注**17**参照。

4　うう―底本では「うゝ」。肯定・納得・承諾の意をあらわす声。

5 御めでたく候ひて―画中詞第一段注34参照。
6 御いとほしく候ひてよ―画中詞第一段注34参照
7 御あはれに候ひて―画中詞第一段注7参照。
8 御方さま―『山伏』の母であり、太政大臣の北の方である宮の御方[7]をさす。
9 御もよほしげに候ふ―画中詞第一段注7参照。
10 さるぞや―底本では「る」は「り」のようにも見える。
11 姫御寮―底本では「ひめ御れう」。画中詞第九段注1参照。
12 女御参り―女御として入内すること。女御は天皇の寝所に侍する女官であり、天皇の妃のことであるが、上皇・皇太子の妃をいうこともある。『岩波古語辞典』参照。ここでは、「女御参り」すなわち帝や春宮への入内ではなく、「宮へ御参り」つまり一品宮へ参るということ。
13 とかや―「と」は「候」の略字とも読めるか。
14 一日も申し候へば―底本では「一日も申候へば一日も」の二回目の「一日も」に見セ消チ。
15 御心づくし―「心づくし」という名詞に「御」が付されたというよりも、「心」に「御」がついたと解されるのか。
16 御心苦しう候ひて―画中詞第一段注34参照。
17 御いとほしさは―画中詞第一段注34参照。「いとほしさ」は形容詞の名詞形。
18 やらん―画中詞第一段注27参照。
19 なう―画中詞第一段注1参照。
20 御ゆかしや―画中詞第一段注34参照。
21 道芝、しまゐらせさせ給ふから―「道芝」は恋の道の手引き役、取り持ち役のこと。二の宮が、誰でもいいから自身の恋の取り持ち役をさせようとなさっている、といった文脈か。
22 宮の御方―画中詞第十段注1参照。
23 如法―画中詞第四段注1参照。
24 おはしまし候ひて―底本では「をはしまし候て」。かつての翻刻〈伊東『藤の衣』〉では「をはしまして」としていた。判読しにくいが「候」の略字が書かれているものと推定して改めた。
25 いつけ―「け」がわかりにくい。
26 春宮の行く末―一品宮が将来春宮（皇太子）になるであろうということ。
27 さらでもありぬべき御こと―何をさすのかはっきりしない。一品宮が春宮とならなくとも、姫君[3]が一品宮に参るに違いないということか。
28 ぬし―画中詞第九段注21参照。
29 やらん―画中詞第一段注27参照。
30 まじろひ―「まじらひ」の転。画中詞第八段注22参照。
31 御すすみ―わかりにくい。ここでは、先走った考え、乗り気、の意ととっておく。
32 宮―誰をさすのかはっきりしない。一品宮と解しておく。
33 我が御身―底本では「我御身」。二人称「我身《わがみ》」（男が目下の者に用いる語で、おまえ、そち、汝の意。『岩波古語辞典』）の尊敬表現で、あなた、の意。画中詞第十二段注17参照。

34 やらん—画中詞第一段注27参照。

35 とよ—画中詞第三段注21参照。

36 たださします—底本では「たゝさします」。文意がとりにくい。動詞「ただす」（取り調べる）の未然形に、尊敬の意をあらわす「します」が接続したものと解した。「します」については画中詞第一段注23参照。

37 京極殿・大将殿の御介錯—かつての翻刻〈伊東『藤の衣』〉では「大将殿の御介錯」の箇所を会話文とみなしていたが、「京極殿」という女房が「大将殿の御介錯」（左大臣家の子息・大将殿[11]のお世話役）であることを書き加えたものと思われることから改めた。

38 御介錯—底本では「御かいやしやく」の「や」に見セ消チ。

39 高倉殿・侍従御乳母—「侍従」は太政大臣の子息でありながら失踪している少将（『山伏』[1]に同じ）の子息で、元服し侍従となった若君[4]のこと。「高倉殿」という女房は、その「侍従」[4]の乳母役であるということ。幸寿の娘[3]の乳母役として、第八段に登場する「侍従の乳母」とは異なる。詞書第八段注三参照。

40 按察殿—画中詞第七段注43参照。

○第十一段

・詞書（B詞7＋B詞1）

一 第十段と第十一段のつながりはスムーズではない。この段から、突然、二人の「山伏」が登場する。二人の「山伏」のうちの一人は、「あこまろ」と呼ばれていた人物[33]であり、あこ丸の父が、太政大臣の子息で、行方知れずの若き人・少将[1]に仕えていたことから、宮の御方[7]や少将[1]と顔見知りであった。そして、もう一人の「山伏」こそ、実は、太政大臣家の子息で、行方知れずの若き人・少将[1]であった。二人の山伏は、互いに見知った間柄とは気づかずに同行し、諸国を行脚していたのだった。第十一段は、その行脚の途上、「山伏」に身をやつした太政大臣の子息が、ある寺（後の記述によると初瀬寺）にて、偶然にも参籠していた母・宮の御方[7]ら一行と出会うが、その翌日、息子であると名のるべきかどうか心を砕く、という場面から語り起こされる。以下、太政大臣の子息で、現在は山伏に身をやつしている人物[1]をさす場合は、他と区別するため、『 』を付して『山伏』と記すことにする。なお、二人の山伏と宮の御方ら一行との出会いの場面は、第十一段の画中詞に語られている内容を踏まえると推定される。詞書第十一段注一七参照。

二 あやしかりぬべければ—底本では「あやしけれかりぬへければ」で、「あやしけれ」の「けれ」に見セ消チ。

三 山伏の房—底本では「山ふしのつほね」の「つほね」に見セ消チが付され「はう」と並記。画中詞第十八段注8参照。

四 かの杉の洞にて行なひ給ひけん昔—あの杉の洞で修行をなさったとかいう昔のこと、の意。杉の木の洞で慈覚大師（円仁）が修行をしたという言い伝えを踏まえたもの。『今昔物語集』巻第十一「慈覚大師始建楞厳院語第二十七」には、「大師、此ノ山ニ大ナル椙《すぎ》有リ、其木ノ空ニ住シテ、如法ニ精進シテ法華経ヲ書キ給フ」とある。この言い伝えの典拠は未詳という（新編日本古典文学全集、小学館、頭注）が、内大臣中山忠親による日記『山塊記』安元元年（一一七五）九月十八日の条にも、ある比叡山の僧（或山僧）の話として記されているなかに、横川の三鈷峯の北尾の末の谷に高さ約五丈の杉があり、南方に穴があいており、その一丈ほどの穴のなかに慈覚大師が籠って法華三昧を行なったという言い伝えを記しており、円仁が杉の洞のなかに籠って修行をしたということは比叡山の僧たちを中心に伝承されてきたのだろう。永和五年（一三七九）に校合したという奥書をもつ『叡岳要記』（比叡山開創以来の諸種の事歴を記したもの。『新校群書類従　第十九巻』釈家部二、所収。二一六頁）にも「天長六年己酉慈覚大師御年三十六。於首楞厳院椙《すぎ》穴中締草庵。殖皮麁庭三ヵ年。晝夜三時讀天台法華懺法。忽好坐禅練行四種三昧。同八年初秋天。手自以草為筆。以石為墨。以禅定智水。一字三禮書寫妙法蓮華経。…」という記述が見える。なお、慈覚大師が、杉（椙）の洞のなかで法華経を書いたことを伝えるのみの『今昔物語集』に対して、『山塊記』『叡岳要記』では、「法華三昧」「天台法華懺法」を修したことが記されており、『藤の衣物語』の『山伏』の行為――「（法華）懺法の六根段」をうちあげた（詞書第十一段注**五**参照）――と、より重なる。

ちなみに、慈覚大師（円仁）は、延暦十三年（七九四）生、貞観六年（八六四）没、十五歳で比叡山に登り最澄の弟子となる。承和五年（八三八）遣唐使として唐渡、承和十四年（八四七）帰朝、第三世天台座主となった。慈覚大師という「大師号」は、円仁亡き後、朝廷から授けられたものである。この大師号は、最澄の伝教大師と同時に授けられたもので、円仁は最澄とともに、大師号を最初に授けられた高僧である。なお、慈覚大師が横川の杉の洞で修行をしたとする時期は『叡岳要記』では天長六年（八二九）からとするが、『日本三代実録』貞観六年正月十四日辛丑の条の卒伝や『慈覚大師伝』（『続群書類従』所収）などでは天長十年（八三三）とするという。円仁が唐に渡る前の時期にあたる。佐伯有清氏『円仁』（吉川弘文館人物叢書、一九八九年）参照。

五　懺法の六根段―「法華懺法」のなかの「六根段」のこと。眼・耳・鼻・舌・身・意の六根より生じる罪障を懺悔し、清浄されることを願うもの。天台宗では「法華懺法」は毎日の朝課とされているが、慈覚大師円仁が定めたものという。硲慈弘氏編『天台宗聖典』（明治書院、一九二七年。中山書房仏書林、二〇〇二年復刊）「法華懺法」参照。底本では「懺法」は「せん法」。

六　六根段―底本では「六こたむ」の「こ」と「た」の間に「ん」が補入。

七　かの日たんしやう―未詳。「かのひたんしやう」と読むこともできるが、何をさすのか不明。

八　かよへるとかや、言ひし言の葉―第十一段の画中詞三のあこ丸の言葉「ただ、昔の御面影とおぼえさせ給ひ候ふ」（六八頁）を踏まえると解した。なお、第十一段の詞書のこのあたりの本文（六三〜六四頁）は、『山伏』の心の動きにそって語られており、心内語と地の文との区別がつけにくい。

九　もり出でし―底本では「もりいでし」の語は、二つの詞書に分断されて伝えられている。B詞7の末尾が「もり」、B詞1の冒頭が「いてし」。復原の経緯については、〈伊東『藤の衣』〉第二章「『藤の衣物語絵巻』の復原とその全体像」二七一〜二七四頁参照。

一〇　返す返す―底本では「返〳〵」。

一一　初夜―六時の一つ。夜を初夜・中夜・後夜の三つに区分した最初。その間に行なう勤行をもさす。底本では「初夜」と漢字表記だが、読みは「そや」「しょや」。

一二　房―底本では「つほね」に見セ消チを付し、「はう」と並記。画中詞第十八段注8参照。

一三　はしいで―底本では「はしいて」。意味不明。出かけるの意と解しておく。あるいは、「は」も「し」も助詞で、上にくる語句「房に」を強調する働きをもつとも解されるか。鎌倉・室町時代に頻用された「ばし」と同じと考えてよいか。画中詞第二段注23参照。

一四　せねば―底本では「せすねは」の「す」に見セ消チを付す。

一五　懺悔―底本では「さんくゐ」。「さんぐゐ」と読む。歴史的仮名遣いは「さんげ」で、後世「ざんげ」。『角川古語大辞典』によると、「懺」は平安末期から「サン」「ザン」の二音をもつが、この語については「さんげ」の形のみ用いられているという。また鎌倉時代ごろには「さんぐゑ」と表記されているというが、本絵巻の表記と重なる。なお、『角川古語大辞典』には、「懺悔（サングヱ）」（山家本法華経）などの例があげられている。

一六　経をぞ読む―底本では「経こそよむ」の「こ」に見セ消チが付され、「を」が並記。

一七　昨夜の戸―底本では「よへのと」。第十一段の詞書には「昨夜の戸」「昨夜の山伏」「昨夜聞き給ひけん山伏の行方」「昨夜の桟敷変はらで」と「昨夜（底本では「よへ」」「夜部」。「部」は平仮名の「へ」とも読めるか）」のある出来事を下敷きとした叙述が散見する。おそらく、この昨夜こそ、『山伏』が母・宮の御方と偶然出会った時であり、そのあくる日の『山伏』の動揺、母への断ちがたい思いが、第十一段の詞書（B詞7＋B詞1）に語られているものと考えられる。また、この昨夜の出来事が、第十一段の絵（J絵10）の内容（画中詞）にあたると推定される。〈伊東『藤の衣』〉第二章「『藤の衣物語絵巻』の復原とその全体像」二七一〜二七四頁参照。

一八　近くてを、聞かせ給へ―底本では「ちかくておかせ給へ」の「お」に見セ消チが付され、「をき」と並記。「を」は、間投助詞。

一九　聞かせ給へ」と、のたまふ―底本では「きかせ給へとのたまへとの給」。「のたまへと」の「へ」は、「ふ」と書かれていた上に重ネ書キされたもので、「のたまへと」は上接の「きかせ給へと」の「へと」の目移りによる衍字の可能性もあるものの、「のたまふ」がくり返されているため、「のたまへと」を誤脱してしまいそうになった痕跡とみなすこともできようか。「のたまへとのたまふ」とある場合は、母・宮の御方が、「『山伏』の読経を聞かせてほしいということを、侍従か誰かにおっしゃってほしい」とおっしゃった、ということになるだろう。ただし、この会話のすぐ前に、宮の御方と『山伏』は、「心もとなく待ちたてまつりつるを、うれしき御声にこそ、とのたまふが、まがはぬ御けはひなるに」「昨夜の山伏に聞こしめしたがふるにや。これはあらぬ修行者に侍り、と聞こゆれば」と言葉を交わしているとも思われることから、誰か別の人を介して、読経の依頼をしたと解するよりも、「聞かせ給へとのたまふ」の本文として、宮の御方みずからが依頼の言葉をおっしゃった、と解するほうが自然ではないか。本絵巻では重ネ書キが少なくなく、それらはいずれも写し誤った文字を訂正したものと推定されるのではあるが、底本を改めることにした。

二〇 すき—四段活用の動詞「すく」の連用形。ものを食べること、飲みこむこと、の意。

二一 いといとほしき—底本では「いと〳〵しき」の「〳〵」と「し」の間に「を」が補入。

二二 いかがし侍らん—「いかがせむ」に「侍り」がついた形。どういたしましょうか、どうしようもありません、しかたありません、の意。お聞きになられてもしかたありません、かまいません、ということか。

二三 後夜—六時の一つ。夜を初夜・中夜・後夜の三つに区分した最後。その間に行なう勤行をもいう。夜半から早朝まで。

二四 弁もおはしたり—底本では「弁おはしたり」の「弁」と「お」の間に「も」が補入。

二五 三つばかり—底本では「三はかり」。

二六 着なし給へる—底本では「きなし侍る」の「侍」に見セ消チが付され、「たまへ」と並記。

二七 几帳—底本では「木丁」。

二八 したひ—底本では「したゐ」の「し」に「こ」とおぼしき文字が並記、「ゐ」の上に「ひ」が重ネ書キ。「し」に見セ消チの痕跡が認められず、なぜ「こ」が並記されたのかはっきりしない。ただし「こ」は判読しにくい。かつての翻刻〈伊東『藤の衣』〉では「こたひ」としていたが、「し」に見セ消チが認められないこと、また「こ」も判読しにくいことから改めた。文章が途中となっており、「したひ」は行末に位置するため、この行で詞書が切断されたものと推定される。

・画中詞（J絵10）

1 第十一段の絵（J絵10）は、第十一段の詞（B詞7＋B詞1）に語られている日の、前日の夜の出来事をあらわしたものと推定される。第十一段の画中詞は、二人の「山伏」のうちの一人、「あこ丸」[33]と宮の御方[7]ら一行とのやりとりから語り出される。詞書第十一段注**一**・注**七**参照。

2　九つに—底本では「九に」。

3　紀伊の守—第七段の詞書（三八頁）にみえる人物と同じであろう。詞書第七段注**二**参照。ちなみに、この紀伊の守の名「祐成」は、底本では「すけなり」とある。かりに漢字をあててみた。

4　本宮—紀伊国（和歌山県）の熊野本宮大社のこと。熊野三山のひとつ。

5　重参—底本では「ちうさん」。文意とりにくいが、何度も参詣するという意と解した。

6　やらん—画中詞第一段注27参照。

7　少納言—太政大臣の子息・少将（『山伏』）[1]に、かつて親しく仕えていた女房であろう。第十一段に登場するのみ。

8　ひとへ—底本では「一え」。

9　少納言殿—画中詞第十一段注7参照。

10　かく—判読しにくい。かつての翻刻〈伊東『藤の衣』〉では「にて」としているが改めた。

11　御めでたさ—画中詞第一段注34参照。「めでたさ」は形容詞の名詞形。

12　理運—底本では「りうん」。当然出あうべき運。太政大臣家の嫡子として、当然太政大臣家を後継すべきであったことをさす。

13　三位の中将殿—太政大臣の三人の息子のうちの一人。『山伏』と同年齢だが月違いの異母弟[10]。第八段の画中詞四、六（四九～五一頁）の侍従の乳母の会話文に詳しい。

14　のたらせ給ひ候はんぞ—「のたる」に二重敬語「せ給ふ」がついた形。「のたる」は、のたくる。太政大臣家の長男・『山伏』を押しのけて後継となるべく画策し、三位中将となったものの死去してしまった三位の中将[10]が、結局『山伏』の子息が太政大臣家を継ぐという成り行きを恨めしく思って、のたうち回っていらっしゃるだろう、ということ。

15　あこ丸—会話文の内容から、会話者をあこ丸[33]と推定したが、この画中詞四は、画面の左端に記されており、検討する余地があるか。画中詞第十一段注20参照。

16　まぎるるかたなく、頼もしくこそあれ—極楽往生が疑いなく約束されているということか。

17　御推しはかり—底本では「御をしはかり」。「おしはかる」の連用形の名詞的用法に、「御」がついた形か。

18　左道—底本では「さ道」。中国では右を尊び左をいやしむという思想にもとづいたもの。正しくない道。

19　うけたまひ候ふ—底本では「うけ給候」。「給」の送り仮名が省略される例は「ひ」「ふ」の場合がほとんどで、それ以外の活用語尾の場合は明記する傾向をもつ。したがって、ここでも四段活用の連用形「給ひ」のつもりで書いた可能性が大きいだろう。ただし、「うけ給ひ候ふ」は不審。文脈的には、「聞く」の謙譲の意「うけたまはり候ふ」とありたいところ。本絵巻の第十八段の画中詞一に同様の例「うけたまひ候ふ人（底本・うけ給候人）」（一一〇頁）が認められることから、「うけたまはり候ふ」の意で「うけたまひ候ふ」と用いていたものか。あるいは謙譲の「給ふ」の活用が下二段活用と四段活用とで混同されていたこととかかわるか。画中詞第十八段注3参照。

20　あこ丸―底本では「あこまろ」。ここではじめて、『山伏』と同行している山伏の名前が「あこ丸」であると明かされる。「あこ丸」の父が、『山伏』つまり太政大臣の子息・少将[1]に仕えていた人物の子であったことから、「あこ丸」も少将を見知っており、少将の母・宮の御方[7]とも顔見知りであったものと思われる。ただし、あこ丸は、同行している山伏が、少将その人（『山伏』）であるとは知らず、『山伏』（少将）も同行の山伏が「あこ丸」であるとはこの時まで気づかずにいたことがわかる。なお、「あこ丸」は第十七段・画中詞（B絵10）「あこ丸あざり」と同一人物。「あこ丸」という名は詞書には見えない。

21　いまだ、いはけなくこそ―画中詞五の宮の御方の会話文は、画中詞を書き込むスペースにゆとりがなかったせいか、「いまだいはけなくこそ」以下は、点線で文がどこに続くのか指示されている。〈伊東『藤の衣』〉の影印（八三頁）参照。

22　うち泣き給ふ―底本では「うちなく給」の「く」の上に「き」と重ネ書キ。なお、この画中詞は、宮の御方の会話文につづくが、宮の御方の行為をあらわす。

23　何と候ふら―底本では「なにと候ら」。「候ら」は判読しにくい。「から」ともよめるか。かつての翻刻〈伊東『藤の衣』〉では「かう」としていたが、「う」とはやはり読みにくいか。

24　夢ら―底本では「ゆめら」。「ら」は判読しにくい。「ら」の用法も不明。

25　うつつから、山伏から―「から」がくり返されている。「から」は、原因・理由、手段・方法、起点や通過点などを示すのが一般的用法であるが、ここでの用法がはっきりしない。侍従が泣いているのは、夢なのか、現実なのか、山伏のせいなのか、といった文脈と解しておく。画中詞第七段注30、第十五段注6・14、第十六段注31、第十七段注15、B絵4注7参照。

26　と物の怪思ひて、う、う、う―物の怪の行為をあらわす。「ううう」はうめき声か。

27　やらん―画中詞第一段注27参照。

28　かやうにて―「に」が「う」と連続しており、若干判読しにくい。

29　など、案じゐたり―弁少将（『山伏』の子息）[4]の行為をあらわす。

30　この大陀羅尼をば、いかが名づけ、いかが受持せんや。仏、阿難に告げ給はく―底本では「この大たらにをはいかゝなつけいかゝしゆちせんや仏あなんにつけ給わく」。引用箇所は、『千手経』の次の一節の傍線部分を読み下したもの。

阿難白仏言、「世尊、此呪名何、云何受持」。仏告阿難、

「如是神呪有種種名。一名広大円満、一名無碍大悲、一名…、如是受持」

「大陀羅尼」と「呪」とが異なる表現となっている他はぴったり重なる。「陀羅尼」とは、サンスクリット語dharaniの音写であり、サンスクリット語（梵語）のまま唱える長文の呪文のことであるが、「呪」は漢訳仏典では主に陀羅尼の訳語として用いられており、「大陀羅尼」も「呪」も同じものをさす。音そのものに霊力がそなわっていると考えられ、漢訳せずにサンスクリット語の発音のままに伝えられた。この「大陀羅尼」は「大悲呪」ともよばれ、現在は禅宗寺院で日常的に読まれる（「ナムカラタンノートラヤーヤー…」とはじまるもの）という。右に引用した『千手経』の一節のおおよその訳は以下のとおりである。阿難が仏（釈迦）に申して言うことに「世尊（釈迦の尊称）よ、この呪（陀羅尼）の名は何と呼び、どのように受持したらよいのですか」。仏が阿難に告げて言うことに「この神呪（陀羅尼）には種々の名前がある。一つには広大円満と名づけ、一つには無碍大悲、一つには…、このようにこの呪の名前を受持せよ（覚えておきなさい）」。呪の名として九つの名前が告げられている。

『千手経』は、『千手陀羅尼経』とも呼ばれるが、正式の名称は『千手千眼観世音菩薩広大円満無碍大悲心陀羅尼経』と言い、観世音菩薩によって唱えられる「千手千眼観世音菩薩広大円満無碍大悲心陀羅尼」の由来や、この陀羅尼を唱えることによる効き目やその方法を解説したもの。『千手経』に説かれたこの陀羅尼の功徳は病気の治療をはじめとする現世利益が中心であり、陀羅尼を唱えるに際しては、結界を設けることを指示するなど、密教的な色彩が濃い。この陀羅尼と『千手経』については、野口善敬氏『ナムカラタンノーの世界—『千手経』と「大悲呪」の研究』（禅文化研究所、一九九九年）に全文の訳注とともに詳しく論じられており、教えられることが多かった。（なかでも、解説編、訳注編一四四〜一四六頁、研究編二一六〜二一七頁。『千手経』の引用も同書による）。ちなみに、『平家物語』巻三「御産」でも中宮の安産を祈願して、後白河法皇により『千手経』とともに「大悲呪」（大陀羅尼）が唱えられている（日本古典文学大系『平家物語　上』二一九頁）。

阿難は、阿難陀ともいい、サンスクリット語Anandaの音写、釈尊のいとこで十大弟子の一人。記憶力にすぐれており多聞第一と称され、仏陀につきしたがいその教え聞き、仏陀入滅後の仏典結集において大きな役目を果たしたと言われる。『望月仏教大辞典』「阿難」の項参照。

31 少納言—画中詞第十一段注7参照。

32 あこ丸—画中詞第十一段注20参照。

33 しのぶの草—底本では「忍の草」。今は亡き恋人（『山伏』のいとこの女性[13]）を偲ぶよすがである忘れ形見の若君をさす。参考「結びおきしかたみのこだになかりせば何にしのぶの草を摘まし」（後撰集・雑二・一一八七・兼忠朝臣母の乳母。古今六帖・三一三三）。

34　とよ―画中詞第三段注21参照。

35　など、案じほれて身もはたらかされず―『山伏』の行為を示す。

○第十二段

・詞書（J詞9）

一　あはざなる御契り―「あはざなる」は「あはざんなる」の「ん」の無表記。「なる」は伝聞・推定の助動詞。会わないという御約束の意。ただし、そういう具体的な約束を『山伏』がしたということは、『藤の衣物語絵巻』のなかには見出せない。ここでは、具体的な約束をさすのではなく、出家をする際に唱える偈「棄恩入無為、真実報恩者」（肉親の恩愛の情を断ち、出家入道することこそ、真の報恩にほかならない）に見えるように、『山伏』が出家者となった時に、恩愛を断ち切ると誓ったことをさすものであり、父や母らと二度と会わないと約束したことをさすか。『山伏』は、母や子らに名を明かすべきか苦悩しながらも、名を明かすことなく生涯を終えてしまう。

二　諸悪重病是故普賢若見受持是経典者―『妙法蓮華経』普賢菩薩勧発品第二十八「若有軽笑之者。当世世。牙歯疎缺。醜脣平鼻。手脚繚戻。眼目角睞。身体臭穢。悪瘡膿血。水腹短気。諸悪重病。是故普賢。若見受持。是経典者。当起遠迎。当如敬仏」の一節と重なる。引用箇所の大意は、以下のとおりである。もしも、この経典（『法華経』）を受持する者を見てせせら笑う者は、歯が折れたり抜けたりし、醜い脣や平べったい鼻になったり、手脚がからまりねじれ、目がねじれからまり、瞳が片寄り正しい位置に定まらず、身体が臭く穢くなり、悪い瘡ができ膿や血が出て、腹が膨れ、肺結核（喘息とも）となり、さまざまな重い病気にかかるだろう。だから、普賢（菩薩）よ、もしこの経典を受持する者を見たならば、遠くであっても起ちあがって迎え、仏（釈尊）を敬うごとくもてなすべきである。坂本幸男氏・岩本裕氏訳注『法華経　下』（岩波文庫、三三四頁）参照。なお、引用箇所の経典の読みは、『天台宗聖典』（硲慈弘氏編、明治書院、一九二六年。中山書房仏書林、二〇〇二年復刊）三八九頁による。

三　むつかしく侍り―底本では「むつかしくたまへりと侍へり」の「たまへりと」に見セ消チが付されている。

四　修学院といふ所―修学院は、比叡山の麓、山城国愛宕郡内、現在の京都市左京区修学院に所在した天台寺院。寺は、今は伝わらないが、町名にその名をとどめている。鎌倉時代（一三三二年）に東福寺の僧によって著された『元亨釈書』巻第十一「釈勝算」の項（『大日本佛教全書　第一〇一巻、日本高僧伝要文抄外四部』大法輪閣）によると、修学院は、十世紀末、播磨国の国司・佐伯公行によって建立された寺院で勝算が居住し、霊験をあらわしたこと（病気の一条天皇が、冬の季節のなか梅の実を求めたところ、勝算は梅樹に向かって念じ、初夏のごとくに梅を実らせたこと、上東門院や頼通の病を治したことなど）、永延年間（九八七〜九八九）には、一条天皇により官寺に列せられたことがわかる。『権記』寛弘元年（一〇〇四）二月二十六日条（『増補史料大成』）によると、藤原行成も修学院に参詣しているが、修学院には、倶力迦羅龍王像が安置されていたという。その折、行成は自料五〇〇〇灯、薬助料二〇〇〇灯などを奉っている。藤原道長の『御堂関白記』寛弘五年（一〇〇八）六月十六日条（『大日本古記録　御堂関白記上』）によると、修学院に阿闍梨四人を置くという宣旨が下されたことが記されており、『小右記』寛仁四年（一〇二〇）九月十一日条（『増補史料大成』）には、藤原道綱が修学院の修繕を行なったという記述もみえる。また『更級日記』には「親族なる人、尼になりて修学院に入りぬる」とあり、西行法師の歌を集めた『残集』の詞書にも「人にぐして修学院にこもりたりけるに…」（二〇）とみえる。その後は、『兼好法師集』の詞書に「修学院といふ所にこもり侍りしころ」（五一）と、兼好法師が修学院に籠っていたことが記されており、十四世紀の中頃までは修学院が存在していたことが確認できる。

源師時の日記『長秋記』の長承三年（一一三四）十一月二十九日の条（『増補史料大成』）には、右大臣源有仁から、「所労」（病気）が治らないのは「邪気」のためだと思うので、修学院に籠ろうと思う、という消息があったことが記されており注目される。そのなかで、有仁は、ある人々は、修学院には大臣や上人（殿上人）が籠るということは聞かないと言っていること、またある人々は、修学院は「霊験地」で「悩邪気之人多得験」と言っていることなどを伝え、師時はどう思うかたずねている。実は、師時も有仁の修学院籠りには賛成ではなかったようだが、その理由について、師時は、「所労」（病気）は風邪によることが多く、十一月という寒い時期に寺に籠るのでは、なおさら風邪を引いてしまうのではないかと心配したから制止したのであり、他の理由はまったくないこと、修学院は「非凡所」（すぐれた寺）であり「京極太相国」（藤原師輔。道長の祖父）も瘧病に苦しんだ時に修学院に籠ったと承っていると答えている。行成・道長・道綱らの時代に比べて、十二世紀の有仁らの時代になると、大臣や殿上人らが修学院に籠ることは減ったのかもしれないが、やはり「霊験地」として人々の篤い信仰を集めていたことがうかがえ、「邪気」に苦しむ人が参籠しその効験により病気が治った人がたくさんいたとする記述は、『藤の衣物語絵巻』のもととなった『藤の衣物語』の時代背景を考えるうえでも参考になる。『藤の衣物語』では、『山伏』の母・宮の御方の父にあたる人物（小野の六の宮）が、「物の怪をわづらひ」修学院に籠った時、その寺の師が自身の命にかえてもと祈り、その霊験（明王の帳より剣を賜わる）によって、病気が治ったとされており、『長秋記』などの記載と重なる。

ちなみに、現在、修学院の地には、後水尾上皇によって万治二年（一六五九）造営された修学院離宮が伝えられている。修学院離宮が造られた頃には、修学院は跡形もなかったようであり、南北朝以降、あるいは応仁の乱により失われてしまったか。『望月仏教大辞典』「修学院」の項、『平安時代史事典』（角川書店）「修学院」、「勝算」の項参照。

五　かの明王の帳のなかより、剣をたまはりて…やがてうつつに侍りける―『藤の衣物語』では剣の由来として、修学院の寺の師が祈ったところ、明王を安置した帳の中から、剣をたまわり、その剣を物の怪に苦しむ人の身に添えよ、と言われたという夢を見て、目が覚めてもそのままその剣が現実にもあったとする。この箇所は、『平家物語』巻第三「大塔建立」に見える記述――清盛が厳島神社の修理を成し遂げた後、厳島神社に参詣し終夜祈願したところ、御宝殿のなかから、大明神の使いと称する、鬢《びんづら》を結った天童が出て来て、清盛に「この剣」をもって、この国をしずめ、朝廷を守護するようにと言って、「銀のひるまきしたる小長刀」を下賜するという夢を見て、目が覚めるとその「小長刀」が現実にも枕上に立っていた――と重なる。（日本古典文学大系『平家物語上』二二四頁）。こうした言い伝えは、ままあったか。

なお、『藤の衣物語』では、修学院の本尊は「明王」であったと読めるが、『権記』寛弘元年二月二十六日条（詞書第十二段注**四**参照）によると修学院には「倶力迦羅《くりから》大龍王」が安置されていると記されている。「倶力迦羅大龍王」は「倶利迦羅大龍王」とも記すが、黒い龍の意という。当初は不動明王を念ずる功力によってこの龍を駆使し、またはその保護を受けるものとして信仰されていたが、やがてこの龍そのものが不動明王の化身とされるようにもなったという。『藤の衣物語』にみえる帳のなかに安置されていた「明王」が、『権記』にいう「倶力迦羅大龍王」そのものをさす可能性もあるか。いずれにせよ、修学院が、不動明王信仰の寺院であったことは確認できる。『密教大辞典　増訂版』（法蔵館）「クリカ　倶哩迦」の項参照。

六　伝へ給へりしなり―底本では「つたへ侍にしなり」の「侍に」に見セ消チが付され「給へり」が並記。

七　侍る―底本では「侍」。詠嘆の意をこめて連体形終止「侍る」と解した。本絵巻の詞書では「侍」に送り仮名が付されている例も少なくないものの、連用形や連体形の「り」「る」が省略されている例もままみられることから、この「侍」の例も「侍り」と解する余地もなくはない。しかし、文が終止する場合、つまり文末が「侍り」「侍」で終わっている例（助詞・助動詞が接続しない例）を調査したところ、「侍べり」六例、「侍り」一例に対して、送り仮名を有さない「侍」はこの箇所を含め五例が認められた。本絵巻の詞書では、「うちなかるゝ」（第四段）、「思ひ給うる」（第七段）、「御みゝとまりける」（第十三段）など、連体形終止をとる例も散見することから、明らかに終止形であることを送り仮名によって示した例「侍べり」「侍り」と区別して、「侍」のみの例は、連体形終止として「侍る」と解することにした。

ちなみに、送り仮名を有さない「侍」五例のなかには、「こそ侍」の例も一例認められるが、本絵巻では「こそ」の結びが已然形ではなく連体形となっている例が他にも一例認められる。一方、「こそ」の結びが終止形のままの例は認められないことから、「こそ侍」は、「こそ侍り」ではなく「こそ侍る」と連体形と解するのが適当であろう。「こそ侍」は係り結びの法則の破格であり、文末の「侍」の例と同じではないものの、文末の「侍」を、「侍り」ではなく「侍る」と解すべき傍証のひとつとも見なせようか。詞書第十七段注**七**、第十八段注**七**参照。

八　いとくちをしくて―底本では「いとくちおしくていとくちをしくて」の「いとくちをしくて」に見セ消チが付されている。

九　去ぬるなり―底本では「いのるなり」の「の」に見セ消チが付され「ぬ」が並記。

一〇　なし果て給ひてよ―底本では「なしはて給てき」の「き」に見セ消チが付され「よ」が並記。

一一　思ひ給へど―ここは、あこ丸（昨夜《よべ》の山伏）33の会話文中であり、あこ丸自身の行為について用いられているため、謙譲の意をあらわす下二段活用の「給ふ」が用いられるべきであり「思ひ給ふれど」とあるのが正しい。下二段活用「給ふ」の誤用。詞書第九段注**一〇**参照。

一二　病者―底本では「ひやさ」。第十一段の詞書（六四頁）では「ひやうさ」。

一三　思ひ給ひてなん―詞書第十二段注**一一**と同様に、ここも謙譲の意の下二段活用の「給ふ」が用いられるべきであり「思ひ給へてなん」とあるのが正しい。

一四　居もしづまらぬ―底本では「いもしつまらぬ」。「い」は「ゐる」の連用形と考え、訪れたあこ丸（昨夜《よべ》の山伏）33が、座について、落ち着いた状態にまだならない、の意と解した。「い」だと「眠ること」の意。

一五　笛だつものにや、袋に入れたり―本絵巻では、『山伏』1が、息子・弁（若君）4の傍らに差し置いた、袋に入れられた笛めいたものが何であったのか、明確に記された箇所はない。対応する詞書が認められないJ絵12の画中詞のなかで、『山伏』の息子・中納言（若君）4が、叔父である内大臣11に対して、初瀬で不思議にも父とおぼしき山伏と出会ったが、見失ってしまったこと、しかし物の怪が語った言葉、そして「蟬丸《せみまる》」を下さったので、父であることは疑いようもない、と語る箇所（一一六頁）がある。「せみ丸」の名ははじめて見えるが、この「せみ丸」こそ『山伏』が父であることの証となる、『山伏』愛用の笛であったのではないかと推定される。笛の名としては、『平家物語』（日本古典文学大系『平家物語　上』巻第四「大衆揃」三〇七頁）には「蟬《せみ》をれ」、「御伽草子」の『御曹司島渡』（日本古典文学大系『御伽草子』一〇七頁他）では「たいとう丸」（写本によっては「せみおれ」）が見出され、「せみ丸（蟬丸）」は笛の名として十分考えうる名称である。画中詞J絵12注**30**参照。

　また、〈笛〉は父と子を結ぶものとして、『源氏物語』（柏木から秘密の子・薫に伝えられた笛）をはじめ、中世王朝物語の『あさぢが露』『あまのかるも』『有明の別』『いはでしのぶ』にも認められる。

ちなみに、『藤の衣物語絵巻』のなかで、対応する詞書をもたないB絵1、B絵2の二図には、山寺かと思われる場面が描かれ、山寺という所がらには、およそ不相応な、すぐれた笛の音色のことが話題となっている。これらをあわせ考えると、山寺で聞こえてくるすぐれた笛の音こそ、一般的には山伏と不釣合いなものであり、かつて貴族の子弟であったことの証としての『山伏』が吹きならす笛「せみ丸（蟬丸）」の音色であったのではないかと推定される。画中詞B絵1注1、B絵2注1参照。詳しくは、〈伊東『藤の衣』〉第六章、1「父と子をつなぐもの―〈剣〉と〈笛〉」を参照されたい。

一六 あきれたる―底本では「あ」は「て」の上に重ネ書キ。

一七 几帳―底本では「木丁」。

一八 みな―『山伏』の母上[7]を含めて、みんながお泣きになる、ととったが、母上がすっかりお泣きになる、ともとれるか。

・画中詞（J絵9）

1 念じて給ひ候へ―底本では「ねんして給候へ」。「て」が若干判読しにくい。

2 返りごとは言はで…―『山伏』の行為をあらわす。

3 同じ年になりし我が子―太政大臣の二番目の息子[10]のこと。一番目の息子[1]とは同い年で、数ヶ月だけ遅れて生まれた。母は内大臣殿の娘[8]で、死後、物の怪となった。二番目の息子が亡くなり、その母が物の怪となった経緯については第八段の画中詞（J絵8）三、四（四九〜五〇頁）に詳しい。

4 君の御末こそ…―『山伏』の子孫が栄えるだろうという物の怪による予言は、詞書と画中詞に共通して認められるが、『山伏』の子供たちに関する具体的な予言は次のように異なる。

＊詞書 ①姫君も国の親となるだろう。

＊画中詞①家をも継ぎ、
②国の親ともなり、
③尊き人とも仰がれるだろう。

詞書では具体的な予言は①姫君[3]が国母となるだろうというものだけであるのだが、画中詞では三人分の予言がなされている。そのうち①と②の予言は、若君（弁・侍従）[4]が太政大臣家を継ぎ、姫君が国母となるだろうというものとわかるが、③の予言はわかりにくいだろう。実は、③の予言は、第十二段までのなかにはまだ登場しない、『山伏』の三番目の子[5]を念頭に置いたものと推定される。三番目の子は、第十四段で「荒験者」として姿をみせ、第十六段ではじめて、物の怪によりその素姓が明かされる人物である。彼は、帝の病気を治すなど霊験あらたかなことにより尊まれ、第十四段において僧都、第十六段において僧正の位を授かっている。

物の怪の予言は、『山伏』がはじめてわが子と知った姫君の加持祈禱を行なっている折になされたものであり、姫君の将来について具体的に言及された詞書の予言は自然である。それに対して、画中詞の予言は、一見、細やかであるように思われるが、物語中にはまだまったく姿の見えない三番目の子についてまで言及していることになり、不自然さがぬぐえない。画中詞では、物語時間を無視して、絵巻制作時に、さかしらにより書き加えられた可能性が高い。

5 やな―画中詞第三段注19参照。

6 なう―画中詞第一段注1参照。

7 とよ―画中詞第三段注21参照。

8 観音―長谷観音のこと。

9 やな―画中詞第三段注19参照。

10 いし―かつての翻刻〈伊東『藤の衣』〉では「はし」としていたが改めた。「いし」については画中詞第九段注6参照。

11 やな―画中詞第三段注19参照。

12 なう―画中詞第一段注1参照。

13 いういう、をうをう、しくしく、さめざめ―いずれも泣き声をあらわしたもの。画中詞第六段注23参照。

14 なう―画中詞第一段注1参照。

15 と思ひかねて問ふ―宮の御方の行為をあらわす。底本では文末「とふ」の「と」が判読しにくい。

16 ああ―底本では「あゝ」。「あら」とも読めるか。

17 我が御子―底本では「我御子」。「我《わ》」は、二人称。親しんで、または相手を卑しめ軽んじて呼ぶ語。『岩波古語辞典』による。ここでは、あんたのお子さん、の意。あるいは、ご自身のお子さん、の意ともとれるか。画中詞第十段注33参照。

18 と物の怪、腹立ちて言ふ―物の怪の行為をあらわす。

19 うう、うう―うめき声か。

20 なう―画中詞第一段注1参照。

21 されば―驚きなどをあらわす文中に用いて、それでは、いったい全体の意。参考「『是はされば、夢かや、夢か』とぞ驚かれける」（日本古典文学大系『平家物語　上』巻第三「行隆之沙汰」二六一頁）。画中詞第六段注22、第十六段注20、第十七段注10参照。

22 ものだに言はれず―弁少将[4]の行為をあらわす。

23 南無法華経中十羅刹―底本では「なむ法花経中十らせつ」。「十羅刹」は、『妙法蓮華経』陀羅尼品第二十六に見える「十羅刹女」のこと。十羅刹女は、世尊（釈迦）に対して、法華経を読誦し受持する者を擁護して、その衰患を除くようつとめよう、と約束する。ここでは、その十羅刹女の加護を祈念したものであろう。『今昔物語集』巻第十二第三十四「書写山性空聖人語」に、性空聖人が「我レ大魔障ニ値タリ。助ケ給へ、十羅刹」（日本古典文学大系『今昔物語集　三』一八八頁）と叫び、念珠をもみ、額づき祈ったことが語られており、参考になる。

24 ものも言はれず。あきれ果ておぼゆれば……―『山伏』の行為と心内語をあらわす。

25 忘れ形見…摘み置きけるぞや―画中詞第十一段注33参照。

26 何ぞら―底本では「なにそら」。「そら」はわかりにくい。第十六段の画中詞二の内侍殿の会話（九七頁）、および第十七段の画中詞二の大夫殿の会話（一〇六頁）のなかにも「何ぞら（なにそら）」が見える。類例として、第十三段の画中詞七の平宰相の会話「誰、候ふぞら」（八五頁）、B絵4画中詞二の中納言の会話に「候ひけるぞら」（一一八頁）が見える。また、『とはずがたり』巻二に「資行が申し入れし人は、何と候ひしそら」（古典集成、一一四頁）があり、頭注には「『そら』は、当時の口語で強意の助詞か」と記されている。助詞「ぞ」に接尾語「ら」がついた形のようにも思われる。静岡県などに残る方言「ずら」をも連想させる。さらに検討しなければならないが、本書では「ぞら」と読んでおく。画中詞第十三段注54、第十六段注8、第十七段注16、B絵4注4参照。

なお、『恋路ゆかしき大将』にも「何事そらと思ひたるけしきなり」（『中世王朝物語全集8』一五七頁）という例がある。「『そら』は、用例の時代が下るが『ずらう』『ずら』（疑問・推量）と同様に用いているのかも知れない」との注記がある。あわせて検討したい。

27 かはかはと―底本では「かは〱と」。擬音語。戸をたたく音をあらわす。どのような音かわかりにくい。

28 たたくからゐん―未詳。戸をたたくことと関わるか。あるいは「南無法華経中十羅刹」（画中詞第十二段注23）とともに、経典の一節か。

○第十三段

・詞書（B詞2）

一 瘧病―周期的に高熱を発する病気。『源氏物語』でも、光源氏と朧月夜がこの病気を患ったとされている。

二 御はらからの山の御子―「御はらから」は帝と御兄弟であること。「山の御子」は比叡山延暦寺の天台座主である御子のこと。第十三段の詞書に見える「座主の御子」「宮」、画中詞「座主（ざす）の宮」も同じ人物をさす。第十六段の詞書にも「宮」が見える。詞書第十六段注四参照。

三 七仏薬師―七仏薬師法のこと。七仏薬師（七尊の薬師）を本尊として息災または増益のために修する秘法のことで、天台座主自らが大阿闍梨となってつとめるという。『藤の衣物語絵巻』でも、帝と兄弟の「山の御子」、つまり天台座主によって、帝の病気平癒を願って行なわれている。七仏薬師法は、七壇御修法ともよばれ、比叡山延暦寺の第三代座主慈覚大師円仁が始めたものとされる。『望月仏教大辞典』「七佛薬師法」の項参照。

四 寺、山―寺は三井寺、山は比叡山延暦寺のこと。

五 行者―仏法を修行する者をさすが、ここでは修験道の修行者のこと。修行者、修験者に同じ。

六 天の下―底本では「雨の下」。

七 阿闍梨―底本では「あさり」。サンスクリット語の音写で、「規範師」「正行」と訳す。弟子を教授し、その規則規範たるべき師をさす。平安時代以来、一種の職官で、宣旨によって補せられた。なお、阿闍梨には「一身阿闍梨」といって、名門の人を尊崇して、その人一身に限って任ずる場合もあるという。『望月仏教大辞典』「阿闍梨」の項参照。

八　葛川—底本では「かつら川」。近江国葛川息障明王院を中心とした、比叡山の北に位置する修行の地。葛川とあるが、川ではない。南北に比良山脈が走り、北方斜面が琵琶湖につながって割合ゆるやかであるのに対し、西方斜面、すなわち葛川の側は急斜面になっているという。比良山脈と併行して、西には丹波高原が連なり、二つの山地にはさまれた谷合に安曇川が蛇行している。葛川一帯は、この安曇川に沿っており、斜面が急で、あちこちに滝がかかり、行者の修練にはふさわしい地形であったようだ。熊野が天台宗寺門派（三井寺）の支配下におかれた修験の地であったのに対して、葛川は天台宗山門派（比叡山）に属し、原則として山門派以外の修行者を交えないものであったという。『藤の衣物語絵巻』のこの荒験者も、横川の僧正の甥であり、山門派とみなせる。ちなみに、天台山門の回峰行には東塔・西塔・横川とともに葛川の息障明王院の参籠も含まれている。葛川については、村山修一氏『山伏の歴史』（塙書房、一九七〇年）による。

九　荒験者—「荒」は荒々しい、激しい、の意。「験者」は、加持祈禱をして験をあらわす密教の行者のことで、修験者（験を修めた者）と同じ。「荒験者」とは、加持祈禱の声や身ぶりが荒々しい験者のことか。あるいは、若く荒削りの験者のことか。

一〇　寺のなにがし僧正—三井寺の某僧正。「僧正」は僧綱の一つで、最高位の僧官。「僧綱」は、僧尼を統督し、諸大寺を管理するために設けられた職官で、僧正・僧都・律師によって構成される。『岩波仏教大辞典』「僧綱」の項参照。

一一　しみ返り—底本では「しみ返」。「返る」は動詞の連用形について、くり返し…する、しっかり…する、の意を加える。「しむ」は、色や香などが深くしみこむ、心に深く感じる、などの意。ここでは、荒験者が経をよむ声について「しみ返り尊きに」とあって、若干わかりにくい。本絵巻では、第十五段詞書に『山伏』が経をよむ声について「しみ返りたる声にて、経をいと尊くよむ」（九一頁）と、類似した例がある。『浜松中納言物語』にも、中納言が漢詩の一節を誦す声について「しみかへり給へる御声の、山の鳥どもゝおどろかい給《たまふ》べし」（日本古典文学大系『篁物語・平中物語・浜松中納言物語』三二〇頁）の例があり、あたりにしみとおるような声の意ともとれるか。本絵巻でも、あたりにしみとおるような声の意と解しておくが、心に深くしみこむような声の意とも、何度もよみこんだ豊かな声の意ともとれるか。さらに検討したい。

一二　尊きに、いと—底本では「たうときいと」の「き」と「い」の間に「に」が補入。

一三　御几帳—底本では「御木丁」。

一四　千手経—『千手経』は病気の治療をはじめ現世利益に効き目のあるもので、ここでも帝の病気平癒のために『千手経』

が選ばれたものと思われる。なお、第十一段の画中詞（六九頁）でも、『千手経』の一節が唱えられている。『千手経』については画中詞第十一段注30を参照されたい。

一五 南無本寺根本中堂医王善逝十二大願部類眷属―底本では「なむ本寺こん本中たうい王せんせい十二大くわんふるいけむそく」。医王善逝は、薬師如来（薬師瑠璃光如来とも）の異称。「如来」は仏の尊称。薬師如来は菩薩行を行なっていた時、十二の大願を発し、成仏（悟りを開いて仏になること）した。「部類」は仲間のこと。「眷属」は仏・菩薩につき従うものの意。薬師如来の眷属は十二神将。薬師如来は、比叡山延暦寺の根本中堂の本尊であることから、その根本中堂の薬師如来（医王善逝）の加護を祈ったものと思われる。『望月仏教大辞典』、『密教大辞典 増訂版』（法蔵館）の「薬師如来」の項を参照。なお、かつての翻刻〈伊東『藤の衣』〉では「い王」の「王」を仮名の「わ」と解して、「いわ」と翻刻していたが、「王」を漢字として改めた。

一六 もみ入りたる―「もむ」は両手を合わせておしもむ意。「入る」は動詞の連用形について、すっかり…する、ひたすら…する、の意を加える。ここでは、医王善逝の加護を祈って、両手を合わせておしもみながら一心不乱に祈禱している様子をあらわすと推定した。参考「独鈷をも（ツ）てなづきをつきくだき、乳和して護摩にたき、黒煙をたててひともみもまれたりければ」（日本古典文学大系『平家物語 下』巻第八「名虎」一二六頁）、「御験者は…、をの〳〵僧伽の句共あげ、本山の三宝、年来所持の本尊達、責めふせ〳〵もまれけり」（同『平家物語 上』巻第三「御産」二一九頁）。ちなみに、『藤の衣物語絵巻』第十二段の詞書に「念誦をしつつ、数珠おしするほど」（七二頁）、第十五段の詞書に「数珠おしすりて」（九一頁）の例がある。これらの例は、「もみ入る」が、単に数珠をおし擦るのではなく、両手合わせておしもみながらひたすら祈る意であることをうかがわせる。

一七 歩み―底本では「あよみ」。「あゆみ」の母音交替形。二行先には「あゆみつつ」とあり、本絵巻では「あよみ」と「あゆみ」がともに用いられている。

一八 うたて名をさへ立ち侍りけり―いやな評判まで立ったというのは、僧正と荒験者があまりに親密なため、ホモセクシャルではないかという噂までが立ったことをさすのだろう。実際は、荒験者は僧正の甥にあたることが、本段の画中詞五（僧正の発言、八二頁）によってわかる。画中詞第十三段注51参照。

一九 弁中納言―「弁」も「中納言」も、ある時期における『山伏』の息子[4]の官職であり、呼称。ただし、「弁中納言」という呼称は不審。かつて「弁」官だった「中納言」の意か。ちなみに、本絵巻では『山伏』の子息である若君の、元服後の呼称は、侍従→弁（弁少将）→弁中納言（弁中納言）→新中納言・中納言（権中納言）→中納言・権中納言（権中納言大夫）となっている。なお、（ ）を付した呼称は画中詞にみえるもので、詞書における例と区別した。〈伊東『藤の衣』〉の第二章（二六一〜二六九頁）に、主要な登場人物の呼称を整理しているので参照されたい。

二〇 さぶらひて―底本では「さふらひ給て」の「給」に見せ消チ。画中詞第三段注41参照。

二一 聞い給ふにも―底本では「きゐたまふにも」。「聞き」の音便形とみなした。

二二 御耳とまりける―連体形終止。

・画中詞（B絵5）

1 諒―底本では「りやう」。意味がはっきりしないが、「諒」の字をあてて、真実、まこと、もっともなこと、といった意をあらわすと推定した。帝の会話文中に認められる例であるが、本段画中詞二の蔵人佐による会話文（八五頁）にも「りやう」の語が見える他、第十八段の画中詞二の僧正（『山伏』の子5）の会話文（一一〇頁）にも「りや」の語が認められる。いずれの例も、男性の会話文中に用いられており、さらに会話の相手もみな男性であることから、漢語の可能性が高い。『大漢和辞典』の「諒」の項に、③「まことに。疑もなく。げに」の意味の例として、『詩経』の「諒不二我知一」が掲出されており、参考になるだろう。画中詞第十三段注61、第十八段注5参照。

2 何―横川の僧正の名がわからないか、あるいは知っていてもストレートに言わずに、相手をさす語であろう。

3 かしく―「かしこし」の語幹「かしこ」の転。帝からのお言葉に対して、恐れ多いこと、かたじけないこと、もったいないこと、の意。

4 御たづね候ふ―画中詞第一段注8参照。

5 たれがしと…不審に存じ候ふ―横川の僧正によるこの長い会話文は、帝から荒験者5（僧都の位を授かる）が誰の子であるのかたずねられたことに対する返事である。詞書では、弟子が僧都となったお礼に参上した横川の僧正を、帝は御前に召して誰の子であるのかおたずねになられたとするだけで、横川の僧正が何と答えたのかいっさい触れられていない。画中詞五のこの長い横川の僧正の会話文によって、新僧都（荒験者）5の父にあたる男性と横川の僧正が出会った不思議な経緯や、新僧都の母が横川の僧正の妹であること、しかし、新僧都の父の名は横川の僧正も知らないということが明らかにされる。

この長い会話文中には、「候ふ」七五例とともに「侍り」が三例用いられている。「侍り」と「候ふ」は、いわゆる丁寧語とよばれる語で、用法・働きが類似する。「侍り」は平安時代、特に会話文・消息文のなかで多用されたが、平安後期以降、「候ふ」にその役目が取って代わられたという。『藤の衣物語絵巻』では、詞書は「侍り」、画中詞は「候ふ」というように使い分けが認められるが、唯一の例外が、横川の僧正のこの長い会話文にみえる「侍り」の三例である。新僧都の父にあたる男性について語られたこの長い会話文は、物語の進行上、欠くことのできないものであり、『藤の衣物語絵巻』のもととなった『藤の衣物語』そのものにも存在していたに違いない。おそらく、絵巻制作時に、古語としての印象の強い「侍り」を、画中詞では「候ふ」に置き換えたが、あまりに長い会話文であったために、「侍り」の三例がもとの形のまま残ってしまったというのが、実際に近いのではないか。〈伊東『藤の衣』〉第五章、参照。

6　同行—底本では「とう行」。志を同じくして仏道修行に励む者の意。

7　安楽寺—筑前国大宰府にある安楽寺のこと。安楽寺は、大宰府天満宮が明治初年の廃仏毀釈で神仏混淆の祭典を廃されるまでの呼称。天満宮安楽寺とも安楽寺天満宮ともよばれた。安楽寺は、大宰権帥として左遷され、その地で薨じた菅原道真の廟として創建されたもので、菅原氏の氏寺であった。私的寺院であった安楽寺だが、十一世紀に入ると急速に発展して行き、官寺的性格を帯びてきたという。安楽寺については、恵良宏氏「大宰府安楽寺の寺官機構について」(『宇部工業高等専門学校研究報告6』一九六七年十二月)による。画中詞第十三段注18参照。

8　所労—底本では「所羅」と記されており、何をさすのかわかりにくい。「所」を漢字、「羅」を「ら」の仮名として「所ら」と読み、「所労(しょらう)」(病気の意)をさすものかと解しておく。「所」も「羅」も仮名として「そら」と読むこともできるし、「所」「羅」いずれも漢字ととることもできるか。さらに検討したい。

9　呪をみて—底本では「しゆをみて」。「呪」は、「陀羅尼」のこと。サンスクリット語を音写した長文の呪文。ここでは、陀羅尼を試しによんでみること。

10　印を結びて—底本では「ゐんをむすひて」。「印」は、仏・菩薩などの悟りや請願を手の指でいろいろな形に結んであらわすもの。陀羅尼を唱える時に行なう。

11　汝—底本では「なんち」。二人称の代名詞。主に男性が用いる語で、主として漢文訓読系で用いられる語。この横川の僧正の会話文には「汝」のほか、「分明(ふんみやう)」「推量(すいりやう)」「不審(ふしん)」などの漢語が見え、僧正の会話文らしさをうかがわせる。

12　申して候ひしに—底本では「申て候しに」。若干判読しにくい。

13　川—底本では「河」。この横川の僧正の会話文中では、他の例は「たに川」「川」と表記されている。

14　侍りしを—底本では「侍しを」。画中詞第十三段注5参照。

15　しのぶ摺りの衣、頭に被くもの、脛巾—底本では「忍すりの衣かしらにかつく物はゝき」。山伏の身につけているものをさす。「しのぶ摺りの衣」とは、しのぶ草の茎や葉で、乱れ模様を摺りつけた布で作った衣。第十五段の詞書において、『山伏』は独詠歌のなかで、自身が身にまとう衣のことを「露ほさぬしのぶの衣」とよんでおり、重なる。「頭にかづくもの」は、山伏が前頭部につける小さな黒い布製の頭巾《ときん》(兜巾)のこと。「はばき」は脛《はぎ》に巻くもので、後世の脚絆《きやはん》にあたる。『藤の衣物語絵巻』の第十一段（J絵10）・第十二段（J絵9）の絵にみえる山伏の図様も参照されたい。
16　移し着せ―底本では「うつくしきせ」。意味を考え、「く」は誤って筆が動いてしまったものと判断し、「うつしきせ」と改めた。
17　侍り―底本では「侍へり」。画中詞第十三段注5参照。
18　安楽寺の別当―「別当」は東大寺・興福寺などの大寺において、一山の寺務を統括する僧官のこと。安楽寺（画中詞第十三段注7参照）は、菅原道真亡きあとに創建されたものであり、安楽寺の代々の別当は道真の子孫が任ぜられたという。これによれば、横川の僧正は道真の子孫ということになるか。恵良宏氏「大宰府安楽寺の寺官機構について」（画中詞第十三段注7に同じ）による。
19　候ひしを―画中詞第三段注41参照。
20　侍りしを―底本では「侍しを」。画中詞第十三段注5参照。
21　あらせつけ―「せ」は使役の助動詞「す」の連用形か。居つかせる、の意と解したが、下二段活用の動詞「ありつく」も、居つかせる、の意がある。「せ」は尊敬の意とも思われるが、横川の僧正は、新僧正の父にあたる人物について尊敬表現は用いていない。「ありつけ」よりも「あらせつけ」のほうが、使役の意が強められるということか。
22　と、これを聞くにも…ものも言はず―弁中納言（『山伏の子』）4の行為。「言はず」は底本では「いわす」。
23　かや―疑問・感動の意をあらわす助詞。
24　なう―画中詞第一段注1参照。
25　と思ふ―心内語を受け、新大納言殿の行為をあらわす。
26　やう―底本では「（ふしきや）ゝう」。画中詞第六段注14参照。
27　なう―画中詞第一段注1参照。
28　申しつるはな―「な」は終助詞で、詠嘆あるいは念を押す意。本絵巻の画中詞では「な」の例も見えるが、「なう」の用例のほうが多い。
29　よや―終助詞「よ」と「や」の連語。人に強く呼びかける意。『例解古語辞典』参照。
30　やらん―画中詞第一段注27参照。
31　あの弁中納言の御ふりの思ひ出でられて―荒験者（新僧都）5と弁中納言4が、第十六段の詞書にて、実は異母兄弟であると物の怪によって明かされる（九五頁）ことへの伏線となっている。
32　似せやうや―底本では「にせやうや」。語構成がはっきりしない。下二段活用の動詞「似す」（似せるの意）の未然形に助動詞「む」、さらに疑問あるいは反語の助詞「や」がついた、「似せむや」の転「似せうや」が転じたものか。あるいは、「似せなむや」の転か（「な」は助動詞「ぬ」の未然形）。似せたりしようか、似せるなんてとんでもない、の意と解しておくが、さらなる検討を要する。
33　方人―底本では「かた人」。「かたうど」と読んでおくが、「かたびと」か読みは定まらない。味方の意。

34　いかほど―底本では「いか程」。かつての翻刻〈伊東『藤の衣』〉では「□か程」。料紙が一部欠損していて判読しにくいが、「い」と判断した。「いかほど」は、分量・程度の疑問をあらわす副詞で、鎌倉以後に使われた語。『岩波古語辞典』参照。

35　候ふなく―かつての翻刻〈伊東『藤の衣』〉では「□なく」。判読しにくいが、「候」の略字と読むことができるかと判断した。

36　木高きさぶらふ―底本では「木たかきさふらふ」。女房の名。三角洋一氏〈伊東『藤の衣』〉の「序」に、この女房名は『伏屋の草子』の女主人公の乳母の名前と同じという興味深い指摘がある。その名の由来と両作品の関係については今後の課題としたい。

37　御所の御心地―底本では「御所の御心ち」。帝の容態がよくなったことをさす。

38　いみじし―形容詞「いみじ」の終止形として「し」を重ねた用法。形容詞の終止形に「しし」と「し」を重ねる用法はシク活用に限定してみられるもので、シク活用は語幹に「し」までが含まれているため、終止形であることをはっきり示すために生まれた用法であろうか。山内洋一郎氏『中世語論考』（清文堂、一九八九年六月。三三頁、六七頁）によると、鎌倉時代にも延慶本『平家物語』「見苦シヽ」や『日蓮書状』（文永九年・一二七三）「たのもしヽ〳〵」などの例がみられるというが、室町期に多く見られるという。なお、覚一本『平家物語』にも「風はほげしし」（日本古典文学大系『平家物語　上』巻十五「奈良炎上」三八二頁）の例がみえる。

39　御心苦しく候ひつる―画中詞第一段注34参照。

40　御落居―底本では「御らきよ」。促音便の無表記か。帝の病状が安定したことをさす。

41　ちとも―かつての翻刻〈伊東『藤の衣』〉では「□とも」。判読しにくいが、「ち」と判断した。少しも、の意。

42　御見分―底本では「御けふん」。見届けること、の意。

43　勾当内侍殿―底本では「こうたうの内侍殿」。「勾当内侍」は、掌侍（ないしのじょう）のなかで首位のもので、奏請や伝宣をつかさどる女官。かつての翻刻〈伊東『藤の衣』〉では「こうたとの内侍殿」としていたが改めた。なお、第十四段の画中詞にも「こうたうの内侍」が認められる。こちらも、かつての翻刻では「こうたとの内侍」としていたが改めた。

44　御心苦しう候ひつるに―画中詞第一段注34参照。

45　者候ふかな―底本では「物候かな」。ただし「候」は、略字が用いられており判読しにくい。

46　御参りて―底本では「御まいりて」。動詞の連用形の名詞的用法に「御」がついた形か。

47　如法―画中詞第四段注1参照。

48　化したる定のものぞ―底本では「けしたる定の物そ」。座主の宮㉖が、口にした冗談であろうが、意味がわかりにくい。「けし」は姿・形を変えるの意の「化す」と解した。「定」

は仏教用語であると思われるがわかりにくい。「真理」と解しておく。

49 とよ—画中詞第三段注21参照。

50 御たづね候ひげに候ふ—画中詞第一段注8参照。底本では「御たつね候けに候」。「候けに候」は判読しにくく、かつての翻刻〈伊東『藤の衣』〉では「候けるに」としているが改めた。

51 わろき名を立ちける—「わろき名」は、詞書では「うたて名」。詞書第十三段注一八参照。「名」は評判の意。

52 なう—画中詞第一段注1参照。

53 さとやらん—「さ」を副詞ととり、そういうことであるのだろう、の意と解した。「やらん」は画中詞第一段注27参照。

54 誰、候ふぞら—底本では「たれ候そら」。「ぞら」は画中詞第十二段注26参照。

55 さもや—かつての翻刻〈伊東『藤の衣』〉では「さりや」。「り」と「も」は字形が類似する場合があり判読しにくいが「も」に改めた。

56 きうきう—笑い声。画中詞第一段注17参照。

57 無相や—かつての翻刻〈伊東『藤の衣』〉では「□むうや」としたが、「□」はある文字に見セ消チを付したものと解した。また、「む」と「や」の間にも一文字文があるが、かつての翻刻では文字の上に見セ消チが付されたものと解し、右側に並記されている「う」のみを読んだ。しかし、よく見ると、「む」と「や」の間に重ね書きされた筆は、見セ消チではなく、「さ」とも読めるかと思われ、「う」は「さ」と「や」の間に補入されているとも思われることから、「むさうや」と読んでみた。荒験者について、「化したる定のもの」(真理が姿を変えたもの)という冗談に対して、「定」と同じく仏教語である「無相」を用い、姿・形のないものと応じたものと解してみた。

58 かうぶり着つ—この平宰相の心内語には「かうぶり」「大かぶり」と二度「冠」が出てくるが、内容がわかりにくい。「かうぶり」を得るとは五位になることをあらわすが、僧都の位は正五位に准ずるという(『岩波古語辞典』「僧都」の項に引用された『続日本紀』の記述による)。この段において、荒験者が「僧都」の位を授けられたことと関わるか。

59 ぞへして着たる—底本では「そへしてきたる」。かつての翻刻〈伊東『藤の衣』〉では「そつしてきたり」としていたが改めた。「つ」と「へ」は読み分けがむずかしい。「へして」と読み、「へこます」の意と解したが、内容がはっきりしない。

60 殿—具体的に誰をさすのかはっきりしないが、第十三段の詞書にみえる「関白殿」と考えてよいか。

61 諒—底本では「りやう」。画中詞第十三段注1、第十八段注5参照。

62 直廬—底本では「ちよくろ」。宮中にある、摂政・関白・大臣・大納言などが宿直・休息する所。

63 つかさあづけつるてふ—官職を預けたという、と訳してみたが、具体的にどのようなことかわかりにくい。

64　勾当内侍殿—画中詞第十三段注43参照。

○　第十四段

・詞書（B詞3）

一　荒れそこなはれ—底本では「あれてそこなはれ」の「て」に見セ消チ。

二　宣耀殿—底本では「せんよう殿」。宣耀殿と麗景殿の殿舎は並んでおり、帝の住まいである清涼殿からは麗景殿、宣耀殿の順に並ぶ。帝[25]は宣耀殿の女御のもとに通うついでに、麗景殿に住まう春宮の女御[3]の様子をうかがうということ。

三　あたり—底本では「わたり」の「わ」に見セ消チが付され、「あ」が並記。

四　ほのぼの聞こゆるものの音など…あまたの御方々には似ぬけはひしるきにも—春宮の女御[3]の母は、あそび・幸寿[2]であり、あそびの宿には都から琴の師が通っていたと記されていた（第四段の詞書J詞4・画中詞J絵2）。また幸寿が想夫恋を爪弾いていたことも記されていた（第二段の画中詞J絵2）。春宮の女御は、母の琴の技量を受け継いだものとして設定されており、彼女の琴の音色が他の女御たちと違って独特であるというのは、彼女の母があそびであったことを物語るものに他ならないだろう。

五　室の八島に宿求めまほしき—引歌「いかにせむ室の八島に宿もがな恋の煙を空にまがへむ」（千載集・恋一・七〇三・忍恋　皇太后宮大夫俊成）による。伊東祐子「『藤の衣物語』と鎌倉時代の物語をめぐって—「室の八島の煙」と「出家遁世譚」を中心に」（『平安文学研究　生成』笠間書院、二〇〇五年十一月）、同「『藤の衣物語』の引用をめぐって—引歌と行基菩薩からみえる時代背景」（『中世王朝物語の新研究』新典社、二〇〇七年十月）参照。なお、「求めまほしき」は連体形終止。

六　女御子—底本でも「女御子」。つづく箇所でも「一、二の御子」。第十六段には「女みこ」と仮名表記の例もある。第十段では太政大臣の子息である大将の子のことも「御子」とするが、こちらは「おほんこ」「おんこ」か。

七　させたてまつり給ふ—底本では「させ給つゝたてまつりたまひつゝ」の「給つゝ」に見セ消チが付され、「たまひつゝ」の「ひつゝ」にも見セ消チが付され「う」が並記。

八　我が御み子の定—底本では「我御み子のちやう」。「定」の意がわかりにくい。ここでは、きまりの意ととり、帝が自身の皇子に対するきまりのように、つまり自身の皇子に対するのと同じようにもてなしたと解しておく。なお、「御み子」は不審。「み」は衍字か。詞書第十四段注六参照。

・画中詞（B絵6）

1　やや—感動詞。呼びかける時、驚いた時などに発する語。ここでは、おい、もしもし、の意。

2　くは—感動詞。相手の注意を喚起する語。さあ、ほら、の意。

3 よや—画中詞第十三段注29参照。

4 かう—副詞「かく」の転。

5 春宮—「春」の漢字は若干読みにくい。

6 とくおぼえぬ—「ぬ」を終止形と考えると、完了の助動詞「ぬ」。「ぬ」を連体形と考えると、打消の助動詞「ず」。ここは、打消の助動詞「ず」ととり、春宮と女御との間の皇子について、母親である女御に似ていて、父親である春宮の顔がすぐには思い出せないと言っていると解した。なお、この皇子が春宮の女御の二人の皇子のうち、どちらをさすのかについて、第十四段の絵（B絵6）を参照すると、帝は幼い皇子の近くに描かれていることから、第二皇子（弟宮）と推定される。

7 □—第十四段B絵6には画中詞の順番を示す「二」が見えない。「さりげに…」以下を、「二」にあたる会話文と見なした。

8 さうて候ふなり—底本では「さうて候也」。かつての翻刻〈伊東『藤の衣』〉では、「さ候て候也」。「う」とも「候」とも「と」とも判読がむずかしい。「さう」は副詞で「さ（然）」の長音化したものか。さらに検討したい。

9 勾当内侍—画中詞第十三段注43参照。

10 御いたいけや—画中詞第一段注18・34参照。

11 なうなう—底本では「なう〱」。「なう」を重ねたもの。相手に呼びかけて発する声。もしもし、の意。画中詞第一段注1参照。

12 御所さま—底本でも「御所さま」。「御所」は天皇・上皇・三后の住む所で、また、そこに住む人に対する敬称としても用いる。ここでは、天皇の敬称。なお「さま」については、「御所」をさらに敬っていう語（『日本国語大辞典』）、御所に関係のあること、御所がた（『岩波古語辞典』）などとあって解釈が一定しない。

13 御ことは—底本では「御事は」。「は」は「盤」を字母とすると推定されるが、判読しにくい。

14 御わたくし—「わたくし」は、「おほやけ」に対する語で、個人的、の意と解したが、室町時代以後の用法として、目上の人に対して用いる、自称の代名詞と解することもできるか。「御」とあるのは不審。

15 から—画中詞第十一段注25参照。

16 きうきう—笑い声。このあたりの会話文は、意味がとりにくい。第一、第二皇子が相ついで誕生した春宮に対して、なぜ帝には皇子が生まれないのかという女房たちのおしゃべりを聞いた内大臣⑪が、自分にも子供がないことから、女房たちは自分がうらやましがっているだろうと推量しているのではないか、と切り返したものととらえてみた。

17 興さまさせん—底本では「けうさまさせん」。「興」と解してみたが、さらに検討しなければならない。

18 にがにが—底本では「にか〱」。「まが〱」ともよめるか。第一段の画中詞の左近蔵人の心内語にも「にがにがとおぼゆる」（一八頁）とある。

19　御いとほし―画中詞第一段注18・34参照。

20　ひひめかせ―「ひひめく」は、幼い皇子たちの声の形容。鳥などがぴいぴいさえずるようなさまをいうか。参考「鵄、かぶらの音におどろいて、虚空にしばしひゝめいたり」（日本古典文学大系『平家物語　上』巻第四「鵼」、三二七頁）

21　御ゆかしさ―画中詞第一段注34参照。

22　なう―画中詞第一段注1参照。

23　御所―天皇の敬称。画中詞第十四段注12参照。

24　あてて、ふうう―底本では「あてゝふうゝ」。二の宮の発語であり、「あぶあぶ」「ぱぶぱぶ」というような、乳幼児が口にする、まだ言葉にならない言葉かと解しておく。

25　ちよちよ―一の宮の発言で、擬音語と思われるが、具体的なニュアンスは不明。「ちょっとちょっと」というような感じか。

26　候はせい―「候ふ」の未然形に、使役の助動詞「す」の命令形がついた形。命令形の「せよ」が「せい」と転じたもの。下二段・カ変・サ変の命令形「―よ」が、「―い」と転じる例が室町時代になると見られるという。山内洋一郎氏『中世語論考』（清文堂、一九八九年。六四頁）参照。

27　えい―画中詞第一段注31参照。

28　御恥づかしさ―画中詞第一段注34参照。

29　御いたいけさ―画中詞第一段注34参照。

30　勾当内侍―底本では「こうたうの内侍」。画中詞第十三段注43参照。

○第十五段

・詞書（B詞8）

一　御執―底本では「御しうふ」とあるが、「しうふ」は不審。執着心の意をあらわす「執」が、文脈的にも適当かと思われる。なお、『藤の衣物語』では、「執」をさす語はこの一例が見出されるのみだが、他に第十七段の詞書に「妄執」をさす例が「まうしう」の表記で認められる（一〇二頁）。「執」は歴史的仮名遣いは「しふ」。「しうふ」という表記については、衍字の可能性を含めて、さらに検討したい。

二　のたまひおきし―底本では「のたまふをきし」の「ふ」に見セ消チが付され「ひ」が並記。

三　天王寺―大阪市天王寺区にある四天王寺のことで、略して「天王寺」とも呼ばれた。聖徳太子が四天王を本尊として建立したことにはじまるもので、太子信仰復活の気運の中で、十一～十二世紀の間、皇族・権臣の参詣も相ついだという。『岩波仏教辞典』「四天王寺」参照。なお、平安末期には法皇・貴族の参詣が多く、中世以降は太子信仰により庶民に信仰されたという（『国史大辞典』による）。

四　高野―底本では「かうや」。高野山のこと。今の和歌山県伊都郡高野町の山上に、空海が一院を建立したことにはじまるもので、金剛峯寺とも総称された。真言密教の修行道場。

五　金泥の法華経―紺地などの料紙に、膠で溶いた水に金粉をまぜて金泥とし、墨汁の代わりとして、法華経を書き記したもの。

六　奥の院といふ所―高野山の奥の院のこと。空海入定の地とされる。

七　佐世、道定―底本では「すけよみちさた」。かりに漢字をあててみた。中納言（『山伏』の息子）4の従者の名。この名前は第十五段の詞書に見えるのみ。

八　慈尊の暁―底本では「しそむのあか月」。「慈尊」は弥勒菩薩の尊称。「慈尊の暁」は、弥勒菩薩が五十六億七千万年の後、兜率天より地上に下って、華林園中の龍華樹のもとで三回の法会を開き、衆生を救うと約束した、その暁のことで、当来仏信仰を踏まえたもの。「今は当来弥勒の三会の暁疑はず」（『梁塵秘抄』一六四）「当来慈尊の暁を待ち給ふこそ貴《たふと》けれ」（『源平盛衰記』校註日本文学大系、第十六巻、誠文堂、一九三二年。五八九頁）などにもみえる。阿弥陀信仰が盛んになる前は、この当来仏信仰が広く信じられていたという。『岩波仏教辞典』「三会」参照。

九　里わかぬ月のかげのみぞ、都の空も変はらぬ光なりける―引歌があるか。未詳。参考「里わかぬ雲ゐの月のかげのみや見しよの秋に変はらざるらん」（『山路の露』三、浮舟）。

一〇　しみ返りたる声―詞書第十三段注二参照。

一一　後夜の鐘も―底本では「後夜のかねにも」の「に」に見セ消チ。

一二　得無生法忍華徳菩薩―『妙法蓮華経』妙音菩薩品第二十四の末尾「説是妙音菩薩。来往品時。四万二千天子。得無生法忍。華徳菩薩。得法華三昧」と重なる。なお、かつての翻刻〈伊東『藤の衣』〉では「無生法忍」を「無坐法忍」と誤っているため、訂正する。「無生法忍」とは「無生忍」ともいい、あらゆるものは不生不滅であり、消滅変化を超えているということ。引用箇所は、妙音菩薩が来往品を説いた時、四万二千の天子（求法者）は、「無生法忍」を悟り、華徳菩薩は法華経の真髄を体得したという意。坂本幸男氏・岩本裕氏訳注『法華経　下』（岩波文庫、二三八頁）参照。なお、経典の読みは、硲慈弘氏編『天台宗聖典』（中山書房仏書林、復刊）三五五頁による。

一三　回向―底本では「ゑかう」。回向とは、自己の善行の結果である功徳を他に廻らし向けるという意をあらわす。勤行や法要の最後に回向文（えこうもん）をとなえることを「回向す」と言う。回向文としては、『法華経』化城喩品第七の偈「願以此功徳普及於一切、我等与衆生、皆共成仏道」が唱えられることが多い。読経や仏事の功徳によって、自分自身とともに一切衆生がみないっしょに仏道を成就することができるようにと願う。『藤の衣物語絵巻』では、『山伏』が唱える回向は、一切衆生にふり向けられたものというよりも、自身の『法華経』読経の功徳が、亡き父・太政大臣の菩提の助けとなるよう、ふり向けられたものとも解されようか。

一四　成等正覚―底本では「しやうとう正かく」。等正覚（正しく完全な悟り）を成就する、の意。ここでは、『山伏』が、亡き父・太政大臣が正しい悟りを得て成仏できますように、という思いをこめて唱えていると思われる。『平家物語』灌頂巻に、建礼門院徳子が亡き子・安徳天皇と平家一門の菩提を祈って「先帝聖霊、一門亡魂、成等正覚、頓證菩提」（日本古典文学大系『平家物語　下』四四〇頁）と唱えており、参考になる。同書四二八頁にも類例がある。「頓證菩提」は、段階的な修行を経ずに、ただちに菩提（悟り）を得ること。

一五　露ほさぬしのぶの衣―「しのぶの衣」は、しのぶ摺りの衣の意で、山伏が身にまとう僧衣をさす。画中詞第十三段注15参照。修行のため山中を歩き回り、衣が草の露で濡れてかわく間もない、そうした僧衣をまとった『山伏』自身をさす。

一六　よそながら―『山伏』が失踪し親子の名のりもできない状態であることを意味する。『山伏』が、父の死に接しながらも、息子として表立って喪に服すことも、悼み弔うこともできないことをさす。

一七　涙のふちとなりぬべきかな―「ふち」には、「淵」と「藤」の意がかけられている。涙が淵となるほどにあふれ、『山伏』の衣を藤の衣（喪服）の色にそめてしまうに違いない、という意。この『山伏』歌は、第十八段の詞書冒頭「限りあれば、薄墨なる御袖の色を、人知れずおぼし嘆く。深き御涙の色のみや、げにふちとなるらん、とぞ、あはれに例なき」（一〇七頁）にも踏まえられている。詞書第十八段注**一**参照。

一八　杣―底本では仮名書きとなっているが判読しにくい。「そ（曽）」「ま（万）」と解したが、「そ」は「か（可）」「う（宇）」「と（止）」、「ま」は「た（多）」「さ（左）」とも読めるか。かつての翻刻〈伊東『藤の衣』〉では「かた」としている。ちなみに、「杣」は、律令国家や権門貴族・寺社が、造都や宮殿・寺院などの建築用材を確保するために設けた山林のこと。『国史大辞典8』（吉川弘文館）等参照。

一九　さすが―平安時代には「さすがに」の形であったが、鎌倉時代以後に用いられた用法。『岩波古語辞典』参照。

・画中詞（B絵8）

1　涙のふちとなりぬべきかな―詞書にみえる『山伏』歌「露ほさぬしのぶの衣よそながら涙のふちとなりぬべきかな」の下の句を引く。

2　と思ふ―心内語をうけ、中納言[4]の行為をあらわす。なお、この心内語は第十五段の絵（B絵8）の中央に位置する。かつての翻刻〈伊東『藤の衣』〉では、この心内語は第十五段の画中詞の末尾に置いていたが、画中詞のやりとりが生まれるはじまりと判断し、この位置に改めた。

3　きと―すばやく的確に、間違いなく確かに、の意。「きっと」の促音便無表記ともとれるか。

4　有王丸―底本では「あり王まろ」。召使の少年の名。この名前は、第十五段の画中詞に見えるのみ。

5　あち―あちら、の意。

6　から―画中詞第十一段注25参照。「ら」は判読しにくい。

7　こち―こちら、の意。「ち」は判読しにくい。

8 やら―「やらん」の転「やらう」の「う」が脱落してできた語。確信が持てない気持ちをあらわす。

9 どち―どの方角、どっち、の意と解したが、「山法師どち」として、山法師たち、の意と解する余地もあるか。なお、「山法師」は、比叡山延暦寺の僧徒をさすが、ここでは『山伏』をさすことになるか。

10 とよ―画中詞第三段注21参照。

11 主―底本では「ぬし」。本人、当人の意と解した。

12 我々―底本では「我〳〵」。画中詞第三段注42、第八段注6参照。「我々」の語は、複数にも単数にも用いられる。祖父の喪に服し、喪服姿の中納言自身をさすとも、中納言を含めた喪服姿の従者たちをさすともとれるか。

13 ばし―画中詞第二段注23参照。

14 から―画中詞第十一段注25参照。

15 聞かじやまうづるか―「まうづるか」不明。次の画中詞注16とともに助詞「や」に接続しており、関連があるか。

16 おぼつかなからじやまうぞら―「まうぞら」不明。画中詞第十五段注15参照。

17 葦に踏まれて―底本では「あしにふまれて」。文意がわかりにくいが「葦」ととっておく。

18 見えいで―「いで」は「…ないで」「…ずに」の意をあらわす助詞。画中詞第三段注14参照。

19 ナシ―画中（B絵8）に人物の呼称がまったく記されていないことを示す。

○第十六段

・詞書（B詞5）

一 いと心づくしなること―第十四段の内容を踏まえ、帝[25]が春宮の女御[3]に思いを寄せていることをさす、と解した。

二 後の世を―底本では「のち世を」の「ち」と「世」の間に「の」が補入。

三 女みこ―底本では「女宮」の「宮」に見セ消チが付され「みこ」と並記。

四 上―底本では「うへ」。天皇、または上皇をあらわす語。第十六段の詞書には、この「うへ」とともに、冒頭に「うえ」の語が見え、終わり近くに「みかど」の語が見える。冒頭の「うえ」は、大病を患って退位し、出家後は白川院において勤行に励んでいると語られており、退位した帝[25]をさすことが明白である。終わり近くの「みかど」は明らかに新帝[20]をさす。この「うへ」の例は、先帝出家後に位置するが、先帝（上皇）と新帝のどちらをさすと考えるのがふさわしいか。この「うへ」は、后となった女御[3]（『山伏』の子。「春宮の女御」に同じ）に皇女が誕生したことを祝って、通例のお祝いに加えて盛大なお祝いを行なっている。ここでは、この「うへ」は、新帝ととっておくが、上皇は、退位する前の第十四段にて、春宮の女御に思いを寄せ、その女御の生んだ皇子たちを自身の皇子のようにもてなしていることが語られており、「うへ」を上皇（白川院）ととる余地もあるか。

五 ならなん―「なむ」は、願い望む意をあらわす終助詞。

「なりなむ」（きっとなるだろう）の方が文脈的には自然か。

六　いとあさましくにはかなる御心地―皇女誕生後、中宮[3]の容態が急変したことをさす。〈伊東『藤の衣』〉第二章「『藤の衣物語絵巻』の復原とその全体像」では、上皇の容態が急変したとするが、訂正する。第十六段において登場する物の怪は、第十二段に登場する物の怪と同一（『山伏』の父・太政大臣の三人の妻の一人で、亡き大臣殿の御方[8]）であり、明らかに第十二段の記述を踏まえている。また、第十二段でも物の怪は、『山伏』と幸寿との間に生まれた女君[3]にとりついている。つまり、この物の怪は、第十二段・第十六段のいずれの場合も『山伏』と幸寿の間に生まれた娘[3]にとりついて、苦しめるものと設定されているととるべきであろう。詞書第十六段注10参照。

七　壇所―底本では「たん所」。「壇所」は、修法のための壇を設けた所。横川の僧正の壇所とは、横川の僧正が中宮の安産祈願を行なうために設けられた所か。なお、仏教の教義などを話して聞かせる所を意味する「談義所」の、つづまった「談所」をさすものとも解しうるか。

八　この御あたりにまうでじ、と聞こえしかど―第十二段の詞書に見える物の怪の発言「この御あたりへさらにまうでじ」（七二頁）を踏まえる。

九　意趣―底本では「いしゆ」。恨み、の意。「し」が判読しにくく、かつての翻刻〈伊東『藤の衣』〉では「いらゆ」としていたが、妹尾好信氏のご教示により改めた。

一〇　この后宮―「この」は、物の怪が、いま、后宮[3]（中宮。春宮の女御に同じ）にとりついていることを示す。詞書第十六段注**六**参照。

一一　同じ野のゆかりの草―后宮[3]・中納言[4]・僧都[5]の三人が、『山伏』[1]の子供たちであることをさす。

一二　初瀬にて対面聞こえし人―『山伏』[1]のこと。第十二段にて、『山伏』が姫君[3]（現在の中宮）の加持祈禱を行なった際に、この物の怪があらわれたことを踏まえており、第十二段の舞台が初瀬であることを裏づける。

一三　御ゆかりにのみ―底本では「御ゆかりになんのみ」の「なん」に見セ消チ。

一四　宮―第十三段に登場する「山の御子」「座主の御子」「宮」と同一人物とみてよいだろう。詞書第十三段注**二**参照。

・画中詞（B絵9）

1　御所―天皇・上皇・三后の住む所、また親王・将軍・大臣の住む所をもさす。ここでは、中宮[3]の皇女誕生のお祝いが催されている所と考えられるが、はっきりしない。一般的には、中宮が出産のため里下がりした故太政大臣邸であるようにも思われるが、宮中とも考えられるか。

2　やらん―画中詞第一段注27参照。

3　けたんけたん―底本では「けたん〳〵」。擬音語。

4　如法―画中詞第四段注1参照。

5　ひしひし―底本では「ひし〳〵」。擬音語。

6 御式—底本では「御しき」。「式」として、模様、有様、次第などの意と解したが、「仕儀」と解する余地もあるか。『岩波古語辞典』『例解古語辞典』等参照。

7 やう—画中詞第六段注14参照。

8 何ぞら—底本では「なにそら」。画中詞第十二段注26、第十七段注16参照。同じ会話文中に「何ぞや」も見える。

9 やどりやうともや—文意がはっきりしない。「宿り」とすれば、旅先で宿泊することなので、中宮の皇女誕生のお祝いのために中宮の実家に来ていることを示すか。

10 わらは—画中詞第四段注5参照。

11 わなわな—擬態語。ふるえるさま。「わなわな」を、三位殿の会話文中の語と解したが、三位殿の行為(動作)をあらわすともとれるか。

12 御うつり—かつての翻刻〈伊東『藤の衣』〉では「御まつり」。「う」とも「ま」とも読めるか。文意がはっきりしない。「うつり」とすると、出産のため里下がりをしていた女御が宮中に移ることをさすか。

13 倒れ—底本では「たうれ」。下二段活用の動詞「たふる(倒る)」の連用形「たふれ」と解した。

14 ちと—ちょっと、少し、の意。

15 やう—画中詞第六段注14参照。

16 やう—画中詞第六段注14参照。

17 御鏡—第十六段の画中詞では、「御かがみ」「御たらい」が話題となっている。また、画面左側の部屋では「御占《みうら》どもは、如法、めでたく候ふ」(九九頁)という権中納言大夫の会話(画中詞四)もみえる。「御鏡」「御盥」は、中宮の病気平癒のための「御占《みうら》」のために用いるものか。盥に水を入れ、鏡を沈ませて占うものか。

18 寝やうや—底本では「ねやうや」。下二段活用の動詞「寝《ぬ》」の未然形「寝《ね》」に、推量・意思を表わす助動詞「やう(よう)」と、助詞「や」が接続したものか。「やう(よう)」は助動詞「む」が転じたものか。『岩波古語辞典』等参照。なお、文末の終助詞「や」は、反語ととっておく。

19 あう—感動詞。応答をあらわす。はい、の意。

20 されば—画中詞第六段注22、第十二段注21参照。

21 御所—何をさすのかはっきりしない。中宮の病状を心配して、「御所」を訪れたということだろう。画中詞第十六段注1参照。

22 御盥、あう—画中詞第十六段注17・19参照。

23 なう—画中詞第一段注1参照。

24 なう—画中詞第一段注1参照。

25 やう—画中詞第六段注14参照。

26 あう—画中詞第十六段注19参照。

27 きとや—副詞「きと」に助詞「や」がついたものと解したが、わかりにくい。画中詞第十五段注3参照。

28 権中納言大夫—第十六段B絵9には冠直衣姿の男性が描かれ、袖の上に「権中納言大夫」と記されているが、「大夫」とあるのは不審。「大夫」に関する記述は本絵巻中、他には見られないが、中宮職あるいは東宮職の大夫《だいぶ》（長官）を、権中納言と兼任していることをさすか。ちなみに、藤原隆家（九七九—一〇四四年）が中納言と皇后宮大夫を兼任、平時忠（一一三〇—一一八九年）が権中納言と中宮権大夫を兼任している例もある。「権中納言大夫」は「権中納言」と同一人物であり、『山伏』1の息子4をさすと考えてよいだろう。

29　なう—画中詞第一段注1参照。

30　右大臣殿—ここに登場するだけの人物。系図不詳。

31　から—画中詞第十一段注25参照。

32　大進—底本では「大しん」。ここでは、中宮職の三等官「大進（だいじん）」（従六位上相当）をさすものと推定した。

33　神事のこと—底本では「神事の事」。占いのことをさすか。

34　御占—底本では「みうら」。画中詞第十六段注17参照。

35　ビセイゼイ・ビセイジャ…グロベイルリ—底本では「ひせい〱ひせいしや三ほりきていやそはかをんひせい〱くろへいるり」。薬師如来大呪「ナウボウ・バギャバテイ・バイセイジャ・グロバイチョリヤ・ハラバアランジャヤ・タタギャタヤ・アラカテイ・サンミヤクサンボダヤ・タニャタ・オン・バイセイゼイ・バイセイジャ・サンボリギャテイ・ソワカ」の引用。底本とは傍線部が対応する。薬師如来大呪の「呪」とは「陀羅尼」ともよばれ、サンスクリット語の音写。底本では平仮名表記であるが、外来語のためカタカナ表記とし、濁点を補った。薬師如来大呪と小呪がある。

36　権中納言大夫—画中詞第十六段注28参照。

37　僧正—『山伏』の息子5で、第十六段の詞書にて、僧都から僧正となった人物をさす。

38　右大臣殿—画中詞第十六段注30参照。

○第十七段

・詞書（B詞6）

一　御親たちの行方をだに知り給はぬ御身どもにて—「行方」は、基本的には進んで行く方向、行き着いた所をさす。父親である『山伏』が行方知れずになっていることをさすともとれるが、「御親たち」とあり、両親をさすと考えられるか。「行方」は、『藤の衣物語絵巻』では素姓や経歴をさす場合がまま見受けられる。ここでは、中納言4と中宮3が幼くして、父親・『山伏』は失踪、それぞれの母親も死去してしまっており、彼らが両親についてどのような人物であったのか記憶にもないことをさすか。「御親」は底本では「御をや」。

二　権中納言も—底本では「権中納言にも」の「に」に見セ消チ。『山伏』の息子の「中納言」4に同じ。画中詞では、第十四段（B絵6）にも、「権中納言」と記されているが、詞書で「権中納言」と記されているのは、この例だけであり、他は「中納言」とある。おそらく、彼は当初より権官（定員外）であったと推定されるが、太政大臣家を継ぐ人物として出世コースを歩んでいることをうかがわせる。

三　律師—僧綱のひとつ。僧正、僧都、に継ぐ位。詞書第十三段注10参照。

四　中納言君―底本でも「中納言君」。「中納言の君」と読むべきか。詞書第十六段に「中納言殿」（九五頁）の例はあるが、「中納言君」という表現はこの一例のみである。

五　さること―底本では「さるかた」の「かた」に見セ消チが付され、「こと」が並記。

六　法師―底本では「法事」の「事」の上に「師」が重ネ書キ。

七　容貌こそ侍る―底本では「かたちこそ侍」。係り結びの法則にしたがえば、「こそ侍れ」とあるべきだが、本絵巻の詞書では、「侍」の連用形・連体形の活用語尾「り」「る」が省略された例はまま見られ、未然形の活用語尾「ら」を省略した例も認められるものの、已然形の活用語尾「れ」を省略した例は見あたらない。本絵巻の詞書には「こそ」は全部で二六例見られるが、結びが流れてしまっている七例と、「こそ」で文が終わってしまっている二例をのぞく一七例中一五例は正しく已然形で結ばれており、結びの破格は、この例の他には「こそ又しる人なきやうに侍し」（第十八段）と連体形の例が見られるのみである。底本では「こそ侍」は行末にあたっており、「れ」を書き忘れてしまった可能性もあるが、「侍れ」の「れ」が省略された例が認められないこと、「こそ」の結びが連体形となっている例が認められることから、この例も「こそ侍る」と解しておきたい。詞書第十二段注**七**、第十八段注**七**参照。

八　侍なれど―底本でも「侍なれと」。「侍り」に伝聞・推定の助動詞「なり」がついたもの。「侍ンなれど」の「ン」を表記しない形。当該本文と同じ行にある「侍なるが」も同じ。

九　更けぬれば―底本では「ふけぬるにれば」の「るに」に見セ消チ。

一〇　阿闍梨―第十七段の画中詞（B絵10）により、「あこ丸あざり」[33]であることがわかる。第十一段・第十二段において『山伏』と同行していた人物。「昨夜《よべ》の山伏」「あこ丸」などと呼ばれている。

一一　つねに行方たづねよ、とうけたまはる初瀬に侍りし山伏―中納言[4]が、あこ丸阿闍梨[33]に対して、初瀬にいた山伏の消息をさがし求めよと依頼していたということは、第十七段以前には見出せない。ただし、対応する詞を有しないJ絵12の画中詞のなかの中納言の会話「ひととせ、初瀬にて、いとあやしきことのありしかど…山伏いしいしには、さる人に見あひたらば、あらん所告げよ、と言ひ置きたれども」（一一六頁）と重なる。詞書には見えないが、『藤の衣物語絵巻』のもとになった『藤の衣物語』には、あこ丸と同行していた『山伏』について、中納言が、自身の父親であることを伏せたまま、あこ丸を含む山伏たちにさがさせていたとする内容があったものと思われる。ただし、本来、中納言が『山伏』の行方をさがすように依頼したのは、あこ丸だけであり、画中詞が独自に複数の山伏たちに依頼したものと改変した可能性もあるか。

一二　大徳―底本では「たいとこ」。高徳の僧。一般の僧の敬称、または親称。

一三　行基菩薩―行基は、天智七年（六六八）生、天平二十一年（七四九）寂の人物であるが、四十九院といわれる多数の寺の造立のほか、諸国をめぐって布教をし、そのかたわら架橋・築堤などの社会事業も行なった。民衆からの篤い支持をうけ、民間でかなりの影響力を持った行基の活動は、一時期政府より弾圧される。その後、東大寺盧遮那仏造営の勧進役に起用されるなど、大仏造営に関与し大僧正に任ぜられた。行基菩薩という呼称は、公式の称号ではなく、民衆より呼ばれた名であり、行基に対する篤い信仰をうかがわせる。行基への信仰は死後もつづき、行基に関する説話が、平安時代の『日本霊異記』『今昔物語集』、さらには鎌倉時代の歌論書や説話集『古来風体抄』『和歌色葉』『為兼卿和歌抄』『十訓抄』『古今著聞集』『沙石集』に伝えられている。実は、平安時代の末頃に『行基年譜』が作られ、鎌倉時代になって文暦二年（一二三五）には行基の遺骨を納めた大僧正舎利瓶が、大和国平群郡有里村の竹林寺にて、託宣どおりに掘り出されるという衝撃的な事件が起こるなど、平安末期から鎌倉時代にかけて、行基に対する信仰なり関心が高まっていたことをうかがわせる。勅撰集における行基菩薩の入集歌も、拾遺集のあと、新古今集・新勅撰集・続古今集の三勅撰集に連続して見られることも、鎌倉時代に入っての行基に対する関心の高まりをうかがわせる。『藤の衣物語』では、もっとも重要な登場人物『山伏』[1]について行基菩薩の変化ではないかとしており、鎌倉時代になって高まりを見せた行基菩薩に対する信仰や関心の強さを反映していると受け取ることができるのではないか。行基菩薩にまつわる説話は時代による特徴も認められるが、詳しくは伊東祐子「『藤の衣物語』の引用をめぐって―引歌と行基菩薩からみえる時代背景」（『中世王朝物語の新研究』新典社、二〇〇七年十月）を参照されたい。

一四　濡れそほちたる―底本では「ぬれそをちたる」。「ほ」を「を」と表記していることから、「そほつ」の「ほ」は清音で発音されていたものと推定される。

一五　藤の衣―底本では「藤のころも」。「藤の衣」とは、藤や葛などの繊維で織った粗末な服の意で、農民あるいは漁民の粗末な衣の意として古今集以来用いられている。本絵巻では、『山伏』が身にまとう粗末な僧衣の意として用いられている。「藤の衣」「藤衣」が僧衣をさす例は、平安時代には見出せないが、鎌倉時代の作品『方丈記』『しのびね』『石清水物語』に認められる。本絵巻では芳香を放つ僧衣として、『山伏』が行基菩薩の変化なのではないかと思わせたという重要な役割を有するものとして配されている。実は「藤の衣」とは、平安時代以来、「喪服」の意としても用いられてきた。「藤の衣」「藤衣」の例は、本絵巻中この一例が認められるのみだが、第十五段の詞書の『山伏』の歌、第十八段の詞書冒頭の引歌表現において、涙の淵に藤の衣の意がかけられ、表立って父の喪に服すことができない息子たちが、父の死を悼んで、淵となるほどにあふれた涙で染めた喪服の意としても用いられている。詞書第十五段注一七、第十八段注一参照。

なお、名称不詳の本物語絵巻に冠せられた「藤の衣」には、『山伏』の象徴――芳香を放つ僧衣――と、父と子の物語の象徴――涙で染めた喪服――のふたつの意がこめられている。詳しくは、〈伊東『藤の衣』〉序章「『藤の衣物語絵巻』の名称について」を参照されたい。

一六　かをり―底本では「かほり」。『山伏』が行基菩薩の変化ではないかと思われた理由として、『山伏』が身にまとう「藤の衣」が芳香を放っていたことが語られる。ちなみに、行基菩薩は文殊師利菩薩の化身《けしん》と考えられていた（『日本霊異記』『今昔物語集』）。また、仏の八十随形好に「四十二者毛孔出香気、四十三者口出無上香」（『大品経』）とある。これらを考えあわせると、文殊菩薩の化身と考えられていた行基に芳香があったと考えることもゆえなしとせず、その行基菩薩の変化《へんげ》かと思われた『山伏』の芳香も、すぐれた仏者の身にそなわる異相として、『山伏』の人となりを端的にあらわしているともいえようか。

一七　変はりてなむ―底本では「なんかはりてなむ」の「なん」に見セ消チ。

一八　即往安楽世界阿弥陀仏―底本では「そく王あんらくせかいあみた仏」。『妙法蓮華経』巻十七、「薬王菩薩本事品」第二十三「若有女人。聞是経典。如説修行。於此命終。即往安楽世界。阿弥陀仏。大菩薩衆。囲遶住所。生蓮華中。宝座之上」の引用。「薬王菩薩本事品」は、薬王菩薩の往時の捨身供養などの苦行を伝え、行者を勧奨する章。この章には、法華経が、一切の苦、一切の病痛を離れ、一切の生死の絆を解いてくれるものとも記されており、生死の苦縛を解脱せしめるものとして、死に臨んだ『山伏』の願いと重なるか。

ちなみに、引用箇所は、「薬王菩薩本事品」の終わり近くの一節で、右掲の一節の大意は、如来滅後、五百歳の中に、もしも女人があって、この経典を聞いて、説の如く修行するならば、ここにおいて命終して、ただちに安楽世界（極楽浄土）の、阿弥陀仏が大菩薩に囲まれた住処に往きて、蓮華の中の宝座の上に生まれるだろう、となる。坂本幸男氏・岩本裕氏訳注『法華経　下』（岩波文庫、二〇四頁、四六四～四六六頁）参照。経典の読みは、硲慈弘氏編『天台宗聖典』（中山書房仏書林、復刊）三四四頁による。

なお、かつての翻刻〈伊東『藤の衣』〉では「そく王」の「王」を仮名の「わ」と解して「そくわ」としていたが、「即往」の「往」と同じ発音「わう」を有することから、「王」を漢字として改めた。ただし「即往」を「そくわ」と発音していた可能性もあるか。詞書第十三段注一五も参照されたい。

一九　後生―底本でも「後生」。「前生」「今生」「後生」の「三生」の一つ。来世、の意で、来世の安楽、極楽往生のこと。

二〇　初瀬寺になんまかり籠れることありしより―「初瀬寺」は、底本では「はつせてら」。第十一段・第十二段において、『山伏』が、母親[7]・息子[4]・娘[3]らと偶然出会い、物の怪の予言を聞き知った出来事をさす。

二一　侍りし―底本では「侍へりし」。連体形終止。

二二　聖教―底本では「正けう」。「正教」の字をあてることもあるが、一般的には「聖教」。インドの聖人である仏陀の教え、すなわち仏教をさす。

二三　くらき所―不案内な所、理解が及ばない所。かつての翻刻〈伊東『藤の衣』〉では「くしき所」としているが改めた。

二四　思ひ給へられ―底本では「思給へられ」。「給ふ」は下二段活用で謙譲の意。詞書第七段注**六**参照。

二五　蓑の裏―底本では「みのゝ浦」の「浦」に見セ消チが付され、「うら」と並記。「蓑」は、雨具の一つで、茅や菅などの茎や葉などを編んで作られたもの。『山伏』が身につけていたもの。

二六　護身つかうまつりてんや―底本では「こしんつかふまつりてんや」。「こしん」をかつての翻刻〈伊東『藤の衣』〉では、「こらん」としていたが改めた。「護身」とは「護身法」の略。密教の加持の法の一つ。

二七　ばかりに―底本では「はかりにて」の「て」に見セ消チ。

二八　うらやましかりしかば―底本では「うら山しくかりしかば」の「く」に見セ消チ。見セ消チは若干わかりにくい。

二九　つぎの夜―底本では「月の夜」の「月」に見セ消チが付され、「つき」と並記。「月」の意味ではなく、「次の夜」ということを示すための見セ消チか。

三〇　高野山―底本では「たかの山」。高野山のこと。詞書第十五段注**四**参照。

三一　さすが、かくとも知らじかし―底本では「さすかゝくともしらしかし」。かつての翻刻〈伊東『藤の衣』〉では、「ますかくともしらしかし」としていたが改めた。「ま（万）」と「さ（左）」は字形が類似する。「か」と「く」の間に筆が「ゝ」と動いていると判断し改めた。「さすが」については詞書第十五段注**一九**参照。

三二　立ち寄りて―底本では「たちいりて」の「い」に見セ消チが付され、「よ」と並記。

三三　生死―底本では「しやうし」。仏教語。生・老・病・死の四苦のはじめから終わりまで。生まれかわり、死にかわりして尽きることのない迷いの世界をさす。

三四　思ひ知らでのみなむ―底本では「おもひしらてなむ」の「て」と「な」の間に「のみ」が補入。

三五　のたまひしよ。さるは―底本では「のたまひしやよさるは」の「や」に見セ消チ。「よ」は詠嘆の終助詞と解したが、「夜さる」として、「夜さり」（夜になる頃）の転と解する余地もあるか。

三六　簀子の片端などに寄りゐ給へりし面影―第十一段・第十二段の絵（J絵10・J絵9）には、『山伏』が簀子（濡れ縁）に座っている姿が描かれており、参考になる。

三七　長月の四日なれば、三、七日とぞ数へらるる―中納言[4]は祖母・宮の御方[7]の葬儀の折、九月四日に、父・『山伏』[1]が八月十五日に亡くなったことを知らされる。三、七日とは、三×七で、二十一日を表わすが、八月十五日から数えて九月四日は二十日目にあたる。

・**画中詞（B絵10）**

1　候はぬから―「から」は疑問の意か。なお、「から」の「か（可）」は墨色が薄く判読しにくい。あるいは「から」ではなく「ら」と読むべきか。第十一段画中詞（J絵10）の「小弁殿」の発言に見える「山ふしから」の字形ならびに、画中詞第十一段注24・25を参照されたい。

2　五旬―「旬」は十日間をさす。「五旬」は五十日間。四十九日の中陰が明ける間のこと。

3　申し候ひし―主語が明示されていないが、第十七段の詞書を参考にして、あこ丸阿闍梨が「高野に侍りし大徳」から聞いた話と解した。亡き『山伏』[1]を弔ったという行者が新僧正[5]だったと思い合わされたという文脈と推定した。

4　やらん―画中詞第一段注27参照。

5　如法―本絵巻では、まったく、もとより、などの意で副詞的に用いられていることが多い。ここでは、仏の教えの通りに、法式通りに、の意と解したが、検討の余地もあるか。画中詞第四段注1参照。

6　候はんずる―底本では「候んする」。かつての翻刻〈伊東『藤の衣』〉では「候する」と読んでいた。「ん」の文字は判読しにくいものの「ん」の文字を補った。

7　心得がたくとぞ―かつての翻刻〈伊東『藤の衣』〉では「心えかたくそ」。「とぞ」の「そ」は、太い文字で重ネ書キされており、その「そ」の文字の上方に、重ネ書キされる前に記された文字「と」が認められることから補った。「と」は「う」の字形にも似ている。

8　ほほ―かしこまった時に発する声であろう。

9　とかしこまりて…と思ふ―あこ丸阿闍梨の行為をあらわす。

10　されば―驚きを表わす文の中に用いて、それでは、いったい全体、の意。画中詞第十二段注21参照。

11　しくしく―泣き声をあらわす。

12　行方―底本では「行ゑ」。「行」の文字が若干読みにくい。

13　と聞きゐたり―底本では「ときゝいたり」。御匣殿の心内語を受け、彼女の行為をあらわす。御匣殿は、あこ丸阿闍梨の話題に登場する亡くなった『山伏』[1]が、中納言[4]と中宮[3]の父にあたることを知らないため、二人が悲しんでいる様子を不審に思っている。

14　談義―底本では「たんき」。仏教の教義を話して聞かせること。説法。中納言[4]は、あこ丸阿闍梨から父・『山伏』が亡くなったことを聞いているのだが、女房（刑部卿殿）には、談義と思われたのである。

15　から―画中詞第十一段注25参照。

16　何ぞら―画中詞第十二段注26、第十六段注8参照。

17　御物語にて―底本では「御物かたりのにて」の「の」に見セ消チ。

18　とよ―画中詞第三段注21参照。

19　昔の御こと―行方知れずの父[1]のことをさすと解したが、

亡くなった祖母7のことをさすとも考えられるか。

20 通させおはしますから―底本では「とをさせおはしますから」。「から」がわかりにくい。原因・理由の意ともとれるか。

21 無慙がらじ―底本では「むさうからし」。「むざう」は「むざん」の転。いたましいこと、かわいそうなこと、の意。かつての翻刻〈伊東『藤の衣』〉では「し」を「也」としていたが改めた。

22 まはし―数珠をまわすことをさすか。

23 御恋しうて―画中詞第一段注34参照。

24 光明真言―不空大灌頂光真言のことで、略して「光言」(こうごん)ともいう。「オン・アボキャ・ベイロシャノウ・マカボダラ・マニハンドマジンバラ・ハラバリタヤ・ウン」。「真言」とはサンスクリット語のままに唱える呪文のこと。サンスクリット語のままの呪文には「陀羅尼」もあるが、「陀羅尼」は比較的長文のものをさすという。「光明真言」を、二、三あるいは七遍を誦すればよく一切の罪障を滅するとされる。またこの真言を誦して土砂を加持し、それを死屍に散ずれば、罪障を除き西方極楽国に往生せしめるとされる。『岩波仏教辞典』参照。画中詞第十一段注30参照。

25 眠たくて―「く」が判読しにくい。「候」の略字にも似るか。

26 わらは―画中詞第四段注5参照。

27 百万遍―百万遍念仏の略。中国浄土教の道綽《どうしゃく》が、木槵子《もくげんし》経《きょう》・阿弥陀経をもとに七日間に百万回念仏を唱えれば往生決定すると唱え実修したことが始まりとされる。京都知恩寺では十人の僧が一〇八〇粒の大数珠を繰り回しながら念仏を百回(あわせて約百万遍)唱え極楽往生を願う仏事が行なわれてきた。本絵巻でも、数珠を繰りながら唱えたものと考えられ、「数珠とるすべを知らぬ」という返事と呼応する。『岩波仏教辞典』参照。

28 兵ず―会話の相手である女房「兵衛佐殿」(ひやうゑのすけどの)をさすものと思われる。「兵衛佐」を親しんで呼んだ略称か。「す」は濁音か清音かは不明。

29 数珠とるすべを知らぬ―数珠を繰る方法を知らないから、百万遍念仏は行なえないと冗談を言っている。

30 なう―画中詞第一段注1参照。

31 く、く、く―底本では「くゝゝ」。若干判読しにくい。笑い声かと推定した。

32 大輔が娘・小大輔殿・菊寿が腹―底本では「大輔かむすめこ大輔殿きくしゆかはら」。大輔と菊寿は、第八段で再会しており、第八段の詞書・画中詞により、第一段でも出会っていたことがわかるが、この二人の間に生まれた女子が、「小大輔殿」という女房名で、中宮3(『山伏』と幸寿との間に生まれた女子)のもとに出仕しているということ。

○第十八段

・詞書(B詞4)

一 限りあれば、薄墨なる御袖の色を…深き御涙の色のみや、げにふちとなるらん、とぞ、あはれに例なき―引歌「限りあれば薄墨衣あさけれど涙ぞ袖をふちとなしける」(『源氏物語』葵巻)による。『源氏物語』では、葵の上を亡くした光源氏が、妻の喪であるため薄墨色の喪服を着ざるをえない悲しみを、淵となるほどにあふれる涙で、藤の衣(濃い色の喪服)の色に染めてしまいそうだ、とよんでおり、中納言[4]の思いと重なる。また、第十八段の詞書の「げにふちとなるらん、とぞ」は、直接的には第十五段の詞書にみえる『山伏』歌「露ほさぬしのぶの衣よそながら涙のふちとなりぬべきかな」(九二頁)を踏まえる。『山伏』歌は、父・入道太政大臣[6]の死に際して、失踪中の身の上ゆえ、表だって父の喪に服し、父の喪にふさわしい藤の衣(喪服)を着することのできない悲しみをよんだもの。中納言[4]も、表向きは亡き祖母の服喪ゆえ、父を亡くした際に着する藤の衣(濃い色の喪服)を着ることができないため、涙で薄墨色の喪服を藤の衣の色に染めてしまいそうだと、父・『山伏』の死を悲しんでいる。詞書第十五段注**七**参照。〈伊東『藤の衣』〉の序章「『藤の衣物語絵巻』の名称について」もあわせて参照されたい。

二 御百日…十二月の十日―祖母がなくなったのは九月四日(第十七段)とあったから、十二月十四日が百日にあたる。中納言は百日の法要に先立ち、前もって小野を訪れたという設定。小野は比叡山の麓で、横川に近い。

三 見給ひけん―底本では「のたたまひけん」の「のた」に見セ消チが付され、「見」が並記。

四 侍る―底本では「侍」。連体形終止と解した。詞書第十二段注**七**参照。「侍」は、底本では「山ふしのゆくゑなんいとうけたまはらまほしきゆへ侍」の文末に見えることから、係助詞「なん」の結びととれなくもないが、「なん」が直接受けるのは「うけたまはらまほしき」であり、結びが流れた形であろうと推定した。

五 ありさまなむどゆかしき」よし―会話文の始まりは「思ひかけぬことなれど」と明確であるが、会話文の終わりは地の文に流れているものと推定した。あるいは、「『…ありさまなむ』と、ゆかしきよし」として、「なむ」と「と」を分けて解する余地もあるか。ちなみに、「なむど」は「など」(副助詞)に同じ。詞書第一段注**二**、第十八段注**三**参照。

六 侍りし―底本では「侍し」。「し」は、「き」と思われる文字の上に重ネ書キ。

七 みまかり侍りしこそ…侍りし―「こそ」の結びが、已然形でなく連体形となっており、係り結びの法則の破格。詞書第十二段注**七**、第十七段注**七**参照。

八 思ひ給へられ―底本では「思たまへられ」。「給ふ」は下二段活用で謙譲の意。詞書第七段注**六**参照。

九 五旬の間―四十九日の中陰が明ける間のこと。画中詞第十七段注**2**参照。

一〇 かの院―第十八段の詞書によると、僧正[5]は高野で亡くなった『山伏』[1]を弔うため、高野に籠っていたという。かの院は、高野山の奥の院をさすか。

一二　つとめをも回向し侍りしが―底本では「つとめをもゑかうし侍しか」。文脈が若干とりにくい。僧正が読経などの勤行を行なって、父・『山伏』の冥福を祈ったということと解した。詞書第十五段注一三参照。

一三　さればよ―僧正が高野で弔っていたという山伏が、父・『山伏』①であろうと中納言は思っていたが、その通りであったと確認したことをさす。

一三　侍る―底本では「侍」。連体形終止と解した。詞書第十二段注七、第十八段注四参照。

一四　天狗―翼を持って空中を自在に飛翔する妖怪の一種。天狗の形姿は一定しないが、多くは僧形、時に童形、鬼形をとることもあり、また空中を飛翔することから、鳶のイメージでとらえられることも多かった。天狗が今のように鼻の高い姿に形象されたのは室町後期からで、それ以前は、鎌倉期の絵巻『春日権現験記絵』『天狗草紙』などに描かれているように、嘴を持った姿として捉えられていたものと思われる。竹下一郎氏『天狗の研究』（一九七五年、大陸書房）、『岩波仏教辞典』など参照。なお、『今昔物語集』には、「近江ノ国比良ノ山ニ住ケル天狗」が比叡山の僧を「掻キ抓《つかみ》テ」空を飛び、比良山の自身の住処までさらってくる話（巻第二十「竜王為天狗被取語第十一」）が見え参考になる。ちなみに、第十八段の詞書にある「近江の国、何の郡とかやいふ所の山」とは、比良の山の可能性もあるだろう。

一五　ものの―底本では「物も」の「も」に見セ消チが付され、「の」が並記。

一六　けるにや、近江の国―底本では「けるにあふみの国」の「に」と「あ」の間に「や」が補入。

一七　山のなかに―底本では「山のをくに」の「をく」に見セ消チを付し、「なか」と並記。

一八　いふかひなきに―底本では「ゆふかひなきに」。他の例では「ゆふ」ではなく「いふ」が用いられているため、表記を改めた。

一九　山王―「山王権現」に同じ。比叡山の麓、坂本の地に鎮座する日吉神社（現日吉大社）を山王と称し、この神社をもって比叡山の地主神とし、天台一宗の護法神としたもの。『日本仏教史辞典』（吉川弘文館）等参照。

二〇　いかにもいかにも―底本では「いかにも〱も」の下方の「も」に見セ消チ。

二一　思ひ給へりしかど―底本では「おもひたまへりしかと」。「たまへ」は、横川僧正の会話文中にみえる例であるが、尊敬の意を表わす四段活用の已然形となっており、誤用。本来は、謙譲の意を表わす下二段活用であるべき。詞書第九段注二〇、第十二段注二・一三参照。

二二　なむど―底本では「なむと」。詞書第一段注二、詞書第十八段注五参照。

二三　高野にてなん、終はり侍りしなり―底本では「かうやにてなんをはり侍し也」。「なん」の結びが連体形でなく終止形となっている。係助詞「なん」が直接受けるのは「終はり侍りし」か。「なん」の結びが流れた形か、それとも係り結びの法則の破格か。詞書第十八段注**四**参照。

二四 ほどに―底本では「ほとに」は行末となっているが、文章が途中で終わっており、この行で詞書が切断されたものと推定される。

・画中詞（B絵3）

1 隠れなきことにて候へば、聞きも伝へ給ひ候ふらん―中納言[4]らの父[1]が失踪してしまっていることが、世間でも知られていることをさす。

2 あやしきことどもを、あまたうけたまはりあはすること候ひて―第十二段の初瀬での『山伏』との再会と物の怪の言葉、第十五段の高野山奥の院での『山伏』との出会いなどにより、父が山伏に身をやつしながらも生きていると思い合わせたことをさす。

3 うけたまひ候ふ人の―底本では「うけ給候人の」。「うけ給ひ候ふ」は不審。同様の例が第十一段画中詞に認められる。画中詞第十一段注**19**参照。

4 いつぞやも物の怪の申し候ひしことにて思ひあはせられ候ひて―第十六段の詞書（九五頁）において、物の怪が、僧正（僧都）[5]と中納言[4]と后宮[3]が兄弟であると告げたことをさす。

5 諒―底本では「りや」。画中詞第十三段注**1**・**61**参照。

6 あひ候ひけるも―底本では「あひ候けるも」。「け」は一部虫損か判読しにくい。

7 山王―詞書第十八段注**一九**参照。

8 房中―底本も「房中」。「房中」は、一般的には部屋のなかの意をさすが、ここでは、僧房のなか、寺のなかの意。本絵巻では、「房中」は画中詞のこの一例のみで、「房」の字は、他には僧の敬称として画中詞に「御房」の例（B絵1・B絵7）が二例認められる。いずれも「坊」ではなく、「房」の表記となっている。詞書には、僧房の意で「はう」が三例（第十一段「山ふしのはう」、第十七段「ありしはう」、第十八段「このはう」）認められるが、画中詞の例を参考にして、便宜的に「房」の表記で統一した。

9 所々―底本では「所〳〵」。かつての翻刻〈伊東『藤の衣』〉では「二日〳〵」としていたが訂正する。

10 彷徊―底本では「ほうかい」。さまよい歩くことを意味する「彷徊」のことと推定したが、「法界（ほふかい）」と考える余地もあるか。

11 要―底本では「よう」。歴史的仮名遣いは「えう」だが、内容から「要」をさすと解した。

12 法恩―底本では「法をん」。仏法を通じての恩と解した。

13 一間―底本では「一ま」。柱と柱の間が一つしかない小さな部屋あるいは庵をさすか（参考「一間《ひとま》の庵、みづからこれを愛す」『方丈記』岩波文庫、七二頁）。高野山の奥の院の一間の庵で、中納言が父・『山伏』と出くわしたことをさすか（第十五段）。または、初瀬寺の一間の小さな部屋で顔を合わせたことをさすか（第十一、十二段）。あるいは、「ひとま（人間）」で人のいない折、の意か。なお、かつての翻刻〈伊東『藤の衣』〉では「一さま」としていたが改めた。

14　かげろふ—ここではトンボに似た昆虫「蜻蛉」の意と解した。はかないもののたとえに用いられる。地表から水蒸気がゆらゆらと立ちのぼって見える「陽炎」をも「かげろふ」とよぶ。

15　かたじけなく—底本では「かたじけなくみる」の「みる」に見セ消チが付されている。

16　御立ち寄りも候へ—底本では「御たちよりも候へ」。「御たちより候へ」のなかに、強意をあらわす「も」が入りこんだもの。「御」の用法については、画中詞第一段注8参照。

17　ナシ—画中（B絵3）に人物の呼称がまったく記されていないことを示す。

○対応する詞の認められない絵

・F絵1

1　F絵1—場面は、あそびの宿。あそびたちのくつろぐ様子が描かれ、幸寿[2]が錦の守りを授かるという夢を見た、大名の子を身ごもって、迎えられるのでは、それは正夢ではないか、と話題になっている。また、宿をとりたいという男性も訪れており、『藤の衣物語絵巻』の初発にあたるのではないかと推定される。詞書第一段注一、画中詞F絵1注18参照。

2　あはれなりや　あはれなり　磯なれなれ…磯なれなれて見ばやとぞ思ふ—歌謡か。出典未詳。各句は六・五・五・五・五・八・五・六・八という音数となっている。歌意は、海辺の宿で、時には男性客と夜をともにして暮らすあそびたちの風俗と重なるか。

3　ここな舟—「ここなる舟」の転。

4　宿らふ—底本では「やとらふ」。「やどらむ」の転か。あるいは、「住む」と「住まふ」の関係ように、「宿る」「宿らふ」という関係か。

5　大名げ—大名らしい様子。「大名」は詞書第三段注一六参照。

6　むたもないばら—意味がわかりにくい。「むた」は、いっしょ、ともに、の意か。大名らしげにも見えない理由として、供人もいっしょでないから、という意か。「ばら」は、底本では「はら」であるが、意味不明。

7　進士や、殿人やらう—底本では「しんしやとの人やらう」。文章生をさす「進士」と、貴族の家に仕える者をさす「殿人」と解しておく。「やらう」は「やらん」の転。画中詞第二段注8参照。

8 見うる—底本では「みうる」。「見る」の未然形に、「得(う)」の連体形が接続したもので、「見得る」として見てとれる、の意と解した。一般的には「見ゆる」か。

9 京人げなぞや—底本では「京人けなそや」。「京人げなるぞや」の転か。

10 やらん—画中詞第一段注27参照。

11 嗄れたぞ—底本では「かれたそ」。「かれたるぞ」の転。

12 やらう—画中詞第二段注8参照。

13 咳病—底本では「かいひやう」。『邦訳日葡辞書』(岩波書店)には、「Gaibiǒ(ガイビャゥ)」として、気管支カタルとの記載がある。「気管支カタル」は「気管支炎」と同じ。

14 うれしからう—「うれしかるらん」の転。画中詞第二段注1参照。

15 心とやよれ…波はかかるらう—歌謡か。出典未詳。各句は、七・六・五・六・五・八という音数となっている。「つまの波」が何をさすのか不明だが、「袖の浦」と同様に、「褄」がかけられているか。「かかるらう」の「らう」は「らむ・らん」の転。画中詞第二段注1参照。

16 まうけさしまうたと—「まうけ」は、思わぬ利益を手に入れる、授かる、の意の下二段活用の動詞「まうく」の未然形。「さしまう」は尊敬の意をあらわす室町時代の敬語。画中詞第二段注13参照。「た」は、「たる」の転。

17 まうけさしまいなうず—「まうけさしまいなむとす」の転であろう。「まうけ」は子供を授かるの意の動詞「まうく」の未然形。「さしまい」は尊敬の意をあらわす室町時代の敬語「さしまう」の連用形。「な」は助動詞「ぬ」の未然形で、強意を表わす。「うず」は、「むとす」の変化した「むず」の転。画中詞第二段注13、第三段注23参照。

18 正夢—底本では「まさ夢」。夢に見たとおりのことが現実となる夢の意。「錦の守りを幸寿が授かる」という夢は、第二段の詞書において、幸寿②が若き人(太政大臣の子息)①から「錦」で包んだ「守り」を与えられたことと呼応する。大名の子を身ごもって迎えられるという夢解きも、第四段の詞書において、幸寿と若き人との間に女児が誕生し、第八段の詞書において、女児が太政大臣家に引き取られることと呼応している。あそびたちのおしゃべりは、まさに正夢として物語の展開を予言するような役割となっており、この画中詞を有するF絵1が『藤の衣物語絵巻』の始まりにあたることをうかがわせる。

19 はらうで—妊娠する、の意の動詞「はらむ」の連用形「はらみ」に助詞「て」がついた「はらみて」の転「はらんで」が、さらに転じたものか。

20 迎へられさしまわうず—「迎へられさしまわむとする」の転であろう。尊敬の意の「さしまう」の未然形「さしまわ」に、「むとす」の変化した「むず」の転「うず」が接続した形と考えてよいか。画中詞第二段注13、F絵1注17参照。

21　あはせさしまうたり―夢合わせ（夢解き）をするの意の「あはす」の未然形に、尊敬の意をあらわす「さしまう」の連用形と助動詞「たり」がついた形。画中詞第二段注13、F絵1注16・17・20参照。

22　おれ―底本では「をれ」。F絵1では、あそびたちのくつろいだ日常の様子が描かれており、彼女たちは、自分のことを「をれ」と呼んでいる。画中詞第二段注15参照。

23　抱かふ―底本では「たかふ」。「抱かむ」の転「抱かう」と同じ。F絵1では「たかふ」「たかう」のいずれも見える。「う」と「ふ」とで表記が異なるのみであろう。

24　えい―感動詞。相手に呼びかける声。画中詞第一段注31参照。

25　十五　おれは、首を抱かう。きうきう―かつての翻刻〈伊東『藤の衣』〉では、「十五」の会話文を落としてしまっていたため補う。底本では「十五　をれはくひをたかうきう〳〵」。「首を抱く」というのは、幸寿の出産（当時は座産であった）に際して「腰を抱こう」といった画中詞十二の仲間のあそびの発言を受けたもので、私は恋人同士のように抱擁したいと、冗談を言ったものと解した。あるいは、出産に際して、産婦を正面から抱きかかえる役をしようということとも考えられるか。「きうきう」は、笑い声。画中詞第一段注17参照。

26　旅人―底本では「たひうと」。画中詞第二段注18参照。

27　一宿―底本では「いしゆく」。「いっしゅく」の促音便の無表記。

28　いらい給へ―底本では「いらいたまへ」。「いらせたまへ」の転。画中詞第三段注9参照。

29　申さい給へよ―「申させ給へよ」の転。画中詞第三段注9参照。

30　候はぬぞ―画中詞第三段注41参照。

31　人少なで―底本では「人すくなて」。「人ずくなにて」の転。

32　とよ―画中詞第三段注21参照。

33　わたらい給へ―「わたらせ給へ」の転。画中詞第三段注9参照。

34　申さい給へ―「申させ給へ」の転。画中詞第三段注9参照。

35　長寿―底本では「長しゆ」。長者のこと。「長寿」は長者の名称と推定。ここでも、束髪・縮れ髪という特徴ある長者の姿で描かれているといってよいだろう。画中詞第四段注31参照。

・J絵12

1　J絵12―宮の御方[7]（『山伏』の母）の亡き父宮・小野の六の宮[18]の法要が「山里」の「御所」でとり行なわれている場面。画面右奥では女房たちがおしゃべりをし、その前方では宮の御方がこの御所の留守番役である故宮の三条殿という尼と会話し、画面中央では僧たちにより法事が行なわれている。画面左側では、別室にて中納言[4]が叔父・内大臣[11]と対座し、行方知れずの父・『山伏』[1]のことを語っている。『山伏』の子供たちのうち、若君[4]は「中納言殿」、女君[3]は「女御殿」と呼ばれており、女御には宮（皇子）たちが次々に生まれているという記述も見えることから、春宮の女御[3]に第一・第二皇子が生まれたことが語られている第十四段と、女御が立后し中宮となる第十六段の間に位置するか。

2　御所―宮の御方の父にあたる故六の宮が住んでいた邸宅であろう。あるいは別荘か。画中詞第七段注20参照。

3　経段―底本では「経たん」。かつての翻刻〈伊東『藤の衣』〉では「経らかん」としていたが、訂正する。「経段」とは、「法華懺法」の行法のなかのひとつにあたり、仏像の周りをめぐり歩きながら、『妙法蓮華経』第十四「安楽行品」を読誦すること。J絵12の画面中央には、僧たちが「法華懺法」の「安楽行品」の冒頭の一節を口ずさみながら歩いている姿が描かれており、対応している。

4　なう―画中詞第一段注1参照。

5　錫杖―底本では「しやくちやう」。僧侶や修験者が持つ杖で、頭部の円環に六個または十二個の金属製の輪がついており、動かすと音が鳴る。ここでは法華懺法の行法のなかで、錫杖が音を添えていることをさす。

6　故宮の三条殿―底本では「こ宮の三条殿」。故宮[18]に仕えていた人物であろう。画中詞J絵12注7参照。

7　故宮―底本では「こ宮」。故人となっている、宮の御方の父・小野の六の宮[18]をさすものと解した。小野の六の宮に関する記述は第八段の画中詞三（四九頁）に見える。ただし、小野の六の宮が亡くなったとする記述は、本絵巻には見えない。

8　御念仏候はな―文意がとりにくい。底本でも「御念仏候はな」。「な」は動詞の未然形に接続する終助詞で自分自身の願望・意志をあらわすものと解すると、御念仏をお仕えいたしましょう、の意か。あるいは御念仏をお仕えしなければ、といった意か。

9　御仏事など―底本では「御仏事になと」の「に」に見セ消チ。

10　すわそんえい―故宮（宮の御方の亡き父宮）[18]に仕えた人物の名称であろうが不明。底本では「わ」の字母は「王」であり「す王そんえい」と読むべきか。

11　したきを―「たき」は願望の助動詞「たし」の連体形で、鎌倉時代に入ってから見られるようになった語。本絵巻では画中詞にのみ認められる。画中詞第七段注11参照。

12　候ひ―画中詞第三段注41参照。

13　いしいし―画中詞第五段注7参照。

14　昔の御代はり―底本では「むかしの御かはり」。女御[3]と中納言[4]の父であり、行方知れずとなっている宮の御方の子息[1]の代わりと解した。宮の御方[7]の亡き父宮[18]の代わりと考える余地もなくはない。

15　御ことども―女御[3]の宮たちのことと解したが、女御[13]や中納言[4]のことと解することもできるか。

16　候へや―「候へ」は、「こそ」の係り結びの法則により、已然形。「や」は助詞で、呼びかけ、詠嘆の意。

17　いつか期にてか―底本では「いつかこにてか」。文意がとりにくい。「こ」は、「最期の時」の意として「期」と解した。

18　思ひまうけたく―「たく」は願望の助動詞「たし」の連用形で、鎌倉時代に入ってから見られるようになった語。画中詞第七段注11参照。

19　摩訶薩―法華懺法の経段にあたる『妙法蓮華経』第十四「安楽行品」の冒頭の一節「妙法蓮華経安楽行品　爾時文殊師利。法王子菩薩摩訶薩」を踏まえる。画中詞本文は、画面右に位置するものから順に掲げたが、画面に描かれた数名の僧のうち、左側の僧が先頭を歩いているとおぼしく、引用した安楽行品の経文は左から順に書き入れられている。経文としては、発話者に示した番号［僧1］～［僧4］の順に読まれたい。画中詞J絵12注3参照。

なお「摩訶薩」は、底本では「はかさ」。『天台宗聖典』（硲慈弘氏編、明治書院、一九二七年。中山書房仏書林、復刊。二三一頁、七三八頁）によると、「摩訶薩」は、『妙法蓮華経』「安楽行品」では「まかさつ」、法華懺法の経段としての「安楽行品」では「ばかさ」と読みが記されており、本絵巻の表記は法華懺法での読みと重なる。

20　法王子菩薩―「法王子」とは次に法王（仏）になることが約束された菩薩のこと。文殊師利菩薩も法王子菩薩の一人。

底本では「法えしほさつ」。「え」は若干判読しにくい。かつての翻刻〈伊東『藤の衣』〉では「法えしほさう」とあるが訂正する。「法王子菩薩」の読みは、『天台宗聖典』によると、『妙法蓮華経』「安楽行品」では「ほふわうじぼさつ」、法華懺法の経段としての「安楽行品」では「ほふわうしほさつ」となっている。本絵巻でも法華懺法の読みにしたがう。底本において「王」の読みにあたる「わう」が「え」となっているのは不審だが、耳に聞こえた音をそのまま書きとめた結果かとも思われる。

21　爾時文殊師利―底本では「しゝ文しゅしり」。「爾時文殊師利」の読みは、『天台宗聖典』によると、『妙法蓮華経』「安楽行品」では「にじもんじゅしり」、法華懺法の経段としての「安楽行品」では「じしぶんじゅしり」と記されており、本絵巻の表記は法華懺法での読みと重なる。

22　妙法蓮花経安楽行品―底本では「妙法蓮花けいあんらくけいひん」。「妙法蓮華経安楽行品」の読みは、『天台宗聖典』によると、『妙法蓮華経』「安楽行品」では「めうほふれんげきやうあんらくぎやうほん」、法華懺法の経段としての「安楽行品」では「べうほれんぐわけいあんらくけいひん」と記されており、本絵巻で仮名表記となっている箇所はすべて法華懺法での読みと重なる。

画中詞注19～22に見てきたように、「安楽行品」は、『妙法蓮華経』の第十四に位置する場合と法華懺法の経段としての場合とで、基本的には前者は呉音、後者は漢音によるというように経文の読み方が異なっているが、本絵巻ではいずれの場合も法華懺法における読みと一致を見せており、法華懺法での独自な読みがずっと引き継がれてきていることが確認できる。

23 ひととせ、初瀬にて、いとあやしきことのありしかど―第十一段・十二段において、中納言[4]が祖母・宮の御方[7]らとともに訪れた初瀬寺にて、偶然父である『山伏』[1]に出会ったことをさす。「ひととせ」は、先年（過ぎ去ったある年）の意。

24 いしいし―画中詞第五段注**7**参照。

25 さる人―中納言の父にあたる『山伏』[1]をさすが、中納言は、その人が自身の父であることは明かさずに、居場所をさがさせたということだろう。詞書第十七段注**二**参照。

26 内大臣―画中に呼称は記されていないが、中納言[4]の叔父にあたる内大臣（かつての大将）[11]と推定した。

27 やらん―画中詞第一段注**27**参照。

28 候はめ―画中詞第三段注**41**参照。

29 仰せ言候ひけると申し候ひし―初瀬で山伏が「すべて定めたる所なし」とおっしゃっていたということを、内大臣に誰かが申し上げて伝えたということ。

30 蟬丸―底本では「せみ丸」。「せみ丸」は、初瀬で出会った山伏が父であることを中納言に確信させたもの。第十二段詞書において、『山伏』[1]が息子・弁少将（後の中納言）[4]に、錦の袋に入った笛とおぼしきものを置いて姿を消したことが記されていた（七三頁）が、「せみ丸」とはその時渡された笛のことと推定される。ちなみに、『平家物語　上』巻第四「大衆揃」（三〇七頁）に見える「蟬をれ」という名の笛は、鳥羽院の時代に宋朝の帝から贈られた、生きている蟬のように「節（ふし）のついたる」竹で作られたものという。「せみ丸」も節の多い竹で作られた笛であり、「せみ」は「蟬」の可能性が高いと推定した。その特徴ある節の形状から、父（『山伏』）の笛と特定できたのだろう。詞書第十二段注**一五**参照。詳しくは、〈伊東『藤の衣』〉第六章「父と子をつなぐもの――〈剣〉と〈笛〉」を参照されたい。

・B絵1

1 B絵1―月の夜、山のなかの建物（寺院か）の門に、頭巾姿の人物と、髪を着込めた女性が描かれ、画面左端に山伏が描かれる。この三人が誰であるのか呼称も記されておらず、どのような場面かはっきりしない。女性は心ひかれる笛の音について、誰が吹いているのか知りたがり、頭巾姿の女性が山伏にたずねるが、山伏はわからないと答えている。また、女性が山伏に対して親しみを感じていること、山伏はその女性に見覚えがあるような気がするが、はっきり誰とも思い出せない、とも記されている。あるいは、『山伏』[1]の子である女君[3]が、父・『山伏』の吹く笛の音を偶然耳にしたところか。B絵1の場面が『藤の衣物語絵巻』のなかでどのあたりに位置するのかはっきりしないが、『山伏』が吹いた笛が話題となっているとすれば、『山伏』が愛用の笛を、息子・弁少将[4]に与えた第十二段（第十一段も同じ時なので含む）

より前であろうと推定される。なお、笛の音については、詞書第十二段注15参照。

2　女君―画中に呼称は記されていないが、『山伏』の娘[3]か。

3　いかな人―「いかなる人」の転。

4　尼―画中に呼称は記されていないが、頭巾をかぶっているので「尼」かと推定。

5　えい―画中詞第一段注31参照。

6　やう―画中詞第六段注14参照。

7　山伏の御房―「御房」は僧の敬称、また親しんで言う称。この「山伏」が『山伏』[1]と同一人物である可能性が高い。画中詞第十八段注8参照。

8　と思ふ―『山伏』[1]の子と思われる女性（女君）[3]の心内語を受け、女性の行為をあらわす。

9　などやらん…ともおぼえず―山伏の心内語。「やらん」は画中詞第一段注27参照。

10　ナシ―画中（B絵1）に人物の呼称がまったく記されていないことを示す。

・B絵2

1　B絵2―画面左側には寺社とおぼしきタイル張りの床の上に衣被《かづき》（頭からすっぽりと衣をかぶること）姿に掛帯《かけおび》をして座った女性が二人描かれ、画面右側には裹頭《かとう》（頭を袈裟などで包み眼だけを出した僧侶のかぶりもの）姿の僧兵かと思われる人物が二人描かれ、どちらの人物たちもすぐれた笛の音のことを話題にしている。画面中央の裹頭姿の僧兵かと思われる人物は「南無慈悲万行菩薩」と唱えているが、「慈悲万行菩薩」とは、春日大明神をさす。画中詞に見える「南無慈悲万行菩薩」「若宮へ御参り」は春日社にかかわるものであること、また同じく画中詞に見える「唯識三十頌」は法相宗の重要な思想のひとつであり、元興寺や興福寺が法相宗の学問の中心であったこと、裹頭姿の僧兵は興福寺が延暦寺と並んで知られていること、興福寺と春日社が隣接し結びつきが強いことから、B絵2の舞台としては春日社と興福寺が有力候補となる。『春日権現験記絵』（『続日本絵巻大成14・15』中央公論社）には、春日社も興福寺も描かれているため比較をすると、「タイル張りの床」「僧兵」「鹿」といったモチーフは春日社と興福寺とで共通するが、「境内の樹木」「階段（石と土で築いたもの）」「小さな社（摂社）」のモチーフは春日社固有のモチーフとわかった。B絵2にも春日社固有のこれらのモチーフが認められることから、B絵2の舞台は、春日社であると判断した。詳しくは、「『もの』とイメージを介した文化伝播に関する研究―日本中世の文学・絵巻から―」（千葉大学文学部、二〇一〇年三月）の伊東祐子「『藤の衣物語絵巻』をよむ」を参照されたい。

　なお、B絵2の場面が『藤の衣物語絵巻』のなかでどこに位置するのかはっきりしないが、話題となっている笛の音は『山伏』[1]が吹き鳴らしたものと思われることから、『山伏』が笛を息子・弁少将[4]に与えた第十二段（第十一段も同じ時なので含む）より前に位置するものと推定される。ちなみに『春日権現験記絵』巻七には、順徳天皇の時に、藤原経通が春日社に参籠し、蔵人頭に戻れるよう、終夜、神楽をうたい笛を吹いて祈った結果、願いが叶ったという話が見える。笛と寺社との関係についてもさらに検討しなければならない。笛については、詞書第十二段注**一五**参照。

2 殊勝―底本では「しゆせう」。歴史的仮名遣いでは「しゆしよう」。

3 楽―底本では「かく」。聞こえてくる笛のメロディーについて話題にしていると推定されるため「楽」の漢字をあてた。ここでは、曲名の意であろう。参考「楽《がく》はなんぞときゝければ、夫をおもふてこふとよむ想夫恋といふ楽《がく》なり」（日本古典文学大系『平家物語　上』巻第六「小督」、三九七頁）。

4 えうけたまはり知り候はぬ―「うけたまはり知り」は「聞き知り」の謙譲語。かつての翻刻〈伊東『藤の衣』〉では「ゑうけたまはり候しり候はぬ」としていたが改めた。

5 曲―底本でも「曲」と漢字表記。読みは「ごく」。「楽（がく）」が広い意味で音楽、メロディーと考えられるのに対して「曲（ごく）」との違いがはっきりしにくい。「曲」は「曲の物」と同じか。「曲の物」の意は『大辞林』によると、「邦楽で、歌のつかない器楽曲の総称。管絃の曲。曲（ごく）」とある。

6 いかなる人、候ふやらん―底本では「いかなる人候やらん」。笛を吹いた人物がどのような人かと問うたと解したが、お堂のなかには、どのような人がいるのでしょうか、の意とも解されるか。

7 誰、候ふやらん―底本では「たれ候やらん」。「候」は略字で判読しにくい。「やらん」は画中詞第一段注**27**参照。

8 俗―底本では「そく」。かつての翻刻〈伊東『藤の衣』〉では「そら」としていたが改めた。出家者ではなく在俗の人、の意。

9 南無慈悲万行菩薩―底本では「なむしひまん行ほさつ」。かつての翻刻〈伊東『藤の衣』〉では「すん行」としていたが「まん行」と改めた。「南無」は、サンスクリット語の namas, namo などの音写で、「なむ」とも「なも」とも読む。B絵2の画中詞では「なも」の例も見える。画中詞B絵2注**16**参照。

「慈悲万行菩薩」は、春日社の神、春日大明神のこと。神仏習合思想をもとに、神の本地は仏であり、日本の人々を救うために仏が神として垂迹したとする本地垂迹説による。「慈悲万行菩薩」という名称は、延慶二年（一三〇九）左大臣藤原朝臣（西園寺公衡）の発願によって制作された『春日権現験記絵』巻一第一段に見える。それによると、春日大明神は、法相擁護（法相―唯識の立場から諸法のあり方を究明する―は興福寺の宗旨）のために三笠山に移ったこと、また承平七年（九八七）に興福寺の僧勝円を召し託宣があり、「我ははやく菩薩に成にたり。しかるを公家、いまだ菩薩の号を得しめざる也」と仰せになり、天台山修行の僧千知が菩薩の名を尋ねると「慈悲万行菩薩」と名のられたとされる。『春日権現験記絵』（『続日本絵巻大成14』中央公論社）参照。

10　主願成就―底本では「しうくわんしやうす」。わかりにくいが「主願成就（しうぐわんじゃうず）」と解しておく。「くわん」は、かつての翻刻〈伊東『藤の衣』〉では「かわん」としていたが改めた。

11　う、う、う―「成就（じゃうず）」の「ず」の音の最後の「う」を、長く伸ばして発音していることをあらわすか。

12　などら―「いづら」の「ら」に類するか。画中詞第一段注11、第七段注26、B絵4注21参照。

13　若宮―春日社には、多数の摂社・末社があるが、若宮社もそのなかの一つ。若宮社は、春日の神威を借りて勢力を広げようとした興福寺によって、保延元年（一一三五年）に創建されたもの。春日社は藤原氏の氏神・氏社である。

14　祈りの声―B絵2の画面左端の建物は上部を霞でおおわれてしまっているが、その霞の上に、「ゆいしき卅しゆなも大明神」と記されており、建物内から祈りの声が聞こえていることをあらわしたものかと推定した。あるいは、B絵2の画中に描かれた二人の物詣姿の女性（A・B）が唱える祈りの声ともとれるか。

15　唯識三十頌―底本では「ゆいしき卅しゆ」。「唯識三十頌」は、無着の弟、世親（インドの仏教僧）が著した唯識の思想を要約した三十の頌で、玄奘三蔵が漢訳したもの。「頌（じゅ）」とは、「梵語gathaの訳で、梵語（サンスクリット語）やパーリ語の詩体の一。仏教では仏・菩薩の功徳や思想などを述べた詩句をいい、漢訳されたものは普通四言・五言の形をとる。偈（げ）」（『大辞林』）のこと。「唯識三十頌」の注釈はさまざまに試みられていたが、護法（インドの仏教僧）の注釈をもとにして、玄奘が弟子窺基とともにまとめ、漢訳した注釈書が「成唯識論《じょうゆいしきろん》」であり、さらに窺基は「成唯識論」について綿密な注釈書を著し、さらに窺基を継承する者も窺基に倣って注釈書を著した。こうして中国唯識思想の学派として樹立されたのが法相宗で、玄奘をその始祖、窺基（慈恩大師）を宗祖とする。日本にもたらされた法相宗は、奈良時代にはもっとも有力な学派となっていくが、特に元興寺や興福寺は法相宗の学問の中心であった。廣澤隆之氏『「唯識三十頌」を読む』（大正大学出版会、二〇〇五年）序章、参照。

　なお、『春日権現験記絵』巻十（『続日本絵巻大成14』中央公論社）に、天台座主教円が比叡山で「唯識論」を転読していると、一人の老翁が喜びのあまり庭前の松の木の上で万歳楽を舞うが、その老翁は春日明神だったという話が見える。「唯識三十頌」「唯識論」と、春日明神との結びつきをうかがわせるものとしても注目される。

16　南無大明神―「南無」は底本では「なも」。画中詞B絵2注9参照。「大明神」は「春日大明神」のこと。

17　ナシ―画中（B絵2）に人物の呼称がまったく記されていないことを示す。

・B絵4

1　B絵4―宮中の春宮の女御（あるいは中宮）③の住まいでの日常の一場面か。室内には、女性が一人、冠直衣姿の男性が二人描かれている。呼称はないが、春宮の女御③、中納言④、内大臣⑪と推定される。春宮の女御は、山里にて勤行をしながら、行方知れずの父・『山伏』の訪れを待つことができたならと願い、女房たちは、春宮の女御も中納言も行方知れずの親のことをこれほどまでに思うとは理解しづらいと思っている。女御は、父・『山伏』のことを「あはれに見し人」と言っており、第十一段・第十二段における初瀬での父との偶然の邂逅を踏まえていると考えられること、また春宮の女御として登場するのは第十四段であることから、第十四段以降、さらに『山伏』との再会を願っていることから、『山伏』の死が明かされる第十七段以前に位置するものと推定される。あるいは、B絵4画中詞注23のように、春宮の女御に思いを寄せる帝の行為について触れられていると解すれば、帝が退位する第十六段以前に位置するるか。

2　や―感動詞で驚いた時や呼びかける時に発する声。

3　あれはいかに―予期しない事態に驚いたときの言葉。いったいどうしたことだ、の意。

4　候ひけるぞら―底本では「候けるそら」。「ぞら」については、画中詞第十二段注26参照。

5　御遊の所作、任のこと―底本では「御遊の所さにんのこと」。わかりにくいが、天皇主催の管絃などの催しに関する内容や役割分担について、と解しておく。

6　仰せあはせられんとやらむ―「仰せあはせ」は「言ひあはせ」（相談する）の尊敬表現。「られ」は尊敬の意。あるいは「仰せらる」（おっしゃるの意）に「あはす」が入りこんだ形か。「ん」は意思の意をあらわす助動詞。「やらむ」は画中詞第一段注27参照。

7　候はぬから―「から」の用法がはっきりしない。画中詞第十一段注25参照。

8　ごさめれ―「ごさんめれ」（「にこそあんめれ」の転）の「ん」の無表記。

9　すはや―底本では「すわや」。相手の注意を喚起して発する声。それ、そら、そうら、そうれ、の意。

10　宰―底本では「さい」。「宰相殿」という女房の名を略して「宰」と呼んだものと解した。

11　やらん―画中詞第一段注27参照。

12　なう―画中詞第一段注1参照。

13　きうきう―笑い声。画中詞第一段注17参照。

14　何と候ふぞ―底本では「なにと候そ」。判読しにくい。かつての翻刻〈伊東『藤の衣』〉では「なにとにて」としているが改めた。

15　候はめな―底本も「候はめな」。「は」が判読しにくく、「候らめな」（候ふらめな）とも読めるか。

16　心にまかせて―かつての翻刻〈伊東『藤の衣』〉では「心にまかせ候て」とあったが改めた。

17　心にてこそあるべきに―「心であるに違いないので」と訳されるが、わかりにくい。中納言[4]が、女御[3]も自分と同じ心であるに違いない、と思っていると解してみたが、女御の心をしめているに違いないことなので、とも解されるか。行方知れずの父のことを心配していることをさすのだろう。

18　親心―底本では「をや心」。「親心」と解したが、前文につづいて「…定めきこえけるをや」と解することもできるか。なお、底本では「親」の表記は「をや」となっている。参考「御をやたち」（第十七段詞書冒頭）、「御をやの御事」（B絵4の「大納言殿」の画中詞）。

19　身の光―女御自身が光となる、の意と解したが、「身」を一人称の代名詞ととって、私（中納言）にとっての光となる、の意ともとれるか。

20　と案じ給ふ―底本では「とあむし給」。中納言が自身の会話文中で自身の行為について「案じ給ふ」と発言しているため、「給ふ」は謙譲の意をあらわすものと解した。ただし、本絵巻では、謙譲の意をあらわす下二段活用の「給ふ」は詞書に認められるものの、画中詞では他に見られない。中納言のこの会話文の冒頭近くの「またなく人の案ぜさせ給ふ」は、春宮の女御の行為であり尊敬（四段活用）の意。なお、「と案じ給ふ」を、中納言の会話文中の言葉ではなく、彼の行為をあらわすととることもできるかと思われるが、本絵巻の画中詞では、行為をあらわす動詞に尊敬の意などの敬語がついた例はない。あるいは、「候」と「給」のくずし字の誤写の可能性もあるか。さらに検討したい。

21　などら―画中詞第一段注11、第七段注26、B絵2注12参照。

22　わらは―画中詞第四段注5参照。

23　内裏の御方―底本では「うちの御方」。「御方」が判読しにくい。かつての翻刻〈伊東『藤の衣』〉では「うちの御宮」としていたが改めた。「うちの御方」は、聞きなれないが、室町時代の『新蔵人物語絵巻』の画中詞に、帝をさす呼称として「内の御かた」と記された例（第三段・第八段に各一例）があり、本絵巻でも帝をさすと考えられる。第十四段の詞書「上、宣耀殿にかよはせ給ふたよりには、たえず、そのあたり（春宮の女御の住まい）をうかがはせ給ふに」（八六頁）と対応するものと思われる。なお、『新蔵人物語絵巻』の図版は、『『新蔵人物語』絵巻の研究』（『名古屋大学比較人文学研究年報　別冊　二〇〇五年」二〇〇六年三月）、『室町時代の少女革命―『新蔵人』絵巻の世界』（笠間書院、二〇一四年十月）による。

24　なう―画中詞第一段注1参照。

25　わたくしごと―「おほやけごと」の対で、個人的なこと、表向きでないこと、うちうちのこと、の意。

26　身のほどかな―かつての翻刻〈伊東『藤の衣』〉では「身の程□な」としていた。「な」の文字をのぞき、いずれも虫損により文字の一部を欠き判読しにくいが、「身の程かな」と推定した。

27　と思ふ―春宮の女御（『山伏』の子）[3]の行為をあらわす。

28 中納言殿□むとも―「殿□」の二文字が虫損により判読しにくい。「中納言殿なむども」とあったかとも推定されるが、はっきりしない。

29 絵物語にかきたるやうに、いかなる下に嘆かしき御ことはしのあるから―絵物語に書いてあるように、どのような人知れぬ心の奥に、嘆かわしい恋の思いの一片でもあるのかしら、と解したが、『源氏物語』ではこうした場合、「絵物語」ではなく、「物語」あるいは「昔物語」に「書きたるやう」と評されていた。平安から鎌倉・室町へと時代の下降とともに「絵物語」（絵を伴った物語）が広く享受されて行ったことを裏づけるか。詳しくは、伊東祐子「物語文学史再考―「絵物語」をめぐって」（『中古文学』第六四号、一九九九年十一月）を参照されたい。なお、「御ことはし」は、底本では「御事はし」。「はし」を、片はし、一部分の意でとったが、物事の端緒、はじまりの意ともとれるか。

30 をりなへれ―意味不明。「をりなんれ」とも読めるか。

31 陣のこと―底本では「ちんの事」。「ち」と読んだが判読しにくい。「陣」は、宮中などで衛府の官人など警備のものが詰めている場所。また、そこに詰めている者、の意。「陣のこと」の具体的内容は不明。

・B絵7

1 B絵7―画面右上方に山並と満月が描かれ、その下に鐘楼、物詣でとおぼしき被衣《かづき》姿の女性二人、そして僧が一人描かれている。画面左には山寺とおぼしき建物の下方が霧の絶え間からのぞくように描かれ、その建物のなかに座る人物たち（被衣姿に掛帯をした女性と頭巾姿の人物）が「南無阿弥陀仏」「夢から、うつつから」と口ずさんでいる。晨朝の鐘の音が話題となっているものの、画中詞も短く、どこを描いたものかわからず、『藤の衣物語絵巻』のなかでどこに位置するのか分明でない。「夢から、うつつから」に類する言葉を、行方知れずの『山伏』[1]と偶然、初瀬で再会した宮の御方[7]らが口にしていたものの、この語だけでは両者の結びつきの強さを証明することはむずかしいか。あるいは建物内の二人連れは、B絵1に登場する二人連れと重なるか。さらに検討したい。画中詞B絵1注1参照。

2 やや―感動詞。呼びかける時、驚いた時などに発する語。画中詞第十四段注1参照。

3 御房―画中詞B絵1注7参照。

4 寝過ごいて―底本では「ねすこいて」。「寝過ごして」の転。

5 夢から、うつつから―第十一段画中詞「夢ら、うつつから、山伏から」（六九頁）と類する表現か。画中詞第十一段注24・25参照。

6 ナシ―画中（B絵7）に人物の呼称がまったく記されていないことを示す。

梗概・絵の説明

第一段（詞書・J詞1）

ある海辺のあそびの宿に、急に内密に住吉詣でを思い立ったという旅人一行が、気象の急変により宿る。旅人一行のなかの、年かさでものの心得のある、髭の具合などもすっきりとした、受領とおぼしき男性が、あそびの宿の女主人である長者[30]と応対する。男性は、一行のなかの年若い男子[1]がなれぬ船旅で気分を悪くしていることを心配し、住吉詣での帰路にはかならず立ち寄るからと、とりなして、あそびたちとうちとけづらそうにしている。長者は、そういうことならと、鼓などはやめて、朗詠をし今様をうたう。旅人一行はみっともないことに酔ってしまう。長者は、さきほど話題になった若き人[1]が、妻戸の一間の部屋に入って、気分悪そうにしているのに目をとめて、娘のなかでもかわいらしい感じのあそび[2]をおし入れた。親めいた人のもとへもあそびを送るが、旅人一行は夜深く、闇に身を紛らわすようにして、宿を出てしまった。ちなみに、第一段の画中詞により、このあそびが幸寿《こうじゅ》（かうしゅ）であることがわかる。

なお、この一夜の出逢いがいつのことなのか、この段には記されていないが、第四段において、十二月二十日過ぎにあそび・幸寿[2]に女児が誕生していることから、三月十日ごろであったと推定される。

第一段（絵と画中詞・J絵1）

あそびの宿で、旅人一行が過ごす様子が描かれている。画面中央の部屋では、長者[30]とあそび二人が、旅人一行の二人の男性（右近大夫・左近蔵人）をもてなしている。左端の部屋では、若き人[1]とあそび・幸寿《こうじゅ》[2]が、お互いに恥ずかしそうに顔をそむけるようにして対面している。詞書では、旅人一行のなかの年かさで心得のありそうな男性の呼称や、若き人のもとにさし向けられた、かわいらしいあそびの呼称も記されていないが、絵では人物の近くに呼称が書き込まれており、誰であるのかがわかる。ただし、この若き人が、どこの誰であるのかは、詞書・画中詞ともに明かされないまま物語は進む。ちなみに、本絵巻のあそびたちは、淀川河口の江口・神崎あたりを拠点とする遊女たちであろう。

第二段（詞書・J詞2）

若き人[1]は、あそび・幸寿《こうじゅ》[2]が何か言いかけても受け答えもせず、物思いにしずんでばかりいる。若き人は、はじめは気がひけて幸寿とうちとけづらそうに思っていたが、別れに際し、幼少のころから身に添えているお守りであるといって、錦の布に包んであるものを、形見として幸寿に残す。見るとそれは、「剣」なのだった。幸寿は、それを形見として、名も知らぬ若き人を恋しく思う気持ちを慰める。

第二段（絵と画中詞・J絵4）

あそびの宿の一室であそびたちが、箏の琴や鼓を前に、歌謡を口ずさんだり、おしゃべりをしている。話題は、幸寿[2]が恋をしているということで、先日ここを訪れた旅人一行は、物詣での帰路にはかならず立ち寄ると言っていたけれど、どこへ参詣したとしても、もう帰ってもよいころなのに、と語っている。箏の琴を弾くのは幸寿、鼓を手にしているのは菊寿《きくじゅ》[31]。

第三段（詞書・J詞3）

旅人一行は、物詣での帰路にかならず立ち寄ると言っていたのだが、訪れることなく日数が過ぎてしまう。幸寿[2]は、若き人[1]が、再訪の期待を持たせるような言葉もおっしゃらず、心細そうな様子で、自分は生きながらえることができるかどうかもわからないが、もしも私が亡くなったと知った時には、かわいそうにと思ってはくれないか、と語ったこと、そして、せめてあなたが別の男性と一夜をともにするまでは、私のことを思い出してくれないか、と語った言葉が今も耳に聞こえる気がして、若き人のことが忘れられない。ある時、播磨国の小坂《おさか》殿という大名一行があそびの宿に訪れる。幸寿は、若き人が、別の男性と一夜をともにするまでは、忘れないでいてくれ、とおっしゃった言葉が悲しくて涙が浮かんでしまう。

長者[30]は、若き人への恋の思いから、あそびのおつとめを怠りがちの幸寿を諭し、宴席に出るようにとすすめるので、幸寿は髪をとかそうとするが、気持ちがしずんで、何度も嘔吐などをするので、仲間のあそびたちも気の毒に思って、出ていってしまう。

実は、幸寿は、普通の状態でもなくなってしまったのだった（妊娠してしまったのだった）。乳房を出して見てみると、妊娠の徴候を示すように、乳房の先が黒みをおびてしまっていたのだった。幸寿はこのような形見まで身に添ってしまったのだと思い、泣いてしまう。

第三段（絵と画中詞・J絵3）

画面には、三つの部屋が描かれている。右の部屋には、化粧箱や櫛が置かれ、乳房を手にして涙する幸寿[2]の姿が描かれている。中央下の部屋では、糸を紡ぐ「うば」が、「としこそ」という名の下女に、幸寿の恋の相手は誰なのか、などと話しかけ、おしゃべりをしている。左の部屋では、播磨国の小坂《おさか》殿という大名（画中詞では「御館（みたち）」とある）の一行を迎え、長者[30]やあそびたちが宴会を催している。お酒や食べ物が並べられ、あそびたちは長柄銚子を手にしたり、鼓を手にしたりして、一行をもてなしている。

第四段（詞書・J詞4）

十二月二十日過ぎに、幸寿《こうじゅ》[2]はたいそうかわいらしげな女の子[3]を生む。生まれたばかりではあるが、並一通りの人の子とは見えない。どのような人の子なのか、何とかして都の人（父親）にさしあげたいと思い、都から時々立ち寄る琴《こと》の師《し》に相談するが、何という人なのかもわからないのでは、どうしようもない。幸寿は、ありし日の若き人[1]の面影を宿す女児を、かわいがって育てるのだった。

第四段（絵と画中詞・J絵2）

画面中央に火桶が置かれ、長者[30]がおくるみに包まれた女児[3]を抱いている。周りには、二人のあそび、尼頭巾姿の「都の古宮仕《ふるみやつか》へ人《びと》」[32]（養育係の尼君）と、「今《いま》御乳《ち》の人《ひと》」（乳母）が描かれる。話題は、幸寿[2]の生んだ女児のことで、長者30が、尼君32に、高貴な人の子であるからかわいがってほしいと訴えると、尼君は、どれほどの身分の人の子なのかと尋ねるが、長者は今じきにはっきりするでしょう、とはぐらかす。あそびたちは、何の手がかりもないのに、あてになりそうなことを言って人をだまそうとするのか、と母（長者）を責める。

第五段（詞書・J詞5）

若き人1と出会ったのは、去年のこの時分（三月と推定される）であったと、幸寿《こうじゅ》2は若き人に思いをはせる。高らかに笑い、かわいらしげな口をとがらせて、言葉にならないお話をする女児3の顔のつややかな美しさに、若き人の面影がよそえられてくる。

第五段（絵と画中詞・J絵5）

画面はあそびの宿。右側では、あそびの宿のなじみ客とおぼしき、郡司に仕える四郎という名の人物が訪れ、長者30を相手に、ある出来事を語る。郡司《ぐんじ》の一人娘が、ただ通りすがりに目にしただけの美しい貴公子に恋をしてしまい、困ってしまった郡司が婿取りをしようとしたところ、娘は他の人と結婚するつもりはないと反発して、自ら髪を切って尼になってしまったのだと言う。父の郡司はものも食べずに泣きわめいていると言う。長者は幸寿2のことがあるので、身につまされて気の毒がる。四郎は菊寿31ともおしゃべりをする。左側では、幸寿とあそびの仲間たちが、はいはいする女児3を囲むように座っている。

第六段（詞書・J詞6）

若き人1を忘れられない幸寿《こうじゅ》2は、体調までくずして二、三日が経ってしまう。夕暮れ時、入日を洗うという沖の白波も凪いで、まるで磨いた絵のような気持ちがするなか、「沙羅《さら》や林樹《りんじゅ》の木《こ》のもとに　隠ると人に見えしかど」という今様をうたって、波に沈むかと見える入日に向かって、まるで眠るかのように亡くなってしまう。海の面では、紫の雲がかすかに色を変えていく。年若い娘に先立たれてしまった長者30の嘆きは深い。当時、念仏の行者の臨終の際、阿弥陀如来や菩薩たちが紫の雲に乗って来迎すると信じられていたことから、紫の雲が見えたということは幸寿の極楽往生を暗示する。

第六段（絵と画中詞・J絵6）

画面右側には、松原と海がはるばると描かれ、あそびたち二人が一艘の小舟に乗り、漁師とおぼしき男性と男児がもう一艘の小舟に乗る。ともに、往生雲（紫雲）のことが話題とされている。左側には、海をのぞむあそびの宿の一室が描かれ、長者30と三人のあそびたちに見守られて、今まさに幸寿2が亡くなる場面となっている。幸寿は「南無阿弥陀仏、南無阿弥陀仏」と唱えながら合掌している。長者もあそびたちも、幸寿の突然の死を受け入れられずに嘆く。

なお、詞書では幸寿は今様をうたいながら死去したとされているが、画中詞では今様の記述はなく、念仏を唱える姿が描かれており、異なりを見せている。詳しくは本文の注（詞書第六段注六）を参照されたい。

第七段（詞書・J詞7）

幸寿《こうじゅ》2の忘れ形見の女君3も十歳ほどになった。その年の五節《ごせち》に、長者30をはじめあそびたちも上京する。太政大臣邸では、子息の大将11が舞姫をさし出すというので、舞姫につき添う童女や下仕《しもづか》えを選んでいる。その折、長者は太政大臣6に、大切に育てている孫娘3を、あそびの身の上にはしたくはない、高貴な方のもとで宮仕えをさせたい、と訴える。五節の行事がはじまる。四位や五位の人たちのなかに、あの十六夜の月光のもとで見たような気がする人がいる。お互いに気づき思い出を語りあう。

ここではじめて、幸寿と一夜を過ごした相手の若き人1が、太政大臣の子息だったことが判明する。若き人の母7は、失踪した我が子を思いつづけて、息子1の形見として一人残された若君4を大切にお世話していたのだが、こうしてまた息子1の忘れ形見の女君3が残されていたと知って悲しく思う。

第七段（絵と画中詞・J絵7）

太政大臣邸が描かれ、中央上部に太政大臣6が立ち姿で描かれ、対角線上に位置する長者30と会話をしている。詞書と同じく、長者は太政大臣に向かって、孫娘3をあそびの身の上にはさせたくないこと、こうしたりっぱなお屋敷にお仕えさせたいものと訴える。さらに、あそび・乙寿《おとじゅ》が下仕えに選ばれたものとおぼしく、太政大臣家の女房から髪の美しさが賞讃されるが、長者は幸寿[2]の髪のほうが美しかったのにと話し、幸寿を思い出して泣く。大将[11]も来ている。なお、画面右端の部屋では、中宮[16]と源大納言殿の御方[9]（太政大臣の妻の一人）と思われる女性たちが火桶をはさんで対話。画面左端では、五節の舞姫につき添う童女たちを、蔵人や若い男性たちが品定めをしている。

第八段（詞書・J詞8）

　五節、賀茂の臨時祭なども過ぎた夕暮れ、幸寿《こうじゅ》[2]が残した女君[3]を太政大臣[6]邸に迎えるために、大輔《たいふ》[29]とその妹の侍《じ》従《じゅう》[34]があそびの宿に遣わされる。侍従は、女君が行方知れずの太政大臣の子息[1]にそっくりであることに驚くとともに、悲しくて泣いてしまう。長者[30]も、女君が太政大臣家に迎えられていくのを誇らしく思いながらも、女君の母にあたる幸寿[2]は亡き人であり、父[1]は行方知れずであるのを悲しく思う。さらに長者は、女君が太政大臣家に迎えられたなら、あそびの身の上である自分が会いに行くのも、女君にとってよくないことに違いないので、今日のこの別れが永遠の別れだろうと言って泣く。

　女君[3]のもとに、養育係のようにしてつき添っていた尼君[32]は、女君の曾祖父・嵯峨の入道太政大臣[19]のもとにかかわっていた人で、この女君が、その血縁と聞くにつけても親近感がわいて、侍従[34]と昔語りをするが、それによって女君の父親[1]の素姓も明らかになったことだろう。

　大輔[29]は、あそび・菊寿《きくじゅ》[31]と、若き人[1]や幸寿[2]の思い出を語り合う。菊寿は幸寿の父親違いの姉である。あの若き人と幸寿が一夜を過ごした折、菊寿は大輔が特別に懇意にしていた人だった。まだ夜が明けきってしまわないうちに、女君を船に乗せた。

第八段（絵と画中詞・J絵8）

　あそびの宿の室内が描かれている。右側の一室では、あそび・菊寿[31]と大輔[29]が十年ぶりの再会を喜び、幸寿[2]の思い出などを語り合う。

画面左側の部屋では、女君[3]、尼君（都の古宮仕へ人）[32]、侍従の乳母[34]（太政大臣家から遣わされた侍従のこと）、長者[30]が座る。女君の養育係の尼君[32]は、かつて太政大臣[6]の父[19]に仕えていた人であり、侍従と昔語りをすることによって、行方知れずの若き人[1]の素姓が明らかにされる。太政大臣には三人の妻があり、宮の御方[7]（小野の六の宮の娘）のもとに少将殿[1]、内大臣殿の御方[8]（内大臣の娘）のもとにも少将殿[10]、源大納言殿の御方[9]（源大納言の娘）のもとには若君[11]があった。この女君の父は、宮の御方の少将であり、太政大臣家の嫡子であった。大臣殿の御方の少将[10]は同い年で、数か月違いの弟であったのだが、自分こそ嫡子にと思ってさまざまな策謀がめぐらされ、宮の御方の少将[1]は寺の預かりとなり、京の都にも入れないような状態でいたが、そこでどのような経緯があったのか失踪してしまった。このあそびの宿での出来事は、都から下向した道すがらに起こったことと明かされる。やがて、大臣殿の御方の少将[10]は思いどおりに嫡子となり、三位中将にまでなったが、重い疱瘡をわずらい、目まで不自由になって、とうとう亡くなってしまった。大納言殿の御方の若君が現在の大将[11]だが、子供が生まれず、甥に当たる若君[4]（宮の御方の少将[1]の息子）を後継にしようか、などという話もあるという。大臣殿の御方[8]は、策謀の数々が発覚し、子息の三位中将[10]が亡くなった後、まもなく亡くなった、と侍従[34]が語る。長者も話に加わり、若き人の素姓がようやくすべてわかったと答え、現在の后（中宮）[16]は、大将と同じく源大納言殿の御方がお生みになったのですよねと聞くと、そうではなく前斎宮のご周辺で生まれ、大納言殿の御方が養女として大切にお世話していると答える。

第九段（詞書・J詞10）

幸寿《こうじゅ》[2]を母として生まれた女君[3]は、祖母にあたる宮の御方[7]（太政大臣の妻の一人）に引き取られるが、宮の御方のもとにはもう一人、孫にあたる若君[4]が養育されていた。若君の母[13]は、宮の御方の兄弟で、中将[12]で亡くなってしまった人の娘[13]で、その娘は宮の御方のもとで、子息の少将[1]（現在行方知れず）と幼少のころからいっしょに育ち、二人は恋愛関係となるが、少将の父・太政大臣[6]は二人の仲を妨げ、それを嘆いているうちに娘は妊娠、若君[4]が誕生するものの、娘は心労が重なったせいか死去、この出来事を契機に厄介なこと（後継争い）が起こってしまったのだった。宮の御方は、引き取った女君[3]が、行方知れずの息子[1]にそっくりであることに悲しみがよみがえる。宮の御方は何とかこの女君を幸せにしてあげたいと思うが、太政大臣[6]は中宮[16]、皇子たち、大将[11]のお世話以外は比類ない多忙さのため、宮の御方は一人心を砕いている。

祖父にあたる太政大臣と女君を対面させると、太政大臣も女君が失踪した息子にそっくりであることに、さすがに胸をうたれて、后宮[16]が三品宮の遊び相手をほしがっているので、女君を参らせなさい、などと言って立ち去ってしまう。

第九段（絵と画中詞・J絵11）

太政大臣邸の宮の御方[7]の室内が描かれる。画面右側の部屋では、やや小ぶりの火桶を囲んで女房たちが、若君[4]と女君[3]の将来や、宮の御方と大納言殿の御方[9]についての噂話をしている。

画面中央の部屋には大きな火桶が描かれ、太政大臣[6]と宮の御方が火桶を前に並ぶようにして座り、火桶の左側の傍らでは女君[3]が絵巻を見ており、女房に絵巻の詞書（物語本文にあたる）を読んでほしいとせがんでいる。中央の部屋の右端の入口では、若君[4]が、絵を読みにやって来たと声をかけ、中にいる女房（高倉殿）と会話している。

第十段（詞書・J詞11）

太政大臣家を継ぐ大将殿[11]（母は源大納言殿の御方）には、三十歳近くになるというのに子供が生まれないため、宮の御方[7]のもとで育つ若君[4]が、太政大臣家の跡を継ぐべく、元服し侍従《じじゅう》となる。宮の御方は、思いがけずこのように定まったことをうれしく思うとともに、元服した姿はまるで行方知れずの息子[1]そのままかと思われるので、涙が絶え間なくあふれる。

二の宮[21]は、侍従[4]と親しく行き来しているうちに、この姫君[3]（侍従[4]の異母妹）を目にしたのか、姫君に心を寄せ、姫君が一品の宮[20]に参る予定という噂を気がかりに思って、姫君の様子を知りたがり、いつも侍従につきまとっている。

第十段（絵と画中詞・C絵1）

太政大臣家の邸内が描かれている。右の室内では、女房たちが集って、侍従[4]と二の宮[21]のおしゃべりのこと、侍従の元服のこと、姫君[3]が宮に参ることなどについて話す。女房の一人「高倉殿」には「侍従の御乳母」とあり、侍従（かつての若君）[4]の乳母であることがわかる。

画面左、高欄のある簀子にて、侍従[4]と二の宮[21]が対座し、姫君[3]が一品宮[21]のもとに参るという噂や、姫君が誰に似ているのかなどと二の宮が尋ねている。侍従は、姫君の参内については詳しく知らないこと、また姫君は十歳を越えているとはいえとても幼いこと、そして姫君は行方知れずの父親[1]似であると聞いていると答える。なお、画中詞では「二宮・兵部卿と申也」と注記がある。

第十一段（詞書・B詞7＋B詞1）

第十段より数年が経過しており、行方知れずの若き人[1]の息子・侍従[4]は「弁」（第十二段画中詞・J絵9によると「弁少将」）となっている。そして、行方知れずの若き人、つまり宮の御方[7]を母とする太政大臣の子息[1]は、失踪し『山伏』となっている。（以下、太政大臣の子息でありながら、失踪し山伏に姿を変えた人物をさす場合、山伏に『 』をほどこして示す。）

ある折、参籠中（第十七段詞書B詞6、画中詞J絵12により初瀬寺とわかる）の宮の御方ら一行と『山伏』[1]が偶然出会う。

『山伏』は二人連れで修行のため諸国を行脚していたのだが、二人連れの一方の人物こそ、太政大臣家に仕えていた紀《き》伊の守《かみ》の子・あこ丸《まろ》[33]であり、宮の御方に気がつき、お互いになつかしがって言葉を交わす。あこ丸と『山伏』もかつて見知っていたはずなのだが、二人とも山伏に姿が変わってしまい、お互いに気づかずに修行をともにしていたのだった。以上、あこ丸と『山伏』が宮の御方ら一行と出会った経緯については、第十一段の画中詞（J絵10）による。第十一段の詞書は、その出来事があった翌日、『山伏』が苦悩する姿からはじまる。

『山伏』は、母・宮の御方らとの偶然の出会いに激しく動揺し、息子であると名を明かそうかと思うものの、名のったとしてもかえって仏道の支障になってしまうのではないかと思い返すが、やはり母の様子も知りたくて、初夜のころ、母らが参籠する部屋の桟敷にて経を読む。すると、ひそかに経を読む『山伏』の声を聞きつけた母・宮の御方が、昨夜の戸をそっと開けて、その声を聞きたいと思っていたと声をかける。それが、まぎれもなく母の雰囲気であるので、『山伏』

は胸がどきどきする。母は、息子であるとは気づかないながらも、『山伏』に親近感を持ち、『山伏』の読経を聞きたがり、侍従[34]（女君[3]の乳母）とともに『山伏』の素姓を知りたがるが、『山伏』ははぐらかし、読経する。すると、『山伏』の息子の弁[4]もやって来て、遣り戸を引き開けて膝をついて座っているが、『山伏』はかえって動揺してしまいそうなので、息子を見やりもしない。

しばらくして、母・宮の御方は、十四、五歳と思われる人で、たいそうかわいらしげな女君[3]を膝にかき伏せて、この子が気分まですぐれない様子で何度も嘔吐などをするのはどういうことなのかしら、と『山伏』に話しかけながら、几帳も押しやり膝をすりながら出てくる。かつての母の面影さながらではあるものの、たいそう痩せ細ってしまって、盛りと見えた髪も今はさっぱりとした感じに見える。『山伏』は、五十歳を過ぎているであろう母に、息子であることを伝えないのも罪深いことだろうと思う。〈以下、断絶〉

第十一段（絵と画中詞・J絵10）

宮の御方[7]ら一行と二人連れの山伏[1][33]が出会い言葉を交わし合うところが描かれている。画面右側の室内には、宮の御方（太政大臣の妻の一人で『山伏』の母）、女君[3]（『山伏』の娘）、侍従[34]（女君の乳母）、小弁という名の侍従の姪がおり、遣り戸のもとに弁[4]（『山伏』の息子）が描かれる。画面左側の桟敷には、二人の山伏が描かれている。二人連れの山伏の一人は、かつて太政大臣家に仕えていた紀伊の守だった人の子であり、あこ丸[33]という。そしてもう一人の山伏こそ、太政大臣の子息で行方知れずとなっている『山伏』[1]に他ならない。あこ丸は、『山伏』の母・宮の御方や侍従と久しぶりの再会をなつかしむ。侍従[34]が、太政大臣家を継いだ大将殿[11]には子供がないため、行方知れずの若き人[1]の子息[4]が後継者となっていることを伝えると、あこ丸は、本来の嫡流に戻ったことを喜び、若き人の子息の弁[4]が、父である若き人にそっくりであると言うと、宮の御方は、よくぞ息子の面影を忘れずにいてくれたと言って涙をこぼす。

物の怪[8]（第十二段の詞書・画中詞により、物の怪の正体は、後継争いを策謀し、亡くなった内大臣殿の御方とわかる）は、あこ丸の言葉を、憎らしいことを言う山伏だよ、と腹立たしく思う。弁[4]は、こうして話を聞くあこ丸よりも、もう一方の『山伏』（実は弁の父親）に親しみを感じ、心にしみるように思う。『山伏』は、あまりに不思議で、夢を見ているような気がする。同行の山伏があこ丸であったことに驚き、息子がこれほど一人前らしく成長したことに感動し、こんな例がまたとあるだろうかと茫然とする。

第十二段（詞書・J詞9）

第十一段の詞書の内容に連続しており、『山伏』[1]が、母・宮の御方[7]が膝の上にかき伏せ、体調がすぐれないと心配していたかわいらしげな女君[3]（実は『山伏』の娘）の加持祈禱を行なっている場面からはじまる。『山伏』が我が子であるとは、宮の御方は知るよしもなく、『山伏』もこの女君が誰であるのかを知らない。

『山伏』[1]が加持祈禱を行なっていると、物の怪[8]が、小弁という侍従[34]の姪の小さな女の子に移って、女君[3]の傍らにあるお守りを遠ざけてほしいと言って、投げ出す。見るとそれは、錦の袋めいたものの上に金属で銘がつけてあり、『山伏』はその文字がかつて見たことのあるような気がするが、思いも寄らないことなので不思議である。すると、宮の御方がそのお守りの由来を『山伏』に語り出す。それは、宮の御方の父[18]が物の怪を患った時、いつも修学院に籠っていたが、その寺の師が自身の命と引きかえに祈ったところ、修学院の明王の帳のなかから剣を賜り、この剣を父の身に添えよと夢に見え、夢から覚めてもそのまま剣があったのだった。その後、父の病気は治り、私の息子で、この女君の父親だった、孫[1]にこの剣を伝えたのだが、その息子が失踪したのち、思いがけぬ所に残されていた女君をさがし求めて引き取ったところ、この剣がこの女君[3]に添えられていたのだった、と語る。『山伏』が思い出してみると、あの浦の苫屋であそび・幸寿《こうじゅ》[2]に残し置いたものである。『山伏』は、幸寿のもとに女児が誕生していたことを知って胸がいっぱいになる。

やがて、物の怪[8]（太政大臣[6]の妻の一人。故大臣殿の御方）が『山伏』に対して、自らの正体を明かして語り出す。自分の息子[10]を時めかせようとした親心から策謀したことではあったが、邪心があったのでうまくいくはずもなく、息子も予期したようなりっぱな状態にもならないで、亡くなってしまったと語る。そして、『山伏』の子孫が栄え、この女君[3]も国の親（天皇の母）となるだろうと予言し、二度とこのご周辺には参上しないつもりだと語る。

そこへ、昨夜の山伏[33]（あこ丸）が戸を叩いてやって来る。『山伏』[1]は、これを置かせてください、今まで不用ながら持っていたものです、と言いながら弁4の傍らにさし出すように置いて、ふっと紛れるように出て行ってしまった。何だろうと思って見ると、笛めいたものであろうか（画中詞J絵12により、「蝉丸」という名の笛であったことがわかる）、錦の袋に入っている。誰もが茫然としてしまうが、夢のなかのことのように聞いたこと（物の怪の言葉をさすか）や、紛れるように立ち去った『山伏』の様子など、不思議な出来事の数々から、あの『山伏』こそ行方知れずの少将殿であると思いあたって、みな泣いてしまう。

第十二段（絵と画中詞・J絵9）

第十二段の詞書が第十一段の詞書と連続し、昨夜と同じ場所を『山伏』1が訪れるとされているとおり、絵の建物の構図も第十二段と第十一段は同じ。画面右側の室内には、母・宮の御方7が女君3を寄り添わせるようにして座り、傍らには侍従34が控えている。弁少将4と侍従の姪の小弁も『山伏』のいる桟敷近くに座っている。左側の桟敷では、『山伏』が数珠を手にしており、加持祈禱を行なっている様子が描かれる。母・宮の御方は『山伏』に、女君の加持祈禱を頼む。『山伏』が加持祈禱をしていると、物の怪8があらわれて、詞書で語ったのと同じように、『山伏』に語りかける。『山伏』と同じ年になった我が子8が、どうしてあなた1に圧倒されなければならないのかと思って、邪な心で策謀したのだが、うまくいくはずもなく、息子は不自由な身体にまでなり、亡くなってしまったと語る。そして、『山伏』の子らが、太政大臣家を継ぎ、国の親（天皇の母）となり、尊い人（僧正）と仰がれ、三人それぞれに栄えるであろうと予言する。室内では、母・宮の御方や侍従が、あの『山伏』はいったい誰なのかと不思議がり、物の怪は、あなたの息子1ではないかと腹を立てて言う。遅れてやって来た山伏・あこ丸33が、桟敷の外で、戸を叩き、来訪したことを告げている。

なお、『山伏』1の子孫が栄えるだろうという物の怪8の予言は、詞書と画中詞に共通して認められるものの、『山伏』の子供たちに関する具体的な予言は、詞書では女君3についてのみであるのに対し、画中詞では女君を含めた三人の子供たち345それぞれについて言及されており、異なりを見せている。詳しくは本文の注（画中詞第十二段注4）を参照されたい。

第十三段（詞書・B詞２）

その夏ごろ、帝[25]が病気になる。瘧病《わらわやみ》ではないかと、加持祈禱をさせるが効果なく、帝と兄弟の比叡山延暦寺の天台座主[26]も七仏薬師を行ない、三井寺や比叡山の修験道の行者たちも祈禱を行なうが、効き目も見られないため、葛川《かつらがわ》から修行を積んで出て来た、年若い荒験者《あらげんざ》[5]に試みさせることになる。まず、荒験者が高く張り上げた声が、若々しいものの、とても尊く感じられるので、帝は予想外のことと思って几帳の隙間からのぞいてみると、二十歳過ぎと見え、顔立ちなどは細部まで整っているというわけではないが、優美で、並一通りの人とは見えない。千手経などを読んで、幾度も加持祈禱をし、根本中堂（延暦寺）の医王善逝（薬師如来）の加護を祈ると、帝は涙が浮かび、尊くありがたい気持ちとなり、病気がぶり返さなくなった。予想外のことと誰もが驚く。

荒験者[5]は、関白殿をはじめ、上達部や殿上人など、そこに居合わせた人みなに見送られて退出する。荒験者のゆったりと歩を進める様子や立ち居振る舞いまでりっぱなので、いったい誰の子なのか、誰の弟子なのか、と人々はささやく。荒験者は僧都となる。座主の宮[26]も、この荒験者が童の時から目をかけていたので、面目あることと喜ぶ。その宵に、座主の宮が参上し、帝とおしゃべりする。帝が、先程の山伏は誰の子なのか、と問うと座主の宮は、子細があってに言いにくいと答える。荒験者の師の僧正[14]も、弟子が僧都となったお礼に参上し、帝に召される。弁中納言[4]も帝の御前に伺候している時で、帝や座主の宮、僧正の話に耳が止まるのだった。

第十三段（絵と画中詞・B絵５）

画面右側の室内では、帝[25]、座主の宮[26]、弁中納言[4]が座り、その部屋の外（廂間か）に横川の僧正[14]（師の僧正のこと）が控えている。話題は、帝の病気を治し、僧都となった荒験者[5]のことで、帝は、新僧都[5]が誰の子なのかとたずね、座主の宮にうながされて、横川の僧正が語り出す。僧正の発言は、誰の子とはっきりと申し上げることはできないという前置きからはじまる。昔、横川の僧正が修行をしていた時、河内国の某郡に、ともに仏道修行に励む同行《どうぎょう》がいたが、谷川の付近で五月に出会い、六月に僧正は安楽寺に下向、七月ごろに谷川に戻ってみると、その同行の者は跡形もなくなっていた。水の底に入ってしまったのか、病気かと、心配ではあったが、修行のならわしとして、霊験を互いに待つことはしないので、そのままにしてしまったが、一人だけにして残してきたことがかわいそうに思われて、一夜を過ごして、一人戻ってさがしたところ、同行の者は岩の陰で亡くなってしまっていた。そこで、この同行の者を連れ戻そうと思って、谷川に沿って奥の方へ入っていったところ、川の向こう側に人の姿をしているものが見えた。不思議に思って近づいて見ると、やはり人である。声をかけると、彼も一歩一歩近づいて来るが、その姿を見ると、そのような所にいるにふさわしいとは思えぬ人柄、容貌、風采の十七、八歳くらいの人で、髪を切って、首の周りについているのを、この川で洗っていたということで濡れている。出家の本意を遂げたいと思っている様子なので、子細を聞いたところ、はっきりしないものの、師にもあれ、親にもあれ、誰かを恨んで家を出たものと推量し、この人を見捨てることはあってはならないことと思い、亡くなった同行の山伏が着ていたしのぶ摺りの衣、頭に被るもの、脛布《はばき》などまで移し着せて何とか助けて介抱していたが、安楽寺の別当として下向した折、その人も引き連れて下った。その人は出家の望みが強かったが、自分としては出家姿に変えがたく思って、この世に思いとまることもあろうかと、自分の妹15といっしょに住まわせなどしていたが、その年の秋、跡形なく消え失せ、形見にこの人5（新僧都）が妹のもとに生まれ、その子を自分が泣く泣く育て上げたのだ。ただし、その人の素姓は聞き及んでいない、と語る。弁中納言4も横川の僧正14の話を聞いており、何ということなのかといろいろ思いめぐらされて、ものも言わない。なお、新僧都5の父や母については、詞書には記されておらず、この画中詞のなかで、横川の僧正の会話文として語られているのみである。

画面左側では、女房たちが集まりおしゃべりをしている。話題は新僧都5のことで、横川の僧正の話を受け、新僧都の父親も美しい人だったので、僧都の容姿もすぐれていたのだ、弁中納言4と新僧都5が似ていると発言したら、侍従34に叱られた、などと語られる。実は中納言と新僧都は、『山伏』1を父とする異母兄弟であることがのちに判明するため、このおしゃべりは伏線の役割を持つともいえる。

画面左端では、平宰相、白川中将、蔵人佐が、女房たちとおしゃべりしている。話題はやはり、新僧都のことで、誰の子なのか、霊験あらたかなだけでなく、美相であること、横川の僧正14の甥であることなどが語られている。

なお、本絵巻には三人の帝が想定される。一人目は太政大臣の娘16を中宮とする帝17で、皇子たちがいる〈第九段〉。

二人目は、春宮の[illegible]帝が病気のため退位

絵巻では、二人目の帝から三人目の帝への譲位の記述は第十六段に見えるものの、一人目の帝から二人目の帝への譲位の記述は認められず、いつ譲位がなされたのか不明である。第十三段で病気となる帝が、一人目の帝か二人目の帝かはっきりしないが、ここでは第十六段でも病気を患う二人目の帝と推定しておく。

第十四段（詞書・B詞3）

宮の御方[7]のもとで養育されていた、太政大臣家の女君[3]（『山伏』の子。母は幸寿）は春宮（皇太子）の女御となっている。春宮[20]の住まいは通例どおり梨壺であるが、そのつづきの北舎、淑景舎などが荒れて傷んでいるため、春宮の女御の住まいは麗景殿である。帝[25]は、春宮の女御[3]に心ひかれており、宣耀殿に通うついでには、いつも麗景殿の春宮の女御の様子をうかがっている。渡殿にただよう香りも奥ゆかしく、ほのかに聞こえてくる楽の音色も他の女御たちとは異なっていて、帝はいっそう春宮の女御に心ひかれてしまう。

帝には、皇子はもとより皇女さえないが、春宮の女御には第一皇子[22]、第二皇子[23]までつづいて誕生する。帝は、まるでご自身の皇子たちのようにお世話し、公事などのない時には、皇子たちを参上させてかわいがっている。叔父にあたる内大臣[11]や、兄の中納言[4]も寄り添ってお世話するので、はなやかな春宮の女御のご様子である。

第十四段（絵と画中詞・B絵6）

帝[25]のもとに、春宮の女御[3]の第一皇子[22]、第二皇子[23]を召してかわいがっている様子が描かれる。二人の皇子が中央に描かれ、帝、内大臣[11]、女房たちが室内につどい、権中納言[4]は御簾が巻き上げられた簀子に座っている。第二皇子が母である春宮の女御と似ていることや、帝に皇子が誕生しないことなどが語られ、皇子たちは扇で遊ぼうとしている様子。画面左端には、一の宮[22]、二の宮[23]、それぞれの乳母が描かれ、こうして皇子とともに帝のもとに参上しなければならないことを、晴れがましいとも恥ずかしいとも思っている。

第十五段（詞書・B詞8）

入道太政大臣[6]が死去、子にあたる内大臣[11]（母は源大納言殿の御方）、皇太后宮[16]（源大納言殿の御方の養女）が法事をとり行なう。天王寺、高野山などでも供養をさせるが、身分がら自由な行動も思うにまかせない内大臣に代わって、入道太政大臣の孫にあたる中納言[4]が参詣する。

高野山では、のんびりと勤行をしたくて、供の者たちにまぎれて奥の院に参詣する。都と変わらぬ月の光に、行方知れずの父・『山伏』[1]を思い出して、父・『山伏』を慕う歌を口ずさむと、奥の院のお堂の後ろの方から尊い読経の声が聞こえてくる。中納言には、初瀬で聞いた、父・『山伏』の声が思い出される。読経しながら、中納言らの前に姿をあらわした山伏は、「露ほさぬしのぶの衣よそながら涙のふちとなりぬべきかな」という歌を口ずさんで通り過ぎていく。ただ、初瀬で出会った、父・『山伏』その人だと思って、中納言がお堂から外に出ようとするのを、『山伏』は見て、どこへともなく紛れるように消え失せてしまった。

第十五段（絵と画中詞・B絵8）

中納言[4]が、祖父（入道太政大臣）[6]の菩提を弔うため参詣した高野山奥の院にて、偶然、父とおぼしき『山伏』[1]を見かけた場面。画面右側には、霧が立ちこめるなか、後姿の『山伏』が描かれ、口ずさんだ歌の下の句「涙のふちとなりぬべきかな」が書き込まれている。有王丸《ありおうまろ》と呼ばれる少年が、『山伏』の行く先を見届けるよう、中納言らに声をかけられている。中納言らは、画面中央左よりに描かれた奥の院と思われる堂におり、室内から半身をのぞかせて戸外を見ているのが中納言、簀子に座っている二人が従者であろう。中納言は、高野山奥の院にて偶然出くわした『山伏』について、初瀬で出会った、父『山伏』の雰囲気、面影さながらであると思っている。

第十六段（詞書・B詞5）

帝[25]は、春宮の女御[3]（『山伏』の子。母は幸寿）への思いを残しながらも、病気のため退位、その後出家をして、白川の院で勤行に励む。春宮は新帝[20]となり、春宮の女御を母とする一の宮が春宮[22]となったので、女御は后[3]（中宮）となる。中宮はまた懐妊し、今度は皇女[24]だったので、帝も喜んでお祝いをする。

ところが、その夜も過ぎたころ、物の怪であろうか、中宮の容態が急変する。しかるべき僧たちも退出してしまっていたが、あの横川の僧正[14]の弟子の僧都[5]が残っていたため、加持祈禱を行なう。すると、物の怪[8]（太政大臣[6]の妻の一人。故大臣殿の御方）があらわれて、以前、この周辺には参上しないつもりだと申し上げたが、『山伏』[1]の子孫ばかりが栄えるのが情けなくつらくて、機会をうかがっていたと語り出す。さらに、物の怪は、この后宮[3]（『山伏』の子。母は幸寿）、中納言[4]（『山伏』の子。母は『山伏』のいとこ）だけでなく、この僧都[5]まで、「同じ野のゆかりの草」（父を同じくする兄妹弟）であると告げる。物の怪の言葉をまったく理解できずに聞く人々がいる。しかし、僧都には思い当たることがあるので、急いで物の怪を封じた。なお、この物の怪[8]の発言は、第十二段において『山伏』[1]を相手に語った物の怪[8]自身の発言を踏まえている。

中宮[3]の容態もすっかり治ったため、帝[20]も、僧都を尊いものとしてあがめ重んじて、僧正になされたのだった。座主の宮[26]も、師の僧正[14]も驚き、人々もお祝いにとでもいうのかやって来てあわただしいなか、新僧正[5]は暇乞いもそこそこに、どこへともなく出かけてしまった。比叡山では、そこまで修行に打ち込まなくともと、嘆かわしく思っている。

第十六段（絵と画中詞・B絵9）

中宮[3]の皇女[24]誕生のお祝いが行なわれた邸宅の室内が描かれ、女房たちがおしゃべりをしている。画面右側の女房たちは、中宮の皇女誕生のお祝いの儀式で疲れて寝入ってしまったが、加持の声が聞こえてくるのはどうしたことかしら、などと語っている。画面左上端に、数珠を手に加持をする僧正[5]（首から下のみ）と右大臣が描かれる。僧正は薬師如来大呪を唱えている。画面左側の女房らは、中宮の容態が落ち着いたこと、「ゆゆしき僧都」[5]（畏怖すべきすばらしい僧都。『山伏』の子）が加持をしていることなどを話題としている。鏡と盥を用いて、病気の平癒を占っているようでもある。なお、冠直衣姿で「権中納言大夫」と記されているのは『山伏』の息子[4]と推定されるが、「権中納言大夫」という呼称はここに認められるのみ。権中納言と、中宮職あるいは東宮職の大夫《だいぶ》を兼任していたことを示すか。「権中納言大夫」については、本文の注（画中詞第十六段注28）もあわせて参照されたい。

第十七段（詞書・B詞6）

祖母・宮の御方[7]（太政大臣の妻。『山伏』の母）が死去、中宮[3]も中納言[4]も親代わりとして育ててくれた祖母の法事を心をこめてとり行なう。横川の僧正[14]も宮の御方に親しく仕えていたため伺候すべきであったが、老齢のせいか歩行もままならないため、弟子の新僧正[5]をお仕えさせようとしたが、新僧正は修行に出かけて行方知れずのため、律師という弟子を伺候させる。律師の話によると、新僧正は、互いに浅からず思い合っていた山伏が高野で亡くなったため、高野山のあたりで籠る予定と聞いたという。

その夜、中納言[4]は、あこ丸阿闍梨[33]から、行方をさがすようにと中納言より頼まれていた、初瀬で出会った山伏こそ、この八月十五日に高野で亡くなり、新僧正が看取った人物ではないか、と報告を受ける。あこ丸阿闍梨は、高野にいる大徳から聞いた話として語る。その『山伏』[1]が身にまとっているものは、露や霜にびっしょり濡れた粗末な藤の衣であるけれど、普通の人とは違って芳香を放ち、まるで行基菩薩《ぎょうきぼさつ》の変化《へんげ》ではないかと思われたという。『山伏』[1]は、いつもと変わることなく法華経一部を読み、経文を唱えながら数珠を擦り合わせて、今亡くなってしまうとも思われないうちに息が絶え、目を閉じてしまったという。『山伏』亡きあと、『山伏』の蓑の裏に結びつけてあったものだといって、阿闍梨がさし置いたものを見ると、そこには中納言自身が初瀬にて、父とは知らずに『山伏』に見せた歌が書かれていた。そして、その傍らに『山伏』の辞世の句と命終の日時が書きとめられていた。中納言は、父・『山伏』は、自分たちのことを知っていたのだと思って胸がいっぱいになる。

中納言は初瀬にて、父・『山伏』と交わした言葉や、その姿を思い出す。父・『山伏』の知らせを聞いたのは九月四日、八月十五日に父が亡くなってから、三、七日目にあたる。宮の御方[7]は、息子[1]の死から二十日あまりの間に亡くなったことになる。中納言は、父・『山伏』そして祖母・宮の御方と、二人分の法事を、人目をしのんでとり行なわせる。

第十七段（絵と画中詞・B絵10）

祖母・宮の御方[7]の葬儀が営まれた邸内であり、三つの部屋が描かれている。右側の一室では、中納言[4]とあこ丸阿闍梨[33]が対座し、中納言は左手に父の辞世の句が書かれているとおぼしき紙を持ち、右の袖で右目をおおい泣いていることをあらわしている。あこ丸阿闍梨は、高野で亡くなった『山伏』[1]を、数年来言葉を交わしていた行者《ぎょうじゃ》が五旬《ごじゅん》の間（四十九日の中陰が明ける間のこと）、弔っているという話を聞いたが、その『山伏』の死を弔っている行者こそ、新僧正[5]ではないかと思われて不思議だと語る。中納言は、口にしがたい子細があれこれあって、悲しい思いを晴らしようもない私の心中をも、あなた[33]は理解しがたいことと思っていることでしょう、今じきに事情を話そう、と答える。

画面中央の部屋では、中宮[3]（『山伏』の子。母は幸寿）が女房と几帳越しに対座する。中宮は、祖母の服喪中であることをあらわす掛帯をし、袖を顔にあてて泣いている。中宮は、もう一度、父・『山伏』に会いたいと願っていたのにと、しくしく泣いている。女房は、中宮が何故、これほど山伏のことを悲しく思っているのか理解しがたいと、不審がる。

画面左側では、女房たちが集まり、中納言とあこ丸阿闍梨の会話がしんみりとしていること、行方知れずの父のことではないか、などとおしゃべりをしている。その女房たちのなかに、大輔[29]とあそび・菊寿[31]との間に生まれた「小大輔殿」という名の女房が見える。幸寿を母とする中宮に、仕えているものと推定される。

第十八段（詞書・B詞4）

中納言[4]は、亡き祖母・宮の御方[7]の百日の法要を控えた十二月十日に、前もって小野に行く。横川は近い距離にあるので、新僧正[5]も高野山から戻ったと聞いて、こっそりと会いに出かける。中納言が新僧正に対して、あなたが看取ったという『山伏』[1]について、うかがいたい理由がある、最期の様子を知りたいと、語りかけると、新僧正は、わけあって知り合いだった修行者[1]が秋のころ亡くなったが、他に知りあいもないようだったので、五旬の間籠って弔っていたと答える。中納言は、新僧正が、その『山伏』とどのようにして出会ったのかと聞くと、新僧正は、『山伏』との不思議な出会いを語る。新僧正が子供のころ、この僧房にいた時、天狗のようなものに連れ去られて、近江国のある郡に置き去りにされたが、その『山伏』が出くわして、加持祈禱などをしてくれたところ、山王権現が薪を伐り集める童にのり移って、さまざまに告げ知らせたので、自分の素姓（『山伏』の子であること）についても知ったが、その父にあたる『山伏』1は二、三日も同じ所に住むまいと思っていたので、修行のついでなどに出会う程度だったが、前世からの約束であったのか、『山伏』の最期の時に出会って、高野で亡くなったことを語る。中納言は、こんな例は他にまたあるだろうかと目を見張らされる思いがしたが、〈以下、断絶〉

第十八段（絵と画中詞・B絵3）

横川とおぼしき山深いなか、懸崖造りの僧房が描かれ、室内には中納言4と新僧正5が座る。中納言は袖で目元をおおって涙をぬぐい、新僧正は畳紙で涙まじりの鼻をかんでいる。山には松の木が生い茂り、鹿が顔をのぞかせている。話題は、新僧正が看取り、五旬の間弔ったという『山伏』1についてで、新僧正は、山王権現のご託宣があったため、自分とその『山伏』が父と子であることはお互いに知ってはいたが、父が誰であるのか素姓は明かされていなかったため、こうして中納言の話を聞いて、邪気《じゃけ》8（物の怪）が語った言葉（第十六段の詞書にて、后宮3、中納言4、僧都5が父を同じくする兄妹弟であると告げたことをさす）に今こそ納得がいったと語る。中納言は、新僧正5に、（兄弟であり）疎遠にすべき間柄ではなかったのだから、参内の折にはかならず立ち寄るようにと語りかける。

○対応する詞《ことば》の認められない絵

▽F絵1（絵と画中詞）

画面にはあそびの宿が描かれ、簾越しに戸外を見やるあそびたちや、室内で鼓を手にしたあそびも描かれ、あそびたちが歌謡を口ずさみ、おしゃべりをしてくつろぐ様子が描かれている。話題の中心は、あそび・幸寿2が錦の守りを授かったと夢に見た、大名の子を身ごもって、迎えられるのではないか、ということである。また、舟から降りて、あそびの宿に一宿したいと訪れた旅人について、人少なで大名のようでもない、都の人のようだ、などと噂している。あそびの宿の女主人・長者[30]は、どのような人であっても、いらっしゃいませと答えなさい、と言っている。旅人が人少なで、大名らしくもない、というのは、内密に住吉詣でを思い立ったとする第一段に登場する旅人一行の様子と重なる。また、幸寿が錦の守りを授かったという夢は、第二段の若き人[1]が宿を去るにあたって、幸寿に錦で包まれたお守りを与えたという記述と重なり、その後、第三段にて幸寿が妊娠を知り、第四段にて女児[3]が誕生し、第八段にて女児が太政大臣家に迎えられるという展開とも、一致している。F絵1の夢は、まさに正夢として物語の展開を暗示する働きを有しており、このF絵1は、対応する詞書こそ失われてしまったが、『藤の衣物語絵巻』の初発にあたるのではないかと推定される。

▽J絵12（絵と画中詞）

山里の御所で、宮の御方[7]の父・小野六の宮[18]の法事が営まれている。画面右奥では、二人の女房が、いまとり行なわれている法華《ほけ》懺法《せんぼう》の経段《きょうだん》の声が尊く感じられることなどについて、おしゃべりをしている。その前方では、宮の御方[7]が、この御所の留守番役である故宮の三条殿という尼と会話する。宮の御方は、自分も尼に姿を変えて、のどかにこちらで勤行をしたいと思いながらも、女御[3]に宮たちが生まれて、そのお世話に忙しいこと、中納言[4]が私のことを慕って、こうしてここにもついて来るのがいとおしいことなどを語る。女御、中納言は、いずれも宮の御方の行方知れずの息子『山伏』[1]の忘れ形見であり、宮の御方が養育する孫たちである。このJ絵12は、女御に宮たちが誕生する第十四段以降、女御が立后して中宮となる第十六段の間に位置するものと推定される。

画面中央では、五人ほどの僧が、法華懺法の経段、つまり『妙法蓮華経』の安楽行品《あんらくけいひん》の冒頭の一節を唱えながら行道《ぎょうどう》する様子が描かれている。画面左側では、別室にて中納言[4]が叔父・内大臣[11]と対座し、先年、初瀬にて、行方知れずの父とおぼしき『山伏』に出会ったことを語る。内大臣がどうしてそのように思ったのか、と問うと、中納言はこの「蝉丸」（第十二段で『山伏』が弁[4]の傍らに残した笛のこと）を私にくださったので、父上であることは疑いようがない、と答える。

▽B絵1（絵と画中詞）

月の夜、山の中の建物（寺院か）の門に、頭巾姿の人物（尼のようでもある）と髪を着こめた女性が描かれ、画面左端に山伏が一人描かれている。この三人が誰であるのか、呼称も記されておらず、どのような場面なのかはっきりしない。女性は心ひかれる笛の音について、誰が吹いているのか知りたがり、頭巾姿の女性が山伏にたずねるが、山伏はわからないと答えている。また、女性が山伏に親しみを感じていること、山伏はその女性に見覚えがあるような気がするがはっきり誰とも思い出せない、とも記されている。あるいは、『山伏』1の子である女君3（母は幸寿）が、父・『山伏』の吹く笛の音を偶然耳にしたところか。B絵1の場面が『藤の衣物語絵巻』のなかでどのあたりに位置するのかはっきりしないが、『山伏』が吹いた笛が話題となっているとすれば、『山伏』が愛用の笛（蟬丸）を、息子・弁少将4に与えた第十二段（第十一段も同じ時なので含む）より前であろうと推定される。

▽B絵2（絵と画中詞）

春日社とおぼしき境内が描かれており、小さな社、階段（石と土で築いたもの）、樹木、鹿が見える。右端には裏頭《かとう》姿の僧兵らしき人が二人描かれ、画面左側には、タイル張りの建物（寺社）の床の上に、被衣《かずき》姿に掛帯をして座る二人の女性が描かれている。どちらの人物たちも、たった今聞こえてくる、すぐれた笛の音のことを話題にしている。画面中央の裏頭姿の僧兵らしき人は「南無慈悲万行菩薩《なむじひまんぎょうぼさつ》」と唱えているが、これは春日大明神のこと。また、建物内からは、「唯識三十頌《ゆいしきさんじゅうじゅ》、南無大明神《なもだいみょうじん》」という祈りの声も聞こえる。なお、B絵2の場面が『藤の衣物語絵巻』のなかでどのあたりに位置するのかはっきりしないが、B絵1と同様に、話題となっている笛の音は『山伏』1が吹き鳴らしたものと思われることから、『山伏』が笛を息子・弁少将4に与えた第十二段（第十一段も同じ時なので含む）より前に位置するものと推定される。

本文の注（対応する詞の認められない絵・B絵2注1）もあわせて参照されたい。

▽B絵4（絵と画中詞）

宮中の春宮の女御3（『山伏』の子。母は幸寿）の住まいでの一場面か。中央の室内には、几帳の向こうに女性が一人、冠直衣姿の男性が二人描かれている。呼称はないが、春宮の女御と、第十四段詞書において、春宮の女御をバックアップしているとされた内大臣11（『山伏』の異母弟）と中納言4（『山伏』の子。母は『山伏』の従妹）と推定される。春宮の女御は、山里にて勤行をしながら、行方知れずの父・『山伏』1の訪れを待つことができたならと願い、女房たちは、春宮の女御も中納言も行方知れずの親1のことをこれほどまでに思うとは理解しづらいと思っている。女御は、父・『山伏』のことを「あはれに見し人」と言っており、第十一段、第十二段における初瀬での父との偶然の邂逅を踏まえていると考えられること、また、春宮の女御として登場するのは第十四段であることから、第十四段以降、さらに父・『山伏』との再会を願っていることから、『山伏』の死が明かされる第十七段以前に位置するものと推定される。

▽B絵7（絵と画中詞）

画面右上方に山並と満月が描かれ、その下に鐘楼、手前には物詣でとおぼしき被衣《かずき》姿の女性二人と僧が一人描かれている。画面左には、霧の絶え間からのぞくように山寺とおぼしき建物の下方が描かれ、その建物のなかに座る人物たちが「南無阿弥陀仏」「夢からうつつから」と口ずさんでいる。晨朝の鐘の音のことが話題となっているものの、画中詞もわずかであり、どこを描いたものかわからず、『藤の衣物語絵巻』のなかでどこに位置するのか分明でない。建物内の二人連れは、B絵1に登場する二人連れと重なるかとも思われるが、さらに検討したい。

登場人物系図

藤の衣物語絵巻

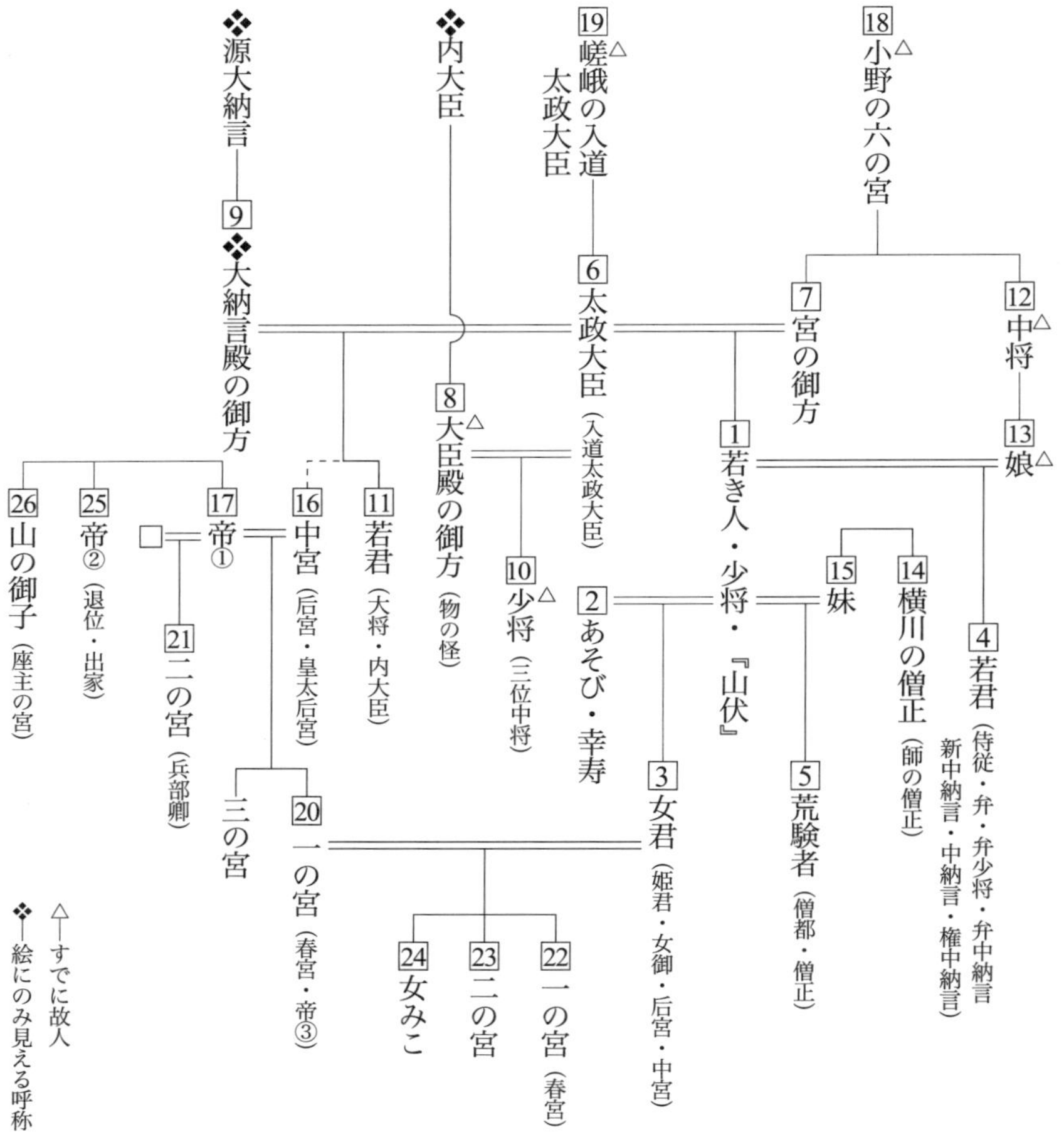

登場人物一覧

藤の衣物語絵巻

○若き人（『山伏』）[1]に仕えた人物

[27]右近大夫（呼称としては画中詞に見えるのみ）

[28]左近蔵人

[29]大輔（「❖宮内の少輔」が昇進、同一人物であろう）

紀伊の守（❖祐成。あこ丸[33]の父）

佐世　道定

❖平六左衛門　❖宮内の少輔

❖有王丸

○あそびたち、あそびたちと生活を共にする人物

[30]長者　❖乙寿　❖うば

[2]幸寿　❖稚寿　[32]尼君（❖都の古宮仕へ人）

[31]菊寿　❖王寿　❖今御乳の人

❖福寿　❖やさの前　❖男児

❖千寿　❖松の前　❖男（舟に乗る）

❖明寿　❖としこそ

❖万寿　❖かめこそ

○あそびたちの浦の苫屋を訪れた人物

琴の師

播磨の国の小坂《おさか》殿の御一門

❖御館《みたち》（「小坂殿」と同一人物であろう）

❖二郎

❖五藤大

❖四郎

○僧・尼僧たち

[33]昨夜《よべ》の山伏（阿闍梨・❖あこ丸・あこ丸阿闍梨）

律師

高野に侍りし大徳

❖故宮の三条殿

❖僧

❖尼僧

❖僧兵

登場人物一覧

藤の衣物語絵巻

○太政大臣家の女房

34 侍従（大輔29の妹・侍従の乳母・幸寿の娘3の乳母役）

❖高倉殿（侍従御乳母・若君＝侍従4の乳母役）

❖大夫殿　❖大蔵卿殿

❖中将殿　❖京極殿（大将殿の御介錯）

❖宮内卿殿　❖少納言

❖民部卿殿　❖小弁（侍従34の姪）

❖按察殿　❖さい

❖冷泉殿　❖上臈殿の御思人

❖兵衛佐殿　❖童女

○官人たち

関白殿　❖右大臣

上達部　❖蔵人

殿上人

○宮中の女房

❖新大納言殿　❖兵衛佐殿

❖督典侍殿　❖刑部卿殿

❖権大納言典侍殿　❖大夫殿

❖弁内侍殿　❖小大輔殿（大輔が娘・菊寿が腹）

❖勾当内侍殿　❖右京大夫殿

❖兵衛内侍殿　❖宰相殿

❖大納言殿（「新大納言殿」と同一人物か）

❖督殿（「督典侍殿」と同一人物か）

❖権大納言殿（「権大納言典侍殿」と同一人物か）

❖内侍殿　❖一宮の大納言殿

❖三位殿　❖二宮の御乳母・大弐

❖別当殿　❖宮人さぶらふ

❖御匣殿　❖木高きさぶらふ

❖宣旨殿　❖きりの前

解題

一、『藤の衣物語絵巻』の復原と物語の名称について

『藤《ふじ》の衣物語絵巻《ころもものがたりえまき》』は、原題未詳の、二巻よりなる白描の物語絵巻である。本絵巻がはじめて紹介されたのは、一九六〇年、楢崎宗重氏による「新出『遊女絵物語』と白描挿絵について」(1)である。当時、この絵巻には「ちそうのさうし」という紙片が添付されていたというが、「筋立ての分明でない点もあって、『ちそうのそうし』の題意は解し難いが、遊女の物語であることはほぼ推察できる」として『遊女絵物語』と題して紹介された。その後、『日本の美術・四八号・白描絵巻』(2)（一九七〇年）、『週刊朝日百科　日本の歴史3中世I—③遊女・傀儡子・白拍子』(3)（一九八六年）以降、『遊女物語絵巻』という呼称が用いられてきた。

楢崎氏は、名称不詳のこの物語絵巻を名づけるに際して、絵巻の内容が「遊女の物語であること」を理由としてあげているが、その楢崎論文において翻刻・内容の紹介がなされたのは、前半の十一段の詞書《ことばがき》のみであり、それ以降については、「このあとに山伏を主人公に運ばれる物語がある。この方は断続して条理の判然としないところがあるので、いましばらく後考をまつ外ない」と述べられて、翻刻・内容の紹介はなされなかった。

筆者は近年、日本の細見美術館蔵の一巻とアメリカのブルックリン美術館蔵の一巻を目にする機会を得、楢崎論文にいう前半の遊女を中心とする物語が細見美術館蔵の一巻にあたり、後半の山伏を中心とする物語がブルックリン美術館蔵の一巻にあたることを知った(4)。本絵巻は、墨の線と面のみによって描かれた白描絵であるが、物語本文にあたる「詞書」とともに、白描絵のなかに、「画中詞《がちゅうし》」と呼ばれる多量の書き込みを有する。筆者は、楢崎論文において翻刻がなされなかった細見美術館蔵の一巻の画中詞、およびブルックリン美術館蔵の一巻の詞書と画中詞を読むことによって、両巻が三世代にわたって繰り広げられるひとつづきの物語であるという知見を得た。それとともに、絵巻の一部分のみを対象に名づ

けられた『遊女物語絵巻』という名称はふさわしくないのではないかという思いをいだくようになっていった。一九九六年、筆者は、本絵巻の影印、翻刻に加え、明らかとなった本絵巻の全体像とともに、本絵巻の制作年代および本絵巻のもととなった物語の成立年代について考察した結果を、『藤の衣物語絵巻（遊女物語絵巻）影印・翻刻・研究』(5)として提示した。本稿も拙著によるところが大きい。

さて、本絵巻は、細見美術館蔵の一巻（詞二段・絵二図）、ブルックリン美術館蔵の一巻（詞八段・絵一〇図）に加え、アメリカのクリーヴランド美術館とフリア美術館に絵が一図ずつ伝えられているが、錯簡が少なくない。復原作業を試みた結果、第一段から第十八段まで、詞《ことば》一八段・絵《え》一八図（その他に、対応する詞を有しない絵六図がある）が推定された。本書でも、この復原案による。以下、復原案を、現状の形態とともに示しておく（次頁、参照）。なお、現状での段序を示すために、便宜的に、それぞれの詞と絵に、所蔵先を示すアルファベットの頭文字とともに、詞は詞のみをとりあげ巻頭から順に通し番号を付し、絵は絵のみをとりあげ巻頭から順に通し番号を付した。それぞれの所蔵先の頭文字は、J―日本の細見美術館、B―ブルックリン美術館、C―クリーヴランド美術館、F―フリア美術館である。以下、本書ではこの符号を用いることにする。

具体的な復原作業の経緯については拙著(6)に譲ることとし、復原された物語の全体像の概略を示そう。本絵巻は、後継争いに巻き込まれ、失踪し、心ならずも山伏に身をやつした太政大臣の子息（以下、太政大臣の子息でありながら、失踪し山伏に姿を変えた人物をさす場合、山伏に『　』をほどこして示す）と、数奇な生い立ちをするその三人の子供たち（中納言・中宮・僧正）にまつわる父と子の絆を軸とした物語である。三人の子供たちは、いずれも母を異にし、互いにその存在を知らないばかりか、中納言以外の二人は、出生に際して父の名を知らないうえ、父である『山伏』も我が子の存在を知らない。『山伏』の形見の〈剣〉と〈笛〉、そして〈物の怪の言葉〉に導かれながら、父と子、そして子供たち同士がめぐりあう。並行して、子供たちは行方知れずの父・『山伏』をさがし求めるが、行方をつきとめた時、父はすでに故人となっていた。

本絵巻では、前半の物語は、あそび・幸寿《こうじゅ》（かうしゅ）と名も知らぬ貴公子との一夜の出逢いから語り出されるが、その貴公子が誰であるのか、幸寿やあそびたちだけでなく、読者にも伏せられたまま物語がすすめられるが、この名も知れ

▼現状

J詞1	J絵1	J詞2	J絵2	J詞3	J絵3	J詞4	J絵4	J詞5	J絵5	J詞6	J絵6	J詞7	J絵7	J詞8	J絵8	J詞9	J絵9	J絵10	J詞10	J絵11	J詞11	J絵12

B詞1	B絵1	B詞2	B絵2	B絵3	B絵4	B絵5	B詞3	B絵6	B詞4	B絵7	B絵8	B詞5	B絵9	B詞6	B絵10	B詞7	B詞8	C絵1	F絵1

▼復原案

第1段		第2段		第3段		第4段		第5段		第6段		第7段		第8段		第9段		第10段	
J詞1	J絵1	J詞2	J絵4	J詞3	J絵3	J詞4	J絵2	J詞5	J絵5	J詞6	J絵6	J詞7	J絵7	J詞8	J絵8	J詞10	J絵11	J詞11	C絵1

第11段			第12段		第13段		第14段		第15段		第16段		第17段		第18段	
B詞7	B詞1	J絵10	J詞9	J絵9	B詞2	B絵5	B詞3	B絵6	B詞8	B絵8	B詞5	B絵9	B詞6	B絵10	B詞4	B絵3

＊対応する詞の認められない絵

F絵1	J絵12	B絵1	B絵2	B絵4	B絵7

ぬ貴公子こそ太政大臣の子息であり、後半の物語の主人公の『山伏』その人に他ならない。前半部分のあそび・幸寿と名も知らぬ貴公子との出逢いの物語は、『山伏』の三人の子の一人にあたる女児誕生をめぐるひとつのエピソードともみなせよう。こうして物語の全体像が明らかになってみると、物語の一部分のみを対象に名づけられた『遊女物語絵巻』という名称は、物語全体を反映する適切な題名とはいいにくい。また、「遊女」（本絵巻中、「遊女」の語は認められず、平安・鎌倉時代の和文による作品に用いられている「あそび」という語によって表現されている）という語の印象によって、本絵巻が近世の作品であるという誤解を受けることが少なからずあり、本絵巻の制作年代、あるいは本絵巻のもとになっている物語の成立年代を考えるうえで、不当な先入観を与えかねないことも、本絵巻にとって不本意なことといわざるをえない。

　筆者が名称を改めるに際して注目したのは、物語全体を貫く人物としての父・『山伏』であり、その『山伏』について象徴的に語られた「藤《ふぢ》の衣《ころも》」である。[7]『山伏』が身にまとう「藤の衣」は露霜にびっしょり濡れているのに、その身に触れたものは芳香を放ち、あたかも行基菩薩《ぎょうきぼさつ》の変化《へんげ》ではあるまいかと不思議に思われたという（第十七段・詞書）。「藤の衣」とは、藤や葛の繊維で織った衣のことで、農民や漁民の粗末な衣の意として、また、より一般的には喪服の意として用いられる。本絵巻では、山伏が身にまとう粗末な衣をさしており、平安時代には例を見ない用法であるが、鎌倉時代の『石清水物語』『しのびね物語』『方丈記』でも粗末な僧衣をさす語として用いられており、鎌倉時代に共通する用法でもある。

　本絵巻では「藤の衣」の例はこの一例のみであるが、他に「ふち」の例が二例認められ、いずれも「涙の淵《ふち》」に喪服の意の「藤《ふぢ》の衣」がかけられている。

A　露ほさぬしのぶの衣よそながら涙のふちとなりぬべきかな（第十五段九二頁）

B　限りあれば、薄墨なる袖の色を、人知れずおぼし嘆く。深き涙の色のみや、げにふちとなるらん、とぞ、あはれに例《ためし》なき。（第十八段一〇七頁）

A歌は、父・入道太政大臣の死を悼む、子・『山伏』の独詠歌であるが、『山伏』は失踪中の身の上であり、表立って父の喪に服すことができない。Bの一節は、祖母の葬儀の折に、行方知れずの父・『山伏』の死を知った、子・中納言の思いであるが、中納言にとっても父の死は内密のことであり、表向きは祖母の服喪ゆえ薄墨色の喪服を着ざるをえない。表立って父の喪に服することのできない境遇におかれた息子たち——父・入道太政大臣の死を悼む『山伏』、父・『山伏』の死を悼む中納言——は、淵となるほどにあふれる涙で染めた藤の衣をまとうのであり、「ふち」の語に掛けられている「藤の衣」は、父と子の物語の象徴としての意を含みもつといえよう。ちなみに、これは、『源氏物語』において、葵の上の死を悼む光源氏が、妻の喪は軽服《きょうぶく》という規定のため薄墨色《うすずみいろ》の喪服しか着ることができないものの、淵となるほどにあふれる涙で、薄墨色の衣を、濃い喪服の色である「藤の衣」に染めたとして詠んだ歌「限りあれば薄墨ごろもあさけれど涙ぞ袖をふちとなしける」（葵巻）の発想を踏まえていると思われる。

「遊女」を改め、「藤の衣」を本絵巻の名称として冠するにあたっては思いめぐらすこと少なくなかったが、明らかにされた物語の全体像とともに、『山伏』の象徴——芳香を放つ僧衣としての〈藤の衣〉——に、父と子の物語の象徴——涙で染めた喪服としての〈藤の衣〉——の意を重ね合わせ、『藤の衣物語絵巻』として送り出すことにした。

二、『藤の衣物語絵巻』の制作年代について——詞書と画中詞の語彙・語法を中心に

『藤の衣物語絵巻』の特色のひとつに、おびただしい量の「画中詞」の存在を指摘することができる。絵巻は、一般的には「詞（詞書）」と「絵」をつなぎ合わせた形態をもつが、物語本文にあたる「詞書」に対して、「画中詞」とは絵のなかに書き込まれたことばのことで、登場人物の会話文が大半を占める。会話文の他には、数量的には少ないながら、歌の口ずさみや、「……と思ふ」「……と泣く」等のように心情や行為についての記述もある。

ところで、本絵巻で注目されるのは、詞書と画中詞とで、語彙・語法に顕著な異なりを見せている点である。(8) どのように異なるのか、具体例を示そう。なお、引用にあたっては、句読点、濁点をほどこすのみとする。

〈詞書〉 ①ありしたび人は、下かうにかならず、と②ありしかど、物まいりの日数もすぎ③ぬらんかし。④いづかたへ、わたりける人ならん。（第三段二一頁）

〈画中詞〉 ①ここなしたびうどは、物まいりする下かうに、と②あしかども、④どこへまいら⑤しまうとも、いまは下かうせ⑥さしまうつ③らうは。（第二段二〇頁）

右の場面は、住吉詣での途上、気象の急変によりあそびたちのもとに宿った若き人（太政大臣の子息で、後に山伏となる）たち一行が、参詣の帰路にはかならず立ち寄ろうと言っていたのに、参詣に要する日数が過ぎても訪れないことを、あそびたちが話題としているものである。まず、①「ありし」〈詞書〉と「ここなし」〈画中詞〉の対立であるが、「ありし」は、数日前あるいは往時の出来事をさす慣用句として、平安時代以来の用法である。一方の「ここなし」は、「ここなし」の「り」が促音便化して無表記となったものと推定される。②「ありしかど」〈詞書〉と「あしかども」〈画中詞〉の対立でも、画中詞では「あり」の「り」が促音便化して無表記となったものと推定される。本絵巻では、同様に「なり」「たり」の連用形の「り」が促音便化して無表記となった例、「なり」「たり」の連体形の「る」が撥音便化して無表記となった例があわせて一二例ほど認められる。「たり」の連体形が「た」とある例は、『平家物語』にすでに少数ながら見えるというが、本絵巻ではこれらの例はすべて画中詞にのみ認められる。

次に、③「らん」〈詞書〉と「らう」〈画中詞〉の対立について考えよう。「らん（らむ）」はいわゆる現在推量の助動詞であり、「らう」は「らん（らむ）」の転じたものである。本絵巻中、「らう」の例は五例認められるが、いずれも画中詞に見える。他にも類似する用法として、「やらん」の語が転じた「やらう」も画中詞に五例認められる。また、「むとする」から転じた「うずる」や、「うずる」の終止形と思われる「うず」の語なども、あわせて五例ほど見られるが、いずれも画中詞の例である。これらのなかには、「やらう」など『平家物語』から見うけられる例もあるものの、「らう」「やらう」は室町時代の『閑吟集』に多用されており、「うず／うずる」も室町時代の「抄物」や「キリシタン資料」「狂言」などに多数認められるものであり、本絵巻の画中詞が室町時代の口語を反映するものであることをうかがわせる。

④「いづかた」〈詞書〉と「どこ」〈画中詞〉は、意味するところは同じだが、「いづかた」が『源氏物語』をはじめ平安時代以来用いられているのに対し、「どこ」は『梁塵秘抄』『平家物語』などに認められることから、院政期から鎌倉時代になって日常語として用いられはじめたものと考えられる。本絵巻中、「どこ」は四例あるが、いずれも画中詞の例である。

前掲の例のなかでもっとも顕著な相違点は、画中詞にのみ見える⑤「しまう」、⑥「さしまう」という敬語表現である。

「しまう」はセタマフが変化したシタマフによる語といわれ、「さしまう」は「サセタマフ」が変化した「サシタマフ」による語といわれ、上接の語の活用の種類によって使い分けられるものの、同じ語構成による語であり、同じ働きを有している。「しまう」「さしまう」の最も早い例は、鎌倉時代後期書写の仏書の注釈書に見出せ、世阿弥（一三六三〜一四四三年）の作品にも見られるというが[9]、室町時代の「抄物」や絵巻の画中詞に認められるもので、室町時代の敬語のひとつである。本絵巻では「しまう」一例、「さしまう」七例が数えられるが、いずれも画中詞の例である。「しまう」「さしまう」に似た語で、やはり室町時代の敬語表現と考えられる「します」「さします」も画中詞に一例ずつ見える。「（さ）します」は「（サ）セオハシマス」の変化した「（サ）シオハシマス」の転じた語とも、尊敬の助動詞「（さ）す」の連用形に尊敬の「ます」がついた（サ）セマスの転じた語ともいわれる。

以上のように、『藤の衣物語絵巻』では詞書と画中詞とで語彙・語法に顕著な異なりが認められるが、詞書と画中詞の語彙・語法の異なりについて、右に指摘したものも含め、整理しておこう。まず、詞書のみに認められる語彙・語法で注目されるのは、「もがな」「まほし」「ましかば〜まし」「給ふ（下二段活用。謙譲の意）」といった例で、これらの語彙・語法は『源氏物語』をはじめとする平安時代の物語に多用されており、詞書が平安時代の物語の系列のことばを引き継いでいることをうかがわせる。それに対して、画中詞のみに認められることばは、「らう」「やらう」「うず／うずる」「しまう」「さしまう」「します」「さします」「なう」「をれ／をれら〈自称〉」「わらは〈自称〉」「われわれ」などであり、室町時代に多用された、あるいは室町時代特有の語彙・語法と推定される。他にも画中詞では、詞書と比べて平明な言い方になっている場合（「もがな」「まほし」→「たし」。「ましかば〜まし」→「未然形＋ば」。「いづかた」→「どこ」）、「あり」「なり」「たり」の連用形・連体形の活用語尾が音便化して無表記となっている場合も見える。また、形容詞や動詞に「御」がついた例（「御はづかしくて」「御をしはかり候へ」等）も散見する。形容詞に「御」を冠する例ははやく『とはずがたり』に認められるものの、やはり室町時代に多用された語法でもある。

徳田和夫氏によると、詞書は、主として物語本文を記した（抄出した）ものであり、あらたな絵巻の制作に際しても、比較的忠実に書写されるのに対し、画中詞は、絵巻制作時に比較的自由に書き込まれるという性格を有するという[10]。おそらく本絵巻の画中詞も、絵巻制作時に当時の口語により書き入れられたものと考えられるのであり、室町時代の口語を反映していることから、本絵巻の制作年代もおおよその頃が想定されるだろう。

ちなみに、本絵巻の画中詞では、「せ給ふ」「させ給ふ」が、「し給ふ」「さし給ふ」に変化したのちイ音便化したと推定される「い給ふ」「さい給ふ」の例（「わたらい給へ」「みえさい給はねば」等）、「せ」が脱落して「給ふ」「さ給ふ」となった例（「のぞか給へ」「恋さ給」等）も認められる。[11] もっとも「せ」の脱落というよりも、イ音便化した「い」の脱落と考えたほうが自然ともいえようか。出雲朝子氏は、[12] 本絵巻の画中詞では、従来文献に見出されていないような「あれがい」、「おせごたる」や、語源辞書に記述はあるものの用例の見出されていない「わします」が認められること、さらに打消の「ばや」、副詞としての「如法」の用いられ方などに注目し、「この絵巻の用法は、いずれも中世でもかなり早い時期のものと見られる」と指摘された。また、「い給ふ」「さい給ふ」の形や、このイが脱落した形（これらは他の文献に見えない）が本絵巻に見られることも「やはりこの画中詞が中世の早い時期のことばであることを示すものと考え」られるとし、さらに画中詞の中にオ段長音の開合・四つ仮名の混乱例が見られないことも、同様に考えられると指摘された。本絵巻の画中詞は分量が多いだけでなく、他の文献に用例の見出せない語が少なくない。国語史を考えるうえでも貴重な資料であり、さらなる検討を今後の課題としたい。

なお、本絵巻では、画中詞のなかでもあそび周辺（鄙）の人物たちと太政大臣周辺（都）の人物たちとで語彙・語法に使い分けが認められる。「せ給ふ」「させ給ふ」が、「い給ふ」「さい給ふ」と変化したり、「せ」が脱落するといった特殊な例は、あそび周辺（鄙）の人物にのみ認められるものである。「しまう」「さしまう」「らう」「やらう」「をれ／をれら」、さらに形容詞の口語形（「恋しい」「かたじけない」等）、助動詞「まじ」の口語形（「いだくまじいか」等）も、あそび周辺（鄙）の人物たちにのみに認められる。[13] この物語のあそびたちは、都の旅人一行が住吉詣での途上に宿っていることから、江口・神崎あたりに宿を構えているものと推定される。あそび周辺（鄙）の人物たちによるこれらの特徴的な語彙・語法は、その当時の「あそび」の口語を写しとろうとしているとも思われるが、あるいは「あそび」を含むこの地方特有の口語を反映しているとも考えられようか。また、語彙・語法の変化は都の周辺地域から起こることをうかがわせるものとも思われるが、太政大臣周辺といった都の貴族たちが伝統的な語彙・語法をなるべく踏襲しようとつとめていたことの反映ともみなせようか。少なくともこの絵巻の画中詞を書き込んだ人物にとって、あそび周辺の人物と太政大臣周辺の人物たちが話すことばは、位相の異なるものとして理解されていたことは明らかであり、いろいろと考えさせられる。

さて、美術史学の立場からの本絵巻の推定制作年代[14]についても示しておこう。本絵巻が墨の線と面のみで描かれた白描絵であること、天地が十六・六センチメートルほどで、いわゆる「小絵《こえ》」にあたること、多量の画中詞を有していること、室町期の作例とされる白描物語絵のなかでは古態を示すことなどから、南北朝時代[15]、室町初期[16]、十五世紀[17]などが想定されている。また、本絵巻の書風は、波多野幸彦氏[18]によると、いわゆる「勅筆流」に属するものと推定されるという。勅筆流は、後円融天皇・後小松天皇・後花園天皇・後土御門天皇に見られる書風で、抑揚のある曲線を特徴とするというが、本絵巻の書は、勅筆流のなかでも後花園天皇（一四一九〜一四七〇年）の書風に近いといわれる。後花園天皇は後崇光院の第一皇子として誕生、後小松天皇の猶子となり即位、在位は一四二八年〜一四六四年の三十六年間にあたる。後花園天皇は、特に絵を好まれ、所々から召し集め、後花園天皇周辺ではそうして集められた絵巻を写すなどして、絵巻の制作が行なわれていたことが、後花園天皇の実父・後崇光院による『看聞日記』に散見する。波多野氏は、本絵巻も後花園院周辺で所々から集められた絵巻をもとに、写され制作されたような物語絵巻のひとつであったのではないかと推定され、後花園天皇みずからが筆をとったというよりも、その周辺の人物によるものかとされている。書風はその時代を反映するものであり、後花園天皇の書風に近い本絵巻の成立年代は、応仁の乱（一四六七年）頃である蓋然性が高いという。ちなみに、筆者も、本絵巻はオリジナルなものではなく、さらに先行する絵巻が存在していたのではないかと考えている[19]。

以上、『藤の衣物語絵巻』の制作年代について、詞書と画中詞の語彙・語法をもとに検討してきた。本絵巻の画中詞の語彙・語法からは、室町時代の口語を反映することがうかがえたが、この時代的特徴は、美術史学、書風からの検討による本絵巻の推定制作年代とおおよそ重なりあうといえようか。美術史学からの検討では、南北朝から十五世紀と幅があるが、書風からの見解をもかんがみて、ここではおおよそ室町時代前期と想定しておくことにしたい。画中詞の語彙・語法をはじめとするさらなる検討によって、絵巻の推定制作年代もより解明されることになるだろう。

三、『藤の衣物語』の成立年代について――「侍り」と「候ふ」の使用状況をもとに

それでは、平安時代の語彙・語法を踏襲している詞書については、どのように考えたらよいのだろうか。詞書は物語本文を書きとめたものであるが、詞書のもとになった物語、つまり『藤の衣物語』の成立年代はいつごろと推定できるだろうか。[20]物語の成立年代の上限としては、五節の舞姫に関する記述が参考になる。本絵巻では、太政大臣家の子息の大将(『山伏』の異母弟)が五節の舞姫をさし出すことになり、その舞姫につき添う童女や下仕えを選ぶ場面が取り上げられており、あそび・乙寿が下仕えに選ばれたらしいことがうかがえる(第八段詞書・画中詞)が、『源家長日記《みなもとのいえながにっき》』(建仁三年・一二〇三)、藤原兼実の日記『玉葉《ぎょくよう》』(承安元年・一一七一)に、五節の舞姫の下仕えを江口・神崎のあそびたちがつとめたとする記述が見え注目される[21](本絵巻のあそびたちの宿も、住吉詣での旅人一行が気象の急変によって宿っていることから、江口・神崎あたりと推定してよいだろう)。本絵巻は平安末期から鎌倉初期にかけての日記に認められるこれらの史実を反映していると考えられるのであり、詞書のもととなった物語の成立年代の上限はおおよそその頃が想定されようか。下二段活用「給ふ」をはじめ平安時代の語彙・語法を踏襲する詞書ではあるが、「宮づかふ」の例も見える。平安時代までは「宮仕へす」という言い方をするのに対し、鎌倉時代の物語(『石清水物語』『あまのかるも』等)に用例の認められる「宮つかふ」という四段活用の動詞が用いられているということも、『藤の衣物語』の成立の上限としては鎌倉初期以降と考えるのが適当だろう。ちなみに、下二段活用の「給ふ」は謙譲の意を加える働きをもつものとして、平安時代に会話文、消息文中に多用されたが、鎌倉時代には衰退に向かったという。その謙譲の「給ふ」が、『藤の衣物語』をはじめ鎌倉時代の多数の物語のなかに、用例数はけっして多くはないものの見出され、それらの作品が平安時代の物語の系列に属することを裏づけている。しかしながら、謙譲の「給ふ」は、本来は下二段活用であったのだが、やがて四段活用との混同が認められるようになる。『藤の衣物語』においても、鎌倉時代のほかの物語の場合と同様に混同が認められる。この謙譲の「給ふ」の活用の混同も、『藤の衣物語』が鎌倉時代の物語であることの傍証のひとつともみなせよう。本絵巻の推定制作年代である室町前期を下限とみなすとして、鎌倉時代から室町時代にかけて作られた数々の物語のなかで、本絵巻のもととなった

『藤の衣物語』はどのあたりに位置づけることができるだろうか。

位置づけに際して筆者が注目したのは、いわゆる丁寧語としての「侍り」と「候ふ」である。実は、本絵巻の詞書と画中詞とのもっとも顕著な相違のひとつとして、「侍り」と「候ふ」の使用状況を指摘することができる。

詞書　「侍り」一二〇例　「候ふ」ナシ

画中詞　「侍り」三例　「候ふ」五一三例

これらの「侍り」と「候ふ」はいずれも会話文中に認められるものだが、詞書では「侍り」以外用いられておらず、画中詞では「候ふ」五一三例に対し「侍り」は三例のみと、詞書と画中詞での使用状況はまったく対立している。詞書と画中詞とで類似する会話文を比較すると、詞書の「侍り」を画中詞では「候ふ」に置き換えているという印象がある。一例をあげると、次のとおりである。なお、引用にあたっては、句読点と濁点をほどこすのみとする。

〈詞書〉　おのがめからにや、いとらうたげにこそ侍れ。さまにしたがひてもてなさせ給へ。なみ〳〵とはおぼえ侍らざりし人のなごりなれど、たれとはえきこゑ侍らず。（第七段三七～三八頁）

〈画中詞〉たれと申候はむずるやらん、なべての人とはみえ候はぬ。たゞみざまにしたがひてもてなさせ給候へかし。心ばかりはいつき候へども、人はさこそおぼしめしもあなづり候はむずらめ、かなしく候しむすめのとゞめおきて候程に、かた〳〵わらはが心の中、たゞ御をしはかり候へ。（第七段四〇頁）

右は、長者が、幸寿の忘れ形見の女児を宮仕えさせたいと太政大臣に語りかけたところ、太政大臣からその女児の素姓をたずねられての長者の返答である。画中詞のほうが饒舌となってはいるものの同趣の返答であり、詞書では「侍り」が三例、画中詞では「候ふ」が八例というように、対立している様相が確認できるだろう。さらに、「なみ〳〵とはおぼえ侍らざりし人」〈詞書〉と「なべての人とはみえ候はぬ」〈画中詞〉、「たれとはえきこゑ侍らず」〈詞書〉と「たれと申候はむずるやらん」〈画中詞〉というように、詞書と画中詞とで対応する箇所を比較すると、詞書の「侍り」を画中詞では「候ふ」に置き換えている様相がうかがえる。

ちなみに、例外的に画中詞に見える「侍り」の三例は、『山伏』の三番目の子の素姓について、育ての親である横川の僧正が語る、四〇〇字詰原稿用紙二枚半にも及ぶ、ひとつづきの長い会話文中（第十三段、画中詞五。七九〜八二頁）に認められる。画中詞のこの長い会話文に対応する箇所は詞書には認められないが、物語の進行上欠くことのできない会話文であり、詞書のもととなった『藤の衣物語』にも存在していたに違いない。「侍り」三例を含む、この僧正の長い会話文には「候ふ」が七五例も用いられていることを考え合わせると、『藤の衣物語』では「侍り」を用いた会話文であったものを、画中詞では絵巻制作当時の口語として「候ふ」に置き換えたが、あまりに長い会話文であったため、「侍り」の三例がもとの形のまま残ってしまった結果と考えるのが、実際に近いといえるのかもしれない。

そもそも、丁寧語としての「侍り」と「候ふ」は、用法・働きが類似する。「侍り」は、平安時代、特に会話文や消息文の中で多用されたが、平安後期以降には「候ふ」という別の語によって、その役目が取って代わられたという。山田巌氏「中世の敬語概観」[22]によると「『侍り』は鎌倉時代になると急速に勢力を失ったらしく、語り本系統の『平家物語』である覚一本では、『侍り』の用例は三例しかなく、他はすべて『候ふ』を用いている。しかもその三例とも、過去の人である老翁、異邦人、弘法大師の霊の詞の中に用いられている」という。口頭語としては、鎌倉時代には衰えていたと考えられる「侍り」ではあるが、文章語としては、物語を中心に生きつづけていった。鎌倉時代の物語から室町時代の物語へという時代の大きな流れのなかで、「侍り」と「候ふ」の使用状況も時代ごとに共通の傾向を見せて変化しているように思われる。

そこで、『鎌倉時代物語集成』（笠間書院）所収の三十一作品、『御伽草子』（日本古典文学大系、岩波書店）所収の二十三篇および五作品、『室町物語集』（新日本古典文学大系、岩波書店）所収の二十作品について、「侍り」と「候ふ」の使用状況を調査し、それぞれの作品群の傾向について考察した。詳しい数値および検討作業の報告は拙著[23]に記しているので参照されたい。本稿では、検討の結果うかがえたそれぞれの作品群の特徴をかいつまんで示すことにしよう。まず、鎌倉時代の物語の傾向として、「侍り」が圧倒的多数を占めて用いられていること、そしてそれらの「侍り」は会話文・消息文中に用いられていることが確認できた。これは、平安時代の物語などにみえる用法と同じである。それに対して、『御伽草子』および『室町物語集』所収の物語においては、「侍り」と「候ふ」の使用状況が逆転をみせる。つまり、「候ふ」が多数を占め、それらの大半が会話文、消息文中に用いられている。なかでも、「御伽草子」二十三篇では、「候ふ」が圧倒的多数を占めて認められ、数少ない「侍り」は、会話文においては「梵天王」「大王」「帝」のような特殊な人物の発言に意図的に用いられていると推定されたほか、地の文では冒頭・末尾に意識的に用いられ、物語の枠をかたどる文のスタイルを作っていることがうかがえた。(24)『室町物語集』所収作品の場合も、「御伽草子」二十三篇に準ずる傾向がうかがえるが、なかには「侍り」の使用割合が高いものもあったものの、それらは「侍り」の地の文中に占める比率が高く、会話文・消息文中の用例が大半を占めていた鎌倉時代の物語と根本的に異なることを物語っていた。

以上、鎌倉時代から室町時代の物語を対象として「侍り」と「候ふ」の使用状況を検討した結果、平安時代の物語を受け継ぐ形で作り出された鎌倉時代の物語と、南北朝の争乱を経て生まれた室町時代の物語との間には、作者・享受者層をはじめとして大きな隔たりが存在していると思われるのであり、「侍り」と「候ふ」の用いられ方は、それぞれの時代の特色を映し出しているということが確認できたといえよう。ここであらためて『藤の衣物語絵巻』の詞書、つまり『藤の衣物語』をこれらの物語のなかに位置づけるとするならば、「侍り」のみを用いており、会話文中にその用例が限定されているという特徴により、鎌倉時代の物語群に位置づけることが適切であろう。そして『藤の衣物語絵巻』の画中詞は、「候ふ」が圧倒的多数を占め、すべて会話文中に認められることから、「御伽草子」諸篇、あるいは『室町物語集』所収作品と類似する傾向を有しているといえよう。これは、前述したように、本絵巻の画中詞が室町時代の口語を反映したものとする結果と重なり合う。

四、『藤の衣物語』と鎌倉時代の物語との共通要素

『藤の衣物語絵巻』の詞書のもととなった『藤の衣物語』の成立年代は、おおよそ鎌倉時代と推定されたが、鎌倉時代の物語の成立年代を推定するための手がかりとなる『風葉和歌集』に、『藤の衣物語』の作中歌は入集が認められない。『風葉和歌集』は、文永八年(一二七一)十月、後嵯峨院皇后姞子(大宮院)の命により、平安時代から鎌倉時代にかけて作られた物語中の和歌を集めて編まれた物語歌撰集である。『風葉和歌集』に物語の作中歌が入集しているということは、

その物語が一二七一年には成立していたことを裏づけてくれる大きな拠り所となる。しかし、『風葉和歌集』に物語の作中歌が入集する『浅茅が露』『苔の衣』『石清水物語』などの作品と異なり、『風葉和歌集』に作中歌が入集しない本物語のような作品の場合、いつごろの成立なのか決め手を欠く。鎌倉時代の物語と『藤の衣物語』との共通項から両者の距離を探ったり、『藤の衣物語』の時代背景など、さまざまな角度からの傍証を積み重ねることによって、少しずつでも『藤の衣物語』が鎌倉時代の物語群のなかでどのあたりに位置づけることができるのか明確になっていくに違いない。以下、そのための傍証のひとつとなりうるのではないかと思われるものについて述べておこう。[25]

まず、『藤の衣物語』では、「剣」と「笛」が、『山伏』の娘と息子に伝えられ、父と子をつなぐ大切な役割をになうが、これらの「剣」と「笛」は、父と子を結ぶものとして、鎌倉時代の物語である『浅茅が露』『あまのかるも』『在明の別』『いはでしのぶ』にも認められる。父と子を結ぶ役割を「剣」や「笛」がになうという物語のさきがけとして高藤内大臣にまつわる物語がある（『今昔物語集』巻二十三「高藤内大臣語」等）。内容は、高藤が、鷹狩の途上、気象の急変により宿った家の娘と一夜をともにし、別れに際して形見の大刀を残すが、再訪できずにいる。娘は妊娠、女児が誕生するが、高藤は女児の誕生を知らず、やがて年月を経て父と子が対面、女児の枕もとには形見の大刀が置かれていた、というものである。この高藤内大臣にまつわる物語と『藤の衣物語』は符合する点が多く、高藤内大臣の話を踏まえて『藤の衣物語』が作り出された可能性もあるが、[26]『藤の衣物語』は前掲の鎌倉時代の物語のなかでも『浅茅が露』と重なる点が少なくない。

『藤の衣物語』では、若き人が、住吉詣での途上、気象の急変により立ち寄った宿であそび・幸寿と一夜を過ごすが、別れ際に幸寿に、「剣」を形見として残す。幸寿は誰とも知れぬ人の子を宿し、女児が誕生するが、若き人は女児の存在を知るよしもない。十数年が過ぎ、『山伏』となった若き人は、女児の身に添えられていた形見の「剣」により娘の存在を知ることになる。『浅茅が露』の場合は、二位中将が方違え先で、憧れの女性に似た美しい姫君を垣間見、契りを結び、「笛」を形見に残す。二位中将は再訪できずにいるが、姫君は妊娠、男児が誕生する。偶然、その出産の折に出会い助けてくれた三位中将が、男児の身に添えられていた「笛」により、男児の父が二位中将（中納言に昇進）であることを知る。三位中将からその「笛」を渡された二位中将は、存在さえ知らなかった我が子と対面する、というものである。形見として残されたものが、『藤の衣物語』では「剣」、『浅茅が露』では「笛」と異なるものの、プロットが共通することは明らかだろう。ちなみに、「剣」と「笛」の違いは、誕生した子が、女児か男児かとで異なるものと思われる。『藤の衣物語』でも、『山伏』と息子（弁。のちの中納言）とをつないだものは「笛」（蝉丸）であった。

「剣」や「笛」が父と子をつなぐというプロットが、『浅茅が露』はじめ『あまのかるも』『在明の別』『いはでしのぶ』といった鎌倉時代の物語に散見するのは、鎌倉時代の物語のおおよそが、密やかな逢瀬の結果誕生したことによる「子の親さがし」とも「親の子さがし」ともいうべき、父と子の物語であるといわれていることとも不可分であろう。(27) そして、「剣」や「笛」によって父と子がめぐりあう『藤の衣物語』が、こうした鎌倉時代の物語と近しい関係にあることを強くうかがわせる。

次に、妊娠を知らせるものとして、乳房の先が黒みをおびるという表現「いと黒うなりにけり」についてとりあげよう。『藤の衣物語』では、あそび・幸寿が名も知れぬ若き人の子を身ごもってしまったことを知る場面に認められるものだが、この表現も、鎌倉時代の物語である『浅茅が露』『あまのかるも』『夜寝覚物語』に見える。いずれも、姫君を垣間見た男君が、姫君のあまりの美しさに見過ごすことができずに、強引に契りを結ぶが、やがて乳房の先が黒みをおびていることから妊娠してしまったことを知った姫君が、言葉をなくして泣く、という場面となっている。もっとも、乳房の先が黒みをおびるという表現は、平安後期の『狭衣物語』『夜の寝覚』にも見出せ、鎌倉時代の物語はそれらを踏襲しているということもできるだろう。そして、これらの乳房の先が黒みをおびるという変化により、妊娠を知るという例は、すべて婚姻関係にない場合の妊娠であるという共通項を有している。乳房の先が黒みをおびるという変化は、妊娠による変化の一つとして、医学書などにも記されているが、黒みをおびた乳房から喚起されるイメージは、やはり幸せの象徴とは遠いものがあり、あってはならない逢瀬の結果としての、祝福されることのない妊娠を象徴的にあらわしているものと思われる（やがて、こうして生まれた子供たちが幸せになっていくにしても、妊娠を知った時点では単純に祝福されることはない）。

鎌倉時代の物語では、錯綜する登場人物たちが、婚姻関係のない、許されない関係を結び、その結果、子供が誕生するというケースがまま見うけられ、その子供たちが物語の展開に重要な働きをになう場合が少なくない。そうした妊娠による姫君たちの苦悩が描かれるなかに、黒みをおびた乳房の叙述も位置づけることができるだろう。『藤の衣物語』の場合、鎌倉時代の物語のように姫君ではなく、幸寿はあそびであり特殊でもあるのだが、乳房の先が黒みをおびるという変化により、名前さえ知らぬ人の子を身ごもってしまったことを知り涙している点、そして、やがて誕生した女児が物語の展開に重要にかかわっていく点において、鎌倉時代の物語との類似をよみとることができるだろう。

また、『藤の衣物語』では、後継争いに巻き込まれた太政大臣の子息が、山伏に身をやつし出家遁世するが、出家遁世譚は『浅茅が露』『あまのかるも』『石清水物語』『苔の衣』『風につれなき』『雫ににごる』『しのびね』など鎌倉時代の物語に相当数が指摘できる。(28) なかでも、『浅茅が露』と『苔の衣』では、失踪し出家をした父が、病気の我が娘を助けるという内容を有しているが、『藤の衣物語』でも、失踪し山伏となった父が、病気の我が娘（母はあそび・幸寿。春宮に入内し、のち中宮となる）を加持祈禱により助けており共通する。さらに、『苔の衣』では、失踪した父（関白の子息）が「山伏」と呼ばれていること、その山伏が名を伏せたまま、危篤状態の我が娘（中宮）の加持祈禱を行なっていること、帰り際に父・山伏は「独鈷」（包み紙に和歌が記されている）を残し、山伏が去ったあとではじめて、山伏の息子（関白）たちは、その山伏が父であることに気づき、みなで涙するというプロットも『藤の衣物語』と重なる。『藤の衣物語』では、失踪した父・『山伏』（太政大臣の子息）は、名を伏せたまま病気の娘（春宮に入内し、中宮となる）の加持祈禱を行ない、父・『山伏』が帰り際に息子に残した「笛」により、その山伏が父であることに気づき、みなで涙するというプロットとなっており、「独鈷」と「笛」の違いこそあるものの、父・山伏が加持祈禱を行なっている娘が中宮である（中宮となる）ことをもふくめ、『苔の衣』と『藤の衣物語』のプロットはきわめて似ている。

以上、『藤の衣物語』と鎌倉時代の物語とで共通する要素について検討してきた。「剣」や「笛」が父と子を結ぶというプロットが共通する『浅茅が露』、失踪し山伏に身をやつした父が、加持祈禱により娘の病気を治すというプロットが共通する『苔の衣』をはじめとして、『藤の衣物語』との共通要素が認められた『石清水物語』『風につれなき』『雫ににごる』などの物語は、『風葉和歌集』に作中歌の入集が認められる作品であり、『風葉和歌集』が編纂された文永八年（一二七一）にはすでに成立していた物語である。『藤の衣物語』が、鎌倉時代の物語のなかでも早い時期に成立したこれらの物語と共通項を有していることは、『藤の衣物語』の成立年代を考えるうえでも注目される。

なお、鎌倉時代の物語との共通項だけでなく、仏教説話と共通する要素も有していることをつけ加えよう。

『藤の衣物語』では、あそび・幸寿の最期の様子は、「歌うたひ、朗詠などして、『沙羅や林樹の木の下に　隠ると人に見えしかど』といふ今様うたひて、波に沈むかと見ゆる入日にむかひて、眠るがごとくにて絶えはてぬ」（第六段）と描かれ、「海のおもてに、紫の雲かすかにうつろひて」と描写されている。「紫の雲」とは、「紫雲」あるいは「往生雲」とも呼ばれるもので、念仏行者の臨終の折に、阿弥陀如来が極楽浄土に迎えるために乗ってくるものと解されている。「紫の雲」があらわれたということは、幸寿の極楽往生を暗示する。つまり、今様を歌いながら亡くなったあそび・幸寿が、極楽往生したことを意味する。この幸寿の臨終の場面は、遊女（あそび）・とねぐろが、「われらは何しに老いにけん　思へばいとこそあはれなれ　今は西方極楽の　弥陀の誓を念ずべし」という今様をうたいながら息絶え、海上には紫雲がたなびいていたという『宝物集』（一一七九年頃成立か）や『十訓抄』（一二五一年成立）に見える話と近似する。あそび・幸寿がうたった今様「沙羅や林樹の木のもとに」も、遊女・とねぐろがうたった今様「我らは何しに老いにけん」も、いずれも後白河法皇が編纂した『梁塵秘抄』（一一八四年頃成立か）に認められるものである。

ちなみに、画中詞では、今様の引用は見られず、幸寿は今様をうたいながら亡くなったのではなく、「南無阿弥陀仏」と唱えながら亡くなったとされる。こうした差異は、詞書と画中詞との語彙・語法の異なりとともに、詞書と画中詞とで時代背景が異なることをうかがわせるものといえようか。

五、『藤の衣物語』の時代的背景――行基信仰とあそびの社会的地位

『藤の衣物語』の時代背景として、第三章にて述べたように、五節の舞姫の下仕《しもづか》えにあそびが奉仕するという内容が、平安末期から鎌倉初期の公卿日記『源家長日記』や『玉葉』に見える史実と重なることが指摘できる。

また、『藤の衣物語』では、主人公の『山伏』を「行基菩薩の変化《へんげ》」ではないかとたとえているが、これも、平安末期から鎌倉時代にかけての行基信仰の高まりを反映するものであろうと思われる。[29] 行基は、天智七年（六六八）生、天平二

十一年（七四九）寂の奈良時代の僧である。民衆からの篤い支持をうけ、民間でかなりの影響力を持った行基の活動は、一時期政府より弾圧されるが、東大寺の盧舎那仏造営に関与し大僧正に任ぜられた。行基菩薩という呼称は、公式の称号ではなく、民衆より呼ばれたものであり、行基に対する篤い信仰をうかがわせる。行基への信仰は死後もつづき、平安時代の『日本霊異記』『今昔物語集』にも行基に関する説話が伝えられているが、鎌倉初期の『古来風躰抄』（建久八年・一一九七初撰本、建仁元年・一二〇一再撰本）、それにつづく『十訓抄』（建長四年・一二五二成立）、『古今著聞集』（建長六年・一二五四成立）、『沙石集』（弘安二年・一二七九～弘安三年・一二八〇頃成立）にも行基説話が掲載されている。『古来風躰抄』をさきがけとする鎌倉時代の行基説話は、平安時代の行基説話には見られない、行基の臨終の様子を伝える説話（行基の遺誡や辞世の和歌など）を有するという特徴をもつ。実は、こうした説話は、平安末期に漢文によって記された『行基年譜』（安元元年・一一七五成立）や『行基菩薩伝』（成立年代未詳。ただし『行基年譜』に引用あり）、などを資料としている可能性が高く、平安末期から鎌倉時代にかけての行基信仰のうねりを感じさせる。

さらに、勅撰集における行基菩薩歌の入集状況を見ると、平安時代の『拾遺集』（寛弘三年・一〇〇六頃成立）に三首、その後は鎌倉時代の『新古今集』（建仁二年・一二〇五竟宴）、『新勅撰集』（文暦二年・一二三五成立）、『続後撰集』（建長三年・一二五一奏覧）に連続して一首ずつ認められ、その後は『玉葉集』（正和元年・一三一二奏覧）に一首認められるのみである。『新古今集』『新勅撰集』『続後撰集』が編纂された時代は、鎌倉時代の説話集に行基説話が掲載された時期と重なる。また、文暦二年（嘉禎元年・一二三五）に、大和国平群郡有里村の竹林寺から、託宣どおりに行基の遺骨を納めた舎利瓶が掘り出されるという事件も起きている。これらの事例はほぼ同時期に重なっており、鎌倉時代になって、行基に対する信仰なり関心が高まっていたことをうかがわせるものであり、そうした時代的高まりがあったからこそ、主人公の『山伏』を形容すべきものとして「行基菩薩の変化」ではないかとする表現も生まれたものと推定される。

ところで、本絵巻には『山伏』の三人の子供たちが登場し、第一子の中納言は太政大臣家を継ぐべく成長、第二子は中宮、第三子は僧正となるというように、それぞれに幸運な人生を歩んでいくが、なかでも、第二子のあそび・幸寿を母とする女児の、母の死去を経て、太政大臣邸に引き取られ、春宮に入内、やがて中宮となり国母となるという歩みは、シンデレラストーリーとしても受け止められたことだろう。

あそびを母とする女児が、中宮となり国母となるという物語が生まれる時代背景として、やはり平安時代から鎌倉時代にかけて、遊女の社会的地位がけっして低いものではなかったことも大切な要因であっただろうと思われる。宮廷行事である五節の舞姫の下仕えとして、江口・神崎の遊女が奉仕したことが『源家長日記』や『玉葉』に記されていることは前述のとおりである。『梁塵秘抄口伝抄』には、後白河院が各地の遊女や傀儡《くぐつ》、白拍子《しらびょうし》を呼び寄せて、今様を習い集めた様子が記されているが、後鳥羽上皇も建仁元年（一二〇一）三月、水無瀬殿への御幸の途中で鳥羽殿に立ち寄り、数日にわたり、江口・神崎の遊女を招き寄せて郢曲や今様を楽しんでいたことが、『明月記』に見える。豊永聡美氏(30)によると、『梁塵秘抄口伝抄』の記述から、後白河院・妙音院藤原師長・源資賢を中心に国々のあそび者が加わった形で、管弦や音曲を中心とした「芸能サロン」のようなものが存在していたことがうかがえるというが、同様のものが後鳥羽院の時代にも存在していたと想像されるという。そして、後鳥羽院の「芸能サロン」の中核にいたと思われるのは、二条定輔・徳大寺公継・西園寺公経らで、彼らは遊女や白拍子といったあそび者を妻や母にするなど、あそび者との結び付きが深いという。なかでも徳大寺公継が白拍子五条夜叉を妻とし、二人の間に生まれた子・実基が、母が白拍子であるにもかかわらず、臣下としては最高位の太政大臣にまでのぼりつめていることは注目される。こうした時代背景があってはじめて、あそびを母としながらも中宮にまでのぼりつめるという『藤の衣物語』のストーリーが生まれたものと考えられる。現実的には、あそびを母とする人が中宮になるのはむずかしいことと思われるが、現実にはかなわないがゆえに、しかしまったく荒唐無稽とはいえない話でもあったからこそ、物語として語られたといえるのではないか。

古代・中世における遊女や傀儡については、さまざまに論じられているが(31)、豊永氏(32)によれば、遊女の身分については大きく二つの説にわけることができるという。一つは滝川政次郎氏(33)・脇田晴子氏(34)によるもので、後代ほどでないにせよ卑賤視された存在であり、その身分は「法外の民」「化外の民」であるとする説、そしてもう一つは、網野善彦氏(35)・後藤紀彦氏(36)によるもので、少なくとも鎌倉期までは卑賤視の対象にはなっておらず、その身分を「職人」とする説である。『藤の衣物語』に描き出されているあそびは、五節の行事への参加を含め、あそびたちが貴族社会と深く交流をもっていた時代を反映しているものと推定されるものであり、あそびの社会的地位がけっして低くはなかった時代を背景としているものと筆者も考えるが、宿の女主人である長者の三つの場面での発言には、あそびたちがみずからの境遇をどのように受け止めているのかがうかがえて興味深い。

まず一つ目は、名も知らぬ若き人を忘れられず、あそびとしてのつとめを怠りがちでいる幸寿に対しての長者の発言「かかる身とはなりぬれど」からはじまるもので、こうしてあそびの境遇とはなってしまったが、忘れられない相手のことが思い出されないわけではないものの、憂き世を過ごすならわしとして、幸寿のようにひとつだけの思い（若き人一人に寄せる恋心）に沈み果ててしまってもどうしようか、嘆き悲しむ暁の別れもあるけれど、生きながらえていれば、心慰む夜半の逢瀬もあったりと、そうして月日を過ごすならわしなのです、という箇所（第三段詞書）。二つ目は、長者が太政大臣邸を訪れた折、幸寿が生んだ孫娘について、父親が太政大臣の子息とは知らずに、高貴な方のもとで宮仕えをさせたいと頼む場面で、長者は孫娘を、誰とは言えないが並一通りではない身分の人の子であり、「かかる身のたぐひ」にはさせたくはないと訴える箇所（第七段詞書）。三つ目は、幸寿が生んだ女児の父親が太政大臣の子息であることが判明し、女児を迎えるために使者が遣わされた場面で、長者は、孫娘が太政大臣邸に迎え取られるのを誇らしくうれしく思いながらも、太政大臣邸のようなりっぱな所に、「かかる身のほどにて」参上するのも、孫娘のためにかえってよくないことと思われるから、今日の別れが永遠の別れとなってしまうだろう、と語る箇所（第八段詞書）である。これらの例からうかがえる長者の思いには、「かかる身」つまり、あそびという境遇に対する引け目や、うしろめたさが透けて見える。

また、一夜をともにした、名も知らぬ若き人に恋をした幸寿が、それ以後、あそびのつとめを怠ることになったのは、若き人が口にした言葉「せめて、また人を見むまでは思ひ出でなむや」「また人を見むまでは忘るなよ」（第三段詞書）であり、この言葉を幸寿は悲しく思い返している。せめて別の男性と一夜をともにするまでは、自分のことを忘れないでくれ、という発言は、幸寿があそびであることを前提とした言葉であり、その言葉を恋しく思う相手から聞いた幸寿にとって、あそびという境遇は、そこから身を引きたいと思わせるものであったということも、あそび自身の思いとして重くひびく。本物語は作り物語ではあるものの、中世の江口・神崎のあそびについて考えるためのさまざまなヒントを与えてくれる貴重な資料のひとつであり、後深草院二条による『とはずがたり』にも見える遊女に対する認識や遊女の長者自身の述懐などとともに、さらなる検討が待たれる。

六、『藤の衣物語』の成立圏

『藤の衣物語』の作者については未詳であるが、どのような成立圏が想定されるか、気になることを述べておきたい。(37)

『藤の衣物語』の引歌には、『源氏物語』を踏まえたものから、『狭衣物語』の延長線上にあるもの、『古今集』『拾遺集』『古今和歌六帖』によるものなど、平安時代の物語や和歌の伝統につらなるものが相当数見出せるが、それとともに、俊成、実定、為家ら、平安末期から鎌倉時代の歌人たちの歌を引歌とする例も認められる。さらに、彼ら三人は血縁関係にある点でも注目される。俊成にとって、実定は姉の子つまり甥であり、為家は息子・定家の子つまり孫にあたる。

さて、『藤の衣物語』の主人公『山伏』が「行基菩薩」にたとえられているのは、鎌倉前期に行基信仰がひとつのピークを迎えていたことの反映であり、鎌倉時代の行基説話には、平安時代とは異なり、行基の遺誡や辞世の和歌など、行基の臨終の様子を伝える話が認められることは前章にて述べたとおりであるが、鎌倉時代の説話集にさきがけ、歌論書でありながら行基の遺誡や辞世の歌とともに臨終の様子を伝える説話を載せているのが、俊成の『古来風躰抄』であった。行基に関する記述は、『古来風躰抄』のなかの和歌の歴史を語る箇所に位置し、素戔嗚尊、仁徳天皇、葛城王の釆女、聖徳太子、行基菩薩、伝教大師の順に並ぶが、行基にまつわる記述はそれらのなかで突出した長さとなっており、行基に対する俊成の関心の強さがうかがえる。行基の次に長い記述をもつ仁徳天皇、聖徳太子と比べても、行基の記述は二倍を越え、もっとも短い伝教大師（最澄）の記述の十倍を上回る長さとなっている。また、勅撰集に入集する行基歌は、平安時代の『拾遺集』のあとは、鎌倉時代の『新古今集』『新勅撰集』『続後撰集』に連続して認められるが、定家ら複数の撰者による『新古今集』をおくとして、『新勅撰集』『続後撰集』の撰者は、それぞれ俊成の息子の定家であり、俊成の孫の為家であるが、それればかりか彼らが撰者をつとめた勅撰集に選び入れられた行基歌は、俊成の『古来風躰抄』に載せられている行基の辞世の歌二首と重なる。

『藤の衣物語』では、引歌においても俊成歌と為家歌が用いられ、行基菩薩に関しても、俊成が強い関心を寄せ、為家も自らの撰になる『続後撰集』に行基歌を入れ、かつその行基歌は俊成の『古来風躰抄』に載せられた歌でもあった。この現象を、いったいどのようにとらえたらよいのだろうか。偶然の重なりに過ぎないのだろうか。

ところで、『藤の衣物語』の引歌となっている俊成歌、実定歌、為家歌のうち、俊成歌「いかにせむ室の八島に宿もがな恋の煙を空にまがへむ」（千載集・恋一・七〇三）は『千載集』入集歌であり、実定歌「なごの海の霞の間よりながむれば入る日をあらふ沖つ白波」（新古今集・春上・三五）も『新古今集』入集歌であるが、為家歌「今さらにみせもきかせもたらちねのあらましかばと音をのみぞ泣く」（為家集・一七九八）は、勅撰集への入集が認められず、『為家集』に見られるのみの歌である。この為家歌は、建長五年（一二五三）一月の日次詠草（「毎日一首」「毎日歌」とも）として詠まれた歌であり、佐藤恒雄氏[38]によると、同年十一月の為家歌「いかにして親のいさめをむくひまし子を思ふにもなほぞかなしき」ともに、息子為氏の不孝のふるまいを嘆く為家が、「振り返って、父定家の訓戒に生前報いることができなかった悔恨の念となって、自らに返ってくる」思いを詠んだものという。定家が死去したのは仁治二年（一二四一）、俊成、定家とつづく御子左家三代の悲願だった大納言への望みを為家が果たし、権大納言に昇任した半年後であった。為家歌「今さらに」の歌意は、今あらためて、見せもしたいし聞かせもしたいもの、もしも亡き父が生きていてくれたならと、声をあげて泣くばかりだ、と解され、亡父・定家への強い思慕の思いがうかがえる。とはいえ、勅撰集にも見えないこの為家歌を、はたしてどれくらいの人が知っていたのか、気にかかるところでもある。為家歌を引歌とすると推定される『藤の衣物語』の一節は、「見せも聞かせも恋しさの今さらにしのびがたきにも」（第八段）という箇所で、為家歌とは「みせもきかせも」という独特な表現を共有する。『藤の衣物語』の場面は、亡き幸寿（あそび。長者の娘）の生んだ女児が、太政大臣の子息の子と判明し、太政大臣邸に迎え取られることになり、使者があそびの宿に遣わされたところである。長者（あそびの宿の主人）は晴れがましくうれしく思うものの、一夜のはかない逢瀬の相手を太政大臣の子息と知るよしもなく恋い慕って亡くなっていった幸寿のことを思うにつけ、女児の母にあたる幸寿が生きていたならば、どんなにかいあることと思ったことだろうと、亡き母・幸寿に、成長した女児の姿も、そして女児が太政大臣邸に迎えられることになったいきさつも、見せもしたいし聞かせもしたいものと思うという場面であり、内容的にも為家歌と重なり、両者に何らかの関係があることは明らかだろうと思われる。

「みせもきかせも」という表現の初出は、俊成が撰者をつとめた『千載集』入集の和泉式部歌「人もがな見せも聞かせも萩の花咲く夕かげのひぐらしの声」（千載集・秋・二四七）である。実は、『和泉式部集』では「みせんきかせん」とあり、「ん」と「も」の相違は誤写の可能性もあるものの、「みせもきかせも」という歌句は、俊成の『千載集』で生まれたものともいえようか。この『千載集』入集の和泉式部歌は、俊成の『古来風躰抄』、定家の『八代抄』にも秀歌例として掲載されているが、「みせもきかせも」の歌句を用いた歌は少なく、定家、有家、忠良、公経、行能ら新古今歌人たち、次の世代として為家、宗尊親王に各一首で合わせて七首、さらに室町時代の耕雲（花山院長親）、飛鳥井雅親、後柏原院に各一首ずつ見られるのみである。さらに、為家歌をのぞくこれらの「みせもきかせも」歌では、いずれの歌でも和泉式部歌にならって、萩や桐や月などの視覚でとらえられるものと、風の音、木の葉の散る音、虫の声など聴覚でとらえられるものとが詠み込まれている。つまり、こうした自然の景物が詠まれていないのは為家歌のみであり、その点でも為家歌と『藤の衣物語』との密接な関係をうかがわせる。亡父への思慕の思いがこめられた、この特異な「みせもきかせも」の歌句をもつ為家歌を引用できるのは、『為家集』をかなり読みこんでいる人物ということになるだろうし、あるいは為家が『藤の衣物語』を読み、この場面の表現に影響を受けて為家歌が生まれた可能性もまったくないとはいえないが[39]、もしも為家が『藤の衣物語』の成立とかかわっていたと仮定すると、いろいろな疑問が氷解するように思われる。為家が『為家集』を読み込んでいるのは当然であり、「みせもきかせも」の歌句をもつ為家歌を引歌とするのは容易であろうから。そして、為家ならば、祖父・俊成が撰者として『千載集』恋一の巻軸歌に選入した俊成の自信作「いかにせむ室の八島に宿もがな」を引歌としたり、俊成の歌論書『古来風躰抄』を読み、行基菩薩への関心を強くして、物語の主人公『山伏』をかたどるために用いたということも十分に考えうるだろう。ちなみに、為家は物語歌撰集[40]『風葉和歌集』の撰者の有力候補であり、『藤の衣物語』とも共通項を有する鎌倉時代の物語『浅茅が露』の作者かと推定されている人物でもある。しかし、これはあくまで推論である。とはいえ、『藤の衣物語』には、俊成や為家の影が見え隠れするのであり、『藤の衣物語』が生まれた土壌としては、あそびたちの社会的地位がまだそれほど低くはなく、行基菩薩に対する信仰が高まりを見せていた平安末期から鎌倉前期にかけての時代を背景として、俊成から定家、為家へとつづく御子左家周辺の人々のなかで生み出された物語である蓋然性が高いということはできるのではないだろうか。なお、白拍子五条夜叉を母に持ちながら太政大臣にまでのぼりつめた徳大寺実基は、俊成の甥・実定の孫でもあることをつけ加えておく。

注(1)楢崎宗重「新出『遊女絵物語』と白描挿絵について」(『國華』第八二一号、朝日新聞社、一九六〇年十月)による。
(2)真保亨『日本の美術・四八号・白描絵巻』(一七九〇年、至文堂)。
(3)後藤紀彦「遊女と朝廷・貴族◎中世前期の遊女たち」(『週刊朝日百科　日本の歴史3中世I—遊女・傀儡子・白拍子』、一九八六年四月)。
(4)伊東祐子「『遊女物語絵巻』試論——復原とその全体像」(『学習院大学文学部研究年報』第三七輯、一九九〇年三月)。
(5)伊東祐子『藤の衣物語絵巻(遊女物語絵巻)影印・翻刻・研究』(笠間書院、一九九六年七月)による。以下、本書をさす時は、〈伊東『藤の衣』〉と略称を用いることとする。
(6)本絵巻の復原作業の経緯については、伊東「『遊女物語絵巻』試論」(前掲注4)、〈伊東『藤の衣』〉(前掲注5)第二章「『藤の衣物語絵巻』の復原とその全体像」を参照されたい。
(7)本絵巻の名称については、〈伊東『藤の衣』〉(前掲注5)序章「『藤の衣物語絵巻』の名称について」による。
(8)本絵巻の詞書と画中詞の語彙・語法の顕著な異なりについては、〈伊東『藤の衣』〉(前掲注5)第四章「『藤の衣物語』と『藤の衣物語絵巻』の成立をめぐって」1「〈詞〉と〈絵〉の語彙・語法の比較」、2「〈絵〉の語彙・語法——あそびたちの用法」を参照されたい。
(9)大塚光信「シマウからシム」(『京都教育大学国文学会誌』第二一号、一九八六年十一月)による。
(10)徳田和夫『お伽草子研究』(三弥井書店、一九八八年十二月)第四篇第一章「物語文学と奈良絵本」による。
(11)山内洋一郎「中世待遇表現の一面——『藤の衣物語絵巻』について」(『国語語彙史の研究』十七、一九九八年十月)では、本絵巻の「いたまふ」「さいたまふ」について、室町時代に多い軽い敬意を含む命令表現「い」「さい」との関連について詳しく論じられている。

(12)出雲朝子「『藤の衣物語絵巻』の画中詞について」(『中世王朝物語全集1』「栞」第五号、笠間書院、一九九九年十月)による。

(13)形容詞の口語形「—い」の形、助動詞「まじ」の口語形「まじい」が、「あそび」たち周辺(鄙)の人物たちにのみ認められるという指摘は、出雲論文(前掲注12)による。

(14)美術史学の立場からの本絵巻の推定制作年代については、〈伊東『藤の衣』〉(前掲注5)第三章「『藤の衣物語絵巻』の成立年代について——従来の諸説」を参照されたい。

(15)ブルックリン美術館蔵の一巻の調査に訪れた際の宮次男氏による調書、バーバリン・リッチ「中世期白描やまと絵における古典的物語絵の復活——いわゆる「遊女絵物語」の研究を中心に」(学習院大学、修士論文、一九八七年)等の見解。なお、本絵巻の研究は、学習院大学大学院に留学されていたバーバリン・リッチ氏との共同研究に端を発したものである。リッチ氏は美術史学の立場から、筆者は文学の立場から共同研究することになったものである。本絵巻の研究の機会を与えてくださったリッチ氏に、心より感謝申し上げる。

(16)河田昌之『特別展図録　白描絵』(和泉市久保惣記念美術館、一九九二年十月。「遊女物語絵巻」の項)の見解。

(17)若杉準治『角川絵巻物総覧』(角川書店、一九九五年四月。「遊女物語絵」の項)の見解。

(18)波多野幸彦氏には、本絵巻の画中詞の解読についてご指導いただき、その折、書風についてもご教示いただいた。なお、波多野氏は『くずし字辞典』(東京手紙の会編集、思文閣出版、二〇〇〇年五月)の監修者である。

(19)本絵巻がオリジナルなものではなく、さらに先行する絵巻が存在していたものとする筆者の見解は、伊東祐子「『藤の衣物語絵巻(遊女物語絵巻)』の研究——復原と成立をめぐって」(『國華』第一二四八号、朝日新聞社、一九九九年十月)に述べている。あわせて参照されたい。

(20)『藤の衣物語』の成立年代については、〈伊東『藤の衣』〉(前掲注5)第五章「『藤の衣物語』の成立年代について」において、「侍り」と「候ふ」の作品ごとの使用状況を提示し考察している。あわせて参照されたい。

(21)『源家長日記』『玉葉』に見える記述(五節の舞姫の下仕を江口・神崎の遊女がつとめた)と本絵巻の記述が重なることを最初に指摘したのは、後藤紀彦「遊女と朝廷・貴族◎中世前期の遊女たち」(前掲注3)である。

(22)山田巌「中世の敬語概観」(『院政期言語の研究』桜楓社、一九八二年六月)による。

(23)注20を参照。
(24)染谷裕子「お伽草子の「侍」と「候」」(『お伽草子の国語学的研究』清文堂、二〇〇八年十一月)では、『室町時代物語大成一〜十三』(角川書店)所収の四一八作品を対象に、「侍り」と「候ふ」についての綿密な検討が試みられている。その結果、「お伽草子」作品(染谷氏のいう「お伽草子」は『室町時代物語大成』所収作品をさす)では、会話文において「候」が優勢であり、「侍」を衰退へと追いやる傾向があること、作品中に「候」が多用されていながらも冒頭・末尾の地の文中に「侍」が使われ、ひとつの型となっていることなどが指摘されており、染谷氏の検討結果は、『御伽草子』(日本古典文学大系)『室町物語集』(新日本古典文学大系)を対象とした筆者の調査結果と同じ傾向を示している(解題二五〇〜二五一頁参照)。多数の作品を対象とした染谷氏の考察は、結果として筆者の検討結果を補強してくれている。なお、お伽草子作品でも複数の伝本がある場合、江戸時代の新しい伝本では、「近世の雅語意識から、「侍」復活へという逆の傾向」も見えるという染谷氏の指摘は注目される。調査に際しては伝本の書写年代にも目配りが必要なこと、特に江戸時代の伝本については注意を払わなくてはならないことを教えてもらった。
(25)「剣」と「笛」、および妊娠の徴候「いと黒うなりにけり」に関しては、〈伊東『藤の衣』〉第六章「『藤の衣物語』の成立年代について・補遺」にて用例を掲出し検討している。あわせて参照されたい。
(26)高藤内大臣にまつわる物語では、高藤(藤原冬嗣の孫)と雨宿り先の家の娘(宮道弥益の娘)との間に誕生した女児(胤子)は、宇多天皇の女御となり、その皇子が醍醐天皇として即位、天皇の母となる。『藤の衣物語』でも、若き人と幸寿との間に誕生した女児が国母(天皇の母)となると予言され、国母への道を歩んでおり、その点でも重なり合う。
(27)神田龍身「仮装することの快楽、もしくは父子の物語――鎌倉時代物語論」(『物語文学、その解体――『源氏物語』「宇治十帖」以降』有精堂、一九九二年九月)による。
(28)出家遁世譚と『藤の衣物語』との関係については、伊東祐子「『藤の衣物語』と鎌倉時代物語をめぐって――「室の八島の煙」と「出家遁世譚」を中心に」(『平安文学研究 生成』笠間書院、二〇〇五年十一月)を参照されたい。
(29)行基信仰と『藤の衣物語』との関係については、伊東祐子「『藤の衣物語』の引用をめぐって――引歌と行基菩薩から見える時代背景」(『中世王朝物語の新研究――物語の変容を考える』新典社、二〇〇七年十月)を参照されたい。
(30)豊永聡美「中世における遊女の長者について」(『中世日本の諸相 下巻』吉川弘文館、一九八九年一月)による。

(31)直近では、辻浩和『中世の〈遊女〉――生業と身分』(京都大学学術出版会、二〇一七年三月)がある。本書の最終校正の段階にて刊行されたため、内容を踏まえることはできなかったが、中世の遊女について広汎にわたる検討が試みられている。『藤の衣物語絵巻』についても言及されており参考になる。

(32)豊永論文(前掲注30)による。ちなみに、豊永氏は、古代・中世における遊女や傀儡についての二つの説が大きく相違するのは、一様ではない遊女や傀儡の何れの階層を対象とするかによって生じているのではないかと推定している。

(33)滝川政次郎『江口・神崎――遊行女婦・遊女・傀儡女』増補版』(『日本歴史新書』、一九六五年十一月)等。

(34)脇田晴子「中世における性別役割分担と女性観」(『日本女性史　第二巻　中世』東京大学出版会、一九八二年二月)等。

(35)網野善彦「中世の旅人たち」(『漂泊と定着』「日本民族文化大系　第六巻」小学館、一九八四年三月)等。

(36)後藤紀彦「辻君と辻子君」(『文学』五二巻三号、一九八四年三月)、「遊女と朝廷・貴族◎中世前期の遊女たち」(前掲注3)等。

(37)『藤の衣物語』の成立圏については、伊東祐子「『藤の衣物語』の引用をめぐって――引歌と行基菩薩から見える時代背景」(前掲注29)において検討した内容を踏まえている。あわせて参照されたい。

(38)佐藤恒雄『藤原為家研究』(笠間書院、二〇〇八年九月)第三章「為家の鎌倉往還」一三七頁による。佐藤恒雄『藤原為家全歌集』(風間書房、二〇〇二年三月)三六三頁参照。

(39)もし為家歌が、『藤の衣物語』に影響を受けたと仮定した場合、『藤の衣物語』は為家歌が詠まれた建長五年(一二五三)には成立し、享受されていたことになるが、『藤の衣物語』の作中歌ではなく、物語の文に織り込められた「見せも聞かせも」の表現を物語の内容まで踏まえて詠んだということになり、為家はこの物語にずいぶんとなじんでいたことになるだろう。

(40)辛島正雄「『浅茅が露』作者考(その二)―藤原為家作者説の可能性」(『中世王朝物語史論　下巻』笠間書院、二〇〇一年九月)による。

主な参考文献

【影印・翻刻・研究】

伊東祐子『藤の衣物語絵巻(遊女物語絵巻)影印・翻刻・研究』(笠間書院、一九九六年七月)

【研究論文】

檜崎宗重「新出『遊女絵物語』と白描挿絵について」（『國華』第八二一号、朝日新聞社、一九六〇年十月）
新保亨『日本の美術・四八号・白描絵巻』（至文堂、一九七〇年五月）
後藤紀彦「遊女と朝廷・貴族◎中世前期の遊女たち」（『週刊朝日百科　日本の歴史3中世I――③遊女・傀儡子・白拍子』一九八六年四月）
伊東祐子「『遊女物語絵巻』試論――復原とその全体像」（『学習院大学文学部研究年報』第三七輯、一九九〇年三月）
河田昌之「遊女物語絵」（『特別展図録　白描絵』和泉市久保惣記念美術館、一九九二年十月）
若杉準治「遊女物語絵」（『角川絵巻物総覧』角川書店、一九九五年四月）
山内洋一郎「中世待遇表現の一面――『藤の衣物語絵巻』について」（『国語語彙史の研究』十七、一九九八年十月）
出雲朝子「『藤の衣物語絵巻』の画中詞について」（『中世王朝物語全集I』「栞」第五号、笠間書院、一九九九年十月）
伊東祐子「『藤の衣物語絵巻（遊女物語絵巻）』の研究――復原と成立をめぐって」（『國華』第一二四八号、一九九九年十月）
青木祐子「『藤の衣物語絵巻』にみる遊女と歌謡」（『日本歌謡研究』第四〇号、二〇〇〇年十一月）
小野恭靖「『藤の衣物語絵巻』と歌謡」（『絵の語る歌謡史』和泉書院、二〇〇一年十月）
二宮美幸「藤衣物語」（『中世王朝物語・御伽草子事典』勉誠社、二〇〇二年五月）
三角洋一「藤の衣物語絵巻」（『お伽草子事典』東京堂出版、二〇〇二年九月）
伊東祐子「『藤の衣物語』と鎌倉時代物語をめぐって――「室の八島の煙」と「出家遁世譚」を中心に」（『平安文学研究　生成』笠間書院、二〇〇五年十一月）
伊東祐子「『藤の衣物語』の引用をめぐって――引歌と行基菩薩から見える時代背景」（『中世王朝物語の新研究――物語の変容を考える』新典社、二〇〇七年十月）

下燃物語絵巻

したもえものがたり

『下燃物語絵巻』第六段（甲子園学院美術資料館蔵）

○第一段

[一]関白の姫君[4]入内の噂と内大臣の女御[2]の立后

関白殿には、二月に姫君、内裏《うち》へ参り給ふべし、とて響きあれば、[一]内大臣殿の御方《かた》さまには、いかならんと[二]御心まよひして、御誦経《ずきやう》など、ひまなきさまにせさせ給ふ、御ありさまぞ、頼もしくおぼさるる。かかる御ことの[三]聞こえ給ふにも、ただ[四]連理《れんり》の契りのみせさせ給ひける。

めづらしき方《かた》、参り給ひなば、ある者とだにおぼしめさじ、と、もの憂ければ、ながめがちにてのみおはするにも、内裏《うち》にはことわりに心苦しくおぼしめさるれば、いま少しも重くもや、とおぼして、后《きさい》に立たせ給ふべきよしの宣旨、仰せ下さるれば、誰も誰もおぼし寄らず、内大臣殿には、今日《けふ》、明日《あす》は思ひ寄り給はず、行く末はるかに待ちわたり給ふに、うれしさ世の常なり。

関白殿には、思ひかけず、女御とてありしに、后《きさき》までと[五]はおぼし寄らざりつるに、御おぼえかくのみなり給ふよ、と、世の中はしたなくおぼさるれば、ただ今、思ひ止まるべきならねば、心強くおぼして、行く先久しくと待ち給ふ。

○第一段

[一]　関白家では、二月に姫君[4]が入内なさる予定、ということで評判になっているので、内大臣家の御方（女御）[2]のほうでは、いったいどうなるのだろうと、お心をお乱しになって、御誦経などを絶え間ない具合におさせになるが、そのご様子は頼もしくお思いにならずにいられない。帝[1]は、関白殿の姫君[4]入内の御ことがお耳にお入りになるにつけても、ただひたすら、連理の枝のように、二人の愛情は深く変わることのないことを、女御[2]にお約束なさるのだった。

目新しい方[4]が入内なさったならば、帝[1]は、私など、いる者とさえお思いにもなられまい、と女御[2]は気が晴れないので、物思いに沈みがちでばかりいらっしゃるが、それにつけても、帝[1]は、もっともなことと胸が痛くお思いにならずにはいられないので、もう少し、重い地位にもしてさしあげようか、とお思いになって、后にお立たせなさる予定という旨の宣旨をお下しになられたので、誰もみなお思い寄りにもならず、内大臣殿[5]は、娘の女御が、今日、明日にも后にお立ちになろうとは、お思い寄りにもならず、遠い将来、そのようなこともあろうかと、待ちつづけていらっしゃったのだが、こうして立后の宣旨が下されたうれしさは、うれしさなどという言葉では通りいっぺんすぎて言いあらわせないほどである。

関白殿[7]は、思ってもみなかったことで、内大臣殿の姫君[2]は女御ということでお仕えしていたのであって、后にまで

十二月二十日、后《きさき》の宣旨たまはりて、まかり出で給ふ。御さま、いとめでたし。良きも悪しきも、人の口、やすげなし。内裏《うち》には、いつしか御おもかげ恋しくおぼさるるに、三日過ぎてぞ参り給ふ。その式、言ふもおろかなり。内裏《うち》には、[六]御車寄せておはします。いつしか、めづらしくおぼえ給ふ御さまも限りなし。中納言、御送りに参り給ふ。いそがれぬままに、[七]子《ね》一つといふまでさぶらひ給ひて、[八]御送りなどしてぞまかで給ふ。

［二］中納言3、妹・中宮2への恋の思いに苦しむ

殿におはしたれば、このほど、おほかたのまぎれにや、御物思ひも少し忘るる心地せしに、今は、いとどいかにせん、と嘆かれ給ふままに、御殿油《とのあぶら》、近くて、御経など読み給ふ。夜、いたく更けぬれば、さすがにこのほどのまぎれに[九]寝られ給はざりけるにや、[10]御装束《さうぞく》くつろげて、寄りふし給ひぬれど、なほまどろまれ給はねば、御枕なる箏の御琴を引き寄せて、かき鳴らし給ふに、女御の御爪音《つまおと》ふと思ひ出でられ給ふぞ、御胸痛きまでおぼさるる。

なろうとはお思い寄りにもならなかったのだが、帝1の女御2に対するご寵愛はこれほど深くおなりでいらっしゃるよ、と世間体が悪くお思いになられるので、とはいえ、今すぐに、姫君4入内の予定を中止できることではないので、気を強くお持ちになって、将来長く変わることのない帝のご寵愛をご期待なさる。

　十二月二十日、女御2は后の宣旨を賜って、ご実家である内大臣邸に退出なさる。そのご様子は、たいそうりっぱである。身分の高い人も低い人も、世間の人の口はおだやかでない。帝1は、早くも女御の御面影を恋しくお思いになられるが、三日後に新中宮2として参内なさる。その儀式の盛大さは、言うまでもない。宮中には、御車を寄せて、お越しになる。早くも新鮮にお感じになる中宮のご様子もこの上なくすばらしい。中納言3は、新中宮2のお見送りのお供として参内なさる。帰りを急ぐこともないのにまかせて、子の一刻という時分までご伺候なさって、お見送りのお供などをしてから、退出なさる。

［二］　中納言3は、ご自邸にお帰りになると、このところ、立后にまつわるおおよその忙しさにとりまぎれていたせいか、妹の女御2への恋の御物思いも少し忘れる気がしていたのだが、女御が中宮となってますます遠い存在となってしまった今は、いっそうどうしたらよいのだろうかと、ため息をつかずにはいらっしゃれないままに、ご燈火を近くにして、御経などをお読みになる。夜がたいそう更けたので、さすがにこ

○第二段

[三]新年、中納言③参内し、妹・中宮②の姿を見る

かくて、年も返りぬ。ももしきの大宮人をはじめて、あやしき賤が垣根まで、思ふことなげなるを御覧ずるにもうらやましくて、いつとなく埋《む》もれ給へるもあやしかりぬべければ、さりげなくもてなして、子《ね》の日の御拝《はい》に参り給ふ。

見れば、今日はことさら人々もきよらを尽くしたるに、宣旨、侍従の内侍などは、ただ今ぞのぼる。内裏《うち》は、この御方にわたらせ給ふほどなれば、やがて御簾《す》のうちに入り給ひぬ。一一中将、兵衛の君などぞ、さぶらふ。中宮は、ものつつましげにおぼしたれど、内裏《うち》おはすれば、一二御几帳引き寄せなどもし給はず、うちそばみてゐ給へり。梅襲《むめがさね》の上に、紅《くれなゐ》の御小袿《こうちき》、青き御単衣《ひとへ》など、なつかしげに着なし給へるぞ、ただ今、開《ひら》けはじむる紅梅の心地して見え給ふも、例の胸うち騒ぎてさぶらひ給ふ。

(中納言)今日はなほ子《ね》の日の松をひきそへてみどりに深きわが
　一三思ひかな

一四心は雲の上ながら立ち帰りぬ。

のごろの忙しさにまぎれて、お眠りになれなかったからか、お召し物をゆるめて、ものに寄りかかって横におなりになったが、やはりうとうとすることもおできになれないので、御枕もとにある箏の御琴を引き寄せて、おかき鳴らしになると、女御②のかき鳴らす御爪音がふっと思い出されてきて、御胸が苦しくなるまで恋しくお思いになられてくる。

○第二段

[三]　こうして、年もあらたまった。中納言③は、宮中にお仕えする人たちをはじめとして、みすぼらしい、身分の低い者たちの垣根まで、物思いがなさそうであるのを、ご覧になるにつけてもうらやましくて、いつということなくいつもふさぎこんでいらっしゃるのもおかしなことに違いないので、さりげなくふるまって、子の日のご拝礼に参内なさる。

あたりを見ると、今日は格別に女房たちも美しさの限りを尽くして着飾っているが、宣旨や侍従の内侍などは、たった今、中宮②のもとに参上する。帝①は、この中宮②のお部屋にお越しでいらっしゃる折なので、中納言③も、そのまま御簾のなかにお入りになってしまう。中将、兵衛の君などが伺候している。中宮は、何となく気恥ずかしいようにお思いであるけれど、帝がいらっしゃるので、御几帳を引き寄せなどもなさらず、ちょっと横を向いて座っていらっしゃる。梅襲の色目の衣の上に、紅の御小袿をはおって、青い御単衣などを、親しみを感じさせるように着こなしていらっしゃる様子

つくづくとおぼしつづくるに、御面影、身に添ひぬる心地してあさましく、世の常ならぬこととおぼし返せど、心は心として、思ふにかなはぬぞ悲しき。

○ 第三段

[四] 関白の姫君[4]が入内、中宮[2]苦悩する

二月十日、殿の姫君、内裏《うち》に参り給ふ。儀式など、言へばさらなり。[二五]何ごとのめづらしききよらを尽くし給ふ。

まだ見ぬ人のゆかしさはつゆもおぼさず、(帝)「つゆばかりも心おき給ふな。いかならんことにか、心うつりなん」と、[二六]ひめもすに語らひ給ふ。暮れぬれど、なほ出でやらせ給はぬを、中宮はかたはらいたくおぼして、「とく、とく」と、そそのかし給へば、からうじて出でさせ給ふ。

御なさけ浅からぬほどは、かたじけなく見たてまつらせ給ふ。うつりやすき御心のみぞ、うしろめたきや。まどろまれ給はぬままに、かねて思ひしことぞかし、と、おぼし返せど、なほ袖よりあまる涙ぞところせき。

は、たった今、咲きはじめた紅梅の花の感じがするようにお見受けされるにつけても、中納言[3]はいつものように中宮への恋の思いに胸がざわざわして、お側に控えていらっしゃる。

小松を引くという子の日の今日は、やはり、いつもの中宮への恋の思いに、小松を引き加えて、松の深いみどりの色のように、私の恋の思いはいっそう深くなったことだ。

中納言は、心は宮中の中宮のもとに残して、上の空の状態で我が家に立ち帰った。

じっとお思いつづけていると、おどろきあきれて、中宮[2]の御面影が、我が身に寄り添った感じがして、こうした気持ち（妹への恋の思い）は世間普通ではなく、あってはならないこととお思い返しになるけれど、そう思う心は心として、中宮に対する恋しい思いにはかなわないのが、悲しいことである。

○ 第三段

[四]　二月十日、関白殿の姫君[4]が入内なさる。その折の儀式のすばらしさなど、今さら言うまでもない。何ごとにつけても、今まで見たこともないような、善美の限りをお尽くしになる。

帝[1]は、まだ見たことのない人[4]にお会いしたいとは少しもお思いにならず、「ほんの少しばかりでも、心に隔てをお置きにならないでくださいね。いったいどのようなことに、

[五] 関白の姫君[4]、召されて帝[1]のもとに参る

内裏《うち》には、中宮の御ことのみ[一七]心苦しく、いたういそがれ給はねば、夜も更けゆけど、[一八]かたはらいたくて、御のぼりあるべ[一九]きよしの御使ひあれば、のぼり給ふ。

かくのみおぼしめしなれたる[二〇]御目うつりなれば、なぞらへならんだに御心うつろふものなきに、まして御手あたり、ことのほかにおぼえ給ひて、いつはりの御言の葉も、もの憂くぞおぼしめす。まだ夜深きに、おりさせ給ひぬれば、[二一]弘徽殿《こうきでん》のぼらせ給ふべきよしあれど、いかが、とつつましくてのぼらせ給はねど、やがてこの御方へぞわたらせ給ふ。いとどしき御目うつり、日ごろにもなほすぐれて、めづらしさ添ひておぼえ給ふ。

私の心が移ったりしましょうか」と、終日、中宮[2]とむつまじくお言葉をお交わしになる。日が暮れてしまうが、帝は、やはり中宮のお部屋からお出になれずにいらっしゃるのを、中宮は見るに見かねて、困ったこととお思いになって、「早く、早く」とせき立てなさるので、帝はようやくのことで、お出になられる。

中宮[2]は、自分に対する帝[1]のご厚情が浅くはない様子であることを、もったいないことと拝見なさる。変わりやすい帝のお心だけが、気がかりなことであるよ。うとうともお眠りになれないままに、こうなることは前もって覚悟していたことだわ、とお思い直しになるけれど、やはり袖に包みきれない涙が、所狭しとあふれてしまう。

[五] 帝[1]は、中宮[2]の御ことばかりが気がかりで、たいしていそぐお気持ちにもおなりになれないので、夜も更けていくけれど、周りの者がどう思うかきまりが悪くて、関白殿の姫君[4]のもとへ、ご参上なさるようにという旨を伝えるご使者が遣わされたので、姫君[4]は帝のもとに参上なさる。

帝は、ただこのように、中宮をいとおしくお思いになり、なれ親しんできた御目で関白殿の姫君をご覧になるので、中宮と同列にみなせるような人に対してでさへ、お心が移るものでもないのに、ましてこの姫君[4]は、お手にふれた感触が思いのほかにがっかりであるとお感じになって、お心にもない嘘のお言葉を口になさるのも気が重いとお思いになる。まだ、夜も深いなか、関白殿の姫君を退出させておしまいにな

○第四段

［六］中納言[3]、妹・中宮[2]への思いに胸を焦がす

中納言、月日の過ぎ行くにつけても、思ひは消ゆることなく、[二二]日に添へてながらふべき心地もし給はず。なほ、[二三]高間《たかま》の山の白雲は、胸のみ焦がれ給ふ。春の日ののどやかなるにつけても、つくづくとながめ暮らし給ふ御けしき、いと心苦しくなん。

（中納言）おのれのみ岩うつ波の[二四]くだけつる[二五]かひなき浦に[二六]朽つる袖かな

とのみぞ、おぼしつづくる。

［七］中将[8]、参内も怠りがちの中納言[3]を見舞う

[二七]中将、内裏《うち》より出で給ひて、やがてこの御方へおはして、御物がたりなど申し給ふ。内裏《うち》などへもおぼろけにては参り給はず、[二八]さめやかに御気色も変はりて見ゆれば、いかなるべきにかと悲しくて、うち涙ぐませ給ふ。御祈りなどもかひなきにや、殿、上も、おぼし嘆くさまの心苦しさは、御物の怪のするにや、と、あさましくおぼえ給ふ。（中将）「石山などに籠りて御覧ぜよ」とのたまへば、

ったので、弘徽殿（中宮）[2]が参上なさるようにという旨のお言葉があるけれど、「どうしたものかしら」と、遠慮されて参上なさらないが、帝はそのまますぐに、この弘徽殿（中宮）[2]のお部屋へお越しになられる。中宮の美しさとははなはだしく隔たった関白殿の姫君を見た後の御目で中宮をご覧になると、日ごろにもやはりましてすばらしく、新鮮さも加わってお感じになる。

○第四段

［六］　中納言[3]は、月日が過ぎて行くにつけても、中宮[2]への恋の思いは消えることがなく、日ましに生きながらえることができそうな気持ちもなさらない。やはり、遠くから眺めるだけで手の届かない、高間の山の白雲（妹・中宮[2]）への思いに胸が焦がれるばかりでいらっしゃる。春の日がのどやかであるにつけても、つくづくと物思いにふけって一日をお暮らしになるご様子は、とてもおいたわしいことで。中納言は、

岩を打つ波がくだけ散るように、私だけが、心もくだけ散ってしまうほどに妹・中宮を恋しく思うばかりで、恋しく思ってもそのかいもない浦で、袖は涙に濡れて朽ちてしまうことだ。

とばかりお思いつづけになる。

［七］　中将[8]は、宮中から退出なさって、そのままこの中納言[3]のお部屋へいらっしゃって、おしゃべりなど申し上げ

（中納言）我が心祈るしるしもあらじかし命を今はかぎり[二九]と思へば

御心のうちにおぼしつづくれども、ともかくも[三〇]いらへ給はず。

［八］月日が過ぎ行き、中宮[2]懐妊する

思ひ[三一]だにせず、嘆きがちにて、また[三二]夏も過ぎ、秋[三三]の初風やや身にしみて、もの心細さもいとどまさり[三四]行く。いかで[三五]過ぎ行く月日にか、とおぼすも、うらめしさまさるに、まことや、中宮こそ、この[三六]□より御心地、例ならず、ときこえさせ給ふを、御匣殿《みくしげどの》など、「さにこそ」と申せば、誰も誰も思しよろこび給ふことかぎりなし。

やうやう、「さぶらひ給はんこともいかがあるべからん。御出であるべし」など、申し給ふを、内裏《うち》には、いとどうれしき御[三七]ものから心苦しくて、御祈りひまなくせさせ給ふ。

なさる。中納言は、宮中などへも並大抵のことでは参内なさらず、頬の赤みも失せて青白く、御面持ちも変わったように見えるので、いったいどうなってしまうのだろうか、と悲しくて、中将は思わず涙ぐみなさる。ご祈禱などをなさってもそのかいもないのか、殿[5]も上[6]も嘆き悲しんでおいでの様子がおいたわしいにつけても、中納言のご病気は御物の怪のしわざではないかと、中将は、あきれるばかりにお思いでいらっしゃる。中将[8]が、「石山寺などに籠って、お試しなさいよ」とおっしゃると、中納言は、

私の心――妹・中宮への許されない恋の思い――は神仏に祈ったとしてもその効き目もないでしょう。成就するはずのない妹・中宮への恋の思いゆえに、我が命ももはやこれまでと思うのですから。

と、お心の中でお思いつづけになるけれど、中将には何ともお返事なさらない。

［八］　妹・中宮[2]への恋の思いは、古歌にいうように「逢ふを限りと思ふばかりぞ」と思うことさえできず、つい、ため息をついてしまうような有様で、また夏も過ぎ、秋の初風がいくらか身にしみて感じられて、何とはなく心細い思いもいっそうまさって行く。中納言[3]は、どのようにして過ぎて行く月日なのか、とお思いになるにつけても、うらめしさがつのるが、そういえば、そうそう、中宮はこの□から、おかげんがいつもと違う、と申し上げなさるのを、御匣殿などは「そういうこと（ご懐妊）では」と申し上げるので、誰もみ

な喜ばしくお思いになること限りない。
しだいに、「いつまでも宮中においでになられるというのもどうだろうか。ご実家にご退出あるべきだろう」などと申し上げなさるのを、帝1はご寵愛なさっている中宮のご懐妊ゆえいっそううれしいお気持ちがなさるものの、中宮の御身がご心配で、ご祈禱を絶え間なくおさせなさる。

○ 第五段

[九]第一皇子10が誕生、中納言3は大納言に昇進

かかるほどに、九月十二日、夕べより、中宮御気色ありて、御誦経《ずきやう》などし給ふ。殿のうち騒ぎあへり。内裏《うち》よりも御使ひひまなし。馬、車の音《おと》よりほかのこと、騒ぎののしるほどに、久しくもなやませ給はで、[三八]十三日、午《むま》の時ばかりに御産《さん》ならせ給ひぬ。

御よろこびどもなど、言へばおろかなり。内裏《うち》よりも、[三九]御佩刀《はかせ》参り給ふ。[四〇]今上《こんじやう》、一の宮にてぞわたらせ給ふ。関白殿など参り給ふ。ただ、そのほどのこと、こまかに申し尽[四一]くしがたし。

中納言は若宮の[四二]御伯父《をぢ》なれば、いとど重くのみなり給へれば、大納言になり給ひぬ。[四三]中将は、宰相になり給ふ。兵衛の督《かみ》は、少将になり給ふ。さまざまの御よろこびども、おしはかるべし。

[一〇]大納言3、妹・中宮2に直接、恋情を訴える

大納言は、官位《つかさくらゐ》もうれしともおぼされず、月日の過ぐるままに、ほれぼれしくのみなりまさり給ふ。暮れつ方、例のひまも

○ 第五段

[九] こうしているうちに、九月十二日の夕方から、中宮2は、ご出産の徴候があって、御誦経などをなさる。内大臣5家の邸内ではみんなが大騒ぎをしている。帝1からも、ご使者が絶え間なく遣わされる。馬や牛車の音はもとより、その他の加持祈禱のことなどを、大騒ぎをして、大声をはりあげて行なっているうちに、長くもお苦しみなさらずに、十三日の午の時ごろに、無事ご誕生におなりになられた。

若宮10ご誕生のお祝いごとの数々など、言っても言い尽くせない。帝1からも、御佩刀をさしあげなさる。若宮10は、当代の天皇の第一皇子でいらっしゃる。関白殿7なども、お祝いに参上なさる。ただもう若宮誕生にわく、その時分のことは、こと細かには申し尽くしがたい。

中納言3は若宮の御伯父であるので、いままでよりもいっそう重い地位になられるばかりで、大納言におなりになった。中将8は宰相におなりになる。兵衛の督9は少将におなりになる。さまざまなお祝いごとの数々は、みなさん、ご想像く

や、とおぼせば、大納言は中宮の御方へ参り給へり。

このほど、寝させ給はざりつる御つもりにや、几帳[四四]少したたみ寄せなどして、宮は御脇息におしかかりて、御殿籠《とのごも》[四五]らせ給ふ。御験者《げんじや》なども若宮の御方にあるにや、こなたには御人[四六]少ななり。幼き中将[四七]の君とてあるぞ、御殿油《とのあぶら》[四八]参らせん、とて立[四九]ちぬるに、少し近く寄りて、御腕《かひな》をとらへ給へば、あきれてあさましとおぼしたる御気色のらうたさの愛敬こぼるるばかりなり。少し面やせ給へるしも、光添へて、言はん方なくうつくし。

ともかくも聞こえやりたる方なく、むせ[五〇]返らせ給ふ御気色を、宮はあさましく、なほうつつともおぼえぬ御気色のうとましくて、動きもせられ給はず。人のあるを頼みにて、まことに消え返り給ふ御さまの、あやふげに見え給へば、はしたなくもえいさめ給はず。我[五一]も涙[五二]をためらひて、言ひ知らぬことどもをのたまひつづけ給へど、聞き入れ給はず。

(大納言)「かくまで見え給ふまじきを、心にもしたがはぬ身にならむ。思ひ返せど、なほ住みぬるも、我ながらうとましきを、ただこの世になが[五三]らへ□らんあとまでも、この世、後《のち》の世、

ださい。

［10］　大納言[3]は、官位が高くなったことも、うれしいというお気持ちにもなれず、月日が過ぎていくにつれて、ますますぼんやりと放心したようにばかりおなりになる。夕暮れ時、例によって、中宮[2]に会えるような機会でもあろうか、とお思いになって、大納言は中宮のお部屋に参上なさった。

若宮[10]誕生のお祝いでこの数日間、お眠りなさらなかったことが重なられたせいであろうか、几帳を少したたみ寄せなどして、中宮は御脇息にもたれかかっておやすみになっていらっしゃる。御験者なども若宮のお部屋にいるのか、こちらはお人数も少ない。まだ幼い、中将の君といって仕えている女房（侍女）が、ご燈火をおともしいたしましょう、と言って立ち去ったので、大納言は、少し近くに寄って、中宮の御腕をおとらえになるので、呆然としてあきれ果てたことと驚いていらっしゃる中宮のご表情の可憐さは、その魅力がこぼれ散るほどである。少し面痩せしていらっしゃるのも、輝きを添えて、たとえようもなくかわいらしい。

大納言[3]は、とにもかくにも、中宮[2]へのお気持ちをおしまいまで申し上げようにもすべがなく、何度も涙におむせになられるご様子を、中宮はあきれ果ててしまうばかりで、やはり現実のこととも思われない大納言のご様子が気味が悪くて、身じろぎをすることもおできになれない。中宮は、近くに女房がいるのを頼みとして、実際、消え失せておしまいになりそうなほど思いつめていらっしゃる大納言のご様子が、

[54]尽き□べくも侍らぬ思ひのみこそ」とて、
（大納言）心より思ひそめつる恋なればこの世ののちも尽きじとぞ思ふ
「前《さき》の世にいかなる報ひにてか、この世に知らぬ思ひに身をいたづらになし侍らん、と、あはれとだにのたまはせば、なからん後《のち》の思ひ出でにし侍らん。かくゆめばかり思ふこともらしぬれば、命も惜しからず。この世になき身とのみこそ[55]おぼえ侍れ」とて、
（大納言）消えなばや露の命のながらへてしばしあるべき心地だにせず
さて、[56]せきあへぬ御気色のらうたさは、言はん方なく心苦しければ、[57]ともかくもいらへ給はず。あさましく心苦しとおぼし入りたるもことわりなれば、かくてあるべきならで、立ち退《の》き給ひぬ。

命もあやうげにお見えになるので、ぶしつけにおいさめすることもおできになれない。大納言自身も、涙をおししずめて、どのように言ったらいいのかわからないながら、数々のことをおっしゃりつづけていらっしゃるけれど、中宮はお聞き入れなさらない。

「あなたに対する私の気持ちを、これほどまであなたにご覧になられないようにしよう、と思っていたのですが、そのような私の心にもしたがってくれない我が身でありまして。思い返してみても、やはりずっとこうしてここに住んできましたのも、我ながらいとわしいのですが、ただ、この世に生きながらえたとしましても、そのあとまでも、現世でも来世でも尽きるはずもないあなたへの思いだけが残ることでしょう」とおっしゃって、

誰のせいでもなく、自分の心から慕わしく思うようになった妹・あなたへの恋の思いですので、この世の後も、この思いは尽きることはあるまいと思うのです。

「前世でのどのような行ないの報いによってか、この世で聞いたこともない妹への恋の思いに、この身をむなしくしてしまうのでしょうか、と思われますので、せめてかわいそうに、とだけでもおっしゃってくださったならば、亡くなったあとの思い出にいたしましょう。こうしてほんの少しでも心に思うことを漏らしてしまいましたので、命も惜しくはありません。もはやこの世にはなき身と思われます」とおっしゃって、

○第六段

[一]故大納言③の遺児⑫、内大臣⑤家に引き取られる

[五八]宰相中将は、ありし折、こまごまと語らひ給ひしことの恋しく悲しくて、片時、立ち遅れてもあるべき心地もし給はず。世を背きて、かの菩提をも弔《とぶら》ひたてまつりたくおぼえ給へど、[五九]姫君のこと、心にかけてのたまはせし忘れがたさに、[六〇]思ひもえ立ち給はず。

[六一]惟方《これかた》を召して、姫君の御こと、こまやかに問ひ給ひて、[六二]上にこのよし申し給へば、(上)「形見に見るべき人だにとどめ置き給はざりけるにや、と、うらめしかりつるを」と、よろこび給ひて、いまだ[六三]御忌《いみ》の残りも多かるに、さまざまの物の具ども整へて、御迎へに遣はし給へり。

かしこには、大納言のこと聞き給ひてのちは、ものなども見入れず、あるかなきかに消え入り給ふに、また姫君の御迎へに、と、聞き給ふに、「今はいとど何にか慰みて過ぐさん」と、ひきかづきて動きやらぬさまもことわりなれど、乳母、さまざまにこしらへつつ、[六四]「この世のことに、今は何ごともおぼしも捨てて、亡き人の御菩提をも、のど

いっそ消えてしまいたいものです。露のようにはかない命ですので、生きながらえても、ほんのわずかも生きていられそうな気持ちさえいたしません。

そうして、涙もせきとめきれない大納言③のご様子のいじらしさは、言いようもなく胸が痛むので、中宮②は何ともお返事なさらない。中宮があきれ果てて困ったこととふさぎこんでいらっしゃるのも無理もないので、こうしたままいつまでもいるべきでもなくて、大納言③はお立ち去りになってしまった。

○第六段

[一]　宰相中将⑧は、故大納言③がかつてのあの折、こまごまとお話しなさったことが、恋しくまた悲しくて、ほんのわずかでもあとに残されたままでは、生きていけそうな気持ちもなさらない。出家をして、あの故大納言の菩提をもお弔い申し上げたくお思いになるけれど、生前、大納言が、姫君⑫のことを気にかけて、おっしゃっていたことの忘れがたさに、出家の決心もおできになれない。

宰相中将⑧は、惟方を召して、故大納言の忘れ形見の姫君⑫の御ことを詳しくお聞きになって、上（大納言の母）⑥にこの旨を申し上げなさったところ、「形見として見るべき人さえ、残してお置きにならなかったのか、とうらめしく思っていたのですが」と、お喜びになって、まだ、御忌が明けるまでの日数も多く残っているというのに、さまざまなお道具

かにてとひ給へ」など言へば、頭《かしら》もたげて見送るに、髪は眉の上にかかりて、愛敬づきうつくしきに、ありし面影のふと思ひ出でらるるにぞ、またかきくらしぬるや。

類を数々そろえて、姫君のお迎えのために使者をお遣わしなさった。

あちらでは、大納言死去のことをお聞きになってからは、女君11はお食事などに目をお止めになることもなく、生きているのかいないのかもわからないほどに、悲しみに消え入らんばかりでいらっしゃるのに、そのうえまた、姫君12のお迎えに使者が参上したとお聞きになるにつけても、「姫君までいなくなってしまったなら、今はいっそう、何によって、大納言を亡くした悲しみを慰めて過ごせようか」と、衣をひきかぶって動くこともできそうにない様子であるのももっともなことではあるけれど、乳母がいろいろとくり返しなだめて、「この世のことに、今となっては何ごとも執着するお気持ちをお捨てになって、亡き人3の御菩提をも、心のどかにお弔いなさいませ」などと言うので、女君11が頭を起こして姫君を見送ると、姫君の前髪は眉の上にかかって、こぼれるような魅力があり、かわいらしいにつけても、亡き大納言殿のありし日の面影がふっと思い出されてくるので、また涙で目の前が真っ暗になってしまったことだとか。

注

一　内大臣殿の御方さまには—底本「内大臣殿ゝ御かたさまもは」。「御方さま」は、内大臣殿の娘である女御をさす「御方」に、さらに敬意が加わった言い方か。あるいは、内大臣家のほうでは、の意か。『とはずがたり』に「女院の御方ざま」（新潮日本古典集成・二四頁）が見える。なお、底本「もは」は、九曜文庫本・穂久邇文庫本とも同じ本文を有するが、文意がつづかないため「には」に改めた。第五段「立ちぬるに」（二七八頁）の「に」にでも、底本の甲子園学院本「に（耳）」・九曜文庫本「も（毛）」というように、「に」と「も」の誤写が認められることも参考になるか。注四九参照。

二　心まよひ—「心まよひ」は平安時代の物語類には見かけない表現。『源氏物語』などでは「心まどひ」。参考『古今著聞集』「いよいよ心まよひせられて」（新潮日本古典集成・上三八五頁）。

三　聞こえ—底本では「きこゑ」の「ゑ」の左側に小さな「〇」と思しきものが付され、「ゑ」の右側に「え」が並記。九曜文庫本も底本に同じだが、小さな「〇」は明らかに円形となっている。穂久邇文庫本は「きこゑ」とあるのみで、並記ナシ。

四　連理の契り—白居易の『長恨歌』において、玄宗皇帝が楊貴妃と誓った言葉「七月七日長生殿、夜半人なく私語の時、天にありては願はくは比翼の鳥となり、地にありては願はくは連理の枝とならんと」を引く。生まれ変わっても比翼の鳥、連理の枝となろうと誓ったことを踏まえ、二人の愛情が深く、けっして変わることがないというたとえ。連理の枝は、二本の木の枝や幹が、連なって一体となっているもの。比翼の鳥は、伝説上の鳥で、雌雄それぞれ一目、一翼で、常に一体となって飛ぶというもの。

五　おぼし寄らざりつるに—底本では「おほしよらさりつるに」。九曜文庫本では「よ」が「か」となっている。穂久邇文庫本は底本に同じ。

六　御車—輦車《てぐるま》をさすか。

七　子一つ—午後十一時から十一時半ごろ。

八　御送りなどして—中納言は誰の「御送り」をするのか、わかりにくい。妹である新中宮参内のお供として参内した中納言が、そのまま帝のもとに午後十一時半ごろまで伺候し、帝を新中宮のもと（弘徽殿。注三三参照）に「御送り」し、自身は退出したととっておく。新中宮参内については『栄花物語』「かかやく藤壺」が参考になる。『栄花物語』では、新中宮として参内した彰子のもとを、一条帝が訪れている。ただし、中納言が妹の新中宮のもとにそのまま伺候し、新中宮が帝のもとに参上する「御送り」をしたものと考えられなくもない。

九　寝られ—底本では「ねられねられ」とあるが、誤写と判断し改めた。九曜文庫本・穂久邇文庫本も底本に同じ。

一〇　御装束くつろげて―底本「御さうそくつろけて」。九曜文庫本・穂久邇文庫本も底本に同じ。「御さうそくくつろけて」あるいは「御さうそくゝつろけて」とあるべきところ、「く」あるいは「ゝ」の一文字が脱落したものと判断し補った。

一一　中将、兵衛の君―中野幸一氏「『下燃物語』の残欠絵巻について―後期物語の新出資料」（笹淵友一編『物語と小説―平安朝から近代まで』明治書院、一九八四年四月）では、「中将の君」「兵衛の君」と解して、どちらも女房名とされるが、第五段（二七七頁）にも「中将」と「兵衛の督」が続いて見出せ、「君」と「督」の違いはあるものの、同一人物の可能性もあるか。第五段では、今上帝の第一皇子誕生にともない、皇子の伯父（叔父とも。皇子の母・中宮の兄弟にあたる）という理由から中納言[3]が大納言に昇進、「中将」「兵衛の督」もそれぞれ「宰相」「少将」に昇進しており、中納言の弟たちをさすものと推定される。ただし、第五段では、「中将」「兵衛の督」のどちらも「なり給ふ」と、尊敬語「給ふ」が用いられているのに対し、第二段では「さぶらふ」とあって尊敬語が用いられていないことから、「中将、兵衛の君」は女房名と解すべきか。

なお、本絵巻では、「中将の君」の例が一例のみ、第五段（二七八頁）に「幼き中将の君とてあるぞ」と認められる。こちらは明らかに女房名であり、かつ、はじめて物語に登場する人物を紹介するような書き方となっており、第二段の「中将」が女房名だとすると両者の関係が気にかかる。さらに検討したい。

一二　御几帳―底本では「御木丁」。九曜文庫本・穂久邇文庫本も底本に同じ。

一三　思ひかな―底本では「なみたかな」の右上部に「おもひ」が並記されている。九曜文庫本・穂久邇文庫本も底本に同じ。

一四　心は雲の上ながら―「雲の上」には、宮中の意に、うわのそら、気もそぞろの意がかけられていると解した。

一五　何ごとの―底本は「なにごとのめづらしききよらを尽くし給ふ」という文脈であり、「なにごとの」はわかりにくい。なにごとにつけても、と解しておく。九曜文庫本・穂久邇文庫本も底本に同じ。

一六　ひめもすに―「ひねもすに」に同じ。朝から晩まで一日中、終日、の意。

一七　心苦しく―底本は「こころかるしく」とよめるが、文意が通らないため「く」に改めた。九曜文庫本・穂久邇文庫本も底本に同じ。

一八　かたはらいたくて―文脈わかりにくい。関白殿の姫君を召さないのでは、周りの者たちがどう思うか気がひけて、帝はしぶしぶながら参上すべき旨の使者を関白殿の姫君のもとに遣わし、姫君が参上されたと推定しておく。

一九　よし―底本・穂久邇文庫本は「よし」。九曜文庫本では「かし」。

二〇　御目うつり―本絵巻では、六行先にも「御目うつり」とあるが、『源氏物語』では「目うつし」。ただし、『狭衣物語』

『栄花物語』では「御目うつり」。

二一　弘徽殿―底本では「こうき殿」。「弘徽殿」の呼称はここ一例のみ。内大臣の娘の宮中での殿舎が弘徽殿であったと考え、中宮[2]をさすと推定した。

二二　日に―「に」は、底本では「耳」を字母とし、明確に判読できるが、九曜文庫本は字母がわかりにくく、「に」と判読しにくい。穂久邇文庫本は「尓（爾）」を字母とするが、「に」と明確に判読できる。

二三　高間の山の白雲―引歌「よそにのみ見てややみなんかづらきや高間の山の峰の白雲」（『新古今集』恋一・九九〇・題知らず　読人しらず。『和漢朗詠集』雲・四〇九・第三句「かづらきの」）により、中納言にとって、遠くから眺めるだけで手の届かない恋の相手、妹・中宮[2]をさす。

二四　くだけつる―底本では「き」の右側に「け」と並記。九曜文庫本も底本に同じ。穂久邇文庫本では、「け」の並記ナシ。「くだき」だと四段活用の連用形で、こなごなにする、うちこわす、の意。「くだけ」だと下二段活用の連用形で、こなごなになる、こわれる、の意。

なお、この中納言歌は、「風をいたみ岩うつ波のおのれのみくだけてものを思ふころかな」（『詞花集』二一一・冷泉院東宮と申しける時、百首歌たてまつりけるによめる　源重之）が本歌と認められることからも、「くだけ」がふさわしい。

二五　かひなき浦―恋しく思ってもそのかいがない、の意に、貝がない、の意をかける。

二六　朽つる袖かな―「朽つる」は上二段活用「朽つ」の連体形。袖が涙に濡れて朽ちてしまうほどであるということ。

二七　中将―中納言[3]の弟と推定した。注四三参照。なお、中野幸一氏（注二中野論文）は、この中将について、関白家の子息で中納言の親友とされる。中島正二氏「『下燃物語』覚え書き」（『むろまち』第三集、室町の会、一九九八年十二月）でも、中野説に賛同している。

二八　さめやかに―見かけない表現。色がさめた様子をあらわすか。中納言の顔から赤みが消え失せ、病人のように青白くなったことをさすと解しておく。

二九　かぎりと思へば―底本では「かきりとそ見る」の「そ見る」の右側に「おもへは」と並記。九曜文庫本・穂久邇文庫本も底本に同じ。

三〇　ともかくもいらへ給はず―底本では「かくもいらへたまはす」。上接する「おぼしつづくれども」の「とも」のくり返しが脱落して「かくも」となってしまったものと推定し、「ともかくも」と改めた。何ともお返事なさらない、の意。『鎌倉時代物語集成　第七巻』所収『下燃物語』（二一九頁）でも「とも脱カ」という注記がある。

三一　思ひだにせず、嘆きがちにて―「思ひだにせず」は底本では「思たにせす」。九曜文庫本・穂久邇文庫本も底本に同じ。引歌文意がとりにくいが、次の引歌によるものと推定した。引歌「我恋の一筋ならず悲しきは逢ふを限りと思《おもひ》だにせず」（『狭衣物語』巻二。内閣文庫蔵本・岩波日本古典文学大系底本）。引歌は狭衣大将の歌だが、「我が恋はゆくへも知らずはてもなし逢ふをかぎりと思ふばかりぞ」（古今集）を踏まえ、源氏の宮、女二の宮、飛鳥井の女君に対する狭衣大将の成就することを望めない恋の苦悩をよんだものと思われ、『下燃物語絵巻』の中納言の恋の苦悩と重なる。ただし、この狭衣歌は、諸本によって異同があり、流布本系統では「我が恋のひとかたならず悲しきは逢ふを限りの頼みだになし」（旧東京教育大学国語国文学研究室蔵本・新潮日本古典集成底本）となっており、引歌表現とは認められなくなる。

なお、「思たにせす」の読みは、狭衣大将歌の古典大系本の読みを参考にして「思ひだにせず」としたが、『源氏物語語彙用例総索引』を調べると、「だに」は、体言を受けることが多く、活用語では、形容詞や形容動詞で連用形をとる例があるものの、動詞・助動詞では連体形がほとんどであり、「思ふだに」の例も認められることをつけ加えたい。

三 また夏も過ぎ―春が過ぎ、また夏も過ぎ、の意と解したが、内大臣の娘が中宮となってから、ふたたび夏が過ぎたということで、二年目の夏、ともとれるか。

三 秋の初風やや身にしみて―「いつしかと秋の初風身にしみてものがなしさをそふるけふかな」（『言葉集』二七一・読人しらず）を引歌とするか。『言葉集』とは、平安最末期、惟宗広言編になる私撰集。歌学書『和歌色葉』（建久年間成立）などに名が見える。

三四 まさり行く―底本では「まさり行」とある。九曜文庫本・穂久邇文庫本も底本に同じ。本書では「行く」としたが、「行き」とも読めるか。

三五 いかで過ぎ行く―「袖にだに雨も涙もわかれぬにいかで過ぎゆく秋にかあるらん」（『斎宮女御集』一五八・おほむかへし）を引歌とするか。引歌によらなくとも文意が通ることから、引歌を前提としない表現とも思われるが、『新編国歌大観』によると「いかですぎゆく」の歌句をもつ歌はこの斎宮女御徽子（九二九～九八五年）の歌のみ。

三六 この□より―底本では「この」と「より」の間に、一文字分ほどが空白となっている。九曜文庫本・穂久邇文庫本も底本に同じ。中宮の妊娠の徴候である「つわり」が始まった時期が記されていたものと思われる。底本のもとになった絵巻の詞書が、損傷などにより判読しにくくなり、その判読できなかった文字に相当するスペースを空欄としたものだろう。九月十三日に皇子が生まれていることを考え合わせると、十二月初旬ごろに懐妊したものと推定される。空欄には、「春」などの文字があったものかと推定される。

三七 御ものから―底本では「御物から」。九曜文庫本・穂久邇文庫本も底本に同じ。「ものから」は、形式名詞「もの」に格助詞「から」が複合してできた接続助詞。「御」は、一見すると名詞「物」についたように思われるが、「ものから」はひとつの助詞であり、助詞に「御」をつけるのは不審。

三八 十三日、午の時―中宮彰子（藤原道長女）を母として、一条天皇の第二皇子敦成親王（のちの後一条天皇）が誕生したのが、九月十一日の午の時である。本物語で第一皇子の誕生が九月十三日の午の時となっているのは、敦成親王誕生を意識しているか。

三九　御佩刀―「御佩刀」は、底本では「御はかせ」。平安時代の物語では「御はかし」。九曜文庫本・穂久邇文庫本も底本に同じ。

四〇　今上―底本では「こん上」。九曜文庫本・穂久邇文庫本も底本に同じ。

四一　がたし―底本・穂久邇文庫本では「かたし」。九曜文庫本では「し」を書き損じたのか、右側にあらためて「し」と並記。

四二　御伯父―底本では「御をち」。中納言が若宮の「をぢ」という記述により、中納言が中宮にとっての兄弟であることが確認できる。ただし、中宮の兄（伯父）であるのか、弟（叔父）であるのかは不明。かりに、中宮の兄と解しておく。

四三　中将…兵衛の督―若宮の伯父ゆえに昇進した中納言[3]につづき、中将も兵衛の督も昇進していることから、中納言[3]の弟たちと推定した。注二七参照。なお、「中将は、宰相になり給ふ」とあるが、この人物は、第六段の「宰相中将」と同一人物[8]と推定されることから、宰相を兼任したということだろう。

四四　几帳―底本では「木丁」。九曜文庫本・穂久邇文庫本も底本に同じ。

四五　御殿籠らせ給ふ―底本では「御とのこもらせ給」。九曜文庫本・穂久邇文庫本も底本に同じ。『源氏物語』など平安時代の作品では、「大殿籠る（おほとのごもる）」が一般的。

四六　御人少な―形容動詞の語幹「人少な」に「御」がついた形。

四七　中将の君―中宮つきの女房。なお、中将の君は「幼き中将の君」とあるが、女房名をもらって出仕していることから、裳儀をすませたばかりの十二〜十四歳ぐらいということか。あるいは「幼き」には、考えが未熟だという意もこめられているか。注二一参照。

四八　御殿油―底本では「御とのあふら」。九曜文庫本・穂久邇文庫本も同じ。平安時代の作品では「大殿油（おほとのあぶら・おほたなぶら）」が一般的か。大殿（御殿）でともす油火のあかりのこと。なお、第一段（二七一頁）にも「御とのあふら」の例が見える。

四九　立ちぬるに―底本では「たちぬるに」。助詞「に」について、九曜文庫本では「も」、穂久邇文庫本では「も」の左側にミセケチを付し、右側に「に」を並記する。文脈としては「に」がふさわしい。

五〇　むせ返らせ給ふ御気色―『源氏物語』若紫巻における、父帝の后・藤壺との逢瀬で見せた光源氏の切迫した様子「むせかへらせたまふさまも、さすがにいみじければ」（日本古典文学全集『源氏物語　一』三〇六頁）を踏まえるか。父帝の后である藤壺への光源氏の思い、妹・中宮への大納言（中納言）の思いは、ともに許されない恋という点で共通する。

五一　我も—大納言の様子ととったが、中宮の様子とも解されるか。

五二　涙をためらひて—「ためらふ」は、たかぶる気持ちや病勢を落ち着かせる意で、「涙をためらふ」は聞きなれない言い方か。

五三　ながらへ□らん—底本では「なからへ」と「らん」の間に一文字分ほどが空白となっている。空欄は「侍」と推定される。九曜文庫本・穂久邇文庫本も底本に同じ。

五四　尽き□べくも—底本では「つき」と「へくも」の間に一文字分ほどが空白となっている。空欄は「ぬ」と推定される。九曜文庫本・穂久邇文庫本も底本に同じ。

五五　こそおぼえ侍れ—底本では「こそおほえ侍」。底本では「侍」とのみあり、送り仮名が記されていないが、係り結びの法則にしたがい「侍れ」とした。ただし、時代の下降にともない結びのくずれも見られなくはないため、「侍る」とも考えられるか。ちなみに、『下燃物語絵巻』の詞書中、この例の他に「こそ」は三例認められるが、それらはいずれも会話文の文末であったり、受けるべき文章を省略した、言いさした形となっており、「こそ」の結びの活用形をどのように捉えていたのか知ることはできない。なお、底本「こそおほえ侍とて」を、中野幸一氏の翻刻（注二中野論文所収）では「こそおほえ侍らて」と読んでいる。

五六　せきあへぬ御気色—大納言の様子ととったが、中宮の様子とも解されるか。

五七　ともかくもいらへ給はず—「給はず」を終止形と解して文を切ったが、連用形と解することもできるか。

五八　宰相中将は、ありし折—第四段にて中将[8]（宰相中将）が、中納言[3]（大納言）を見舞った折のことをさすか。なお、本絵巻の第五段と第六段の間に、大納言[3]が死去したことが語られていた箇所があったか。いずれにせよ、第五段と第六段の間には時間の経過が想定できるが、第五段の切迫した大納言の様子を思うと、大納言が亡くなった時期は、第五段の数年後というよりも数ヶ月後と考えたほうが自然か。

五九　姫君のこと—故大納言[3]の遺児[12]のこと。本絵巻では、この遺児について述べられた箇所は、他にはまったく見えない。大納言は、生前、この姫君について宰相中将に話していたものと推定される。この姫君は、大納言とある女君[11]との間に生まれた娘と推定される。大納言の母[6]は、その女君の存在も姫君の存在も知らないことから、正式な結婚ではない。

なお、中野幸一氏（注二中野論文による）は、この姫君を、大納言と中宮との間の秘密の子とされる。かりに、中宮を、この姫君の母とした場合、父親が兄・大納言であるということを隠し通すことは可能かもしれないが、皇女として生まれたはずの姫君を、中宮の母がその誕生をさえ知らなかったというのは不自然である。あるいは、中宮が隠れ家のようなところで、兄・大納言との間の秘密の子を、中宮自身の母にも知らせず、内密に出産したと考えることもできるかもしれないが、第六段後半では姫君とその母が生活をともにしているように描かれており、そのようなことは中宮という立場上、むずかしいのではないか。注六四参照。中島正二氏（注三七中島論文による）も、姫君の母親は中宮ではなく、「中宮の形代」のような女性ではないかとされる。

六〇　思ひもえ立ち給はず―「思ひ立つ」で決心するという意の動詞と考えられる。「え」の位置がやや不自然か。

六一　惟方―底本では「これかた」。大納言[3]の腹心の従者であろう。九曜文庫本・穂久邇文庫本も底本に同じ。かりに漢字をあててみた。

六二　上に―底本では「うゐ」とあるのみだが、「上に」とありたいところと考え「に」を補った。九曜文庫本・穂久邇文庫本も底本に同じ。なお、「上」は内大臣の北の方で、故大納言[3]の母にあたるが、私見によると宰相中将[8]にとっても母となる。

六三　御忌の残り―御忌（喪）が明けるまでに、残された日数のこと。「御忌」は四十九日の忌とも一周忌とも考えられようが、つづく物語の内容（大納言のひそかな通い所であった女君のもとでは、大納言死去の知らせを聞いてから、女君は生きているのかいないのかわからないほどに悲しみにくれているというのに、今また、姫君が故大納言の実家にひきとられていくのでは何によって、大納言を亡くした悲しみを慰めて過ごせようか）の切迫した雰囲気を踏まえると、大納言の死後数ヶ月も間をあけての姫君の引き取りとは思いにくいので、四十九日の忌があける前に、の意と推定した。

六四　この世のことに、今は何ごともおぼしも捨てて、亡き人の御菩提をも、のどかにてとひ給へ―乳母は女君に、出家をして故大納言の菩提を弔う（冥福を祈る）ようにすすめている。
なお、この女君を中宮[2]とする見方（注五九参照）もあるが、中宮という社会的地位のある女性に対して、乳母の一存で出家をすすめるというのは不自然ではないだろうか。通っていた男君の死去にともない、姫君を男君の実家である内大臣家に手放さざるを得ない状況を考えあわせると、この女君は、内大臣家よりも身分の低い、あるいは出自は高くとも今は零落した暮らしを余儀なくされている女君と解するのがふさわしいと思われる。

梗概・絵の説明・系図

梗概

第一段

関白家の姫君[4]が二月に入内されるという噂から物語ははじまる。帝[1]には、内大臣家の姫君[2]が、すでに女御として入内していた。帝は内大臣家の姫君の不安を思いやり、后にするべく決意する。内大臣[5]の喜びはいうまでもない。関白[7]は、思いがけないなりゆきに世間体を気にするが、今さら娘の入内を中止することもできない。

内大臣家の姫君[2]は、后の宣旨を受けて退出、三日後に、中宮として参内する。兄（弟とも）・中納言[3]は、妹（姉とも）・中宮[2]のお供として参内する。中納言は、帰宅後、妹への恋の思いを紛らわそうと、経典を読み、横になるが眠れない。箏の琴をかき鳴らしてみると、妹・女御（中宮）の爪音が思い出されてきて胸が苦しくなる。

第二段

新年となり、引き籠りがちの中納言[3]も、子《ね》の日の拝礼に参内する。帝[1]が中宮[2]のお部屋にお越しの時だったので、中納言も妹・中宮の御簾のなかに入ってしまう。中宮は気恥ずかしく思って横を向いているが、咲き始めたばかりの紅梅のような中宮の姿を目にして、中納言は胸がどきどきする。帰宅し、中宮のことを思いつづけていると、中宮の面影がわが身に寄り添うように感じられて、あってはならないことと思い返そうとするが、やはり妹・中宮への恋の思いをとめることができない。

第三段

二月十日、関白家の姫君[4]が入内する。しかし、帝[1]は、関白家の姫君にはまったく心ひかれず、終日、中宮[2]への変らぬ愛を語りつづける。帝の様子を見るに見かねた中宮は、帝に退出をうながす。中宮は、予期していたことではあるが、やはり涙があふれる。帝は、中宮のことばかりが心配で、関白家の姫君を召すのを急ぐ気にもなれないが、ようやくお召しになる。

中宮を深く思っている帝にとって、中宮と同列にみなすことができるほどの女性でさえ、心が移るものでもないが、ましてこの姫君は、手にふれた感触ががっかりであると思われて、まだ夜も深いなか退出させ、入れかわり弘徽殿（中宮）[2]が参上するように伝えられるが、中宮が遠慮して参上しないでいると、帝は中宮のお部屋にお越しになる。帝は、日ごろにもまして中宮をすばらしいと感じる。

第四段

中納言[3]は、月日が過ぎて行くにつけても、妹・中宮[2]への恋の思いは消えることがなく、日ましに生きながらえることができそうな気もしない。のどかな春の日も、物思いをして暮らす。

宮中から退出した中将[8]は、そのまま中納言を見舞い、青白い顔色の中納言を見て悲しみ、物の怪のせいではないかと石山寺への参籠をすすめるが、妹への許されない恋ゆえの病と自覚している中納言は、返事をしない。

夏が過ぎ、秋の初風が身にしみる季節も過ぎる。中宮は、懐妊している。中宮を実家（内大臣邸）に退出させるよう申し出があり、帝[1]は、中宮の懐妊をうれしく思うものの心配でもあり、ご祈禱を絶え間なく行なわせる。

第五段

九月十三日、午《うま》の時に、中宮[2]に皇子が誕生する。今上天皇の第一皇子[10]である。中納言[3]は、若宮の伯父（叔父とも）にあたるため、大納言となる。中将[8]は宰相中将に、兵衛の督[9]は少将となる。

大納言[3]は官位があがったこともうれしいとも思えない。夕暮れ時、中宮に会えるような機会でもあろうかと、中宮のお部屋へ参上したところ、中宮は日ごろの寝不足が重なったためか、脇息に寄りかかって、おやすみになっている。験者なども若宮（誕生した皇子）[10]の方にいるのか、こちらは人少なである。中将の君という幼い侍女が燈火の準備のために席をはずした折、大納言[3]は中宮の腕をとらえて、とうとう胸に秘めた恋の思いを、涙にむせながら告白してしまう。中宮は、あまりのできごとにあきれるばかりで、みじろぎもできない。大納言は、せめてかわいそうにとだけでも言ってほしい、恋の思いをもらした今は、命も惜しくはない、と訴えるが、中宮からの返事はなく、大納言はその場を立ち去る。

第六段

大納言（中納言）[3]亡きあとに場面は移る。宰相中将[8]は、亡くなった大納言を恋い慕い、出家して菩提を弔いたいと思うが、大納言が生前、姫君[12]のことを気にかけて話していたことが忘れがたく出家の決心もできない。惟方（大納言の腹心の従者であろう）を呼び寄せて、姫君のことを詳しく聞いた宰相中将は、大納言の母[6]に伝えると、大納言の母は、亡き息子[3]には、形見として見るべき子も残されていなかったのかとうらめしく思っていたが、こうして姫君が残されていたとは、と大喜びで、まだ四十九日の忌も明けていないのに、姫君[12]を迎えるために使者を遣わす。姫君の母にあたる女君[11]は、大納言の死の悲しみに加え、娘[12]までいなくなってしまったならば、何に心を慰めて生きていけようか、と嘆くが、乳母に「この世のことには、もはや何もかも執着をなくして、亡き人[3]の御菩提を弔いなさい」と言われて、姫君を見送ると、髪は眉の上にかかって可愛らしく、生前の大納言の面影がふっと思い出されてくるにつけても、涙で目の前が真っ暗になってしまったことだとか。

以上、大納言（中納言）[3]の中宮[2]に対する、兄妹の許されない恋の物語は、大納言の死という悲しい結末によって幕を閉じる。

絵の説明

第一段

三方を障子（襖）と几帳に囲まれた室内が描かれており、中納言[3]と思われる男性貴族が脇息にもたれている。烏帽子に袿姿で、左手に藍色の表紙の巻物（経巻）を持ち、前方には琴柱を立てた箏の琴が置かれている。油皿に火がともされた燈台の存在が、夜であることを示している。

第二段

御簾が巻き上げられ、障子、几帳に囲まれた室内に、中宮[2]と帝[1]と思われる貴族の男女が座っている。板の間には中納言[3]と思われる男性貴族が伺候し、女房も一人控えている。障子（襖）の向こう側の部屋には三人の女房たちが描かれる。詞書によると、中納言は子の日の拝賀のために参内し、妹・中宮のもとを訪ねたところ、帝が訪問していたため、中納言も御簾のなかに入って中宮の姿を目にしたとする場面であろう。室内の帝と思われる男性は、冠直衣姿のように描かれており、下襲の裾を長く引いている。中納言と思われる男性は右斜め後ろの上方から描かれ、襖に半身が隠れており、衣装ははっきり見えないが、冠をかぶっており、冠直衣姿か。

第三段

画面左奥の御簾のなかの部屋には帝[1]と、入内した関白家の姫君[4]が向かい合って座っている。手前の部屋には四人の女房たちが描かれる。実は、第三段の詞書には、帝が中宮[2]のお部屋でむつまじく語らう場面と、帝のもとに関白家の姫君を召している場面、ふたたび帝が中宮のお部屋を訪れた場面の三つの場面が展開しており、第三段の絵に描かれた御簾のなかの男女が、どちらのカップルを描いているのか、一見するとわかりにくい。ただし、細かくみると、御簾が巻き上げられた部屋の両端の障子には、鳳凰、桐の花、竹、といった天皇を象徴する景物が描かれていることから、この部屋が帝の住まいであることを示すと判断し、帝が関白家の姫君を召して語らう場面と推定した。帝は烏帽子にお引き直衣姿。

第四段

画面右側の室内では、二人の男性貴族が対座し、御簾が巻き上げられた画面左側の庭には、満開の桜の木と遣り水が描かれる。内大臣[5]邸の中納言[3]の部屋と推定され、体調をくずして家に籠りがちの中納言を、中将[8]が見舞った場面である。中納言と思われる男性は烏帽子に狩衣姿で、脇息にもたれ、右手には数珠をもつ。宮中に参内し退出したまま訪れたとする中将は、冠直衣姿。なお、中将の直衣の文様は、第二段の板の間に控えていた男性(中納言と推定)、第五段の中宮に対座する男性(大納言=中納言と推定)の直衣の文様と類似している。

第五段

大納言(中納言)[3]が中宮[2]に恋の思いを告白した場面で、画面右奥には、障子が閉められ、御簾も下ろされた室内に冠直衣姿の大納言が座り、その傍らで中宮が困惑したような表情で描かれている。画面左下では障子を開けて、油皿に火を点した燈台を、袖で包むように持って、幼い侍女(中将の君)が歩いてくる。草花の絵が描かれた障子も認められるが、大納言と中宮のいる部屋の障子には、岩肌と水しぶきをあげる川の流れの図様が描かれている。第四段の中納言歌「おのれのみ岩うつ波のくだけつるかひなき浦に朽つる袖かな」、ならびにその本歌「風をいたみ岩うつ波のおのれのみくだけてものを思ふころかな」(詞花集)を踏まえ、中納言の中宮に寄せる激情を象徴するか。

第六段

画面は、第一段から第五段の絵五図の平均的長さの二倍ほどの長さを有し、右半分には欄干のついた簀子に面した室内を、左半分には欄干のついた切れ目縁をめぐらした別棟の建物と庭を描く。右半分の御簾に囲まれた室内奥には、故大納言3の遺児の姫君12とその母にあたる女君11、さらに乳母と女房が描かれ、端近には孫娘にあたる姫君12を迎えるために、内大臣5家から遣わされた使者とおぼしき後ろ姿の女性が描かれる。庭には、松や楓が生い茂り、岩も見え、水量のある川が流れ、庭園というよりも山里の地形を生かした風情となっている。この女君の住まいが人里離れた、山里であったことを示すか。

登場人物系図
下燃物語絵巻

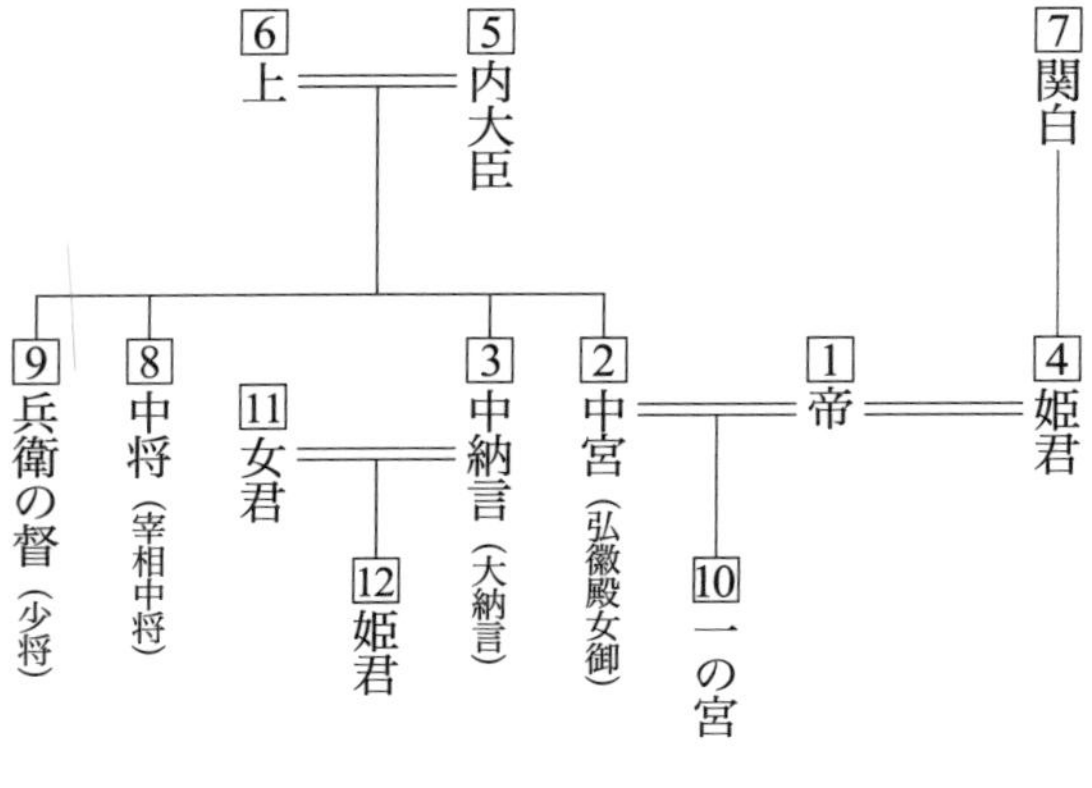

・女房
宣旨
侍従の内侍
御匣殿
中将の君
兵衛の君
験者
惟方

解題

一、物語の名称について

『下燃物語絵巻』は、墨の線と面によって描かれた白描の物語絵巻に分類される。白描絵巻は、唇などに朱を入れる場合はあるものの、基本的には彩色をともなわないものをさすが、『下燃物語絵巻』では、画面上部ないしは下部に描かれた霞に淡い藍色がほどこされ、障子（襖）の一部分に淡い金泥がほどこされているほか、燈台や几帳の棹など蒔絵を思わせる箇所に金泥で点描がほどこされている点で独自である。物語の名称は、題簽もなく、巻頭にも記載がないものの、絵巻の末尾に付された土佐光起による加証奥書（極め）によって知ることができる。

此下燃之一軸土佐右近将監光信真跡而
雛女纔添筆者明白也聊勿顧他之
狐疑愚亦為證之述素懐書巻跋云尒
寛文三癸卯暦
夾鐘中旬　　土佐将監光起［印］

右のとおり、「此下燃之一軸」とあることによって、この絵巻は『下燃物語』と呼ばれていたものと推定される。しかしながら、「下燃」という語を、この絵巻の詞書のなかに見出すことはできない。

「下燃え」とは、心に秘めた恋心の象徴として、古今集以来、和歌にたくさんよまれてきた表現である。

①夏なればやどにふすぶるかやり火のいつまでわが身下燃えをせむ（古今集・恋一・五〇〇・題知らず・読人しらず）
②わぎもこにいかでしらせん蚊遣火の下燃えするは苦しきものを（堀河百首・四八五。六条修理大夫集・二一一・結句「苦しかりけり」）

③下燃えに思ひきえなむけぶりだに跡なき雲のはてぞかなしき（新古今集・恋二・一〇八一・五十首歌たてまつりしに寄雲恋・皇太后宮大夫俊成女）

本絵巻の詞書（物語）には主人公の人物紹介のような箇所は認められないが、『下燃物語』の主人公・中納言とその恋の相手である中宮との関係は、第五段において、中宮に第一皇子が誕生した折、「中納言は若宮の御をぢ」であることによって、大納言に昇進したとする一節により、中納言は第一皇子の伯父（叔父とも）にあたること、つまり中納言と中宮は、ともに内大臣を父とする兄（弟とも）と妹（姉とも）であることがわかる。中納言は、妹である中宮に対する、成就するはずのない、胸に秘めた恋の思いに苦しみ、生きながらえることができそうな気持ちもせず、家に引き籠り病気のようになってしまう。やがて、何とか妹に恋の思いを伝えるが、恋の告白と引きかえでもあったかのように、亡くなってしまう。こうした中納言の妹への秘めた恋の思いは、前掲の三首の「下燃え」歌と重なる。いつまでつづくとも知れぬ「下燃え」の恋の苦しさ（①）、いとしい人に何とかして「下燃え」の恋の切なさを伝えたいという願い（②）、「下燃え」の思いをかかえたまま死んでしまうだろう（生きながらえることができそうにない）という予感や心細さ（③）は、中納言の思いを代弁しているかのようでさえある。『下燃物語絵巻』のなかに「下燃え」の語こそ見えないものの、『下燃物語』という名称は、妹への許されない恋の思いに身を焦がし、その恋に殉ずるように亡くなった、中納言を主人公とするこの物語の内容にふさわしいといえよう。この絵巻は、第一段の詞書の冒頭が物語のはじまりではなく途中のようでもあり、また各段の詞書を読みつないだだけでは、文意がとりにくい箇所もある。あるいは散逸してしまった詞書の中や、この絵巻のもととなった物語の中に、「下燃え」の語が含まれていた可能性も残されている。

二、二つの酷似した『下燃物語絵巻』の関係——新出「甲子園学院蔵『下燃物語絵巻』」をめぐって

1、『下燃物語絵巻』紹介の経緯

さて、『下燃物語絵巻』がはじめて紹介されたのは、中野幸一氏「『下燃物語』の残欠絵巻について——後期物語の新出

資料」（『物語と小説――平安朝から近代まで』明治書院、一九八四年四月）においてである。そのなかで、物語のおおよその全体像が提示され、詞六段のすべての詞書の翻刻が示された。その後、この絵巻は九曜文庫蔵本として、『室町物語集』（「日本古典文学影印叢刊27」日本古典文学会、一九九〇年五月）に、詞六段・絵六図すべての影印が発表され、中野氏による解説が付された。さらに、『鎌倉時代物語集成・第七巻』に、九曜文庫本の翻刻が示された。また、穂久邇文庫に、九曜文庫本の六段の詞書と同じ本文を有した一巻が伝えられていることも、中野氏によって報告された。穂久邇文庫本では、絵六図については、絵があるべき箇所に「絵」と一文字が示されているのみで、図様はすべて省略されているが、詞書では、行数・字数のみならず、字母もおおよそ踏襲されており、「に」の字母（「尓」「耳」）の相違や、「け（気）」のくずし字の字形の異なり、「も（毛）」のくずし字の筆運びの違い、漢字「行」のくずした形の異なりなどが認められる程度で、かなり忠実に『下燃物語絵巻』の詞書を写そうとしたことがわかる。土佐光起による極めも写され、印があった場所を示す枠も描かれている。もっとも、ていねいな筆跡というわけではなく、「絵」を省略していることからも明らかなように、手控えのために写されたものの可能性が高いと推定される。

こうした状況のなか、二〇〇六年に『思文閣古書資料目録』第一九七号（善本特集・第一八輯）にあらたな『下燃物語絵巻』の存在が紹介された。この絵巻は現在、甲子園学院美術資料館の所蔵となっている。今回、筆者は、九曜文庫本ならびに甲子園学院本を調査する機会を得ることができたが、その調査の結果、甲子園学院本は、九曜文庫本と同じく詞六段・絵六図を有し、詞書の行数、文字数、字母までがほとんど一致し、絵の図様も細部にわたり近似していることがわかった。さらに、第一章にて示した、本絵巻の巻末に付された土佐光起による極めまでも、文字数、字形、朱印の形態まで酷似している。なお、印名は「藤原」とよめる。(1)

2、二つの『下燃物語絵巻』の詞書本文の比較

あまりに酷似している九曜文庫本と甲子園学院本との関係はいったいどのように考えたらよいのだろうか。以下、詞書本文の異同状況を提示し、穂久邇文庫本についても視野に入れながら検討したい。

まず、九曜文庫本・甲子園学院本の本文がきわめて近い関係にあることをうかがわせる例として、誤写や一文字分の空

白箇所を共有している例を示そう。

例1　このほとのまきれにねられねられたまはす（第一段）

　＊ねられ―衍字

例2　御さうそくつろけて（第一段）

　＊く（ゝ）―脱落

例3　おほしつゝくれともかくもいらへたまはす（第四段）

　＊とも（〳〵）―脱落

例4　この□より御心ちれいならす（第四段）

　＊一文字分空白

例5　なからへ□らんあとまても（第五段）

　＊一文字分空白

例6　つき□へくも侍らぬ御思のみこそ（第五段）

　＊一文字分空白

右の六例では、衍字や脱字といった誤写や、本来文字があるべき箇所を空白のままにしているといった欠損箇所まで、九曜文庫本と甲子園学院本とで共通しており、両者が極めて近い関係にあることを示している。ちなみに、穂久邇文庫本の本文も右の六例すべてにおいて共通する本文となっている。

さらに、『下燃物語絵巻』では詞書本文の右側に異同本文が並記されるという箇所が、次に示すように四例認められるが、それらの箇所もすべて九曜文庫本と甲子園学院本は共有しており、両者の近さをうかがわせている。穂久邇文庫本では、例8と例10のみ並記されており、その他の箇所は並記が認められず、写しもらしてしまったものかとも思われる。

例7　きこゑ《え》給に（第一段）

例8　なみ《おもひ》たかな（第二段）

例9　いわうつなみのく《け》たきつる（第四段）

例10　かきりとそ《おもへは》見る（第四段）

そのほか、「く」と「か（可）」の誤写を共有している例もある。

例11　中宮の御ことのみ心かるしく（第三段）

ここは「心かるしく」では意味をなさず、明らかに「心くるしく」とありたいところだが、九曜文庫本・甲子園学院本はもとより、穂久邇文庫本も含め「心かるしく」となっている。

以上は、九曜文庫本と甲子園学院本との親近性をうかがわせる例であったが、次に、両者が異なる例を示そう。

例12　〈九曜〉　おほしからさり給に（第一段）
　〈甲子園〉おほしよらさり給に
　〈穂久邇〉おほしよらさり給に

例13　〈九曜〉　あるへきかしの御使（第三段）
　〈甲子園〉あるへきよしの御使
　〈穂久邇〉あるへきよしの御使

例14　〈九曜〉　たちぬるも（第五段）
　〈甲子園〉たちぬるに
　〈穂久邇〉たちぬるも《に》（「も」にミセケチ）

右の三例のうち、例12・例13は「よ」（字母は「与」）と「か」（字母は「可」）、例14は「に」（耳）と「も」（毛）というように、すべて一文字の相違であり、字形も若干似ていなくもなく、誤写の範囲とも思われるが、いずれの例も甲子園学院本のほうがふさわしい表現となっている。他に、くずし字の字形が甲子園学院本のほうが字母を正確に伝えており、判読しやすくなっている例も、たとえば次の例のようにいくつか認められる。

例15〈九曜〉日にそへて（「に」が判読しにくい。中野氏の翻刻では「日もそへて」）（第四段）

〈甲子園〉日にそへて（字母は「耳」）

〈穂久邇〉日にそへて（字母は「耳」ではなく「尓」）

例16〈九曜〉なき身とこそおぼえ侍とて（「と」が判読しにくい。中野氏の翻刻では「侍らて」）（第五段）

〈甲子園〉なき身とこそおぼえ侍とて（「と」は「ら」とは読めない。字母は「止」）

〈穂久邇〉なき身とこそおぼえ侍とて（「と」は「ら」と読めなくもない。字母は「止」）

さらに、九曜文庫本のみに書き改められた箇所が一例認められる。

例17〈九曜〉申つくしかたし（「かたし」の「し」がミセケチのようにされ、右側に細い線で「し」と並記。字母は「之」）（第五段）

〈甲子園〉申つくしかたし（「し」と明記。字母は「之」）

〈穂久邇〉申つくしかたし（「し」と明記。字母は「之」）

以上が、九曜文庫本と甲子園学院本の異同状況のすべてである。行数も文字数も字母も書風も同じくし、明らかな違いは例12・例13・例14の三箇所にすぎず、例15・例16も、九曜文庫本のほうが判読しにくいとはいえ、甲子園学院本と同じ字母・字形をそのまま写そうとした結果ともうけとれる。衍字や脱字、空白の箇所まで共有していることを考えあわせると、九曜文庫本と甲子園学院本は、意識して同じ絵巻を作ろうとしたものではないかと思われてくる。

3、二つの『下燃物語絵巻』の絵の図様の比較

さて、以上、詞書の検討から、甲子園学院本と九曜文庫本とが、近似した本文を有していることがわかってもらえたか

と思われるが、絵の図様も、甲子園学院本と九曜文庫本は非常によく似ている。『下燃物語絵巻』は、基本的には墨の線と面による白描絵巻であるが部分的に彩色がなされていることは前述したとおりだが、その彩色の箇所もおおよそ重なりあう。建物の構図や障子に描かれた四季の景物などの図様、人物の配置や姿、人物の衣装の文様なども、ほぼ一致をみせている。わずかに異なるのは、部分的に淡くほどこされた色の種類である。人物の唇、燈台の火に点じられた朱色、天地の霞に彩色された淡い藍色は、両本ともに共通するものの、障子（襖）にほどこされた色が、甲子園学院本では薄くのばした金泥であるのに対して、九曜文庫本では金泥を思わせるような、薄い黄土色（薄黄色ともみえる）となっている。さらに甲子園学院本では、几帳の上部の棹や燈台に、蒔絵ふうに、金泥で細かな点が描き加えられているが、九曜文庫本では、やはり金泥を思わせる薄い黄土色（薄黄色とも）の点描が認められる。

また、男主人公らのごく小さな口髭の有無（第二段、第四段）こそあれ、一見すると、人物の姿もまったく同じく描かれていると思われる甲子園学院本と九曜文庫本であるが、それぞれの人物の写真を拡大してみると、両者の筆力なり描かれ方に大きな違いがあることを認めざるをえない。甲子園学院本では、鬢の生え際や眉の端まで筆先を使って非常に細やかに丁寧に描かれているが、九曜文庫本の人物の鬢や眉の描写には、筆先を使っての細やかさがうかがえない。なかでも眉は、九曜文庫本では筆先を用いるのではなく、ぼかしによって描いているのか、繊細さに欠け、稚拙な印象を受ける。引目とよばれる目の表現も、九曜文庫本の人物のなかには拙さが感じられるものが見うけられる。また、経巻を持つ男性貴族の手の描写も甲子園学院本では指先まできちんと描かれているのに対し、九曜文庫本では指先として閉じられていない。甲子園学院本では、金泥も用いられ、筆力ある絵師により丁寧に描かれていること、また詞書の文字も甲子園学院本のほうが正確であり、九曜文庫本では親本の文字をそのまま写そうとしたためか判読しにくい箇所があったことなどを考えあわせると、甲子園学院本のほうが善本と推定される。本書において、甲子園学院本を底本とした所以である。九曜文庫本では、詞書の字母や字形、加証奥書の漢字の字形までほぼそっくりであるなかに、親本の字形をそのまま写そうとしたためか、判読しにくい文字の形が残されていること、また絵では、絵の全体の構図や人物の姿、藍色や金泥の彩色された箇所まで重なりあうものの、鬢や眉、指先の描き方に丁寧さを欠くことなどを考えると、九曜文庫本は、甲子園学院本の詞書と絵をなるべく忠実に写しとろうとしたものではないかと推定される。

4、二つの『下燃物語絵巻』の親本の存在

それでは、甲子園学院本が親本であり、その甲子園学院本を写したものが、九曜文庫本であるとみなしてよいかというと、ことはそう単純でもない。そもそも甲子園学院本は、『下燃物語絵巻』のオリジナルの原本とみなせるのだろうか。ここで看過できないのは、前述したように甲子園学院本も九曜文庫本と同じように、詞書のなかに、脱字・衍字だけでなく、一文字分ほどの空白箇所を、三箇所も有しているということである。オリジナルの原本が、誤写や脱字や衍字といった箇所を有している例は、徳川・五島本『源氏物語絵巻』の詞書をはじめ少なからず認められるものの、一文字分を空白にしたままの絵巻の詞書を目にしたことはこれまでになく、そうした空白を三箇所も有しているということは不可解である。こうした空白箇所が生じてしまった理由としては、原本の文字が摩滅するなどして、判読が困難なための処置かと思われるのであり、これらの空白箇所を有する甲子園学院本も、ある原本をもとにしている可能性が高いと思われる。

さらに、甲子園学院本もオリジナルな絵巻とはみなしにくいことをうかがわせる箇所として、次の例を示そう。

例18　きよらをつくし給（第三段二行目）

右の「を」の文字の箇所について、甲子園学院本をよく見ると、下に書いた文字を削りとるなどして、その上に「を」が重ね書きされていることがわかる。さらによく見ると、「を」文字の下に記された文字も「を」であることがわかる。何故、「を」を「を」と書きかえなければならなかったのだろうか。実は『下燃物語絵巻』の詞書では「を」は、「遠」と「越」の字母が用いられているが、「遠」を字母とする場合、二種類の字形（仮にA・Bとする）を使用している。そして、甲子園学院本と九曜文庫本とでは、「遠」「越」の字母の区別はもちろん、「遠」を字母とするA・Bの字形まで注意して写されており、すべて一致しているが、例18では、甲子園学院本の最初の字形は「遠」のB、あらたに重ね書きされた字形は「遠」のAである。そして、九曜文庫本でも「遠」のAの字形となっている（穂久邇文庫本もAの字形）。おそらく甲子園学院本では、原本を忠実に写しとるために、文字としては「遠（を）」とあって誤りでないにも関わらず、字形が異なるために、字形Bを字形Aに改めた、その痕跡が例18として残ったものと推定される。そもそも、甲子園学院本がオリジ

ナルであったなら、十分「を」として判読できるものを、重ね書きをしてまで字形をあらためる必然性がうかがえない。

5、土佐光信筆『下燃物語絵巻』の存在の可能性

甲子園学院本には、原本となるべき絵巻が存在していたと推定されるのであり、その甲子園学院本の原本こそ、本絵巻の末尾に、光起が「此下燃之一軸土佐右近将監光信真跡而、雛女纔添筆者明白也、聊勿顧他之狐疑愚亦為證之述素懐書巻跋云尓」――この下燃の一軸は土佐右近将監光信の真跡にして、雛女がわずかに筆を添えたるは明白なり。いささかもこれを狐疑し顧みて他をいうこと勿れ（光信真跡であることにいささかの疑いもない）。愚（私）はこれを證するため、素懐を述べ、巻跋に書く、しか云う（以上のとおりである）――と加証奥書（極め）に記した土佐光信の真蹟（真筆）の絵巻であり、雛女がわずかに筆を添えた『下燃物語絵巻』であったのではないか。つまり、寛文三年（一六六三）夾鐘（二月）中旬に、光起が記した加証奥書は、「此下燃之一軸」と「此」と直接さしているように、光信によるオリジナルの原本の巻末に付されたものであり、その光起の加証奥書までも含めた、光信筆『下燃物語絵巻』を、できるだけ原本を生かすべく、詞書の字母から絵の図様にいたるまで忠実に作られたものが、甲子園学院本の『下燃物語絵巻』だったのではないか。三箇所におよぶ一文字分の空白箇所は、その光信筆本の絵巻の詞書が摩滅などにより判読困難であったために、判読はできなかったものの文字があったことを示すために空白としたと考えるのが自然であるだろう。すなわち、光信筆『下燃物語絵巻』（光起による加証奥書を有する）をもとにして甲子園学院本が作られ、その甲子園学院本をもとにして作られたのが九曜文庫本である、と考えることができるのではないか。

ちなみに、『下燃物語絵巻』の詞書のみを伝える穂久邇文庫本の場合、例13・例14の甲子園学院本と九曜文庫本が対立する箇所において、甲子園学院本の本文と同じであったことを考慮すると、甲子園学院本をもとにした可能性が高いか。

それでは、光信筆本はどのような絵巻であったのだろうか。前述したように、甲子園学院、九曜文庫に伝えられる『下燃物語絵巻』は、いわゆる白描絵巻のひとつと分類されようが、唇や燈台の火に朱が点じられているだけでなく、霞や障子などに部分的に藍色や金泥などにより淡く彩色されており、さらに人物の衣装には細かな文様がかなりの範囲にわたって丁寧に書き込まれている。これは、白描絵巻としては特殊である。本書所収の『豊明絵巻』もすぐれた白描絵巻であり、

室内の障子の絵も非常に丁寧に細かく描き込まれているが、人物の衣装には文様などはまったく描かれていない。もちろん、藍色や金泥による彩色は一切なく、唇などにわずかに朱が認められるのみである。甲子園学院本・九曜文庫本に認められるこうした独自性は、もとになった土佐光信筆『下燃物語絵巻』が彩色の絵巻であったためなのではないか、そしてその彩色の絵巻の雰囲気を伝えるべく、部分的に彩色をほどこしたり、描かれた衣装の細かな文様などまで写しとろうとしたことを物語っているといえるのではないか。たとえば、土佐光信をリーダーとする光信グループによる制作とされるハーヴァード大学蔵『源氏物語画帖』の彩色の源氏物語絵などを想起すると、土佐光信筆の濃彩色で描かれた『下燃物語絵巻』を想定することもむずかしいことではないようにも思われてくる。

もっとも、土佐光信による『下燃物語絵巻』が、濃彩色の絵巻ではなく、甲子園学院本・九曜文庫本のように、一部分に彩色をともない、衣装に文様が細かく書き込まれた白描の絵巻の形であった可能性もまったくないとはいえないことをつけ加えておこう(2)。

三、土佐光信および光信グループの図様の特徴

前章では、甲子園学院本と九曜文庫本の比較検討により、甲子園学院本のもとになったのは、土佐光起による加証奥書に見える土佐光信筆の『下燃物語絵巻』であったのではないかと推定してみた。

さて、土佐光信は、生没年ははっきりしないが、亀井若菜氏(3)によれば、文明元年(一四六九)に「絵所預」としてはじめて記録に登場し、大永元年(一五二一)の記録まで見出せるという。「絵所」とは平安時代には、別当以下の組織からなる、内裏の中に存在した絵画制作所であったが、その後、宮廷に関わる絵画制作は、内裏の外にある民間の工房が請け負うようになっていった。そして、宮廷の仕事を行なう工房が複数ある場合には、その中でも力のある工房が「絵所」、そのリーダーが「絵所預」となって宮廷の画事にあたったのであろうという。光信は「絵所預」となって以来、宮廷を中心に、将軍、武家、寺院などの注文による絵画制作を行なっているほか、公家との関係も深く、三条西実隆のために十三仏新図を描いてもいる。亀井氏は、光信は「絵所預」という立場を意図的に利用して活動の場を広げていったものと推定し

ている。一方、土佐光起は元和三年（一六一七）生、元禄四年（一六九一）没の人物であるが、土佐光元の死去（永禄十二年・一五六九）により失われていた「絵所預」の職を承応三年（一六五四）に取り戻し、土佐派中興の祖と呼ばれた。『下燃物語絵巻』に加証奥書を記した寛文三年（一六六三）は、光起は四十代であり、「絵所預」でもある。光起にとって、光信は、輝かしい活躍をした誇るべき存在であったに違いない。『下燃物語絵巻』に関する記述は、記録類のなかに見出せないが、この物語絵巻が、「絵所預」であった光信によって描かれたと伝えられていること、さらに、その加証奥書の筆者光起も「絵所預」であることは、注目すべき点であろう。[4]

もちろん、この加証奥書の信頼度については慎重でなければならないだろうが、光信筆本をもとにしたものと推定される甲子園学院本（九曜文庫本も甲子園学院本と図様が近似していることは前述したとおりである）の絵の図様は、土佐光信をはじめとする光信グループの絵との近しさを感じさせる。たとえば、土佐光信をリーダーとする光信グループの工房の制作と推定されているハーヴァード大学美術館蔵『源氏物語画帖』（以下、ハーヴァード大学本と呼ぶ）の図様との親近性が認められる。絵の図様についての詳しい検討は今後の課題とし、以下、千野香織氏によって指摘されている光信グループの表現の特徴を参考にしながら、いくつか類似点を指摘しておくことにしたい。[5]

まず、土佐光信はじめ土佐派の特徴として、貴族男性の顔を斜め後ろから見る表現方法が指摘できる。「顔をやや長めに描く」というこの表現は、右斜め後ろから見た場合と、左斜め後ろから見た場合がある。まるで、ソラ豆のような独特な曲線を有するこの表現方法は、ハーヴァード大学本には多数（松風巻・常夏巻・東屋巻など）認められるが、甲子園学院本（第三段・第四段）にも右斜め後ろから見た図と、左斜め後ろから見た図としてはっきり認められる。次に、後姿の女性の描かれ方が指摘できる。「平安・鎌倉時代の絵巻ほど頭頂を小さく尖らせず、丸みを帯びた台形として全体をやや傾け、背の中央に多くの髪を描き、その中程にわずかな隙間をあけ、また中央の髪から少し離して、左右に細い髪の流れを描く」と、千野氏により細かく観察された光信グループの特徴が、甲子園学院本（第二段・第三段・第六段）にもはっきり認められる。ハーヴァード大学本では、やや傾けた頭は、右側に傾ける場合、左側に傾ける場合のいずれも見出せるが、本絵巻ではいずれも頭を右に少し傾けた姿で、ハーヴァード大学本（絵合巻・若菜上巻など）と近似する姿で描かれている。

なお、甲子園学院本では、白描でありながら、衣装の文様まで詳しく描かれていることも、もとになった絵巻が彩色の絵巻であったためではないかと推定されたが、ハーヴァード大学本の女性の袖口の重なりの文様（絵合巻の紫の上と思われる女性の袖口など）と、甲子園学院本の女性の衣装の袖口の重なりの文様（第五段の中宮と思われる女性の袖口など）は類似しており、彩色による袖口を白描で描くとこのようになるのではないか、とうかがわせてくれる例として指摘しておこう。

四、『下燃物語』と『増鏡』との関係――兄妹の禁忌の恋

1、兄妹の禁忌の恋の系譜

最後に、『下燃物語』の文学史のなかでの位置づけについて考えてみたい。『下燃物語』は、妹・中宮に対する兄・中納言の、許されない、それゆえ胸を焦がさずにはいられない「下燃え」の恋の思いをテーマとした物語である。

兄妹の恋は、はやく『古事記』に允恭天皇の子である軽太子と軽大郎女の同母兄妹の恋が語りつがれ、『篁物語』では篁とその異母妹との恋が、『うつほ物語』では同母妹・あて宮に対する兄・仲澄の恋が語られてきた。兄妹のように育った従妹への恋の思いに広げれば、『狭衣物語』の狭衣大将の源氏の宮への思い、『苔の衣』の兵部卿の宮の藤壺中宮への思いも指摘できる。(6) 兄妹の恋が、こうしてくり返し物語のテーマとして描かれているのは、美しい妹を大切にいとおしく思う気持ちが、時には兄としての思いを逸脱して、恋心に変わってしまうことはありえないことではないという思いが、背景にあることをうかがわせる。しかし、兄が妹を愛することは、あってはならないこととわかっている。だからこそ、二人は苦悩し、物語として語りつがれてきたのだろう。

同母の兄妹の場合のほうが禁忌の意識は高かったものと思われるが、同母妹、異母妹の違いはあっても、実の兄と妹の恋の果ては、『古事記』では、兄・軽太子の思いを受け入れた妹・軽大郎女は、兄とともに命を絶ち、『篁物語』では、兄・篁の思いを受け入れた妹は妊娠、母に見つかって引き離されたまま亡くなる。『うつほ物語』では、春宮への入内予定の妹・あて宮に、兄・仲澄は恋の思いを訴えるが、その思いが受け入れられることはなく、あて宮は入内し、仲澄は妹

への思いを抱いたまま息絶えてしまう。兄妹の恋は、兄と妹のいずれか、あるいは二人の死によって終わりを迎える。『下燃物語』の主人公である中納言の、妹・中宮に対する恋は、これらの兄妹の禁忌の恋を描いた物語群の延長線上に位置するといえよう。兄・中納言が、妹・中宮への恋の告白と引きかえでもあるかのようにして、成就しない妹への恋の思いをかかえたまま死去するという点では、『下燃物語』の中納言は、やはり妹への恋の思いをかかえたまま死去してしまう『うつほ物語』の仲澄に近い。

2、『下燃物語』と『増鏡』の兄妹の恋

実は、『うつほ物語』の仲澄とあて宮の関係以上に、『下燃物語』の中納言と中宮の関係に近いと思われる兄妹が、『増鏡』（北野の雪・五九～七三頁）[7]のなかに見出せる。当時、右大臣だった洞院実雄《さねお》（西園寺公経《きんつね》の子息）の同母の兄妹、つまり中納言公宗《きんむね》（一二四一～一二六三年）が亀山天皇の女御として入内予定の妹・佶子《きつし》（一二四五～一二七二年）に恋の思いを寄せるというものである。佶子はたくさんいる実雄の娘のなかでも、すぐれてかわいらしく、まるで光を放つようであり、兄の公宗も優美で気品があり美しかったとされる。その兄・中納言公宗が妹・佶子への禁忌の恋に胸を焦がし（「下焚《た》く煙《けぶり》にくゆりわび給ふ」）、妹の入内が近づくにつれ病気のようになってしまう。佶子は女御として入内するが帝の寵愛深く、まもなく中宮となる。ひそかに妹を恋する中納言は、帝が妹を深く愛するのをうれしく思うものの、胸の苦しさはつのる一方であるとされる。兄と妹の恋はあってはならないことと、理性ではわかっているけれど、妹への恋の思いを断ち切れない中納言公宗の思いは、まるで『下燃物語』の内大臣の子息・中納言が、妹・中宮に寄せる思いと同じである。

『下燃物語』と『増鏡』の兄と妹の恋の類似をはじめて指摘したのは小島明子氏である。[8]どちらも兄にあたる男君が中納言であり、妹の女御は帝の寵愛も深く、立后、一の宮を出産していること、兄にあたる男君が秘めた恋に耐えかねるように若くして世を去ること、妹の箏の琴の演奏が、男君の思慕をかきたてること、さらに、男君の思いについて『増鏡』では「下たく煙」「下くゆる心地」と表現されているのも、『下燃物語』のタイトルとひびきあうこと、「心は心として」という表現が共通することなどが指摘された。もっとも、小島氏は、中野幸一氏の説[9]――『下燃物語』では、兄妹の密通によって姫君が誕生する――にしたがっているため、『増鏡』の兄・公宗中納言が妹に寄せる思いがあくまでプラトニッ

クなものである点で異なるととらえているが、筆者によれば『下燃物語』の場合もプラトニックな関係であり、この点でも『下燃物語』と『増鏡』の兄妹の恋物語は重なる。

小島氏の指摘のほかにも、『下燃物語』と『増鏡』の間には類似点が見える。『下燃物語』では、兄・中納言が妹・中宮のもとに来訪した折、帝も中宮のもとにいらしていたため、中納言も帝と妹のいる御簾のなかに入って、妹の美しい姿を目にして心を動かすが、『増鏡』でも、父・右大臣が佶子（のちの中宮）のもとで、楽器の演奏を楽しんでいる折に、ちょうど兄・公宗中納言も来訪したため、父と妹のいる御簾のなかに入って、妹への恋の思いに、騒ぐ胸をおさえようとする姿が描かれており、場面設定が似ている。兄妹であっても、御簾のなかに入って妹の姿を直接見るということは、帝や父が同席するといった、こうした機会でもなければむずかしかったということだろう。妹の美しい姿を目にした中納言は、妹への恋の思いをいっそうかきたてられることになる。

さらに、『下燃物語』では、内大臣の娘である中宮につづいて、関白の娘が入内するが、帝の愛情は関白家の姫君に移ることなく、かえって中宮への愛情が増すことになったと語られるが、『増鏡』でも、右大臣実雄（西園寺公経の子息）の娘・佶子の入内の半年後に、入道太政大臣実氏（西園寺公経の子息。実雄の兄にあたり、西園寺家の嫡流）の孫娘であり、左大臣公相（実氏の子息）の娘・嬉子が入内するが、帝の寵愛は、佶子に対してより劣った様子で、世間では予想外のことと噂したと語られる。『下燃物語』では内大臣家の姫君に対して関白家の姫君、『増鏡』では右大臣家の姫君に対して西園寺家の嫡流である左大臣家の姫君というように、ともに妹・中宮より家格の高いライバルの姫君の入内と、にもかかわらず帝の寵愛は家格の高いその姫君に移ることがなかったという物語の展開も共通する。次に人物関係を図示しておこう。両者がみごとに対応することがわかる。

【下燃物語】

内大臣┬兄・中納言
　　　└妹・中宮
　　　　　＝帝──一の宮
関白──娘・女御＝帝

【増鏡】

右大臣・実雄┬兄・公宗中納言
　　　　　　└妹・佶子中宮
　　　　　　　　＝帝──一の宮
左大臣・公相──娘・女御（入道太政大臣・実氏の孫娘）＝帝

『下燃物語』では、中納言はとうとう恋の思いを妹にうちあけるが、そのかわりであるかのように死去してしまう。『増鏡』では、公宗が恋の思いをうちあけたのかどうかは語られていないが、「胸のみ苦しさまされば、忍びはつべき心地し給はぬぞ、つひにいかになり給はんと、いとほしき」（北野の雪・六七頁）と、妹への恋の思いを隠し通すことができそうにないと思い詰める公宗の心情が思いやられており、あるいは思いを告白しかねないとも読める。「つひにいかになり給はん」と、案じられた公宗は、妹・佶子の入内（一二六〇年十二月）後、三年目にあたる年（一二六三年）に、二十三歳の若さで死去してしまう。『増鏡』ではその死を、「公宗中納言も、かひなき物思ひのつもりにや、はかなくなり給ひぬ」（あすか川・一六八頁）と、妹を恋するという、思ってもそのかいもない物思いが積もり重なったせいか、と記しており、『下燃物語』の主人公さながらである。

3、『下燃物語』と『増鏡』の関係

以上のように『下燃物語』と『増鏡』の二つの兄妹の恋は極めて似ていることがわかる。二つの関係をどのように考えたらよいのだろうか。『増鏡』は歴史物語であり、実在した人物について語られているのであるから、『増鏡』の公宗中納言と佶子中宮をモデルにして、『下燃物語』が作られたと考えるのが自然ではないかと思われてくるが、そう断定することもできない。『増鏡』には後醍醐天皇（在位一三一八〜一三三九年）の寵愛する大納言典侍を春宮権大夫堀川具親が盗み出し勅勘をうけたという話が載せられているが、『浅茅が露』にも、同じように帝の寵愛する大納言典侍を、源中将が盗み出し勘気をこうむったという話が見えることが、辛島正雄氏により指摘された。(10) 辛島氏は、『増鏡』の歴史上のスキャンダルを、作り物語である『浅茅が露』があとでとり込んだものと考えたくなるが、『浅茅が露』は、文永二年（一二七二）に成った『風葉和歌集』に作中歌が入集していることから、それ以前には成立していることが明らかなため、『浅茅が露』の作者がこの『増鏡』の後醍醐天皇の寵愛する大納言典侍にまつわるスキャンダルを物語にとり入れるなど、ありえないことを示された。つまり、実在の人物について語られた『増鏡』と作り物語とで類似する話が載せられている場合、実在人物が物語のモデルとなっていると、単純に考えることはできないことになる。

さて、『増鏡』は、治承四年（一一八〇）の後鳥羽天皇即位から、元弘三年（一三三三）の隠岐に流されていた後醍醐天皇の還幸までが描かれているが、作者も成立年代も未詳である。永和二年（一三七六）の奥書を有する写本があることから、それまでには成立していたことが確認できる。木藤才蔵氏は応安末年（一三七五）[11]、井上宗雄氏は南北朝前期（一三三八～一三五八年）[12]の成立と推定されている。

一方、『下燃物語』の場合、成立年代を推定する資料は乏しい。中野幸一氏は「内容文体よりして平安末期か鎌倉時代の成立を思わせる」[13]とされる。中野説にしたがえば、『下燃物語』のほうが、『増鏡』に先行することになるが[14]、『下燃物語』の成立年代推定にあたって具体的な根拠は示されていない。物語の成立年代を推定する手がかりとしては、文永八年（一二七一）に編纂された『風葉和歌集』にその物語の作中歌の入集が認められるかどうかがひとつのメルクマールとなるが、『下燃物語』の作中歌は『風葉和歌集』への入集が認められない。

『下燃物語』の成立年代を考えるにあたって、詞書の語彙・語法から気になるのは、「心まよひ」「御ものから」「御人すくなゝり」の用例である。まず、「心まよひ」（第一段）[15]についてだが、『源氏物語』をはじめとする『狭衣物語』『夜の寝覚』など平安時代の物語では「心まどひ」と表現される。一方、「心まよひ」という表現も、はやく『浜松中納言物語』に認められるものの、「心まどひ」（六例）、「心まよひ」（三例）と、「心まどひ」の用例のほうが多い。鎌倉時代の『松浦宮物語』では「心まどひ」（二例）「心まよひ」（二例）と同数混在、『土井本太平記』では「心まどひ」（二例）も見られるものの「心まよひ」（三例）のほうが多数認められる。阿仏尼の作とされる『うたたね』では「心まどひ」は認められず「心まよひ」（二例）のみ、『古今著聞集』でも「心まどひ」は見られず「心まよひ」（一例）のみとなっている。「心まどひ」も「心まよひ」も、作品ごとの用例数が多いとはいえず、鎌倉時代以降の作品でも『増鏡』や『とはずがたり』のように『源氏物語』の影響を強くうけている作品では、「心まどひ」（『とはずがたり』一例・『増鏡』三例）のみとなってはいるものの、傾向としては平安時代の「心まどひ」から鎌倉時代の「心まよひ」へという流れが認められるといえようか。

「御ものから」は、「いとうれしき御物から心くるしくて」（第四段）という文脈のなかに見出せるもので、逆接の助詞「ものから」に「御」が加わった形となっている。助詞に「御」がつくなど考えがたい用法であり、不可解といわざるをえないが、助詞「ものから」の「もの」を名詞「物」と誤解してしまったことによるか。

「御人すくなゝり」も、形容動詞に「御」がついた形で、平安時代にはみられない用法であるが、『とはずがたり』の会話文中に「御人少なるも御いたはしくて、御宿直（とのゐ）し侍る」（巻一・八一頁）の例が見える。実は『とはずがたり』には「人ずくな」の例は、右の例を含めて全部で七例見えるが、そのうち六例は「御人ずくな」という形で用いられている。『とはずがたり』は、後深草院に仕えた二条と呼ばれる女性によるもので、嘉元四年（一三〇六）から正和二年（一三一三）ごろの成立と推定されているが、右の引用文中に見られるように「御人少なる」だけでなく「御いたはしく」など、形容詞や形容動詞に「御」がつく例が散見する。こうした形容詞や形容動詞に「御」がつく例は、『とはずがたり』をはじめとして、鎌倉から室町時代にかけて見出される用法でもある。本書所収の『藤の衣物語絵巻』の画中詞（画中に書き込まれた会話文など）にも多数認められる。『下燃物語』の詞書で気になったこれらの三例「心まよひ」「御ものから」「御人ずくな」は、ごく小さなものであり、絵巻制作時の誤写として見過ごしてしまいそうだが、やはり『うたたね』『古今著聞集』『とはずがたり』などに認められる用法として、『下燃物語』の成立がおおよそそれらの年代と同じころ、あるいはそれ以降であったことをうかがわせるものといえよう。つまり、これらの例は、『下燃物語』の成立が、平安末期あるいは鎌倉時代の早い時期の成立とは認めにくいことを指し示しているものと思われる。この結果は、『風葉和歌集』に作中歌が認められないこととも重なりあう。しかしながら、たとえば「御人ずくな」の用法を共有する『とはずがたり』は、『増鏡』の資料のひとつであることが認められている作品でもあり、『増鏡』と『下燃物語』のどちらが先行するのかを決することは容易ではない。

　それにしても、『増鏡』の作者は、公宗中納言の妹・信子への胸に秘めた恋の思いをどのようにして知ったのだろうか。まるで恋物語のように、信子の衣装の色合いや模様（「薄色に女郎花《をみなへし》などひき重ねて」「撫子の露もさながらきらめきたる小袿」）まで語っているのも、何か資料があったのだろうか。それとも、作者がイメージをふくらませて創作したのだろうか。井上宗雄氏は「信子に対する兄公宗の思いは、王朝系の優雅な文体で、虚構とも思えないように具体的に描かれているが、なにを材としたのであろうか」（北野の雪・六六頁）と述べている。井上氏の疑問は、『増鏡』では、後深草院と異母妹・前斎宮との密会のエピソードが『とはずがたり』の記述にその大半を依拠しているというように、もとになった資料が想定される場合が少なくないことによる。つまり、公宗中納言の妹・佶子に寄せる恋についても、何らかの資料（紙に記されたものでなくとも、噂であるとか、人から聞いたことであってもよい）が伝えられており、その資料をもとにしながら、イメージをふくらまして描き出された可能性が高いと思われるからなのである。あるいは、『増鏡』がこの兄妹の物語を構成しイメージをふくらませるにあたって、『下燃物語』が何らかの影響を与えた可能性も残されているのだろうか。とはいえ、後深草院と異母妹の斎宮愷子の密会について語る場面では、『増鏡』では、帝や斎宮の衣装の色合いや模様まで『とはずがたり』と重なっており、明らかに『とはずがたり』が『増鏡』の資料となっていると認められるのに対し、『増鏡』と『下燃物語』では、季節が異なることもあろうが、衣装の色や模様は重ならず、両者の直接的な影響関係を確認することはむずかしい。

　前述したように「心まよひ」「御物から」「御人ずくな」のような語彙・語法を『下燃物語』が有していることを考えあわせると、『下燃物語』の成立が平安末期あるいは鎌倉時代の早い時期とは考えにくく、もう少し時代を下るかと推定されるのであり、『下燃物語』と『増鏡』とで近似する兄妹の禁忌の恋は、『増鏡』の兄妹をモデルとして『下燃物語』が作り出されたと考えるのがもっとも自然なようにも思われるが、『増鏡』において兄妹の禁忌の恋を語るに際して、内容の近似する『下燃物語』が、物語をふくらませるにあたってのヒントとなった可能性も捨てきれない。あるいは、『増鏡』『下燃物語』が、ともに何らかの資料をもとにしてそれぞれに作り出されたと考える余地もないとはいえない。そもそも『下燃物語』と『増鏡』とで、ストーリー展開が類似するだけでなく、人物関係もみごとに対応していることを考えあわせると、公宗中納言と佶子の兄妹の悲恋をもとに『下燃物語』が作られ、『増鏡』でその兄妹の悲恋を語るにあたって『下燃物語』を参考にしたという可能性もないとはいえないか。『下燃物語』と『増鏡』の両者の影響関係については、はなはだ不明瞭な結論しか導き出せなかったが、『下燃物語』に描き出された兄妹の悲恋は、けっして物語のなかの絵空事ではなく、『増鏡』の公宗中納言と亀山院の中宮佶子という兄妹の悲恋のように、現実にも起こり得る物語であり、時代を反映した物語として、当時の享受者にはより胸にしみる物語として受け止められていたに違いない。

　なお、『増鏡』には、後深草院が異母妹にあたる前斎宮愷子と関係をもったことや、亀山院が異母妹懌子内親王と関係をもったことが語られているが、これらの関係では、異母兄妹として別々に育ったことや、兄にあたる人物が退位した帝であることもあってか、妹と関係を結んでしまったことによる罪悪感や、兄妹の禁忌の恋に対する苦悩もほとんど見られず、兄妹の禁忌の恋の物語の系譜とは相容れない。後深草院や亀山院に限らず、たくさんの密通事件が語られている『増鏡』のなかで、美しい妹・信子への許されない恋に殉ずるように、年若くして亡くなった美しい兄・公宗中納言の悲恋は、ささやかではあるものの清らかな光を放っている。

五、『下燃物語絵巻』の享受

さて、以上、『下燃物語絵巻』について、諸本間の関係と『増鏡』の内容との類似をとりあげて検討してきた。その結果、『下燃物語』には、現在まで伝えられている甲子園学院本、九曜文庫本のほかに、それらのもとになっていた土佐光信筆本と推定される絵巻が存在していた可能性が高いことが明らかとなった。絵は有していないものの『下燃物語絵巻』の詞書がすべて写された穂久邇文庫本を加えれば、『下燃物語絵巻』は四本が確認されるといえよう。なかでも甲子園学院本と九曜文庫本の近しい関係は、ほとんど複製品を作ろうとしたかのようであり、第二、第三の九曜文庫本のような絵巻が作られていた可能性も十分考えられるだろう。目を凝らして見るならば、甲子園学院本と九曜文庫本とでは、眉や鬢など細部の描かれ方に違いが認められるものの、構図も人物の姿もほとんど同じであり、詞書の字母・字形までほとんど同じように写す技量は並大抵のことではない。光起による加証奥書の漢文体の記述も、字形だけでなく筆勢までそっくりであり、あるいは、同じ土佐派の工房で制作されたのではないか、とさえ思えてくるほどである。これらの絵巻の存在は、江戸時代の人々の物語絵巻の享受の一端をうかがわせてくれる。古典的な絵巻に対する関心の高まりを垣間見ることもできるであろうし、土佐光信、土佐光起という「絵所預」でもあった権威ある絵師たちの名前が奥書に見えるこの絵巻を、自身の（あるいは娘の）蔵書に加えたい人たちが少なからずあり、それらの人たちの要望にこたえる形で、レプリカのような絵巻が作り出されたということなのかもしれない。それはまた、兄と妹の禁忌の恋が語られたこの物語に対する読者の共感に支えられていたものともいえよう。妹・中宮に対する禁忌の恋ゆえに、「下燃え」の思いに苦しみながら死んでいった兄・中納言の純粋さは、『増鏡』のなかで公宗中納言と佶子中宮の兄妹の悲恋が露のひとしずくのようにきらめいていたように、読者をこの物語絵巻にひきつけた要因のひとつであったと思われる。

注(1)『日本書画落款印譜集成』(柏書房、一九八一年)には光起の落款がいくつも掲載されているが、そのなかに「藤原」という印も見え、『下燃物語絵巻』の朱印と形態もよく似ている。ただし、『下燃物語絵巻』では、甲子園学院本・九曜文庫本ともに、「原」の「日」にあたる箇所の中央の横線が見えない。さらに検討したい。なお、「藤原」は光起の姓である。

(2)土佐光起の加証奥書にいう「雛女繾添筆明白也」が、具体的に何をさしているのかわからないものの、甲子園学院本・九曜文庫本に残されている彩色のあとと結びつけて考えることもできなくはないのかもしれず、あるいは土佐光信筆本も部分的に彩色のほどこされた白描絵巻であった可能性もあるか。

(3)千野香織・亀井若菜・池田忍「ハーヴァード大学美術館蔵『源氏物語画帖』をめぐる諸問題」(『国華』第一二二二号、一九九七年八月)一五〜一八頁による。

(4)土佐光起については、『日本美術事典』(平凡社、一九八七年)の「土佐派」「土佐光起」の項(吉田友久執筆)等による。

(5)前掲注3論文、一二〜一四頁による。なお、論文中にハーヴァード大学本の図版が掲載されており参考になる。

(6)『石清水物語』や『わが身にたどる姫君』では、異母妹とは知らずに、妹に思いを寄せる兄たちの姿が描き出されているが、これらの場合、当初は、兄は恋する相手が妹と知らずに思いを寄せているため、兄妹の禁忌の恋に対する罪悪感が認められないことから、兄妹の禁忌の恋の物語と同列にはみなせない。

(7)『増鏡』の引用は、井上宗雄『増鏡(中)』(講談社学術文庫)による。

(8)小島明子「『増鏡』と擬古物語――恋愛情事記事に関して」(『日本文学』四三号、一九九四年)による。

(9)中野幸一「『下燃物語』の残欠絵巻について――後期物語の新出資料」(『物語と小説――平安朝から近代まで』明治書院、一九八四年四月)による。

(10)辛島正雄「中世王朝物語研究覚書(その一)――史実と物語と」『中世王朝物語史論　下巻』笠間書院、二〇〇一年九月、所収)による。

(11)『増鏡』(日本古典文学大系87、岩波書店)の木藤才蔵氏の解説による。

(12)『増鏡（下）』（講談社学術文庫）の井上宗雄氏の解説による。

(13)中野論文（注9に同じ）による。

(14)小島論文（注8に同じ）では、『下燃物語』の成立を平安末期か鎌倉時代とする中野説によっており、『増鏡』が『下燃物語』の表現・設定に影響を受けたものと解されている。

(15)本絵巻では「心まよひ」の例は、第一段の一例のみで、「御心まよひ」の形となっているが、ここでは「心まどひ」と「心まよひ」の対立について考察することにした。

【付記】

本解題にて、第二、第三の九曜文庫本のような絵巻が作られていた可能性について述べたが、コロンビア大学C. V. スター東亜図書館にさらなる『下燃物語絵巻』（以下、「コロンビア大学本」とする）が所蔵されていることを、本稿の校正段階にて知った。それは、野口幸生《さちえ》氏の日本資料研究家欧州協会年次大会（於ベルギー・ルーヴァン。二〇一四年九月十七日）における研究発表、「コロンビア大学C. V. スター東亜図書館所蔵「下燃絵草紙」（下燃物語）写本の保存」（Sachie Noguchi "Conservation of Shitamoe no Ezōshi (Shitamoe Monogatari) manuscript scroll held by C. V. Starr East Asian Library, Columbia University"）のパワーポイントがインターネット上に公開されていたことによる。野口氏は、コロンビア大学C. V. スター東亜図書館日本研究ライブラリアンでいらっしゃり、野口氏を通じて絵巻の画像を提供していただいた。それらをもとに気づいたことを記しておきたい。

コロンビア大学本は、劣化がひどく破損している箇所も少なくない。甲子園学院本・九曜文庫本が詞六段・絵六図から成るのに対して、第一段の詞書冒頭、第五段の詞書の後半および絵、第六段の詞書を欠き、その他の段でも料紙の破損により詞書の文字や絵の一部分が欠損している箇所も見うけられる。さて、コロンビア大学本と甲子園学院本・九曜文庫本とを比較すると、まず同文同形態の光起による加証奥書を共有していることが指摘できる。詞書も、行数、文字数、字母まで、ほぼ一致している。甲子園学院本・九曜文庫本が共有する衍字や誤脱による誤写、一文字分の空白箇所（例1〜4。

例5・例6は欠損箇所）も、コロンビア大学本も共有しており、異同本文の並記（例8〜10。例7は欠損箇所）も共有することが確認できる。「く」と「か」の誤写（例11）も共通している。絵に関しても、甲子園学院本・九曜文庫本と、建物の構図や襖に描かれた四季の景物などの図様、人物の配置や姿などもほぼ同じである。基本的には白描であるものの、人物の唇、燈台の火に朱が点じられている点、画面の上下段の霞に淡い藍色がほどこされている点、襖などに金泥あるいは金泥を思わせる黄土色がほどこされている点も、すべて共通している。

コロンビア大学本が甲子園学院本、九曜文庫本ときわめて近い関係にあることは間違いないだろうが、これらの三本の関係をどのようにとらえたらよいのだろうか。実は、コロンビア大学本では、甲子園学院本・九曜文庫本において細かく描き込まれている衣装の模様が簡略化されている箇所や描かれていない箇所（第二段、第四段の男性の衣装や第六段の女性の衣装など）、畳の縁や格子、御簾や簀子に描き残しと思われる箇所（第四段、第六段）が見られる。そして何より奥書の印に印名がなく、印が押されていた箇所を示すように、丸みを帯びた四角の囲み線だけが残されていることは注目される。前述したように甲子園学院本・九曜文庫本では、印のなかには文字があり酷似していた。つまり、甲子園学院本・九曜文庫本には描かれているものが、コロンビア大学本には描かれていない部分が認められるのであり、そのコロンビア大学本をもとに甲子園学院本・九曜文庫本が写されたとは考えにくく、甲子園学院本・九曜文庫本をもとにしてコロンビア大学本が写されたと考えるのが自然であろう。

それではコロンビア大学本はどちらをもとにしたと考えられるだろうか。レプリカのように似ている甲子園学院本と九曜文庫本ではあるものの、詞書にはごくわずかに異なる箇所が認められたが、その対立箇所（例12、13）において、コロンビア大学本は甲子園学院本と同じである。絵においても、男性貴族の唇の両端に小さな髭があるかないかという微細な差異が二箇所（第二段、第四段）に認められるが、その対立箇所でもコロンビア大学本は甲子園学院本と同様に髭が描かれている。いずれもわずかな差異ではあるものの、コロンビア大学本が九曜文庫本よりも甲子園学院本に近いことをうかがわせる。詳しくはさらなる調査をまたなければならないが、コロンビア大学本は甲子園学院本をもとに写された絵巻であり、九曜文庫本とは兄弟関係にある可能性が高いと思われる。コロンビア大学本は、第二、第三の九曜文庫本の存在を裏づけてくれるものといえよう。

なお、コロンビア大学本については、同大学C. V. スター東亜図書館日本研究ライブラリアン、野口幸生氏に大変お世話になった。ご厚意に心より感謝申し上げる。

主な参考文献

【影印・翻刻・研究】
中野幸一「下燃物語」（『室町物語集』「日本古典文学影印叢刊27」日本古典文学会、一九九〇年五月）
市古貞次・三角洋一「下燃物語」（『鎌倉時代物語集成　第七巻』笠間書院、一九九四年九月）
【研究論文】
中野幸一「『下燃物語』の残欠絵巻について——後期物語の新出資料」（笹渕友一編『物語と小説——平安朝から近代まで』明治書院、一九八四年四月）
中島正二「『下燃物語』覚え書き」（『むろまち』第三集、室町の会、一九九八年十二月）
松島毅「下燃物語」（『中世王朝物語・御伽草子事典』勉誠出版、二〇〇二年五月）

豊明絵巻

とよのあがり

『豊明絵巻』第一段（前田育徳会・尊経閣文庫蔵）

○第一段

[一]中納言[1]、愛する妻[2]と幸せな日々をすごす

豊明《とよのあかり》一の夜な夜な《よよ》は、二淵酔《ゑんずい》 三舞楽《ぶがく》に袖を連ねてあまた年《とし》、四臨時《りむじ》 五調楽《てうがく》の折々は、六小忌《をみ》の衣《ころも》にたちなれて、御手洗河《みたらしがは》にかげをうつす。七

年いまだ三十《みそぢ》に満たずして、八黄門郎《くわうもんらう》にあがりて、九あまさへ左大将をかけて、朝恩《てうおん》に誇るのみならず、家にありては、一〇窓の内《うち》にかしづかれて、一一天子に心をかけ、禁中に交じらはせむことを思ひ、かしづかせける人のむすめを得《え》たり。かの一二楊玄琰《やうげんえん》がむすめをはじめて得《え》給へりけむ一三皇帝の御心地にも過ぎたり。草の仮寝のうち臥すほども、ひとりは夜を明かさず、明けぬる夜半の衣々《きぬぎぬ》も、たち離るべくもなし。公《く》事《じ》に仕ふる折々は、家路を思ふに、出でむことのみ心もとなく、明けても、同じ床《ゆか》を離るることなく、暮れても、同じ衾《ふすま》を交はさぬ夜を隔つることなし。心、言葉もたくみに、しわざありさまも人にすぐれたり。一四春はみどりに霞むより、晴れの空に落花を惜しみて歌をながめ、秋は野も狭《せ》の虫を籬《まがき》にうつして、一五管絃糸竹《しちく》の音《ね》にあはせてあはれを添へ、す

○第一段

[一]　豊明の節会の夜ごとには、清涼殿での酒宴や舞楽に列席して幾年月、臨時祭の楽所での調楽の折々は、小忌の衣になれ親しんで、御手洗河に身を清め、その姿を映す。

年はいまだ三十歳に満たないというのに、黄門郎（中納言）に昇進して、そればかりか左大将を兼任し、朝廷の恵みを誇るだけでなく、家庭においては、深窓のなかで大切に育てられて、天子の后となることに望みをかけ、宮中で宮仕えさせようと思って、周りの者たちにも大切にお世話させてきた、人の娘[2]を妻にもらった。中納言[1]のうれしさは、あの楊玄琰の娘・楊貴妃をはじめて妻となさったという玄宗皇帝のお気持ちにもまさっている。草の刈根ではないけれど、仮寝、ほんのかりそめに横になる間も、一人では夜を明かすことなく、夜が明けても夜半に交し合った互いの衣を別々にして、立ち離れる気にもなれない。公務に仕える折々は、家路を思うと、退出することばかりが待ち遠しくじれったくて、夜が明けても、共寝をした床を離れることなく、日が暮れても同じ夜具を交わさずに、夜を隔てることなど一夜もない。中納言は心づかいも言葉もたくみで、ふるまいや態度も他の人よりすぐれている。春は、あたりがみどり色に霞む時から、晴れた空のもとで落花を惜しんで詩歌を口ずさみ、秋は、野原も狭しとばかりに鳴く虫を、籬垣《ませがき》の中に移して、管絃楽の音色に虫の音を合わせて、秋の情緒を添え、すべてその時々の季節に応じて、心に不足に思うことなく、その身には悩み

べて時につけて心に足らぬことなく、身に憂へたる色なし。

人間に生を受けたれども、一六四苦も八苦も身にあたらむものとも知らざれば、一七善現城《ぜんげんじよう》の楽しみにもことならず。ただ、一八もろとものの遊び、戯《たはぶ》れに、夜を明かし、日を暮らすよりほかのことなし。愛に着《ぢやく》し色に染《そ》みて、一九有為無常《うゐむじやう》の情《なさけ》なきことわりを知らず。ものに触れ、ことによそへては、松竹千秋の楽しみを祝《いは》ふ。二〇亀鶴《きかく》を友とし、鳳麟《ほうりん》をもてあそびとす。家の内《うち》、門の外《ほか》、二一楽しみいさめるよりほかのことなし。さらに、悲しみ巷《ちまた》に憂ふれども、聞くことなければ、これを悟らず。貧窮孤独のたぐひは、目に見ざれば、ありとだにも知らず。卑賤醜陋《ひせんしうろう》の輩《やから》は近づかざれば、あはれむことなし。かたみに、いまだいはけなかりし齢《よはひ》のほどよりあひともなひて、世々の宿縁浅からざりければにや、男女の子息両三人、数を添へたりき。

をかかえているけはいもない。

人間として生を受けてはいるけれど、人間ならば経験せずにはいられない四苦も八苦も（生、老、病、死、愛別離苦《あいべつりく》、怨憎会苦《おんぞうえく》、求不得苦《ぐふとくく》、五陰盛苦《ごおんじようく》）わが身の上に起こることがあろうとも知らないので、帝釈天が住む忉利天《とうりてん》の善現城での楽しさにも異ならない。ただ愛する妻とともに、管絃などのあそびや戯れごとに、夜を明かし、日を暮らすよりほかのこともない。愛に執着し、美しいものに心なじんで、有為無常（世の中のありとあらゆるものは常に転じ変わるもの）という、無情なこの世の道理も知らない。ものに触れ、できごとにことよせては、常緑の松や竹のように楽しみが変わることなくずっと続くことを祈る。亀や鶴を友とし、鳳凰や麒麟をあそび相手とするように、天から祝福され、妻と二人での永遠の幸せが約束されたかのような毎日である。家のなか、門のおもても、楽しみにはやり立つよりほかのことはない。そのうえ、悲しみが世間にあふれ、人々が嘆き訴えているけれども、その嘆きを聞くこともないので、これを理解しない。貧しく生活に窮した、孤独な人のたぐいは、目に見ないのでそういう人々がいるとさえも知らない。身分・地位が低く、醜く卑しいやからは、近づかないので、彼らを憐れむこともない。中納言も妻も、お互いにまだあどけなかった年のころから連れ添って、前世から世々にわたる宿縁が浅くはなかったからか、男女の子供たちが、それぞれ三人ずつ、数を加えて生まれていた。

○ 第二段

[二]妻[2]の突然の病気に、中納言[1]は心を砕く

偕老同穴《かいろうどうけつ》[二二]の契《ちぎ》り、年月を重ねて十年《ととせ》あまりの春を過ぎぬるに、その秋、長月《ながつき》のころ、女、にはかに秋[二三]の霧にをかされて、[二四]病《やまふ》の床《ゆか》に臥したり。しばしは、かりそめのあだごとと思ふだに、時《とき》の間《ま》も、我が身にかふるならひもがな、と思ひむせぶより、やうやう人間の憂へのうち、一苦はまづ来たれり。

嘆きの切《せち》なるに添へて、有験智徳《うげんちとく》の僧は、深山《みやま》をたづねて残るなく、[二五]陰陽医療の道々は、もるる少なく集まれり。金銀珠玉《きんぎんしゆぎよく》の宝[二六]、[二七]七珍綾羅《しつちんりようら》のたぐひ、数を尽くして[二八]はらひ出で、家に伝へたる宝物、世に聞こえたる名馬ども、霊仏霊《れいぶつれい》社《しや》へ奉れり。思ひ残すことなく、心のいたらぬくまもなし。力を尽くすによらざれば、日数《ひかず》は積もれどもしるしなし。

○ 第二段

[二] 生きてはともに老い、死しては同じ穴に葬られんことを願う偕老同穴の約束のとおりに、仲むつまじく連れ添って、年月を重ねて、十年あまりの春が過ぎたが、その年の秋、九月のころ、女[2]は、突然に、秋の霧に健康をおびやかされて、病の床に臥せってしまった。しばらくの間は、一時的なちょっと体調をくずした程度のことと思っていたが、そう思うのでさえ、中納言[1]は「ほんのわずかな時間でも、妻の病気が我が身にかわれるならわしがあったらなあ」と思ってむせび泣き、その時から、ようやく人間の四苦八苦の嘆きのうち、一苦がまずやって来た。

中納言の嘆きが切迫してくるのにつれて、有験智徳の僧は、深山をさがし求めて残る人なく、陰陽医療の道々の博士は、もれる人もほとんどなく、たくさんの人が集まった。金銀珠玉の宝や七珍綾羅の類は、ある限り数を尽くしてすっかり差し出して、家に伝来している宝物や世間で評判の高い名馬の数々も、霊験あらたかな仏閣や神社へ奉納した。中納言は、妻の病気が治るのであるならばと、思い浮かんだことは残すことなく、心の及ばないこともなくあらゆる手段を試みた。病気が快方に向かうかどうかは、財力を尽くして熱心に仏神にお祈りすることによるものでもないので、日数は積もり重なるけれども、その効き目もない。

○ 第三段

[三] 臨終の妻[2]に弥陀の宝号をすすめる

仏神の力の弱きにはあらず。運命限りありて、[29]定業《ぢやうごふ》極まりにければ、道々の[30]験《げん》徳《とく》、しるしなきがごとし。日々にかげ傾《かたぶ》きて、[31]羊の歩《あゆ》み、やうやう近づき、夜々に気色弱りて、朝露の命、消えなんとす。

[32]法術、力尽きて、命、刹那《せつな》につづまる時、騒ぎて、一人の聖《ひじり》を語らひて、はじめて弥陀《みだ》の[33]宝号《ほうがう》をすすむ。年月、しなれざることとなれば、口に唱《とな》ふるにもの憂く、耳に聞くことかすかなり。[34]浄土宝刹《じやうどほうせつ》の荘厳《しやうごん》を説けども、聞きなれざるすぢなれば、[35][36]三種の愛に心をとどめて、懺悔の思ひにひるがへらず。[37]知識、すすむるにたよりを失ひ、[38]教化《けうげ》の言葉に道を惑へり。耳に近づきて、[39]名号《みやうがう》をすすむれども、[40]聞にもあらず、唱にもたえず。しかれども、[41]知識、言葉を残さず、種々に安慰《あんに》して、すすめて[42]念仏せしむるに、[43]心を励まして、十念《じふねん》は具足《ぐそく》しぬ。[44]罪、五逆《ごぎやく》にいたらざりしかば、いはむや[45]見金蓮花猶如日輪《けんこんれんげゆによにちりん》の説、虚妄ならざれば、さだめて[46]下品三生の台《うてな》には、のぞみをや遂《と》げぬらむかし。

○ 第三段

[三] 仏神の力が弱いということではない。運命には限りがあって、善行の報いによって定められた妻[2]の幸福な時間は限界に達してしまったので、さまざまな神仏や僧・験者の霊妙な力をもってしても、効き目がないのと同じである。日に日に、命のともしびが傾き薄れて、屠所に引かれていく羊の歩みのように、寿命がしだいに終わりに近づき、夜ごとに妻の様子も弱っていき、今まさに朝露のようにはかない命が消えてしまおうとする。

なすべき手立て・方法も力尽きてしまって、妻[2]の命がほんのわずかな時間にさし迫ってしまった時、中納言[1]は、あわて騒いで、一人の聖[5]に実情を語って、妻に、はじめて弥陀の宝号を唱えることをすすめる。長い年月の間、唱えなれていないことなので、口に唱えようとしても、おっくうで気がすすまず、耳に聞いてもはっきりと心にひびかない。聖が、浄土や宝刹のすばらしさを説くけれども、聞きなれていない方面の話なので、臨終の際に起こす三種の愛（境界愛・自体愛・当生愛）に執着して、懺悔の思いに心が翻らない。念仏をすすめる知識[5]も、すすめる手立てを失い、仏道へと教え導くべき言葉を見つけかねてとまどっている。耳に近づいて、南無阿弥陀仏の名号を唱えるようにすすめるけれど、聞くわけでもなく、唱えることにもたえられない。そうではあるけれど、知識は、言葉を残すことなく費やして、さまざまに心を安らかにさせ慰めて、さらにすすめて念仏を唱えさせたと

○ 第四段

［四］中納言1、無常を悟り出家を覚悟する

つらつらこのことを案ずるに、(四七)鴛鴦魮鮊《えんあうひもく》の契り、たちまちに別れ、生者必滅《しやうじやひつめつ》の道《こと》理《わり》のがれざりければ、この(四八)火宅《くわたく》にかげをとどむべき心地せず。なかにも、刹那のきざみ、(四九)知識の気色見しに、思ひつき、しなれざりける後悔、まことに先に立たざりける恨みなり。春霞飛花《しゆんかひか》の遊び、秋風明月《しうふうめいげつ》の戯《たはぶ》れ、簫笛琴瑟《せうてききんしつ》(五〇)の調べ、(五一)流泉啄木《りゆうせんたくぼく》の曲、ひとつとして、臨終終焉の夕《ゆふ》べには、しなれても要なかりけり。耳のよそに聞き、言葉のつてに(五二)忌《い》まひし、南無阿弥陀仏の六字の名号《みやうがう》に過ぎたることはなし。しかじ、はじめて習はむよりは、これを

ころ、心をふるい立たせて、南無阿弥陀仏の名号を十回唱えるという、十念は満たすことができた。妻2は、五逆の罪に及ぶことはなかったので、まして臨終に際して十念を行なうことを満たした人は、『観無量寿経』に、「見金蓮花猶如日輪」（日輪のような金色の蓮華の花が目の前にあらわれるのが見え、極楽に往生できるだろう）と説いているのは虚妄であるはずはないから、かならずや下品三生のうちのいずれかの蓮の台に生まれ変わるという望みを遂げていることだろう。

○ 第四段

［四］　よくよくこのできごとを思いめぐらしてみると、鴛《おし》鴦《どり》や魮鮊《ひもく》の魚《うお》のように、いつまでも仲良く寄り添い幸せに暮らそうと約束した二人の仲も、たちまちに別れることになって、命あるものは必ず亡くなる時がくる、という道理から妻も逃れることができなかったのだったから、火災にあっている家のように、煩悩にあふれて不安なこの現世に、その姿をとどめておくような気にもなれない。なかでも、妻の臨終のその瞬間、知識5の様子を見た時に、南無阿弥陀仏の名号を唱えることなど、それまで思い及ぶことなく、口になれて唱えてこなかった後悔の思いは、まことにとりかえしがつかない恨みである。春霞飛花、秋風明月を賞美し、管絃などの演奏にあそび戯れたことも、簫笛琴瑟の調べ、流泉啄木の琵琶の秘曲も、ひとつとして、臨終終焉の夕べには、慣れ親しんでいたことであったとしても、何の役にも立たなかったのだ

口なれて、亡魂《ばうこん》の冥途のともとして、身づからが[五三]浄土の資《し》粮《りやう》とせんには。

いよいよ心をすすめむがために、涙をおさへて、かの山送りをしてなり果つるありさまを見るに、そそや[五四]霓裳羽衣《げいしやうい》の舞、たとへとするに、あかざりし姿、いたづらに[五五]東岱《とうたい》の雲とのぼりぬるありさま、むげに惜しみ所なく、[五六]深夜の夢、ひとたび覚めぬるをともとして、やがてとどまりなむと思へども、さすが余《よ》執《しふ》や残るらん、子息をはじめとして、公《おほやけ》私《わたくし》につけて、[五七]家嫡《かちやく》、[五八]羽《う》林《りん》に言ひ置かむと思ひて、ふたたび故郷《ふるさと》へ[五九]帰れり。

男女の[六〇]所従《しよじゆう》の愁歎《しうたん》の色、心も知らぬ[六一]みどり児《こ》の、求めかねて泣く声、昨日まで栄花に誇りて、憂へをよそに見し家の内《うち》の気色には、引きかへたる悲しみなり。思ひ立ちぬる道なれば、[六二]三界無《さんがいむ》安《あん》猶《ゆ》如火宅《によくわたく》、一夜のどまるべき心地せず、衆《しゆ》苦《く》充満甚可《じうまんじんか》怖畏《ふゐ》、愛して心をとどめし住処《すみか》とたどらる。しかあれども、捨て果てむことを思ひ定めたるに、[六三]心をのべて、男女の兄弟、両三人をはじめて、家《か》中家領《ちうかりやう》の目録、[六四]曩祖《のうそ》より[六五]伝《つた》へ来たる日記、管絃の秘書どもみな渡して、

った。自分には関係のないことと聞き、言葉のついでに口にするのも、不吉なことと避け嫌っていた南無阿弥陀仏の六字の名号にまさるものはない。そう、越したことはあるまい、臨終に際して、六字の名号をはじめて習うよりは、これを口にすることに慣れ親しんで、亡き妻の魂の冥途へのともとし、自分自身が亡くなる時の浄土への糧《かて》とすることに。

中納言[1]は、いよいよ、仏道への思いをより強く確かなものとさせるために、あふれる涙をおさえて、亡き妻の山送りをして、成り果てた最後の有様を見ると、それがまあ、霓裳羽衣の舞をした楊貴妃にたとえても足りないほどに美しかった妻の姿が、荼毘にふされて、むなしく東岱の雲となってのぼってしまった有様は、まるで惜しむべくもなく、幸福だった日々が妻の死によって破られ、まるで深夜の夢であったかのように一度にさめてしまったことを目の当たりにするにつけても、このままここにとどまってしまいたいと思うけれど、さすがに心から離れない思いが残っているのだろうか、子供たちのことをはじめとして、公的なこと、私的なことにつけても、家を継ぐ嫡子[3]や近衛府に伝えるべきことを言い置こう、と思って、ふたたび自邸へと帰って来た。

男女の従者や侍女たちの嘆き悲しむ表情、何が起こったのかもわからない幼な子[4]が、母を求めてもかなえられずに泣く声がして、昨日まで栄華を誇って、悲しみや嘆きを無関係なことと思っていた家のなかの様子とは、うってかわった悲しみである。中納言[1]は仏道にすすむことを決心しているの

（中納言）「一夜を思ふほどだに、終《つひ》の別れにならざるべしともおぼえぬあださなれば」と言ひなして、朝《てう》につけ家につけて許《ゆ》[六六]るまじきことなれば、言葉に出だすにおよばず。かの煙《けぶり》となりしあたり近きほどにて、五旬[六七]を過ぐすべきよしを言ふ。ここにも、七日七日の仏事、中陰[六八]籠僧《ろうそう》のことまでよくよく言ひ定めて、あからさまなるよしにて、ながく出でにけり。

○ 第五段

[五]庵室で勤行する中納言1に、末子4の訃報が届く

同穴[六九]の契りを違《たが》へぬになぞらへて、かの墳墓《ふんぼ》のかたはらに庵室《あむじち》[七〇]を結びて、心をしづめて念仏す。人間の栄耀《えいえう》は、まことに

で、『法華経』に「三界無安猶如火宅」とあるとおり、まるで火災にあった家のように、煩悩に満ち不安なこの世に、一夜たりとも落ちついていられる気もせず、「衆苦充満甚可怖畏」とあるとおり、苦悩に満ちあふれ畏怖すべきこの世であるのに、執着して心をとどめた住処であったと思いたどられる。そうではあるけれど、きっぱり捨て去ることを心に決めているので、心をのびやかにして落ち着かせて、男女の兄弟姉妹、ともに三人ずつをはじめとして、家中家領の目録、先祖代々伝えてきた日記、管絃のための秘本の数々を、みんな渡して、「たった一夜の別れと思うほどでさえ、最後の別れとならないとも限らないかりそめのこの世であるので」と、出家を覚悟の行動と気づかれないように言いつくろって、朝廷においても、家においても、許されるはずもないことなので、出家の決意を言葉に出すこともできない。亡き妻が茶毘の煙となったあたりに近い所で、五十日間の喪を過ごす予定という旨を伝える。中納言は、この邸でも行なうべき、七日ごとの法事や、中陰の間、仏事を修する籠り僧のことまで、よくよく言い定めて、ほんのちょっと出かけてくるということにして、永く家を出てしまったのだった。

○ 第五段

[五]　中納言1は、亡き妻2と交わした偕老同穴の約束を破りはしないことになぞらえて、あの妻の墓所の傍らに、庵室を結んで、心の乱れをおさめて落ち着かせて、念仏をする。

因縁浅かりけり。林下《りんか》の幽閑は心に[二一]染《そ》みて、住まざりけむいにしへを悔《くや》しむ。山水、音《おと》静かにして、[二二]十六観想おのづから心に浮かみ、[二三]松嵐《しょうらん》、声はげしければ、やうやく生死《しゃうじ》の夢おどろきぬべし。

　かたがた、いにしへの住まひには、生をかへたらむ心地すれば、朝夕のありさまも昔にことなればにや、起き臥しの心も、またおのづからありしにはことなり。窓の内《うち》より、出づる有明をながめつつ、ひとり思ひつづくれば、[二四]あはれを添ふる猿の声、行人の袂ならねどしぼりもあへぬ折ふし、家を譲り置きし少将、夜《よ》もすがらたどり入りける気色にて、露をわけつつそほち来にける。なかにも、心をとどめし弟《おとと》の若君さへ、にはかに亡《う》せにしよしを語る。思ひ捨てにしを、今にはじめぬ愛別の情《なさけ》なさなれば、今さら捨ててける世もうれしく、折からさへ悲しければ、かたみに涙をおさへて、昔、今、語り尽くすほどに、その日も暮れぬれば、心をさながらとどめ置きて帰りぬ。

人間の栄耀栄華は、まことにその因縁は浅くはかないものなのだった。林のもとの静けさは、心に深くなじんで、住まうことのなかった過去を後悔する。山の中の水の流れは音が静かで、極楽浄土に往生するための十六観想が自然と心に浮かんできて、松を吹く嵐の声がはげしいので、ようやく、人の世は、迷妄の世に生死流転をくり返すはかない夢のようなものにすぎないことにはっと気がつくに違いない。

　あれやこれや、これまでの暮らしとは違って、生まれ変わったかのような気がするので、朝夕のあたりの景色も昔と異なるからか、起き臥しの心も、また自然と、かつてとは違って感じられる。庵室の窓のなかから、のぼりゆく有明の月を眺めては、ひとり思いつづけていると、哀感を添える猿の声がして、漢詩にいう行人の袂ではないけれど、涙でぬれた僧衣の袂をしぼろうとしても、また涙に濡れてしぼりおおせることができずにいる、まさにその時に、家督を譲り置いた息子・少将[3]が、夜通し迷いながら手探りで山道をわけ入った様子で、露をかき分け、かき分け、びっしょりと濡れてやって来たのだった。中納言[1]が家を去るにあたって、子供たちのなかでも、心を残して来た末の弟の若君[4]までが、突然に亡くなってしまった旨を、少将は語る。中納言[1]は、思い捨ててきたこの世ではあるが、今はじめて経験するのではないとはいえ、愛するものと別れなければならないつらさは、あまりの無情さであるので、今あらためて、この世を思い捨ててきたこともうれしく、時節柄までも悲しいので、お互いに涙をおさえて、昔から今のことまで語り尽

○第六段

[六]中納言[1]の極楽往生を約束する瑞祥が現れる

時光《じくわう》、[一七五]やうやくかげ移りて、五更《ごかう》の空におよぶ。[一七六]半月《はんげつ》、光少なくして、[一七七]草のとざしも寂し。落葉《らくえふ》、嵐にしたがひて、[一七八]方丈のとぼそを叩《たた》くに、妄想の夢おどろかれて、静かに往事を思へば、膝のもとをはなたず、朝夕愛せしみどり児《こ》も、[一七九]生《しやう》死《じ》の塵《ちり》におかされにければ、目の前の悲しみ、伝へ聞く嘆《なげ》き、[一八〇]厭離穢土《おんりえど》の境界《きやうがい》は身ひとつに極まりたり。

[一八一]つらつら、いにしへをかへりみれば、[一八二]愛結《あいけつ》の絆《きづな》にまつはれて、[一八三]沈麝《ぢんじや》のにほひに心を染《そ》めし[一八四]床の上、後悔して、まづ[一八五]聖霊を思ひやれば、[一八六]十王断罪の庭には、舌を巻きてや地に伏すらん。返しても返しても頼むところは、[一八七]得聞六字の名、たとひ[一八八]火車現ずとも、[一八九]花台《くわだい》すなはち迎へん。

(中納言)「請《こ》ひ願はくは弥陀善逝《みだぜんぜい》、[一九〇]罪障、年《とし》を経《へ》、後悔、日浅くとも、一心を[一九一]知見して[一九二]九品《くほん》の蓮台《れんだい》に迎へしめ給へ。また、願はくは、名号《みやうがう》、功少なく、[一九三]深心《じんしん》、思ひ浅くとも、他力《たりき》の舟に乗りて、本願の海に浮かばむと思ふ。身は愚鈍の[一九四]凡夫なりと言へども、今は念仏の行者《ぎやうじや》たり。何《なん》ぞ、[一九五]分陀利花《ふんだりけ》に

くしているうちに、その日も暮れてしまったので、少将[3]は、心をそのままこの庵室にとどめ置いて、帰ってしまった。

○第六段

[六]　時は、光のように刻一刻と過ぎて行き、しだいに暁の空となる。有明の半月は光少なくて、草に閉ざされた門も寂しい。落葉が、嵐に吹きつけられて、方丈の庵の戸をたたく音に、迷いの心によって真実を見誤ってきた、妄想の夢から目を覚まさせられて、心静かに過去の出来事を思うと、膝もとから離さず、朝夕可愛がった幼な子[4]も、生死をくり返す迷いの世界の塵に犯されてしまったのだったから、その死を目の当たりにする悲しみ、その死を伝え聞く嘆きで、厭離穢土（穢れたこの世を厭い離れたい）の境地がわが身ひとつに極まってしまった。

つくづくと、過ぎ去った日々をかえりみると、愛結の絆にとらわれて、沈香や麝香の匂いにうっとりと心を寄せて妻と過ごした寝室での甘美な日々を後悔して、まず亡き妻の霊魂に思いを馳せると、今ごろは、十王断罪の裁きの庭で、舌を巻いて恐れおののいて地にひれ伏していることだろう。かえすがえすも、頼みとする所は、得聞六字の名である。亡き妻も南無阿弥陀仏の六字の名を聞くことができれば、たとえ悪事をなした亡者を地獄へ運ぼうとする火車が現れたとしても、極楽浄土の蓮華の台の上に即座に迎えられることだろう。

「請い願わくは、阿弥陀善逝よ、罪障、年を経て積もり、

ことならむ。南無九六観世音《かんぜおん》、大勢至《だいせいし》、願はくは九七勝友《しようう》となりて、九八生諸仏家の本懐《ほんかい》を遂《と》げしめ給へ。南無阿弥陀仏、南無阿弥陀仏」と、声を励まして唱ふれば、峰の嵐にたぐひて、九九異《い》香《きやう》やうやく室ににほひ、一〇〇白毫《びやくがう》、細くめぐりて、眉の間《あひだ》に輝けり。一〇一須臾《しゆゆ》にかの地にいたりなむこと、近きにあり。一〇二本誓《ほんぜい》むなしからぬ喜び、一〇三随喜《ずいき》の涙、来迎《らいかう》の一〇四踊躍《ゆやく》、かたがた左右の袂、所なく、いよいよ息の絶ゆるを限りて、合掌して念仏す。

今までの行ないを後悔することがまだ日も浅いとしても、私の心ひとつを照覧されて、どうか極楽浄土にある九品の蓮台にお迎えしてやってください。また、願わくは、名号をお唱えすることの積み重ねが少なく、深く信じる心がたとえ浅いとしても、他力の舟に乗って、阿弥陀仏が衆生を救済してくださると約束してくださったように、極楽浄土へと向かう海に浮かびたいと思うのです。我が身は、のろまで愚かな、仏教の道理も理解していない煩悩だらけの人間であるとは言っても、今は念仏の修行者です。どうして、分陀利花（白蓮花―すぐれた念仏行者）と異なりましょうか。南無観世音菩薩、大勢至菩薩よ、願わくは、我がよき友ともなって、仏たちの家（極楽浄土）に生まれるという本懐を遂げさせてやってください。南無阿弥陀仏、南無阿弥陀仏」と、声をふるい立たせて唱えると、峰を吹く嵐にともなって、この世のものとも思えないよい香りがだんだんと室内に匂い、阿弥陀仏の白毫がかすかに旋回して、眉と眉の間に輝いている姿が見える。阿弥陀仏の姿を観想することができたということは、たちまちにあの極楽浄土の地にいたるであろうことが、近いということである。『観無量寿経』のなかで、阿弥陀仏が衆生を救ってくださると約束された誓願は、言葉だけではなかったのだという喜び、阿弥陀仏の教えに対する大きな喜びの涙、阿弥陀仏が迎えに来てくれたという満ちあふれる喜びと、あれやこれや左右の袂も涙をぬぐう所もないほどに喜びの涙にぬれて、いよいよ、息が絶えるその時までと合掌して念仏を唱える。

注

一　豊明―豊明節会のこと。新嘗祭の翌日、天皇が新穀を食し、群臣に賜う儀式を豊明節会と称し、吉野の国栖の奏楽や五節の舞などが行なわれた。底本では、「豊明の夜な夜な」とあるが、豊明節会は新嘗祭の翌日の辰の日、一夜と決まっているため、毎年毎年の豊明節会の夜ごとに、の意と解した。あるいは、「豊明」は、「豊明節会」をさすのではなく、宮中での大きな宴会をさすもの（「〔正月七日ニ〕群卿（まへつきみたち）を招（め）して豊明きこしめすこと、日数（へ）ぬ」〈日本書紀・景行五十一年〉）と考えることもできるか（『岩波古語辞典』等参照）。

なお、本絵巻では「豊明のよな〳〵」以下、冒頭の八行ほどがかすれてしまっており判読しにくい。

二　淵酔―正月や五節の寅・卯の日などに、宮中の清涼殿の殿上の間に、殿上人を召して催された酒宴。朗詠し今様などを歌い、乱舞に及んだ。「ゑんすい」ともいう。『角川古語大辞典』等参照。

三　舞楽―雅楽（古来の宮廷音楽の総称）のうち舞を伴うもの。

四　臨時―臨時祭のこと。例祭以外に、臨時に行なう祭祀。特に、十一月の下の酉の日に行なわれた賀茂神社の祭祀、三月の中の午の日に行なわれた石清水社の祭祀、六月十五日に行なわれた祇園社（八坂神社）の祭祀にいう。本絵巻では、これらの臨時祭の調楽の折々、ということか。

五　調楽―舞人・楽人が、儀式・行事・賀などの舞楽を宮中の楽所にて、前もって下稽古すること。特に、賀茂・石清水の臨時祭の調楽が有名。「でうがく」ともいう。

六　小忌の衣―大嘗会・新嘗会・五節・豊明節会などで、公卿・女官・舞人など神事に奉仕する者が、装束の上に着用する服。白布に春の草・小鳥などの文様を青摺りにし、狩衣のように作り、右肩に二本の赤紐をつける。

七　豊明の夜な夜なは、淵水舞楽に袖を連ねてあまた年、臨時調楽の折々は、小忌の衣にたちなれて、御手洗河にかげをうつす―『とはずがたり』「蓬萊宮の月をもてあそんで、豊明の夜な夜なは、淵酔・舞楽に袖をつらねてあまた年、臨時調楽の折々は、小忌の衣に立ち慣れて、御手洗河に影をうつす」（巻一・三二頁。『とはずがたり』の引用は「新潮日本古典集成」による。ただし、「新潮日本古典集成」では「臨時の調楽」とあるが、『とはずがたり』の影印本「りむしてうかく」〈笠間書院。三〇頁〉により改めた。なお、『とはずがたり』は孤本であり、底本は同じ）と同文となっており、注目される。以下、『豊明絵巻』と『とはずがたり』の表現が重なるという注記は、中村義雄氏「豊明絵草子と『とはずがたり』」（『絵巻物詞書の研究』角川書店、一九八二年）、松本寧至氏「『豊明絵草子』詞書との関連―『とはずがたり』の執筆時期について」（『とはずがたりの研究』桜楓社、一九七一年）を参考にさせていただいた。

八　黄門郎―中納言の唐名。「黄門侍郎」の略。

九　あまさへ―「あまっさへ」の促音便を表記しない形。「あまっさへ」は、「あまりさへ」の転。そればかりか、その上に加えて、の意。

一〇　窓の内にかしづかれて―中納言の妻となった女性のことと解した。同じ文の後半に、ふたたび「かしづかせける人の娘」という表現が見えるため、最初の例は中納言についてとる余地もあるか。ただし、「窓の内」で大切に育てられるというのは姫君と解するのが自然。

一一　天子に心をかけ、禁中に交じらはせむことを思ひ、かしづかせける―『とはずがたり』「天子に心をかけ、禁中にまじらはせん事を思ひ、かしづく由」（巻二・一四三頁）に類似。

一二　楊玄琰がむすめ―楊貴妃のこと。楊玄琰は、彼女の父の名前。陳鴻による『長恨歌伝』（『歌行詩諺解―長恨歌伝・長恨歌・琵琶行・野馬臺詩注解』勉誠社、一九八八年、六八頁）に見える。「か（が）」の文字はかすれて判読しがたいが、『鎌倉時代物語集成　第七巻』（笠間書院）所収『豊明絵草子』を参考に「か」と推定した。

一三　皇帝―玄宗皇帝のこと。白居易による『長恨歌』参照。

一四　春はみどりに霞むより、晴れの空に落花を惜しみて歌をながめ、秋は野も狭の虫を籬にうつして―春は桜花、秋は野も狭の虫、という発想は、『とはずがたり』「花の下にていたづらに日を暮し、紅葉の秋は、野もせの虫の霜に枯れ行く声をわが身の上と悲しみつつ」（巻四・二七九頁）と重なるか。

一五　管絃糸竹―「管絃」は管楽器と絃楽器、「糸竹」は絃楽器と管楽器のこと。

一六　四苦も八苦も―「四苦」は生・老・病・死のことで、「八苦」は、愛別離苦・怨憎会苦・求不得苦・五陰盛苦を加えあわせたもの。なお、「五陰盛苦」は「五蘊盛苦」ともいう。

一七　善現城―喜見城とも。忉利《とうり》天《てん》にあり、帝釈天が住む城の名。

一八　もろともの―底本「もろともに」の「に」に見セ消チが付され「の」が並記。

一九　有為無常の情なきことわり―『とはずがたり』「有為無常の情なきならひ」（巻五・三二二頁）「生死無常の情なきことわり」（巻四・二五六頁）と類似。仏教では、「有為」とは、さまざまな原因や条件（因縁）によって作り出された一切の現象をいう。「諸行無常」という場合の「諸行」と同義。われわれの存在している世界は、すべて生じては変化し、やがて滅していく諸現象・諸存在によって成り立っている。そうした諸現象・諸存在を無常・無我と理解したものが仏教の立場。「生死無常」の「生死」は、命あるものは、生まれかわり死にかわりしてとどまることのない、この迷いの世界をさす（以上、『岩波仏教辞典』を参照）。「有為無常」「生死無常」「諸行無常」を「ことわり」（この世の中の道理）ととらえる見方は当時広く行なわれていたと思われるが、本絵巻と『とはずがたり』では、そうした「無常の道理」を「情なきことわり（ならひ）」として、「無情な（思いやりのない）道理」と受け止めている点で、注目される。他の作品にも「有為無常の情なきことわり」といった表現があるのかどうか調べてみたが、『平家物語』『保元物語』『平治物語』などにも見出せなかった。解題にも述べているので参照されたい。

二〇　亀鶴を友とし、鳳麟をもてあそびとす―「亀鶴」は長寿のたとえであろう。「鳳麟」は底本では「鳳鱗」とあるが、「鳳凰」と「麒麟」の意と考え「鱗」を「麟」とあらためた。ただし、「鱗」は、うろこの意であるが、魚に限らずうろこのある動物として、魚龍（魚と龍）の総称ともいう（『大漢和辞典　巻一二』大修館書店、七七一頁）。それにしたがえば、「鳳鱗」は鳳凰と龍をさすと解することもできるか。なお、『礼記』の「礼運」では、「麟・鳳・亀・龍」は四霊《しれい》と称され、神聖もしくは霊妙な能力を備えた想像上の動物とされる。また、麟（麒麟）や鳳（鳳凰）は、天が地上世界を祝福する時に出現させる、と伝えられているという（竹内照夫氏『礼記　上』「新釈漢文大系27」明治書院、一九七一年四月。三四五～三四六頁による）。「亀鶴を友とし、鳳麟をもてあそびとす」は、わかりにくい文脈であるが、末長い幸せを、天から祝福されているかのような、中納言夫妻の幸せに満ちた暮らしぶりをたとえたものと解しておく。

二一　楽しみいさめる―「いさめる」は四段活用「いさむ」（ふるい立つ、はやり立つ、の意）の已然形（あるいは命令形）に存続の助動詞「り」の連体形がついた形。物質的にも恵まれ、しあわせにわきたっている、幸せに満ちあふれている様子と解した。

二二　偕老同穴―底本では「陛老同穴」とあるが、「偕老同穴」にあらためた。中国の『詩経』による表現で、生きてはともに老い、死しては同じ穴に葬られる、の意で、夫婦が仲むつまじく連れ添うこと。

二三　秋の霧にをかされて―参考『平家物語』巻第六・小督「天にすまば比翼の鳥、地にすまば連理の枝とならんと、漢河（あまのがは）の星をさして、御契りあさからざりし建春門院、秋の霧にをかされて、朝の露ときえさせ給ぬ」（日本古典文学大系『平家物語　上』・四〇一頁）。

二四　病《やまふ》―名詞「やまひ」に同じ。四段活用の動詞化した「やまふ」が、名詞化（連体形を名詞的に用いたか）したものか。

二五　陰陽医療の道々は、もるる少なく集まれり。……家に伝へたる宝物、世に聞こえたる名馬ども、霊仏霊社へ奉れり―『とはずがたり』「陰陽・医道の洩るるはなく、家に伝へたる宝、世に聞えある名馬まで、霊社・霊仏に奉る」（巻四・二三六頁）と類似。

二六　金銀珠玉―金と銀、海に産する珠（真珠）と山に産する玉（美しい石・宝石）のこと。

二七　七珍綾羅―七珍は、七宝ともいい、七種の宝物、綾羅は、ぜいたくな美しい衣裳のこと。

二八　はらひ出で―わかりにくいが、「はらふ」にはすっかりきれいに片づける、といった意があることから、金銀珠玉の宝や七宝綾羅の類を、すっかり差し出して、の意と解した。ただし、差し出した相手がはっきりしない。「有験智徳の僧」

や「陰陽医療の道々の博士」とも思われるが、「霊仏霊社」の可能性もある。

二九　定業―仏教語。報いを受ける時期が定まっている業のこと。本絵巻では、定められた命の長さをさす。

三〇　験徳―神仏や僧・験者などがそなえている霊妙な力。また、それの発揮する不思議な威力。『岩波古語辞典』による。

三一　羊の歩み―仏教語。『涅槃経』迦葉菩薩品による表現で、寿命が刻々と消滅していくことを、羊が屠所（家畜を屠殺する所）にひかれていく様子にたとえたもの。『岩波仏教辞典』参照。

三二　法術―方術とも。てだて、方法、の意。

三三　宝号―仏・菩薩の名前のこと。「宝」は天子や神仏に関する美称。仏・菩薩の名前を唱えると救済してもらうことができるという称名思想の発展に伴って、その名前が宝号として尊重されるようになった。「弥陀の宝号」とは「南無阿弥陀仏」のこと。

三四　浄土宝刹―浄土は、阿弥陀仏のいる極楽浄土のこと。宝刹は、華厳経での理想郷。

三五　三種の愛―三種の愛心とも。『往生要集』巻中・大文第六「別時念仏」（岩波文庫『往生要集　下』四三頁）にみえる。三種の愛とは、誰もが臨終に際して必ず生じる三つの愛着心―境界愛・自体愛・当生愛―のこと。「境界愛」とは、その人にとっての妻や夫、子や親、親族、さらには家や財産に対して、心を残し執着すること。「自体愛」とは、妻や夫、子や親などに対する思いを超え、自分自身を愛し、自分自身の命を惜しむこと。「当生愛」とは、仏教徒としては浄土への往生を願うべきであるのに、もう一度人間界に生まれたいと思うこと。ちなみに「当生」は、生を受けたこの世、今生（『日本国語大辞典』）をさす。

なお、三種の愛のなかの「当生愛」については、死後は善い所に生まれたいとおこす愛着（『例文仏教語大辞典』）、未来の生まれ変わりに対する愛着（『日本国語大辞典』）とも解されている。

三六　三種の愛に心をとどめて、懺悔の思ひにひるがへらず。知識、すすむるたよりを失ひ、教化の言葉に道を惑へり―『とはずがたり』「三種の愛に心をとどめ、懺悔の言葉に道を惑はして、終に教化の言葉にひるがへし給ふ御気色なくて」（巻一・三〇頁）に類似。

三七　知識―仏教語。知人・朋友の意。仏道へと教え導いてくれる人のこと。浄土教では、浄土に往生できるように、念仏行をすすめてくれる人をさす。善智識ともいう。「一人の聖を語らひて」とある「聖」と同一人物とみなしてよいだろう。

三八　教化―仏教語。人々を教育・訓練することにより、仏教徒となるよう導いたり、仏となる資格を持つよう教え導くこと。「教化の言葉」は、底本では、「教化の詞」。

三九　名号―仏や菩薩の名前。特に阿弥陀仏の名。仏・菩薩の名号は特別な力を有し、それを聞いたり唱えたりすると功徳があると信じられた。浄土教では、阿弥陀仏の名号を唱えることで浄土に往生することができるとされ、「南無阿弥陀仏」は「六字の名号」といわれる。ちなみに、「南無《なむ》」は、サンスクリット語の音写。「なも」とも読み、「納莫《のうまく》」とも音写される。敬意を表するために身体を折り曲げること、帰依・帰命頂礼を意味する。『岩波仏教辞典』参照。

四〇　聞にもあらず、唱にもたえず―底本でも「聞」「唱」は漢字表記のままで送り仮名はなく、「ぶん」「しやう」と音読みすべきか。底本では数行前に「口にとなふるに」と仮名で記された例があることも参考になるか。

四一　知識、言葉を残さず、種々に安慰して、すすめて念仏せしむるに―『観無量寿経』「如此愚人、臨命終時、遇善知識、種種安慰、為説妙法、教令念仏（かくのごときの愚人、命終る時に望みて、善知識の、種々に安慰して、ために妙法を説き、教えて仏を念ぜしむるに遇《あ》わん）」（岩波文庫『浄土三部経 下』「観無量寿経」七八頁）を踏まえる。なお、「言葉」は、底本では「こと葉」とあり、「葉」の右側に「は」が並記されている。

四二　念仏―念仏の意味・用法・種類は多岐にわたるが、ここでは、阿弥陀仏の浄土に往生することを願って、「南無阿弥陀仏」と唱えること。称名念仏のこと。

四三　心を励まして、十念は具足しぬ―『観無量寿経』（注四一に同じ）「汝若不能念者、応称無量寿仏。如是至心、令声不絶、具足十念、称南無阿弥陀仏（汝よ、もし仏を念ずることあたわざれば、まさに無量寿仏の名を称うべし、と。かくのごとく、至心に、声をして絶えざらしめ、十念を具足して、南無阿弥陀仏と称えしむ）」（七八頁）を踏まえる。「十念を具足す」とは、仏の御名を「南無阿弥陀仏」と十回となえるという課題を満たしたことをさす。

四四　罪、五逆にいたらざりしかば……下品三生の台にはのぞみをや遂げぬらむかし―「五逆の罪」とは人倫や仏道に逆らう五種の極悪罪のことで、①殺母（母を殺す）、②殺父（父を殺す）、③殺阿羅漢（聖者を殺す）、④出仏身血（仏身を傷つけ出血させる）、⑤破和合僧（教団を破滅させる）の五つをあげることが多い。『観無量寿経』（注四一に同じ）では、その極悪罪にあたる五逆を犯したものでも、「十念を具足」（注四三参照）すれば、極楽浄土の下品下生には往生できるとされている。『豊明絵巻』の中納言の妻は、「十念を具足」し、かつ五逆の罪は犯していないのであるから、下品三生（上生・中生・下生）のいずれかの浄土には往生をとげているはずであろう、とする。注九二参照。

四五　見金蓮花猶如日輪の説―『観無量寿経』の以下の経文を踏まえる。五逆の罪を犯したものでも、十念を具足すれば（南無阿弥陀仏と十回となえることができれば）、まさに命終わる時、目の前に、日輪にも似た金色の蓮華の花があらわれ、極楽世界に往生することができるであろう、という教えのこと。「如是至心、令声不絶、具足十念、称南無阿弥陀仏。称仏名故、於念念中、除八十億劫、生死之罪、命終之時、見金蓮華、猶如日輪、住其人前。如一念頃、即得往生、極楽世界、於蓮華中、満十二大劫、蓮華方開（かくのごとく、至心《ししん》に、声をして絶えざらしめ、十念を具足して南無阿弥陀仏と称えしむ。仏の名を称うるがゆえに、念々において、八十億劫の生死《しょうじ》の罪を除き、命終る時、金蓮華《こんれんげ》の、なお日輪《にちりん》のごとくにして、その人の前に住するを見ん。一念の頃《あいだ》ほどに、すなわち極楽世界に往生することをえ、蓮華の中において、十二大劫を満たし、蓮華まさに開く）」（岩波文庫『浄土三部経下』「観無量寿経」七八頁）。

四六　下品三生の台―「下品三生」は「下品下生」の誤りとする白畑よし氏「日本絵巻物全集」（角川書店）の『豊明絵草子』の解説、および松本寧至氏『とはずがたりの研究』（桜楓社、一九七一年、三六九頁・三七三頁）での指摘があるが、「下品三生」がふさわしい。注四四のとおり、五逆の罪を犯したものでも十念を具足した人は「下品下生」に生まれることができるとされているのだから、五逆の罪を犯すことなく、十念を具足した妻は、「下品三生」のいずれか、心情的には下品の上生か中生、まかりまちがっても下生を含めた下品のいずれかには往生できるに違いない、という文脈と解される。なお、中村義雄氏「豊明絵草子と『とはずがたり』」（『絵巻物詞書の研究』角川書店、一九八二年、二七五～二七六頁）では、岡本恭子氏「豊明絵草子の作者について―『とはずがたり』との関連において」（『駒澤國文』九号、一九七二年五月）に「下品三生」の用例（『安養抄』『往生要集』『極楽往生九品往生義』『菩提心集』）が挙げられていることを指摘し、「下品三生」が「下品下生」の誤りとは断定出来ない、としている。「台」は、蓮の台、蓮台のこと。極楽浄土に往生したものがすわるという蓮華の座。

四七　鴛鴦魮䲈―鴛鴦は、常に雌雄同棲することから、夫婦仲のむつまじいことのたとえ。魮䲈は、「比目の魚」に同じく、目が一つしかなく、常に二匹並んで泳ぐという魚で夫婦仲のむつまじいことのたとえ。ヒモクともヒボクともいう。『大漢和辞典』によると、「比目魚」の項に「一目の魚で二尾が並んで始めて遊泳するといふ。今、體の左側に目のあるをひらめ、右側に目のあるをかれひといふ」（巻六・八〇五頁）とあり、想像上の魚というよりカレイやヒラメを念頭においた表現か。鴛鴦がオシドリの雌雄をあらわす二文字の漢字からなるともいわれていることを思うと、魮䲈もカレイやヒラメの類の魚の雌雄をあらわす二文字の漢字からなる語と意識されていたものかとも思われる。もっとも、比翼の鳥（雌雄それぞれ一目一翼で常に一体となって飛ぶという想像上の鳥）の発想に類するものとして、魮䲈の魚も、目がそれぞれ一つしかなく二匹並んで一体となって泳ぐという想像上の魚と解することもできなくはない。

四八　火宅―『妙法蓮華経』「譬喩品」のなかの法華七喩のひとつを踏まえたもので「三界は安きこと無く、猶火宅の如し」により、煩悩や苦しみに満ちた三界を燃え盛る家にたとえ、火災にあっているとも知らずに、その家に遊び戯れている子供たちを衆生にたとえたもの。注六二参照。

四九　知識―注三七参照。

五〇　簫笛琴瑟―「簫《せう》」は中国から伝来した古代の管楽器で、二〇から三〇センチメートルほどの竹管を並べたものだが、中世以後、滅びたという。「瑟《しつ》」は箏より大きい絃楽器で、絃は二十絃以上ある。奈良時代に中国から伝わったが、ほとんど行なわれなかったという（『角川古語大辞典』参照）。「簫」「瑟」は、具体的な楽器を指しているというよりも、「簫笛琴瑟」とひとまとまりとして、管楽器、絃楽器を総称する雅語的な表現とみなせよう。

五一　流泉啄木―琵琶で奏する秘曲の名。藤原貞敏が渡唐の際、廉承武（れんしょうぶ）から「流泉」「啄木」「楊真操」を学んで伝えたとされる（『日本国語大辞典』）。参考『今昔物語集』「琵琶に流泉・啄木と云曲有り」（巻第二四・二三「新編日本古典文学全集」三、三〇六頁）。

五二　忌まひ―「忌む」に反復・継続の意を加える「ふ」がついた形。不吉なものとして、避け嫌いつづける意。

五三　浄土の資粮―資粮とは、資金と食糧、路銀。浄土へ行く途上の糧になるものの意であろう。参考『沙石集』巻八ノ五「五欲の財利も何にかはせむ。冥途の資糧を包むべし」（「日本古典文学全集」四二三頁）。

五四　霓裳羽衣の舞、たとへとするに、あかざりし姿―「霓裳羽衣の舞」とは、白居易の『長恨歌』にみえるもので、唐の玄宗皇帝が、夢で見た天女の舞にかたどって作ったとも伝えられる舞曲。『長恨歌』では、楊貴妃との幸せな日々が安禄山の乱により破られ一変したことをあらわす場面で「驚破す霓裳羽衣の曲」と表現され、また仙女となった亡き楊貴妃の美しい姿の形容として、「風は仙袂を吹いて飄颻として挙がるなほ霓裳羽衣の舞に似たり」と用いられている。ちなみに、「霓裳」とは虹のような裳（長いスカート）、「羽衣」は天人のまとう薄い衣のこと。『豊明絵巻』の中納言の妻は、第一段においても楊貴妃と重ねられていることから、ここでも、虹のように美しい天女のような衣裳を身にまとって舞った、楊貴妃にたとえても足りないほどに美しかった、中納言の妻の生前の姿をさすと解した。

なお、『とはずがたり』「九月十二日、試楽とて、……唐の玄宗の楊貴妃が奏しける霓裳羽衣の舞の姿とかや、聞くもなつかし」（巻五・二八七頁）に類似する表現が見える。

五五　東岱の雲―東岱とは、中国の泰山（岱山・太山）の別称。中国山東省泰安の北方、五岳のうち東方に位置することによる。中国では人が死ぬと、その魂魄が泰山に還るとされていたところから、墓地のある山、魂のさまようところ、転じて、わが国では火葬墓地のある場所と考えられることもあったという（『日本国語大辞典』による）。「東岱の雲とのぼりぬる」とは、葬送の行なわれた山で荼毘にふされ、煙となり雲となってのぼってしまったことをさす。類例として、解脱上人《げだつしようにん》貞慶《じようけい》（一一五五〜一二一三年）による『愚迷発心集《ぐめいほっしんしゅう》』に「況や又、春の朝に華を翫びし人も、夕には北芒の風に散り、秋の夕に月を伴ひし輩も、暁には東岱の雲に隠れぬ」（岩波文庫、九頁）がある。北芒も、中国河南省洛陽にある丘陵の総称で北芒山が墳墓の地として知られていることから、墓場、埋葬地をさす。

五六　深夜の夢、ひとたび覚めぬるをともとして、やがてとどまりなむと思へども……ふたたび故郷へ帰れり―『とはずがたり』「有為の眠り一度《ひとたび》醒めて、二度故郷《ふたたびふるさと》へ帰らず」（巻五・二八六頁）と類似する。なお、「ともとして」はわかりにくい。「もととして」とあるほうがよいか。

五七　家嫡―家の嫡男、嫡子。

五八　羽林―近衛府の唐名。中納言は、左の近衛府の長官・左大将も兼任していたため、引き継ぐべきことを伝えようとした。

五九　帰れり―底本では「かへりれり」の、最初の「り」に見セ消チ。

六〇　所従―従者、家来。

六一　みどり児―近世初めごろまではミドリコと清音。新芽のような児の意。三歳くらいまでの子供。乳幼児。

六二　三界無安猶如火宅、一夜のどまるべき心地せず。衆苦充満甚可怖畏、愛して心をとどめし住処とたどらる―『妙法蓮華経』譬喩品第三「三界無安、猶如火宅、衆苦充満、甚可怖畏、常有生老、病死憂患、如是等火、熾然不息（三界は安きこと無く、猶、火宅の如し、衆苦は充満して甚だ怖畏すべく、常に生・老・病・死の憂患有りて、かくの如き等の火は、熾然として息まざるなり）」（岩波文庫『法華経　上』一九八頁）による。また、経典の読みは『天台宗聖典』（硲慈弘編、明治書院、一九二七年。中山書房仏書林、復刊。八〇頁）による。

なお、本絵巻「三界無安猶如火宅、一夜のどまるべき心地せず」は、『とはずがたり』「三界無安猶如火宅、一夜とどまるべき身にしあらねども」（巻四・二七七頁）に類似するか。

六三　心をのべて―心をのびやかにする、ゆったりとさせるの意と解したが、心に思うことを詳しく説明するの意ともとれるか。

六四　曩祖―先祖、祖先の意。参考『平家物語』「桓武天皇と申すは、平家の曩祖にておはします」（巻第五「都遷」「日本古典文学大系」上、三三五頁）。

六五　伝へ来たる―底本では「つたへきたる」。『鎌倉時代物語集成　第七巻』（笠間書院）所収『豊明絵草子』では、「つたへ」が「そたへ」となっているが、本絵巻の複製（尊経閣叢刊）の影印により改めた。

六六　許るまじきこと―「ゆる」は上二段活用の動詞で、許される、認められるの意。中納言の出家は、帝からも家族からも許されるはずのないこと。

六七　五旬―五十日のことであるが、四十九日の中陰をさして用いる。死後四十九日になるまでの間、喪に服して菩提を弔うということ。参考『とはずがたり』「五旬過ぎなば参るべき由仰せあれども、よろづ物憂き心地して籠りゐたるに、四十九日は九月二十三日なれば」（巻一・四九頁）、『藤の衣物語絵巻』「年来、まかりあひ候ひては、ものをも申しける行者の候ひけるが、（その行者が亡くなったため）、五旬の間、とぶらひ候ふとぞ申し候ひし」（第一七段・画中詞）。

六八　中陰―仏教語。中有に同じ。人が死んで（死有）から次の生を受ける（生有）までの、中間的存在である四十九日の間のこと。

六九　同穴の契り―第二段の詞書冒頭「偕老同穴の契り」を踏まえる。注三参照。

七〇　庵室―底本では「あむしち」。シチは呉音。アンジツとも。世を捨てた人が住む仮のいおり。

七一　染みて―「染《そ》む」は、なじむ、深くしみこむ、の意。

七二　十六観想―極楽浄土に生まれるための修行である十六種の観法。『観無量寿経』には、心を統一して浄土を観想するための十三の方法（日想観・水想観・地想観・宝樹観・宝池観・宝楼観・華座観・像想観・真身観・観音観・勢至観・普賢想観・雑想観）と、上輩観・中輩観・下輩観が説かれ、合わせて十六観とされる（『岩波仏教辞典』参照）。

七三　松嵐、声はげしければ、やうやく生死の夢おどろきぬべし―「生死の夢」とは、人の世は、生死流転をくり返す、迷いに満ちた、はかない夢のようなものであるということ。はげしい嵐の音に、生死流転をくり返す煩悩に満ちた世の中であることに気づかされたという発想は、『とはずがたり』「峯の嵐のはげしきにも、煩悩の眠りをおどろかすかと聞こえ」（巻四・二五四頁）とも重なるか。

七四　あはれを添ふる猿の声、行人の袂ならねどしぼりもあへぬ―『和漢朗詠集』巻下の江相公（大江澄明）の漢詩「胡鴈一声　秋破商客之夢　巴猿三叫　暁霑行人之裳（胡雁一声　秋、商客の夢を破る　巴猿三叫　暁、行人の裳を霑ほす）」（巻下・猿・四五七）による。なお、『豊明絵巻』では、「窓の内よりいづる有明をながめつつ、ひとり思ひつづくれば、あはれをそふる猿の声」とつづいており、『和漢朗詠集』四五四番の清賦の漢詩の後半「巴峡秋深　五夜之哀猿叫月（巴峡秋深し　五夜の哀猿月に叫ぶ）」もひびくか。ちなみに、「五夜」は「五更」のことで、午前三時～五時の暁のころ。

なお、夜の空に聞く猿の声に哀感をもよおす場面としては、『とはずがたり』「後《うしろ》の山にや、猿の声の聞ゆるも、腸《はらわた》を断つ心地して、心の中《うち》の物悲しさもただ今はじめたるやうに思ひ続けられて」（巻四・二三三～二三四頁）とも重なるが、『とはずがたり』では『和漢朗詠集』の白居易の漢詩「江従巴峡初成字　猿過巫陽始断腸（江は巴峡より初めて字を成す　猿は巫陽を過ぎて始めて腸を断つ）」（巻下・四五五）を踏まえており、引詩は異なる。

七五　時光、やうやくかげ移りて、五更の空におよぶ―善導による『往生礼讃偈』「後夜ノ偈ニ云　時光遷テ流転シ　忽チ五更ノ初ニ至ル　無常念念ニ至リ　恒ニ死王ト居ス　諸ノ行道ノ者ヲ勧ム　勤修シテ無余ニ至レ」（『浄土宗全書』第四巻三六〇頁、山喜房仏書林、一九七〇年）を踏まえた表現。善導は中国の浄土教の大成者で、著作は、他に『観無量寿経疏』など五部九巻がある。

「時光」は、光のように速く過ぎていく時間のこと。「五更の空」は暁方の空をさす。「五更」は注七四参照。

七六　半月、光少なくして―夜が明けてからも、月が空に残っている有明の月の形容。なお、有明の半月は下弦の月のこと。

七七　草のとざし―草に閉ざされた門。あるいは、閉ざされたままの粗末な門。出家した中納言が住まう庵室の門のこと。訪れる人もないことを暗示。参考「山里の草のとざしのさびしきにあけぬ夜すがら嵐ふくなり」（『宝治百首』〈一二四八年〉三七一四・少将内侍）。

七八　方丈のとぼそ―方丈（一丈四方。四畳半の広さ）の簡素な庵の戸。出家後の中納言が住まう庵室の戸のこと。

七九　生死の塵―生死流転をくり返す、迷いに満ちたこの世の穢れをさす。

八〇　厭離穢土の境界―「厭離穢土」は、この世を穢れた世界として厭い離れること。欣求《ごんぐ》浄土《じょうど》（阿弥陀仏の住む清浄な国として極楽浄土を切望すること）と対をなす。「境界」は仏教語であろう。感覚器官と心とによって知覚され、思慮される対象のことで、原義は、感覚器官の能力の届く範囲、活動領域である。中国・日本では、心の境地を意味する場合があるという。本絵巻でも、心の境地の意か。『岩波仏教辞典』参照。

八一　つらつら、いにしへをかへりみれば―『とはずがたり』「つらつら古《いにし》へをかへりみれば」（巻四・二四六頁）と重なる。

八二　愛結の絆―「結」は煩悩のこと。「絆」は断ちがたい思い。男女間の愛に執着することをさすと解した。

八三　沈麝―沈香と麝香。沈香は、ジンチョウゲ科の常緑高木で、熱帯地方に産する。香・薫物に用いる他、高級調度品の材料となる。麝香は、ジャコウジカのオスの腹部にある麝香腺から作った香料で、芳香が強い。いずれも、輸入品であり、高価なもの。出家以前の中納言の華美な暮らしぶりを象徴するもの。

八四　床の上―底本では「床のうへ」。本絵巻では、「おなじゆか」（第一段）、「やまふのゆか」（第二段）の例が見られるが、ここも「ゆかのうへ」と読むべきか。

八五　聖霊―精霊とも。死者の霊魂。ここでは亡き妻の霊魂。

八六　十王断罪の庭には、舌を巻きてや地に伏すらん―「十王」とは冥界（冥途）で死者の罪業を裁く十人の王のこと。その十王に、亡き妻は、生前の犯した罪を裁かれ、驚きと恐れとで舌を巻き、地にひれ伏しているのではないかとする。十王信仰は、唐代の末ごろ（十世紀）から道教との融合のもとに起こり、閻魔王信仰となって民衆の間に流布し、日本でも鎌倉時代以降において盛行したという。『岩波仏教辞典』参照。

八七　得聞六字の名―「六字の名」とは「南無阿弥陀仏」のこと。「得聞」は、その六字の名を聞くことができれば、の意。

八八　火車―仏教語。火が燃えている車。生前に悪事をなした亡者をのせて地獄に運ぶという。ひのくるま。

八九　花台―はなのうてな。極楽浄土の蓮の花の座のこと。

九〇　善逝―仏教語。原意は〈よくゆきし人〉であり、幸福な人、完成した者、よく悟りに到達した人をも意味し、仏のことを指す。仏の十の尊称の一つ。『岩波仏教辞典』参照。

九一　知見―仏教語。仏が智慧による洞察力で見て悟ること。

九二　九品の蓮台―極楽浄土にあるという蓮の花の座のこと。往生の等級によって九階級がある。上品・中品・下品それぞれに、上生・中生・下生の三階級があり、あわせて九品となる。注四四参照。

九三　深心―仏教語。『観無量寿経』の「上品上生」の往生について述べた箇所に見える「三種の心（三心）」のひとつ。三心をおこすならば往生することができるとされる。三心とは「至誠心《しじょうしん》（誠実な心）」「深心《じんしん》（深く信ずる心）」「廻《え》向発願心《こうほつがんしん》（仏国土に生まれたいと願う心）」をさす。善導（中国浄土教の大成者）は、「深心」とは「深信《じんしん》の心」であるとし、七種の深信をあげている。そのなかでも、自身を救われがたい凡夫であると深信することと、このような凡夫でも阿弥陀仏がかならず救ってくれると深信することの二つは、二種深信といわれて重要視されている。岩波文庫『浄土三部経　下』「観無量寿経」三一頁、六九頁、一〇八頁、および『岩波仏教辞典』「深信」の項による。

九四　凡夫―仏教語。仏教の道理を理解していない者。俗人。世欲的なことがらになずんでいる愚か者。仏教の真理に目ざめることなく、欲望や執着などの煩悩に支配されて生きている人間。

九五　分陀利花―「白蓮華」をさすサンスクリット語、プンダリーカの音訳。分陀利華とも。ここでは、すぐれた念仏行者のたとえ。

以下、中納言の願いは、『観無量寿経』の末尾近くの次の経典の一節が踏まえられている。なお、『観無量寿経』の「無量寿」とは無量寿仏のことで、阿弥陀仏に同じ。「若念仏者、当知此人、是人中分陀利華。観世音菩薩、大勢至菩薩、為其勝友。当座道場、生諸仏家（もし仏を念ぜば、まさに知るべし、この人、これ人中の分陀利華なり。観世音菩薩・大勢至菩薩、その（人の）勝友となりたもう。（この人）まさに道場に座し、諸仏の家に生まるべし）」（岩波文庫『浄土三部経　下』「観無量寿経」八〇頁）。

九六　観世音、大勢至―『観無量寿経』では、阿弥陀仏の浄土に観世音菩薩と大勢至菩薩がいることが説かれている。浄土思想においては、この二菩薩は阿弥陀の脇侍とされている。注九五参照。

九七　勝友―しょうう。よき友の意。注九五の『観無量寿経』の引用箇所を踏まえる。

九八　生諸仏家―「諸仏家」とは、仏たちの家、つまり極楽浄土をさす。極楽浄土に生まれること。注九五の『観無量寿経』の引用箇所を踏まえる。

九九　異香―世の常とは違った良い匂い。極楽浄土を思わせる芳香。

一〇〇　白毫、細くめぐりて―「白毫」は、仏の眉間にある白い旋毛のかたまり。仏にそなわる三十二相のひとつ。『観無量寿経』では、十六観想の九番目に無量寿仏（阿弥陀仏）を観想する方法が示されているが、そのなかに無量寿仏の眉間の白毫を思い浮かべることができれば、無量寿仏の全体の姿を観ることができるとされる。こうして、白毫よりはじめて阿弥陀仏の姿を観想する人は、死後、仏たちの前に生まれて（浄土に往生して）、無生忍を得るだろうとされる（岩波文庫『浄土三部経　下』「観無量寿経」六〇〜六二頁）。中納言が、阿弥陀仏の眉間に白毫がかすかに回転し輝いているさまを見たということは、彼の極楽往生が約束されたということ。ちなみに、「無生忍」とは、無生法忍ともいい、一切のものが空であり、それ自体の固有の性質を持たず、したがって生滅変化を越えているという事実の道理を、そのまま事実の道理として受け入れること。『岩波仏教辞典』参照。なお、『観無量寿経』には、阿弥陀仏の白毫は右に回転していると記されている。

一〇一　須臾—漢語としては、ほんの少しの間の意で、中国の古典にしばしば見える。仏典でも同義で、サンスクリット語 muhūrta, kṣaṇa（刹那《せつな》）などの訳語に用いられるという。参考「仏の悲願の船に乗りて、須臾にして往生することを得るも」（往生要集大文第10）。『岩波仏教辞典』による。

一〇二　本誓—仏教語。仏・菩薩が過去世において衆生を救おうとして立てた誓願。本願とも。

一〇三　随喜—仏教語。教えを聞いて大きな喜びを感じること。また、他人が善行を修めるのを見て喜ぶこと。

一〇四　踊躍—仏教語。踊躍歓喜とも。満ちあふれる喜び、真の救いにあった時の喜びをいう。

梗概・絵の説明・系図

梗概

第一段

三十歳にも満たない若さで中納言[1]となり、左大将を兼任し、朝廷からも厚い恩沢を受けている貴公子が主人公として登場する。中納言は、帝の后となることを目ざして大切に育てられてきた娘[2]と結婚し、仲むつまじく暮らしている。中納言は、人間に生まれたからには経験せざるをえない生・老・病・死という四苦も、愛別離苦・怨憎会苦・求不得苦・五陰盛苦とをあわせた八苦も、まったく無縁な、幸せな日々を過ごす。男女三人ずつの子供にも恵まれる。

第二段

幸せな生活が十年あまり過ぎたころの秋、九月に、妻[2]が突然、体調をくずし臥せってしまう。一時的な病であろうと思うものの、中納言[1]は、妻の病気が我が身にかわれるものならばと嘆き、はじめて四苦八苦のうちの一苦を知る。霊験あらたかで知恵と徳のある僧を、深山をさがして呼び寄せ、陰陽道の博士や医療の道の博士もたくさん集う。金銀珠玉や七珍綾羅といった宝物はすっかり差し出して、中納言家に伝わる宝物や世間で評判の名馬も、霊験あらたかな仏閣や神社へ奉納する。しかし、病気が快方に向かうかどうかは、財力を尽くして熱心に仏神に祈ることによるものでもないので、日数が積もるばかりで効き目もない。

第三段

運命には限りがあって、妻2の最期の時が近づく。中納言1は、聖5（知識）に依頼して、臨終間際となった妻に弥陀の宝号（南無阿弥陀仏）を唱えさせる。これまで口にすることも耳に聞くこともなかった妻は、すぐには聞き入れることができないが、どうにか十念（南無阿弥陀仏と十回唱えること）は果たす。妻は五逆の罪には及んでいないので、下品三生（上生・中生・下生）のいずれかの浄土には往生できたことであろうと、中納言は思う。

第四段

妻2と突然に永別することになった中納言1は、誰もが生者必滅の道理から逃れられないことを知り、この世にとどまる気力をなくす。仏道への決意を確かなものにしようと、妻の山送り（葬送）にしたがうと、楊貴妃の舞姿さながらだった美しい妻の姿は、むなしい雲となって空にのぼってしまう。中納言はそのまま、妻を荼毘に付した山に残りたいと思うが、家を継ぐ息子3や役所（近衛府）に後事を託すべく我が家に戻る。まだ、母の死がわからない幼な子4が、母を求めるけれどかなわずに泣く声がひびき、栄華を誇り、何の憂いもなかった家の中には悲しみが満ちている。中納言は息子らに領地の目録や代々書き継がれてきた日記、管絃の秘本などを託し、朝廷でも我が家でも認めてくれるはずのないことと出家の意向は口にせず、亡き妻が煙となった近くで五旬の間、喪に服する予定と言い置いて、ちょっと出かけてくるということにして、永く家を出てしまったのだった。

第五段

中納言1は、亡き妻2の眠る墓のかたわらに庵を結び、心静かに念仏をして過ごす。ようやく人の世は生死流転のはかないものに過ぎないことを悟り、山の中での暮らしにもなれてきたある朝、有明の月をながめながらひとり思いつづけていると、あわれを添える猿の声が聞こえ、涙が袖を濡らす。すると、家督を譲った息子・少将3が、一晩中、山の中を分け入った様子で、露に濡れた姿でたどり着き、末の弟の若君4までが急に亡くなってしまったと告げる。中納言は少将と互いに涙をおさえ、昔の思い出や今の様子を語り尽くしているうちに、その日も暮れてしまったので、少将は父の庵に心を残しながらも帰ってしまう。

第六段

膝もとから離さず、朝に夕に可愛がった幼な子[4]も、生まれ変わり死に変わりして、尽きることのない迷いの世界の一片の塵のように、亡くなってしまったことを悲しみ嘆いた中納言[1]は、厭離穢土の思いを強くする。『観無量寿経』の教えをもとに、阿弥陀仏に極楽往生を願い、観世音菩薩、大勢至菩薩に極楽往生への手助けを願い、南無阿弥陀仏とくり返し唱える。すると、室内にこの世のものとも思えぬよい香りが広がり、中納言には、白毫が旋回する阿弥陀仏の姿が観想され、中納言の極楽往生が確かなものと約束されたことをうかがわせて、物語は閉じられる。

絵の説明

第一段

春爛漫の中納言邸のある一日の情景が長い画面に描かれる。画面右の庭には満開の桜の木が描かれ、春風に花びらが舞っている。邸内にはいくつもの部屋が描かれているが、一室には男主人公中納言[1]と妻[2]が抱き合うように寄り添う姿が描かれる。その他の部屋には、中納言の子供たちと戯れる女房たち、碁を楽しむ女房たち、箏の琴や琵琶を奏でる女房たちなどが描かれる。よく見ると、画面左端には、異時同図的な用法か、秋草が描かれ、羽を立てて鳴く虫（鈴虫か）の姿も配され、中納言と妻が秋の虫の音を楽しむ様子が描かれているものと推定される。詞書には、春と秋の二人の暮らしぶりが語られており、呼応している。庭には、手に虫籠を持った女性も描かれている。なお、筆づかいは極めて細やかで、御簾や障子（襖）の絵も丁寧に描かれており、全体的に空白がないほどに描き込まれている。無彩色の白描絵巻ではあるが、匂い立つようなはなやかな幸せな雰囲気が画面全体をおおっている。しかし、満開の桜が、風に花びらを散らしはじめている様子は、満ちたものはやがて欠けていく定めにあることを暗示するか。

第二段

画面左側の室内では、臥せっている妻[2]の横に、中納言[1]が心配そうな様子で座っている。周りの女房たちも下を向き、悲しげに描かれる。中納言と妻が幸せな春を十年ほど過ごした、その秋、九月に、妻が病気となってしまった様子を描く。中納言は、妻の病気の平癒を願って、家に伝わる宝物や名馬を霊験あらたかな仏閣や神社に奉るが、病は重くなる一方である。画面右側には、薄など秋草を配した庭が描かれ、仏閣や神社に奉納するために、馬がひかれて行こうとする様子、箏の琴、琵琶を家から運び出そうとしている様子が描かれる。

第三段

中納言邸の一室、中納言[1]に抱きかかえられる妻[2]、その傍らには聖[5]（知識）が座っている。妻は袖で顔をおおい、力なげな様子である。周りには女房たちが控え、袖で目をおさえ泣いている。妻の臨終の場面を描いたもの。詞書によれば、聖が、弥陀の宝号（南無阿弥陀仏）を唱えるよう臨終の妻にすすめているところ。

第四段

中納言邸の一室、妻の山送り（葬送）を終えた中納言[1]が、悲嘆にくれる我が家に戻った場面であろう。あるいは、出家の思いを秘めたまま、五旬（四十九日の忌のこと）の間、妻[2]を荼毘に付した近くで過ごす予定と伝えて別れる場面か。中納言は膝の上に幼な子をのせている。女房たちはみな袖で目をおおって泣いており、画面左端の烏帽子直衣姿の男性も袖で目をおおい泣いている。幼な子とこの泣いている男性は、第五段に登場する中納言の子供たちで、幼なくして亡くなってしまう末の弟[4]と、その急逝を告げに訪れた、家督を継いだ長男の少将[3]と思われる。

第五段

中納言1が出家をして、ひとり暮らす庵室に、中納言の息子・少将3が、末の弟4の死を父に告げるために訪れた場面。画面右側の庵室に、剃髪し墨染めの衣姿の中納言と烏帽子直衣姿の少将が対座、中納言は墨染めの衣の袂で目をおおって泣いている。少将も柱にもたれ、悲しんでいるように見える。庵室を囲むように、画面左側から右下にかけて、風に吹かれて葉を散らす紅葉や秋草が描かれ、この庵室が山深いなかにあることを示す。秋草には、羽を立てて鳴く虫（鈴虫か）が配されている。紅葉の枝に、お猿の子が描かれているのは、詞書にある「あはれを添ふる猿の声」によるものだろう。

登場人物系図

豊明絵巻

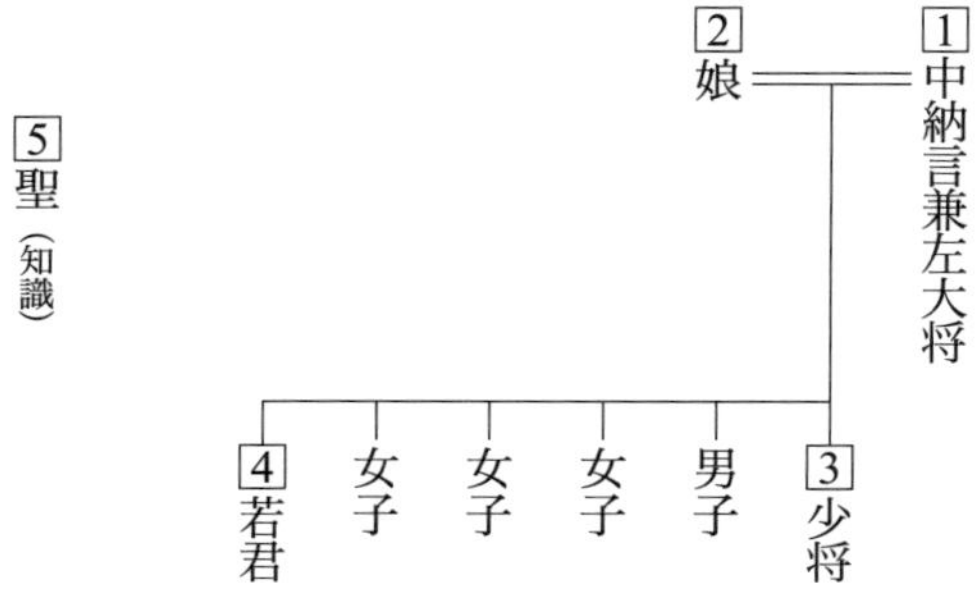

解題

一、物語の名称と絵巻の制作年代

『豊明絵巻《とよのあかりえまき》』は、彩色をともなわない白描(1)の物語絵巻である。この物語は、尊経閣文庫に本絵巻が伝わるのみの孤本であり、原題も作者も未詳である(2)。「豊明」とは、本絵巻の詞書の冒頭が「豊明のよな〳〵は」とはじまることから名づけられたものである。

物語の概略は次のとおりである。三十歳にも満たずに中納言となり、左大将を兼任する上流貴族の男性が、后がねとして育てられた美しい娘と結婚し、子供にも恵まれて幸せな生活を送っていたが、十年を過ぎたころ、妻が突然病気になってしまう。中納言は、妻の病気の平癒を願ってあらゆる手立てを尽くすが、そのかいもなく臨終の時が迫る。聖が弥陀の宝号を唱えるよう妻にすすめるが、慣れないことなので満足にできず、どうにか十念を唱えて死去する。最愛の妻の死によって、この世の無常を思い知った中納言は、南無阿弥陀仏の名号にまさるものはないと、家督を息子・少将に譲って出家し、妻の墳墓近くに庵を結び、念仏修行の日々を過ごす。ある時、息子の少将が露に濡れながら庵にやって来て、弟の死を伝える。中納言は、幼い息子の訃報に厭離穢土の思いをさらに強くして、一心不乱に念仏を唱えると、室内に芳香が広がり、中納言は白毫が旋回する阿弥陀仏の姿を観想することができ、極楽往生が約束される。物語全体に、亡き妻への中納言の思いがあふれており、王朝の恋物語のおもむきもあるが、仏教的色彩の濃い物語となっている(3)。

本絵巻は、物語本文を記した「詞」六段と、「絵」五図からなり、最後の第六段は「詞」のみで「絵」がない。絵巻は、一般的には詞と絵が一組となって連続するため、本絵巻でも第六段目の絵が欠けてしまったと見ることもできなくはないが、六段目の詞書のあとの料紙に欠損したような痕跡も認められず、制作当初より第六段は詞のみであった可能性も高い。第五段と第六段の物語の時間は連続しており、物語の舞台もどちらも出家した中納言の暮らす林下の庵室であり、あえて描かなくともよかったのかとも思われる。さらに描くとすれば、中納言の観想によって出現した白毫が旋回する阿弥陀仏の姿かとも思われるが、その阿弥陀仏の姿は、享受者それぞれが心に描くべきものとして、絵巻には描かれなかったのかもしれない。本絵巻は、第六段目の絵を有しないものの、完結したストーリーと優美で繊細な白描絵を有した絵物語となっている。物語の展開は、冒頭第一段の桜の花の咲き誇る春爛漫の中納言邸の幸せに満ちた場面から、妻の病、妻の死を経て、悲しみに沈む中納言邸の場面、そして最終の第五段の紅葉が風に乱れ散る、寂しい秋の庵室の場面へと、各段ごとに配された絵の変化によってもあざやかに見てとれ、いっそう悲しみを際立たせている。

本絵巻の絵は、白描物語絵と呼ばれるもので、徳川・五島美術館蔵『源氏物語絵巻』に代表されるような物語絵の伝統——引目鈎鼻とよばれる顔貌表現や、吹抜屋台とよばれる屋根を取り払って斜め上方から室内を描く方法——を継承するが、瞳に濃墨を点じるという引目の描き方に似絵の写実描写との関連が類推されるなど、鎌倉時代を思わせる特徴が認められる。(4) 細やかな筆づかい、複雑な構図、可憐な人物表現、画中画（障子絵など）の豊富さなどの特色から、鎌倉時代（一四世紀）の白描やまと絵盛期の様式に属するとされる。(5)

注(1)ただし、唇などにわずかに朱が点じられている。

(2)黒川眞頼『考古画譜』（『黒川眞頼全集』）において「豊明」と名づけられ、以後、『豊明絵草子』『豊明絵巻』と称されているが、本書では形態的特徴から後者を用いる。

(3)田中一松「豊明絵草子解説」（尊経閣叢刊『豊明絵草子』一九三六年一月、育徳財団）では、本絵巻の「旨とするところは世の無常を説いて念仏往生をすゝめる点に在るのであって、話の筋や内容の如きは殆んどこの教説の方便に過ぎない観がある」としている。

(4)河田昌之「豊明絵巻」（『特別展図録　白描絵』和泉市久保惣記念美術館、一九九二年十月）による。

(5)佐野みどり「豊明絵」（『角川絵巻物総覧』角川書店、一九九五年）等参照。なお、本絵巻の制作年代について、河田昌之前掲書（注4）では、十三世紀末から十四世紀の作と推定、白畑よし「豊明絵草子」（『日本絵巻物全集17』角川書店、一九六五年）は鎌倉時代末期の作と推定している。

二、詞書の表現の特質

『豊明絵巻』は、仏教的色彩の濃い物語であり、長いとはいえない物語(詞書)のなかに、『観無量寿経《かんむりょうじゅきょう》』をはじめとして仏典の引用が多く認められる。

・「請ひ願はくは弥陀善逝、罪障、年を経、後悔、日浅くとも、一心を知見して九品の蓮台に迎へしめ給へ。また、願はくは、名号、功少なく、深心、思ひ浅くとも、他力の舟に乗りて、本願の海に浮かばむと思ふ。身は愚鈍の凡夫なりと言へども、今は念仏の行者たり。何ぞ、分陀利花にことならむ。南無観世音、大勢至、願はくは勝友となりて、生諸仏家の本懐を遂げしめ給へ。南無阿弥陀仏、南無阿弥陀仏」と、声を励まして唱ふれば、(第六段)

・若念仏者、当知此人、是人中分陀利華。観世音菩薩、大勢至菩薩、為其勝友。当座道場、生諸仏家。

もし仏を念ぜば、まさに知るべし、この人、これ人中の分陀利華なり。観世音菩薩・大勢至菩薩、その(人の)勝友となりたもう《ママ》。(この人)まさに道場に座し、諸仏の家に生まるべし。(岩波文庫『浄土三部経 下』「観無量寿経」八〇頁)

右は、『豊明絵巻』の第六段、物語の終わり近くで、出家した中納言が極楽往生を願い、一心不乱に念仏を唱える場面であるが、傍線を付したように、中納言の祈りの言葉は『観無量寿経』の長い一節が踏まえられ、時には中納言自身の言葉に置きかえられている。ちなみに、本絵巻では『観無量寿経』の影響が強く、「罪、五逆にいたらざりしかば、いはむや見金蓮花猶如日輪の説、虚妄ならざれば、さだめて下品三生の台には、のぞみをや遂げぬらむかし」(第三段)、「十六観想おのづから心に浮かみ」(第五段)、「白毫、細くめぐりて、眉の間に輝けり」(第六段)など、『観無量寿経』を踏まえた箇所をいくつも指摘することができる。(『観無量寿経』との対応箇所については、本文の注で確認していただきたい。なお、『観無量寿経』は『観無量寿仏経』ともいわれるが、無量寿仏とは阿弥陀仏のこと。)

仏典の引用のなかには、次のように地の文にさりげなく織り込められている場合もある。

・時光、やうやくかげ移りて、五更の空におよぶ。半月、光少なくして、草のとざしも寂し。落葉、嵐にしたがひて、方丈のとぼそを叩くに、妄想の夢おどろかれて、静かに往事を思へば、膝のもとをはなたず、朝夕愛せしみどり児も、

生死の塵におかされにければ、目の前の悲しみ、伝へ聞く嘆き、厭離穢土の境界は身ひとつに極まりたり。（第六段）

・後夜ノ偈ニ云　時光遷テ流転シ　忽チ五更ノ初ニ至ル　無常念念ニ至リ　恒ニ死王ト居ス　諸ノ行道ノ者ヲ勧ム　勤修シテ無余ニ至レ（「往生礼讃偈」『浄土宗全書』第四巻三六〇頁、山喜房仏書林、一九七〇年）

右は、第六段の冒頭であるが、中納言の庵室に、幼い我が子の訃報が届けられた第五段の内容を受け、中納言が厭離穢土の思いを強くするという場面である。「時光、やうやくかげ移りて、五更の空におよぶ」の一節は、仏典の引用とは見過ごしてしまいそうだが、右に示した善導《ぜんどう》による『往生礼讃偈《おうじょうらいさんげ》』を踏まえた表現と推定される。善導は中国の浄土教の大成者で、著作は、他に『観無量寿経疏』などがある。『往生礼讃偈』の引用箇所は、時は刻一刻と過ぎ、生は常に死と隣り合わせであるから、修行者たちに、修行をして「無余《むよ》」（無余涅槃のこと。すべての煩悩が断たれ、身体も滅した安らぎの境地）に至ることをすすめるものであり、『豊明絵巻』の中納言が、この世の無常を痛感し、極楽往生を願って念仏に励む姿と重なる。本絵巻での仏典からの引用は、掲出した例に限らず、仏典の一句をそのまま引用するというよりも、仏典を深く理解したうえで、本文に織り込められている場合が多いように思われる。

以上のように、本絵巻では、『観無量寿経』をはじめとして、仏典を踏まえた箇所がいくつも認められるが、「定業」「愛結」「随喜」「踊躍」など仏教語も散見する。また、漢語も多用されているうえ、「いはむや……ならざれば」「しかじ……せんとには」「何ぞ……ならむ」などのように、漢文訓読体に用いられる表現も見え、ひきしまった硬質な文体の印象を受ける。右の第六段の冒頭を見ても、『往生礼讃偈』を踏まえた「時光」「五更」とともに、「半月」「落葉」「妄想の夢」「往時」と漢語が多用され、漢文訓読体を思わせるような緊張感ある文体となっており、いわゆる王朝物語の文体とは異なることがうかがえる。その一方で、「春はみどりに霞むより、晴れの空に落花を惜しみて歌をながめ、秋は野も狭の虫を籬にうつして、管絃糸竹の音にあはせてあはれを添へ」（第一段）などといった流麗な和文的表現（「野も狭の虫」は歌語）も見え、第六段の冒頭でも、漢語にまじって、「草のとざし」など歌語と思われる表現も用いられており、和漢混淆文とも呼ぶべきスタイルとなっている。

鎌倉時代の物語が、擬古物語とも呼ばれてきたように、源氏物語に代表されるような平安時代の物語の文体を踏襲しようとしているのに対して、『豊明絵巻』の詞書は、経典が織り込められ、仏教語、漢語が多用され、漢文訓読体を思わせるような表現のなかに、和文的表現も見えるという、硬質で格調ある文体によって語られていることは注目される。こうした本絵巻の詞書からは、作者の仏典・漢籍に対する知識の高さとともに、和歌をはじめとする文学的素養の深さも感じられるが、本絵巻の作者像をめぐっては、次章であらためてとりあげることにしたい。

なお、『豊明絵巻』では敬語がほとんど用いられておらず、「給ふ」が三例認められるだけである。内訳は、「かの楊玄琰がむすめをはじめて得給へりけむ皇帝の御心地」（第一段）という玄宗皇帝に対する一例、中納言の祈りの言葉のなかに見える、阿弥陀善逝に対する「九品の蓮台に迎へしめ給へ」（第六段）と、大勢至菩薩・観音菩薩に対する「生諸仏家の本懐を遂げしめ給へ」（第六段）の各一例である。『豊明絵巻』は、主人公である中納言もその妻も名を持たない（誰の子であるといった記述がない）ことから、普遍的な一組の男女の話として語ろうとしているものとも思われ、主人公たちが名前を持たないことと、敬語を有しないことは関わっているものと思われる。

三、『とはずがたり』との関係――作者をめぐって

この絵巻の物語（詞書）の作者像について、白畑よし氏は「豊明絵草子」（『日本絵巻物全集17』角川書店、一九六五年）において、情緒的な物語のなかに仏の教えが織り込まれており、浪漫的な情趣が感じられるが、その文体は漢文の訓読みから発した、いわば男子の使うものであるとし、格調は高く、仏教の法語を交えてそうした方面の造詣も深いとうかがわれるとした。

白畑論文の翌年、一九六六年、中村義雄氏は「豊明絵草子と『とはずがたり』――絵巻作者二条説試論」（『美術研究』第二四七号、一九六六年度第二冊）において、『豊明絵巻』の詞書の表現と『とはずがたり』の表現とが、一致もしくは近似する箇所がいくつも認められるという重要な指摘を行ない、両者は同一作者の可能性が高いこと、つまり『豊明絵巻』の作者は、『とはずがたり』の作者である後深草院二条ではないかとする仮説を提示した。

後深草院に仕え二条と呼ばれたこの女性は、久我大納言雅忠の娘で村上天皇の皇子具平親王を祖とする村上源氏の一族

であり、母は四条隆親の娘である。母は二条が二歳の時に死去、二条は父の愛情を受けて育ち、文永八年（一二七一）の春、十四歳で後深草院の寵を受け、御所にあがる。翌年、二条は懐妊するが、後嵯峨院の崩御を悲しんでいた父が突然発病、身重の娘の身を案じながら死去してしまう。後深草院の後宮には、すでに中宮となった東二条院（西園寺実氏の娘）や、玄耀門院（山階実雄の娘）などがおり、後ろ盾となる父を亡くした二条の御所での立場は、さらに不安定なものであったと思われる。『とはずがたり』は五巻よりなるが、前半の三巻は後深草院の御所に入ってからの宮廷生活が描かれ、後半の二巻は御所を去った二条が出家をし、尼となって諸国を遍歴した旅での出来事が語られている。第三巻の終わりが弘安八年（一二八五）、第四巻の始まりは正応二年（一二八九）であり、この間に二条は出家したものと考えられる。正応二年は、二条三十二歳にあたる。『豊明絵巻』の作者像として、前章にも述べたように仏典・漢籍に対する知識の高さがうかがえたが、二条が出家者であるのもふさわしいことになる。

次に、『豊明絵巻』と『とはずがたり』の表現がどのように重なっているのか、具体例を示そう。（『とはずがたり』の本文は、「新潮日本古典集成」により、漢字、仮名表記などは筆者により改めた場合がある。）

例1

・豊明の夜な夜なは、淵酔舞楽に袖を連ねてあまた年、臨時調楽の折々は、小忌の衣に立ちなれて、御手洗河にかげをうつす。年いまだ三十に満たずして、黄門郎にあがりて、あまさへ左大将をかけて、（豊明絵巻・第一段・冒頭）

・蓬萊宮の月をもてあそんで、豊明の夜な夜なは、淵酔舞楽に袖を連ねてあまた年、臨時調楽(1)の折々は、小忌の衣に立ちなれて、御手洗河にかげをうつす。すでに身、正二位、大納言一臈、氏の長者を兼ず。……齢すでに五十路に満ちぬ。（とはずがたり・巻一・三二頁）

例2

・天子に心をかけ、禁中に交じらはせむことを思ひ、かしづかせける人のむすめを得たり。（豊明絵巻・第一段）

・天子に心をかけ、禁中に交じらはせんことを思ひ、かしづくよし聞くも、（とはずがたり・巻二・一四三頁）

例3
・有為無常の情《なさけ》なきことわりを知らず（豊明絵巻・第一段）
・有為無常の情《なさけ》なきならひと申しながら、（とはずがたり・巻五・三二二頁）
生死無常の情《なさけ》なきことわりなど申して、（とはずがたり・巻四・二五六頁）

例4
・陰陽医療の道々は、もるる少なく集まれり。……家に伝へたる宝物、世に聞こえたる名馬ども、霊仏霊社へ奉れり。（豊明絵巻・第二段）
・陰陽医道のもるるはなく、家に伝へたる宝、世に聞こえある名馬まで、霊社霊仏に奉る。（とはずがたり・巻四・二三六頁）

例5
・三種の愛に心をとどめて、懺悔の思ひにひるがへらず。知識、すすむるにたよりを失ひ、教化の言葉に道を惑へり。（豊明絵巻・第三段）
・三種の愛に心をとどめ、懺悔の言葉に道を惑はして、つひに教化の言葉にひるがへし給ふ御気色なくて、（とはずがたり・巻一・三〇頁）

右の例を見ると、両者の近さがわかってもらえるだろうと思われるが、なかでも例1「豊明の夜な夜なは、淵酔舞楽に袖を連ねてあまた年、臨時調楽の折々は、小忌の衣に立ちなれて、御手洗河にかげをうつす」の長い一節が、『豊明絵巻』と『とはずがたり』とで、一字一句違わず同文であることに驚かされる。さらに、例2、例4、例5でもかなりの長文にわたりほぼ同じ本文となっており注目される。中村氏は、この他にも「秋は野も狭の虫」（豊明絵巻・第一段。とはずがたり・巻四、二七九頁、同文）、「病《やまふ》の床《ゆか》に臥して」（豊明絵巻・第二段。とはずがたり・巻四「やまひ」二三六頁、他同文）、「朝恩に誇る」（豊明絵巻・第一段。とはずがたり・巻四「朝恩をもかぶりて」二四六頁）、「生死の塵におかされ」（豊明絵巻・第六段。とはずがたり・巻四「生死の塵に身を捨てて」二五五頁)、「つらつら、いにしへをかへりみれば」(豊明絵巻・第六段。とはずがたり・巻四、二四六頁、同文)など、部分的な類似の例も指摘している。

中村氏は、これらの『豊明絵巻』と『とはずがたり』が一致あるいは近似する表現箇所が、両者の本文の全体に散在することから、『とはずがたり』の作者と別の人が『豊明絵巻』の詞書を作ったとするならば、いったいいかなる理由から各巻に散在するごくわずかな一部分だけを、わざわざこのような形で『豊明絵巻』に取り入れたのか、しかも仏教用語の慣用的使用といった範囲をはるかに越えたものであるだけに疑問が残るとし、同一作者によると考えるほうが自然ではないかと述べた。そして両者に共通した同一もしくは類似の表現は、一方を別人による模倣とみるよりも、作者における個性的な叙述の傾向、筆癖などによるものと解すべきではないかとして、本絵巻の詞書を後深草院二条の作とする仮説を提示した。

また、『とはずがたり』の文章の特色のひとつとして漢籍、仏典の引用が多く、それが引用を越えて地の文にまでなっているとする水川喜夫氏(2)の指摘を示し、この特色は『豊明絵巻』の特色ともいうべきものであると述べ、『豊明絵巻』において、仏典のなかでも特に影響の強い『観無量寿経』(3)が、『とはずがたり』の巻五にも引用されていることを指摘した。そして、『とはずがたり』巻四の無常を語る二条の言葉を引用し、そこからにじみわたる述懐は、『豊明絵巻』の主題につながるものではないかとし、『とはずがたり』の完成後、無常を主旋律とする『豊明絵巻』の詞書を仕上げたのではないかと推定した。

さらに中村氏は、『豊明絵巻』を二条作と推定する傍証として、絵巻に寄せる二条の関心の強さを指摘した。『とはずがたり』巻一に、二条が九つの年に「西行が修行の記といふ絵」を見た時から西行をうらやましく思って、自分もいつかは出家をして足にまかせた旅をして、「かかる修行の記を書き記して、亡《な》からん後の形見にもせばや」(七三頁)と思っていたと記されていること、また、巻四の当麻寺を参詣した場面に、当麻曼荼羅の縁起にまつわる話を書きとめているのも、当麻寺に秘蔵される絵巻を見てのことだったのではないかとし、二条の絵巻に寄せる関心の強さがうかがえるとした。

実は、中村氏の仮説は、二条が『豊明絵巻』の詞書(物語)の作者というだけでなく、絵の筆者の可能性にも及ぶ。

『とはずがたり』には、備後国のある家で、二条が障子の絵を描きほめられたと記されている（巻五、二九三頁）など、二条には画才もあったと思われること、また阿仏尼（一二八三年没。藤原為家の妻）が、宮中に出仕する娘・紀内侍にあてた『乳母の文』[4]のなかで、宮仕え女房の心得として、人物の顔を美しく描くことができ、物語絵などの詞書を作るほどの技量を持つようにと記されていることを指摘し、当時の宮仕え女性たちの画技の水準から推定しても、『豊明絵巻』の詞も絵も二条の手になる可能性があることを示した。本絵巻のように、彩色をともなわない白描物語絵には、女筆と伝えられるものが多いこともつけ加えている。

*

中村義雄氏のこの仮説に対して、水原一氏「中世の日記文学――『とはずがたり』をめぐって」（『文学・語学―季刊　第四九号』全国大学国語国文学会編、一九六八年九月）のように賛同するものがあるなか、中村氏の仮説に異議を申し立てたのが、松本寧至氏「『豊明絵草子』詞書との関連――『とはずがたり』の執筆時期について」（『とはずがたり研究』桜楓社、一九六九年四月）であった。松本氏は、『豊明絵巻』と『とはずがたり』との間の密接な関係を認め、中村氏が指摘した両者の詞章の重なり箇所に、新たな重なり箇所を加え、あわせて二十箇所あまりの例を列挙しているが、両者を同一作者とする点、そして『とはずがたり』から『豊明絵巻』へという影響関係を想定する点に関して、中村説と反対の立場を主張した。すなわち、『豊明絵巻』の作者は後深草院二条ではなく、両者の詞章の一致は、二条が『とはずがたり』を執筆するに際して、『豊明絵巻』を引用した結果であると推定したのである。

松本氏は、そもそも前掲例1「豊明の夜な夜なは……」や、例2「天子に心をかけ、禁中に交じらはせむことを……」、例5「三種の愛に心をとどめて……」のように、両者がまったく同文であることは、かえって同一作者のものとは思えない証拠ではないかとし、「同一作者でも別個の作品を書く場合、多少に拘らず新しい表現を試みようと努めるのが、作者本来の態度ではなかろうか」と述べた。そして、宗教的には、『豊明絵巻』のほうに明確な浄土往生思想が出ているものの、『とはずがたり』の完成は、「作者の人生の完成、それは即ち文学即仏道修行の完成をも意味しているのであって、このさき別の作品によって何等かの主張をしたとは考えられない。ましてや『豊明絵草子（豊明絵巻）』を創作せねばならない必然はない」とし、『豊明絵巻』と『とはずがたり』の作者は別人であると断定したいと述べた。また、松本氏は、『豊明絵巻』の文体が統一されているのに対して、『とはずがたり』の文体はかなり不統一であり、時には優美繊細であるが、ある場合には記録的であり、別の場合は唱導の文体のようなところもあるなどかなり多様で、時には生硬なものがあることを指摘し、これらの文体の変化のなかには、『源氏物語』『狭衣物語』『更級日記』、あるいは『西行物語』などの絵巻類、『北山准后九十賀記』などの記録類からの引用による箇所も多いと述べ、『豊明絵巻』との関係もそれらと同様の方法と見るのが至当だと思われるとした。さらに、『豊明絵巻』の細かい語句までを『とはずがたり』に引用しているのは、二条が『豊明絵巻』を相当読み込んでほとんど暗記しているほどであったためだろうとし、『源氏物語』の文章が『とはずがたり』の随所に見出されるのと同様の方法であるとした。

松本氏は、『とはずがたり』の成立が嘉元四年（一三〇六）以降正和二年（一三一三）までと考えられることから、『豊明絵巻』は少なくともそれ以前には成立したといえるとした。さらに、『豊明絵巻』の文章が美文調で、やや硬く、仏教語、漢語を駆使して簡潔雄勁である点から、鎌倉時代の男子の作った文体であるとする白畑よし氏の推定を支持した。(5)

＊

松本論文の後、岡本恭子氏「豊明絵草子の作者について――『とはずがたり』との関連において」（『駒澤國文』第九号、一九七二年五月、駒澤大学文学部国文学研究室）、島華子氏「後深草院二条と『豊明絵草子』」（『論輯』第五号、一九七七年二月、駒澤大学文学部大学院）は、『豊明絵巻』の作者は後深草院二条とする中村説を支持した。また、中村氏自身、「豊明絵草子の詞書と『とはずがたり』」（『新修日本絵巻物全集17』角川書店、一九八〇年一月）において、松本氏が、『豊明絵巻』の細かい語句まで『とはずがたり』に引用されているのは、二条が『豊明絵巻』を相当に読み込んでほとんど暗記しているほどであったためだろうとして、『源氏物語』の文章が『とはずがたり』の随所に見出されるのと同様の方法であろうと解していることに対して、『豊明絵巻』と『源氏物語』は質的にも違うのではないかとし、『豊明絵巻』は果たして二条が積極的に引用し依拠するほど、当時有力な絵巻だったのだろうかと疑問を投げかけた。その後、横井孝氏「源氏物語絵巻伝流史管見――『豊明絵草子』『寝覚物語絵巻』との関連において」（『静岡大学教育学部研究報告　人文・社会科学篇』第三五号、一九八四年）、垣尾美也子氏「『豊明絵草子』作者についての一考察」（『解釈』一九八六年七月）、佐野みどり氏「豊明絵」（『角川絵巻物総覧』角川書店、一九九五年）も中村説に賛同した。近年、柳町敬子氏は「白描絵巻『豊明絵草子』と『とはずがたり』の関係――称名念仏往生をめぐって」（『立教大学日本文学』第一〇〇号、二〇〇八年七月）において、同一作者説については言及されないものの、『豊明絵巻』が『とはずがたり』を引用したと見るほうが自然であろうと論じており、中村説の『とはずがたり』から『豊明絵巻』へという推定と重なる。

それでは、『とはずがたり』の注釈書では、中村氏、松本氏によって論じられてきたこうした『豊明絵巻』との表現の重なりをどのようにとらえているのだろうか。『とはずがたり』の注釈書（福田秀一氏「新潮日本古典集成」新潮社、一九七九年二月、三角洋一氏「新日本古典文学大系」岩波書店、一九九四年三月、久保田淳氏「新編日本古典文学全集」小学館、一九九九年十二月）において、『豊明絵巻』と『とはずがたり』[6]とが重なりあう前掲の例1、例2、例4、例5の四箇所について、どのような注記がなされているのか調べてみたところ、両者の表現が重なる、あるいは類似するといった指摘はほぼなされているものの、両者の影響関係については、両説あり、とするなど、どちらがどちらを引用したのかについての言及がなされない場合も少なくない。「新日本古典文学大系」では『豊明絵巻』による、とする注記が二箇所、「新潮日本古典集成」では『豊明絵巻』によるか、とする注記が一箇所認められるのみであり、「新編日本古典文学全集」では影響関係についてはまったく触れられていない。また、次田香澄氏『とはずがたり全訳注』（講談社学術文庫、一九八七年七月）では、『豊明絵巻』の本文との重なりについて言及しているのは例1のみであるが、中村説を批判し、それぞれの作者は別人であり、別の原拠をもとにして、『豊明絵巻』『とはずがたり』それぞれの表現がなされたものと述べている。確かに、次田氏のいうように、両者がそれぞれ同一の原拠をもとにしたという可能性も十分考えられるだろう。しかし、その場合、二十箇所を上回る表現の重なりについてはどのように説明したらよいのだろうか。以上、『とはずがたり』の注釈書の注記をみてきたが、松本説のように『とはずがたり』が『豊明絵巻』によったとする注記がいくつか認められたのに対し、中村氏が主張する同一作者説はもとより、『とはずがたり』から『豊明絵巻』へとする影響関係を支持する注記はまったく認められないという結果だった。

成立年代のはっきりしない二つの作品が、同一もしくは近似する表現を多数有する場合、その影響関係について見きわめることは容易ではなく、ましてや作者を同じくすることを証明するのはきわめてむずかしいと言わざるをえない。同じ作者であるならば、同じ表現はしないはずとする松本氏の主張は、一般論としてはなるほどと思われるものの、『豊明絵巻』の表現を用いて『とはずがたり』の表現がなされたと仮定した場合、いくつか気にかかる点について、次に述べてみたいと思う。

*

まず、松本氏が、『とはずがたり』が『豊明絵巻』と一致する表現や近似する表現を多数有していることについて、二条が『源氏物語』と同様に『豊明絵巻』を相当に読み込んでいたためと推定している点についてであるが、『とはずがたり』には確かに『源氏物語』を踏まえた箇所が散見するものの、『豊明絵巻』のように長い一文をそっくり引用したような例は認められず、『豊明絵巻』と『とはずがたり』の関係はやはりかなり特殊であるように思われる。

次に、『豊明絵巻』と『とはずがたり』とで長い文が一致、あるいは近似する箇所が、『とはずがたり』において二条や二条の父にかかわる重要な場面であるという点が気にかかる。両本文中、もっとも長い一節が同文となっているのは『豊明絵巻』の冒頭、前掲例1「豊明の夜な夜なは……かげをうつす」で、朝恩に浴し幸せな日々を送る男主人公を紹介する箇所であるが、『とはずがたり』では、父雅忠が幸せだった自身の若き日をふり返って記している箇所にあたる。松本氏は例1の一文が『豊明絵巻』の冒頭にあたることに注目し、別の作品の一部を他の作品が冒頭に引用する場合と、別の作品の冒頭を自作の中に取り入れる場合とでは、いずれかといえば後者の場合が容易であると述べ、『豊明絵巻』の冒頭を『とはずがたり』が引用したと見る方が自然であるとした。しかし、この『豊明絵巻』の冒頭部分は、『とはずがたり』では、二条の父・久我雅忠が後嵯峨院崩御を嘆き、自らの出家を願って、いかに自分が後嵯峨院から朝恩を受けていたかをふり返って記し、定実大納言を通して新院（後深草院）に奉った長い上表文のなかの一節にあたる。もちろん、『とはずがたり』が自伝的作品とはいえ、事実をそのまま反映したものとは思われないものの、この亡き父が心情を吐露した長い文を、二条が『豊明絵巻』の冒頭を引用しながら創作したと解するのは、やはり違和感がある。二条の父雅忠の祖父通親は、土御門内大臣と呼ばれ鎌倉初期の政界の重鎮であり、『高倉院厳島御幸記』などすぐれた文章を残している。また、祖父通親、父通光、雅忠本人も勅撰集歌人でもあり、文雅の家系でもある。後嵯峨院から賜った朝恩を顧みて、今は亡き後嵯峨院に寄せる切々とした思いがつづられたこの上表文は、雅忠自身の筆になるものと考えたほうが自然のようにも思われる。父雅忠の草稿のようなものが残されていて、二条も目にすることができた可能性もあるだろうし、雅忠の上表文の提出先は後深草院であるから、後深草院に仕える二条が目にする機会もあったかもしれない。

前掲例4の『豊明絵巻』「陰陽医療の道々は、もるる少なく集まれり。……家に伝へたる宝物、世に聞こえたる名馬ども、霊仏霊社へ奉れり」（第二段）は、妻の病気平癒を願ってあらゆる手だてを尽くす中納言の様子を語った場面だが、『とはずがたり』では、出家して尼となった二条が諸国を旅する途上、鎌倉で重病となり、心細くてたまらなかった折、少女時代に、これほどの病気でなくとも父が心配し、風邪で鼻水が垂れるくらいでも二、三日治らずにいると、手厚く看護し、家に伝わる宝や世間に評判の名馬を霊社霊仏に奉納して病気の平癒を願ってくれたとする場面である。また、例2の『豊明絵巻』「天子に心をかけ、禁中に交じらはせむことを思ひ、かしづかせける人のむすめを得たり」（第一段）は、后がねとして育てられた中納言の妻について語られた箇所だが、『とはずがたり』では、二条と雪の曙（西園寺実兼）との間に生まれた秘密の子が、実兼に引き取られ、北の方の実子として、天子の后となることを願って大切に育てられている様子を語る場面である。

『豊明絵巻』と『とはずがたり』とで、長い一節が重なるこれらの箇所は、『とはずがたり』のなかでも二条の父や二条自身とかかわる重要な場面であるだけでなく、『豊明絵巻』のなかでも男主人公やその妻という大切な人物たちと重ねられており、両者の影響関係を指し示す傍証とはかならずしもいえないが、両者の関係を考えるうえで看過できないことと思われる。

もう一点、筆者が気になったのは、前掲例3の『豊明絵巻』「有為無常の情《なさけ》なきことわりを知らず」（第一段）と重なる『とはずがたり』の表現、「有為無常の情《なさけ》なきならひと申しながら」（巻五・三二二頁）、「生死無常の情《なさけ》なきことわりなど申して」（巻四・二五六頁）である。例3は、『とはずがたり』の注釈書（「新潮日本古典集成」「新日本古典文学大系」「新編日本古典文学全集）において、『豊明絵巻』に関する注記[7]がほとんど認められなかったものでもある。「有為無常」とは、世の中のあらゆる事象は絶えず変化していてとどまることがないことをさし、「生死無常」も、常に転じ変わる世の中で、この世に生まれたものはやがて死にゆき、常に変化してとどまることがないことをさす。仏教思想を踏まえた慣用句的な表現でもあるが、「有為無常のことわり（ならひ）」「生死無常のことわり（ならひ）」とあるのが一般的な表現ではないかと思われる。親鸞の『末灯鈔』[8]や『一遍語録』[9]にも「生死無常のことわり」の例が見え、『平家物語』[10]でも「有為無常のならひ」「生死無常のならひ」、『曽我物語』[11]にも「生死無常のことわり」の例が認められる。にもかかわらず二条は、「有為無常」「生死無常」という「生まれたものはやがて死にゆき、すべてのものはとどまることなく変わっていく」とするこの道理を、「情なきことわり」「情なきならひ」、つまり無情な、情け容赦のない、思いやりのない道理（ならわし）ととらえている。筆者は、『豊明絵巻』を読んだ時に、「有為無常の情なきことわり」の箇所にひっかかりを覚え心に残っていたのだが、同様の言い方が『とはずがたり』に二度も用いられていることに驚いた。もちろん、『豊明絵巻』の表現を『とはずがたり』が引用したという見方もできるだろう。しかし、引用するというほど長い一文ではなく、二条の独自な見方をうかがわせるものとも思われるのであり、中村氏がいう「作者における個性的な叙述の傾向、筆癖などによるものと解すべき」余地もないとはいえないようにも思われる。

『豊明絵巻』は、作者はもちろん、その名称さえ不明な白描の物語絵巻である。しかし、中村義雄氏により『とはずがたり』の文章と同じ表現をいくつも有することが発見されたことによって、この絵巻は文学史のなかに掬いとられた。同一作者説を認めるにせよ認めないにせよ、後深草院二条という『とはずがたり』の作者にとって、『豊明絵巻』が大切な存在であったことに違いはない。松本説によるならば、『豊明絵巻』は、『源氏物語』のように二条が愛読し、自身の作品『とはずがたり』のなかに、さまざまに引用せずにはいられなかった絵巻であったことになるだろう。また中村説によるならば、『豊明絵巻』は、二条が『とはずがたり』を執筆した後、『とはずがたり』に記された亡き父のありし日の姿や自身の幼いころの思い出などを織り込めながら作り上げられた絵巻ということになるだろう。[12]中村説、松本説の検証を含め、『とはずがたり』と『豊明絵巻』の関係についてのさらなる柔軟な考察が待たれる。

注(1)「臨時調楽」は、「新潮日本古典集成」では「臨時の調楽」とあるが、『とはずがたり』の影印本「りむしてうかく」(笠間書院。三〇頁)により改めた。なお、『とはずがたり』は孤本であり、いずれも宮内庁書陵部蔵本(五冊)によっている。

(2)呉竹同文会『とはずがたり全釈』(風間書房、一九六六年七月)の解説「文章について」(水川喜夫執筆)による。

(3)中村論文引用の『とはずがたり』巻四の一節は「中有の旅の空には誰か伴ふべき。生ぜし折も一人来たりき。去りて行かむ折も又然なり。相会ふ物は必ず別れ、生ずる物は死に必ず至る。桃花粧いゝみじと雖も、終には根に帰る。紅葉は千入の色を尽して盛りありと雖も、風を待ちて秋の色久しからず。名残を慕ふは一旦の情なり」である。

(4)阿仏尼「乳母のふみ、一名庭のをしへ」(『群書類従　第二十七輯　雑部』第四七七)二一四頁下段による。

(5)白畑よし「豊明絵草子」(『日本絵巻物全集17』角川書店、一九六五年)での見解を踏まえたものであろう。

(6)『とはずがたり』の注釈書、福田秀一校注「新潮日本古典集成」(新潮社)、三角洋一校注「新日本古典文学大系」(岩波書店)、久保田淳校注「新編日本古典文学全集」(小学館)において、『豊明絵巻』と同文もしくは近似する四箇所(前掲例1「豊明の夜な夜なは」、例2「天子に心をかけ」、例4「陰陽医療の」、例5「三種の愛に」)について、どのような注記がなされているのか調査した。調査結果は以下のとおりである。「新潮日本古典集成」では、例4をのぞく三例について、『豊明絵巻』の詞書とほぼ同文、あるいは類似と注記し、例1では、両者の先後については両説あるとする。例5では、『往生要集』巻中に見えるが、ここは『豊明絵巻』によるか、とする。「新日本古典文学大系」では、四例すべてにおいて、『豊明絵巻』の詞書と同文、あるいは類似しているという注記がなされ、例2、例4では『豊明絵巻』による、とする。「新編日本古典文学全集」では、例4をのぞく三例において『豊明絵巻』の詞書と同文、もしくは類似するという注記があるが、いずれの例でも、影響関係(どちらが引用したのか)にはまったく言及されていない。

(7)例3の『豊明絵巻』の本文「有為無常の情なきことわり」と類似する『とはずがたり』の表現は、「有意無常の情なきならひ」「生死無常の情なきことわり」の二箇所があるが、『とはずがたり』の注釈書(「新潮日本古典集成」「新日本古典文学大系」「新編日本古典文学全集」)において、『豊明絵巻』に関する注記が認められるのは「新日本古典文学大系」だけであり、二箇所のうち「生死無常の情なきことわり」についてのみ、参考として『豊明絵巻』の本文が引用されている。

(8)岩本裕『日本佛教語辞典』(平凡社、一九八八年五月)の「生死無常」の項目に掲出された、親鸞『末灯鈔』「ただし生死無常のことはり、くはしく如来のときをかせおはしましてさふらふ」による。

(9)中村元『佛教語大辞典　上巻』(東京書籍株式会社、一九七五年二月)の「生死無常の理」の項目中の記述「『一遍語録』上、消息法語」による。

(10)『平家物語　上』「巻第十六、新院崩御」(日本古典文学大系)のなかに、「三明六通の羅漢もまぬかれ給はず、現術変化の権者ものがれぬ道なれば、有為無常のならひなれども、ことはり過てぞおぼえける」(三八八頁三行目)とあり、『延慶本平家物語』上巻に「老タル若キ、キラワズ、生死無常ノ習ナレバ、イカガ有べカラム」(四五八頁二行目)、同下巻に「生死無常ノ習、一仏浄土ニ往生ノ望ヲ懸サセ給ニモ」(五一五頁一一行目)とある。

(11)『曽我物語』(日本古典文学大系)巻十一に「かかる例もあれば、生死無常の理、はじめておどろくべきにあらず」(四〇〇頁一三行目)とある。

(12)『日本古典文学大辞典　第四巻』(岩波書店、一九八四年七月)の松本寧至氏による「とはずがたり」の項では、「『豊明絵草子(豊明絵巻)』はその絵詞の類似性から二条作者説もあるが、『とはずがたり』の影響作であろう」と記されている。松本氏は従来、『とはずがたり』が『豊明絵巻』を引用したとされており、考えが変化したことになるか。

四　物語の時代背景——九条教家の出家をめぐって

最後に、『豊明絵巻』の時代背景について述べておこう。本絵巻の男主人公は、年若くして中納言と大将を兼任するという異例の昇進ぶりが語られていた。そもそも大将は武官職の最高位であり、大臣や大納言と兼任されることが一般的である。中納言が大将を兼任するというケースは、摂関家の嫡男などに見られるもので、平安中期の藤原良房、藤原基経、藤原時平らをはじめとして、平安末期の九条兼実、九条良通ら、鎌倉時代に入って九条道家、九条教実、二条道良、近衛基平らなど少なからず認められる。『豊明絵巻』の主人公は、摂関家の子息として設定されているといってよいだろう。

三十歳に満たずに中納言と大将を兼任するという家柄にも才能にも恵まれ、朝廷の恩沢をも一身に受けている貴公子が、最愛の妻の突然の死によって仏道に目を開かされて出家し、やがて無常なこの世を厭い、極楽往生を遂げるというこの男主人公のモデルとして、白畑よし氏は九条教家《のりいえ》を提示した。[1] 教家は後京極摂政太政大臣藤原良経の次男で、若くして大納言となるが、嘉禄元年(一二二五)九月三日、三十二歳の若さで、明恵《みょうえ》を戒師として出家した。教家の祖父は摂政関白太政大臣をつとめた兼実で、九条家の祖である。九条家は五摂家の一つとして摂政・関白を歴任した家系であり、教家自身は中納言と大将を兼任してはいないが、祖父兼実、伯父良通、兄道家、甥教実も中納言と大将を兼任している。『公卿補任』では、この教家の若すぎる出家の理由を「依菩提心也」と記しているが、白畑よし氏は、高野山の金剛峰寺に伝えられている教家自筆の願文——亡き妻が臨終に聖観音像《しょうかんのんぞう》を造立して奉納することを遺言したのでそれを果たしたという主旨——を傍証として、教家の出家は愛妻に先立たれたためと推定した。願文の末尾の署名「貞応三年十一月二十日、弟子正二位権大納言藤原朝臣教家敬白」に見える貞応三年（一二二四）は、教家が出家した嘉禄元年（一二二五）の前年にあたる。白畑氏は、願文には亡き妻に寄せる切々たる思いが記されており、教家がどんなに妻に先立たれたことを悲しんだかが歴然としているとし、『豊明絵巻』の詞書の作者は、教家についての出来事を直接、または間接に知っていた人ではなかったかと推定した。

　教家の出家については、歴史学の五味文彦氏も論じている。[2] 五味氏は、『公卿補任』にある教家の出家の理由「依菩提心也」について、はたして「菩提心」だけによるのであろうかと疑問を呈し、同母兄道家からの圧迫があったのではないかと推測した。教家は道家の同母弟であるが、父良経の弟で、子供のなかった良輔の養子となっていた。九条家では、若くして亡くなった良通につづき、摂政太政大臣となった弟の良経も三十八歳で死去してしまったため、良経の弟の左大臣良輔が実権をにぎっていたが、その良輔も疱瘡のため建保六年（一二一八）三十四歳の若さで死去、その後、良経の嫡子道家が九条家の当主として摂政となった。道家にとって、我が子教実（嘉禄元年、教実十六歳、教家と同じく権大納言正二位で大将を兼任）の昇進に、権大納言であった弟教家の存在は邪魔であっただろうと五味氏は推定する。養父良輔の死により、後ろ楯を失ってしまっていた教家に、さらに追い打ちをかけたのが、学問にすぐれていた良輔に大きな期待を寄せていた慈円（良輔の父兼実の弟）の臨終が、間近に迫っていた（九月二十六日に慈円死去）ことであったろうという。五味氏によれば、良輔という養父を亡くし、実の兄である道家からの圧力を受け、今また慈円という後ろ盾も失おうとしていたことが、教家出家の背景にあったということになる。

　年若くして高位高官にあった前途有望な青年の突然の出家は、当時の人々にとって衝撃的であったことだろうと思われる。藤原定家は『明月記』嘉禄元年九月三日の条のなかで教家の出家について記し、「尤可謂其身本意歟、不運之家更何謂、悲矣」(3)と感想をもらしており、教家の父良経の死はもとより、伯父良通、養父良輔という将来を嘱望されたすぐれた人物たちが、年若くして次々に死去するという九条家の不運に思いを馳せ、教家みずからが望んだことであろうとしながらも、年若い教家の突然の出家を悲しみ嘆いている。ちなみに、教家の出家にともない、良輔、教家に仕えていた定家の子、光家も出家をしている。その後も『明月記』には、入道大納言殿、飯室入道殿として教家の記事が散見し、出家後も交流があったことがうかがえる。教家は建長七年(一二五五)、六十二歳で亡くなる。

教家の出家の理由には、五味氏の指摘のように、政治的に不利な立場に追い込まれていたということもあったのだろうが、幼くして父良経を亡くし、養父良輔の早すぎる死など、身近な大切な人たちを相ついで亡くしていることも見過ごせず、さらに愛する妻の死によってこの世が無常であることを痛感させられ、妻の一周忌を一つの区切りとして出家したという推定も、あながち考えられないことではないようにも思えてくる。教家出家の前年に高野山の金剛峯寺に奉納された、亡き妻の冥福を祈る聖観音像造立の教家自筆の願文を唯一の拠り所とする推定ではあるけれど、妻の死が教家に「菩提心」を起こさせ、出家を決意させる契機となった可能性も捨てきれない。

実は、愛する人が亡くなったり、愛する人が帝の女御や中宮となるなど、手の届かぬ人となってしまったことをきっかけとして、主人公の男性が出家をするというプロットは、鎌倉時代の物語にまま見うけられる。(4)たとえば、『浅茅が露』『苔の衣』『石清水物語』『海人の刈藻』『しのびね』『風につれなき』『雫ににごる』などがあるが、そのうち『浅茅が露』と『苔の衣』は、愛する妻を亡くした悲しみによって男主人公が出家遁世してしまう点で『豊明絵巻』と重なる。なかでも『苔の衣』の男主人公大将は、関白の子息であり、帝から女御としての入内を要請されていた美しい姫君と結婚し、子供にも恵まれ幸せな結婚生活を送っていたが、七年が経つころ、愛する妻が病気となって死去、大将は妻の一周忌の翌日、横川にのぼり出家し失踪してしまうというプロットとなっており、『豊明絵巻』の内容と重なる点が多い。

『豊明絵巻』の主人公のモデルが九条教家であったかどうかはともかくとして、摂関家という恵まれた家柄に生まれた貴公子が、年若くして高位高官にありながらも、妻の死を悲しみ、そして出家をしてしまうという出来事が、『豊明絵巻』

や『苔の衣』などの鎌倉時代の物語のなかだけでなく、現実にも確かにあったという一つの事例として、教家の出家は心にとめておくべきだろう。鎌倉時代の物語に男主人公の出家遁世譚が多いのは、やはりその時代の反映でもあることを、九条教家の出家はあらためて教えてくれるといえよう。

注(1)白畑よし「豊明絵草子」『日本絵巻物全集17』(角川書店、一九六五年)による。なお、同書のなかに、「藤原教家筆聖観音奉納願文」(金剛峯寺蔵)の写真が掲載されている。

(2)五味文彦「『明月記』の群像――『明月記』嘉禄元年秋記を中心に」(『明月記の資料学』青史出版、二〇〇〇年七月)による。

(3)五味文彦「『明月記』嘉禄元年秋記の復元」(『明月記の資料学』前掲注2に同じ)の嘉禄元年九月三日の条による。

(4)鎌倉時代物語の出家遁世譚については、伊東祐子「『藤の衣物語』と鎌倉時代物語をめぐって――「室の八島の煙」と「出家遁世譚」を中心に」(『平安文学研究　生成』笠間書院、二〇〇五年十一月)でもとりあげている。あわせて参照されたい。

主な参考文献

【影印・翻刻】

『豊明絵草子』(「尊経閣叢刊」育徳財団、一九三六年一月)

「豊明絵草子」(『日本絵巻物全集17』角川書店、一九六五年七月)

「豊明絵草子」(『新修日本絵巻物全集17』角川書店、一九八〇年一月)

「豊明絵草子」(『鎌倉時代物語集成　第七巻』笠間書院、一九九四年九月)

【研究論文】

田中一松「豊明絵草子解説」(尊経閣叢刊『豊明絵草子』育徳財団、一九三五年十二月)

白畑よし「豊明絵草子」(『日本絵巻物全集17』角川書店、一九六五年七月。『新修日本絵巻物全集17』角川書店、一九八〇年一月)

中村義雄「豊明絵草子と『とはずがたり』――絵巻作者二条説試論」(『美術研究』第二四七号、一九六六年度第二冊。中村義雄『絵巻物詞書の研究』角川書店、一九八二年二月、第八章、第一節、所収)
松本寧至「『豊明絵草子』詞書との関連――『とはずがたりの執筆時期について』」(『古典の諸相』駒澤大学国文学研究室、一九六九年。『とはずがたりの研究』第八章「『とはずがたり』の方法(四)素材とその周辺」一九七一年四月、所収)
岡本恭子「豊明絵草子の作者について――『とはずがたり』との関連において」(『駒澤國文』第九号、一九七二年五月、駒澤大学文学部国文学研究室)
島華子「後深草院二条と『豊明絵草子』」(『論輯』第五号、一九七七年二月、駒澤大学文学部大学院)
田島毓堂・中村悦子「豊明絵草子詞書本文並びに総索引」(『東海大学国語国文』第一三号、一九七八年三月)
中村義雄「豊明絵草子の詞書と『とはずがたり』」(『新修日本絵巻物全集17』角川書店、一九八〇年一月。中村義雄『絵巻物詞書の研究』角川書店、一九八二年二月、第八章、第二節、所収)
横井孝「源氏物語絵巻伝流史管見――『豊明絵草子』『寝覚物語絵巻』との関連において」(『静岡大学教育学部研究報告 人文・社会科学篇』一九八四年)
垣尾美也子「『豊明絵草子』作者についての一考察」(『解釈』教育出版センター、一九八六年七月)
久保田孝夫「豊明草子絵」(『体系物語文学史 第五巻 物語文学の系譜Ⅲ 鎌倉物語2』有精堂、一九九一年七月)
河田昌之「豊明絵巻」(『特別展図録 白描絵』和泉市久保惣記念美術館、一九九二年十月)
市古貞次・三角洋一「豊明絵草子」解題(『鎌倉時代物語集成 第七巻』笠間書院、一九九四年九月)
佐野みどり「豊明絵」(『角川絵巻物総覧』角川書店、一九九五年四月)
柳町敬子「白描絵巻『豊明絵草子』と『とはずがたり』の関係――称名念仏往生をめぐりて」(『立教大学日本文学』第一〇〇号、二〇〇八年七月)

なよ竹物語絵巻

なよたけものがたり

『なよ竹物語絵巻』第一段（金刀比羅宮蔵）

○第一段

〔一〕蹴鞠の折、帝［1］、意中の女［2］を見かける

[一]いづれの年の春とかや、[二]弥生《やよひ》の花ざかり、花徳門《けとくもん》[三]の御つぼにて、[四]二条前関白、[五]大宮大納言、[六]刑部卿三位、頭中将など[七]参り給ひて、御鞠《まり》侍りしに、見物の人々にまじりて、女どもあまた見え侍るなかに、内裏《うち》の御心寄せにおぼしめすありけり。鞠は御心にも[八]入らせ給はで、かの[九]女のかたをしきりに御覧ずれば、女わづらはしげに思ひて、うちまぎれて[一〇]左衛門の陣のかたへ出でにけり。

〔二〕女［2］、「くれ竹の」と一言を残して姿を消す

六位を召して、(帝)「この女の帰らん所、見置きて[一一]申し侍れ」と[一二]仰せたびければ、蔵人、追ひつきて見るに、この女、[一三]心得《え》たりけるにや、いかにもこの男、[一四]すかしやりて逃げむ、と思ひて、蔵人を[一五]招き寄せて、[一六]うち笑ひて、(女)[一七]「『くれ竹の』と申させ給へ。あなかしこ、[一八]御返しを[一九]うけたまはらむほどは、[二〇]この門にて待ちまゐらせん」と言へば、すかす、とは[二一]ゆめゆめ思ひ寄らで、ただすきあひまゐらせん[二二]とすると心得て、いそぎ参りて、この[二三]こと[二四]奏し申せば、「さだめて古歌の句

○第一段

〔一〕　どの年の春であったか、三月の桜の花ざかりに、花徳門の御中庭で、二条前関白、大宮大納言、刑部卿三位、頭中将などが参内なさって、御蹴鞠のあそびがありました時に、見物の人々にまじって、女たちがたくさん見えましたなかに、帝［1］が御思いを寄せていらっしゃる人［2］がいたのだった。帝は、蹴鞠のことは、お心にもお止めなさらないで、その女のいるほうをしきりにご覧になるので、女はめんどうなことと思って、見物客にさっとまぎれて、左衛門の陣のほうへ出て行ってしまったのだった。

〔二〕　帝［1］は、六位の蔵人［6］をお呼び寄せになって、「この女［2］が帰っていく所を見届けて、申し知らせよ」とご命令を下されたので、蔵人は、追いついて、女の様子をうかがうと、この女は、事情をわきまえ知っていたのか、どうかしてこの男をうまくだまして逃げようと思って、蔵人を招き寄せて、にっこり笑って、「『くれ竹の』と申し上げてください。ああ、恐れ多いこと、帝からのお返事をいただくまでは、この門でお待ち申し上げましょう」と言うので、蔵人は、女がだますとはまったく思いも寄らないで、ただ風流を交わし申し上げようとするのだ、と理解して、急いで帝のもとに参上して、このことを奏上申し上げると、「きっと、古歌の句でございましょう」ということで、お尋ねがあったが、その庭には知っている人はいなかったので、為家卿のもとへお尋ねがあったところ、たちどころに、古歌ということで、

にてぞ[二五]侍らん」とて、御たづね[二六]ありけるに、その[二七]庭には、[二八]知りたる人なかりければ、[二九]為家卿のもとへ御たづねありけるに、[三〇]とりあへず、古き歌とて、

[三一]高くとも何にかはせむくれ竹のひと夜ふた夜のあだのふしをば

と[三二]申されたりければ、いよいよ[三三]心にくきことにおぼしめして、御返事[三四]なくして、(帝)「ただ女の帰らん所を、[三五]たしかに申せ」と[三六]仰せたびければ、立ち返り、ありつる門を見るに、[三七]かき消つやうに失せぬ。

また、参りて、しかじかと[三八]奏すれば、御気色悪しくて、たづね出ださずは、咎《とが》あるべき[三九]よしを仰せらる。蔵人、青ざめてまかり出でぬ。このことによりて、御鞠もことさめて、入らせ給ひぬ。

○ 第二段

[三]帝[1]、御鞠の日に見た女[2]を思いつづける

[四〇]その後、にがにがしく[四一]まめだちて、心苦しき御ことに[四二]て侍りけるに、[四三]近衛殿、[四四]二条殿、[四五]花山院大納言定雅、[四六]大宮大納言公

身分が高いお方だからといって、いったい何になりましょうか。くれ竹の節《ふし》の一節《よ》のように、一夜、二夜のかりそめの逢瀬では。

と、申されたので、帝は女のことをますます奥ゆかしいこととお思いになられて、お返事はなしにして、「ただ、女が帰っていく所を、しっかり確かめて申せ」と、ご命令を下されたので、蔵人は立ち戻って、先ほどの門を見ると、女はかき消すようにいなくなってしまった。

蔵人は、ふたたび帝のもとに参上して、「これこれです」と奏上すると、帝は、ご機嫌が悪くなって、女をさがし出さなければ、過失としてお咎めがあるはずだという旨のことをおっしゃる。蔵人は青ざめて退出してしまった。このことがあったために御蹴鞠のあそびも興がさめて、帝は邸内にお入りになってしまわれた。

○ 第二段

[三] そののち、帝[1]は、にがにがしく、真剣に思いつめて、お気の毒なご様子であったのでしたが、近衛殿、二条殿、花山院大納言定雅、大宮大納言公相、中納言通成などといった人々が参上なさって、管絃の御遊がございましても、以前のように楽しそうでもいらっしゃらず、物をのみお思いのご様子で、ぼんやりと物思いにふけりがちでいらっしゃるので、近衛殿が帝にお盃をおすすめ申し上げなさるついでに、「そうそう、そういえば、近ごろ、行方の知れない宿の蚊遣火[2]

相、[47]中納言通成など[48]やうの人々、参り給ひて、[49]御遊《ぎよいう》侍れども、さきざきのやうにもわたらせ給はず、ものをのみおぼしめすさまにて、御ながめがちなれば、近衛殿、御かはらけをすすめ申させ給ふついでに、[50]「まことにや、近ごろ、[51]行くかた知らぬ宿の蚊遣火《かやりび》に、焦がれさせ[52]おはしまし侍るなる。[53]たづね侍らんに、かくれ侍らじものを。[54]唐土《もろこし》には、蓬萊までたづね侍りける例《ためし》も侍るを、[55]これは都《みやこ》の[56]うちなれば、[57]やすきほどのことなり」とて、[58]御酒《みき》[59]参らせ給ふに、内《う》裏《ち》も、すこしうち笑はせ給へども、[60]そぞろかせ給ひて、入らせ給ひぬ。

○ 第三段

[四]女[2]の行方を、文平という陰陽師が占う

その後、[61]蔵人、いたらぬ[62]隈《くま》なく、もしや[63]あふ、と[64]求め歩《あり》きて、[65]神仏に祈り申せども、かひなし。思ひわびて、[66]「文平と申す陰陽師こそ、[67]当世には、[68]たな心をさして、推条まさしかなれ。このこと、占はせん」と思ひて、[69]まかり向かひて[70]問ひ侍りければ、申しけるは、(文平)「これは、[71]内々もうけたまは

に胸を焦がしていらっしゃるそうですね。さがし求めましたなら、女[2]も隠れ通すことはできないでしょうに。中国では、蓬萊山まで、亡き楊貴妃の魂のありかをさがし求めた例もございますのに、こちらは、行方知れずといっても、都のなかのことなので、たやすい程度のことです」といって、御酒をさしあげなさると、帝も少しにっこりとお笑いになられるけれども、気もそぞろなご様子で、お部屋にお入りになってしまわれた。

○ 第三段

[四]　そののち、蔵人[6]は、都中、隅々まで思い及ばぬ所なく、もしかしたらあの女[2]に出会えるか、とさがし求めて歩きまわって、神仏にお祈り申し上げるけれども、そのかいもない。どうしたらよいか思いあぐねて、「文平と申す陰陽師こそ、今の世の中では、ぴたりと占いによる推論が的中すると聞いている。このことを占わせよう」と思って、出向いて行って、問い聞いてみましたところ、文平が申しましたことには、「このことは、内々にもお聞き及んでおります。大変な一大事です。文平の占いは、今ここで試してみましょう。占いの結果、火の曜が出ました。神門です。今日は巳の日です。巳は蛇のことです。この結果から推測すると、一時的な行方知れずです。最後には、きっとお会いになることができ

りおよべり。ゆゆしき大事なり。[72]文平が[73]占《うら》は、これにて[74]こころみ侍るべし。[75]火の曜《えう》を得たり。神門《かみかど》なり。今日は巳《み》の日なり。巳は[76]くちなはなり。このことを推《すい》するに、一旦《いつたん》のかくれなり。つひには、あはせ給ふべし。ただし、火の曜は、夏の季にいたりて[77]御悦びなり。くちなはなれば、もとの穴に[78]入りて、もとの所に出づべし。[79]夏の中、五月中にかくれけむ所にて、かならずあはせ給ふべし」と[80]申せども、これも凡夫なれば、一定、頼むべきにはあらねども、むげに上《うは》の空《そら》[82]なりしよりは、[81]この占《うら》を聞きて後は、[83]つねに左衛門の陣のかたにぞたたずみける。

○ 第四段

[五]最勝講の開白の日、女[2]が姿をあらわす

五月十三日、[84]最勝講《さいしようかう》の開白《かいびやく》[85]の日、この女、[86]ありしさまをあらためて、五人連れて、ふと行きあひぬ。蔵人、あまりのうれしさに、夢うつつともおぼえず。あやしまれじ、と思ひて、聴聞人にまぎれて[87]見侍れば、[88]仁寿殿の西の廂に並みゐて、[89]御講はてて、ひしめかむ時、また[90]失ひていかがせんとす。

るでしょう。ただし、火の曜は、夏の季節に至って、御悦びごとがあります。蛇であるので、もとの穴に入って、もとの所に出てくるはずです。ですから、夏のうち、五月中に、女が隠れてしまったとかいう所で、かならずやお会いになられるに違いありません」と申すけれども、この文平も、ただの人間なので、確実に信頼できるというわけではないけれども、まるで雲をつかむような不確かな状況だった時よりは、この占いを聞いてからは、蔵人はいつも、女が姿を消した左衛門の陣のあたりで、じっと立っているのだった。

○ 第四段

[五] 五月十三日、最勝講の開白の日、この女[2]が、この前とはよそおいをかえて、五人連れでいるのに、ふっと出くわした。蔵人[6]は、あまりのうれしさに、夢なのかとも、現実なのかともわからないほどである。女からあやしまれまいと思って、人混みにまぎれて女の様子を見ていますと、仁寿殿の西の廂に並んで座って聴聞をしている。蔵人は、御講が終わって大勢の人が押しあいへしあいするだろう時に、また女を見失ってしまったらどうしようと思って、経俊が、殿上の間の入り口にいらっしゃる所に行って、「この女[2]のことを、これこれだと、帝[1]に奏上なさってください」と話をもちかけると、経俊は「帝は、ただ今、中宮[4]と同じ所でご聴聞の最中である。女のことを奏上するのは、無作法だ」と申

思ひて、[九一]経俊の、[九二]殿上口におはする所にて、「(蔵人)このこと、[九三]しかじかと奏し給へ」と語らへば、「(経俊)ただ今、[九四]中宮[九五]一所に御聴聞のほどなり。[九六]こちなし」と申しければ、力およばず。[九七]また、伝奏の人やおはする、と見れどもおはせず。[九八]一位殿、宰相の典侍《すけ》と申ししが、わが御局口《つぼねぐち》にて、女房ともの仰せらるるを見あひまゐらせて、[九九]かしこまりて申しけるは、「(蔵人)[一〇〇]推参に侍れど、[一〇一]天気にて侍り。しかじかのこと、[一〇二]急ぎ奏し申し給へ」と申しければ、かねて聞こえあることなれば、やがて[一〇三]奏し申させ給ふに、女房して、[一〇四]「(帝)神妙なり。かまへて、このたびは、不覚せで、行く方《かた》をたしかに見[一〇五]おきて申せ」と仰せらるるほどに、[一〇六]講はつれば、夕暮になりぬ。

○ 第五段

[六]帝[1]からの手紙に、女[2]、「を」の一文字を返す

この女ども、[一〇七]ひと車にて帰るめり。蔵人、我が身は[一〇八]またあやしまれじ、と思ひて、さかさかしき女をつけて、[一〇九]見入れさすれば、三条白河に、なにがしの少将といふ[一一〇]人の家なり。

このよしを[一一一]奏すれば、やがて御文あり。

したので、自分の力ではどうしようもない。蔵人は、ほかにまた、伝奏の人がいらっしゃるかしら、と見るけれどもいらっしゃらない。一位殿が、この方はその当時、宰相の典侍と申し上げた方ですが、ご自分のお部屋の入口で、女房と何かおっしゃっているのを、お見つけ申し上げて、蔵人が恐縮して一位殿に申し上げたことには、「ぶしつけではございますが、帝のご意向でございます。これこれのこと（さがし出すよう命じられていた女を見つけたこと）を、至急、奏上申し上げてください」と申し上げたところ、一位殿は前もって耳にしていたことなので、そのまますぐに帝に奏上申し上げなさると、女房を介して、「殊勝である。心して、今回は失敗せずに、女の行く先を確かに見届けて申し上げよ」と仰せになられているうちに、最勝講が終わり、夕暮になってしまった。

○ 第五段

[六]　この女[2]たちは、ひとつ車に乗って帰るようである。蔵人[6]は、この身はふたたびあやしまれないようにしよう、と思って、抜け目なくしっかりしていると思われる女を、あとにつけて、女の住まいを見届けさせたところ、三条白河にある、何某少将[3]という人の家である。

この旨を奏上すると、すぐに帝[1]からのお手紙がある。「私が目にしたあなたのお姿は、かりそめに見た夢だったのか、それとも現実だったのか。くれ竹の節《ふし》のように、

「あだに見し夢かうつつか[二二]くれ竹のおきふしわぶる恋ぞ
　苦しき
　この暮にかならず」
とばかりあり。

蔵人、[二三]御文をたまはりて、[二四]かの所に持て行くに、男ある人なれば、わづらはしうて嘆くに、[二五]御使は心もなく、[二六]御返しをせむれば、いかにもかくれあらじと思ひて、ありのままに語れば、少将、さすがにわづらはしげに思ひて、(少将)「男の身にて、左右《さう》なく参らせんもはばかりあり。[二七]あなかま、といさめんも、便《びん》なかるべきことなり。人によりてことごとなる世なれば、ひとつは名聞《みやうもん》なり。[二八]人のそしりは、さもあらばあれ。とくとく[二九]参り給へ」[三〇]とすすむれば、[三一]うち泣きて、かなふまじきよし、返す返す[三二]いなび申せば、少将申しけるは、「この三年《みとせ》がほど、おろかならず思ひかはして過ぎぬるも、世々の契りなるべし。いままた、召され給ふも浅からぬ御契りならんかし。[三三]やうやうしくて、参り給はずは、定めて悪しざまなることにて、我が身も置き所なきことにもなりぬべし。よも悪《あ》しくははからひ申さじ。とくと

起きふし（寝ても覚めても）嘆く恋は苦しいことです。
　この暮にかならず」
とだけ書いてある。

蔵人は帝のお手紙をいただいて、その女[2]の所に持って行くと、女は夫のある人なので、めんどうなことと思って嘆くが、お使いの者は女への心づかいもなく、ご返事を書くようにせき立てるので、女はどうあっても隠し切れまいと思って、ありのままを夫・少将に語ったところ、少将は、さすがにやっかいなことになったと思って、「夫の身としては、ためらうことなく、帝のもとに妻を参上させるというのも、さしさわりがある。ああ、やかましい、そんな話は聞きたくない、と参内を禁止するのも、相手が帝ゆえ、不都合に違いないことである。人によってさまざまな世の中であるから、こうしてお召しがあるというのも、一つには名誉なことである。他人の非難は、どうともなれ、言いたい人には言わせておけばいい。今すぐに、参内なさい」とすすめるので、女は泣いて、承諾しがたい旨を、くり返しくり返し断り申し上げるので、少将が女に申したことには、「この三年の間、並一通りでなくお互いに愛情を交わしあって過ごしてきたのも、前世から世々にわたる宿縁であるに違いない。今また、帝から召されなさるのも、帝との前世からの浅からぬご宿縁であるのだろうよ。もったいぶったふうにして参内なさらないのは、間違いなく悪いやり方であって、お前だけでなく、この私の身も置き所がないようなことにもなってしまいかねない。けっし

く参り給へ」と、返[一二四]す返すすすめければ、女、うち涙ぐみて、御[一二五]文をひろげて見るに、「この暮にかならず」とある[一二六]文字の下に、「を」といふ文字をただひとつ、墨黒に書きて、もとのやうにして御使に参[一二七]らせけり。

○ 第六段

［七］「を」の文字の意味を、家隆卿のむすめが解く

御文、もとのやうにて違《たが》はぬを御覧じて、むなしく帰りたるよ、と本意なくおぼしめすに、結[一二八]び目のしどけなければ、あけて御覧ずるに、この「を」文字あり。とかく[一二九]御[一三〇]案あれども、御心もめぐらせ給はず。さ[一三一]るべき女房たちを、少々召して、[一三三]この文字を御たづねありければ、承[一三二]明門院に、[一三四]小宰相《こさいしやう》の局《つぼね》とて、家隆卿のむすめのさぶらひけるが申しけるは、「昔、[一三五]大二条殿教通《のりみち》、小式部《こしきぶ》[一三六]の内侍《ないし》がもとへ、『月』といふ文字を書きてつか[一三七]はしたりければ、さ[一三八]るすき者、和泉式部がむすめなりければ、母[一三九]にや申しあはせたりけむ、やすく心得て、『月』の下に、『を』といふ文字ばかりを書きて参らせたりける、その心なるべし。『月』といふ文字は、夜[一四〇]さり

て悪いようにとりはからったり申しません。今すぐに、参内なさい」とくり返しくり返し参内をすすめたので、女は涙ぐんで、帝からのお手紙をひろげて見てみると、「この暮にかならず」と書いてある、その文字の下に、「を」という文字をただ一つ、墨色も黒々と書いて、もとのお手紙のままのようにして、お使いの者にさしあげたのだった。

○ 第六段

［七］ 帝[1]は、お手紙がもとのままのようで、お遣わしになった時と変わっていないのをご覧になって、読んでもらえずにむなしく帰ってきたのだな、と期待はずれであるとお思いなさるが、お手紙の結び目がくずれた感じなので、開けてご覧になると、この「を」という文字が書いてある。あれやこれやとご思案なさるけれども、「を」の文字の意図をお思いめぐらしにもなれない。しかるべき女房たちを少し召して、この文字の意味をお尋ねになったところ、承明門院に、小宰相の局といって、家隆卿の娘が仕えていたのだったが、その小宰相の局が申したことには、「昔、大二条殿教通が、小式部の内侍のもとへ、『月』という文字を書いて、使者に持たせて届けさせたところ、小式部の内侍はあの恋多き女、和泉式部の娘であったので、母親に相談申し上げたのでしょうか、たやすくその意図を理解して、『月』の下に、『を』という文字だけを書いて、大二条殿にさしあげたのでしたが、その趣旨に違いありません。『月』という文字は、今夜も待ちまし

も待ち侍るべし、出で給へ、と心得《え》けり。また、人の一四一召し侍る御いらへに、男は『よ』と申し、女は『を』と申すなり。されば、一四二小式部の内侍も一四三一四四上東門院に一四五侍りけるが、一四六まかり出でて参りたりければ、いよいよ心まさりしてめで一四七おぼしめしける。これも、一定、参り侍りなん」と申しければ、御心地よげにおぼしめして、下待《したま》たせ給ひけり。

○第七段

［八］女②、深夜、帝①のもとに参上し、一夜を過ごす

夜もやうやう更けぬれど、夜《よる》の御殿《おとど》へも入《い》らせ給はず、一四八宿直申《とのゐまう》しの聞こゆるは、丑《うし》になりぬるにや、と御心をいたましむるほどに、蔵人しのびやかに、「一四九この女房参り侍る」よし、一五〇奏し申しければ、一五一うれしうおぼしめされて、やがて召されにけり。

一五二漢武の李夫人《りふじん》にあひ、一五三玄宗の楊貴妃《やうきひ》を得《え》たる例《ためし》も、これにはまさり侍らじ、と御心のうちも一五四かたじけなう、さまざま語らひ給ふほどに、明けやすき短夜《みじかよ》なれば、暁《あかつき》近くなり行くに、この女房、身のありさまをかきくどき、こまか

ょう、お出でください、と読み解けます。また、高貴な人がお召しになりましたお返事には、男は『よ』と申し上げ、女は『を』と申し上げるということです。それで、小式部の内侍も上東門院にお仕えしていたのでしたが、退出して大二条殿のもとに参上したので、ますます思っていた以上にすぐれているとお感じになり、かわいいとお気に召されたのでした。今回の場合も、女②はきっと参りますでしょう」と申し上げたので、帝はご気分がよさそうにおなりになられて、心ひそかにお待ちなさるのだった。

○第七段

［八］　夜もしだいに更けてしまうが、帝①は、ご寝所にもお入りなさらず、宿直の当番の役人の名のりが聞こえてくるのは、丑の時刻になってしまったのではないかと、お心を痛めているうちに、蔵人が人目につかないようにして、「この女房②が参上しました」という旨を奏上申し上げたので、帝はうれしくお思いになられて、すぐにそのままお召しになられたのだった。

漢の武帝が李夫人と結ばれ、玄宗皇帝が楊貴妃を手に入れた例も、今こうしてこの人②を手に入れた幸せにはまさりますまい、とお思いでいらっしゃる帝のお心のうちももったいなく、いろいろとむつまじく語りあっていらっしゃるうちに、明けやすい夏の短夜なので、暁近くになって行くが、この女房②は、自身の置かれた状況をくどくどと訴えて、こまごま

にはあらねど、心にまかせぬことのさまを[一五五]奏し申しければ、[一五六]まづかへしつかはされにけり。御心ざし[一五七]浅からず、やがて[一五八]三千の列《つら》にも召し置かれ、九重《ここのへ》のうちの住処《すみか》をも[一五九]御はからひあるべき[一六〇]にて[一六一]侍りけるを、まめやかに嘆き申して、「さやうならば、なかなか御情《なさけ》にても侍らじ。[一六二]淵瀬《ふちせ》をのがれぬ身のたぐひともなりぬべし。ただ、このままにて、人のいたく知らぬほどならば、たえず召しにもしたがふべき」よしを申しければ、つひに、もとの住処へかへされて、[一六三]時々ぞ忍びて召されける。

○ 第八段

[九]女の夫・少将③も、帝①の恩情で中将となる

かの少将は、[一六四]隠者なりけるを、あらぬかたにつけて召し出だされて、よろづに御情《なさけ》をかけられて、[一六五]近習《きんじゅ》の人数に加へられなどして、ほどなく中将になされにけり。つつむとすれど、おのづから[一六六]もれ聞こえて、人の口のさがなさは、そのころの[一六七]もてあつかひにて、「鳴門の中将」[一六八]とぞ申しける。[一六九]鳴門のわかめとて、[一七〇]よきめののぼる所なれば、かかる異名をつ

と詳しくではないけれど、思いのままにならない事情を奏上申し上げたところ、帝は女を、ひとまずお帰しになられたのだった。帝のこの女②に対するご愛情は浅いものではなく、このまま後宮の三千人の女性たちの一人として召し加えられ、宮中での女の居所をも、お取りはからいくださりそうな様子でありましたのを、女は真剣に哀訴申し上げて、「そのようにして私を宮中にとどめ置くというのでしたなら、それはかえって私への御思いやりにもなりませんでしょう。帝のご寵愛の深い浅いを嘆くことから逃れられない、後宮の大勢の女性たちと同じ身の上ともなってしまうに違いありません。ただ、このままの状態で、ほかの人がたいして気づかない程度であるならば、絶えることなく、帝からのお召しにもしたがうつもりです」という旨を申し上げたところ、結局、もとの住まいに帰されて、時々、人目を忍んで召されたのだった。

○ 第八段

[九] あの少将③はひっそりと暮らしていた人物だったが、思ってもみなかったつながりによって召し出されて、何かにつけてご恩情をかけられて、帝①のおそば近く奉仕する近習の人数に加えられなどして、間もなく中将になされたのだった。包み隠そうとするけれど、自然と世間に漏れ聞こえて、人の口の意地悪さは、そのころの話の種として、「鳴門の中将」と申し上げたのだった。鳴門のわかめといって、よき海布《め》が都に送られる所なので、よき妻《め》が帝のもとに参上

けたりけるとかや。

[一〇]主君と臣下のあり方を説く

[一七一]およそ、[一七二]君と臣とは、水と魚《うを》とのごとし。上としてもおごり憎まず、下としてもそねみ乱るべからず。[一七三]唐土《もろこし》には、[一七四]楚の荘王と申す君は、寵愛の后の衣を引く者を許して情《なさけ》をかけ、[一七五]唐の太宗と申すかしこき帝《みかど》は、すぐれておぼしめしける后をも、臣下の約束ありとて、くだしつかはされけり。わが朝《てう》にもかかる古き例《ためし》もあまた聞こえ侍る[一七六]にやあらむ。今の[一七七]後嵯峨の帝《みかど》の御心用《もち》ゐの[一七八]御かたじけなさ、[一七九]かの中将の許し申しける情《なさけ》の色、いづれもまことに、[一八〇]優にも、ありがたき例《ためし》にも、申し伝ふべきものをや。君とし、臣としては、[一八一]何ごとにも隔つる心なくて、互ひに情《なさけ》深きをもととすべきにこそと、昔より申し伝へたるもことわりに[一八二]おぼえ侍り。

したことによって出世した中将の意をこめて、こうしたあだ名をつけたのだったとかいうことです。

[一〇] 総じて、主君と臣下とは、水と魚の間柄のようである。上の立場の人も思い上がって勝手なふるまいをして下の人を憎んだりせず、下の立場の人も上の人をねたんで秩序を乱したりすべきでない。中国では、楚の国の荘王と申す君主は、寵愛する后の衣を引っぱった者を許して恩情をかけ、唐の国の太宗と申す賢明な帝は、とりわけお思い寄せになられていた后をも、その女性には臣下との結婚の約束があるということを聞いて、その臣下のもとに下賜されたのだった。わが国にもこうした古い例もたくさん世間に知られておりますのではないでしょうか。今の世の後嵯峨の帝のお心づかいの御ありがたさ、あの中将が妻の参内を許し申した思いやりの風情、どちらも本当に、殊勝なことにも、めったにない例にも、申し伝えるべきものではありませんか。主君として、臣下として、何ごとにつけても心に壁をつくることなく、お互いに思いやり深くあることを基本とすべきであると、昔から申し伝えてきているのももっともなことだと思われます。

注

一　いづれの年の春とかや―いつの出来事かをあいまいにした書き出しとなっているが、登場人物の官職名により、後嵯峨院の時代、建長三、四年の春のことと推定されている。その一方で、建長三、四年は、この物語の執筆時期であり、後嵯峨天皇の時代の出来事を語ったものとする見方もある。注**五**、**六**および解題参照。

二　弥生の花ざかり―底本「やよひの花さかり」。『古今著聞集』「やよひ花のさかりに」。『群書類従』「やよひの花ざかりに」。なお、『古今著聞集』は、「日本古典文学大系」（広島大学附属図書館蔵九条家本）と、「新潮日本古典集成」（宮内庁書陵部本）を用いた。両本間で異同がない場合は、『古今著聞集』とし、異同のある場合は、「大系本」「集成本」として異同本文を掲出した。

三　花徳門―『古今著聞集』「和徳門」。『群書類従』底本に同じ。どちらも同じ門をさし、内裏の綾綺殿の北にある門のこと。

四　二条前関白―後出「二条殿」に同じ。藤原良実のこと。良実が関白を辞したのは、『公卿補任』によると、寛元四年（一二四六）正月二十八日（三十一歳）であることから、前関白と呼ばれるのはそれ以降となる。

なお、以下、人物に関する『公卿補任』の記事は、「新訂増補国史大系　第五十四巻」『公卿補任　第二篇』による。

五　大宮大納言―後出の「大宮大納言公相」（第二段）に同じ。西園寺（藤原）公相のこと。公相が大納言であった時期は、権大納言に任ぜられた延応元年（一二三九）十月二十八日から内大臣に任ぜられた建長四年（一二五二）十一月三日（三十歳）まで。

実は、『なよ竹物語絵巻』には、公相のほかにも実名で登場する公卿たちがいる。これらの人物の官職名より、指し示す年代を特定しようとする試みが、江戸時代後期の国学者岸本由豆流『鳴門中将物語考證』（『国文学註釈全書　第十三巻』明治四〇年、國學院大學刊。昭和四四年二月、すみや書房再版発行）によりなされ、建長三、四年と推定されている。実名で登場する人物の官職名を『公卿補任』によって記すと、次のようになる。

・花山院大納言定雅（藤原定雅）―暦仁二年（一二三九）十月二十八日任権大納言、建長二年（一二五〇）十二月十五日任大納言、建長四年（一二五二）十一月十三日任内大臣。
・大宮大納言（藤原〈西園寺〉公相）―暦仁二年（一二三九）十月二十八日任権大納言、建長四年（一二五二）十一月十三日任内大臣。
・中納言通成（源通成）―宝治元年（一二四七）十二月八日任権中納言、建長四年（一二五二）十一月十三日任権大納言。

右の三人の官職による呼称が重なりあう時期を見ると、上限は定雅が大納言となった建長二年十二月十五日であり、下限は定雅、公相、通成がそれぞれ昇進によって官職名があらたまった建長四年十一月十三日となる。つまり、この物語に描かれた春は、建長三年、あるいは建長四年となり、岸本の推定を裏づけた形になる。ただし、「花山院大納言」という呼称の場合、定雅が権大納言の場合にも可能な呼称だとすると、上限は建長三年よりさらにさかのぼることになってしまう。

なお、建長三、四年を、物語に描かれた出来事のあった年と考える見方とともに、物語の執筆時期と考える見方もある。

六 刑部卿三位、頭中将─底本「刑部卿三位頭中将」。『古今著聞集』「兵部卿・三位頭中将」。『群書類従』「刑部卿三位、頭中将」。

「刑部卿」は官位相当によると四位であるが、特別に「三位」に叙されたものを「刑部卿三位」と呼ぶ。「刑部卿三位」と「頭中将」を誰と推定するか諸説あるものの、久保田淳氏「二つの説話絵巻─『なよ竹物語絵巻』と『直幹申文絵詞』」(『日本絵巻大成20』中央公論社、昭和五三年八月)によると、刑部卿三位は藤原宗教、頭中将は源(土御門)顕方が有力候補とみなせるという。宗教は蹴鞠を家の芸とする難波家の嫡男であり、『なよ竹物語』冒頭の蹴鞠の場面にふさわしいこと、顕方は後深草院にゆかりの深い村上源氏の後土御門内大臣の子(実は土御門大納言通方の四男)であることを理由にあげられている。顕方は、建長三年(一二五一)正月二十二日に右近衛中将の時、蔵人頭に補せられているが、建長四年(一二五二)正月十三日任参議(元蔵人頭)とある。

『なよ竹物語』の「頭中将」が顕方と推定できるとすると、彼が頭中将だった春は、建長三年に限定されることになる。

ただし、刑部卿三位として推定される藤原宗教の場合、建長五年(一二五三)十二月五日に、非参議で従三位に叙され、刑部卿を元のごとくつとめていると記されている。宗教がいつ刑部卿となったのかは明らかでないが、宗教の前任の刑部卿・菅原淳高は、建長二年五月二十四日に七十五歳で逝去したと記されており、宗教は、亡き淳高のあとをうけて刑部卿となったものと推定される。建長三年、四年の春にはすでに宗教が刑部卿であった可能性は高いものの、彼が三位となったのは建長五年であり、その他の人物の官職名から推定される、建長三、四年には「刑部卿三位」ではなく、刑部卿の官位相当にあたる四位であったことになる。なお、建長二年に亡くなった、刑部卿の前任者の淳高も寛元四年(一二四六)以降亡くなるまで、非参議従二位であり「刑部卿三位」とは異なる。また淳高は七十代と高齢であり、蹴鞠をするのにふさわしいとはいいにくい。ちなみに、宗教は建長三年には五十一歳であり、蹴鞠を家の芸とする難波家の嫡男であることを考慮するとふさわしいか。これらを総合して判断すると、刑部卿三位の「三位」には作者の記憶違いがあったのか、若干の不審はあるものの、「刑部卿三位」は宗教をさしていると考えるのがよりふさわしいと思われるのであり、宗教が淳高のあとを継いで刑部卿を務めた春は、淳高が死去した建長二年の夏(五月)の次の年の春、つまり建長三年の春以降となる。さらに久保田説により頭中将を顕方と推定するならば、建長三年の春が有力候補となる。

なお、『古今著聞集』では、「兵部卿、三位頭中将」とし、兵部卿を源有教、三位頭中将を藤原師継と推定している。師継について『公卿補任』を調べてみると、仁治三年（一二四二）十月、右中将の時、蔵人頭に補せられ、寛元三年（一二四五）六月に従三位に叙されている。その寛元三年の師継の記事には、「元頭右中将。中将如元」とある。これをそのまま読むと、「頭（右）中将」は「元」の官職であり、師継は従三位になるにあたって、蔵人頭を辞し、中将の官職はそのままであったと受け取れる。ちなみに、師継は建長三、四年には、権中納言正三位であり、その点からも再考の余地がある。「兵部卿」は「刑部卿」の誤写の可能性が高いのではないかと思われる。

七 参り給ひて—底本「まいり給て」。『古今著聞集』「まいりて」。『群書類従』底本に同じ。

八 入らせ給はで—底本「入せ給て」。『古今著聞集』「いれさせ給はで」。『群書類従』「入せ給はで」。

九 女—『古今著聞集』「女房」。『群書類従』底本に同じ。

一〇 左衛門の陣—左衛門府の武官の詰所。

一一 申し侍れ—底本「申侍れ」。『古今著聞集』「申せ」。『群書類従』底本に同じ。

一二 仰せたびければ—底本「おほせたひけれは」。『古今著聞集』「仰せられければ」。『群書類従』底本に同じ。「たび」は「給ひ」の転で、仰せ言を下される、の意。参考「御舟より仰せたぶなり」（土佐日記・二月五日）。注三六参照。

一三 女—『古今著聞集』「女房」。『群書類従』底本に同じ。

一四 すかしやりて逃げむ—底本「すかしやりてにけむ」。『古今著聞集』「すかしやりてん」。『群書類従』底本に同じ。

一五 招き寄せて—底本「まねきよせて」。『古今著聞集』「まねきよせ」。『群書類従』底本に同じ。

一六 うち笑ひて—底本「うちわらひて」。『群書類従』「うちわらひ」。『古今著聞集』底本に同じ。

一七 くれ竹の—『古今著聞集』「なよ竹の」。『群書類従』「くれ竹の（「なよ歟」と並記）」。

一八 御返しを—『古今著聞集』「御返事」。『群書類従』底本に同じ。

一九 うけたまはらむ—底本「うけ給らむ」。『古今著聞集』大系本「うけ給らん」、集成本「うけたまはらん」。『群書類従』「うけたまはらん」。

二〇 この門にて—底本「此門にて」。『古今著聞集』「こゝにて」。『群書類従』「御門にて」。

二一 ゆめゆめ思ひ寄らで—底本「ゆめ〳〵思よらて」。『古今著聞集』「思もよらず」。『群書類従』底本に同じ。

二二 とする—『古今著聞集』『群書類従』「とするぞ」。

二三 こと—『古今著聞集』『群書類従』「よし」。

二四 奏し申せば—『古今著聞集』「申せば」。『群書類従』底本に同じ。「奏す」には謙譲の意が含まれており、「奏し申す」

は重複のきらいがあるが、『とはずがたり』『太平記』にも用例が見える。底本では、「奏し申す」の例は五例認められる。注一〇二、注一〇三、注一四〇、注一五五参照。

二五　侍らん―底本「侍らん」。『古今著聞集』「あるらん」。『群書類従』底本に同じ。本絵巻では、「侍を」「侍べし」「侍にや」のように連体形の活用語尾が省略されている例も見える。「侍るらん」と解する余地もあるか。

二六　ありけるに―『古今著聞集』「ありけれども」。『群書類従』底本に同じ。

二七　には―『古今著聞集』「にては」。『群書類従』底本に同じ。

二八　知りたる人―底本「しりたる人」。『古今著聞集』「しる人」。『群書類従』底本に同じ。

二九　為家卿―藤原定家の息子で、藤原為家（一一九八～一二七五年）のこと。後嵯峨上皇の勅命による『続後撰集』『続古今集』の撰者。『続後撰集』は為家の独撰、『続古今集』は為家ほか四名によって撰進された。為家は、後嵯峨院時代の和歌の第一人者的存在。

三〇　とりあへず―『古今著聞集』「とりあへぬほどに」。『群書類従』底本に同じ。

三一　高くとも何にかはせむくれ竹のひと夜ふた夜のあだのふしをば―底本では「たかくともなにゝかはせむくれ竹の一夜ふたよのあたのふしをは」。『元良親王集』『大和物語』『新勅撰集』に見える歌。「ひと夜ふた夜」の「よ」には「夜」の意と、竹の節と節の間をさす「節《よ》」の意がかけられている。

『古今著聞集』では初句「たかしとて」第三句「なよ竹の」。『群書類従』は底本に同じ。ただし「呉竹」の本文の右側に「なよ竹歟」と並記。

三二　申されたりければ―『古今著聞集』「申されければ」。『群書類従』底本に同じ。

三三　心にくきことに―『古今著聞集』「心にくく」。『群書類従』「心にくき事に」。

三四　なくして―『古今著聞集』「はなくて」。『群書類従』底本に同じ。

三五　たしかに申せ―底本「たしかに申」。『古今著聞集』『群書類従』「たしかに見て申せ」

三六　仰せたびければ―底本「おほせたひけれは」。『古今著聞集』大系本「仰ありければ」、集成本「仰せありければ」。『群書類従』底本に同じ。注三一参照。

三七　かき消つやうに失せぬ―底本「かきけつやうにうせぬ」。『古今著聞集』「なじかはあらん、みえず」。『群書類従』底本に同じ。

三八　奏すれば―底本「そうすれは」。『古今著聞集』「奏するに」。『群書類従』底本に同じ。

三九　よしを―『古今著聞集』大系本「由」、集成本「よし」。『群書類従』底本に同じ。

四〇　その後―底本「其後」。『古今著聞集』「そののちは」。『群書類従』底本に同じ。

四一　まめだちて―『古今著聞集』『群書類従』「まめだたせ給ひ

て」。

四二　にて侍りけるに―『古今著聞集』「にぞ侍ける。ある時」。『群書類従』「にぞ侍りけるに、ある時」。底本「にて」は、『鎌倉時代物語集成　第七巻』の翻刻などでは「にぞ」とあるが、「にそ」とは読めないため改めた。

四三　近衛殿―藤原兼経のこと。前関白太政大臣。寛元五年（二月に宝治と改元、一二四七）より建長四年（一二五二）、四十三歳まで摂政。『古今著聞集』底本に同じ。大系本「兵衛殿」、集成本「近衛殿」。『群書類従』底本に同じ。大系本では「兵衛殿」について「藤原有資か」とする。

四四　二条殿―前出「二条前関白」に同じ。注**四**参照。

四五　花山院大納言定雅―底本「花山院大納言定まさ」。藤原定雅のこと。定雅は暦仁二年（一二三九）十月二十八日より権大納言に任ぜられ、建長二年（一二五〇）十二月十五日より大納言、さらに、建長四年（一二五二）七月、三十五歳で内大臣となる。『群書類従』では「定まさ（定雅）」の箇所のみ欠く。『古今著聞集』底本に同じ。注**五**参照。

四六　大宮大納言公相―前出「大宮大納言」に同じ。注**五**参照。なお、『古今著聞集』では、公相のあとに「権大納言実雄」が加わり、総勢六名となっている。他の五名は、底本と共通。「権大納言実雄」は、藤原実雄のことで、『古今著聞集』が有している冒頭箇所に、後嵯峨院の大井の御所造営を行なった人物として名前が見える。ちなみに建長四年は三十六歳。『群書類従』は底本に同じ。

四七　中納言通成―源通成のこと。通成が中納言（権中納言）となったのは、寶治元年（一二四七）十二月八日のことであり、建長四年（一二五二）十一月には三十一歳で権大納言となっている。注**五**参照。

四八　などやうの人々―底本「なとやうの人〱」。『古今著聞集』「など」。『群書類従』底本に同じ。

四九　御遊侍れども―『古今著聞集』「御遊ありけれども」。『群書類従』底本に同じ。

五〇　まことにや―底本「とに」の箇所が判読しにくい。

五一　行くかた知らぬ宿の蚊遣火―底本「行かたしらぬやとのかやり火」。引歌「我が心かねてや空に満ちぬらむ行くかた知らぬ宿の蚊遣火」（『狭衣物語』巻一）による。なお、『狭衣物語』では、飛鳥井姫君との出会いの場面で、彼女を邸に送り届けた狭衣大将が、蚊遣火がうっとうしいほどに煙っている様子を見て詠んだもの。また、狭衣歌は「我が恋はむなしき空にみちぬらし思ひやれどもゆく方もなし」（『古今集』恋一、四八八）、「夏なれば宿にふすぶる蚊遣火のいつまで我が身下燃えをせむ」（『古今集』恋一、五〇〇）を下敷としており、偶然出会った飛鳥井姫君に対し、以前からあなたを恋い慕う思いが空に満ちているのか、蚊遣火のように心ひそかに焦がれる思いがどこに行くともなくたゆたっている、と詠みかけたもの。さらに、「行く方知らぬ宿の蚊遣火」には、その後、失踪し行方不明となってしまう飛鳥井姫君の将来が暗示されているともよめる。『なよ竹物語』の「行くかた知らぬ宿の蚊遣火に、焦がれ」では、行方の知れない女に、後嵯峨帝が思い焦がれる、の意をこめる。また、蚊遣火のように心ひそかに思い焦がれる後嵯峨帝の恋の思いが重ねられている。

五二　おはしまし侍るなる—底本「をはしまし侍るなる」。『古今著聞集』「をはしますきこえ侍り」。『群書類従』「おはしまし侍るなる」。

五三　たづね侍らんに、かくれ侍らじものを—『古今著聞集』では「高力士に御ことのりして尋させ給はん。かくれあらじ物を」。「高力士」の記述は、陳鴻による『長恨歌伝』(『歌行詩諺解—長恨歌伝・長恨歌・琵琶行・野馬臺詩　注解』勉誠社、一九八八年、六八頁)に見える。『群書類従』「尋行みん。かくれ侍まじものを」。

五四　唐土には、蓬萊までたづね侍りける例も侍るを—『古今著聞集』「蓬萊までもかよふまぼろしのためしも侍り」。『群書類従』底本に同じ。唐の白楽天による「長恨歌」(『白氏文集』巻十二)を踏まえる。玄宗皇帝が、寵愛していた楊貴妃の死を悼み悲しみ、楊貴妃の魂の行方を、幻術士にさがし求めさせたところ、海上にある、蓬萊山の宮殿で暮らす太真(楊貴妃の生まれ変わり)を見出したことをさす。蓬萊山は、中国の伝説上の神仙の山で、不老不死の仙人が住むという霊山。

五五　これは—底本「是は」。『古今著聞集』「まして」。『群書類従』底本に同じ。

五六　うち—『古今著聞集』「うちの事」。『群書類従』底本に同じ。

五七　やすきほどのことなり—『古今著聞集』「さすがやすかりぬべし」。『群書類従』底本に同じ。

五八　御酒—底本「御みき」。『古今著聞集』大系本「みき」集成本「御酒(みき)」。『群書類従』底本に同じ。「みき」は酒の尊敬語とも美称ともいわれ、「みき」にはすでに「御」の意味が含まれているとも思われるが、『源氏物語』では「みき」はゼロ、「御みき」三例、「おほみき」七例となっている。底本の「御みき」の例も『源氏物語』の用法を踏襲していることになる。ただし、「御みき」の読み方は「おほみき」「おほむみき」「おみき」などが想定されるが、はっきりしない。『源氏物語』の用法を参考にすれば「おほみき」か。ちなみに、『源氏物語』では、「さけ」の語も二例認められるが、「さけ」は供人が、「御みき」「おほみき」は上流貴族の男性が飲む酒として使い分けられている。

五九　参らせ給ふに—底本「まいらせ給に」。『古今著聞集』「まいらさせ給に」。『群書類従』底本に同じ。

六〇　そぞろかせ給ひて—底本「そゝろかせ給て」。『古今著聞集』「さして興ぜさせ給はず。そゞろかせ給て」。『群書類従』底本に同じ。

六一　蔵人—『古今著聞集』「蔵人は」。『群書類従』底本に同じ。

六二　限なく—底本「くまなく」。『群書類従』「くまもなく」。『古今著聞集』底本に同じ。

六三　あふ、と—『古今著聞集』「あふとて」。『群書類従』底本に同じ。

六四　求め歩きて―底本「もとめありきて」。『古今著聞集』「もとめありきつつ」。『群書類従』底本に同じ。

六五　神仏に―『古今著聞集』「仏神にさへ」。『群書類従』底本に同じ。

六六　文平―紀文平のこと。『明月記』の、嘉禄元年（一二二五）四月、嘉禎元年（一二三五）十月に名前がみえる。

六七　当世には―『古今著聞集』「此比」。『群書類従』底本に同じ。

六八　たな心をさして、推条まさしかなれ―「たな心」は手のひらのこと。「たな心をさす」はすることがぴたりと的中して正確であるたとえ。「推条」は、陰陽道の用語で、占いによって推論すること。「まさし」は確かであること。「なり」は伝聞の助動詞。参考「推条掌《たなごころ》をさすが如し」（日本古典文学大系『平家物語　上』巻第三「法印問答」二五〇頁）。なお、底本「推条」が、『古今著聞集』『群書類従』では「推察」。

六九　まかり向かひて―底本「罷向て」。『古今著聞集』「まかりむかひて」。『群書類従』底本に同じ。「まかり」は動詞の上について、謙譲の意をそえる。

七〇　問ひ侍りければ、申しけるは―底本「とひ侍りけれは申けるは」。『古今著聞集』「問ひければ」。『群書類従』底本に同じ。

七一　内々も―底本は「内々も」と読めるが「々」は「に」の字形にも近い。『古今著聞集』「内々」。『群書類従』「内にも」。

七二　文平が―『群書類従』「文平」。『古今著聞集』底本に同じ。

七三　占―底本「うら」。『古今著聞集』大系本「占」、集成本「占ひ」。『群書類従』底本に同じ。

七四　こころみ侍るべし―底本「こころみ侍へし」。『古今著聞集』「心み給べし」。『群書類従』「心み侍べし」。

七五　火の曜…神門―陰陽道による占いの用語。「火の曜」は、底本「火のゑう」、『古今著聞集』大系本「火の曜（よう）」、集成本「火の曜（えう）」、『群書類従』は底本に同じ。「神門」は、底本「かみかと」、『古今著聞集』「神門」、『群書類従』「かみこと（「神門イ」と並記）」。

七六　くちなはなり―『群書類従』「くちなは」。『古今著聞集』底本に同じ。

七七　御悦びなり―底本「御悦なり」。『古今著聞集』「御悦あるべし」。『群書類従』底本に同じ。

七八　入りて―底本「入へし」。『古今著聞集』『群書類従』「入りて」。底本「入へし」の「へし」は、「天（て）」のくずし字の形と類似しており、「入て」の誤写の可能性が高いと推定し改めた。

七九　夏の中、五月中に―『古今著聞集』「夏のうちに」。『群書類従』底本に同じ。

八〇　申せども、これも―『古今著聞集』「いひけり。文平も」。『群書類従』底本に同じ。

八一　なりしよりは―『古今著聞集』「なりつるよりは」。『群書類従』底本に同じ。

八二 この占を聞きて後は—底本「このうらをきゝて後は」。『古今著聞集』「たのもしきかたいできぬる心ちして」。『群書類従』「このこゑを聞て後は」。『群書類従』「こゑ」は、底本「うら」を「こえ」と誤写したことから生じたものか。

八三 つねに—『古今著聞集』「常は」。『群書類従』底本に同じ。

八四 最勝講—毎年五月中の吉日を選び、五日間、宮中の清涼殿にて金光明最勝王経の講説を行ない、国家平安・宝祚長久を祈願する法会のこと。

八五 開白—法会の初日のこと。

八六 ありしさまをあらためて—春、蹴鞠の折に見た女の衣服が、夏の季節となり、改められたものと解しておく。ただし、本絵巻のなかでは、この女は一貫して茶系の格子縞の衣をまとう姿として描かれている。

八七 見侍れば—『古今著聞集』「見ければ」。『群書類従』底本に同じ。

八八 仁寿殿—清涼殿の東側にある殿舎。その殿舎の西の廂の間に座って、清涼殿で行なわれている最勝講を聴聞する。

八九 御講—底本「御かう」。『古今著聞集』「講」。『群書類従』「御こうは」。なお、つづく第四段末尾では、底本も『古今著聞集』『群書類従』も「講はつれば」とあり、「御」がない。

九〇 失ひて—底本「うしなひて」。『古今著聞集』「うしなひては」。『群書類従』底本に同じ。

九一 経俊—藤原経俊。「経俊」は「伝奏」のひとりか。注九七参照。なお、『弁内侍日記』の寛元四年（一一四六）の平野神社の祭に供奉する人物のなかに「弁経俊」の名が見える（新編日本古典文学全集『中世日記紀行集』一四六頁）。『国史大辞典9』（吉川弘文館）等によると、弁官から「伝奏」の人が選ばれたという。『古今著聞集』大系本では「経任」、集成本では「経任」を「経俊」に改訂。なお、大系本頭注では、「尊卑分脈によれば経任にしかるべき人なし」としている。あるいは「経任」とは、『とはずがたり』巻一、『増鏡』「あすか川」に見える人物で、後嵯峨院崩御の折、後嵯峨院の寵愛が深かったため誰もが出家するだろうと思っていたのに出家をせずに驚かれた「経任」と混同したか。『群書類従』底本に同じ。

九二 殿上口—底本「殿上くち」。『古今著聞集』「殿上の口」。『群書類従』「殿上ぐち」。

九三 しかじかと—底本「しか〳〵と」。『古今著聞集』『群書類従』「しか〳〵」。

九四 中宮—『古今著聞集』「宮」。『群書類従』底本に同じ。

九五 一所に—底本「一所に」。『群書類従』「一所」。『古今著聞集』「ひと所に」。

九六 こちなし—『古今著聞集』「こちたし」。『群書類従』底本に同じ。「こちなし」は無作法である、の意。「こちたし」は基本的には量が多いことをいう語で、仰々しい、大袈裟の意で用いる場合もある。ここでは、中宮と同席する帝に、帝がさがしていた女の情報を伝えるのはさしさわりがあるとして断る場面であり、無作法、礼儀知らずであるの意の「こちなし」の方がふさわしいと思われる。

九七　また、伝奏の人やおはする、と見れどもおはせず―底本「又傳奏の人やおはすると見れともをはせす」。『群書類従』ナシ。『古今著聞集』「傳奏の人やを（お）はすると見れどもを（お）はせず」。「伝奏」は天皇または上皇に取り次ぎ伝える役の人をさす。

九八　一位殿、宰相の典侍と申ししが、わが御局口にて、女房ともの仰せらるるを―底本「一位殿さい相のすけに申しゝかはわか御つほねくちにて女房と物おほせらるゝを」。『古今著聞集』「一位殿、我御局の口に女房と物仰せらるゝを」。『群書類従』底本と同じ（ただし「申しゝかは」は「申しかば」）。一位殿とは平棟基の娘の棟子のことで、四条天皇（十一歳の若さで、突然、宮中にて顛倒により死去。そのあと、後嵯峨天皇が即位した）の時代の掌侍《ないしのじょう》であったが、後嵯峨天皇に寵愛され、宗尊《むねたか》親王を生んだ。棟子は後嵯峨天皇の寵厚く、典侍《ないしのすけ》に任じられて宰相典侍《さいしょうのすけ》と称し、宗尊親王が将軍となった後、従一位、准三后《じゅさんごう》に昇った。つまり、一位殿と宰相の典侍は同一人物と推定される。ちなみに、京都の曇華院に伝わる『なよ竹物語絵巻』では、この箇所「一位殿宰相典侍と申しか」とあり、そちらがふさわしいと推定し、改めた。『古今著聞集』では、「一位殿」とだけあって、宰相典侍とかつて呼ばれていたという説明箇所が抜けていることになる。曇華院本については解題を参照されたい。

九九　かしこまりて―底本「畏て」。『古今著聞集』大系本「畏て（かしこみて）」、集成本「畏まりて」。『群書類従』底本に同じ。

一〇〇　推参―呼ばれもしないのに参上すること。また、さしでがましく無礼なこと。

一〇一　天気―帝のご意向、お言いつけ、の意。帝から、「くれ竹の」と答えた女を見失ったことを咎められ、その女をさがし出すよう、きつく言われていたことをさす。

一〇二　急ぎ奏し申し給へ―底本「急奏し申給へ」。『古今著聞集』「いそぎ奏し給へ」。『群書類従』「急ぎ奏し申給へ」。注一〇四参照。

一〇三　奏し申させ給ふに―底本「奏し申させ給に」。『古今著聞集』『群書類従』も底本に同じ。注一〇四参照。

一〇四　して―底本の字形は、第八段七行目の冒頭「にて」に近似。文脈では「女房を介して」の意と推定され「して」がふさわしい。『古今著聞集』『群書類従』「して」。

一〇五　見おきて―底本「みおきて」。『古今著聞集』「見をきて」。『群書類従』「見せをきて」。

一〇六　に―『古今著聞集』「にも」。『群書類従』底本に同じ。

一〇七　ひと車―『古今著聞集』「ひとつ車」。『群書類従』底本に同じ。

一〇八　また―『古今著聞集』ナシ。『群書類従』底本に同じ。

一〇九　見入れさすれば―底本「見入さすれは」。『古今著聞集』「見いれさすれば」。『群書類従』底本に同じ。

一一〇　人の家―底本「人家」。『古今著聞集』『群書類従』「人の家」。諸本により「の」を補った。

二一　奏すれば—『古今著聞集』「奏するに」。『群書類従』底本に同じ。

二二　くれ竹の—『古今著聞集』「なよ竹の」。『群書類従』「くれ竹の（「なよイ」と並記）」。本絵巻には「くれ竹の」の例が三例見えるが、『古今著聞集』ではすべて「なよ竹の」となっている。注一七、注三一参照。

二三　御文—底本では「御書」。『古今著聞集』『群書類従』でも「御書」。なお、第五段の終わり近くの例では底本も『古今著聞集』も「御文」、『群書類従』「御ふみ」、第六段冒頭の例では、底本「御ふみ」、『古今著聞集』『群書類従』「御文」。いずれも、帝から女への同じ手紙をさしているため、「御文」に統一した。

二四　たまはりて—底本「給はりて」。『古今著聞集』大系本「給て」、集成本「給ひて」。『群書類従』底本に同じ。

二五　御使は心もなく—底本「御使はこゝろもなく」。『古今著聞集』「御使心もとなくて」。『群書類従』底本に同じ。底本「心もなく」は、思いやりもなく、心づかいもなく、の意。「心もとなし」は、待ち遠しくじれったい、の意。

二六　御返し—底本「御返し」。『古今著聞集』「返事」。『群書類従』底本に同じ。

二七　あなかま—『古今著聞集』「あなかしこ」。『群書類従』底本に同じ。『岩波古典辞典』によると、「あなかま」は、人の話し声のうるささや、話の内容の不快さが神経にさわった時、話を止めさせようとすることば。「あなかしこ」は、ああ、恐れ多いこと、の意。

二八　そしりは—『群書類従』「そしり」。『古今著聞集』底本に同じ。

二九　参り給へ—底本「まいり給へ」。『古今著聞集』「参らせ給へ」。『群書類従』底本に同じ。つづく、少将の会話文では、底本も『古今著聞集』『群書類従』も「まいり給へ」。

三〇　すすむれば—『古今著聞集』「すゝむるに」。『群書類従』底本に同じ。

三一　うち泣きて—底本「うちなきて」。『古今著聞集』「女うちなげきて」。『群書類従』底本に同じ。

三二　いなび申せば—『古今著聞集』「いなびければ」。『群書類従』底本に同じ。

三三　やうやうしくて—様子ありげだ、もったいぶったふうだ、の意。『古今著聞集』底本に同じ。『群書類従』「やうやうしゝて」は誤写であろう。

三四　返す返す—底本「かへす〱」。『古今著聞集』では大系本「返々」、集成本ナシ。『群書類従』底本に同じ。

三五　御文をひろげて見るに—『古今著聞集』「御文をひろげて」。『群書類従』「御ふみひろげて見るに」。

三六　文字の下に—底本「文字のしたに」。『古今著聞集』「下に」。『群書類従』底本に同じ。

三七　参らせけり—底本「まいらせけり」。『古今著聞集』「たまはせてけり」。『群書類従』底本に同じ。

一二八　結び目のしどけなければ、あけて御覧ずるに―底本「むすひめのしとけなけれはあけて御らんするに」。『古今著聞集』ナシ。『群書類従』底本に同じ。

一二九　とかく―『群書類従』「とて」。『古今著聞集』底本に同じ。なお、底本「とかく」は若干判読しにくく、「とて」のように読めなくもないか。

一三〇　御案あれども、御心もめぐらせ給はず―『古今著聞集』「御思案ありけれども、おぼしうるかたなかりければ」。『群書類従』底本に同じ。

一三一　さるべき女房たちを―『古今著聞集』「女房たちを」。『群書類従』底本に同じ。

一三二　この文字を御たづねありければ―底本「このもしを御尋ありけれは」。『古今著聞集』「この『を』文字を御尋ありけるに」。『群書類従』「このをもじを御尋ありければ」。なお、「このを文字」と「を」があったほうがわかりやすいか。ちなみに、曇華院本でも「此を文字」とある。

一三三　承明門院―源通親の養女、源在子（一一七一～一二五七年）のこと。土御門天皇の生母で、後嵯峨天皇の祖母。

一三四　小宰相の局―藤原家隆（一一五八～一二三七年）の娘のこと。家隆は、歌人で新古今集の撰者の一人。小宰相も歌人。

一三五　大二条殿教通―藤原教通（九九六～一〇七五年）のこと。藤原道長の息子で、関白太政大臣。小式部内侍との間に静円僧正が生まれている。なお、底本と『群書類従』では「大二条殿」につづき「のりみち」と平仮名で二行に分けて書き込まれている。

一三六　小式部の内侍が―底本「小式部の侍従か」。『古今著聞集』『群書類従』「小式部の内侍の」。底本「小式部の侍従」は不審。底本では、同じ第六段に「小式部内侍」の例もあることから、ここも「内侍」と改めた。注一四二参照。

一三七　つかはしたりければ―『古今著聞集』「つかはされたりければ」。『群書類従』底本に同じ。

一三八　さるすき者、和泉式部―「すきもの」の意味については、和泉式部が、恋多き女として知られていることをさす、ととったが、和歌に堪能な風流人と解することもできるか。なお、『群書類従』では「泉式部」と表記。

一三九　母にや申しあはせたりけむ―底本「母にや申あはせたりけむ」。『古今著聞集』ナシ。『群書類従』底本に同じ。小式部の内侍が、大二条殿からの手紙の「月」という文字の意図を、母・和泉式部に相談したのではないかとする発想は、『金葉集』（二奏本・五五〇）、『十訓抄』、『古今著聞集』などに見える小式部歌「大江山生野《いくの》の道の遠ければまだふみも見ず天の橋立」がよまれた経緯――歌合のよみ手に選ばれた小式部の内侍が、藤原保昌の妻として任国（丹後国）に下っていた母・和泉式部に歌の教えを依頼し、その母からの教えの手紙は届いたかと、からかわれたことに対して、母のもとに行ったこともなく、母から手紙で教えてもらったりもしていないと弁明したこと――と重なる。

一四〇　夜さりも待ち侍るべし、出で給へ―底本「よさりも待侍るへし、いて給へ」。『古今著聞集』「よさり待つべし、いでよ」。『群書類従』「よさりに待侍るべし。いで給へ」。

一四一　召し侍る御いらへに―底本「めし侍る御いらへに」。『古今著聞集』「めす御いらへには」。『群書類従』底本に同じ。

一四二　小式部の内侍―底本では「小式部内侍」。注一三六参照。

一四三　も―『古今著聞集』「その夜」。『群書類従』底本に同じ。

一四四　上東門院―藤原道長の娘で、一条天皇の中宮・彰子（九八八～一〇七四年）のこと。小式部の内侍は、母・和泉式部とともに仕えた。

一四五　侍りけるが―底本「侍けるか」。『古今著聞集』『群書類従』「さぶらひけるが」。「さぶらふ」のほうがふさわしいか。底本「侍けるか」も、「さぶらひけるが」と読むべきか。

一四六　まかり出でて―『古今著聞集』ナシ。『群書類従』底本に同じ。

一四七　おぼしめしける―底本「思食ける」。『古今著聞集』「おぼしめしけり」。『群書類従』底本に同じ。

一四八　宿直申しの聞こゆるは、丑になりぬるにや―底本「うしに」が、『古今著聞集』大系本「うしと」、集成本「丑に」、『群書類従』底本に同じ。参考「宿直申しの声聞こゆるは、丑になりぬるなるべし」（『源氏物語』桐壺巻）。

一四九　女房―『群書類従』「女」。『古今著聞集』底本に同じ。

一五〇　奏し申しければ―底本「奏し申けれは」。『古今著聞集』『群書類従』も底本に同じ。注二四参照。

一五一　うれしう―『古今著聞集』「うれしく」。『群書類従』「嬉しう」。

一五二　漢武の李夫人にあひ―「漢武」は漢の武帝。「李夫人」は武帝が愛した女性。武帝は、李夫人が若くして亡くなると、その姿を絵に描かせるなどして追慕したという。（『漢書』外戚伝第六十七上。ちくま学芸文庫一四七～一五二頁参照。）

一五三　玄宗の楊貴妃を得たる例―唐の玄宗皇帝が楊貴妃を迎え入れ、寵愛したことをさす。注五四参照。なお、「得たる」は、底本「ゑたる」、『古今著聞集』『群書類従』「えたる」。

一五四　かたじけなう―『古今著聞集』『群書類従』「かたじけなく」。

一五五　奏し申しければ―底本「奏し申けれは」。『古今著聞集』「申ければ」。『群書類従』底本に同じ。注二四参照。

一五六　かへしつかはされにけり―「かへし」は底本も『古今著聞集』も「返し」。『群書類従』「かへし」。「つかはされにけり」は『古今著聞集』「つかはされてけり」（ただし、大系本では底本「に」を諸本により「て」とあらためたという頭注がある）。『群書類従』底本に同じ。「かへしつかはす」は、上位の者が下位の者を帰してやる、お帰しになる、の意。

一五七　浅からず―底本「あさからす」。『古今著聞集』「浅からねば」。『群書類従』底本に同じ。

一五八　三千の列にも召し置かれ―「長恨歌」の「後宮の佳麗三千人、三千の寵愛一身に在り」を踏まえた表現であろう。注一五三参照。底本「めしをかれ」が『古今著聞集』『群書類従』では「めしをかれて」。

一五九　御はからひ―底本では「ら」が読みとれず「御はかひ」。『古今著聞集』『群書類従』では「御はからひ」。「ら」を補った。

一六〇　にて―『古今著聞集』大系本「にも」、集成本は底本に同じ。『群書類従』底本に同じ。

一六一　侍りけるを―『古今著聞集』「ありけるを」。『群書類従』底本に同じ。

一六二　淵瀬をのがれぬ身のたぐひともなりぬべし―「世の中は何かつねなる飛鳥川きのふの淵ぞけふの瀬となる」（『古今集』雑下・九三三）を踏まえ、後宮に迎えられたなら、後宮の大勢の女性たちの一人として、帝の寵愛の深浅の定めなさに一喜一憂する身の上となってしまうに違いないことをさす。底本「身のたくひとも」が、『古今著聞集』では「身とも」、『群書類従』「身のたぐひにも」。ただし、底本「と」は「に」の字形にも似ている。

一六三　時々ぞ…ける―『群書類従』「時々…けり」。『古今著聞集』底本に同じ。

一六四　隠者―一般的には、世を捨て、俗界との交わりを断ち、ひっそりと隠れ住む人をさし、出家者である場合が多いが、ここでは、少将が世間との交際を好まず、ひっそりと暮らしている人物であったことをさすと解した。『古今著聞集』大系本の頭注では、宮仕えをやめ出世をあきらめた人とし、集成本の頭注では、立身出世もはなばなしくない目立たない人物とする。

一六五　近習―底本「近習」。よみは「きんじゅ」で「きんじふ」の転。「きんず」とも。主君のおそば近く奉仕する役。

一六六　もれ―『古今著聞集』「世にもれ」。『群書類従』底本に同じ。

一六七　もてあつかひにて―『古今著聞集』「ことわざには」。『群書類従』底本に同じ。

一六八　とぞ申しける―底本「とぞ申ける」。『群書類従』「と申ける」。『古今著聞集』底本に同じ。

一六九　鳴門のわかめ―鳴門は若布の名産地。「若布」に「若い妻（め）」をかける。

一七〇　よきめののぼる所―「め」は「海布」のことで、ワカメなど食用にする海藻の総称。「よきめ」には、「良い海布（め）」の意と「美しい妻（め）」の意がかけられている。『古今著聞集』集成本の頭注では、鳴門の若布《わかめ》といって、味のよい海草を京へ送り出す、の裏に、美しい若妻《わかめ》を帝に献上した、との意をこめる、とする。

一七一　およそ―底本では「凡」。「おほよそ」の転で、中世以後つづまって「およそ」となったという（『岩波古語辞典』による）。なお、『古今著聞集』大系本「凡（およそ）」、集成本「およそ」、『群書類従』底本に同じ。

一七二　君と臣とは、水と魚とのごとし―『貞観政要《じょうがんせいよう》』にも、巻二、求諫第四、第二章「惟君臣相遇、有同魚水、則海内可安（惟《た》だ君臣相遇《あひあ》ふこと、魚水《ぎょすゐ》に同じきもの有れば、則《すなは》ち海内《かいだい》、安《やす》かる可《べ》し）（訳・ただ名君と良臣とが、うまく際会することが、魚と水との関係同様に親密であるならば、国内は平安になることができる)」(『新釈漢文大系95』明治書院、一四三頁)、巻一、君道、第四章「不使康哉良哉、獨盛於往日、若魚若水、遂爽於當今(康《やす》きかな良きかなをして獨り往日《わうじつ》に盛んに、魚《うを》の若《ごと》く水の若《ごと》きをして遂《つひ》に當今《たうこん》に爽《たが》は使《し》めざらん)〔訳・康いかな良いかなと天下の太平をことほぐことを、ただ往古にだけ美であり、君臣水魚の交わりを当今には無いとはさせまい)〕」(同、五〇頁)のように、類似した表現が見える。もっとも、「水魚の交わり」のたとえは、はやく『三国志』蜀志、諸葛亮伝に認められ、『貞観政要』でもそれを踏まえるか。ちなみに、『三国志』の撰者は陳寿(二三三~二九七年)である。

『貞観政要』は、唐の皇帝太宗の言行を、太宗の没後、呉兢という歴史家がまとめたもので、貞観とは太宗の年号(六二七~六四九年)であり、後世、太宗の治世は「貞観《じようがん》の治《ち》」とよばれ、理想的な道徳政治の世として賛美された。『貞観政要』は、帝王学の宝典として、一条天皇はじめ歴代の天皇に進講されていたばかりか、政治の参考として、あるいは知識人の必読の書として、摂関家、幕府、地方豪族や諸大名、道元や日蓮といった僧侶などにも愛読されてきたという(『新釈漢文大系95』『貞観政要　上』の原田種成氏の解説による)。『なよ竹物語』では、本文中に「唐の太宗と申すかしこき帝は」(注一七四参照)と記されており、「君と臣とは、水と魚のごとし」も、『貞観政要』が踏まえられている可能性が高いと思われる。

一七三　唐土には―底本「もろこしには」。『群書類従』「もろこしにも」。『古今著聞集』底本に同じ。

一七四　楚の荘王と申す君は、寵愛の后の衣を引く者を許して情をかけ―漢代の学者劉向(紀元前七七から六年)の撰とも校訂ともされる『説苑《ぜいえん》』に見える話(「絶纓《ぜつえい》の会《かい》」)を踏まえたもの。内容は、楚の荘王(在位、紀元前六一三~五九一年)が、臣下を集めて酒宴を催す。日が暮れて宴たけなわの時に、燭(照明用にともす火)が消えてしまった。すると、美人の衣をひっぱる者があった。美人はその者の冠の纓《えい》(冠から垂らされた部分)を切り取って、王に事情を伝え、早く火を持って来てつけさせ、冠の纓が切り取られている者をさがし出してほしいと訴える。しかし、王は、自分が臣下に酒をふるまったための出来事であり、その者に恥ずかしい思いをさせるのはよくない、と言って、列席していた者たちみんなに、冠の纓を切るように命じた。臣下の者たちがみな冠の纓を切り捨てると、ようやく火をつけさせた。それから二年後、晋と楚が戦うが、その戦いで一人の臣下が、いつも先頭に立って、勇敢に戦ったために、楚は勝つことができた。死をも恐れぬ戦いぶりに、王がその理由を問うと、その臣下は、自分はかつて酒に酔って無礼を働いて、王に命を救われた人物であり、一度死んだ命であるから、王への恩返しのために、死力を尽くして戦う日が来ることを望んでいたと答える。かくれて施された恩恵にも、かならず目に見える報いがあるものである、と結ばれる。（飯倉照平氏訳『淮南子　説苑（抄）』「中国古典文学大系　第六巻」平凡社、一九七四年、四一三～四一四頁）

なお、前掲書の飯倉氏の解説によると、『説苑』は、先秦および漢代の書物から、「天子を戒める」に足る遺聞佚事を採録した説話集で、日本への伝来は、九世紀末に作られた藤原佐世（八四七～八九七年）による『日本国見在書目録』にすでに見え、『信西蔵書目録』（信西《しんぜい》は藤原通憲〈一一〇六～一一五九年〉のこと）、『二中歴』（鎌倉時代に編纂された百科事典のようなもの）などにも書名が載せられているという。

一七五　唐の太宗と申すかしこき帝は、すぐれておぼしめしける后をも、臣下の約束ありとて、くだしつかはされけり―唐の皇帝太宗の言行録『貞観政要』巻第四、第三章（「新釈漢文大系96」明治書院、八二五～八三二頁）に見える話を踏まえたもの。『貞観政要』によると、文徳皇后が、皇帝太宗のために、美人の誉れ高い鄭仁基の娘を求めて手に入れて、太宗の後宮の女官の一人とすることを提案したところ、太宗も娘を召そうとしたが、その娘にはすでに婚約者がいると伝え聞いた賢臣魏徴が、娘を宮中に召すことは思いとどまったほうがいいと進言し、太宗はその進言を受け入れ、娘を宮中に召すことを止めたという内容である。『なよ竹物語』では、宮中に召すことを止めた相手を「娘」ではなく「后」とするなど、内容が若干異なる。また、この鄭仁基の娘にまつわる話は、『太平記』巻十八（新潮日本古典集成『太平記　三』二三五頁）、『平家物語』巻第六「葵前」（日本古典文学大系『平家物語　上』三九三頁）にも認められる。なお、底本と『群書類従』では「大宗」とあるが、「太宗」に改めた。『古今著聞集』「太宗」。また「帝」は、底本も『古今著聞集』『群書類従』も「御門」。『貞観貞要』については注一七三参照。

一七六　にやあらむ―『古今著聞集』「にや」。『群書類従』底本に同じ。

一七七　後嵯峨の帝―『なよ竹物語』の主人公である帝が「後嵯峨の帝」であることがはじめて明記されている。「帝」は、底本も『古今著聞集』『群書類従』も「御門」。「後嵯峨」は遺詔による諡号であり、後嵯峨天皇の崩御後の呼称であることから、この『なよ竹物語絵巻』の成立は、後嵯峨天皇が崩御された文永九年（一二七二）二月以降であるとする見方があるが、その一方で、「後嵯峨」を後の書き入れとする見方もある。詳しくは本書解題を参照されたい。

なお、『古今著聞集』の成立は、建長六年（一二五四年）であることから、『なよ竹物語絵巻』と共通するこの説話は、『古今著聞集』の成立後に補入されたものと推定されている。日本古典文学大系『古今著聞集』の解説等参照。

一七八　御かたじけなさ―『古今著聞集』「かたじけなさ」。『群書類従』底本に同じ。

一七九　かの中将―底本「彼中将」。『群書類従』「中将」。『古今著聞集』「かの中将」。

一八〇　優にも、ありがたき例にも—『古今著聞集』では「優にありがたきためしには」。『群書類従』底本に同じ。

一八一　何ごとにも—底本「なにことにも」。『古今著聞集』「何事も」。『群書類従』底本に同じ。

一八二　おぼえ侍り—底本「おほえ侍へり」。『古今著聞集』「おぼえ侍り」。『群書類従』「おぼえ侍けり」。

梗概・絵の説明・系図

梗概

第一段

どの年の春であったか、三月の桜の花ざかりに、宮中の花徳門の中庭で、二条前関白、大宮大納言、刑部卿三位、頭中将などが参内して、蹴鞠のあそびが催された。帝[1]は、その見物人のなかにいた一人の女[2]に思いを寄せ、女のいるほうをしきりに見るので、女はめんどうなことと思って、左衛門の陣のほうに出ていってしまった。帝は、六位の蔵人を呼んで、女の家を見届けるようにと命じる。蔵人が女に追いついて女の様子をうかがっていると、女は、事情を察知したのか、うまく言いくるめて逃げようと思って、蔵人を招き寄せて、「くれ竹の」と帝に申し上げてください、帝からご返事をいただくまで、この門で待っています、と話しかける。蔵人は、女がだましているとは思いも寄らず、急いで引き返して帝にこのことを伝えるが、「くれ竹の」が古歌の一句とは見当がつくものの、その庭には、この古歌を知る人がいなかったので、為家卿に尋ねたところ、為家はすぐさま「高くとも何にかはせむくれ竹のひと夜ふた夜のあだのふしをば」と答えた。帝は、古歌にこめられた女の真意――高貴な帝からの求愛でも、一夜、二夜のかりそめの逢瀬では何になりましょうか、応じることはできません――を知って、ますます奥ゆかしく思って、女の家を見届けるよう蔵人に命じるが、蔵人が立ち戻って、先ほどの門を見たところ、女はかき消すようにいなくなってしまっていた。蔵人が再び帝のもとに参上し、事情を報告すると、帝はたいそう機嫌をそこねて、女を見つけ出さなければ、罰するとおっしゃるので、蔵人は青ざめて退出した。蹴鞠のあそびも興がさめて、帝は邸内に入ってしまった。

第二段

その後、帝[1]は、その女[2]のことを、にがにがしく、真剣に思いつめて、お気の毒なご様子であったが、近衛殿、二条殿、花山院大納言定雅、大宮大納言公相、中納言通成などといった人々が参上して、帝のもとで管絃のあそびが行なわれても、帝は以前のように楽しそうでもなく、物思いにふけりがちなので、近衛殿が盃をすすめながら、「近ごろ、帝は行方知れずの女に、胸を焦がしていらっしゃるそうですね。中国では蓬萊山（伝説上の神仙の山）まで楊貴妃の魂をさがし求めた例もありますのに、こちらは行方知れずとはいっても、都のなかのことですから、さがし出すのはたやすいことです」と言って、御酒をさしあげると、帝も少しにっこりなさるが、気もそぞろなご様子でお部屋に入ってしまった。

第三段

その後、蔵人は思い及ばぬ所なく、もしかしたらあの女[2]に出会えるかと、さがし求めて歩きまわり、神仏に祈るが、そのかいもない。思いあぐねて、文平という陰陽師が、ぴたりと占いによる推論が的中すると聞いている、このことを占わせよう、と思って、出向いて行って、文平に占ってもらったところ、夏のうち、五月中に、女が姿を消してしまったところで、かならず出会うことができるだろう、と答える。この占いを聞いてからは、蔵人はいつも、女が姿を消した左衛門の陣のあたりで、じっと立っているのだった。

第四段

五月十三日、最勝講の開白の日、蔵人は、この女[2]が前とはよそおいをかえて五人連れでいるのに、ふっと出くわした。蔵人は大喜びするが、最勝講が終わって、大勢の人が押しあいへしあいする時にまた女を見失ってしまったらどうしようかと思って、経俊に、帝に女のことを伝えてほしいと訴えるが、帝はただ今、中宮と同じ所でご聴聞中であり、女の話をするのは無作法だ、と断られてしまう。他に伝奏の人はいないかと見るけれどいない。すると、一位殿が、この人はその当時、宰相の典侍《すけ》とよばれた人だが、自分のお部屋の入口で女房と何か話しているのを見つけて、蔵人は恐縮しながら、これこれのこと（さがし出すよう命じられていた女を見つけたこと）を帝に奏上してほしいと伝えたところ、一位殿は前もって事情を聞き知っていたので、すぐに帝に奏上させたところ、帝から女房を介して、殊勝である、今度こそは、失敗せずに、女の住まいを見届けるように、と仰せがある。そうこうしているうちに最勝講も終わり、夕暮になってしまった。

第五段

蔵人は、自分は女[2]に知られているので、あやしまれないようにしようと思って、抜け目なくしっかりした女をあとにつけて、女の住まいを見届けさせたところ、三条白河の何某少将[3]という人の家とわかった。帝[1]に奏上すると、すぐにお手紙があり、「あだに見し夢かうつつかくれ竹のおきふしわぶる恋ぞ苦しき　この暮にかならず」と書いてある。

蔵人は帝の手紙を受け取って、その女[2]の所に持って行って使いの者に届けさせると、女は夫のある人なので、めんどうなことと嘆くが、使いの者は女への心づかいもなく、返事を書くようにせき立てるので、女は隠し切れまいと思って、ありのままを夫・少将[3]に語ったところ、少将は参内をすすめる。女が泣いて承諾しがたいと訴えるが、夫・少将は、自分と出会って三年もの間暮らしてきたのも、こうして帝から召されるというのも、みな前世からの宿縁であるのだろう、参内しないのは、よくないやり方であって、お前だけでなく、自分も身の置き所がなくなってしまうだろうと、くり返し参内をすすめるので、女は帝からの手紙をひろげて見て、「この暮にかならず」と書いてある文字の下に、「を」という文字をひとつだけ書いて、手紙をもとのようにして使いの者にさしあげたのだった。

第六段

帝[1]は、手紙がもとのままだったので、女[2]に読んでもらえずむなしく帰って来たのだな、と期待はずれに思うが、手紙の結び目がくずれた感じなので、開けてご覧になると、「を」という文字が書いてある。しかし、その意味がわからず、しかるべき女房たちを呼んで尋ねたところ、承明門院に、小宰相の局といって家隆卿の娘が仕えていたのだったが、その小宰相の局が言うことに、昔、大二条殿教通（藤原道長の息子）が、小式部の内侍に、「月」という文字を書いて送ったが、小式部の内侍は、恋多き女・和泉式部の娘だったので、母に相談したのか、たやすくその意図を理解して、「月」の文字の下に「を」という文字だけを書いて、教通のもとに送ったのだが、その趣旨に違いない、「月」は今夜もお待ちしましょう、おいでください、の意であり、「を」は人に召された時の女の返事です、小式部の内侍が大二条殿教通のもとに参上したように、この女[2]の場合もきっと参上するでしょう、と答えたので、帝は気分がよくなって、ひそかにお待ちになるのだった。

第七段

夜も更けるが、帝[1]はご寝所にも入らず待ちつづけていると、丑の時刻になったころ、女[2]が参上する。帝のうれしさはたとえようもなく、いろいろと睦まじく語りあっているうちに、明けやすい夏の短夜なので、暁近くなっていくが、女は自身の置かれた状況（夫をもつ身であること）を訴える。帝のこの女への愛情は浅いものでなく、後宮の三千人の女性たちの一人として、宮中での居所をとりはかろうとするが、女は強く拒み、ただ、今のままの状態で、他の人が気づかない程度ならば、帝からのお召しにもしたがいましょう、と申し上げたところ、結局、女はもとの住まいに帰されて、時々、人目を忍んで召されたのだった。

第八段

あの女の夫・少将[3]は、ひっそりと暮らしていた人物だったが、思ってもみなかったつながりによって、帝[1]から恩情をかけられ、近習の一人に加えられ、どれほどもなく、中将になされたのだった。その噂がいつの間にか漏れ聞こえて、「鳴門の中将」と呼ばれたのだった。鳴門は、「鳴門のわかめ」といって、よい海布《め》が都に送られる所なので、よい妻《め》が帝のもとに参上したことによって出世した中将の意をこめて、こうしたあだ名をつけたのだったとか。

総じて、君主と臣下は、水と魚の間柄のようである。今の後嵯峨の帝のお心づかいのありがたさ、あの中将[3]の妻[2]の参内を許した思いやりの風情は、どちらも本当にすばらしく、めったにない例として申し伝えるべきである。お互いに思いやり深くあることを基本にすべきと昔から申し伝えて来ているのももっともなことと思われる、として物語が結ばれる。

絵の説明

第一段

画面には、宮中での蹴鞠あそびの情景が描き出されている。桜、松、柳、楓の四本の木を四方に配された懸《か》かり（蹴鞠をするための場所）を背景として、帝と公卿たち、そして老懸《おいかけ》をつけた冠をかぶり緑の袍姿の蔵人が描かれている。画面右に、赤い袴を着し、他の公卿とは異なった姿となっているのが帝で、顔は柳の木に隠れて見えないものの、身体の向きから考えると、その視線の先には、画面左の花徳門の前で、蹴鞠見物のために集まっている女たちが描かれている。帝が心を寄せる女[2]は、帝から顔をそむけるようにしており、この門から出ていこうとしている場面か。

そのあと空白の料紙をはさみ、左衛門の陣にて、女が蔵人を招き寄せて、「くれ竹の」と帝に伝えてほしいと、話しかけた場面が描かれている。帝が心を寄せる女は、本絵巻では、いつも茶と緑の格子縞の衣を身につけている。

第二段

宮中で管絃のあそびが行なわれ、公卿たちが参内し、廂の間で、お膳を前にして座っている。天皇は赤い袴にお引き直衣姿で母屋のなかに座り、廂の間の公卿らと対座するかたちとなっている。ただし、帝の顔は、画面上部に描かれた霞に隠れて見えない。帝の前には銚子を手にお酒をすすめる近衛殿の姿が描かれる。燈台が描かれていることから、夜の情景とわかる。なお、お膳を前に並んで座る後ろ姿の公卿のうち二人は、琵琶と笛を演奏しているように描かれている。

第三段

蔵人が、陰陽師文平の家を訪れて、女の行方を占ってもらっている場面。画面右下には蔵人が乗って来た牛車が描かれ、牛飼い童と蔵人の従者とおぼしき人がおしゃべりをしている様子。文平の家の門内には板張りの文車《ふぐるま》（書籍などを運ぶ車）が描かれている。画面左の室内には、柿色の狩衣姿の蔵人が陰陽師に対座する。陰陽師は、占いに関するものか書きつけを手にして座っているが、上半身は建物のなかのため見えない。

第四段

宮中での最勝講の場面。画面右には、最勝講を聴聞しようと、仁寿殿の簀子に座るたくさんの女性たちが描かれている。その女性たちのなかに、茶と緑の格子縞の衣の女2の姿が描かれており、帝1が心を寄せている女とわかる。くれ竹の台の描かれた中庭をはさんで、画面左には、清涼殿の中の畳の上に僧綱襟姿の僧侶が二人描かれているものの、最勝講が行なわれている様子は霞におおわれてしまっている。清涼殿の簀子には列座して聴聞する公卿たちが描かれている。

第四段の詞書では「ありしさまをあらためて」とあり、それにしたがえば、女は衣装をかえたことになるが、金刀比羅宮本ではこの女はいつも茶と緑の格子縞の衣となっており、一貫性をもたせている。

第五段

土塀や屋根の瓦が一部崩れて、わびしげな少将3の邸が描かれる。画面右には、帝1の文を女2に届けるために牛車に乗って少将邸を訪れた蔵人が、牛車のなかから使いの者に帝の文を手渡しているところ。門のなかでは、使いの者が、帝の文を少将邸の侍女に渡すところ。画面左の室内では、少将が帝からの文を手にし困惑した表情を見せ、後ろ姿の女2は袖で顔をおおい嘆き悲しむところ、というように、三つの場面が時系列にそうようにして描かれている。

第六段

承明門院に仕える小宰相の局（家隆の娘）が、帝からの手紙に女が書き加えた「を」の文字の意味について、帝1に説明しているところが描かれている。画面右側には、「を」の文字の意味を尋ねるために帝が召したと思われる女房たちが裳をつけた姿で描かれている。そのなかの一人は、この絵巻における女主人公[2]の衣装と類似した、茶と緑の格子縞の衣のように描かれており、気になる。画面中央上部には手紙を手にした帝が描かれるが、上半身は霞におおわれてしまって見えない。画面中央左寄りに、小宰相の局が、裳唐衣を身につけ、歌仙絵のように華やかな姿で描かれている。なお、建物の中央には水をたたえた泉が群青によって描かれている。

第七段

広い画面が建物によって斜めに区切られ、右斜め半分では、妻戸を開けた端近なところでの、帝[1]と女[2]の逢瀬の場面が描かれている。帝は後ろ姿で、女はこちらに顔を見せて、抱擁する姿となっている。画面左斜め半分はひろびろとした庭となっており、群青の遣り水に赤い小さな打橋が渡され、薔薇であるのか、赤にまじって白い花も描かれている。妻戸近くには釣燈籠がかけられ、遣り水のほとりの草むらのあたりに、螢が三匹、光を放って飛ぶさまが描かれており、夏の夜であることがわかる。

第八段

妻[2]のおかげで、帝[1]から恩情をかけてもらって、少将から中将に出世した男[3]の拝賀の行列を描いたものと思われ、太刀を刷き、黒い袍に石帯をつけ、正装した中将[3]が描かれ、中将の前後には松明をかざした随身《ずいじん》、つづいて童や供人、白丁《はくちょう》らが、門から邸内へと入って行く姿が描かれている。なお、この図は、かつては第四段の最勝講の場面に連続して置かれていたことが、菅沼貞三「なよ竹物語絵巻に就て」（『美術研究』第二四号、一九三三年十二月）により知られるが、現在、金刀比羅宮本では第八段の詞書に対応する絵として、この位置に改められている。なお、東京国立博物館蔵の狩野養信（一七九六〜一八四六年）による金刀比羅宮本の模本では、第四段の最勝講の図にこの第八段の図がつづいており、かつて錯簡があったことが確認される。

登場人物系図

なよ竹物語絵巻

後鳥羽院＝5承明門院（源在子）

｜

土御門院

｜

4中宮＝1後嵯峨帝＝2女＝3少将（中将）

為家（歌人）

文平（陰陽師）

・臣下

6蔵人

二条前関白（二条殿）

刑部卿三位

頭中将

近衛殿

花山院大納言定雅

中納言通成

経俊

・女房

一位殿（「宰相の典侍」と同一人物であろう）

宰相の典侍

小宰相の局（家隆の娘）

解題

一、物語の名称について

本書の底本に用いた『なよ竹物語絵巻』(1)は、縦三二・四センチメートルの着色の絵巻で、制作年代としては十四世紀中葉(鎌倉末期から南北朝時代)(2)十四世紀前半、鎌倉後期等と推定されている(3)。現在は金刀比羅宮に伝えられているが、金刀比羅宮の所蔵となる前には、讃州白峯寺に伝えられていたという。狩野《かのう》養信《おさのぶ》の模写になる東京国立博物館蔵『なよ竹物語絵巻』の巻尾には、養信自身の奥書――文化九年(一八一二)に養信がこの絵巻を写したとする記述――とともに、寛政十二年(一八〇〇)に法橋豊泉源孝之が記した奥書も伝えられており(4)、そこには、後深草天皇が讃岐綾松山白峯寺に本絵巻を寄附したこと、白峯寺は崇徳天皇の御陵でもあるが、この絵巻は廟中の宝物とされていたことが記されている。宮次男氏(5)によると、白峯寺は崇徳院ゆかりの寺であるとともに、白峯寺の文書や記録から土御門院、後嵯峨院の勅願所でもあったことが知られるという。後嵯峨天皇は、いうまでもなく本物語絵巻の主人公である。本絵巻について、後深草院が白峯寺に寄進したものとする真偽は確かめようがないものの、後深草院が後嵯峨院の皇子であること、さらに白峯寺が後嵯峨院の勅願所でもあったとすると、こうした言い伝えが残されているのもゆえなしとしない。

さて、この鎌倉後期から南北朝の制作とされる金刀比羅宮蔵『なよ竹物語絵巻』(以下、「金刀比羅宮本」と呼ぶ)は、『なよ竹物語』の伝本のなかではもっとも古いものと考えられるが、絵巻に題簽はなく、物語名も記されておらず、絵巻をおさめる木製の箱の上部に直接、次のように墨書されている。

後深草帝御寄附(6)
奈與竹物語
一曰　呉竹物語

又曰　鳴門中将物語

この箱書きが、いつなされたのかは不明であるが、この絵巻が「なよ竹物語」という名称で伝えられてきたこと、さらに「呉竹《くれたけ》物語」「鳴門中将《なるとのちゅうじょう》物語」とも呼ばれていたことが確認できる。

鎌倉時代の説話集『古今著聞集』（巻八・好色十一）にも共通の物語が認められる『なよ竹物語』であるが、金刀比羅宮本をはじめとして、絵巻、冊子の形態を問わず多数の諸本が伝えられている。平林文雄[7]氏、遠山忠史[8]氏の研究によると、絵巻の形態をとるもの九本（金刀比羅宮本の模写を含む）、冊子の形態をとるもの十五本が数えられるというが、これらの作品の名称としては、絵巻の形態をとるものでは「なよ竹物語」が多く、冊子の形態をとるものでは「鳴門中将物語」が多く、全体としては「なよ竹」と「鳴門中将」という呼称がほぼ二分した形となっており、金刀比羅宮本の箱書きの記述と重なりあう。ただし、これらの諸本中、「呉竹（くれ竹）物語」とする伝本はひとつも見出だせない。

さて、「なよ竹物語」と「鳴門中将物語」という二つの物語名をめぐっては、それぞれの名称の由来とともにどちらがよりふさわしいのか、「なよ竹物語」の先駆的な研究者である江戸後期の国学者岸本由豆流《ゆづる》以来、論じられてきた。それぞれの名称の由来としては、「なよ竹物語」は物語中に見えることばからとられたものとされ、「鳴門中将物語」は、帝に求愛された妻をさしだしたことにより昇進し、「鳴門中将」とあだ名されることになった、女の夫の呼称にちなんだものとされてきた。

岸本由豆流（一七七八～一八四六年）の研究書名は『鳴門中将物語考證[9]』であるが、この書名について岸本は自らの考えを次のように述べている。この物語の一名として「なよ竹物語」とも言っているのは、「なよ竹」の語が物語中の「詞にも見えて又御歌にも『あだに見しゆめかうつつかなよ竹のおきふしわぶるこひぞくるしき』などあるによりて」物語名としたのだろうということ、さらに、『乳母《めのと》の草子《そうし》』『思ひのままの日記』のなかに、この物語をさして「なよ竹」と呼んでいることから、古くは「なよ竹」とだけ言って、「鳴門中将」とは言わなかったと推定されること、しかし、自身の所持本の名称は「鳴門中将」とあり、他の本にもみな「鳴門中将」とだけあるので、「なよ竹」が古い呼び名とは思うものの、今は「鳴門中将物語」とある書名を改めることはしない、と記している。岸本の記述によれば、江戸後期、岸本由豆流がこの物語の研究に取り組んでいたころ、この物語の呼称としては「鳴門中将」が一般的であったことになる。(10)ちなみに、この物語を「なよ竹」と呼んでいると指摘された『乳母の草子』(11)は、作者未詳であるものの南北朝から室町初期の作と推定されており、『思ひのままの日記』(12)は二条良基(一三二〇〜一三八八年)によるもので、南北朝末頃の作と推定されている。つまり、岸本がいうように、古く、南北朝時代のころにはこの物語は「なよ竹物語」と呼ばれていた可能性が高いことになる。ちなみに、金刀比羅宮本の推定成立年代は鎌倉後期から南北朝期であり、『乳母の草子』『思ひのままの記』が執筆された年代に近いといえようか。

それでは、どうして「なよ竹物語」が「鳴門中将物語」と呼ばれることになったのだろうか。実は、「なよ竹物語」の名称の由来として、物語中に「なよ竹」の語が見えることを、岸本由豆流は指摘したのだが、「なよ竹物語」という名称をもつ金刀比羅宮本の本文に、「なよ竹」の語は一例も認められない。岸本が指摘した「なよ竹」の箇所が、金刀比羅宮本では「くれ竹」となっている。遠山忠史氏の調査によると、十五本の伝本のうち「くれ竹」の本文を有するものの方が圧倒的に多いこと、さらに興味深いのは、金刀比羅宮本のように、「くれ竹」の本文を有しながら、「なよ竹物語」という物語名をもつものも五本が数えられるという。岸本由豆流は、「なよ竹物語」の名称の由来は、物語本文中に「なよ竹」とあることによるとしていたのだが、「なよ竹」の語が見えないにもかかわらず「なよ竹物語」という名称をもつ伝本がいくつも認められるということは、「なよ竹」という物語名の由来として岸本が提示した理由は、再考の余地があることになる。(13)岸本自身、「なよ竹」の箇所が「くれ竹」とある伝本の存在を知っていたものと推察され、『鳴門中将物語考證』でも「なよ竹」とある本文の傍らに異文として「くれ竹」と書き添えられている。

また、『鎌倉時代物語集成　第七巻』の『なよ竹物語』の解説(14)でも、二つの物語の名称についてとりあげ、本作(金刀比羅宮本)に「なよ竹」という語が一度も表れないことから、「むしろ鳴門中将物語という方が適しい」と述べているが、そうした見方が生まれるのも無理からぬことと思われる。そして、これこそが「鳴門中将物語」という名称が生まれた理由であったのではないかとも思われる。しかしながら、「鳴門中将物語」という物語名のほうがふさわしいとはたしていえるのだろうか。

＊

金刀比羅宮本には以下のように「くれ竹」の語が三箇所に認められるが、岸本由豆流『鳴門中将物語考證』の底本や『古今著聞集』の本文などでは、三例すべてが「なよ竹」となっている。（『古今著聞集』の頁数は「日本古典文学大系」による。）

【例1】 この女……蔵人を招き寄せて、うち笑ひて「『くれ竹の』と申させ給へ。あなかしこ、御返しをうけたまはらむほどは、この門にて待ちまゐらせん」と言へば、（金刀比羅宮本・第一段。古今著聞集・二六二頁）

【例2】 高くとも何にかはせむくれ竹のひと夜ふた夜のあだのふしをば（金刀比羅宮本・第一段。古今著聞集・二六三頁）

【例3】 あだに見し夢かうつつかくれ竹のおきふしわぶる恋ぞ苦しき（金刀比羅宮本・第五段。古今著聞集・二六五頁）

例1は、蹴鞠あそびの折、ある女に思いを寄せた帝から、その女の帰る先を見届けるよう命じられた蔵人が、女のあとをつけるが、女は「くれ竹の」と帝に伝えてください、という言葉を残したまま姿を消してしまう場面である。例2は、この「くれ竹の」の一句を含む古歌を、当時の歌壇の第一人者であった為家が明らかにする場面。例3は、帝から女に届けられた歌で、例1の女の言葉「くれ竹の」を踏まえている。つまり、これら「くれ竹の」の三例は、すべて例2の古歌に結びつく一連のものであることがわかる。

実は、例2の古歌は、『大和物語』九十段、『元良親王集』に見える歌で、『新勅撰集』にも入集しているが、これらの本文ではすべて「高くとも何にかはせむくれ竹のひと夜ふた夜のあだのふしをば」となっており、「くれ竹の」とある金刀比羅宮本と一致していることがわかる。この歌は、陽成天皇の第一皇子・元良親王（八九〇～九四三年）が修理の君（宮仕え女房）にお便りなどをして、訪ねて行こう、とおっしゃったところ、その返事として修理の君がよんだものである。歌意は、帝の皇子という高貴なあなたからの求愛であってもいったい何になりましょうか、一夜、二夜のかりそめの逢瀬では、と解される。「くれ竹の」は、竹の節（ふし）と同音の「ふし」「うきふし」「伏見」に、また、竹の節と節との間を意味する節（よ）と同音の「世」「夜」にかかる枕詞。『なよ竹物語』の後嵯峨帝からの求愛に対する女の返事は、この元良親王から求愛された折の修理の君の返歌に重ね、たとえ高貴な帝からの求愛であっても、一夜二夜のかりそめの逢瀬では何になろうか、と帝の求愛を拒んだことになる。

一方の「なよ竹の」も、「世」「夜」「節」にかかる枕詞であり、用法としては「くれ竹の」に近いものの、元良親王歌としては『大和物語』『元良親王集』『新勅撰集』のすべてにおいて「くれ竹の」となっていることからも、「くれ竹の」が本来の形といえるだろう。元良親王歌が入集する『新勅撰集』は、文暦二年（一二三五）に藤原定家が撰者として編んだものだが、定家は『なよ竹物語』にも登場する為家の父にあたり、『なよ竹物語』に語られている時代と隣接している。この歌の表現について「くれ竹」が正しいことは、少し調べればわかったはずである。にもかかわらず『古今著聞集』や岸本由豆流所持本などのように、「なよ竹」という異文が生まれてしまったのはなぜなのだろうか。それは、この物語が『なよ竹物語』と呼ばれていたこととかかわるのではないか。「くれ竹」と「なよ竹」の異同は、引歌として「くれ竹」が正しいことがわかったが、そもそもこの物語が、物語本文に認められる「くれ竹」を物語名としていたならば、「なよ竹」という異文は生まれなかったのではないだろうか。物語名である「なよ竹」の語が物語本文中にないのはおかしいという意識が働いたために、「くれ竹」を「なよ竹」にあらためてしまったのではないか。「なよ竹」の語が認められないにもかかわらず、物語名が「なよ竹物語」であること、これは確かに一見すると不合理であるから。

＊

それでは、物語本文には見えない「なよ竹」を、あえて物語名としているのはなぜなのだろう。「なよ竹」というと、飛躍した連想と思われるかもしれないが、『源氏物語』帚木巻で、親子ほども年の離れた伊予介の後妻となった空蟬が、方違えに訪れた光源氏からの突然の求愛を拒む様子についての叙述、「人がらのたをやぎたるに強き心をしひて加へたれば、なよ竹の心地してさすがに折るべくもあらず」が思い起こされる。実は、この連想は、筆者だけでなく、すでに深沢徹氏(15)、遠山忠史氏(16)、横山恵理氏(17)の論考でも指摘されている。『源氏物語』では「なよ竹」は、受領の後妻としての自身の境遇をわきまえ、光源氏からの求愛を拒み抵抗する空蟬の様子に重ねられている。『なよ竹物語』でも、帝からの求愛に対して、古歌を巧みに用いてはぐらかし、拒み抵抗する少将の妻のイメージが「なよ竹」に重ねられていると読みとることもできるのではないか。中流階級の人妻である空蟬と帝の皇子である光源氏の関係は、『なよ竹物語』の少将の妻と帝の関係に対応するとも思われる。

さらに、「なよ竹」というと、もう一人、物語の女主人公が思い起こされる。『竹取物語』の女主人公、「なよ竹のかくや姫」である。「なよ竹」は、この女主人公が、竹取の翁により竹の中から見つけ出されたことを踏まえての命名であるが、「なよ竹」と冠せられているかぐや姫も、五人の貴公子だけでなく帝からの求婚を拒んだ女性である点で注目される。かぐや姫、空蟬、少将の妻と三人の女主人公たちの境遇や、その後の生き方は異なるものの、帝あるいは皇子など、高貴な人からの求愛を拒んだ女性としての共通項を有している。つまり『なよ竹物語』というタイトルには、高貴な男性からの求愛を拒むという女性像が重ねられていると受けとることもできるように思われる。「なよ竹」とは、細くしなやかな竹をさし、「女竹」とも呼ばれるということも、この物語の女主人公をイメージするものとしてふさわしい。帝からの求愛に対して、機転を利かせて対処し、夫のすすめにより帝の召しに応じた後も、これまでと同じ家で、夫との生活をつづけながら、時折、帝からの召しにも応じるというスタイルを選択するという、自分の意思をもった、強くて柔軟な女性を象徴するものともいえるのではないか。この物語のなかで、女は、「くれ竹の」という一句、さらに「を」という一文字、と謎のような言葉を帝に投げかけるが、この物語のタイトルとして、物語本文にない「なよ竹」の語が冠されているのも、「なよ竹」にこめられた意味が解き明かせるかどうかという、読者への謎かけであったと解することもできなくはないかもしれない。

なお、「くれ竹」は、中国原産の竹で葉が細い。清涼殿の東庭の北側、仁寿殿寄りに植えられていることから知られている。実は、清涼殿には、「くれ竹」とともに、同じ東庭の南側、御溝水《みかわみず》のほとりに「かは竹」が植えられており、「くれ竹」と対になっているという。そして、この「かは竹」の異称が、ほかならぬ「なよ竹」であるというのも注目される。元良親王歌を踏まえる「くれ竹」に後嵯峨帝を、「なよ竹」に少将の妻を重ねることもできるかもしれない。

「なよ竹」という物語本文を有しながらも、「なよ竹物語」ではなく「鳴門中将物語」という名称をもつ岸本由豆流本のような伝本が生まれた経緯としては、「なよ竹物語」のタイトルにこめられた意味が解き明かせなかったことに端を発しているのではないかと思われる。そのことが、「くれ竹」とあるべき本文を「なよ竹」に変えさせてしまい、かつ物語のタイトルも、物語に語られた内容の一側面を反映するという意味では明快な「鳴門中将」に変えさせてしまったのではないだろうか。もっとも物語名は、第三章で述べるように、この物語のテーマをどのように受け止めるかということとも密接にかかわっている。

注(1)宮次男「なよ竹物語絵巻」(『新修日本絵巻物全集17』角川書店、一九八〇年一月)による。
(2)小松茂美「『なよ竹物語絵巻』管見」(『日本絵巻大成20』中央公論社、一九七八年八月)による。
(3)市古貞次・三角洋一編『鎌倉時代物語集成　第七巻』(笠間書院、一九九四年九月)の「なよ竹物語」解題による。
(4)狩野養信筆による摸写本(東京国立博物館臓『なよ竹物語絵巻』)については、実見の機会を得た。なお、養信筆本末尾の奥書については、小松論文に全文が掲載されており参考になる。養信筆本は金刀比羅宮本と近似するが、奥書により、養信が直接目にしたのは、松平越中守所持本であり、法橋豊泉源孝之が金刀比羅宮本を写したものであることがわかる。
(5)前掲注1に同じ。
(6)「後深草帝御寄附」という記述は、その信頼度は確かめがたいものの、東京国立博物館蔵の狩野養信模本の巻尾に記されている法橋豊泉源孝之による記述と重なる。
(7)平林文雄『なよ竹物語研究並に総索引』(白帝社、一九七四年三月)総説篇(四六～四七頁)による。
(8)遠山忠史「『なよ竹物語』の謎・その1――題名について」(『王朝文学研究誌』第2号、一九九三年三月)、「『なよ竹物語』の題名について」『なよ竹物語研究』ブックデザインゆにーく、二〇〇九年七月)による。以下の引用も、右の遠山論文による。
(9)岸本由豆流『鳴門中将物語考證』(『国文注釈全書』第十三巻。一九〇七年國學院大學刊。一九六九年二月再版、すみや書房)による。
(10)江戸後期の国学者塙保己一編になる『群書類従』(第二七輯、雑部)でも「鳴門中将物語」としているが、「一名奈與竹物語」と付記がある。
(11)『乳母の草子』は、『群書類従　第二七輯』巻第四七七「めのとのさうし」による。『新校群書類従　第二一巻』四七八にもある。
(12)『思ひのままの日記』は、『群書類従　第二八輯』巻第四八九「おもひのまゝの日記」による。『新校群書類従　第二一巻』四八九にもある。

（13）岸本由豆流が、この物語が「なよ竹」と呼ばれていた傍証として指摘した『乳母の草子』『思ひのままの日記』のうち、『思ひのままの日記』では物語の本文の直接的な引用はないが、『めのとのさうし』では「なよ竹とばかり御返事申されし」「高く共何にかはせんなよ竹の一よ二よのあたのふしをは」と記されており、「くれ竹」ではなく「なよ竹」の本文であったことがうかがえる。『乳母の草子』に関していえば、岸本の推論は成り立つことになる。
（14）前掲注3に同じ。
（15）深沢徹「鳴門中将物語」（『体系物語文学史　第五巻　物語文学の系譜Ⅲ　鎌倉物語2』有精堂、一九九一年七月）による。
（16）前掲注8に同じ。
（17）横山恵理「『なよ竹物語』考――空蟬像の受容」（『叙説』34号、二〇〇七年三月）による。

二、物語の成立年代について

『なよ竹物語』の成立年代については、はやく江戸後期の国学者岸本由豆流[1]（一七七八～一八四六年）の『鳴門中将物語考證』より論じられてきた。岸本は、この物語の末尾近くに「後嵯峨院」（『鳴門中将物語考證』の物語本文では「後さがのみかど」）と記されていること、さらに文永八年（一二七一）成立の『風葉和歌集』[2]（物語中の作中歌を編纂した和歌集）に本物語中の歌が載せられていないこと、また、南北朝から室町初期の作とされる『乳母草子』『思ひのままの日記』に、この物語が引用されており、そのころには流布していたと考えられることから、物語の成立は文永九年（一二七二）の後嵯峨院崩御後であり、崩御後それほど隔たらずに成立したものと推定した。「後嵯峨」とは、天皇が亡くなった後に贈られる謚《し》号《ごう》であるため、「後嵯峨」の語が用いられるのは、天皇崩御後ということになる。

さらに岸本は、物語に登場する実在の大臣たちの官位をもとに、物語に描かれている時代を考察し、後嵯峨院の時代、建長三、四年（一二五一、一二五二）にあたると推定した。[3]ちなみに、後嵯峨天皇が即位したのは仁治三年（一二四二）一月二十日であるが、わずか四年の在位で、寛元四年（一二四六）一月二十九日に退位し院政を開始しており、建長三、四年は退位後にあたる。

それに対して、黒川春村[4]（一七九九～一八六七年）は、岸本が本物語の成立年代の上限を推定するための傍証の一つとした『風葉和歌集』について、『風葉和歌集』はいわゆる作り物語を対象とした歌集であり、『なよ竹物語』は「実録」のために『風葉和歌集』に載せられていないのであり、『風葉和歌集』に『なよ竹物語』の作中歌が認められないことは、本物語の成立年代推定のための傍証とはならないとし、この物語は「建長のはじめ」に成立したと推定し、岸本由豆流の説について「いたく窮したり」と述べた。

『風葉和歌集』に関する黒川の指摘はそのとおりであろうが、「後嵯峨」が諡号であるのは動かしがたい事実であることから、平出鏗二郎氏[5]は、「由豆流の説いたく窮したりとも覚えず」として岸本説を擁護している。また、久保田淳氏[6]は、岸本が物語中の官位から推定した建長三、四年をさらにしぼって建長三年という説を提示するとともに、建長三年の春から夏の出来事をもとに、後嵯峨院が崩御された文永九年（一二七二）以降に成立したものと推定している。

一方、佐藤恒雄氏[7]は、本物語が後嵯峨院歌壇の政教的あり方を反映していること、さらに『続後撰集』や十首歌合などと共通するモティーフをもつ点からも、作品人物の官位が該当する建長三、四年（一二五一、一二五二）ころの成立とする方が、より妥当と考えられるとした。また、平林文雄氏[8]は、「後嵯峨」の語を、後の書き入れと考えることもできるのではないかとし、建長三、四年ごろの成立の可能性を提示した。ちなみに、「後嵯峨」の語を含む物語本文は「今の後嵯峨の御門」とあり、「後嵯峨の御門」に「今の」という形容が冠せられている点、若干の違和感があり、「今の御門」とあった本文に、後人が「後嵯峨」と傍記したものを本文中に書き入れてしまった可能性も残されているか[9]。

なお、本物語中「後嵯峨」の語が見えるのは、右の一例のみであり、それは物語末尾の一節に認められるものである。この物語末尾は、直前の「かかる異名をつけたりけるとかや」と、女主人公の夫が「鳴門の中将」と呼ばれることになった理由が明かされ、物語が結ばれた後に、あらためて「およそ君と臣とは水と魚のごとし」とはじまる君臣の理想像を語った箇所にあたる。「後嵯峨の御門[10]」の用例を有する、この物語末尾については、本来の「なよ竹物語」にはなく、後に増補されたものとする宮次男氏の説もある。

以上、「なよ竹物語」の成立年代をめぐる諸説を紹介したが、大きく二つの説に分けることができるだろう。成立年代を考えるうえで重要なのは、物語に登場する実在の人物たちの官職から推定される建長三、四年（一二五一、一二五二）と、「後嵯峨」という諡号が用いられていることからうかがえる後嵯峨院崩御にあたる文永九年（一二七二）の二つの年であり、これらをどのように考えるかである。二つの説とは、物語の成立を、院崩御の文永九年以後と考え、建長三、四年に起こった出来事を語ったものとする説と、物語の成立を建長三、四年と考え、「後嵯峨」の語は後に書き入れられたものとする説である。前者の説の方が比較的無理のない受けとめ方かと思われるものの、この物語では天皇をさす「うち」という呼称が用いられている（第一段、第三段）。建長三、四年というと後嵯峨天皇はすでに譲位しているため、院に対して「うち」の呼称が用いられていることが気にかかる。「うち」という呼称を重視するならば、後嵯峨天皇の時代の出来事をもとにした物語であり、実在の人物たちの官職名は、建長三、四年の物語執筆当時のものということになるだろう。

なお、「うち」という呼称とともに、後嵯峨帝の時代の出来事の可能性をうかがわせるとも思われる人物として、『なよ竹物語』第四段に登場する「一位殿」について考えてみたい。最勝講の折、さがしていた女をようやく見つけ出した蔵人は、後嵯峨帝に女のことを伝えようと経俊に依頼するが、帝は中宮とともに聴聞中であり、女のことを伝えるのは無作法であると断られてしまう。蔵人は、他にまた、伝奏の人はいないかしらと見るけれども見当たらず困っていると、「一位殿」が自分の部屋の入口で女房とおしゃべりをしているのを見かけたため事情を話したところ、「一位殿」は事情を前もって聞き知っていたため、帝に伝えてもらうことができたとする場面である。『古今著聞集』では「一位殿」とあるのみで誰をさすのかはっきりしないが[11]、金刀比羅宮蔵『なよ竹物語絵巻』では、「一位殿、さい相のすけに申しゝかは」とあり、曇華院蔵『なよ竹物語絵巻』[12]では、「一位殿、宰相典侍と申しか」（翻刻・第七段）とある。金刀比羅宮本の本文は若干わかりにくい[13]が、曇華院本「一位殿、宰相の典侍と申しが[14]」を参照すると、「一位殿」とは、「宰相の典侍《すけ》」と同一人物であり、以前「宰相の典侍」と呼ばれていた人物であったと解される。かつて宰相典侍であり、一位殿と呼ばれているこの人物こそ、後嵯峨天皇の第一皇子・宗尊親王の母にあたる平棟子と推定される。棟子は、はじめ四条天皇の後宮に入り兵衛内侍と称したが、仁治三年（一二四二）正月、後嵯峨天皇への譲位（四条天皇の急逝による）とともにその後宮に入り、同年十一月、第一皇子宗尊親王を生む。寛元三年（一二四五）二月、典侍に任じ宰相典侍、寛元四年（一二四六）十二月、三位に叙し宰相三位と称した。棟子が宰相典侍と呼ばれていたのは、寛元三年二月から寛元四年十二月の二年足らずの間ということになるが、その時期は後嵯峨天皇の在位期間（仁治三年一月～寛元四年一月）と重なる。その後、棟子は、建長二年（一二五〇）十月、従二位に叙し大納言二位殿と称した。のちに従一位に叙し、准三后に遇せられたという。[15]もっとも、『なよ竹物語』にみえる「宰相の典侍」に関する箇所は、「一位殿」についての単純な補足説明と考えられなくもないものの、棟子の数ある官職名による呼称のなかから「宰相の典侍」が選ばれて記されているのは看過できず、物語の出来事が起こった当時、「一位殿」つまり棟子が「宰相の典侍」と呼ばれていたことを指し示したものではないかと思われる。その棟子が「宰相の典侍」であったのが、他ならぬ後嵯峨天皇の在位中と重なるということは、「うち」の呼称が用いられていることとともに、『なよ竹物語』に語られている出来事が帝の在位中のことであった可能性を示唆するものと思われる。なお、曇華院本では、この物語の出来事の発端が、「それにいまだ、位におはせし時」と書き出されており、後嵯峨天皇の在位中の出来事として語られていることをつけ加えておく。

注(1)岸本由豆流『鳴門中将物語考證』（『国文注釈全書』第十三巻。一九〇七年國學院大學刊。一九六九年二月再版、すみや書房）による。

(2)『風葉和歌集』は後嵯峨院の皇后・大宮院姞子の命によって藤原為家が編纂したとされるもので、『源氏物語』をはじめ当時流布していた二百余りの物語の作中歌を集めた歌集。鎌倉時代の物語の成立年代の考証には『風葉和歌集』への作中歌の入集の有無はメルクマールのひとつとして有効である。

(3)『なよ竹物語』に実名で登場する人物の官位に相当する時期を『公卿補任』によって確認すると、次のようになる。

・花山院大納言定雅（藤原定雅）－暦仁二年（一二三九）十月二十八日任権大納言、建長二年（一二五〇）十二月十五日任大納言、建長四年（一二五二）十一月十三日任内大臣。

・大宮大納言公相（藤原〈西園寺〉公相）－暦仁二年（一二三九）十月二十八日任権大納言、建長四年（一二五二）十一月十三日任内大臣。

・中納言通成（源通成）－宝治元年（一二四七）十二月八日任権中納言、建長四年（一二五二）十一月十三日任権大納言。

右の三人の官職による呼称が重なりあう時期を見ると、上限は定雅が大納言となった建長二年十二月十五日であり、下限は定雅、公相、通成がそれぞれ昇進によって官位があらたまった建長四年十一月十三日となる。つまり、この物語に描かれた春は、建長三年、あるいは建長四年となり、岸本説が裏づけられたことになる。もっとも、大宮大納言公相、中納言通成がいずれも権官であったように、花山院大納言定雅の呼称が権官であった時期にも通用する呼称であるとすれば、上限は建長三年よりさかのぼることになるが、その他の登場人物たちの官職名（刑部卿三位、頭中将）から推定される時代も建長三、四年（久保田説によると三年。後掲注6参照）を指し示しているといえようか。本文・口語訳の注六参照。

(4)黒川春村『古物語類字鈔』（『墨水遺稿』一八九九年七月、所収）の「なると物語」の項による。

(5)平出鏗二郎『近古小説解題』（大日本図書、一九〇九年十月）の「鳴門中将物語　一名なよ竹物語」の項による。

(6)久保田淳「二つの説話絵巻――『なよ竹物語絵巻』と『直幹申文絵詞』」（『日本絵巻大成20』、中央公論社、一九七八年八月）による。

(7)佐藤恒雄「後嵯峨院の時代とその歌壇」（『国語と国文学』一九七七年五月）による。

(8)平林文雄『なよ竹物語研究並に総索引』（白帝社、一九七四年三月）総説篇（四八頁）による。なお、平林論文では「登場人物の官位が、仁治三（一二四二）年頃から、建長二（一二五〇）年頃にかけてのものである」とされている。

(9)原本には「今の御門」とのみあったのに、後人の傍記「後嵯峨」が書き入れられるようになったとする説は、『新校群書類従解題集』（一九八三年十月）に、尾上博士の説として紹介され、支持されている。前掲の平林論文（注8に同じ）でも、「後嵯峨」傍記説が紹介されている。

(10)宮次男「なよ竹物語絵巻」（『新修日本絵巻物全集17』角川書店、一九八〇年一月）四二頁による。

(11)「一位殿」について、『古今著聞集』の注釈書のうち、「日本古典文学大系」では「世系等未審」、「新潮日本古典集成」では「右中弁棟範の娘で、はじめ兵衛内侍といい、後に従一位・准后となった人をいうか」としている。

(12)曇華院本については、本稿第五章を参照されたい。なお、伊東祐子「曇華院蔵『なよ竹物語絵巻』について――住吉如慶・後西天皇・曇華院門跡大成尼をめぐって」（『国語国文』二〇一三年九月）もあわせて参照されたい。

(13)曇華院本の本文を参照すると、金刀比羅宮本の本文「さい相のすけに」の「に」（字母は「耳」）は、「と」（字母は「止」）の誤写の可能性もあるか。

(14)曇華院本「申しか」は、「申」に送り仮名「し」が含まれたものと考え「申ししが」と読み、「しが」の「し」は、過去の助動詞「き」の連体形と解した。

(15)『鎌倉・室町人名事典』(新人物往来社、一九八五年十一月)、『日本女性人名辞典』(日本図書センター、一九九三年六月)等による。ちなみに、棟子が「宰相典侍」と呼ばれ、嵯峨天皇の在位中にこの物語の出来事があったと仮定すると、「宰相典侍」の呼称と後嵯峨天皇の在位が重なる期間は、寛元三年(一二四五)二月から寛元四年(一二四六)一月となり、物語の発端となる蹴鞠が行なわれた春は、寛元三年(一二四五)三月と限定されることになる。

三、物語の視点について

『なよ竹物語』の名称「なよ竹」について、この物語の女主人公像が重ねられているのではないかと述べたが、『鳴門中将物語』というタイトルは妻のおかげで出世した夫に焦点が当てられた名称ともいえよう。この物語はどこに視点を置くかによって、さまざまな受け止め方が生まれてくるように思われる。

まず、一つ目としては、帝からの求愛に対してしなやかに対応した少将の妻に注目した見方である。女は、帝からの求愛を機知によってすり抜け、夫の勧めにしたがい帝の求愛に応じたあとも、夫ある身の上であることを訴え、もとの生活のまま、時折、帝の召しに応じるという形を帝から認めてもらう。横山恵理氏は、[1]「身分の低い女性が高貴な男性の求愛に応えた場合の物語を描いたもの」とされる。

『乳母の草子』[2]では、帝からの求愛に対する女の受け答えを、返事の仕方の手本として評価し、「鳴門の中将をほめているのも、「女房の心得のいうなりによりてこそ、みかどをはじめほめおのゝきたることにて候」と述べ、女の機転の利いた返事のすばらしさによって、帝をはじめとしてみんなが賞讃したために他ならないとする。つまり、『乳母の草子』では、この物語の中心は、帝からの求愛に対して、「くれ竹の」という一句、「を」の一文字というように、教養に裏づけられた、機知に富んだ、みごとな対応をした女性にあるととらえているともいえよう。

二つ目は、『思ひのままの日記』[3]の三月末の「あげまり」に関する記述「『なよ竹』のあぢきなきもの思つきたる色好どもも、おほく侍とかや」にあるように、蹴鞠の折、見物の人たちのなかから見つけた女への恋の思いに、ひたすら傾倒していく後嵯峨帝の色好みとしての側面に注目した見方である。こうした見方は、『古今著聞集』において抄入されたこの物語が、「好色」に分類されていることからも確認できる。

三つ目は、夫・少将が中将に昇進し「鳴門の中将」と呼ばれたことに注目した見方である。鳴門は若布の産地で、よい海布《め》が都に送られることから、よい妻《め》が帝のもとに参上したことにより中将になったことを掛けて名づけられたものである。『鳴門中将物語』という名称からは、妻のおかげで出世した男に注目して、この物語が受け止められていたことがうかがえる。ただし、「鳴門中将」というあだ名には、掛け値なしのほめ言葉というよりも、やっかみや揶揄も感じられる。

四つ目は、『なよ竹物語』の末尾に語られている一節「およそ、君と臣とは水と魚のごとし」からはじまる、主君と臣下のあり方を説く場面に注目した見方である。中国の帝と臣下にまつわる故事を二例引きながら、物語の総論のような形でつづけられ、後嵯峨帝の心づかいのありがたさと、中将が後嵯峨帝の申し出を受け入れ、妻の参内を許した思いやりは、殊勝なことにも、めったにない例にも申し伝えるべきものではないか、と結ばれる。佐藤恒雄氏(4)は、この物語末尾を示し、「甚だ明快に、あるべき君臣倫理の説示をもって結ばれていて、話の内容ともども、この作品のモティーフが、後嵯峨院の御代讃頌にあったことは疑いない」とし、後嵯峨院周辺の政教的あり方が、前後に例のないこのような物語を要請し、生み出したに違いないとする。

もっとも、この君臣のあり方を説く物語末尾について、宮次男氏(5)は「帝の理不尽な行為を弁解し、かえってこれを正当化せしめるような意図が濃」いこと、中将の描かれ方も、それまで「やや蔑視的な態度であった」のに、物語末尾で賞讃されていることから、この末尾は原初からあったものではなく、後世の増補になるのではないか、と推定している。確かに、この物語末尾へとつづく直前は、「なるとの中将」というあだ名の由来について「鳴門のわかめとて、よきめののぼる所なれば、かかる異名をつけたりけるとかや」と、明らかにひとつの物語の終りの形態をとって結ばれており、そこで物語が完結したと受け止めることも可能であろう。とはいえ、現在伝わる『なよ竹物語』の諸本は、すべてこの末尾の箇所を有しており、後嵯峨帝と中将の君臣のあり方のすばらしさを称揚したいという意図があったことも否定できない。なお、この物語末尾の主君と臣下のあり方を説いた箇所は、確かに後嵯峨帝の理不尽な行動――人妻と知りつつ求愛し、召す――を正当化しようという意図がうかがえなくはないが、帝という立場ならば、もっと強引に自身の意に従わせることもできたはずだが、にもかかわらず、女の意見に耳を傾け、もとの家で女が暮らすことを認めた点で、後嵯峨帝の言動を評価していると受けとることもできるだろう。

五つ目の視点としては、承久の乱以後の、関東の監視下に置かれていた宮廷においてもなお、王朝が色香をとどめていたことを描こうとしたとする見方である。帝も女もきわめて王朝の風流人、色好みらしく行動している点に注目する。久保田淳氏[6]は、物語の末尾の、中国の故事を引き合いにして「帝徳とコキュたる鳴門中将の寛容さとを称揚」した箇所について、苦しいこじつけであるとし、この物語の作者は「ただ古きよき時代としての王朝の風流を愛していたのであろう」とされる。

以上、この物語の受け止め方について五つの視点から述べてきたが、そのなかのどれかひとつに限定してしまうことはむずかしく、複数の視点[7]が絡み合っている物語と受け止めるべきなのかもしれない。『なよ竹物語』が、絵巻や冊子の形態で、現代まで多数伝えられていることを思う時、読者によってさまざまな受け止め方ができるということこそが、この物語の大きな魅力であったといえるのかもしれない。

金刀比羅宮本は、濃彩色の華やかな絵巻で、大臣たちの容貌は似絵ふうに実在の人物の顔立ちを描き分けているようにも思われるものの、全体としては、引目鈎鼻という物語絵巻の伝統的な顔貌表現が踏襲されており、頬紅をさしたような、ふっくらした頬のかわいらしい木目込の雛人形のような姿をも連想させ、後嵯峨帝にまつわるこの話が、まるで王朝物語のなかでの出来事のような錯覚を呼び起こす。そして、この物語世界を支えるもっとも重要な人物は、帝の求愛に対して、平安時代の高貴な男性と女房（宮中や貴人の家に仕える女性）との間で交わされた恋のやりとり――元良親王の求愛に対する修理の君の返歌、藤原教通の求愛に対する小式部の内侍の返答――を踏まえて、教養ある機知に富んだ受け答えをし、しなやかな対応を見せた女であったのだと思われる。『なよ竹物語』と称されるゆえんであろう。

注(1)横山恵理「『なよ竹物語』考——空蟬像の受容」(『叙説』34号、二〇〇七年三月)による。横山論文は、「なよ竹」に物語の主人公の女性像を重ねるという点では筆者の意見と重なるものの、「くれ竹」と「なよ竹」の本文の違いについて、「なよ竹」という本文が生まれた経緯を、「天皇の求愛に従わざるをえなかった貞女の話と位置づけようとしたことが考えられる」とされている。

(2)『乳母の草子』は、『群書類従　第二七輯』巻第四七七「めのとのさうし」による。

(3)『思ひのままの日記』は、『群書類従　第二八輯』巻第四八九「おもひのまゝの日記」による。

(4)佐藤恒雄「後嵯峨院の時代とその歌壇」(『国語と国文学』一九七七年五月)による。

(5)宮次男「なよ竹物語絵巻」(『新修日本絵巻物全集17』角川書店、一九八〇年一月)

(6)久保田淳「二つの説話絵巻——『なよ竹物語絵巻』と『直幹申文絵詞』」(『日本絵巻大成20』、中央公論社、一九七八年八月)による。

(7)遠山忠文「『金刀比羅宮本なよ竹物語絵巻』の主題」(『なよ竹物語研究』ブックデザインゆにーく、二〇〇九年七月)では、本絵巻の主題は「昔の良き時代への懐古」と、上級貴族階層での「男女の恋愛遊戯譚」と考えられるとする。

四、古今著聞集本との関係ついて——本文の異同状況の検討

『なよ竹物語』と共通する話が鎌倉時代の説話集『古今著聞集』巻第八・好色第十一に載せられている。そもそも『なよ竹物語』は、後嵯峨天皇とともに実在の大臣たちや、当時の歌壇の第一人者である為家も実名で登場しており、事実にもとづいた説話のひとつとして『古今著聞集』に入れられているのもうなづける。『古今著聞集』の成立は橘成季の自序により、建長六年(一二五四)に一応の完成を見たことは明らかであるが、建長六年に成立した『古今著聞集』に、文永九年(一二七二)の崩御後の諡号「後嵯峨」の語を有するこの物語が認められるのは不可解である。永積安明氏によると、『古今著聞集』の諸本のなかには、後の増補と思われる話の書き出し部分に「抄入之」と記されているものがあり、『なよ竹物語』と共通するこの話にも「抄入之」という注記が認められることから、この話は、建長六年に『古今著聞集』が

成立した当初は含まれておらず、のちに『なよ竹物語絵巻』から書き入れられたものと推定されている。(1) 本章では、『なよ竹物語』と『古今著聞集』の本文（以下、「古今著聞集本」と呼ぶ）がどのような関係にあるのか、異同状況をもとに検討してみたい。

さて、金刀比羅宮本をはじめとする『なよ竹物語』諸本は、「いづれの年の春とかや」と語り出されているが、古今著聞集本は、「第八十七代の皇帝、後嵯峨天皇と申すは、土御門天皇の第三の皇子也」とはじまる、後嵯峨天皇が皇位を継承することになった経緯について語る箇所が冒頭に付け加わっている点で大きく異なる。古今著聞集本によると、後嵯峨天皇は、父である土御門天皇が寛喜三年（一二三一）に遠所（配流された阿波国）で崩御の後、大納言源通方のもとでひっそりと暮らし、皇位につくことなど思いも寄らずにいたが、通方も死去、仁治二年（一二四一）の冬、出家を覚悟して八幡宮に参詣したところ、宝殿より託宣を受け、もとの住まい（中将通成邸。通成は故通方二男）には戻らず、祖母承明門院（土御門天皇の生母）の御所におもむく。年明けて、仁治三年（一二四二）正月九日、四条天皇が十二歳の若さで突然に崩御（内裏での転倒により、頭部を打ってしまったためという）、順徳院の皇子が皇位につくものと誰もが思っていたところ、関東から城介《じようのすけ》義景が早馬にて承明門院のもとに参上し、次の天皇は土御門院の皇子との鎌倉幕府の意向を伝える（順徳院が承久の乱に強く関わっていたことを懸念した鎌倉幕府が、承久の乱において中立的立場にあった土御門院の皇子を選んだものとされる）。思いがけない知らせに京中が大わらわで、我も我もと承明門院のもとへお祝いにかけつけるが、お祝いの品が間に合わず、二十三歳の後嵯峨天皇のもとに、とても小さな直衣が届けられたことから、順徳院の皇子のために準備されたものであろうと思われたことなど、後嵯峨天皇誕生が、どれほど意外な成り行きであったのかがうかがわれるように語られている。さらに、後嵯峨天皇が退位後に住んだ大井の山荘の景観のすばらしさについて語られたのち、「いづれの年の春とかや」と金刀比羅宮本をはじめとする『なよ竹物語』諸本と共通する内容につながっていく。

以下、古今著聞集本と『なよ竹物語』の本文の比較に際しては、『なよ竹物語』の本文は、もっとも古い本文として金刀比羅宮蔵『なよ竹物語絵巻』を用いた。(2)『古今著聞集』の本文は、本来は写本に直接あたるべきであろうが、本稿では、「日本古典文学大系」（岩波書店。底本は宮内庁書陵部蔵本）と、「新潮日本古典集成」（新潮社。底本は広島大学図書館蔵、九条家本）を用い、『なよ竹物語』と古今著聞集本の本文の関係について、おおよその傾向を明らかにすることをめざした。そのため、漢字、仮名、送り仮名など、表記に関する違いは原則としてとりあげなかった。なお、本文の比較は、それぞれの本文が重なりを見せる「いづれの年の春とかや」以降を対象とする。

金刀比羅宮本と古今著聞集本との異同箇所は、私見によると一七〇例ほどが数えられるが、一文字程度の異なりが少なくない。以下、金刀比羅宮本と古今著聞集本の異同箇所のなかから、比較的大きな異同箇所四一例を掲示し、そのなかから有意の異同と思われる箇所をいくつかとりあげ具体的に検討したい。掲出にあたっては、まず金刀比羅宮本の本文を示し、つづいて古今著聞集本（古今著本）の本文を示した。また、参考として『群書類従』所収の『鳴門中将物語』（以下、「群書類従本」と呼ぶ）の異同状況も示すことにした。群書類従本がどちらかの本文と同じ本文である時は、同じである本文の末尾に（群書本）と示し、どちらとも異なる場合はその本文を掲げた。なお、掲出にあたっては、濁点、句読点を付した。

1 刑部卿三位・頭中将（群書本）—兵部卿・三位頭中将（古今著本）【第一段】
2 おほせたびければ（群書本）—仰せられければ（古今著本）【第一段】
3 すかしやりてにげむ（群書本）—すかしやりてん（古今著本）【第一段】
4 くれ竹の（群書本）—なよ竹の（古今著本）【第一段】
5 此門にて—こゝにて（古今著本）。御門にて（群書本）【第一段】
6 ゆめ〳〵思よらで（群書本）—思もよらず（古今著本）【第一段】
7 このこと奏し申せば—此由申せば（古今著本）。此よし奏し申せば（群書本）【第一段】
8 たかくとも…くれ竹の（群書本）—たかしとて…なよ竹の（古今著本）【第一段】
9 おほせたびければ（群書本）—仰ありければ（古今著本）【第一段】

10 かきけつやうにうせぬ（群書本）—なじかはあらん、みえず（古今著本）【第一段】

11 にて侍りけるに—にぞ侍りける。ある時（古今著本）。にぞ侍りけるに、ある時（群書本）【第二段】

12 大宮大納言公相（群書本）—大宮大納言公相・権大納言実雄（古今著本）【第二段】

13 たづね侍らんに、かくれ侍らじものを—高力士に御ことのりして尋させ給はん。かくれあらじ物を（古今著本）。尋行みん。かくれ侍まじものを（群書本）【第二段】

14 もろこしには、蓬萊までたづね侍りける例も侍るを（群書本）—蓬萊までもかよふまぼろしのためしも侍り（古今著本）【第二段】

15 御みき（群書本）—みき（古今著本）【第二段】

16 そゞろかせ給ひて（群書本）—さして興ぜさせ給はず。そゞろかせ給て（古今著本）【第二段】

17 たな心をさして推条まさしかなれ—掌《たなごころ》(3)をさして推察まさしかなれ（古今著本）（群書本）【第三段】

18 とひ侍りければ申けるは（群書本）—問ければ（古今著本）【第三段】

19 もとの穴に入べし。もとの所にいづべし—もとの穴に入て、もとの所に出べし（古今著本）（群書本）【第三段】

20 夏の中、五月中に（群書本）—夏のうちに（古今著本）【第三段】

21 申せども、これも（群書本）—いひけり。文平も（古今著本）【第三段】

22 このうらをきゝて後は—たのもしきかたいできぬる心ちして（古今著本）。このこゑを聞て後は（群書本）【第三段】

23 経俊（群書本）—経任（古今著本）【第四段】

24 中宮一所に御聴聞のほどなり。こちなし—宮、ひと所に御聴聞の程なり。こちたし（古今著本）。中宮一所御聴聞のほどなり。こちなし（群書本）【第四段】

25 一位殿、さい相のすけに申しゝかば（群書本）(4)—一位殿（古今著本）【第四段】

26 急奏し申給へ（群書本）(5)—いそぎ奏し給へ（古今著本）【第四段】

27 ひと車にて（群書本）—ひとつ車にて（古今著本）【第五段】

28 くれ竹の（群書本）―なよ竹の（古今著本）【第五段】
29 御使は心もなく（群書本）―御使心もとなくて（古今著本）【第五段】
30 あなかま（群書本）―あなかしこ（古今著本）【第五段】
31 うちなきて（群書本）―女うちなげきて（古今著本）【第五段】
32 むすびめのしどけなければ、あけて御らんずるに（群書本）―ナシ（古今著本）【第六段】
33 御案あれども御心もめぐらせ給はず（群書本）―御思案ありけれども、おぼしうるかたなかりければ（古今著本）【第六段】
34 さるべき女房たちを（群書本）―女房たちを（古今著本）【第六段】
35 このもじを御尋ありければ―このを文字を御尋ありけるに（古今著本）。このをもじを御尋ありければ（群書本）【第六段】
36 小式部の侍従―小式部の内侍（古今著本）（群書本）【第六段】
37 母にや申あはせたりけむ（群書本）―ナシ（古今著本）【第六段】
38 上東門院に侍けるが―上東門院にさぶらひけるが（古今著本）（群書本）【第六段】
39 奏し申ければ（群書本）―申しければ（古今著本）【第七段】
40 御はかひ―御はからひ（古今著本）（群書本）【第七段】
41 もてあつかひにて（群書本）―ことわざには（古今著本）【第八段】

以下、気づいた点を整理してみよう。

まず、金刀比羅宮本の独自異文、つまり古今著聞集本と群書類従本の本文が共通して金刀比羅宮本の本文と対立する箇所について検討したい。金刀比羅宮本の独自異文のうち、金刀比羅宮本の誤りと推定される箇所から示そう。40の金刀比羅宮本「御はかひ」は、古今著聞集本・群書類従本のように「御はからひ」とあるべき。36の金刀比羅宮本「小式部の侍従」は、和泉式部の娘を指すもので、第六段の別の箇所では、金刀比羅宮本も古今著聞集本・群書類従本と同じように「小式部内侍」とあることからも、「小式部の侍従」は誤り。19の金刀比羅宮本「くちなはなれは、もとの穴に入べし、もとの所にいづべし」は、文章として間違っているとまではいえないが、古今著聞集本・群書類従本のように「もとの穴に入て、もとの所にいづべし」とあるのが自然な文脈と思われる。金刀比羅宮本の「へし」の文字は「て（天）」のくずし字の形態と似ており、誤写の可能性が高いと思われる。35の金刀比羅宮本「このもじを御尋ありければ」では、「この文字」が、古今著聞集本・群書類従本では「このを文字」とあって対立する。物語の場面は、帝からの手紙に女が書きつけた「を」という一文字に込められた真意を解き明かそうとしているところであり、「このを文字」とあるほうが明確な表現と思われ、金刀比羅宮本は「を」の脱字の可能性も捨てきれない。ただし、「を」がなくとも意味が通らないわけではない。38の金刀比羅宮本「侍けるが」と古今著聞集本・群書類従本「さぶらひけるが」の対立は、小式部内侍が上東門院に仕えていたことをさすと解すると、「さぶらふ」のほうがふさわしいと思われる。もっとも、漢字「侍」は「はべり」とも「さぶらひ」とも読める。金刀比羅宮本「侍ける」も「侍（さぶらひ）ける」と読む余地もあるか。[6]

　金刀比羅宮本の独自異文ではあるものの、金刀比羅宮本の本文が適切と思われる例もある。17の金刀比羅宮本「たな心をさして推条まさしかなれ」は、文平という陰陽師の占いがよく当たることを語っている文脈で、金刀比羅宮本の「推条」が、古今著聞集本・群書類従本では「推察」となっている。「推条」も「推察」も類似した意味をもち、一見すると「推察」のほうがわかりやすいが、「推条」とは陰陽道の用語で、占いによって推論する意。『平家物語』巻第三「法印問答」にも「推条、掌《たなごころ》をさすが如し」とあるように、「推条」がふさわしい。

　それでは次に、金刀比羅宮本と群書類従本が共通して、古今著聞集本と対立する箇所を見ていこう。まず、金刀比羅宮本にある箇所が古今著聞集本では見えない例が、6「ゆめ〳〵」・18「申けるは」・20「五月中に」・25「さい相のすけに申しゝかば」・32「むすびめのしどけなければあけて御らんずるに」・34「さるべき」・37「母にや申あはせたりけむ」の七例ある。これらのなかには、金刀比羅宮本のようにその箇所があったほうが、より細やかな文脈と推定される例もある。32「むすびめのしどけなければあけて御らんずるに」（第六段）は、女に遣わした手紙がもとのままであったのを見た帝が、女から返事をもらえずにむなしく帰って来たのかとがっかりするが、結び目がしどけなかった（くずれた感じになっていた）ので不審に思い開けてみると、「を」の文字が書いてあったというのである。金刀比羅宮本では、手紙を見た帝の反応がきめ細やかである。結び目がしどけなかった、という一文のない古今著聞集本では、女のもとからそのまま戻って来た自分の手紙を、帝がなぜ開けてみようと思ったのか理由が抜け落ちてしまう。34は、「さるべき」の有無の相違である。金刀比羅宮本では、「を」の文字の意味を読み解けない帝が、「さるべき」（しかるべき。その意味を読み解けそうな）女房たちを召して尋ねたことになる。「さるべき」がなければならないというわけではないが、「さるべき」があったほうがやはり細やかである。37は大二条殿（藤原教通。父は藤原道長）からの「月」という文字だけの手紙を、小式部の内侍は和泉式部の娘であったので、たやすくその意図を理解した、という文脈に見えるもので、金刀比羅宮本では「母にや申あはせたりけむ」がさらに加わった形となっており、小式部内侍が母・和泉式部に歌を教えてもらったと言われて「大江山」の歌を詠んだという伝承を連想させる。

反対に、古今著聞集本にある箇所が金刀比羅宮本にない例も、次の四例が数えられる。12は女の行方が知れず気落ちしている帝のもとに、近衛殿はじめ高官たちが訪れ、「御遊」（管絃の遊び）が催されるという場面で、訪れた高官たちが金刀比羅宮本では総勢五人となっているのに対し、古今著聞集本では新たに「権大納言実雄」が加わり、総勢六人となっている。実は権大納言実雄は、古今著聞集本の冒頭に後嵯峨院の大井の山荘の造営を取り仕切った人物として登場しており、古今著聞集本では呼応している。13は古今著聞集本のみ「高力士に御ことのりして」が入っている。『白氏文集』の「長恨歌」には「高力士」は登場せず、「長恨歌伝」に見えるものである。16も古今著聞集本のみ「さして興ぜさせ給はず」が入っている。31は古今著聞集本では主語を示す「女」が入っている。

以上、どちらかの本文にある箇所がどちらかにはない、という場合をながめてきたが、実のところ、これらのどちらが本来的であったかを見きわめることはむずかしい。次に、検討する例は、金刀比羅宮本と古今著聞集本とで別の表現となっている例であるが、これらのなかにはどちらの本文がよりふさわしいか推定できる例もある。まず、4・8・28の金刀比羅宮本「くれ竹」と古今著聞集本「なよ竹」の対立では、「くれ竹」が本来的な表現であることは第一章に述べたとおりである。なお、群書類従本では三箇所とも金刀比羅宮本と同じく「くれ竹」の本文となっているが、「くれ竹」の右側に小文字で〔なよ歟〕とも記しており、両本文ともに流布していたことがうかがえる。ちなみに、塙保己一による『群書類従』が版行されたのは、寛政五年（一七九三）から文政二年（一八一九）である。

7・26・39では金刀比羅宮本「奏し申す」、古今著聞集本「申す」「奏す」の対立である。「奏す」は天皇や上皇に申し上げる、奏上する、の意であり、「奏す」には「申す」の意が含まれており、「奏し申す」は重複のきらいがあるが、『とはずがたり』や『太平記』にも「奏し申す」の例が認められる。『とはずがたり』『太平記』は十四世紀前半ごろの成立とされるもので、『なよ竹物語』と近い時代の作品である。もっとも、第四段、第七段では、古今著聞集本も金刀比羅宮本と同じく「奏し申させ給」、「奏し申ければ」となっている例も認められる。

2・9の金刀比羅宮本「おほせたぶ」と古今著聞集本「おほせらる」「おほせある」の対立では、金刀比羅宮本の「おほせたぶ」は耳慣れない感じがするものの、はやく『土佐日記』にも用例が認められるものである。

15の金刀比羅宮本「御みき」と古今著聞集本「みき」の対立では、「御」の有無に過ぎないようにも思われる。また、「みき」は酒の尊敬語とも美称ともいわれ、「みき」にはすでに「御」の意味が含まれていると思われることから、その「みき」にさらに「御」のついた金刀比羅宮本の本文は不自然な表現のようにも見える。しかしながら、『源氏物語』でも「御みき」三例、「おほみき」七例が認められるものの、「みき」のみの例は認められないことから、金刀比羅宮本「御みき」は伝統的な表現を踏襲しているものと推定される。もっとも、『古今著聞集』では「みき」四例、「御みき」一例、『宇治拾遺物語』では「みき」一例、「御みき」ゼロ、『十訓抄』では「みき」二例、「御みき」ゼロという数値となっており、説話では「みき」が一般的か。ちなみに、『源氏物語』では「御みき」と「おほみき」の表記がともに認められるが、「御みき」も「おほみき」と読むべきかもしれない。現代語の「おみき（御神酒）」につながるものであろう。

24は、金刀比羅宮本「こちなし」、古今著聞集本「こちたし」の対立である。一文字だけの違いであり、誤写の可能性もあるが、意味的にはずいぶん異なる。物語の場面は、帝から、女の行方をさがし出すように言われていた蔵人が、最勝講の折にようやく女を見つけ、そのことを帝に伝えてほしいと経俊（伝奏の人であろう）に訴えるが、経俊は、ただ今、帝は中宮と「一所に」最勝講のご聴聞中のため、女のことを伝えるのは「こちなし」だと答える、というところである。金刀比羅宮本「こちなし」とは、無作法だ、無骨だ、礼儀知らずだ、の意であり、この場にふさわしい。古今著聞集本「こちたし」は、基本的には量の多いことをいう語である。仰々しい、おおげさだ、の意と解せなくもないものの、やはり「こちなし」がふさわしいと思われる。

29は金刀比羅宮本「心もなく」と古今著聞集本「心もとなく」の対立である。物語の場面は、帝からの召しの手紙を届けられた女が、夫のある身ゆえ困惑するが、使いの者は「心もなく」返事を書くよう責めるため、夫に隠し通せないと思った女が、夫に事情を明かすというところである。「心もなく」は、あまり耳なれないが、『源氏物語』にも見られる表現で、思いやりもなく、思慮もなく、の意で用いられている。「心もなく」の本文によれば、使いの者が、女が置かれている立場を考えもせず、思いやりもなく、無情にも返事を強いる、という文脈となる。一方の「心もとなし」は、気がかりで待ち遠しい、気がせいてならない、の意である。「心もとなく」も不適当とはいえないものの、女の立場を考えもせず、女への心づかいもなく返事を強要するという「心もなく」が、より文脈にふさわしいように思われる。この例も「と」一文字の違いともいえ、誤写の可能性もある。

最後に人物呼称に関する異同をとりあげよう。1の金刀比羅宮本「刑部卿三位・頭中将」と古今著聞集本「兵部卿・三位頭中将」、23の金刀比羅宮本「経俊」と「経任」が対立するが、これらも一文字の違いで誤写の可能性が高いが、次に述べるように、どちらも金刀比羅宮本にしたがってよいように思われる。金刀比羅宮本「刑部卿三位」とは、「刑部卿」は正四位下相当であるが、従三位以上の公卿が兼帯することも多く、その場合の呼称である。一方、古今著聞集本では「兵部卿三位」とはいわないので「三位頭中将」となっているが、「三位中将」とは官位相当では四位である近衛中将を、三位でつとめる者の呼称である。「頭中将」とは近衛中将と蔵人頭を兼任する者の呼称である。『公卿補任』によると、「従三位」に昇進した人物について、「元蔵人頭、中将如元」といった説明が散見されることからも、三位中将で蔵人頭を兼任する「三位頭中将」という呼称は耳なれないように思われる。(7) そもそも「三位頭中将」が誰をさすのかについても検討しなければならないだろう。金刀比羅宮本「経俊」は、『なよ竹物語』の時代とほぼ同時代の作品である『弁内侍日記』の寛元四年（一二四六）四月、平野神社の祭に供奉する人物のなかに「弁経俊」と認められることから確認できる。古今著聞集本「経任」については「しかるべき人なし」の注記もみられるが、[8]『とはずがたり』や『増鏡』に見える人物で、後嵯峨院崩御（一二七二年）の折、院から寵愛されていたため、誰もが出家するだろうと思っていたのに、出家をしなかったので驚かれたという「経任」と混同するか。ちなみに、経俊は建保二年（一二一四）生まれ、経任は天福元年（一二三三）生まれである。『なよ竹物語』に語られている出来事が後嵯峨天皇の在位中（一二四二～一二四六年）だったと仮定すると、「経任」はまだ九～一三歳という幼さである。

以上、金刀比羅宮本と古今著聞集本との異同箇所について、かいつまんで見てきた。金刀比羅宮本が有している本文が古今著聞集本ではなかったり、反対に古今著聞集本が有している本文が金刀比羅宮本に見られない例がいくつかみられたが、そのどちらが本来的であるのかを明らかにすることはむずかしい。金刀比羅宮本と古今著聞集本とで異なる表現となっている例では、金刀比羅宮本の明らかな誤写（「御はかひ」「小式部の侍従」）も含まれてはいるものの、金刀比羅宮本が伝統的な表現や同時代的な表現を踏襲していると思われる例（「おほせたぶ」、「御みき」、「奏し申す」）、金刀比羅宮本がふさわしいと思われる例（「推条」「こちなし」「心もなく」「刑部卿三位」「経俊」）も認められた。「くれ竹」と「なよ竹」の対立において、金刀比羅宮本「くれ竹」が典拠である古歌の歌句と同じであり、適切な表現であったように、総じて、金刀比羅宮本のほうが古今著聞集本より本来的な本文を有しているという傾向にあるということはできるように思われる。なお、金刀比羅宮本と古今著聞集本の異同は、「こちなし」と「こちたし」、「心もなく」と「心もとなく」、「刑部卿」と「兵部卿」、「経俊」と「経任」のように、一文字程度の異なりが少なくなく、誤写の可能性も念頭に置かなければならないだろう。[9]

本章では、金刀比羅宮本と古今著聞集本の本文の異同箇所を検討してきたが、古今著聞集本には誤写や不適当と思われる例も相当数認められた。両者の影響関係を考えた時、少なくとも古今著聞集本から金刀比羅宮本へという影響関係は想定しにくいと思われる。従来、『古今著聞集』にこの話が載せられた経緯については、橘成季による一応の完成を見たのちに、『なよ竹物語』から抄入されたものであろうと推定されてきたが、その推定は本文の異同状況からもおおむね認めてよいだろう。もっとも、『古今著聞集』と金刀比羅宮本をはじめとする『なよ竹物語』との間には、後嵯峨天皇即位の経緯と退位後に移り住んだ大井の山荘の景観を語る冒頭箇所の有無という大きな相違があった。この冒頭箇所は『古今著聞集』への抄入に際してあらたに書き加えられたものとも思われるが、あるいはこの冒頭箇所をも有した『なよ竹物語』を資料にした可能性はあるのか、今後の課題でもある。(10)

注(1)永積安明による日本古典文学大系『古今著聞集』(岩波書店、一九六八年三月)の「解説」(三三頁)による。なお、永積は、『古今著聞集』に抄入されたのは、『なよ竹物語絵巻』からとしている。

(2)金刀比羅宮蔵『なよ竹物語絵巻』の本文は、調査を行なわせてもらった際の資料によるが、金刀比羅宮蔵『なよ竹物語絵巻』の詞書・絵のすべてが『日本の絵巻17』(中央公論社)等に掲載されており参考になる。

(3)古今著聞集本のうち、「日本古典文学大系」では「掌《たのごころ》」、「新潮日本古典集成」では「掌《たなごころ》」とあるが同文とみなした。群書類従本は「たなごころ」。

(4)群書類聚本では「一位殿、さい相のすけに申しかば」とあるが、「申」に送り仮名の「し」が含まれていると考え、金刀比羅宮本と同文とみなした。

(5)群書類聚本では「急ぎ奏し申給へ」とあるが、金刀比羅宮本と同文とみなした。

(6)「侍」の漢字は、「はべり」とも「さぶらふ」とも読めるが、金刀比羅宮本では「さぶらふ」は仮名表記となっており、「侍」の漢字表記は「侍りけるを」「侍らし」(第七段)のように「はべり」として用いられている。その使い分けによれば、当該箇所「侍ける」も、「はべりける」と読むのが自然か。

(7)曇華院本では「刑部卿三位中将頭中将」とあるが、「刑部卿三位」を知らずに、「三位頭中将」に違和感をもったために生じた本文か。なお、物語本文注**六**も参照されたい。

(8)日本古典文学大系『古今著聞集』頭注(二六五頁)による。新潮日本古典集成『古今著聞集 上』頭注(四〇一頁)では底本の「経任」を『なよ竹物語』により「経俊」と改訂したとする。なお、物語本文注**九**も参照されたい。

(9)『なよ竹物語』から『古今著聞集』に抄入する際に生じた誤写かと思われるが、『古今著聞集』の書写を重ねるなかで生じた誤写もまじっていないとはいえないか。

(10)新潮日本古典集成『古今著聞集　上』頭注（四〇二頁）では、後嵯峨天皇即位の経緯などを語る冒頭箇所を有した『なよ竹物語』から、『古今著聞集』に抄入されたものとみられる、としている。

五、曇華院蔵「なよ竹物語絵巻」について

古今著聞集本が、金刀比羅宮本をはじめとする『なよ竹物語』諸本ともっとも異なるのは、冒頭に後嵯峨天皇即位の経緯などを語った箇所を有している点であるが、実は、その冒頭箇所を有している『なよ竹物語絵巻』が京都嵯峨野の尼門跡寺院である曇華院に伝えられている（以下、「曇華院本」と呼ぶ）。曇華院本については、はやく菅沼貞三氏[1]が紹介し、平林文雄氏[2]、宮次男氏[3]、遠山忠史氏[4]、横山恵理氏[5]らもとりあげているが、閲覧調査の機会を得ることができたため、別稿[6]にて、詞書本文全体の性格について、さらに曇華院本が『鳴門中将物語考證』に記述のみえる住吉如慶筆本である可能性について、また曇華院に『なよ竹物語絵巻』が伝えられた経緯について考察を試みた。ここでは詞書本文の性格を中心に報告することにしたい。

さて、曇華院本は、天地が三七・〇センチメートルほどの大型の紙本着色の絵巻である。絵巻の箱に「なよ竹の巻物」とあるが、絵巻本体には物語名は記されておらず、奥書もなく、詞書の筆者および絵師についての記載もない。絵巻の制作年代は江戸時代前期、十七世紀ごろかと推定されている[7]。詞書の料紙には金箔が一面に散りばめられているうえ、絵の画面上部と下部にも細かい金箔が重なるように蒔かれて霞が表現されており、豪華で華やかな印象となっている。また、筆使いは非常に細やかで巧みであり、筆力のある絵師の手になるものであろうと推察される。金刀比羅宮本の天地は三一・四センチメートルであるから、さらに大きな絵巻といえよう。

曇華院本は、第一段から第十一段までを数えることできる。金刀比羅宮本は前述のとおり第一段から第八段となっているが、曇華院本は金刀比羅宮本にはない冒頭の二段を有している点で大きく異なる。そして、この曇華院本の冒頭二段の詞書は、古今著聞集本の冒頭の内容とおおよそ重なりを見せる。曇華院本第一段の絵は、広大な八幡宮の境内を背景に、

参詣する元服前の後嵯峨天皇の姿が描き出されており印象深い。第二段の絵は、四条天皇の後継として後嵯峨天皇が選ばれたという鎌倉幕府の意向を伝えるために、使者が承明門院を訪れた場面が描かれる。曇華院本第三段の詞書では、後嵯峨院の譲位後の大井の住まいについて語られ、金刀比羅宮本の第一段の詞書の蹴鞠遊びの場面へと合流する。曇華院本の第三段の絵の構図は金刀比羅宮本の第一段の絵とまったく同じである。ただし、金刀比羅宮本では、女が口にした「くれ竹の」について、為家が古歌の歌句であることを明らかにする場面が、第一段として蹴鞠の場面とひと続きであったが、曇華院本では第四段として独立し、その第四段の詞書に対応する絵として、蔵人が為家邸を訪れたところとおぼしき場面が描かれている。それ以降、曇華院本第五段から第十一段までの七段と、金刀比羅宮本第二段から第八段までの七段は、詞書（物語本文）の内容も絵の構図も重なりあっている。

ところで、曇華院本は、冒頭に古今著聞集本と類似する詞書（物語本文）を有していることから、曇華院本は古今著聞集本の本文を絵巻化した作品かと思われなくもないが、そうとも言い切れない。古今著聞集本と曇華院本とが重なりを見せる冒頭箇所ではあるが、曇華院本のほうが全体的に短く、古今著聞集本の内容を要約したような印象もあるものの、表現などの細部の異なりも看過できない。たとえば、冒頭の書き出しが、古今著聞集本「第八十七代の皇帝、後嵯峨天皇と申すは、土御門天皇の第三の皇子也」に対して、曇華院本では「第八十四代の王、土御門院の二御子」となっていること、夭折した四条天皇の後継をめぐって、鎌倉幕府の意向を承明門院に参上して伝えたのが、古今著聞集本では「城介義景」一人であるが、曇華院本では「城介、上総介、二人」となっていること、後嵯峨天皇が譲位後に移り住んだ大井の地の説明が、古今著聞集本「西は前中書王のふるき跡」に対し、曇華院本では「西は御子左の宮の旧跡」とあったり、古今著聞集本「眺望よもにすぐれて、仏法流布の所也」が、曇華院本「眺望四方にすぐれ四神相応の地なり」とあったりというように表現の細部に異なりが認められる。

さらに、前章において、金刀比羅宮本と古今著聞集本の本文の異同箇所四一例を掲出したが、それら四一例について曇華院本の本文はどちらの本文と同じであるのか調査すると、次のような結果となり、曇華院本は古今著聞集本とかならずしも近い関係にあるとはいえないことがわかる。以下、調査結果を報告しよう。

金刀比羅宮本と同文　二三例（3・5・6・11・13・15・16・17・18・21・23・24・27・28・29・30・31・32・33・34・37・39・41）

金刀比羅宮本に近い　五例（1・14・20・22・25）

古今著聞集本と同文　九例（2・4・8・12・19・26[8]・36・38・40）

古今著聞集本に近い　一例（9）

どちらともいえない　三例（7・10・35）

曇華院本は、金刀比羅宮本と「同文」「近い」を合わせると二八例、古今著聞集本と「同文」「近い」は一〇例となる。この結果は、古今著聞集本と類似する冒頭箇所を有する曇華院本ではあるものの、金刀比羅宮本と古今著聞集本の異同箇所では、金刀比羅宮本に近いことになる。以下、これらの異同がどのようなものであるのか、いくつか具体例を示そう。

曇華院本が金刀比羅宮本の本文と同文の二三例のなかには、古今著聞集本の本文に比して、金刀比羅宮本の本文のほうが伝統的表現であったり、適切であると思われた例（15「御みき」、17「推条」、23「経俊」、24「こちなし」、29「心もなく」）、あるいは細やかであると思われた例（32「むすびめのしどけなければ」、34「さるべき」、37「母にや申あはせたりけん」）なども含まれている。なかでも、32・34・37の例は古今著聞集本には見えないものであり、古今著聞集本の本文からは曇華院本の本文は生まれないことを示す。さらに、古今著聞集本のみが有していた、13「高力士に御ことのりして」や、16「さして興ぜさせ給はず」の箇所は、曇華院本は金刀比羅宮本と同じく有しておらず、金刀比羅宮本との近さをうかがわせる。

次に、曇華院本が古今著聞集本と同文、ほぼ同文の一〇例をみると、まず4・8の「なよ竹の」の例がある。古今著聞集本では、金刀比羅宮本の三箇所ある「くれ竹の」がすべて「なよ竹の」となっていたが、曇華院本では、三箇所目の28のみは「くれ竹の」となっており、古今著聞集本と異なっている。また、36「小式部の侍従」、38「上東門院に侍けるか」、40「御はかひ」、19「穴に入へし」のように、金刀比羅宮本の誤写と思われるものが四例含まれているほか、2・9では金刀比羅宮本「おほせたぶ」が、曇華院本では古今著聞集本と同じように「おほせらる」というわかりやすい表現となっている例なども含まれており、古今著聞集本と曇華院本の密接な関係をうかがわせるものとはかならずしも言いがたい。なかには、金刀比羅宮本には名前の見えない12「権大納言実雄」が、曇華院本でも古今著聞集本と同様に認められる例もあり、古今著聞集本の影響をうかがわせなくもない。もっとも、「権大納言実雄」は、古今著聞集本では冒頭に後嵯峨帝の退位後の大井の住まいの造営を取り仕切った人物として登場しており、その冒頭の記述と、「権大納言実雄」が加わっていることは呼応すると思われるが、曇華院本では冒頭箇所に「実雄」の名は見えない。

以上、かいつまんで見てきたように、おおむね曇華院の本文は、古今著聞集本よりも金刀比羅宮本に近いといえるだろう。曇華院本は、金刀比羅宮本と絵の印象は異なるものの、建物の構図や人物の位置など図様が近似していることから、金刀比羅宮本を参照した可能性がきわめて高いと考えられるが、詞書の本文においても金刀比羅宮本と近しい関係にあることは、一面では自然ななりゆきともいえよう。

しかしながら、曇華院本の本文には、金刀比羅宮本とも古今著聞集本とも異なる独自な箇所も少なくない。たとえば、後嵯峨院をさして「御所」という呼称が用いられていること、女が言いかけた「なよ竹の（くれ竹の）」の出典について金刀比羅宮本も古今著聞集本も「古き歌」とするだけであるのに対して、曇華院本のみ「六帖の歌」としていることが指摘できる。さらに気になるのは、蹴鞠をする人たちの人数を金刀比羅宮本・古今著聞集本では記していないのに対して、曇華院本のみ「八人」と示していること、また蹴鞠の折に帝が女に好意を寄せるきっかけとなった箇所で、金刀比羅宮本・古今著聞集本「女どもあまた見え侍る」に対して、曇華院本のみ「女房三人見え侍ける」と「三人」と示していることなどがあげられる。なぜ、曇華院本のみ、人数を特定しているのか。実は、この蹴鞠の場面、さらに帝が好意を寄せる女と蔵人がやりとりをする場面（「くれ竹の」と帝に伝えるよう女から言われる箇所）は、ともに金刀比羅宮本と曇華院本とで絵の構図は同じであり、それらの絵のなかに描かれた蹴鞠をする人物の数は八人、蔵人が女とやりとりしている絵には、帝が思いを寄せる女を含め三人の女性が描かれている。人の数を明示している曇華院本の本文は、金刀比羅宮本の絵の影響を受けた可能性もある。(9) 曇華院本は、古今著聞集本と同様の冒頭箇所を有しており、古今著聞集本との密接な関係がうかがわれることから、古今著聞集本をもとに絵巻化したものと思われなくもなかったが、基本的には金刀比羅宮本の詞と絵を踏襲しながら、冒頭箇所が加えられたものと推定される。また、古今著聞集本と共通する冒頭箇所においても、両者には細部にいくつもの異なりが認められることから、曇華院本は冒頭箇所を書くにあたって、古今著聞集本とは別の資料をもとにしたものかと思われなくもない。もっとも、曇華院本には、金刀比羅宮本とも古今著聞集本とも異なる独自な本文が散見することを考え合わせると、この冒頭箇所も古今著聞集本を参考にしながらあらたに書き加えられた可能性も捨てきれないだろう。

最後に、曇華院本が住吉如慶筆本である可能性および尼門跡寺院である曇華院に伝わった経緯について、別稿[10]にて考察したことの要点のみ述べておこう。

岸本由豆流の『鳴門中将物語考證』[11]には、「一本絵巻物」として、ある絵巻が紹介されているが、その絵巻と曇華院本は、冒頭の詞書本文をはじめとして絵の図様も極めて似ていることが確認できる。たとえば、前述したように、冒頭の一節において、曇華院本の本文が古今著聞集本と異なっていた箇所（たとえば、鎌倉からの使者が「城介、上総介、二人」となっていた例など）も、すべて「一本絵巻物」の本文と一致している。また、絵の図様でも、「一本絵巻物」の特色として、蹴鞠の懸《か》かりの庭に「むしろ」が敷かれ、四樹（柳桜楓松）の根もとは「むしろ」が丸く切り抜かれていると指摘されているが、まさに曇華院本でも蹴鞠の懸かりの庭には「むしろ」が敷かれ、樹木の根もとだけ丸く切り抜かれた形に描かれているなど、一致を見せている。実は、『鳴門中将物語考證』では「一本絵巻物」の奥書も掲載しているが、その奥書によると「一本絵巻物」は住吉如慶筆本の写しであることがわかる。金泊をふんだんに使い、筆力ある絵師の手になるものと推察されるこの曇華院本こそ、「一本絵巻物」の親本である住吉如慶筆本の可能性が高いのではないかと思われる。住吉如慶が活躍していた時代は、曇華院本の推定制作年代、江戸前期ごろと重なる。

曇華院本を住吉如慶筆本と仮定すると、曇華院とのつながりも見えてくるように思われる。そもそも尼門跡寺院に、なぜ『なよ竹物語絵巻』が伝えられているのか気にかかる点でもある。住吉如慶は土佐光吉の門弟であったが、断絶していた摂州住吉絵所の後継として、住吉家を立てるように如慶に命じたのが、後西天皇である。そして、当時、曇華院の門跡をつとめていたのが、後西天皇の皇女であり、曇華院の再興の祖と呼ばれた大成尼である。大成尼は、後西天皇主催の伊勢物語の講読会に、何度も出席した記録[12]が残されており、文学好きな皇女として、後西天皇のたくさんの皇子皇女のなかでも、父後西天皇との結びつきが深かった人物と推定される。つまり、ひとつの絵巻をはさんで、住吉如慶、後西天皇、曇華院殿（大成尼）の三人が接点を有していることになる。これは偶然の結果とは思いにくく、仮説ではあるけれど、曇華院蔵『なよ竹物語絵巻』は、制作に後西天皇が関わっており、絵は住吉如慶が担当、曇華院門跡大成尼が父後西天皇より譲り受け、曇華院の宝物として伝えられることになったと考えることもできるのではないだろうか。『なよ竹物語』は、第三章にて述べたように、どこに視点を置くかによって、さまざまな受け止め方のできる物語であるが、尼門跡寺院である曇華院に伝えられているということは、『なよ竹物語』の享受のあり方を考えるうえでも興味深いと思われる。(13)

なお、これまでも述べてきたように、曇華院本の詞書本文には、金刀比羅宮本とも古今著聞集本とも異なった独自な表現も見え、貴重な資料と思われるため、次に、曇華院本の翻刻を掲載しておく。曇華院本の全段の絵については、遠山忠史氏『なよ竹物語研究』(14)に影印が掲載されており参考になる。

注
(1)菅沼貞三「なよ竹物語絵巻に就て」（『美術研究』第二四号、一九三三年十二月）による。
(2)平林文雄『なよ竹物語研究並に総索引』（白帝社、一九七四年三月）四六〜五一頁による。
(3)宮次男「なよ竹物語絵巻」（『新修日本絵巻物全集17』角川書店、一九八〇年一月）による。
(4)遠山忠史「『なよ竹物語』の謎・その2―金刀比羅宮本絵巻について」『王朝文学研究誌』第三号、一九九三年九月）による。
(5)横山恵理「『なよ竹物語』考――空蟬像の受容」（『叙説』第三四号、二〇〇七年三月）による。
(6)伊東祐子「曇華院蔵『なよ竹物語絵巻』について――住吉如慶・後西天皇・曇華院門跡大成尼をめぐって」（『国語国文』二〇一三年九月）による。なお、『国語国文』掲載の拙稿では、金刀比羅宮本と古今著聞集本の異同箇所一七〇例中、比較的大きな異同箇所として四〇例を調査の対象としていたが、本稿第四章に掲出した例26の異同箇所をもらしてしまったため補い、四一例を調査対象とした。なお、後掲注8もあわせて参照されたい。
(7)曇華院本調査に同行された美術史学の池田忍氏のご教示による。また、横山論文（後掲注13に同じ）でも江戸時代前期の成立とし、石川透氏の見解「寛永より少し後で、元禄より前であろう」を注に記している。なお、菅沼論文（前掲注1に同じ）では、徳川中期以降の土佐系統の書者の手になるものと推定している。

(8)拙稿（前掲注6に同じ）において、例26の金刀比羅宮本「急奏し申給へ」と古今著聞集本「いそぎ奏し給へ」の異同箇所を掲出していなかったため補足する。曇華院本の本文は「いそき奏し給へ」とあり、古今著聞集本に同じ。
(9)曇華院本の本文が、金刀比羅宮本の絵の図様の影響を受けている可能性もあるかと述べたが、『天稚彦草子』の絵巻系本文と冊子系本文においても、冊子系の本文が絵巻系の絵の図様の影響を受けているかと思われる例も見え、参考になるか。絵巻系では「あまた人」として特定されていなかった「すばる星」の人数を、冊子系では「七人」と明示しているもので、絵巻系の絵にはすばる星が七人の童子の姿で描かれている。伊東祐子「〈天稚彦草子絵巻〉の二系統の本文をめぐって」（『国語と国文学』九六四号、二〇〇四年三月）、伊東祐子「〈天稚彦草子絵巻〉の二系統の本文の展開とその性格」（『都留文科大学研究紀要』六五集、二〇〇七年三月）参照。
(10)詳しくは拙稿（注6に同じ）を参照されたい。
(11)岸本由豆流『鳴門中将物語考証』（『国文註釈全書15』、國學院大學出版、一九一〇年）。
(12)『後西天皇実録』（『天皇皇族実録一〇八』。ゆまに書房、二〇〇五年十二月）等による。
(13)横山恵理「『なよ竹物語』享受の場に関する一考察——曇華院門跡を手がかりに」（『叙説』第三九号、二〇一二年三月）でも、曇華院本の成立背景には後西天皇といった近世天皇家との関わりが浮かび上がってくるとし、近世天皇家が比丘尼御所における子女教育の目的で制作されたと考えられると述べている。
(14)遠山忠史『なよ竹物語研究』（ブックデザインゆにーく、二〇〇九年七月）。

▼曇華院蔵『なよ竹物語絵巻』翻刻

○第一段
第八十四代の王土御門院の二御子父御門配
所にて崩御のゝち大納言通成の御もと
にかすかにてわたらせたまへば御位のことは
おほしめしもよらす仁治二年の冬
の比八幡へまいらせたまひて御出家のいと
ま申させ給けるあか月御寶殿のうちよ
り徳是北辰椿葉之影再改とすゝ
の聲のやうにてまさしくきこえさせ
給けれは是こそは示現ならめとおほし
て御下向ありて通成のもとへはいらせ給は
て御祖母承明門院へいらせたまふ

○第二段
年も帰ぬ正月九日四条院十二歳にて禁中
にてにはかに崩御のよしのゝしりけれは
持明院の御方さまには御位につかせ給へき
人もおはしまさすさためて佐渡院の宮た
ちにそ御即位侍らむすらんとてきゝわき
たる事はなけれとも時の官人四辻の修明門院
へまいりつどふに天照大神の御計にや侍り
けんかまくらより城介上総介二人はやうちに
のほりてひそかに承明門院へまいりて御位は
阿波院の二宮とさため申侍てやかて法性寺殿
一条の太相國へも申入て下りぬ京中上下
あはてさはきていまさら土御門の女院へ
我も〳〵とまいりあつまるある人
御直衣をとりもあへすまいらせ
て侍けれはこの直衣はことの外に
ちいさしこと人のれうにやあらんと
仰られて佐渡院の宮へまいらせむ
ためにやとおほしめしてあはれに
おほされけり正月廿日春宮にたち
給その夜やかて御元服同三月十八日
御年廿三太政官の廳御即位冷泉
の太相國の御女女御にまいり給
后にたち給て中宮ときこえ
さす宮〳〵いてきさせ給て位に即給
て後は二代の國母にておはします

○第三段
春宮に位ゆつりたてまつらせ給ふてのち嵯峨
の大井河東はうつまさ常磐のもり躬恒か
こかのありす河とよみしところ西は御子左の
宮の舊跡亀山のふもとわざと前水をながし
石をたてされと勝地なり南は大井河はるかに
ながれて法輪寺の橋よこたへ北はさがの正身
二傳の尺尊清凉寺にましﾏす眺望四方に
すぐれ四神相應の地なりそれにいまだ位の
御時にやよひのころ美徳門の御つぼにて二條
前関白大宮大納言刑部卿三位中将頭中将など
八人して御鞠あそばし侍りしに女房三人
見え侍けるをうへ御心よせにおほしめして
鞠は御心にもいらせたまはて女房のかたを

しきりに御覧ぜられければこの女房わつらはし
けにおもひてうちまきれて左衛門の陣のかたへ
いてゝたゝすめは六位をめしてこの女房のかへ
らむところ見をきて申せとおほせられけれは
蔵人おいつきてみるにこの女房こゝろえていか
にも此おとこすかしやりてにけむと思て蔵人
をまねきよせてなよ竹のと御所へ申させたまへ
あなかしこ御返事をうけたまはらむほどこの門
にて待まいらせむといへはすかすとはゆめ〳〵
おもひよらてすきあひまいらせむと思ふよとこゝろ
えていそきまいりぬ

○第四段

蔵人此よしを奏すれは定てふる哥
の心にてあるらんとて御尋あれとも其庭
にはしる人なかりけれは為家のもとへ
御尋有けるにとりもあへす六帖の哥とて
たかしとてなにゝかはせむなよ竹の
一夜二夜のあたのふしをは
いよ〳〵心にくゝおほしめして御返事は
なくてたゞ女房のかへらん所を見てたしかに
申せとおほせられけれは立帰て門をみ
るにいつかたへか行けむみえす又まいりて
しか〳〵と奏すれは御けしきあしくてたつ
ね出すはとか有へきよし仰らる蔵人
あをさめてまかり出ぬ此事によりて御まり
もことさめていらせたまひぬ

○第五段

其後にか〳〵しくまめたちて心くるし
き御事にて侍りけるに近衛殿二條殿
花山院大納言さたまさ大宮大納言公相権
大納言實雄中納言通雅なとやうの人〳〵
まいり給て御遊侍れともさき〳〵のやう
にもわたらせ給はす物のみおほしめすさ
まにて御なかめかちなれは近衛殿御かわら
けをすゝめ申させ給ついてに誠にや近比
行かたしらぬ宿の蚊遣火にこかれさせ
をはしまし侍るなる尋侍らむにかくれ侍
らし物をもろこしには蓬莱までも
たつね侍りけるためしも侍をこれは都
のうちなれはやすき程のことなりとて

御みきまいらせさせ給に内もすこしうち
わらはせ給やうにてそゝろかせたまひて
いらせたまひぬ

○第六段

其後蔵人いたらぬくまなくもしや逢とも
とめありきて佛神に祈申せともかひな
しおもひわひて文衡と申陰陽師こそ世
にはたな心をさして推条まさしかなれ
此事うらなはせむと思ひて罷向てと
ひ侍りけれは申けるはこれは内〳〵も
うけ給り及へりゆゝしき大事なり文衡
か占はこれにて心み侍へし火のゐうをえた
り神門なり今日は巳の日なり巳はくちなわ
なり此事をすいするに一旦のかくれなり
つゐにあはせ給へしたゝ火のゐうは夏
のきに至て悦なりくちなわなればもとの
穴に入てもとの所にいつへし夏の中
五月にかくれけんところにてかならすあはせ
給へしと申せとも是も凡夫なれは一定た
のむへきにはあらねとも無下にうはの空なり
つるよりは是をきゝて後はつねに左衛門の
陣のかたにそたゝすみける

○第七段

五月十六日最勝講の開白の日此女ありし
さまをあらためて五人つれてふとゆき
あひぬ蔵人あまりのうれしさに夢
うつゝともおほえすあやしまれしと思ひて
人にまきれて見侍れは仁寿殿のにし
の廂になみゐて聴聞す御講はてゝひ
しめかん時またうしなひていかゝせんと思て
經俊の殿上口におはする所にて此事
奏し給へとかたらへば只今中宮一所に御
聴聞の程なりこちなしと申けれは力をよ
はす又傳奏の人やおはするとみれともおは
せす一位殿宰相典侍と申しか我局の口に
て女房と物仰らるゝをみあひまいらせて
かしこまりて申けるは推参に侍れと天気
にて侍りしか〳〵の事いそき奏し給へと
申けれはかねてきこえし事なれはやかて奏
し申させ給に女房にて神妙也此たひ

は不覚せて行方をたしかにみをきて申
せと仰らるゝ程に御講はつれは夕くれに
もなりぬ

○第八段

此女ともひと車にて帰めり蔵人わが身は
またあやしまれしと思てさか〳〵しき
女をつけて見入さすれは三条白河になに
かしの少将といふひとの家なりこのよしを
奏すれはやかて文あり

あたにみし夢かうつゝかくれ竹の
おきふしわふる恋そくるしき

此暮にかならすとはかりあり蔵人御書を
たまはりてかのところにもて行に男有人
なれはわつらはしうてなげくに御使は心も
なく御返事をせむれはいかにもかくれあらしと
思てありのまゝにかたれは少将さすかに
わづらはしけに思ておとこの身にて左右
なくまいらせむもはゝかりありあなかまといさ
めむもひむなかるへきことなり人によりて
こと〳〵なる世なれはひとつは名聞也人の
そしりはさもあらはあれとく〳〵まいらせた
まへとすゝむれはうちなきてかなふまし
きよし返〳〵いなひ申せは少将申けるは
この三年かほとおろかならす思かはして過ぬるも
よゝのちきりなるへし今またのめされ給もあ
さからぬ御契ならむかしやう〳〵しくてまいりた
まはすはさためてあしさまなることにて
わが身もおき所なきことにもなりぬべし
よもあしくははからひ申さしとく〳〵まいり
たまへと返〳〵すゝめけれは女うち涙ぐみて
御ふみをひろけて見に此暮にかならすと
ある文字の下にをといふ文字を只一すみく
ろにかきてもとのやうにして御つかひに
まいらせけり

○第九段

御文もとのやうにてたがはぬを御らんし
てむなしくかへりたるよとほいなくおほし
めすにむすひめのしとけなけれはあけて
御らんするにこのを文字ありとかく御案あ
れとも御心もめくらせ給はすさるへき女房

たちを少々めして此を文字を御尋有けれは承明門院に小宰相局とて家隆卿の娘のさふらひけるか申けるは昔大二條殿教通小式部内侍のもとへ月といふ文字をかきてつかはしたりけれはさるすきもの和泉式部かむすめなりけれは母にや申あはせたりけんやすく心えて月の下にをと云文字はかりを書てまいらせたりける其心なるへし月といふ文字はよさりまち侍るへし出給へと心えけり又人のめし侍る御いらへに男よと申女はをと申也されは小式部内侍も上東門院にさふらひけるかまかりいてゝまいりたりけれはいよ〳〵心まさりしてめておほしけりこれも一定まいり侍りなむと申けれは御心ちよけに思食てしたまたせ給けり

○第十段

夜もやう〳〵ふけぬれと夜のおとゝへもいらせたまはす殿ゐ申のきこゆるはうしになりぬるにやと御心をいたましむるほとに蔵人しのひやかに此女房まいり侍ると奏し申けれはうれしくおほしめされてやかてめされにけり漢武の李夫人にあひ玄宗の楊貴妃を得たるためしも是にはまさり侍らしと御こゝろのうちもかたしけなうさま〳〵かたらひ給ほとに明やすきみしかよなれは暁ちかくなりゆくに此女はう身のありさまをかきくときこまかにはあらねと心にまかせぬことのさまをそうし申けれはまつかへしつかはされにけり御心さしあさからすやかて三千の列にもめしおかれて九重のうちのすみかをも御はからひあるへきにて侍りけるをまめやかに歎申てさやうならは中〳〵御なさけにても侍らしふちせをのかれぬ身のたくひともなりぬへしたゝ此まゝにて人のいたくしらぬほとならはたえすめしにもしたがふへきよしを申けれはつゐにもとのすみかへかへされて時々そしのひてめされける

○第十一段

彼少将は隠者なりけるをあらぬかたにつけてめしいたされてよろつに御なさけをかけられて近習の人数にくはへられなとして程なく中将になされにけりつゝむとすれとをのつからもれきこえて人のくちのさかなさは其ころのもてあつかひにてなるとの中将とそ申けるなるとのわかめとてよきめのほる所なれはかゝる異名をつけたりけるとかやおほよそ君と臣とは水と魚とのことし上としてもおこりにくます下としてもそねみたるへからすもろこしには楚の荘王と申君は寵愛の后のころもをひくものをゆるしてなさけをかけ唐の大宗と申かしこき御門はすくれておほしめしける后をも臣下のやくそく有とて下しつかはされけり我朝にもかゝるふるきためしもあまたきこえ侍にやあらんいまの後嵯峨の御門の御心もちゐのかたしけなさ彼中将のゆるし申けるなさけの色いつれも誠に優にも有かたきためしにも申つたふへき物をや君とし臣としては何事にもへたつる心なくてたかひになさけふかきをもとゝすへきにこそと昔より申つたへたるもことはりにおほえ侍り

主な参考文献

【影印・翻刻】

「なよ竹物語絵巻」（『日本絵巻物全集17』角川書店、一九六五年七月）

「なよ竹物語絵巻」（『日本絵巻物大成20』中央公論社、一九七八年八月）

「なよ竹物語絵巻」（『新修日本絵巻物全集17』角川書店、一九八〇年一月）

「奈与竹物語絵巻」（『日本の絵巻17』中央公論社、一九八八年八月）

「なよ竹物語」（『鎌倉時代物語集成　第七巻』笠間書院、一九九四年九月）

「鳴門中将物語」（『群書類従　第二十七輯』巻第四八二）
「鳴門中将物語」（『新校群書類従　第二十一巻』四八二）

【研究書・研究論文】

岸本由豆流『鳴門中将物語考証』（『国文註釈全書15』、國學院大學出版、一九一〇年）
平林文雄『なよ竹物語研究並に総索引』（白帝社、一九七四年三月）
遠山忠史『なよ竹物語研究』（ブックデザインゆにーく、二〇〇九年七月）
平出鏗二郎「鳴門中将物語　一名なよ竹物語」（『近古小説解題』大日本図書、一九〇九年十月）
永積安明「異本なよ竹物語の系統」（『文学』一九三三年十月）
菅沼貞三「なよ竹物語絵巻に就て」（『美術研究』第二四号、一九三三年十二月）
永積安明「なよ竹物語について」（『中世文学論』日本評論社、一九四四年十一月）
荒木　尚「鳴門中将物語」（『群書解題8』群書類従完成会、一九六一年四月）
桑原博史「〈なよ竹物語〉の中将の妻」（『国文学　解釈と教材の研究』十月臨時増刊号、学燈社、一九六九年十月）
久保田淳「二つの説話絵巻――『なよ竹物語絵巻』と『直幹申文絵詞』」（『日本絵巻物大成20』一九七八年八月）
小松茂美「『なよ竹物語絵巻』管見」（『日本絵巻物大成20』一九七八年八月）
宮　次男「なよ竹物語絵巻」（『新修日本絵巻物全集17』角川書店、一九八〇年一月）
花見朔巳「鳴門中将物語」（『新校群書類従解題集』名著普及会、一九八三年十月）
宮　次男「なよ竹物語絵巻」（『日本古典文学大辞典4』岩波書店、一九八四年七月）
深沢　徹「鳴門中将物語」（『体系物語文学史　第五巻　物語文学の系譜Ⅲ　鎌倉物語2』有精堂、一九九一年七月）
市古貞次・三角洋一「なよ竹物語」解題（『鎌倉時代物語集成　第七巻』笠間書院、一九九四年九月）
遠山忠史「『なよ竹物語』の謎・その1――書名について」（『王朝文学研究誌』第二号、一九九三年三月）
遠山忠史「『なよ竹物語』の謎・その2――金刀比羅宮本絵巻について」（『王朝文学研究誌』第三号、一九九三年九月）

遠山忠史「『なよ竹物語』の謎・その3――返答の詞「を」について」（『王朝文学研究誌』第四号、一九九四年三月）
遠山忠史「『なよ竹物語』の謎・その4――虚構について」（『王朝文学研究誌』第五号、一九九四年九月）
遠山忠史「『なよ竹物語』の謎・その5――金刀比羅宮蔵『なよ竹物語絵巻』の成立について」（『王朝文学研究誌』第六号、一九九五年二月）
遠山忠史「金刀比羅宮本『なよ竹物語絵巻』作者の視点」（『解釈』一九九六年七月）
遠山忠史「『曇華院本なよ竹物語』の特徴」（『王朝文学研究誌』第一九号、二〇〇八年四月）
横山恵理「『なよ竹物語』考――空蟬像の受容」（『叙説』第三四号、二〇〇七年三月）
横山恵理「『なよ竹物語』享受の場に関する一考察――曇華院門跡を手がかりに」（『叙説』第三九号、二〇一二年三月）
横山恵理「『なよ竹物語』絵巻諸本について」（『人間文化研究科年報』第二七号、奈良女子大学大学院人間文化研究科、二〇一二年三月）
横山恵理「曇華院蔵『なよ竹物語』冒頭に関する一考察」（『人間文化研究科年報』第二八号、奈良女子大学大学院人間文化研究科、二〇一三年三月）
伊東祐子「曇華院蔵『なよ竹物語絵巻』について――住吉如慶・後西天皇・曇華院門跡大成尼をめぐって」（『国語国文』二〇一三年九月）

掃墨物語絵巻

はいずみものがたり

『掃墨物語絵巻』第四段（徳川美術館蔵）©徳川美術館イメージアーカイブ／DNPartcom

○第一段（詞書・欠一）

［一］娘[1]を訪問した僧[2]、娘を黒い鬼と思い逃げ去る（推定）

○第一段（画中詞・上巻「絵一二」）

＊［母尼］いかなるやらん三、人音《おと》のせぬは。この御前《ごぜん》四のもの慣れぬ人にて、何《なに》五とあるやらん。

○第二段（詞書・上巻「詞一」六）

［二］母尼[3]、黒い鬼が娘[1]を食べてしまったと思う

この女房七は、この僧八、帰り来るかと思ひけれども、見えず。母の尼も、人音《おと》もせずなりにければ、おぼつかなくて、（母尼）「御九客人《まれ》は、いかに」とて、障子を開けて見れば、僧はなくて、黒き鬼、一人、つくとしてありければ、（母尼）「こはいかに。聖と思ひたれば、鬼の来たりて、わが娘を一口に食《く》ひてけり」と、おそろしく、悲しくて、倒《たふ》れふしぬ。命も消《け》ぬべくぞおぼえける。

○第一段（詞書・欠）

○第一段（画中詞）

［一］

＊（母尼）どういうことなのかしら、人音もしないのは。このお方[2]は世間なれしていない人なので、どうしたというのかしら。

○第二段（詞書）

［二］　この女[1]は、この僧[2]が帰って来るかと思ったけれども、姿も見えない。母にあたる尼[3]も、人音もしなくなってしまったので、どうしたのか気がかりで、「お客様はどうしましたか」と言って、障子を開けて見てみると、僧はいなくて、黒い鬼が一人、じっとしていたので、「これはいったいどうしたことか。聖と思っていたのに、鬼がやってきて、わが娘を一口で食べてしまったのだわ」と恐ろしく、悲しくて、倒れ伏してしまった。命も消えてしまいそうな気がするのだった。

〔三〕娘①、自分の黒い顔を見て、鬼になったと思う

この女房、わが顔のかかるとも、いかで〔一〇〕か知るべきなれば、母の尼、まろびけるを抱《かか》へて、（娘）「いかに、いかに」と言へば、声はわが娘にてありければ、心を静めて、目〔一一〕を見あけて見るに、なほもとの鬼なり。また、声をあげてをめけば、（娘）「あな、けしからず。何《なに》ごとぞや。これは、わらはにて〔一二〕候《さぶら》ふぞ〔一三〕」と言ふに、さすが娘とおぼえければ、起きあがりて、（母尼）「その顔はいかに」と言ふに、（娘）「何《なに》と候ふぞ」と問ふ時に、鏡をとりて見するに、黒き鬼なり。影を見て、（娘）「われ、鬼になりにけり」と思ひて、わが身におそれつつ仰《あふの》きにまろびふしぬ。

〔四〕娘①、白粉と眉墨をとり違えたことに気づく

さて、よくよく心を静めて思ふに、「眉《まゆ》墨《ずみ》をとり違《たが》へてありけるにこそ」と心憂く、あさましくて、水にて洗ひなどして、（娘）「さても、この僧の逃げ帰りけるもことわりかな」とおぼえて、わが身の報いのほどを悔い、悲しみけれども、かひなくてぞありける。

〔三〕 この女①は、自分の顔がこんなふうになっているともどうして知るはずがあろうか、知るべくもないので、母尼③が転がり倒れてしまったのを抱えて、「どうしたの、どうしたの」と言うと、その声はわが娘①の声であったので、母尼は気持ちを落ち着けて、目を見開いて見てみると、やはりもとのままの鬼である。また、わあっと声を上げてわめくと、「まあ、あんまりだわ。何があったというの。これは、わたくしでございますよ」と言うのを聞いて、母尼は、さすがにわが娘だと思われたので、起き上がって、「その顔はどうしたの」と言ったところ、娘は「どうしたというのですか」とたずねる、その時に、鏡を取って娘に見せると、黒い鬼が映っている。その鏡に映っている姿を見て、娘は、「私は鬼になってしまったのだわ」と思って、自分自身に恐れおののいて、仰向けに転び伏してしまった。

〔四〕 そうして、よくよく気持ちを落ち着かせて考えてみると、「眉墨《まゆずみ》を白粉《おしろい》と取り違えていたのだったわ」と情けなく、あきれてしまって、水で顔を洗いなどして、「それにしてもまあ、この僧が逃げ帰ってしまったのも、もっともなことだわ」と思われて、自分自身の行為の報いのほどを後悔し、悲しんだけれども、今となってはかいのないことなのだった。

○ 第二段（画中詞・上巻「絵二」）

＊［僧］うしろより、鬼の追[14]ひかかる心地のするぞや。
[15]南無帰依仏、南無帰依法、南無帰依僧。

＊［母尼］すは[16]、鏡にて、顔、御覧ぜよ。

＊［娘］あれは、何《なに》ぞや。まことに鬼になりて候ふかや。心は、いまだ人にて候ふものを。あら、おそろし、おそろし。

○ 第三段（詞書・下巻「詞一・乙」[17]）

［五］母尼③、僧②に事情を伝えたいと思うが断念する

この尼、今はすべきかたなくて、この娘のなりゆくべきありさまを思ひつづけて、泣くよりほかのことなし。

かの聖のもとへ行きて、かかることとも、今は、言はまほしく思ひけれども、「それも[18]、さこそおそろしく思ひたるらめ。また、行きたらば、[19]化《ば》け物《もの》とこそ思ひ侍らんずらめ。なれば」とて、ひとすぢに身のほど思ひ知りて、せんかたなくてぞありける。

○ 第二段（画中詞）

＊［僧］後ろから、鬼が追いかけて来るような気がするよ。
南無帰依仏、南無帰依法、南無帰依僧。

＊［母尼］そら、鏡で、顔をご覧なさいよ。

＊［娘］あれは、何ですか。本当に鬼になってしまったのかしら。心は、いまだに人間のままですのに。あらまあ、恐ろしいこと、恐ろしいこと。

○ 第三段（詞書）

［五］　この母尼③は、今となってはどうしようにもその方法もなくて、この娘①のたどってゆく将来の様子を思いつづけて、泣くよりほか仕方ない。

あの聖②のもとへ行って、こうしたことであったとも、できごとの顛末を、今は、話したく思ったけれども、「それにつけても、さぞかし恐ろしく思っていることだろう。また、会いに行ったならば、狐狸妖怪などが人をたぶらかすために姿を変えた化け物と思うことでしょう。だから、（今さら出かけて行って弁解してもしょうがない）」と言って、ひたすらわが身のほどのつたなさを思い知って、どうしようすべもないのだった。

○第三段（絵・[二〇]欠）

○第四段（詞書・下巻「詞一・甲[二一]」）

〔六〕何ごとも前もって準備することの大切さを説く

あはれ、人は何ごとも、かねて用意あるべきことかな。これも、その日と聞きたらば、内々《ないない》、用意ありて、屏風、油などを支度して、身をもかいつくろひてゐたらば、時にあたりてあわてけん越度《をちど》はなからまし。

〔七〕なかでも臨終の到来に備えておく大切さを説く

およそ、世の中の人、[二二]生死界《しやうじかい》のならひ、[二三]有待《うだい》の身なれば、つねに臨終を[二四]期《ご》し、[二五]ただいま生死、到来したりとも、用心違《たが》ふことなく、[二六]念仏をも唱《とな》へ、観念をも忘れずは、往生をもとげ、[二七]頓悟《とんご》をも得《う》べきなり。思ひさむる時なく、[二八]何《なに》となき無益《むやく》のことにほだされて、明かし暮らし、[二九]念々の[三〇]無常をも知らず、生死一大事をも心にかけざらんは、いと本意なきことなり。

○第三段（絵・欠）

○第四段（詞書）

〔六〕　ああ、人というのは、何ごとにつけても、前もって準備しておくべきものなのだよ。この娘の場合も、僧の来訪がその日と聞いていたならば、ひそかに準備をして、屏風や燈台の油などの支度をして、身だしなみをもとりつくろっていたならば、時に臨んであわてるといったような失敗はなかったであろうに。

〔七〕　総じて、この世の中の人は、生老病死をくり返す迷いの世界のならいとして、衣食の助けをかりてほそぼそと命をつなぐ不安定な身であるので、常に、臨終の訪れを覚悟して、たった今、死すべき時がやって来たとしても、前もって用心していたことを違えることなく、念仏をも唱え、仏や浄土を心に思い描くことをも忘れなければ、極楽往生をも果たし、たちまちに悟りをも得るに違いないのである。煩悩のさめる時とてなく、何ということもない役にも立たないことに、思い切れずにしばられて、夜を明かし日を暮らし、一瞬一瞬、生滅転変する無常の世の中であることをも知らず、死という一大事をも心に思ってもみないようなのは、まことに不本意なことである。

〔八〕　それゆえ、解脱上人貞慶《じようけい》の言葉にも、「突然の死は、世の中に多いけれども、聞いて驚くことはない。前もって知ることのないのは、死の時期である。今日が必ずしもその日（死期）でないと、どうして言えようか」と書かれている。

[八]臨終に備える大切さを説く高僧らの言葉を引用

されば、[三一]解脱上人《げだつしやうにん》の言葉にも、「[三二]頓死《とんし》、世に多けれども、聞きておどろくことなし。かねて知らざるは、死期《しご》なり。今日、なんぞ、必ずしも、その日にあらざる」と書かれたり。

禅師《ぜんじ》[三三]の言葉には「[三四]臘月《らふげつ》三十日、手足の置き所を不知《しらず》」と言へり。この言葉、まことなるかな。無常[三五]、たちまちに来たる時、はじめて道に向かふこと、いと難《かた》かるべし。かねてより思ふも、なほざりなれば叶ひがたし。言はんや、いたづらに過ぐさんをや。[三六]出る息、入る息を待たず。一息不返、すなはち後世《ごせ》につく。

また、[三七]天台大師《てんだいだいし》のたまはく、「[三八]食《しょく》は、哺《ほ》をあまくせざれ。眠《みん》は、床をやすくすべからず。頭燃《づねん》をはらふがごとくして、出要《しゅつえう》を求めよ」とすすめ給へり。「[三九]歩々、声々、念々、唯在弥陀仏」とも言へり。かねて[四〇]可期々々《ごすべし》。それ、[四一]可緩為急、可急為緩、[四二]豈《あに》、面《おもて》に墨を塗り、眉に粉をつくるに異ならんや。

大慧普覚《だいえふかく》禅師の言葉には、「（自身の死を思うことなく、俗事にかかずらわって過ごしたのでは、）十二月三十日、人生の終わりの時に、動転して、手足の置き所もわからなくなってしまう」と言っている。この言葉は真実であることだ。死が、前ぶれもなしに突然やって来た時、はじめて仏道に向かうことは、とてもむずかしいに違いない。前もって臨終の時にすべきことを思ってはいても、いいかげんな気持ちで思っていたのでは、思い通りにはなりがたい。まして、死について考えることなく、無為に過ごしてよいものだろうか、よいはずはない。口から出る息は、入る息を待ってくれない。一つの息がもとに返らない時、つまり吐いた息が吸えなければ、吸った息が吐けなければ、その瞬間から死後の世界となる。

また、天台大師智顗《ちぎ》がおっしゃることには、「食事は口にふくむ食物を甘くしてはいけない。睡眠は床を寝やすくしてはいけない。頭上に燃えさかる火を払いのけるように、一刻の猶予もなく即刻、解脱の道を求めなさい」とすすめていらっしゃる。「一歩一歩、一声一声、一瞬一瞬、ただ阿弥陀仏とともにある」とも言っている。前もって、臨終の時を思い、心のそなえをすべきである。そもそも、ゆっくりすべきこと（俗事）を急いで行ない、急いですべきこと（仏道修行）をゆっくり行なうということは、突然の来訪にあわてて顔に墨を塗り、眉に白粉をつけることと、どうして異なろうか。（自らの死について思ってみたこともなく、大切な仏道修行をあと回しにして、どうでもよい雑事に追われて日々を送っ

〔九〕娘1は出家し、小野の山里で母尼3と勤行に励む

このことわりを思ひ知りけるにや、娘も出家して、ふるさとも住み憂くおぼえければ、北山に小野といふ山里に、ことの縁《えん》ありけるうへ、[四三]つま木を拾ふたよりも、しかるべく侍りければ、二人ながら、かの山里に住みて、ひとへに後《のち》の世《よ》のつとめを[四四]なんし侍りけり。

○第四段（画中詞・下巻「絵一」）

＊〔娘尼〕[四五]すみわぶる身こそ思へばうれしけれさらでは世をもいとふべしやは

一　〔母尼〕仏の御燈明《あかし》、ともさせ給へ。

二　〔娘尼〕香の火を立て候へば、つき候はぬぞ。

三　〔母尼〕また、例のもの騒がしさは、[四六]硫黄《ゆわう》もつかぬかたにて、立てさせ給ふか。それ体《てい》にては、臨終の時、観音来迎の台《うてな》にのぼらせ給ふとて、そばなる釣り火桶《ひをけ》にのぼりて、足、焼かせ給ひぬとおぼゆるぞ。

四　〔娘尼〕あら、けしからずや。さまでのことや[四七]候《さぶら》ふべき。

ているのでは、予告もなく突然に死が訪れた時、あわてふためいてしまって、どのように死を迎えることができるのかおぼつかないではないか。）

〔九〕　この道理を思い知ったからだろうか、娘も出家して、生まれ育った所も住みづらく感じられたので、北山にある小野という山里に、縁故があったうえに、薪にする小枝を拾って暮らす手づるもそれ相応にありましたので、母尼と二人そろって、あの山里に住んで、ひたすら来世の極楽往生を願って勤行に励んだのでありました。

○第四段（画中詞）

＊〔娘尼〕白粉と間違えて顔に墨を塗るという失敗をして、都に住みづらくなってしまったわが身こそ、思い返せばうれしいことだった。そうでなかったら、どうしてこの世を厭わしく思って出家したりできただろうか。

一　〔母尼〕仏様の御燈明をおともしなさいませ。

二　〔娘尼〕お香の火を立てましたところ、つかないのですよ。

三　〔母尼〕また、いつものせっかちさで、硫黄もついていない所で、火をお立てになられたのですか。そんなふうでは、臨終の時、観音様のご来迎の蓮台におのぼりなさろうとして、傍らにある釣り火桶にのぼって、足をやけどなさってしまうと思われますよ。

四　〔娘尼〕まあ、ひどいことをおっしゃるわ。それほどまでのことがございましょうか。

注

一　第一段（詞書・欠）―本絵巻の上巻は、絵からはじまっているが、本来はこの絵に対応する詞書が存在していたものの、欠けてしまったものと推定される。絵には、画面右側にあわてて逃げたためか、転んでしまった僧の姿が描かれ、画面左側に邸宅が描かれ、一室には顔を黒くした若い女と僧の対面の様子、もう一室にはその女の母と思われる尼が描かれている。絵の内容から推定すると、おそらくこの詞書には、僧が女のもとを訪れることになった経緯なり、僧が逃げることになった理由なりが記されていたものと思われる。

なお、『鎌倉時代物語集成　第七巻』所収の『掃墨物語』では、上巻・下巻を分け、それぞれに段数を付しているが、本書では、上巻・下巻を区別することなく、復原段序にそって段数を付した。あわせて、『鎌倉時代物語集成　第七巻』における段数も示し、『掃墨物語絵巻』における位置がわかるようにした。

二　第一段（画中詞・上巻「絵一」）―本絵巻の上巻は、この絵からはじまる。『掃墨物語絵巻』は、詞書とは別に、絵のなかに書き入れられた文字「画中詞」を有する。画中詞は、画中の人物の会話文を主とするが、心内語も見える。会話の順序を示す漢数字が記される場合は、数字の順に、漢数字がない場合は、＊を付し、画面右側に位置するものから記した。

三　やらん―「にやあらむ」「やあらむ」の転。鎌倉時代以後、多く用いられた表現。

四　御前―底本では「御せん」。貴人の敬称。ここでは、母尼が、訪れた僧を指したものと解したが、自分の娘を指したものと解する余地もあり、わかりにくい。

五　何とあるやらん―底本では「なにとあるやらん」。ただし「と」は判読しにくい。

六　第二段（詞書・上巻「詞一」）―本絵巻では、詞書としては最初に位置する。

七　女房―ここでは、女性、女、の意。ただし、妻の意と解する余地もまったくないとはいえないか。

八　この僧―本絵巻の上巻の最初の絵において、あわてて逃げようとしたためか、すべって転んだ姿として描かれている僧をさす。注一参照。

九　御客人―底本では「御まれ人」。『源氏物語』など平安時代の作品では「まらうと」。「まれびと」は『徒然草』『文明本節用集』などにみえる。

一〇　いかでか知るべきなれば―「いかでか」は反語。どうして知るはずがあろうか、知るはずもないことなので、の意。

一一　目を見あけて―目を見開くの意と解した。「見あげる」の意ともとれなくはないか。ただし、「目を見上げる」という言い方は不自然か。

一二　わらは―自称の人称代名詞で女性が用いる語。早くは『梁塵秘抄』にも見られるが、鎌倉時代以降、用いられた用法。

一三　候《さぶら》ふぞ―底本では「さふらふそ」。本絵巻では仮名表記の「さふらふ」と漢字表記の「候ふ」がともに認められる。仮名表記の場合は、漢字にルビとして示した。ただし、発音は不明。

一四　追ひかかる―「かかる」は、動詞連用形について、…しそうになる、なかば…する、の意と解したが、追って来て、背中におおいかぶさる、の意ともとれるか。

一五　南無帰依仏、南無帰依法、南無帰依僧―「仏（釈尊）」と「法（釈尊の教えを説いたもの）」と「僧（釈尊の教えを説教する者）」の三宝に、帰依（すぐれたものに対して自己の身心を投げ出して信奉すること）することを表したもの。「三帰」「三帰依」ともいう。ここでは、鬼から逃げていると思い込んでいる僧が、鬼につかまらないように祈る、おまじないのように唱えられている。

一六　すは―感動詞で、さあ、そら、の意。

一七　第三段（詞書・下巻「詞一・乙」）―本絵巻では、下巻の冒頭の長文の詞書（下巻「詞一」）の後半に位置する。この下巻の「詞一」は、『鎌倉時代物語集成　第七巻』においても「甲」「乙」と区別しているように、前半部分と後半部分は、内容的には連続しておらず、ある時期に糊がはがれるなどの理由から、錯簡が生じてしまったものと推定される。内容的には、下巻「詞一・乙」は、下巻「詞一・甲」より前に位置すると推定されるため、段序をあらためた。『鎌倉時代物語集成　第七巻』においても同様の指摘がある。なお、本絵巻の下巻は、「詞一（甲・乙）」と「絵一」からなる。

一八　それも、さこそ…なれば―母尼の心内語とも思われるが、「思ひ侍らんずらめ」と「侍り」があることから、母尼から娘への会話文と推定した。ただし、本絵巻の会話文中では、この例のほかは「候ふ」が用いられており検討の余地もある。

一九　化け物―底本では「はけもの」。狐狸妖怪などが人をたぶらかすために姿を変じたもの。『在明の別』『いはでしのぶ』『とはずがたり』など、中世の作品にみられる語。『源氏物語』など、中古の作品では「変化《へんげ》」「変化《へんげ》のもの」と表現する。

二〇　第三段（絵・欠）―第三段の詞書（下巻「詞一・乙」）に対応する絵が、本来はあったものと思われるが、詞書に錯簡が生じた折などに、欠けてしまったものか。

二一　第四段（詞書・下巻「詞一・甲」）―本絵巻では下巻の最初に位置する。第四段では、第一段から第三段までの物語のスタイルとは変わり、経典などに見える高僧の教えを引用しながら、臨終の到来に前もって備え、仏道修行に励むことの大切さを説く内容となっている。

二二　生死界―仏教語。この世の中を、生・老・病・死をくり返す迷いの世界ととらえたもの。

二三　有待の身―仏教語。「有待」とは、衣食などのたすけを待って生きているものという意で、はかない存在である人の身体をさす。また、他者に依存する相対・有限の存在である人の身をさすともいう（『岩波仏教辞典』）。参考『発心集』巻四「憚りながら、有待の身は思はずなるものぞ。跡の事など、かねて定め置き給へかし」(『新潮日本古典集成』一八六頁)。

三四 期し—底本では「期し」。サ変動詞「ごす」の連用形と解した。あらかじめその事を予想して心のそなえをする、覚悟する、などの意。『岩波古語辞典』『大辞林』(三省堂)等参照。

三五 ただいま生死、到来したりとも—「生死」は、この場合は「死」を強めた表現。参考『徒然草』第四一段「我等が生死の到来、ただ今にもやあらん」(『日本古典文学全集』一二五頁)。

三六 念仏をも唱へ、観念をも忘れずは—「念仏」はここでは「称名念仏」(口に仏の名号を唱えること。浄土教では、南無阿弥陀仏と唱えることをさす)のことをさし、「観念」は、仏や浄土の様相を心に想い浮かべ観ずることをさす。

三七 頓悟—仏教語。段階的な修行を踏むことなく、一挙に悟りにいたること。一方、順序を踏んで修行し、悟りにいたることを「漸悟」という。

三八 何となき無益のことにほだされて、明かし暮らし—「無益」は底本では漢字表記。参考『徒然草』第一〇八段「無益《むやく》の事をなし、無益の事を言ひ、無益の事を思惟して時を移すのみならず」(『日本古典文学全集』一七八頁)。

三九 念々—仏教語。刹那刹那、一瞬一瞬、の意。

四〇 無常をも知らず、生死一大事をも心にかけざらんは、いと本意なきことなり—「生死」はここでは「死」の意。注三五参照。参考『徒然草』第四九段「人はただ、無常の身に迫りぬる事を心にひしとかけて、つかのまも忘るまじきなり」(『日本古典文学全集』一三二頁)。『徒然草』の引用文中の「無常」は「死」の意。

四一 解脱上人—藤原貞慶《じょうけい》(久寿二年・一一五五〜建暦三年・一二一三)のこと。藤原貞憲の子。はじめは興福寺にて法相を中心に学んだが、のちに笠置寺に移り、笠置寺上人とも呼ばれた。笠置寺には巨大な磨崖仏の弥勒像があり、貞慶も弥勒信仰に傾倒するが、最後に移った海住山寺では観音を祈請し、補陀落(観音の浄土)に託生しようと願った。著作に『愚迷《ぐめい》発心集《ほっしんしゅう》』などがある。貞慶については、『日本思想大系一五』『鎌倉旧仏教』(岩波書店)所収「著作者略伝」(田中久夫氏執筆。四六一〜四六九頁)等による。

四二 頓死、世に多けれども、聞きておどろくことなし。かねて知らざるは、死期なり。今日、なんぞ、必ずしも、その日にあらざる—解脱上人の言葉として底本と一致する表現は見出せなかったが、類似するものとして『愚迷発心集』「知らず、今の時や抜精の猛鬼(臨終の時、人の魂魄を奪う鬼)、鉾《ほこ》を捧げて、枢《とぼそ》の下に来らんと欲することを。弁《わきま》へず、この日よりや極重の病苦を身に受けて、無為にして死せんと欲することを。況んや衆病は身に集れり、驚くべし、怖るべし。頓死眼に遮る、顧みずんばあるべからず。この世あに牢固ならんや、衆縁を以て暫く成せり。わが身むしろ堅く執せんや、名字を以て人に仮るなり」(『日本思想大系一五』『鎌倉旧仏教』

岩波書店、一七〜一八頁）が指摘できるか。なお、「死期」は底本でも漢字表記だが、「しご」と読んでおく。

三三 禅師―これまで、誰を指すのか明らかでなかったが、大慧《だいえ》宗杲《そうこう》（一〇八九〜一一六三年）のこと（だいえしゅうこう、とも）。中国、宋代の臨済宗の禅僧。諡号は普覚《ふかく》禅師。著作に『大慧普覚禅師語録』などがある。

三四 臘月三十日、手足の置き所を不知―『大慧普覺禪師語録』（『大正新脩大藏経テキストデータベース』）にみえる次の一節による。

世間塵勞之事。如鉤鎖連環相續不斷。得省處便省。爲無始時來習得熟。若不力與之爭。日久月深。不知不覺入得頭深。臘月三十日。卒著手脚不辨。要得臨命終時不顚錯。便從如今作事處。莫教顚錯。如今作事處顚錯。欲臨命終時不顚錯。無有是處。

「臘月」は陰暦十二月の異称。十二月三十日は、一年の最後の日であることから、人生の最後、臨終の時にたとえたもの。『大正新脩大藏経テキストデータベース』によると、「臘月三十日」の用例は九一例が数えられるが、そのうち二〇例が『大慧普覺禪師語録』に認められ、大慧が好んで用いた表現と思われる。残り七一例の場合、ひとつの語録に見出される例は、『大覺禪師語録』に九例が見られるものの、その他は一〜五例に過ぎない。ちなみに、底本「手足の置き所を不知」は、「卒著手脚不辨」と対応する。

なお、石井修道氏訳『大慧普覚禅師法語』（『大乗仏典〈中国・日本篇〉一二 禅語録』中央公論社、一九九二年十一月）により、「臘月三十日」以降の訳を参考に示す。

「臘月三十日《しにぎわ》に、とうとう手や脚の置きどころが判らなくなってしまうのである。臨終の時に動転したくないと思うならば、如今《いま》より事柄をなす時には、動転してはならない。如今《いま》事柄をなすのに動転していて、臨終の時に動転したくないと思っても、それはできない相談というものだ」（一〇〇頁）。

三五 無常―ここでは「死」の意。参考「無常たちまちに到る時は、…ただ一人黄泉に赴くのみなり」（正法眼蔵・出家功徳）。『岩波古語辞典』による。

三六 出る息、入る息を待たず。一息不返、すなはち後世につく―『摩訶止観』「大集云。出入息名壽命。一息不返即名命終」（『仏教大系25』『摩訶止観 第四巻』仏教書林中山書房、四七一頁）、「大集にいわく、『出入の息を寿命と名づく。一息返らずんばすなわち命終と名づく』と」（関口真大氏校注『摩訶止観 下』岩波文庫、一二一頁）による。『往生要集』「故に経に言く、出づる息は入る息を待たず、入る息は出づる息を待たず」（岩波文庫『往生要集 上』一〇七頁）にもある。底本は『摩訶止観』を踏まえるかと思われるが、底本の表現とぴったりとは一致しない。あるいは『摩訶止観』の注釈書等によるか。なお、「後世」は、「前世」「現世」とともに三世《さんぜ》の一。「来世」に同じ。ここでは死後の世界と解した。

三七　天台大師―智顗《ちぎ》（五三八〜五九七年）のこと。中国の僧で、天台宗の実質的な開祖。智者大師ともいう。『摩訶止観』は、五九四年に中国荊州玉泉寺にて、智顗によって講義され、弟子の章安潅頂がまとめたものであり、智顗による『法華玄義』『法華文句』とあわせて、天台三大部という。

三八　食は、哺を甘くせざれ。眠は、床を安くすべからず。頭燃をはらふがごとくして、出要を求めよ―『摩訶止観』「眠不安席食不甘哺。如救頭燃。白駒烏免日夜奔競。以求出要」（『仏教大系25』『摩訶止観　第四巻』仏教書林中山書房、四七三頁）、「眠るも席を安んぜず、食うも哺《ほ》を甘んぜず、頭の燃ゆるを救うがごとし。白駒烏兎、日夜に奔り競う。もって出要を求む」（岩波文庫『摩訶止観　下』一二二頁）による。『往生要集』にも『摩訶止観』からの引用として「如止観云…眠不安席。食不甘哺。如救頭燃。以求出要」（『日本思想大系六』『源信』岩波書店、三三二〜三三四頁）、「止観に云ふが如し。…眠れども席に安んぜず、食へども哺《ふく》むに甘からず。頭燃を救《はら》ふが如くして、以て出要を求めよ」（岩波文庫『往生要集　下』六八頁）とある。なお、「食は、哺を甘くせざれ。眠は、床を安くすべからず」とは、おいしい食事をしたり、眠り心地のよい敷物で眠ってはいけない、と現世での安穏とした暮らしを戒めたものであろう。「頭燃をはらふ（救う）がごとく」は、頭上で燃えさかる火は、一刻も放置できない、そのように一刻の猶予もなく、即刻、の意。「出要を求めよ」は、解脱の道を求めなさい、の意。

三九　歩々、声々、念々、唯在弥陀仏とも言へり―『摩訶止観』第二上『歩歩聲聲念念唯在阿彌陀佛』（『仏教大系25』『摩訶止観　第一巻』仏教書林中山書房、四四一頁）、「歩歩、声声、念念、ただ阿弥陀仏にあり」（岩波文庫『摩訶止観　上』七八頁）による。『往生要集』巻中にも『摩訶止観』からの引用として「止観第二云…歩歩聲聲念念。唯在阿彌陀佛」（『日本思想大系六』『源信』岩波書店、三七四〜三七五頁）、「止観の第二に云く…歩々、声々、念々、ただ阿弥陀仏にあり」（岩波文庫『往生要集　下』一八〜二二頁）とある。なお、「念々」は注三九参照。

　ちなみに、この引用箇所は、修行の具体的な方法について論じられた一節のなかに見える。参考として、底本の引用箇所を含めた『摩訶止観』（岩波文庫『摩訶止観　上』七八頁）の一節を掲げておく。『往生要集』での引用もほぼ同文となっている。

口の説黙とは、九十日、身に常に行《あゆ》んで休息することなく、九十日、口に常に阿弥陀仏の名を唱えて休息することなく、九十日、心に常に阿弥陀仏を念じて休息することなかれ。あるいは唱念ともに運び、あるいは先に念じ後に唱え、あるいは先に唱え後に念じ、唱念あい継いで休息するときなかれ。もし弥陀を唱うるは即ちこれ十万の仏を唱うると功徳等し。ただ専ら弥陀をもって法門の主となす。要をあげてこれをいわば、歩歩、声声、念念、ただ阿弥陀仏にあり。

四〇　可期々々―底本でも「可期々々」。「可期」は「ごすべし」

と読んでおく。「可期」をくり返して強調したもの。意味は注二四を参照。

四一　可緩為急、可急為緩―経典を引用しているかと思われるが出典未詳。『徒然草』第四九段「老来たりて、始めて道を行ぜん（仏道修行をしよう）と待つことなかれ。古き墳《つか》、多くはこれ少年の人なり。はからざるに病を受けて、忽ちにこの世を去らんとする時にこそ、はじめて過ぎぬるかたのあやまれる事は知らるなれ。あやまりといふは、他の事にあらず、速かにすべき事をゆるくし、ゆるくすべきことを急ぎて、過ぎにしことの悔しきなり。その時悔ゆとも、かひあらんや。人はただ、無常の身に迫りぬる事を心にひしとかけて、つかのまも忘るまじきなり。さらば、などかこの世の濁りも薄く、仏道をつとむる心もまめやかならざらん。」（『日本古典文学全集』一三一頁）に類似の表現がみえる。「急ぐべきこと（可急）」「速かにすべき事」とは仏道修行をさす。

四二　豈―底本でも「豈」。反語と呼応して、どうして…か、の意。漢文訓読体に用いられる。

四三　つま木―たきぎにする小枝の意。なお、このあたりの本文「ふるさとも住み憂くおぼえければ」「山里に」「つま木を拾ふたよりも、しかるべく侍りければ」「山里に住みて」には、『後撰集』の業平歌「すみわびぬ今はかぎりと山里につま木こるべき宿もとめてん」（雑一、一〇八三）が踏まえられていると思われる。

四四　なんし侍りけり―係り結びの法則にしたがえば「なん」の結びは「ける」と連体形をとるのが正しいが、鎌倉時代、建長四年（一二五二）成立の『十訓抄』の序文にも「ナンイヘリ」と終止形の例が認められる。「なん―連体形」がやがて消滅していく過渡的な用法を反映するものと言えよう。

四五　すみわぶる―「すみわぶる」の一首は、内容的には、娘の思いを歌ったものであり、娘の歌と解した。ただし、『掃墨物語絵巻』の絵をみると、この一首は、尼姿の人物の隣に記されているものの、この絵巻では母尼も娘尼も、墨染めの衣に頭巾を被った姿で描かれ、区別がつきにくい。しかし、その顔を見比べると、母尼には年齢を示す「ほうれい線」（鼻の両脇から唇の両端に伸びる二本のしわのこと）が描かれており、娘尼と区別されている。「すみわぶる」の歌を口ずさんだとされる尼の顔をよく見ると、ほうれい線が書き込まれており、絵にしたがえば、母尼の歌ということになる。和歌の「すみわぶる」には、「住みわぶる」の意とともに、「墨」を塗って失敗してしまったことが重ねられている。

なお、「すみわぶる」の一首と発想の類似した歌が、前掲注四三の『後撰集』の業平歌「すみわびぬ今はかぎりと山里につま木こるべき宿もとめてん」とともに『伊勢物語』五九段の「すみわびぬいまはかぎりと山里に身をかくすべき宿もとめてむ」がある。

四六　硫黄もつかぬかたにて、立てさせ給ふか―「硫黄」は、底本では「ゆわう」。平安時代の『倭名類聚抄』（『諸本集成倭名類聚抄〔本文篇〕』臨川書店。五六一頁）によると「硫

黄　…和名、由乃阿和（ゆのあわ）、俗云、由王（ゆわ）」とある。この娘が、お香の火を立てようとしたが、火が点かないと言っているのは、マッチのように、硫黄のついているものを擦って、火を点けるものであるのに、硫黄のついてない所で、火を点けようとしたためではないか、と母尼が発言したものと推定した。

四七　候《さぶら》ふべき―注一三参照。

梗概・絵の説明・系図

梗概

本絵巻は上巻、下巻よりなるが、錯簡や散佚が認められるため、復原段序（解題四六八頁参照）に添いながら、欠けた箇所は推定して述べることにする。

上巻は詞書を欠き、絵からはじまる。ある僧[2]が、娘[1]のもとを訪問するが、急な来訪の知らせにあわてた娘は、白粉と取り違えて眉墨（掃墨）を顔に塗ってしまう。黒い顔をした娘を、鬼と思った僧は、一目散に逃げ去ってしまう。僧が去った理由がわからない娘は、僧が戻って来るかと待つが、姿は見えない。

僧が訪れたはずなのに、人音もしないのを不審に思った母尼[3]が、障子を開けてみると、僧はおらず、黒い鬼が一人、じっとしている。母尼は、僧の来訪かと思っていたのに、鬼がやって来て娘を一口に食べてしまったと思い、恐ろしく悲しくて倒れ伏してしまう。自分の顔がどうなっているのか知るよしもない娘は、母尼が倒れた理由がわからず、助け起こして、どうしたの、どうしたの、と声をかけると、その声は娘の声である。母尼は、その顔はいったいどうしたのかと娘に鏡を見せると、黒い鬼が映っている。娘も、自分は鬼になってしまったのかと驚き倒れるが、心を落ち着けて考えて見ると、白粉と眉墨をとり違えて塗ってしまったことに気がつく（第一段、第二段）。

母尼は、娘の将来を思って泣くしかない。僧のもとに行って、ことの顚末を伝えたいと思うが、出かけて行っても化《ば》け物《もの》と思われることだろうとあきらめる（第三段）。

下巻の詞書は、語り手の感慨からはじまる。ああ、人というのは、何ごとも前もって準備しておくべきものなのだ、この娘も、前もって、僧の来訪がその日と聞いていたならば、屏風や燈台の油などの準備をして、見だしなみをもとりつくろっていたならば、あわててあのような失敗をすることもなかったことだろう。前もって備えておかなければならないもののなかでも、もっとも大切なものは、いつその時が訪れるとも知れない臨終の到来に備えておくことである。解脱上人《げだつしょうにん》貞慶《じょうけい》、大慧普覚禅師《だいえふかくぜんじ》、天台大師智顗《てんだいだいしちぎ》も臨終の到来に備えておくことの大切さを説いている。自らの死について思ってみたこともなく、仏道修行もせず、どうでもよい雑事に追われて、ばたばたとあわてふためいて日々を送っているのでは、いつとも知れない死が訪れた時、どのように死を迎えることができるのかおぼつかないではないか、と述べて語り手の講説は終わる。娘も、この道理――臨終の時にあわてることなく、死を迎えられるようにするためには、前もって仏道修行をすることが大切であること――を思い知ったためか、出家をして、母尼とともに北山の小野の山里に住んで、ひたすら来世の極楽往生を願って勤行に励んだのだった（第四段）。

なお、本絵巻は右の第四段の詞書で閉じられるが、第四段の画中詞によると、娘は、眉墨と白粉を取り違えて大失敗をしたが、それが契機となって、出家できたことを感謝する歌をよみ、雪の降り積む小野の山里の庵室で、母尼とともに、冗談を言いあったりして、心のどかに暮らしている様子がうかがえる。

絵の説明

本絵巻では、絵は上巻に二図（第一段、第二段）、下巻に一図（第四段）の、あわせて三図となっており、第三段にあたる絵は認められない。

第一図（第一段）では、画面右に広がる山野のなか、画面左に描かれた邸宅とは反対の方向に向かって、両手を前に差し出して転んだ僧の姿が描かれている。画面左の邸宅の一室では、顔を黒く塗られた娘と僧が対座する様子が描かれ、手前の部屋に母尼が描かれる。物語時間としては、まず画面左の僧と娘の対座があり、その後、娘の黒い顔に驚いた僧が、

あわてて逃げようとした姿が、画面右の転んだ僧の図様となっている。母尼の傍らには、僧が来訪したはずなのに娘の部屋からは人音もしないと不審に思っている、という内容の画中詞が書き込まれており、僧が逃げ去ったのちの場面であることがわかる。娘と母尼が暮らす邸内の庭には、薔薇の木や筍が描かれており、春から初夏の季節をうかがわせる。

第二図（第二段）では、第一図と同様、画面右に広がる山野のなか、袖をひるがえして走り逃げる僧の姿が描かれる。周辺の樹木が、第一図と比べると大きく描かれており、山深く逃げ戻って来たように思われる（僧の住まいが山深い寺院であることを示すか）。画面左には第一図と同じ邸宅が描かれ（第一図の邸とは構図が異なる）、一室には黒い顔の娘と、娘の顔を見て驚き倒れた母尼の姿が描かれ、すぐ隣の部屋では、母尼に鏡を見せられた娘が、自分の黒い顔に驚いて倒れ伏す姿が描かれ、さらに左側の一室では角盥の水で顔を洗って、眉墨を洗い流して白い顔に戻った娘の姿が描かれている。詞書に語られている時間の流れに添って、右の部屋から左の部屋へと異時同図のように描かれている。

第三図（第四段）は、第一図、第二図よりさらに長い画面となっている。画面右側には秋の山里のような風景が描かれ、山の麓には鹿が戯れ、稲わらを牛に載せて運ばせようとする農夫などが描かれる。山々にたなびく霞と群青色の川をはさんで、中央には第一図の娘の住まいとは異なる邸が描かれ、仏像の安置された部屋の廂の間で、黒い角盥を前に両手を合わせた娘が描かれ、今まさに一人の僧によって剃髪されようとしている。傍らにいる母尼は袖を目にあて、もう一人の僧も墨染めの衣を目にあてており、娘の出家に際して泣いていることを示している。

さらに画面左側には、霞が描かれ、その左側に川が流れている。その川にかかった小さな橋を、柴をかかえた尼が渡っている。この橋を渡った先が、この長い画面の左端にあたるが、そこには庵室のような建物が描かれ、尼姿の二人、つまり母尼と娘尼の姿が描かれる。庵室をとりまくあたりは、雪が降り積もり、小柴垣や樹木も雪を載せており、冬景色に変わっている。この長い画面は、秋から冬へと移りゆく季節を背景として、娘が出家し、母尼と二人で小野の山里の庵室で暮らすまでの経緯を、霞と川を効果的に使って場面を転換させながら、描き出している。

登場人物系図

掃墨物語絵巻

3 母尼
｜
1 娘（女房）＝ 2 僧（聖）

解題

一、物語の名称と絵巻の制作年代

『掃墨物語絵巻』は、二巻よりなる紙本着色の絵巻であるが、原題も作者も未詳であり、本絵巻が徳川美術館に伝えられているのみの孤本である。

原題未詳の本絵巻を「掃墨」と名づけたのは、絵巻の最初の紹介者である梅津次郎氏である。梅津氏は「徳川美術館の掃墨絵について」（『大和文華』第二五号、一九五八年三月）のなかで、「掃墨」と名づけた理由を、「『堤中納言物語』の中に納められた『はいすみ』の一篇を、この絵巻物の物語が恐らくは直接の母としていること、しかし『はいすみ』と同様のアイデアをもちつつ中世的に改作されたものであるので、多少の差別をつける意味でこれには漢字をあてて『掃墨』とした」と述べている。「はいずみ」とは、胡麻油・菜種油などの油煙を掃き落として取ったものから作られた墨で、眉墨・塗料・薬として使われたという。『堤中納言物語』の『はいずみ』でも本絵巻でも、白粉と眉墨を取り違えて顔に塗ってしまったという失敗譚が語られており、「はいずみ」はその取り違えてしまった眉墨をさす。ただし、その白粉と取り違えられた眉墨は、『堤中納言物語』では「はいずみ」と表現されているのに対し、本絵巻では「まゆずみ」と表現されており、『掃墨物語絵巻』のなかに「はいずみ」という語は認められない。

本絵巻では、詞書（物語）に季節についての言及はないものの、上巻の絵には筍や薔薇の花などが配されており春から初夏を思わせ、下巻の絵には刈り取った稲や紅葉、萩、薄、菊など秋の景物が配され、やがて雪の降り積む冬の景色へと、うつりゆく季節を背景に物語が進行していくように構成されている。また、眉墨を塗って黒くなってしまった顔を洗い流した娘の顔は、引目鈎鼻によって丁寧に描き起こされている。群青の川、白く縁取られた幾重もの百群の霞、緑青による山なみ、桧皮葺の邸など、落ち着いた色調のなかで、草木の花とともに娘の着物の赤がアクセントとなっているが、出家後はその赤い衣装が墨染めの衣と変わり印象的である。娘の着物の模様や調度、障子に描かれた絵などには金泥が用いられ、樹木や草花、水鳥なども細やかに丁寧に描かれている。絵巻全体の印象は、空間がゆったりとられていてのびやかであり、画家の確かな技量にささえられ、格調の高さも感じられる。絵巻の制作年代は、南北朝（一四世紀末期）から室町時代前半ごろ（一五世紀）と推定されている[1]。

二、絵巻の現状と復原案

本絵巻は二巻よりなるが、上巻、下巻ともに天地三三・一センチメートル、長さは上巻五二〇・二センチメートル、下巻五〇五センチメートルと比較的短いが、欠けてしまったと思われる箇所や錯簡も認められることから、いつごろか、当初の形態が損なわれ、現在の形態になったものと推定される。

本絵巻の現在の形態と復原案について説明しておく。上巻は、絵二図（「上巻・絵一」「上巻・絵二」）と詞一段（「上巻・詞一」）からなるが、冒頭は絵（「上巻・絵一」）から始まっている。絵巻は、一般的には詞（詞書）と絵が一組となり、その一組、一組が、第一段、第二段、というようにつなぎ合わさって一巻を形成する。絵から始まるという本絵巻の第一段「上巻・絵一」も、本来は、その絵に対応する詞があったが、伝来の過程で欠けてしまったものと推定される。第二段は「上巻・詞一」と「上巻・絵二」が対応している。下巻は長いひとつづきの詞（「下巻・詞一」）と絵一図（「下巻・絵一」）からなり、一見すると詞と絵とで対応しているように思われるが、この長文の詞書は連続しておらず、前半部分「下巻・詞一（甲）」に内容の連続しない後半部分「下巻・詞一（乙）」が付け足されたような形となっている。「下巻・詞一」の甲と乙の間には料紙の紙継ぎが認められるほか、甲と乙とでは文字の大きさや行数、文字数も異なり、形態的特徴からも本来は連続していなかったことは明白である。

なお、「下巻・詞一（乙）」は、「上巻・詞一」と内容的にはつながっており、「上巻・詞一」にそのまま連続していたという可能性も一応考えられるが、「上巻・詞一」の末尾は、料紙に余白を残して終わっていることから、「下巻・詞一（乙）」が「上巻・詞一」とひとつながりであったとは考えにくい。そこで本書では、この下巻の詞書の後半部分にあたる「下巻・詞一（乙）」を第三段とし、下巻冒頭からの詞書「下巻・詞一（甲）」とそれに対応する絵「下巻・絵一」を第四段とした。ちなみに、第三段の「下巻・詞一（乙）」はごく短く、本来はもう少し長かった可能性もある。

次に、現状と復原案を示しておく。なお、本書では、この復原案に従う。

▼現状

上巻・絵一
上巻・詞一
上巻・絵二
下巻・詞一（甲＋乙）
下巻・絵一

▼復原案

第一段	詞	欠
	絵	上巻・絵一
第二段	詞	上巻・詞一
	絵	上巻・絵二
第三段	詞	下巻・詞一（乙）
	絵	欠
第四段	詞	下巻・詞一（甲）
	絵	下巻・絵一

三、『堤中納言物語』所収の『はいずみ』との関係

『掃墨物語絵巻』は四段からなるものと推定されるが、おおまかにいえば、前半は、突然の僧の来訪にあわてた娘が、白粉と眉墨を間違えて大失敗をすることが語られ、後半は一転、前もって準備しておくことの大切さ、なかでも臨終にそなえて仏道修行することの大切さが、高僧の教えを引用しながら語られ、最後に、娘もその大切さを思い知って出家をする、という内容となっている。

本絵巻の前半、娘が白粉と眉墨を取り違えて顔に塗ってしまうというプロットは、梅津次郎氏の指摘のとおり『堤中納言物語』のなかの『はいずみ』に認められる。(2) そもそも、間違えて顔に墨を塗ってしまうという話は、『古本説話集』の

「平中の事」にも見え、『源氏物語』にも平中の失敗譚として引用されている。しかしながら、平中の場合は、女性の気をひくために、水滴の水を持ち歩き、顔につけては空泣きをしていたが、それに気づいた平中の妻が、水滴の水に墨を入れ、それを知らない平中がいつものように涙と見せかけるために顔につけて、真っ黒になってしまったという内容であり、「はいずみ（眉墨）」は用いられておらず、『掃墨物語絵巻』や『堤中納言物語』の『はいずみ』とは細部が異なっている。ちなみに、『源氏物語』に見える平中失敗譚は「平中がやうに色どり添へ給ふな」（末摘花巻）、「平中がまねならねど、まことに涙もろになん」（若菜上巻）の二箇所であるが、『古本説話集』の「平中の事」と内容が重なっていることが確認できる。

さて、『堤中納言物語』の『はいずみ』は、二人妻をテーマとした物語で、もとの妻が一度は不利な立場に置かれるものの、やがて男は、もとの妻の良さを見直し、反対に新しい妻に幻滅し、男の愛情がもとの妻に戻るという構成となっている。『はいずみ』では、その新しい妻に幻滅することになった事件として、この失敗譚が配されている。『はいずみ』の失敗譚のあらましは、次の通りである。

急な男の来訪にあわてた新しい妻が、「白きもの（白粉）」と「はいずみ（眉墨）」を取り違えて顔に塗ってしまう。妻の黒い顔を見た男は、驚きあきれ、気味悪く思って帰ってしまう。女の父母は、男がすぐに帰ってしまったと知り、あきれる思いで娘の顔を見たところ、気味が悪くて、おびえて倒れ伏してしまう。娘は父母の様子が理解できないが、鏡を見るや、自身もおびえて、どうしてこんなことになってしまったのかと泣き出してしまう。家中ざわめき、陰陽師を呼び大騒ぎをしているうちに、涙が落ちかかったところがいつもの娘の肌になり、乳母が紙で拭うと、いつもの肌となった。誤って眉墨を塗っただけだったのに、それに気がつかず大騒ぎしたとは、「かへすがへすをかしけれ」と結ばれる。

以上のように、『はいずみ』と『掃墨物語絵巻』では、突然の男の訪問にあわてた娘が、眉墨と白粉を間違えて塗ったこと、娘の黒い顔を見て驚いた男が帰ったこと、娘の親が娘の黒い顔を見て倒れ伏したこと、娘も鏡で自分の黒い顔を見て驚いたこと、やがて白粉と眉墨の取り違えに気づく、というように話の展開がまったく同じである。また、「たふれふしぬ」（掃墨物語絵巻・はいずみ）、「そのかほはいかに」（掃墨物語絵巻）「その御かほはいかになり給ぞ」（はいずみ）というように、言葉の重なりも見うけられ、『掃墨物語絵巻』が『はいずみ』を踏まえていることは間違いないと思われる。ただし、大きく異なるのは、娘のもとを訪れるのが『はいずみ』では男（出家者でない）であるのに対して、『掃墨物語絵巻』では僧であること、さらにこの眉墨と白粉を取り違えてしまうという娘の失敗に対する受け止め方が、『はいずみ』では「かへすがへすをかしけれ」と滑稽譚として語られているのに対して、『掃墨物語絵巻』では「わが身の報いのほどを悔い、悲しみけれども、かひなくてぞありける」と、後悔すべき悲しむべきこととして描かれている点である。

まず、『掃墨物語絵巻』で娘のもとを訪れる男が僧となっている点についてだが、この僧と娘の関係は、実のところはっきりとはしないのだが、やはり『はいずみ』における男と娘の場合と同様に、婚姻関係にある（あるいは婚姻関係を結ぼうとしている）とみなしてよいのではないだろうか。そして、こうした僧と娘という設定は、中世において顕密僧（延暦寺・園城寺・興福寺・東大寺・東寺など顕密仏教の僧をさす）の妻帯が広く見られるようになったことの反映ではないかと思われるのであり、きわめて中世的であるともいえよう。『掃墨物語絵巻』の僧については、第六章にてあらためてとりあげたい。(3)

次に、娘の失敗譚をどのように受け止めるかという違いについてであるが、それは、『掃墨物語絵巻』のなかで、娘の失敗譚のはたすべき役割と密接にかかわっていると思われる。『掃墨物語絵巻』では、突然の来訪にあわてたために失敗してしまったとする、この白粉と眉墨の取り違え譚は、第三段への展開のためのステップとして機能している。第三段のはじまりは、娘も、前もってそなえていれば、そんな失敗をせずにすんだのだとして、人というものは、前もってそなえることが大切であり、そのなかでも、いつ訪れるとも知れない臨終の時にあわてることがないように、前もってそなえることがもっとも大切なことであると語られていく。娘は、この失敗を教訓として、臨終の時にそなえての仏道修行の大切さを自覚し、出家を果たすのであり、そのためにもこの失敗譚は、娘自身が後悔すべき悲しむべきことと深く思うことが重要であったのだと思われる。

四、絵巻の構成と文体

『掃墨物語絵巻』は、四段からなると推定されるが、内容の上から大きくとらえるならば、三つのグループからなるといえる。第一グループ（第一段、第二段、第三段にあたる）では、娘があわてて化粧をして、眉墨と白粉を間違え大失敗をしてしまったことが語られ、第二グループ（第四段の大半にあたる）では、あわててことを行なうことは失敗を招くことであり、もっとも大切な人生の最期の時にあわてることのないように、前もって仏道修行を行なうことの大切さがとなえられ、第三グループ（第四段の末尾にあたる）では、こうして説かれた道理の大切さを思い知ったからか、娘も出家し仏道修行の日々を送ったとして結ばれる。第一グループの失敗譚は、娘が出家を思う契機としての役割を担うものであり、この絵巻がもっとも伝えたいのは、第二グループの人生の最期の時にあわてることがないように前もって備えることの大切さ、つまり仏道修行に励むことの大切さであり、仏道への帰依をすすめる点にあると思われる。解脱上人貞慶《げだつしょうにんじょうけい》、大慧普覚禅師《だいえふかくぜんじ》、天台大師《てんだいだいし》智顗《ちぎ》らの言葉を引用しながら、人生の最期の時はいつ訪れるかも知れず、それは今日かも知れず、その時にあわてることがないように、常々臨終の時を覚悟し、仏道修行を行なうことの大切さを伝える。自らの死について思ってみたこともなく、大切な仏道修行を後回しにして、どうでもよい雑事に追われてばたばたとあわてふためいて日々を送っているのでは、いつとも知れぬ死が訪れた時、あわててしまって、どのように死を迎えることができるのかおぼつかないというのである。第三グループにおいて、娘が、この高僧たちの説く教えに深く共感し、出家を決意し、北山の小野という山里で、母尼と二人そろって、ひたすら極楽往生を願って勤行する姿は、この絵巻を享受する女性たちを仏道へといざなう役割を果たしているものと思われる。

　ところで、『掃墨物語絵巻』は、内容の上から三つのグループにわけることができると述べたが、娘の失敗譚を語る第一グループと、娘の出家を語る第三グループにはさまれ、高僧らの発言を引用しながら、臨終に備えて仏道修行をすることの大切さを説く第二グループでは、漢語や仏教語が散見し、「今日、なんぞ、必ずしも、その日にあらざる」をはじめとして、「言はんや、いたづらに過ぐさんをや」、「豈、面に墨を塗り、眉に粉をつくるに異ならんや」などの漢文訓読体が用いられ、力強く硬質な文体となっており、前後の第一、第三グループの物語の語りとは異なる印象をうける。

原豊二氏[4]は、『掃墨物語絵巻』上巻（前半の墨塗りによる失敗譚。第一グループにあたる）は典型的な女房語り、というより物語文学の語りだが、下巻（高僧らの説を引用して仏道修行の大切さを説く箇所。第二グループにあたる）では、和漢混淆体風の、おそらくは男性僧の語りとなり、さらに下巻の途中（娘の出家を語る箇所をさすものと推定される。第三グループにあたる）で元の語り手に戻る、と興味深い指摘をしている。確かに、『掃墨物語絵巻』上巻（第一グループ）の物語は、『堤中納言物語』の『はいずみ』に見える墨塗りの物語を換骨奪胎したものであり、そこでの物語の文体も踏襲されたものとも思われる。ただし、上巻の失敗譚（第一グループ）に見える「わが顔のかかるとも、いかでか知るべきなれば」、「と問ふ時に、鏡をとりて見するに」などの表現も漢文訓読体のなごりのようでもあり、下巻の物語の終わり近く（第三グループ）に見える、「ことの縁ありけるうへ」「しかるべく侍りければ」などの表現も、女房語りというよりも、やはり男性の語りをうかがわせるもののようにも思われる。なお、下巻（第二グループ）の高僧らの教えを伝える箇所に見える、漢文訓読体を交えた硬質な語りは、女性享受者にとってのわかりやすさという点では劣ると思われるのだが、仏教の尊い教えを説くには漢文訓読体の力強い語り口調こそがふさわしいということなのか、あるいは、これこそ僧たちが仏典などで日ごろなじんでいた文体であったのかなど興味深い。

なお、寺本直彦氏[5]は、本絵巻の詞書（物語）には『徒然草』と思想や語句・表現が共通する箇所が認められるとして、共通箇所を指摘している。次に、寺本論文から、一部を掲出してみよう。

・はからざるに病をうけて、忽ちにこの世を去らんとする時にこそ、「はじめて過ぎぬるかたのあやまれる事は知らるれ。あやまりといふは、他の事にあらず、①すみやかにすべき事をゆるくし、ゆるくすべき事を急ぎて、過ぎにしことの悔しきなり。その時悔ゆとも、かひあらんや。人はただ、②無常の身にせまりぬる事を心にひしとかけて、つかのまも忘るまじきなり。（徒然草・四九段）

① それ、可緩為急、可急為緩、（掃墨物語絵巻・第四段詞書）

② 念々の無常をも知らず、生死一大事をも心にかけざらんは、いと本意なきことなり。（掃墨物語絵巻・第三段詞書）

右の例を見ると、傍線部①は、『徒然草』では漢文訓読体、『掃墨物語絵巻』では漢文体といった違いはあるものの、共通していることは明らかである。傍線部②も、『徒然草』と『掃墨物語絵巻』とで表現がぴったり重なるわけではないが、言わんとしている趣旨は重なりあう。これらの共通箇所について寺本氏は、『徒然草』と『掃墨物語絵巻』の直接関係を云々するのはもとより早計であるが、としながらも、この絵巻の成立年代が『徒然草』と近く、絵巻作者の立場が兼好のそれと似ているように思わせると述べている。寺本論文に指摘されたこれらの共通箇所は、いずれも第二グループの仏道修行の大切さを説く和漢混淆文の箇所に認められるものの、高僧らの言葉を直接引用した箇所ではない。これらの類似は、寺本氏のいうように、出家者という立場を同じくする人物の時代的な共通性(6)もあろうと思われるが、あるいは「可緩為急、可急為緩」などの原拠があって、その原拠をもとにして、『徒然草』、『掃墨物語絵巻』のそれぞれが書かれた可能性もあるのではないか。さらに検討したい。

五、画中詞について

一般的には、絵巻は、詞書（物語本文）と絵によって展開していくが、本絵巻では、詞書のほかに、画中詞（絵のなかに書き込まれた会話文など）が認められる。本絵巻の画中詞(6)は、分量的にはけっして多いとはいえないが、本絵巻の三図、すべてに認められる。次に、本絵巻の画中詞の全用例を示そう（第三段は絵を欠くため、第一段、第二段、第四段の三図）。

第一段＊［母尼］いかなるやらん、人音のせぬは。この御前のもの慣れぬ人にて、何とあるやらん。

第二段＊［僧］うしろより、鬼の追ひかかる心地のするぞや。南無帰依仏、南無帰依法、南無帰依僧。

＊［母尼］すは、鏡にて、顔、御覧ぜよ。

＊［娘］あれは、何ぞや。まことに鬼になりて候ふかや。心は、いまだ人にて候ふものを。あら、おそろし、おそろし。

第四段＊［娘尼］すみわぶる身こそ思へばうれしけれさらでは世をもいとふべしやは

一［母尼］仏の御燈明《あかし》、ともさせ給へ。

二［娘尼］香の火を立て候へば、つき候はぬぞ。

三［母尼］また、例のもの騒がしさは、硫黄もつかぬかたにて、立てさせ給ふか。それ体《てい》にては、臨終の時、観音来迎の台《うてな》にのぼらせ給ふとて、そばなる釣り火桶にのぼりて、足、焼かせ給ひぬとおぼゆるぞ。

四［娘尼］あら、けしからずや。さまでのことや候《さぶら》ふべき。

第一段の画中詞の母尼の心内語「いかなるやらん、人音のせぬは。この御前のもの慣れぬ人にて、何とあるやらん」は、第二段の詞書「母の尼も、人音もせずなりにければ、おぼつかなくて」と対応し、第二段の画中詞の母尼と娘尼との会話文「すは、鏡にて、顔、御覧ぜよ」「あれは、何ぞや。まことに鬼になりて候ふかや。心は、いまだ人にて候ふものを。あら、おそろし、おそろし」も、第二段の詞書「鏡をとりて見するに、黒き鬼なり。影を見て、われ、鬼になりにけり、と思ひて、わが身におそれつつ仰きにまろびふしぬ」とほぼ対応する。第二段の画中詞の、袖をひるがえし、はだしで逃げ去る僧の独り言「うしろより、鬼の追ひかかる心地のするぞや。南無帰依仏、南無帰依法、南無帰依僧」は、詞書に対応する箇所を見出せないものの、いかにも僧が逃げ去りながら、口にしそうな言葉となっている。

ところが、第四段の画中詞として書き込まれた母尼と娘尼の会話文は、第四段の詞書に対応する箇所がまったく見出せないばかりか予想外のものである。母尼から、仏様の御燈明をともすように言いつかった娘が、お香の火をつけようとしたのだけれど、火がつかないと訴える。母尼は、あなたはまたいつものせっかちさで、硫黄もついていないところで、火をつけようとしたのではないの、そんなあわてんぼうのようなことでは、臨終の時、観音様のご来迎の蓮台にのぼろうとして、傍らにある釣り火桶にのぼって足をやけどしてしまうと思われるわ、と答える。すると娘は、まあひどい、それほどまでのことはないわ、と母尼のからかいに抗議する。これは、心を許しあえたもの同士の、気の置けない会話である。母尼の言葉を信じれば、かつてあわてて白粉と眉墨を取り違えたこの娘は、相変わらず、せっかちであわてんぼうの様子であり、仏道修行の効果は期待できるのかしらと思わずにいられないが、二人のなかに流れている空気は、あたたかくなごやかである。

また、第四段の絵に描かれた、川にかかった橋を渡って庵室へと向かう尼の傍らには、「すみわぶる身こそ思へばうれしけれさらでは世をもいとふべしやは」という歌が書き込まれているが、この歌も詞書にはまったく見えない。「すみ」

には「墨」と「住み」がかけられており、「すみわぶる身」、白粉と間違えて眉墨を顔に塗ってしまい、都に住みづらくなった我が身だが、思い返せばうれしいことだった、そんなことでもなければ、この世を厭わしく思って出家をすることもできなかっただろうから、の意で、出家を果たしたことをうれしく思っている娘の心情が詠まれており、庵室での母尼とのおだやかな暮らしぶりと呼応している。

もしも『掃墨物語絵巻』に絵がなかったなら、そしてこれらの画中詞がなかったなら、この物語からうける印象はずいぶんと異なるものであっただろう。詞書では、高僧らの言葉を援用し、臨終にそなえて仏道修行をすることの大切さを力強く説く箇所が、詞書全体の四割にも及んでいるように、本絵巻は仏道へのすすめが強く意図されたものであると推定される。おそらく僧によると思われる、この仏道修業をすすめる和漢混淆文を用いた自信に満ちた語りには、厳格な威圧的な響きがある。それに対して、本絵巻の絵は、筆力ある絵師によってのびやかに描かれている。四季の景物が細やかな筆づかいによって描き出され、それらを背景として、異時同図の方法を駆使しながら、娘のもとに起きたできごとが時系列にそって描かれており、その魅力ある絵を追っていくことで、娘とともに享受者も自然に出家への道をたどっていくことができるように工夫されている。

詞書の末尾では、母尼と娘尼が、「ひとへに後の世のつとめをなんし侍りけり」と、ひたすら極楽往生を願って勤行に励んだのだったと、ストイックな毎日を送っていることを思わせて物語が閉じられていたが、絵では、出家後の小野の山里での閑静な冬の日を描き出し、さらに母尼と娘尼とのユーモラスな会話を画中詞として書き込むことによって、二人の仏道生活が暗く厳しく寂しいものではけっしてなく、心のどかでおだやかな日々であることを、絵巻の享受者たちは知ることになる。少なくともこの絵巻の画中詞を書き込んだ人物は、出家後の日々を、そのようなものとして描きたかったということになるだろう(7)。

六、二人の僧をめぐって

『掃墨物語』には、娘のもとを訪れ、白粉と眉墨を間違えて塗った娘の黒い顔に驚いて逃げ去る僧が登場するが、それとともに、高僧らの語録を引用しながら仏道修行の大切さを力強く説く語り手の僧という二人目の僧の存在も想定できるように思われる。

まず、前者の僧についてだが、この僧については、中世になって顕密僧の妻帯が広く認められるようになったこととの反映であろうと前述したが、そもそも本来、出家した僧は性的禁欲を貫くものと考えられるのであり違和感も残る。

僧の妻帯というと鎌倉時代の浄土真宗の開祖親鸞(一一七三〜一二六二年)が思い浮かべられるが、平雅行氏によると、僧の妻帯は親鸞に限ったことではなく、当時の顕密仏教の世界では当たり前のことであり、実子が跡を継ぐ真弟《しんてい》相続も盛んに行なわれていたことが確認できるという。(8) 延暦寺の澄憲《ちょうけん》(一一二六〜一二〇三年。信西《しんぜい》の子)は、すぐれた学僧であり、安居院《あぐい》流の開祖でもあるが、澄憲には聖覚ら十名の子があり、安居院流は代々、真弟相続のかたちをとったという。そして、澄憲の十人の子のうち二人の母は、鳥羽院の娘で、二条天皇の中宮でもあった高松院であり、そのことは貴族社会では周知のことであったという(『玉葉』)。類似した事例として、寛平八年(八九六)に清和天皇の后であった皇太后藤原高子が、僧と密通して妊娠した例があるが、その例では、皇太后高子は廃され僧侶は流罪になっている(『三代実録』『大日本史料』)のに対し、澄憲にも高松院にも何の処罰もなかったという。つまり、三百年ほどの間に僧をとりまく環境は大きく変化したことがわかるという。また、東大寺の尊覚大法師の場合、彼の死後、弟子たちと、四人の子と、尊覚の後妻との間で財産をめぐる相続争いが起こり、元暦元年(一一八四)に東大寺が判決を下しているという。その判決内容は、弟子だけでなく、後妻と子どもにも相続を認めるものであり、東大寺では、僧が結婚して妻子をもつこと、そしてその妻子に財産を相続させることを「公然」と容認していたことがわかるという。さらに、興福寺の雅縁大僧正(一一三八〜一二二三年)にも、息子と娘があり、後鳥羽院に仕えた娘のつてで、後鳥羽院の娘を「養君《ようくん》」に迎え「乳父《めのと》」にまでなっているという。(9) 地方でも、若狭国の常満供僧《じょうまんくそう》(国の祈禱所の僧侶)が妻帯し、実子相続がなされていたことが確認できる。もちろん、すべての顕密寺院で妻帯が行なわれていたわけではないが、澄憲やその子聖覚のように延暦寺の僧として出世する一方、妻帯して子どもをもち、最後は子どもに院家を継がせるというのが、鎌倉時代の平均的な顕密僧の姿であるという。

ちなみに、「顕密仏教」とは南都六宗や天台・真言宗のいわゆる「旧仏教」を指し、そこに属する顕密僧たちは中世仏教の中心勢力であり、官位をもち、朝廷が主催する仏事で国家祈禱を行なう特権をもっていたという。

『掃墨物語絵巻』において、娘のもとを訪れた僧の姿は、まさにこうした顕密僧の妻帯が中世において広く行なわれていたという時代背景のなかで描かれているものと思われるが、白粉と間違えて眉墨を顔に塗った娘を、鬼と勘違いして大あわてで逃げだし、途中ですべって転びながら山の中（寺院があるのだろう）に向かって走っていく僧の姿（上巻「絵一」「絵二」）には、そうした顕密僧に対する揶揄が込められているようにも思われる。

それでは、妻帯する顕密僧を揶揄する一方で、高僧たちの教えを引用しながら仏道修行の大切さを説く語り手の僧とは、どのような立場であったと考えられるだろうか。語り手の僧がその教えを引用した高僧たちは「解脱上人《げだつしようにん》」「禅師《ぜんじ》」「天台《てんだい》大師《だいし》」の三人であるが、(10)「解脱上人」は藤原貞慶《じようけい》（一一五五～一二一三年）、「天台大師」は中国の僧で天台宗の実質的な開祖でもある智顗《ちぎ》（五三八～五九七年）のことをさしているのは明白である。そのなかで、「禅師」とのみ記されている人物については、これまで明らかにされなかったが、詞書に引用された発言「臘月《ろうげつ》三十日、手足の置き所を不知」により、中国宋代の臨済宗の禅僧である大慧宗杲《だいえそうこう》（一〇八九～一一六三年）であり、普覚禅師のことをさすものとわかった。筆者は、当初、「禅師」とのみあるのは、大慧宗杲が他の二人より人口に膾炙していない人物のためではないかと思っていたのだが、逆に、この絵巻を制作する人々、あるいはこの絵巻を享受すべき人々にとって、「禅師」の一言で誰をさすのか明白な人物であったために、あえて「禅師」とのみ記している可能性もあるのではないかと思うようになった。また、『法華《ほつけ》玄義《げんぎ》』(11)『法華文句《ほつけもんぐ》』『摩訶止観《まかしかん》』という天台三大部（法華三大部）の著者でもある天台大師智顗は、時代を遡る人物であり別格な存在とも思われるが、解脱上人貞慶と大慧宗杲は比較的近い時代の人物でもある。平雅行氏によれば、顕密僧たちが、肉食・妻帯・飲酒が常態化して、まじめに戒律を守っていない状況のなか、戒律をまじめに守ろうという改革派が鎌倉時代初めに登場したという。栄西は禅宗と戒律を、解脱上人貞慶は法相宗と戒律を、明恵は華厳宗と戒律を、というように戒律の興隆を打ち出したという。本絵巻に見える解脱上人貞慶も改革派の一人に位置づけられている。貞慶は、のちに弥勒信仰に傾倒していくが、持戒堅固の僧として知られている。(12)さらに、平氏によると、この改革運動は、鎌倉中期になると「禅律僧《ぜんりつそう》」に継承され、その影響力はさらに増大していったという。禅律僧とは、叡尊の真言律宗や臨済禅の僧をさすという。本絵巻において、臨済宗の僧である大慧宗杲を、固有名詞ではなく「禅師」とのみ呼ぶ語り手の僧は、大慧宗杲に近い立場にある僧であり、あるいは臨済禅の僧である可能性も高いのではないか。もとより仏教については知らぬことばかりであり、すべては今後の課題であるが、『掃墨物語絵巻』は、僧の妻帯が広まっていた中世という時代を背景にしながらも、妻帯する僧に対する揶揄も見て取れるのであり、僧の妻となる生き方ではなく、娘みずからが出家し臨終の時にそなえて仏道修行することの尊さが説かれていることからも、少なくともこの語り手の僧は、妻帯する僧たちとは一線を画するということはできるように思われる。

注(1)池田忍「掃墨物語絵巻」の解説(『日本美術全集12　水墨画と中世絵巻　南北朝・室町の絵画Ⅰ』講談社、一九九二年十二月)、四辻秀紀「掃墨物語絵巻」の解説(『徳川美術館名品集Ⅰ　絵巻』徳川美術館、一九九三年四月)、千野香織「掃墨物語絵」の項(『角川絵巻物総覧』角川書店、一九九五年四月)等を参照した。

(2)『堤中納言物語』「はいずみ」と『掃墨物語絵巻』との関係については、寺本直彦「徳川美術館蔵『はいずみ物語絵巻』の詞書について」(『物語文学論考』風間書房、一九九一年五月)、原槙子「掃墨物語絵巻」(『体系物語文学史　第五巻　物語文学の系譜Ⅲ　鎌倉物語2』有精堂、一九九一年七月)、神野藤昭夫「歌物語とその尾根の行方」(『知られざる王朝物語の発見――物語山脈を眺望する』笠間書院、二〇〇八年十月)などでも詳細な検討がなされている。

(3)顕密僧の妻帯については、平雅行『歴史のなかにみる親鸞』(法蔵館、二〇一一年四月)三～七頁・五五～五九頁、平雅行『親鸞とその時代』(法蔵館、二〇〇一年五月)九三～一〇〇頁による。

(4)原豊二「掃墨物語」(『中世王朝物語・御伽草子事典』勉誠出版、二〇〇二年五月)による。なお、原論文では、途中で元の語り手に戻るとするものの、どこからか具体的に示されていないが、「このことわりを思ひ知りけるにや」以下をさすものと推定した。

(5)寺本直彦「徳川美術館蔵『はいずみ物語絵巻』の詞書について」(『物語文学論考』風間書房、一九九一年五月)

(6)亀井若菜「『掃墨物語絵巻』論」(『語りだす絵巻』ブリュッケ、二〇一五年六月)にて、『正法眼蔵随聞録』(十三世紀前半)、『沙石集』(一二八三年)に類似の表現が見えるという指摘がある。

（7）『掃墨物語絵巻』の画中詞については、四辻秀紀「掃墨物語絵巻」（『絵で楽しむ日本むかし話』徳川美術館、二〇〇六年）、神野藤昭夫「歌物語とその尾根の行方」（『知られざる王朝物語の発見――物語山脈を眺望する』笠間書院、二〇〇八年十月）、亀井若菜「不浄観から読み解く『掃墨物語絵巻』――中世絵巻が見せるフェミニン・エンディング」（『ジェンダー史叢書　第四巻　視角表象と音楽』明石書店、二〇一〇年二月）等でも詳しくとりあげられている。

（8）前掲注3に同じ。

（9）「若狭国鎮守一二宮社務代々系図」（『福井県史　通史2中世』一九九四年三月。二五〇～二五二頁）による。なお、この箇所の執筆者は平雅行氏である。

（10）三人の高僧については、本文・口語訳に付した注三一～注三九を参照されたい。

（11）本絵巻の詞書では、三人の高僧のうち天台大師智顗のみ、「のたまはく」「すすめ給へり」と尊敬語が用いられている。

（12）貞慶については、『岩波仏教辞典』等による。

（13）『摩訶止観』については、関口真大校注『摩訶止観』（岩波文庫）の解説等による。

主な参考文献

【影印・翻刻】

「掃墨物語絵巻」（『日本美術全集12　水墨画と中世絵巻　南北朝・室町の絵画Ⅰ』講談社、一九九二年十二月）

「掃墨物語絵巻」（『徳川美術館名品集Ⅰ　絵巻』徳川美術館、一九九三年四月）

「掃墨物語絵巻」（『鎌倉時代物語集成　第七巻』笠間書院、一九九四年九月）

【研究論文】

梅津次郎「徳川美術館の掃墨絵について」（『大和文華』第二五号、大和文華館、一九五八年三月、『絵巻物叢考』中央公論美術出版、一九六八年六月、所収）

寺本直彦「徳川美術館蔵『はいずみ物語絵巻』の詞書について」（『物語文学論考』風間書房、一九九一年五月）

原槙子「掃墨物語絵巻」（『体系物語文学史　第五巻　物語文学の系譜Ⅲ　鎌倉物語2』有精堂出版、一九九一年七月）

池田忍「掃墨物語絵巻」（『日本美術全集12　水墨画と中世絵巻　南北朝・室町の絵画Ⅰ』講談社、一九九二年十二月）
四辻秀紀「掃墨物語絵巻」（『徳川美術館名品集Ⅰ　絵巻』徳川美術館、一九九三年四月）
市古貞次・三角洋一「掃墨物語」解題（『鎌倉時代物語集成　第七巻』笠間書院、一九九四年九月）
千野香織「掃墨物語絵」（『角川絵巻物総覧』角川書店、一九九五年四月）
原豊二「掃墨物語」（『中世王朝物語・御伽草子事典』勉誠出版、二〇〇二年五月）
四辻秀紀「掃墨物語絵巻」（『絵で楽しむ日本むかし話』徳川美術館、二〇〇六年）
神野藤昭夫「歌物語とその尾根の行方」（『知られざる王朝物語の発見――物語山脈を眺望する』笠間書院、二〇〇八年十月）
亀井若菜「不浄観から読み解く『掃墨物語絵巻』――中世絵巻が見せるフェミニン・エンディング」（『ジェンダー史叢書第四巻　視角表象と音楽』明石書店、二〇一〇年二月）
亀井若菜「『掃墨物語絵巻』論」（『語りだす絵巻――「粉河寺縁起絵巻」「信貴山縁起絵巻」「掃墨物語絵巻」論』ブリュッケ、二〇一五年六月）

葉月物語絵巻

はつきものがたり

『葉月物語絵巻』第二段（徳川美術館蔵）©徳川美術館イメージアーカイブ／DNPartcom

○第一段

[一]八月十余日、下京の女君[2]を、男君[1]が訪う

八月十余日《よひ》、一下《しも》つ方なる所に、しのびて、二人少なにておはするを、三殿もさおぼすなめり、と心得《え》給へど、知らず顔にて、我《われ》四もわたり給ふ。

わざとならねど、御直衣、指貫ばかりぞ、五人知れぬあらはれ衣《ごろも》に、とさへおぼしいそぐ。まことに、六もの狂ほしきことのさまかな、と知る人あらば思ひきこえぬべし。七わがもとにおはしそめし折、故上《こうへ》の心を尽くし給ひしものを、と何ごとにつけても、もののみあはれなり。八つねよりもめでたくして持て参りたるを、選《え》りてぞ裁《た》ち縫はせ給へど、心得《う》る人なくて、香染《かうぞ》めの生絹《すずし》の衣《きぬ》ども、薄く濃く、裏、色々なるを、少しおしやりて、単衣《ひとへ》ばかり九脱ぎかけて、ものに寄りかかりてゐ給へる、腰のほどの透きたる紅《くれなゐ》も、なべて八入《やしほ》の色ともおぼえずめづらしく、夕映えにや、いかでかかりけむと、一〇限りある宮たちにてだにありがたかりぬべきほどかなと、あさましきまで見給ふ。されども、ひたぶるに我を一一思ひ捨つるにはあらじものを、いかに、さすが

○第一段

[一]　八月十日過ぎ、下京にある所に、人目をしのんで、人少なな状態でいらっしゃる女君[2]のもとに、殿[3]もそのように（お出かけなさろうと）お思いのようだ、とわかってはいらっしゃるけれど、知らないふりをして、ご自身[1]もお越しになる。

下京では、ことさらというほどではないけれど、御直衣、指貫だけを、人知れぬ恋の思いのあらわれた衣に、とまでお思いになりご準備する。「本当に狂気じみたことよ、と事情を知っている人があるならばお思い申し上げるに違いない。私の所にお通いになるようになった折、亡き母上[4]が、心を尽くしてお世話してくださったのに」と、何ごとにつけても身にしみて悲しい。いつもよりもりっぱに整えて持って参上したものを、選んで仕立てさせなさるけれど、心得のある人がいなくて、香染の生絹の衣幾枚か、薄く濃く、裏が色とりどりであるのを、少しおしのけて、単衣だけを襟足が抜き出るように着て、ものに寄りかかって座っていらっしゃる、その女君[2]の腰のあたりが透けて見える袴の紅色も、ありきたりの八入染めの色とも思えず新鮮で、夕方の薄明かりに引き立てられているせいか、どうしてこれほどまで美しく成長されたのだろうか、と最上の身分の宮たちであってさえ、めったに見られないほどの美しさであるよ、と、あきれはててしまうほどにご覧になる。そうではあるけれど、ひたすら私[1]のことを見捨てたわけではあるまいに、どんなにか、そうは

心乱れ給ふらむ、[二二]色なる心こそ、なほなほ、よく思ひ返すべきことなれ、と返す返す思ひ知られ給ふ。

[二三]かの御装束かけ置き給へるを見給ひて、殿の人知れずおぼす。

[二四]重ねてもいかが着るべき紫のゆかりはわかぬ衣《ころも》なりとも

○第二段

[二]男君、姫君への葦手書きの文を、幼児に託す

このおはする方の高欄に、しばし寄りかかりてゐ[二五]給へるに、二つ、三つばかりなる子の、うつくしきが出できたるを、(男君)[二六]「おのれは誰《たれ》が子ぞ。弁が子か」とのたまへば、うなづく。(男君)「これ、姫君にたてまつれ」とて、小さき紙をおしたたみて、取らせ給へれば、傍《かたは》ら臥してゐ給へるに、入りてたてまつれば、(姫君)「何ぞ」とて、見給ふに、いみじくをかしき[二七]葦《あし》手《で》に書きたるを、(姫君)「誰《た》がぞ」と、思ひ寄らずのたまへば、外《と》ざまに指《および》をさして、はかばかしくも言はねば、ただ、人の手習《てならひ》なめり、とて、めでたくも、と見給ふ。

いってもさすがに心乱れていらっしゃることだろうか、浮気な心こそ、やはりなお、よく思い返すべきことなのだ、と返す返す思い知らされなさる。

あのご衣装を掛けたままにしていらっしゃるのをご覧になって、殿3は人知れずお思いになる。

重ねてもどうして着ることができようか。紫のゆかり、同じ血縁ゆえわけられない衣ではあっても。紫のゆかりとしては、二人はひとつながりであるからといっても、あの人につづいて、この人とも契りを結ぶことがどうしてできようか。

○第二段

[二]　この姫君がいらっしゃるお部屋の高欄に、男君が少しの間寄りかかって座っていらっしゃると、二、三歳くらいのかわいらしい子が、お部屋から出てきたので、「お前は誰の子だい。弁の子かい」とおっしゃると、うなずく。「これを、姫君にさしあげておくれ」とおっしゃって、小さい紙を押したたんでお与えなさったので、姫君が横向きに臥せっていらっしゃるところに、入っていってさしあげると、姫君は「何ですか」と言ってご覧になると、たいそう美しい葦手で書いてあるが、「誰からのお手紙かしら」と、思いあたらずにおっしゃるので、弁の子は、部屋の外の方に向かって指をさして、はきはきとも言わないので、姫君は、ただ「誰かがすさび書いた手習のようだわ」とおっしゃって、すばらしく

○ 第三段

[三]播磨の守、宮[8]の後朝の文を殿[5]のもとに届ける

(殿)「まこと、もの忘れしてけり。恥づかしき人来《こ》ん、と言ひしを。人々、心得《え》て、端《はし》に待て」とのたまへば、「誰《たれ》ばかりにか」と、小宰相、中将など、[一八]朝明《あさけ》の姿、恥づかしうて、これかれいたくひきつくろひて、ゐ並《な》みたるに、[一九]その折の播《はり》磨《ま》の守《かみ》は、[二〇]時の蔵人《くらうど》にて、いと若く清げにひきつくろひて参るを見給ひて、少将とてすぐれたる若人《わかうど》を、御手づからおし出だして、(殿)「あれ、取り入れよ」とのたまふは、文なりけり。

手づからあふぎ出で給ふ空薫物《そらだきもの》も、わが御にほひの添へばにや、常よりもくゆる心地するに、取り入れたる御文、[二一]松がさねの薄様に包まれたるさまもなべてならぬを、殿、取り給ひて、上《うへ》に(殿)「これ、見給へ。したり顔なることなれど、ことさらにも、などか、とこそおぼゆれ」とのたまふを、(上)「何ぞ」と、あやしくて見給へば、

「行く末をはるかに思ひはじむれば暮れ待つさへぞ久し

も書いてあること、とご覧になる。

○ 第三段

[三]　「そうそう、忘れてしまっていました。こちらが気がひけるようなりっぱな人が来ると言っていたことを。女房たち、そのように承知して、御簾《みす》の端で待ちなさい」と殿[5]がおっしゃるので、「いったい誰ほどの方かしら」と、小宰相、中将などといった女房たちは、朝の光の中に見える、来訪する男性のりっぱな姿を思うと気がひけて、あれこれたいそう身づくろいをして、並んで座っていると、その折の播磨の守は、今を時めく評判の蔵人であったが、その人がとても若々しく、すっきりと美しい感じに身なりを整えて参上するのをご覧になって、殿は、少将といって、格別に美しい若女房を、ご自身の手で御簾の外に押し出して、「あれを取り入れなさい」とおっしゃるのは、手紙なのだった。

殿[5]がご自分で、扇を手にして、外に向かってあおいでいらっしゃるお部屋にたきこめられた薫物の香りも、ご自身のお召し物にたきしめられた匂いが加わるからであろうか、いつもよりもかぐわしくたちのぼっている感じがするが、少将という女房が取り入れたお手紙は、松がさねの薄様の紙に包まれている様子も並一通りでなく美しいが、そのお手紙を殿がお取りになって、上（殿の妻）[6]に「これをご覧なさい。得意気にしたことと思われるが、わざわざ、どうしてこれほどまで趣向を凝らすのか、そこまでしなくともいいのに、

かりける」

（上）「こは、誰《た》がぞ」と、思ひ寄るべきことならねば、あやし、とおぼしたるを、殿、うち笑みて、（殿）[三二]「見知り給はずや」とのたまふほどに、

○ 第四段

[四]宮[8]、新婚の女君[7]の予想外の美しさに驚く

宮[三三]、今はうちとけて御覧ずるに、ことのほかなる女君の御見まさりを、（宮）「いとかばかりは、さらに思ひかけざりつるわざかな」と、御目おどろきておぼしめさる。八月二十日、宵《よひ》にもなりぬれど、露[三四]よりもこよなく置き劣りぬべきにや、[三五]かりに立ちてもはなたれぬ扇の風も、秋とはおぼえぬほどに、おし凝《こ》りて並《な》みゐたる女房どもの姿たぐひなく、こは、かくにはかなりつることとも見えず、目もあやに、あさましきまで見ゆるに、御前のかたを見やれば、几帳[三六]にまとはれて、わづかに御衣《ぞ》のつまばかり見えてゐ給へり。なべて[三七]ならぬ紅《くれなゐ》のうちあはせに、象嵌《ざうがん》の女郎花《をみなへし》の御衣《ぞ》に、浮《ふ》線綾《せむれう》の萩の小袿《こうちき》着なし給へる、人がらにや、たぐひなく見ゆる

と思われる」とおっしゃるのを、上（殿の妻）[6]は、「何のことですか」と、不可解なことと思ってご覧になると、

「将来ずっと、末永くつづくようにと、あなたとの間柄を思いはじめましたので、この夕暮れを待つ間まで、長くて待ち遠しいのでした」

上（殿の妻）は、「これはいったい、誰の手紙ですか」と、思いあたるはずもないことなので、妙なこと、とお思いになっているのを、殿は、にっこりして、「見知っておいでではいらっしゃいませんか」とおっしゃるうちに、

○ 第四段

[四] 宮[8]は、今はくつろいで、女君[7]をご覧になられると、思いも及ばないほどの女君のいっそうの美しさであるので、「本当にこれほどまで美しいとは、まったく思ってもみなかったことだよ」と、御目を見張らされるほどにお思いになる。八月二十日、宵にもなったが、露が置くよりも扇を置くことのほうが格段に少ないに違いない時節のせいか、ほんの少しその場を立つにしても手離すことのできない扇の風も、涼しいはずの秋とは思われないほどで、おしあって固まるように居並んでいる女房たちの姿は比類なく、これは、このように急に準備されたこととも思われず、目にもまばゆく、あきれはててしまうほどすばらしく見えるが、女君がおいでのほうに目をやると、几帳の垂れ絹にまとわれて、わずかにお召し物の端くらいが見える状態で座っていらっしゃる。並一

に、宮の持ち給へる扇して、にはかにさとうちあふぎきこえ給へる御額髪《ひたひがみ》の乱れかかれる、なほめづらしきまでをかしき人の御ありさまなりや。

○第五段

[五]管絃の遊びの折、大将①の楽の音が話題になる

をかしうきこゆる虫の音《ね》に、御琴《こと》、笛、合はせて、あそばせ給ふ。宮は、何ごとよりも、琵琶をいみじうひき給ひける。（宮）「大将の笛の音《ね》、二六琴《こと》のしらべは、まことに峰の松風にも問はまほしく、何ごともすべて、この世にあまりて侍る人ぞかし」と申し給へば、（帝）「あまりなる才《ざえ》に、よろづのこと、手惜しみたるぞ憎きや。うちとけたる二九相住《あひず》みは、見なれ給はむとすらん。うらやましう」とのたまはす。

○第六段

[六]后の宮⑨、生後間もない大将の若君⑩を引き取る

后《きさい》の宮、三〇めづらしう里におはします折にしもありければ、かねてより、三一男《をとこ》にておはしまさば、とおぼしければ、三二大殿にも、

通りでなく美しい紅の打ち合わせに、象嵌の女郎花のお召し物に、浮線綾の萩の小袿を着こなしていらっしゃる様子が、女君の人がらのせいか、比類なく見えるが、宮が、お持ちでいらっしゃる扇で、突然さっとあおぎ申し上げなさったところ、女君の御額髪が乱れて頬にふりかかっている具合は、やはりめったにないほど美しい人のご様子であるよ。

○第五段

[五]　おもしろく聞こえてくる虫の音に、御琴や笛の音を合わせて、管絃のあそびをなさる。宮⑧は、どんな楽器よりも、琵琶をすばらしく上手にお弾きになるのだった。「大将①の笛の音や琴の調べは、峰の松風にも通うほどみごとで、本当に峰の松風に「いづれのをより調べそめけん（琴の緒の調べと尾根を吹きおろす松風の調べとどちらがはじめに美しい音色を奏でたのか）」とたずねたく、何ごとにつけてもすべて、この世の人には過ぎて、すぐれておいでの人ですよ」と宮⑧が申し上げなさると、帝⑪は「大将は、度を越えてすぐれた才能をもっているのに、万事、その才能を出し惜しみするのが憎らしいことです。くつろいだ一つ住まいでの暮らしは、お見慣れなさることでしょう。うらやましいことで」とおっしゃる。

○第六段

[六]　后の宮（大将①の姉）⑨は、めずらしく実家（大殿

「三三大将の御かはりとあつかひきこえ給ふなるを、かねてより、さも思ひ侍りしを」ときこえさせ給ひければ、(大殿)三四「御あえものにも、いとよきこと。三五春宮のたぐひなくおはしますにも、女宮たちだにもとおぼしめす慰めに、いとよきことなり」ときこえさせ給ひて、大将殿にも「三六かくなん」ときこえさせ給へば、三七おぼしよろこびて、渡したてまつらせ給ふべきよし申させ給へば、御乳母たちをはじめて、いみじき人々を選《えら》ばせ給ふ。内裏《うち》よりも、まことならましやうに、ゆかしがらせ給ふにも、「三八同じくは」とぞ、あかずおぼしめす。

十一日といふにぞ、渡したてまつらせ給ひける。世に知らずうつくしき児《ちご》の御ありさまに、何ごとも忘れさせ給ひて、御参りのこともおぼしたたせ給はぬに、あやにくに、しげき御つかひも、三九まことの御産屋《うぶや》と見えてめでたし。

邸）にいらっしゃる折でもあったので、前々から、もしも生まれてくる大将の子[10]が、男の子でいらっしゃったならば（引き取りたい）、とお思いだったので、大殿[13]にも「お生まれになった子を、大将[1]の御代わりとしてお世話申し上げなさると聞いておりますが、私も前々から、そんなふうに思っておりましたのですけれど」と申し上げなさったところ、大殿も、「御あやかりものとしても、とてもよいこと。春宮[12]が比類なく子だくさんでいらっしゃいますにつけても、せめて女宮たちなりともほしいものと帝[11]がお思いでいらっしゃる、そのお慰めに、とてもよいことです」と申し上げなさって、大将殿[1]にも、「このように考えています」と申し上げなさったところ、うれしくお思いになって、若君[10]をお移し申し上げなさるべき旨を申し上げなさるので、御乳母たちをはじめとしてすばらしい女房たちをお選びなさる。帝からも、本当の皇子誕生であるかのように、会いたがりなさるにつけても、后の宮は「同じことなら、私の本当の皇子として生まれてくれたのだったなら」と、物足りなくお思いになる。

十一日という日に、若君を大殿邸にお移し申し上げなさったのだった。この世にまたとなくかわいらしい赤子のご様子に、后の宮は、何もかもお忘れになって、ご参内のこともまだそんなお気持ちにもなっていらっしゃらないのに、あいにくなことに、頻繁に帝からのご使者があるのも、まるで本当の皇子誕生のご産所と見えて喜ばしい。

注

一　下つ方―下京のこと。参考「下つ方の京極わたりなれば」(『源氏物語』澪標巻)。

二　人少なにておはするを―第一段の女主人公である女君が、女房なども少ない状態でひっそりと暮らしているということをさす、と解した。

三　殿―女君の夫をさすか、あるいは父にあたるような後見人ともとれるか。「我」の心内語のなかに見える語であり、この人物は、「我」にとってもよく知る人物とも思われるが人物関係不明。

四　我―底本では「われ」。「殿」と「我」とを別の人物ととった。「殿」も下京の女君のもとを訪れるだろう、と思いながらも、「我」も知らないふりをして女君のもとを訪れた、と解した。清水好子氏「鎌倉時代の物語」(『新修日本絵巻物全集17』角川書店、一九八〇年一月、八七頁)では、殿の北の方とおぼしき女君が登場し、殿以外の男性に心を交わす様子である、と推定されている。

ちなみに、徳川義宣氏『葉月物語絵巻』(木耳社、一九六四年七月、四四頁)、久保朝孝氏「葉月物語絵巻」(『体系物語文学史　第五巻　物語文学の系譜Ⅲ　鎌倉物語2』有精堂、一九九一年七月、七〇頁)、渡辺奈津子氏(「葉月物語」『中世王朝物語・御伽草子事典』勉誠社、二〇〇二年五月、四〇五頁)では、この第一段に登場する男性については「殿」についてて言及されているのみである。

五　人知れぬあらはれ衣に―女君にとって、おおやけに知られた男君以外に、ひそかに恋しく思う男君がいることをあらわす。このあたりの文脈はわかりにくく、徳川論文(前掲注**四**、二二頁)、久保論文(前掲注**四**)は「殿」を主語と解している。

六　もの狂ほしきことのさまかな、と知る人あらば思ひきこえぬべし―女君は、ひそかに恋している男君がいるということを、あるいはその男君が誰であるかということを、知る人がいたなら、狂気じみたことだと思うだろう、と思っている。女君をはさむ二人の男性が、親子であるとか、兄弟であるとか、常識的には考えにくい関係であることを示しているともとれるか。

七　わがもとにおはしそめし折―その男君が、「殿」か「我」か検討しなければならない。今は亡き母君が、生前、男君の衣服の世話を心をこめてしてくれたのに、という内容が、「人知れぬあらはれ衣」と関連すると考えると、その男君は「我」か。

八　つねよりもめでたくして持て参りたるを―持ってきたのが誰かはっきりしない。尊敬の意を表わす敬語が用いられていないため、主語は女房か。

九　脱ぎかけて―襟足が抜き出るように衣を着ること。参考「よく見れば、衣《きぬ》脱ぎかけたるやうだい、ささやかにいみじう子めいたり」(『堤中納言物語』「花桜折る少将」)。

一〇 限りある宮たち―「限り」はわかりにくいが、最大限、極限、の意と解し、最上の身分の皇女たち、の意と解しておく。なお、「限りなき宮たち」で、この上ない、最高の身分の皇女たちを表わすのが自然か。

一一 我―底本では「われ」。自分のことを、の意。主語が「殿」か「我」か検討しなければならないが、「我」ととっておく。

一二 色なる心―女君の浮気な心をさすと解した。徳川著書(前掲注四、二三頁)、久保論文(前掲注四、七一頁)は、殿の好色心と解している。

一三 かの御装束―「人知れぬあらはれ衣」として準備した「御直衣、指貫」と解した。「殿」は、衣桁に掛けられた男ものの装束を、自分のためのものではないことを、知っているか。清水論文(前掲注四、八七頁)では、「人しれぬ恋人のため衣服を整えている最中で『殿』はそれを察知している」とする。

一四 重ねてもいかが着るべき紫のゆかりはわかぬ衣なりとも―「重ねても」歌の本歌は、『狭衣物語』に見える狭衣歌「いろいろに重ねては着じ人知れず思ひそめてし夜半《よは》の狭衣」(日本古典文学大系『狭衣物語』巻一、五三頁)。狭衣歌は、源氏の宮に思いを寄せる狭衣が、帝から女二の宮との結婚を許され、面目あることとは思うものの、結婚しがいがあることとも思えずに、「紫のならましかば」と思い嘆く、という一文よりつづく。狭衣歌の歌意は、「いろいろな夜着を重ねては着るまい。誰にも知られずに、紫色に染めてしまった夜半の衣を。源氏の宮以外の別の女性を妻にはするまい」。『葉月物語絵巻』の作中歌「重ねても」の解釈をめぐっては、梗概(第一段)も参照されたい。

一五 ゐ給へるに―主語は男君で、二、三歳の幼児(弁の子)に託して、姫君へ葦手の手紙を届けさせるという内容は明白だが、その男君と姫君の人物関係が分明でなく、人物番号を付すことができなかった。なお、梗概(第二段)も参照されたい。

一六 おのれ―二人称。目下の者に対して、また相手を見下した時に用いる語。

一七 葦手―平安から鎌倉時代にかけて行なわれた仮名書きの書体の一つ。水辺の景色を絵に描き、歌などを草仮名で葦が生い茂っているようになぞらえて描いたもの。葦に限らず、景物の一部として隠し文字のように描かれる。『隆房卿艶詞《たかふさきょうつやことば》絵巻《えまき》』には、絵に描かれた松や梅の幹の曲線にそって、詞書の一部分が葦手によってあらわされており参考になる(『日本の絵巻10』中央公論社一九八八年一月、八一・八六頁、等参照)。

一八 朝明の姿―万葉集歌「わがせこがあさけの姿よく見ずてけふのあひだを恋ひくらすかも」(巻十二・二八五二)による表現で、朝の光の中に見える、恋人のもとから帰る男性の姿をさす。源氏物語には三例認められるが、朝日のさすなか、六条御息所のもとから帰る光源氏(夕顔巻)、中の君のもとから帰る匂宮（総角巻）の、美しい姿が重ねられているほか、野分の朝、六条院を訪問した夕霧の姿について、光源氏が紫の上への会話文中で美しい姿として語っている（野分巻）。夕霧の例のみ、後朝の別れの場面ではないが、光源氏が冗談交じりに、夕霧の姿を、恋人のもとから帰る男性の姿にたとえたものとも読める。おおむね、源氏物語では万葉集歌を踏まえた表現と言えよう。これらの例を踏まえると、『葉月物語』の朝明の姿も、朝の光の中に見える、これから来訪する男性の姿をさすと解されるか。ただし、女房たちの明け方の寝起きのままのお化粧もしていない姿をさすと解する余地もあるか。もっともその場合は、朝起きがけの顔という意味で「わが朝顔の思ひ知らるれば」（紫式部日記）のような表現もある。

一九　その折の播磨の守は、時の蔵人にて―後朝の手紙の使者として訪問した人物が、時の蔵人で播磨の守ということは、よほど高貴な人の使いか。清水論文（前掲注**四**、八七頁）では、帝か春宮かとされる。

二〇　時の蔵人―「時」は「時の人」「時めく」の「時」と同じで、よい時機に合って栄え、声望を得ていることと解した。

二一　松がさね―襲の色目。表は萌葱《もえぎ》（または青）、裏は紫（または赤）。作中歌「暮れ待つ」の「まつ」とひびきあうか。なお、『苔の衣』（春）でも、春宮に入内した女御に届けられた後朝の文として「松がさねの紙」が用いられている。「松がさね」については、解題（五〇九〜五一一頁）を参照されたい。

二二　見知り給はずや―第三段の内容について、久保論文では、「殿の上は、その宮（私注・後朝の手紙をよこした高貴な男性）と密通しているらしい。少なくとも殿はそれを疑っている」（前掲注**四**、七三頁）と解され、三角洋一氏も「殿の上は淫乱で、殿が婿にと縁談を進めている宮と密通する」（別冊国文学『王朝物語必携』「物語文学全覧」一九八七年）と解説されている。そのような解釈がなされる理由として、高貴な男性からの後朝の手紙の筆跡について、殿が、上（殿の妻）に「あなたは、見知ってはいらっしゃらないのか」と語りかけている箇所の受け止め方にあるものと推察される。ただし、これだけでは、その高貴な男性（宮）と殿の妻とが不倫関係にあると断定することはむずかしいと思われる。なお、梗概（第三段）も参照されたい。

二三　宮―「宮」という呼称は本絵巻にはじめて見えるが、第三段において、時の蔵人兼播磨の守を使いに手紙を送った高貴な男性が、この宮であろうと推定される。

二四　露よりもこよなく置き劣りぬべきにや―引歌「秋くれど扇の風はやまずして露にはつねに置き劣りけり」（『大斎院前御集』一四一）による。

二五　かりに立ちてもはなたれぬ扇の風も、秋とはおぼえぬほどに―参考「身にちかくなれし扇の風なれば秋は来《き》ぬともいかがわたらむ」（『大弐高遠集』一〇五）。

二六　几帳―底本では「木丁」。

二七　なべてならぬ紅のうちあはせに、象嵌の女郎花の御衣に、浮線綾の萩の小袿着なし給へる、人がらにや、たぐひなく見ゆるに―参考「象嵌の紅の単衣、同じ御直衣、色いと濃き唐撫子の浮線綾の御指貫、余りおどろおどろしき御あはひを着給へるも、この世の色とも見えずなまめかしくて」（日本古典文学大系『狭衣物語』巻一、四二頁）。『狭衣物語』では、主人公狭衣の豪華で華美なまでの衣装の形容であり、『葉月物語』とは「象嵌」「浮線綾」「紅」などが重なる。直接の影響関係は断定できないが、『葉月物語』でも、大臣家の新婚の姫君の衣装の形容と推定され、ともに財力豊かな家柄の子女の華麗な姿として類似する。

二八　琴のしらべは、まことに峰の松風にも問はまほしく―引歌「琴のねにみねの松風かよふらしいづれのをよりしらべそめけん」（『拾遺集』雑上、四五一、斎宮女御。『和漢朗詠集』『古今和歌六帖』『斎宮女御集』）による。この斎宮女御歌は有名で、源氏物語にもくり返し引用されている。

なお、峰の松風に「問はまほし」の内容を、斎宮女御歌の下句「いづれのをよりしらべそめけん」をさすものと解したが、あるいは、大将の琴の調べがどうしてこれほどすばらしいのか聞きたいほどだ、とも解することができるか。ちなみに、斎宮女御歌の「を」には、琴の緒（絃）と、尾根の意がかけられている。

二九　相住み―一つの家に住んで生活すること。夫婦の場合に限らない。ここでは、大将が結婚相手の女性と同じ家で暮らすことをさすか。ただし、大将の相住みの相手が誰かは不明。あるいは、第一段の下京でひっそりと暮らす女君のことか。そうだとすると、第一段の「我」は、大将ということになるか。なお、梗概（第五段）も参照されたい。

三〇　后の宮―后の宮と大将はともに大殿の子供。どちらが年上かはっきりしないが、后の宮が姉で大将が弟か。

三一　男にておはしまさば―生まれてくる大将の子が、もし男の子でいらっしゃったならば、引き取って猶子としたい、と后の宮（中宮）が思っていたということ。

なお、猶子とは、兄弟などの子を養って自分の子としたもの。崇徳天皇の中宮であった皇嘉門院が、弟・九条兼実の子の良通を猶子とした例もある。ただし、猶子として迎えた時期が『葉月物語絵巻』では生後まもない若君であるのに対し、良通の場合は元服後と思われ、その点が異なる。梗概（第六段）も参照されたい。

三二　大殿―后の宮、大将の父。第三段の殿[4]とは別の人物と考えたが、同じ可能性もあるか。

三三　大将の御かはりとあつかひきこえ給ふなるを―「なる」は伝聞の助動詞。大将の父にあたる大殿も、生まれてくる大将の若君を引き取って、大将の代わりとしてお世話申し上げなさるつもりと聞いているが、自分も、前々から、大将の若君を猶子としてお世話したいと、そんなふうに思っていた、と后の宮が父・大殿に訴えたものと解した。

三四　御あえもの―底本では「御あへもの」。「あえ」は、形がそっくり似るものの意。あやかりもの。なお、『藤の衣物語絵巻』第八段・画中詞の侍従の乳母の会話文中に、「御子のわたらせ給はで、この御あえの若君をさもや、などおほせごと候ふぞ」（本書五〇頁）と、「御あえ」が用いられている。内容は、子供に恵まれない大将が、行方知れずの兄（『山伏』）の忘れ形見の若君を、自身の後継にしようか、などと口にしているという場面で、兄弟の子をわが子としようとする点、『葉月物語絵巻』と重なる。

三五 春宮のたぐひなくおはしますにも―皇子女のない帝に対し、春宮（皇太子）が子だくさんであることをさすと解した。久保論文（前掲注**四**、七五頁）でも同様に解されている。

三六 かくなん―誕生したばかりの大将の子を、后の宮が、引き取り、猶子として育てたいと思っているということ。

三七 おぼしよろこびて―主語がはっきりしない。ここでは、大将が喜んで、承諾の旨を后の宮に伝え、后の宮が乳母や女房たちを選んだと解しておく。

三八 同じくは―同じことなら、后の宮の本当の皇子であったなら、の意と解した。徳川論文（前掲注**四**、五二頁）、久保論文（前掲注**四**、七五頁）、渡辺論文（前掲注**四**、四〇六頁）では、后の宮が引き取ることになった大将の子を女児と考えており、「同じことなら、男の子であればどんなに良かったことか」と解している。

三九 まことの御産屋―本当の皇子誕生の御産所のようだ、と解したが、本当の皇子誕生のお祝いの儀式（産養《うぶやしない》）のようだ、ともとれるか。

梗概・絵の説明・系図

梗概・絵の説明

『葉月物語絵巻』は、現在、第一段から第六段までの詞六段と絵六図が伝えられているが、おそらく大部の物語からその一部分の物語本文が、絵巻制作にあたって抜き出され、詞書として記されたものと推定される。そのため、この六段の詞書を読みつないでも、物語の全体像をつかむことはむずかしく、登場人物たちのつながりも分明でない。以下の梗概はなるべく本文に忠実であるべく努めたが、推測による箇所も含まれていることをお断りしておきたい。詞書の内容の説明とともに、絵の画面についての説明もつけ加えた。さらに、疑問点など改めて検討すべき点について、注として付記した。なお、注に示した徳川義宣、清水好子、久保朝孝の三氏の見解は、徳川義宣氏『葉月物語絵巻』（木耳社、一九六四年七月）、清水好子氏『鎌倉時代の物語』（『新修日本絵巻物全集17』角川書店、一九八〇年一月）、久保朝孝氏「葉月物語絵巻」（『体系物語文学史　第五巻　物語文学の系譜Ⅲ　鎌倉物語2』有精堂、一九九四年七月）による。

第一段

八月十余日、下京に暮らす女君[2]のもとを、殿[3]も訪れるつもりのようだ、とわかっていながらも、我（大将[1]か）も出かけて、女君の様子をうかがう。すると、女君は人知れぬ恋の思いをこめて、直衣と指貫の仕立てをしている。女君[2]は母[4]を亡くし、生活が一変してしまったことを身にしみて悲しく思う。上に着ている香染めの生絹《すずし》の衣をおしやって、単衣《ひとえ》だけを着て、ものに寄りかかって座っている女君の姿は、腰のあたりが透けて見え、袴の紅色も新鮮で、夕方の薄明かりに映えているせいか、すばらしく美しい。あの衣装（直衣と指貫か）が掛けられたままになっているのを見て、殿3が人知れず「重ねてもいかが着るべき紫のゆかりはわかぬ衣なりとも」と歌を口ずさむ。

絵の画面は、女君の邸と思われ、屏風と几帳をめぐらしたなか、袿姿の男性と脇息に寄りかかる女君が向かい合うように描かれている。男性の視線の先には衣桁に掛けられた衣装の一部が描かれており、殿3が、その衣装を見て、人知れず歌を口ずさんだ場面を描いたものと推定される。障子（襖《ふすま》）を隔てて女房たちが縫い物をしている。

注　第一段の解釈をめぐっては、「殿」と「我」の関係をどのようにとらえたらいいのかが課題である。「我」が女君の母の生前から通っていたらしいが、女君の母の死後（「故上」とある）、関係が変わってしまったものと推定される。ただし、「我」が女君を忘れられないように、女君の人知れぬ恋の思いの相手も「我」の可能性が高い。「殿」は、女君が思いを寄せる男君があることを知っているかのようでもある。「我」と「殿」は、近しい関係にあるような印象も受ける（親子とも考えられるか）。第一段の人物関係については、推測でしかないものの、「殿」は、かつて女君の母のもとに通っており、女君のもとには、「我」が通っていたが、女君の母が死去、「殿」が女君の後見役のような立場になったとも思われるか。その場合、女君は母の連れ子であり、「殿」と女君の血縁関係はないものと思われる。なお、小松茂美氏（『日本の絵巻10』中央公論社、一九八八年一月、一一〇頁）は、「殿」をこの家の主人であり、「故上」は「殿」の北の方（夫人）で、女君の父親と推定している。

女君は、母亡き後の自身の境遇について、「もの狂ほしきことのさまかな、と知る人あらば思ひきこえぬべし」（狂気じみたことと、事情を知っている人があるならばお思い申し上げるに違いない）と思っており、常識では考えにくい恋愛（婚姻）関係になっているものかと推測され、亡き母のもとに通っていた「殿」が、母の死後、娘の後見（恋愛関係も想定される）となったという状況、あるいは、「殿」と「我」が近しい関係にあり、その二人と女君が恋愛関係に置かれているといった状況などが想定されるか。

ちなみに、筆者は「殿」と「我」とを二人の男性と受け取ったが、徳川義宣氏、久保朝孝氏などは同一人物と解されているのか、第一段のなかに、「殿」以外の男性の存在を想定されていない。男性を一人と解するのは、画面に男君と女君が対座しているだけであることも影響しているかと思われるが、「我」の姿は描かれずに、女君の姿を垣間見のようにのぞき見ていると解することは無理であろうか。なお、清水好子氏は「殿とその北の方とおぼしき女君が登場し、彼女は美人でどうやら色好み、心を他に交わす様子である。人しれぬ恋人のため衣服を整えている最中で殿はそれを察知している」と、女君をはさむ二人の男性の存在を想定されている。

ところで、「殿」が口ずさんだ歌「重ねてもいかが着るべき紫のゆかりはわかぬ衣なりとも」は、『狭衣物語』の主人公・狭衣による歌「いろいろに重ねては着じ人知れず思ひそめてし夜半の狭衣」（巻一）を踏まえるものと推定される。この狭衣歌は、女二の宮との結婚を帝から許された狭衣が、「紫のならましかば」（同じことなら女二の宮ではなく、紫のゆかり、先帝の皇女の源氏の宮だったらよかったのに）と思って、秘めた恋の相手、源氏の宮以外の女性とは結婚するまいと思って詠んだものである。『葉月物語』の「殿」歌でも、「紫のゆかり」である二人とどうして結婚をすることができようかという思いを詠んだものと解されようが、人物関係がはっきりしない。清水好子氏は「紫のゆかりという物語の上では慣用になった句が女きょうだい以外に使われることはないけれども、女君の恋が殿の兄弟か誰か血縁に関係していることを示している」と、ここでの「紫のゆかり」は、女君の恋の相手である二人の男性に対して用いられているものと解されている。

ただし、「紫のゆかり」をよみ込んだ歌は「殿」の詠であるから、「紫のゆかり」は「殿」にとっての恋愛相手と考えたほうが自然のようでもある。久保朝孝氏は、「もう一人の方と区別することができないほど深い血縁にあるこの女君と、どうして二重関係をたもち続けることができよう」と解されている。前述したように、「殿」と「故上」とがかつて恋愛関係にあったが、死去により、「殿」が「故上」の連れ子の女君の後見という立場となったものの、女君と恋愛関係を持つことをためらう思いを詠んだ歌と解することもできなくはないか。ただし、その場合、母とその娘を「紫のゆかり」と表現することに若干の抵抗がある。第一段の人物関係については、さらなる検討を要する。

第二段

姫君がいらっしゃるお部屋の高欄に男君が寄りかかっていると、二、三歳ほどのかわいらしい子が出て来る。男君が弁（女房の一人であろう）の子か、と尋ねると、うなづく。男君はその子に小さな紙を押したたんで、姫君にさしあげてほしいと渡す。姫君がご覧になると、たいそう美しい葦手で書いてある。姫君は誰の手紙なのか心当たりもないが、誰かの手《て》習《ならい》のようだ、すばらしい書きぶりだ、と思う。（ただし、男君と姫君の人物関係は分明でないため、人物番号を付すことができなかった。）

絵の画面右側では、高欄のもとで、幼児（弁の子）を膝にのせ、手紙を渡している男君の姿が描かれ、画面右奥には、姫君に男君からの手紙を渡す幼児の姿が描かれており、異時同図（ひとつの絵のなかに、同じ人物が複数回描かれ、その人物の行動が時間の経過にそって描かれていること）のようになっている。

注　男君は、この邸の高欄に寄りかかっていても不自然な立場ではなく、また手紙の使いを頼んだ幼児に向かって、「弁の子か」と女房名をあげており、この邸と近しい関係にあることがわかる。しかし、姫君は男君からの葦手の手紙にまったく心当たりがないとされており、人物関係がはっきりしない。あるいは別々に育った異母兄妹のようなこともあるか。なお、絵の画面右側の、男君が幼児を膝にのせている簀子の幅が、不自然なほど狭く描かれている。

第三段

この家の主人とおぼしき殿5が、りっぱな人がやって来ると言っていたことを忘れていたと言い出し、女房たちがあわてて身なりを整えて並んで座って待っていると、播磨の守で蔵人を兼任している人がやって来て、ある人物からの手紙を届ける。殿は、若くて美貌の女房（少将）に受け取らせる。殿はみずから、扇で室内にたきこめられた空薫物を外に向かってあおぐ。手紙は、松がさねの薄様に包まれた並々ならぬものだった。恋の歌（後朝の文かと思われる）が記されており、この殿の姫君7にあてられたものと推定される。殿は事情を心得ているが、上6（殿の妻）は何も知らず、誰からの手紙であるのかとも、思い当たらずにいる。

絵の画面右端の簀子に、束帯姿の蔵人を兼任する播磨の守が描かれ、手紙を受け取るために、御簾を押し分けて顔をのぞかせる女房（少将）の姿が描かれる。部屋の奥では、殿が香炉を扇（紅地に金で日輪を表わした黒い塗骨の扇）であおいでいる。室内には二人の女性が描かれているが、奥の几帳のもとにいるのが上6（殿の妻）で、届けられた手紙を見ている姿か。

注

播磨の守で蔵人を兼任する人物を手紙の使いとしていることから、依頼した人物は高貴な身分の人と思われる。手紙は、歌の内容から後朝の手紙かと推定される。第四段、第五段に登場する「宮」が手紙の送り主ととってよいか。その手紙の送り主に心当たりがなさそうな妻に、殿はにっこりしながら「見知り給はずや」と、手紙の筆跡に心当たりはないかと語りかけているが、手紙の筆跡を妻が見知っているということは、この手紙の送り主の男性と妻は手紙を交換しあう仲なのではないかと、殿が疑ったものとも思えなくはない。久保朝孝氏は、殿の上が、娘の結婚相手の宮と密通しているらしい、少なくとも殿はそれを疑っている、とする。三角洋一氏「物語文学全覧」（別冊国文学『王朝物語必携』学燈社、一九八七年）の「殿の上は淫乱で、殿が婿にと縁談を進めている宮と密通する」という見解もこのやりとりにもとづくか。この手紙の送り主は、次の第四段に登場する「宮」である可能性が高いが、第四段において、「宮」は何の屈託もなく、新婚の女君を美しいと思っており、その姫君の母とも不倫関係にあるといった屈折した状況に置かれた人物であるとは思いにくい。筆跡を見知っている間柄とするなら、「宮」と殿の妻が姉弟というような近しい関係、あるいは「宮」が能筆であるなど、注目すべき人物であったと推定することもできるか。第四段で、この新婚の「宮」が、居並ぶ女房たちの華やかな様子に、「かくにはかなりつることとも見えず」と感想をもらしており、この婚儀は、殿が妻にも明かさず、短期間で決断し実行されたものとも考えられ、この「松がさねの薄様」に包まれた手紙によってはじめて妻に真相をうち明けたものとも考えられる。

第四段

宮8は、今はくつろいで新婚の女君7をご覧になると、思っていたよりもはるかに美しい女君の様子に感嘆する。押し詰められたように居並ぶ女房たちの姿もすばらしい。女君の衣装は、紅の打ち合わせに、象嵌の女郎花のお召し物を重ね、さらに浮線綾の萩の小袿を重ねて着こなしている。宮が扇であおぐと、女君の額髪が頬に乱れかかる様子も、めったにないほどの美しさである。

絵の画面下段には、着飾った二人の女房ともう一人の女房の袖が描かれ、並み居る女房たちを表わしている。部屋の奥では、亀甲紋を織り出した朱色の垂れ絹の几帳に衣装を少しのぞかせて女君を表わし、冠直衣姿の宮は扇（皆彫骨《みなえりぼね》の紅《くれない》の扇）を手にして、女君をあおいでいる。二人のいる畳は繧繝縁で、豪華なしつらいであることをうかがわせる。

注　居並ぶ女房たちの美しく着飾った姿、女君の衣装の豪華さ（象嵌や浮線綾など）などから、権勢家の姫君と「宮」との結婚を披露する露顕《ところあらわし》とも、新婚のくつろぎのひと時とも思われる。第三段の後朝の手紙の送り主とその相手の女君と考えてよいだろう。女君は、第三段の「殿」の娘であり、華やかな暮らしぶりから考えて、大臣家の姫君と推定される。

第五段

帝[11]のもとで、虫の音に、琴や笛の音を合わせて管絃のあそびが催される。宮[8]はどんな楽器よりも琵琶を上手に弾きこなす。宮が、大将[1]の奏でる笛の音や琴の調べはすばらしい、と話題にすると、帝は、大将[1]はそのすばらしい才能を出し惜しみするのが憎らしい、くつろいだ一つ住まいでの暮らしは、見慣れることだろう、うらやましいことだ、と語る。絵の画面には、宮と帝とおぼしき男性、さらに二人の男性貴族が集まって、笛を吹いたり、琵琶や箏の琴を演奏したりしている様子が描かれている。他の男性たちが、冠直衣姿であるなかで、室内にいて御引直衣姿なのが帝であり、簀子に座って琵琶を弾くのが宮だろう。薄、女郎花、萩などが描かれた前栽には、秋の虫も描かれている。

注　第五段の詞書中には、二人の発言者が登場し、大将の笛や琴の演奏のみごとさを話題としている。最初の宮とおぼしき人物の会話では、会話文中に丁寧語「侍り」が用いられており、会話文は「と申し給へば」と受けられている。応答の会話文中には「侍り」は用いられておらず、会話文は「のたまはす」と敬意の度合の高い尊敬語が用いられているため、宮より高い身分の人物として、帝（上皇の可能性もある）が想定できるだろう。

また、帝の発言の、大将は才能を出し惜しみするので憎らしい、につづく「うちとけたる相住みは、見なれ給はむとすらん。うらやましう」の解釈をめぐっては、大将が女君と結婚し「相住み」をして睦まじくしていることをさすものかとも思われるが、「相住み」とは、同じ所に住むことを意味し、夫婦の場合に限らない。たとえば、源氏物語では、六条院の丑寅の町に花散里と玉鬘が住む例として用いられている。さらに検討する余地もないとはいえないか。なお、絵の画面の下方に描かれた、階段の途中に座って箏の琴を弾く男性の姿には、構図に無理があると思われる。

第六段

大将1に男児10が誕生する。后の宮（大将の姉）9もめずらしく実家にいる時で、后の宮は、生まれてくる大将の子が男児だったなら引き取って育てたいと思っていたため、父・大殿13もこの男児を大将の代わりとしてお世話しようとしているということを耳にしてはいるが、私も前々からそう思っていたのだと、父・大殿に伝える。大殿は、帝11がせめて女宮でもいいから欲しいとおっしゃっていた、その慰めにもなるだろうと承知し、大将にもその旨を伝えると、大将も喜び、男児10は大殿邸に移されることになる。帝も、まるで自分の本当の皇子が生まれたかのように喜び、男児に会いたがる。后の宮は、同じことなら私自身の皇子として生まれてくれたのだったなら（どんなにうれしかったことか）、と思う。帝からの使者がしきりに訪れ、まるで本当の皇子誕生のご産所のように見えて喜ばしい。

絵の画面は大殿邸で、部屋の奥では、赤子を抱く女性（乳母だろう）と、その赤子に手をさしのべて見まもる后の宮の姿が描き出される。

注　后の宮が大将の子を猶子として引き取ることになるという場面である。后の宮も大将も大殿の子供たちであるが、どちらが年上かは不明。后の宮が姉で大将が弟か。「大殿」は第三段の「殿」とは別の人と解したが、はっきりしない。生まれてすぐに引き取られるということは、この子の母親は病気がち（死去の場合もあるか）、あるいは身分的なことや経済的な理由などから育てられないような環境にあるということか。少なくとも、大将の実家や后の宮のもとで育てられたほうが幸せだろうと判断されたことになる。この子の母は、第一段の下京で暮らす女君か。そうであるとするなら、第一段の「我」は大将にあたり、第一段の「殿」は「大殿」の可能性もあるか。ただし、第一段と第六段との間に、どのくらい時間が経過しているのかもわからないため、人物関係を特定することはむずかしい。第一段は「八月十余日」とあり、第四段は「八月二十日」とあり、第五段も「をかしうきこゆる虫の音」に合わせて管絃のあそびが行なわれており、ある年の秋の物語という可能性もないとはいえないか。なお、筆者は、誕生した大将の子を男児と解したが、女児とする見方（徳川義宣氏・久保朝孝氏等）もある。

（試案）登場人物系図
葉月物語絵巻

・第一段

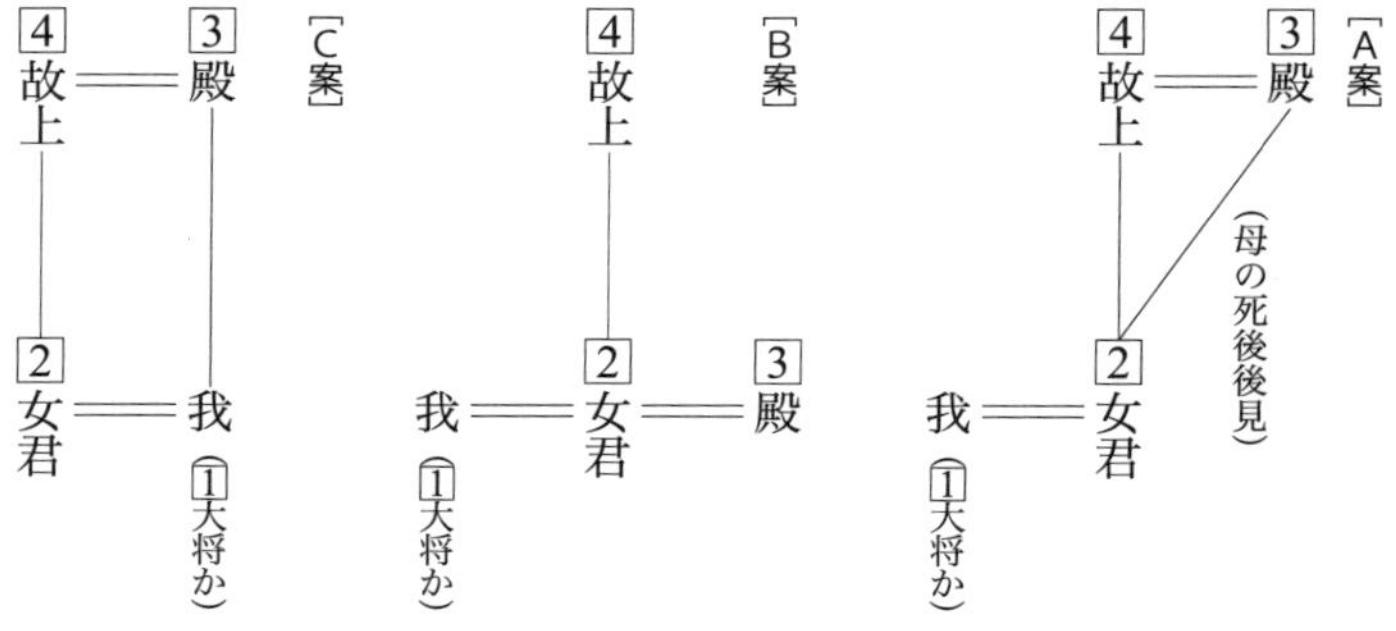

・第二段

男君

姫君

二、三歳の子（弁の子）

・第三段

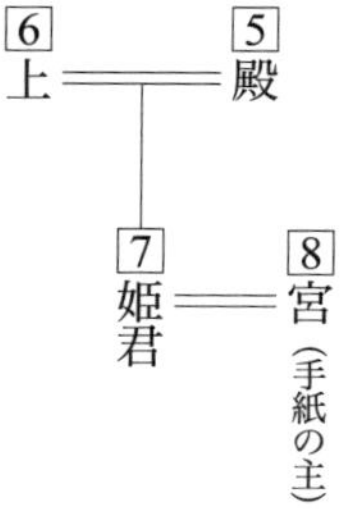

播磨の守・蔵人（兼任）

・女房

小宰相

中将

少将

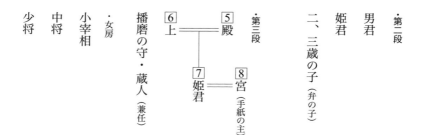

・第四段

8宮＝7女君

・第五段

11帝
8宮
1大将

・第六段

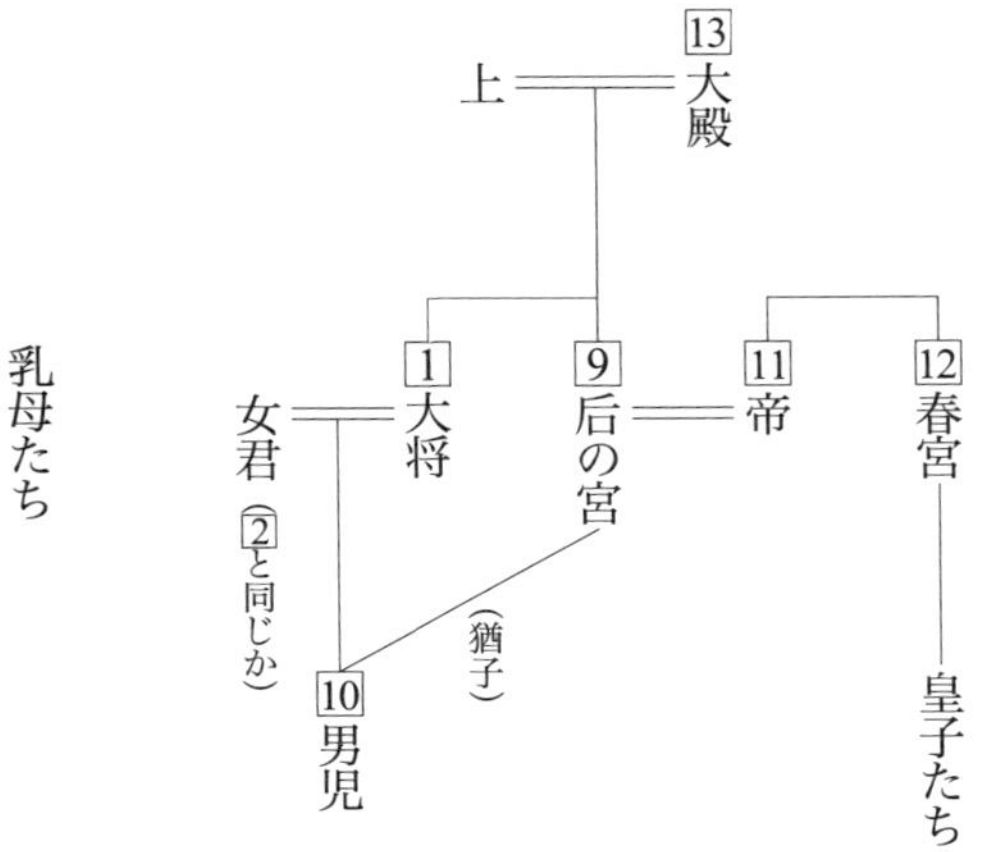

解題

一、物語の名称と絵巻の伝来

『葉月物語絵巻』は詞六段・絵六図からなる紙本着色の物語絵巻であるが、原題も作者も未詳であり、徳川美術館に伝わるのみの孤本である。天地は二六・一センチメートルで、徳川美術館と五島美術館に分蔵されている『源氏物語絵巻』より一・五センチメートルほど大きいものの、ほぼ同じくらいの形態といえよう。徳川義宣氏(1)によると、一九三一年に保存のために絵六面、詞六面、計十二面に切り離され、現在は額面装となっているが、本来は巻子本仕立てで、りっぱな三重箱に納められていたという。徳川家に残る記録では、『源氏物語絵巻』や『西行物語絵巻』と同じく「祖先伝来」と記されており、初代より伝わったものであることは確かであるという。『葉月物語』という名称は、徳川義宣氏により、第一段の詞書のはじまりが「八月十よ日」とあることにちなみ、「八月」の異称により「葉月」と名づけられたものである。

本絵巻は、詞六段・絵六図からなるが、六段の詞書を読みつないでも物語の全体像をつかむことはむずかしいといわざるをえず、おそらく大部の物語から六箇所の物語本文が抜き出され、六段の詞書とされたものと推定される。主な登場人物は、内裏《うち》(帝)、后の宮、大将、宮、殿、上(殿の妻)、大殿、姫君、女君であり、天皇家や上流の貴族たちによる男女の恋物語を軸とした物語であろうかと推定されるが、物語の詳しい内容や人物関係などは分明でない。

二、絵巻の制作年代について

『葉月物語絵巻』の制作年代を推定するにあたって、まず注目されるのは、詞書の料紙装飾である。『葉月物語絵巻』の詞書料紙は、紫の打曇り紙に、金銀泥により稲田や秋の草花、紅葉など、秋の景物が繊細優美に描き出されているが、このような料紙装飾は、春の景物が描かれた『隆房卿艶詞絵巻』(国立歴史民族博物館蔵)や、四季の景物で構成されていたとみられる『枕草子絵巻』（個人蔵）など、十三世紀末から十四世紀にかけての絵巻の詞書料紙の装飾と趣向を同じくするという。[2] 打曇りが『葉月物語絵巻』では紫色で料紙の上部にのみ配されているのに対して、『枕草子絵巻』では藍色の打曇りが料紙の上部と下部に配されている点、『隆房卿艶詞絵巻』では打曇りが認められない点が異なるものの、金銀泥による景物の描かれ方はきわめて似ている。

こうした装飾をほどこした詞書料紙の類品は、他にも鎌倉末期、十四世紀の歌集や懐紙等に多く見出され、当時この種の贅沢な料紙を用いたものには、天皇宸筆あるいは親王親筆と伝えられるものが多いという。ちなみに、『葉月物語絵巻』の詞書について、江戸時代（寛永十二年）に、古筆了佐によって「御詞書者、後二条院御宸筆」と鑑定されている。後二条院（一二八五〜一三〇八）の宸筆かどうかは定かではないが、詞書の料紙装飾から推定される年代とほぼ重なるといえようか。丸みをおびた、くねくねと筆をくねらせた癖の強い書風である。[3]

さて、『葉月物語絵巻』の制作年代は、詞書の料紙装飾の特徴や書風などから鎌倉末期、十四世紀ごろと推定できるといえようが、一九六四年、徳川義宣氏によって、本絵巻は詞書と絵とで料紙を異にしており、制作年代もそれぞれ異なり、絵の制作は詞書の制作に先立つと考えられるとする仮説が提示された。[4]

徳川義宣氏は論拠として、本絵巻では絵のほうが詞に較べて傷みが激しいこと、絵の料紙に入った横皺の大部分が隣の詞の料紙にまったくつながっていないこと、その反面、詞の料紙に残る数少ない横皺はすべて絵の料紙の皺につながっていること、また、料紙の質が詞と絵とで異なることなどを指摘し、詞と絵とは連続してはいなかったものと推定した。そして、詞書については料紙装飾の特徴などから鎌倉末期、十四世紀が想定されるが、絵のほうは古様を示しており、十二世紀中頃の作と捉えるのがもっとも至当と考えられると述べた。『葉月物語絵巻』の絵は、『源氏物語絵巻』などと同じように、墨書き下図の上に彩色を厚くほどこし、その上から顔の輪郭や衣装の文様などを描き起こすという「作り絵」の手法をとっており、「引目鈎鼻」や「吹抜屋台」の描法が用いられているが、徳川氏は、引目鈎鼻による人物の顔貌表現も、細かい線を幾重にも重ねながら、ごくわずかに黒目の位置を示す手法などが『源氏物語絵巻』とまったく同じで古様を示していること、絵巻に描かれる畳が非常に少ないうえ、すべて丸畳（一畳の広さをもつ畳）であること、柱が丸柱であること、土台石も形を整えぬ自然石が用いられている点も古様と思われること、さらに服装、土坡や下草も自由闊達な筆勢を示し、後世の様式化していったものと異なり時代の古さを示すものであり、絵の上部に描かれた槍霞（すやり霞とも）の描かれ方も鎌倉初期までのものと思われることなどを指摘し、これらの本絵巻の絵に見られる画法と風俗は、鎌倉時代のものというより、むしろ平安時代のものと考えられると推定した。(5)

その後、白畑よし氏(6)は「十二世紀末から十三世紀にかけての女絵としての条件の具わったもの」と評し、人物の衣裳の色調や模様などの点に、「平安時代的ともいえる古様の趣が濃い」と述べ、秋山光和氏(7)は、「部分的に古風な人物の扱いを残しながら、表現や技法において著しい崩れを示している」と指摘し、鎌倉時代の作例としているが、詞と絵とで制作年代を異にするという徳川氏の指摘についてとりあげられることはなかった。

一九八八年、稲本万里子氏(8)は、徳川義宣氏の仮説を踏まえて、詞と絵の制作年代を異なるものととらえ、本絵巻の詞書は十四世紀前半に作られたものであるのに対して、絵の制作年代は十二世紀中頃から後半に位置づけられると推定した。稲本氏は、本絵巻の顔貌表現には後筆による補筆が認められ、その補筆によって顔の印象を異なるものにしてしまったことが、本絵巻の評価を不当に下げる要因であったとし、当初の顔貌表現は、『源氏物語絵巻』以降の、『久能寺経』『扇面法華経冊子』『平家納経』『寝覚物語絵巻』の作品の顔貌表現に重なるとした。さらに、四辻秀紀氏(9)も、絵は平安時代、十二世紀中期の作とみなされるが、詞書は何らかの理由により十四世紀前半ごろに書き改められたとみなしうるとした。なお、小松茂美氏(10)は、詞と絵の制作年代を区別する点では徳川、稲本、四辻の三氏と同じだが、本絵巻の第四段の絵に描かれている「皆彫骨《みなえりぼね》の紅《くれない》の扇」が鎌倉時代の絵巻に描かれているものと共通することを指摘し、絵の制作年代については、鎌倉時代、十三世紀初めの一二二〇年前後に推定することも可能かとしている。

なお、その後刊行された『角川絵巻物総覧』（角川書店、一九九五年四月）では、『葉月物語絵巻』の制作年代について、絵は平安時代末（十二世紀後半）、詞は鎌倉時代（十四世紀）と記載されているものの、この稿を担当した伊藤敏子氏は解説のなかで、本絵巻の成立年代について、従来、詞・絵とも鎌倉時代（十三〜十四世紀）とする説と、絵は十二世紀後半の成立、詞書は十四世紀に書き改めたとする説の二説があるとし、さらに本絵巻の図様は古様ではあるが、構図にゆがみや無理があること、また現存の古いつくり絵には見られない異時同図法が取り入れられていること、几帳の文様と色調が斎宮女御図（佐竹・上畳両本三十六歌仙絵。鎌倉時代〈十三世紀〉の作とされる）と類似することがあげられると記しており、絵の成立を平安時代とする見方に疑問を投げかけているようにも思われる。

一巻の絵巻でありながら、絵と詞の制作年代を異にするというのはきわめて特殊なケースと思われるが、詞の傷みが激しく、文字が判読しにくくなってしまったなどの理由から、装飾の施された美しい料紙を用いて、詞書のみが書き改められたということになるのだろうか。あるいは、詞と絵が別々の巻物として伝えられていたが、詞の傷みが激しかったため、詞のみが作り直され、新しく作られた詞と制作当初の絵が、一巻としてつなぎ合わされたというような可能性もあるのだろうか。さらに検討したい。

三、物語の成立年代について

それでは、本絵巻のもとになった物語『葉月物語』の成立年代については、どのように考えたらよいのだろうか。かりに、絵の制作年代を十二世紀中期とすると、物語そのものの成立はそれ以前、つまり平安時代には成立していたことになる。また、詞も絵も含めて鎌倉時代の制作とするならば、物語の成立は鎌倉時代の可能性もあることになる。『葉月物語絵巻』は、原題が未詳であることもあり、鎌倉初期成立とされる物語評論『無名草子』にも関連する記述は見あたらず、文永八年（一二七一）成立の『風葉和歌集』にも本物語の作中歌の入集は認められず、物語がいつ成立したのかを推定する手だてもない。ここでは、『葉月物語』の成立年代について、『葉月物語絵巻』の詞書からうかがえることをわずかながら提示し考えてみることにしたい。

まず、『葉月物語』が『狭衣物語』と接点を有している点について示そう。

葉月物語　かの御装束かけ置き給へるを見給ひて、殿の人知れずおぼす。

重ねてもいかが着るべき紫のゆかりはわかぬ衣なりとも（第一段）

狭衣物語　紫のならましかば、とおぼえて、

いろいろに重ねては着じ人知れず思ひそめてし夜半の狭衣（巻二）

右の例を比べると、表現が重なりあうことがわかる。『狭衣物語』は、女二の宮との結婚を許された狭衣が、人知れず恋い慕っている源氏の宮との結婚であったなら、どんなにうれしいことかと思って歌を詠む場面であり、「紫のゆかり」つまり源氏の宮以外の女性とは結婚するまいと詠んだこの独詠歌によって、物語の男主人公の「狭衣」という呼称も、物語名も生まれたという重要な歌である。『葉月物語』の歌は、この狭衣歌を踏まえた可能性が高い。

他にも、『狭衣物語』との接点として、『葉月物語』の女君の衣装「なべてならぬ紅のうちあはせに、象嵌の女郎花の御衣《ぞ》に、浮線綾の萩の小袿」（第四段）の描写が、『狭衣物語』の主人公・狭衣の衣装「象嵌の紅の単衣、同じ御直衣のいと濃きに、唐撫子の浮線綾の指貫」(11)（巻二）と類似している点があげられる。『枕草子』には「象嵌」を重ねた裳、『源氏物語』には「浮線綾」でこしらえた袋、『紫式部日記』には「浮線綾」の裙帯《くんたい》などの例が見られるが、『葉月物語』のように「象嵌」と「浮線綾」をとり合わせて着用するという華美な衣装の例は『枕草子』や『源氏物語』などの時代には見えないことから、『葉月物語』の描写は『狭衣物語』を下敷としたもの(12)と思えなくもない。しかし、実は「象嵌」と「浮線綾」をとり合わせた例は、『狭衣物語』だけでなく『栄花物語』続編や『とりかへばや物語』(13)にも認められるものであり、時代的好尚をうかがわせるものとみなせるのかもしれない。

清水好子氏(14)は、『葉月物語絵巻』の詞書は、鎌倉時代成立とされる『なよ竹物語絵巻』『豊明絵草子（豊明絵巻）』『小野雪見御幸絵巻』の詞書と比べて性格を異にすること、すなわち『源氏物語』『狭衣物語』などの作り物語の系列において考えねばならぬものであると述べた。さらに『葉月物語絵巻』の詞書、つまり『葉月物語』には古風さが感じられるとして、道具立てが多用で人物の動きが詳細なことを指摘した。具体的には、第一段の女君が単衣《ひとえ》ばかり脱ぎ捨てて（原文「脱ぎかけて」）、ものに倚りかかっている姿勢、その濃い紅の袴をすかして、夕日に映える腰つきが美しいという目の配りようは『狭衣物語』の源氏の宮を想起させること、第二段の貴公子の文使いが二、三歳の幼児であり、その文は小さな紙を押し畳んで「葦手」に書かれていたこと、第三段の文使いが持参した手紙が「松がさねの薄様」であることなどを指摘した。さらに清水氏は、第四段の新婚の姫君の衣装の記述、「紅のうちあはせに象嵌の女郎花の御衣に浮線綾の萩の小袿」を指摘し、服装への言及が詳細である点に注目し、そうした好尚は、「源氏よりも狭衣、寝覚、栄花物語の後半に近いといえよう」と述べた。これらの特徴をふまえて、清水氏は、『葉月物語』はゆっくりとしたテンポの場面を構成しているものであり、いわゆる鎌倉時代の物語の筋とその展開の奇抜さ早さに重きをおいた作り方とは根本的に異質なものを含んでいること、そしてそれは、『源氏物語』が目指した、小道具や衣裳によって場面の雰囲気や人物の性格を伝えようとした現実再現の方法に近いとした。

もっとも、清水氏は、『葉月物語』に認められるこうした特徴は、鎌倉時代の物語でも古風を志した『いはでしのぶ』(『無名草子』には名前は見えないが、『風葉和歌集』に作中歌が入集することから、鎌倉前期成立と推定されるもの)などにも見られることから、成立の時期と結びつけて言おうとしているのではない、ともつけ加えている。

『葉月物語』は、清水氏の指摘にもあるように鎌倉時代の物語類のなかでは古風さが感じられるものの、鎌倉前期の物語と平安後期の物語との区別は必ずしも分明ではなく、物語の成立を平安時代といってしまってよいのかためらいもある。

『葉月物語』のなかで筆者が気になったのは、清水好子氏が鎌倉時代の物語にはない時代の古さが感じられるもののひとつとして示された、「松がさねの薄様」に包まれた手紙である。管見によると、「松がさね」の語は平安時代の物語類には見出せず[15]、鎌倉時代になると『苔の衣』(『無名草子』には名前は見えないが、『風葉和歌集』に作中歌が入集することから、鎌倉前期成立と推定されるもの)の二例をはじめとして、『中務内侍日記』『とはずがたり』『竹むきが記』に各一例、『増鏡』に三例認められる。ただし、『苔の衣』の一例が『葉月物語』と同じく手紙の料紙の襲の色目として用いられているほかは、いずれも衣装の襲の色目として用いられている。

まず、手紙の料紙として「松がさね」が用いられている『苔の衣』の例から示そう。『苔の衣』では、十二歳の春宮に入内した、十一歳の関白の姫君に贈られた後朝の文として「松がさねの紙、紅梅のいまだひらけぬ枝に付けさせ給へり」[16]と見える。『葉月物語』では、高貴な男性(宮であろう)からの、大臣家の姫君への後朝の文の料紙として用いられているものと推定され、高貴な男性の後朝の文として用いられている点でも、『葉月物語』と『苔の衣』は重なる。『苔の衣』の後朝の歌「今はただ昼間な待ちそ梅が枝のひらけぬ枝に来ぬる鶯」も、『葉月物語』の後朝の歌「行く末をはるかに思ひはじむれば暮れ待つさへぞ久しかりける」も、ともに「待つ」がよみこまれており、「松がさね」とかけられていると思われる。また、松は長寿として知られており、二人の末永い幸せを言祝ぐ意が「松がさね」の料紙に込められているものとも推定される。

「松がさね」の衣装の例は、作り物語では『苔の衣』において、右の「松がさね」の手紙を贈られた関白の姫君の裳着の折の衣装に、「松がさねに濃き掻い練りのなべてならぬに、裏濃き蘇芳の表着・細長をぞ着給へる」(17)と見えるのみだが、その他の作品では「松がさね」が着用されたのがいつであるのかが確認できて興味深い。『中務内侍日記』では弘安十一年（一二八八）の伏見天皇の即位の儀の折の内侍の衣裳(18)、『とはずがたり』では文永十一年（一二七四）の後深草院への亀山院行幸の折の女房・別当の衣装(19)、『増鏡』では文永五年（一二六八）の後嵯峨院五十の賀の試楽の折の少将実継の狩衣(20)、弘安八年（一二八五）の北山准后九十の賀の折の典侍らの衣装、正中元年（一三二四）の後醍醐天皇の石清水行幸の折の右大将実衡の下襲、『竹むきが記』では元弘二年（一三三二）の光厳天皇の即位の儀の折の出し車の衣装に用いられている(21)。

実は、宮廷行事における服装などの有職故実の書にも「松がさね」についての記述がある。平安最末期の源雅亮による『満佐須計装束抄』(22)では「女房のさうぞくのいろ」の項目のなかに記載があり、鎌倉前期の中院通方（一一八九〜一二三九年）による『餝抄』(23)では、保延三年（一一三七）の仁和寺競馬の折の宇治左府（頼家、当時は内大臣）の半臂下襲、嘉禎三年（一二三七）の八幡行幸の折の三位中将実雄と頭中将資季の下襲に用いられたものとして記されている。

以上、「松がさね」の例をながめてきたが、「松がさね」が二例認められ、高貴な男性の後朝の手紙の料紙としても用いられている点で『葉月物語』と共通する『苔の衣』は、鎌倉初期成立の『無名草子』にはその名が認められず、文永八年（一二七一）成立の『風葉和歌集』に作中歌が認められることから、その間に成立したと推定される作品である。また、「松がさね」が着用されたと記されている『中務内侍日記』『とはずがたり』『増鏡』『竹むきが記』の例では、鎌倉時代中期から後期ごろに比較的まとまって認められるといえようか。もっとも、平安末期の『満佐須計装束抄』に「松がさね」の記載があり、『餝抄』では鎌倉前期の例にまじって、保延三年（一一三七）の例も確認できた。「松がさね」の例はけっして多いとはいえず、「松がさね」の語をもって物語の成立年代を推定するための傍証のひとつとするのは心もとなくもあるのだが、平安時代の物語類に見出せず、鎌倉時代の作品に散見することを考慮すると、『葉月物語』の成立を平安時代といい切ってしまうことにためらいも残る。『葉月物語』は、清水好子氏の指摘のように確かに古風な印象があるが、物語の全体像も明らかにされていない現状では、『狭衣物語』の影響を強く受けた作品であり、『狭衣物語』につづき平安後期に作られた物語の可能性もあるものの、鎌倉前期の作とされる『苔の衣』や『いはでしのぶ』などと近いころに作られた物語の可能性もあるとして、今後の課題としたい。

四、『葉月物語』の全体像をめぐって

『葉月物語絵巻』は詞六段・絵六図からなるが、六段の詞書を読みつないでも物語の全体像をつかむことはむずかしく、それはおそらく徳川・五島本『源氏物語絵巻』と同じような形態であったためと思われる。徳川・五島本『源氏物語絵巻』の詞書は、『源氏物語』五十四帖の各帖から、それぞれ一〜三場面を選び、その場面にあたる箇所を物語本文から抄出したものである。部分的に抜き出された詞書を読みつないでも源氏物語の全体像をつかむことはできず、享受者が『源氏物語』の内容を理解していることを前提として制作されたものと推定される。『葉月物語絵巻』の場合も、おそらく大部の物語であった『葉月物語』のなかからいくつかの場面が選ばれ、物語本文が詞書として抄出され、その詞書と対応する絵が描かれたものと考えられるのであり、享受者がこの物語の内容を理解していることを前提としての絵巻制作であったと推定される。そう考えると、この物語は、当時、それなりに知られた物語であった可能性も高く、全貌がうかがい知れなくなってしまったことを惜しまざるをえない。

『葉月物語』がどのような物語であったのかについて[24]、中野幸一氏[25]は「秋八月を背景として、大将と姫君、宮と女君の二組の恋愛が語られている。それがどう絡み合うかは知るべくもないが、それぞれの恋愛の様相はかなり複雑であったらしい」と記し、具体的な内容については不明としているが、徳川義宣氏[26]は「テーマは、上流宮廷貴族の恋愛である。だがその醸す雰囲気には、しみじみとした「あはれ」や、愛憎に悩む人間像と云ったものはなく、むしろ意識的にそれらを捨象した世界に展開された、聊か軽佻な感さへ免れない、恋愛遊戯譚と云った創作意識が感じられる。これは同じ恋愛至上

主義と云っても、生身の人間が愛憎に苦しむ姿と複雑な心理の葛藤に悩む姿を描いた『源氏物語』等とは異」なると、踏み込んだ解釈を示している。さらに、三角洋一氏[27]は「大将には母無しの児姫君がおり、殿の上は淫乱で、殿が婿にと縁談を進めている宮と密通する」と大胆に推定しているが、そこまで推定しうるのかどうか検討の余地があるだろう。

『葉月物語絵巻』の詞書をもとに、『葉月物語』の全体像を明らかにすることは厳しいといわざるをえないが、残された詞書から推測される物語の断片としてうかがい知れたことを記しておきたい。主な登場人物は、内裏《うち》（帝）、后の宮、大将、宮、殿、上（殿の妻）、大殿、姫君、女君というように、帝や后の宮をはじめ、上流の貴族たちであり、これらの上流貴族たちによる恋物語を中心とした物語かと推測されるが、人物関係は、部分的に明らかな箇所もあるものの、全体的には分明とはいえない。下京に暮らす女君に寄せる男君の忘れえぬ恋、紫のゆかりをめぐる恋の思い、幼な子を文使いとして、姫君に届けられた葦手の手紙、宮と権勢家の姫君との結婚、新婚の美しい姫君に対する宮の満ち足りた思い、虫の音の聞こえるなかでの管絃の遊び、生まれたばかりの大将の子を姉にあたる后の宮が猶子として引き取り、そのことを大将も后の宮の父・大殿も歓迎し、帝もうれしく思っていることなどが指摘できようか。もっとも、后の宮に引き取られた大将の子を筆者は男児と考えているが、女児とする見方もあるなど、解釈が分かれる箇所も少なくない。本書梗概に、『葉月物語』の内容について試行錯誤した経緯を含めて記しているので参照されたい。なお、この物語の主人公は、第五段、第六段にくり返し呼称が認められ、第五段において宮や帝によって、笛や琴の技量が絶讃されていることからも、大殿の子息であり、后の宮を姉にもつ大将と認めてよいだろう。

最後に、『葉月物語絵巻』のように、子のない后の宮（中宮）が、弟である大将の子を猶子として引き取ったという事例に類するものとして、崇徳天皇の中宮であった皇嘉門院が、弟の子、つまり甥にあたる九条良通を猶子とした例があることをつけ加えたい。皇嘉門院は、摂政関白太政大臣藤原忠通の長女藤原聖子（保安三年・一一二二年〜養和元年十二月四日・一一八二年一月十日）であるが、一人の皇子女にもめぐまれず、近衛天皇（鳥羽天皇皇子）の准母ともなっているが、のちに異母弟藤原（九条）兼実の嫡男良通を猶子とし、父忠通伝来の最勝金剛院領以下の所領を譲与したという。もっとも、良通が猶子となったのは成人後と思われ、生後間もない若君を猶子とした『葉月物語絵巻』と異なるが、中宮が兄弟の男

子を猶子とした例として、あるいは『葉月物語絵巻』の時代背景を考えるうえでも参考になるかもしれない。(28)

注(1)徳川義宣『葉月物語絵巻』(木耳社、一九六四年七月)による。
(2)徳川義宣『葉月物語絵巻』(前掲注1に同じ)、徳川義宣「葉月物語絵巻」解説(『日本絵物巻全集17』角川書店、一九六五年七月。『新修日本絵巻全集17』角川書店、一九八〇年一月)等による。なお、『日本の絵巻10』(中央公論社、一九八八年一月)には、『葉月物語絵巻』『枕草子絵巻』『隆房卿艶詞絵巻』が所収されており、詞書の料紙装飾が極めて似ていることが確認できる。
(3)本絵巻の筆跡については、四辻秀紀「『葉月物語絵巻』の詞書をめぐって」(『古筆と絵巻』八木書店、一九九四年五月)に詳しい考察がある。
(4)徳川義宣『葉月物語絵巻』(前掲注1に同じ)による。
(5)徳川義宣「葉月物語絵巻」解説(前掲注2に同じ)による。なお、徳川義宣「葉月物語絵巻」解説(『日本絵巻大成10』中央公論社、一九七八年一月)に、徳川氏が仮説を提示した前後の時代における研究者たちの、本絵巻の成立についての受け止め方がまとめられており、参考になる。
(6)白畑よし『日本の美術　第四九号　物語絵巻』(至文堂、一九七〇年六月)による。
(7)秋山光和「絵巻物」(『原色日本の美術8』小学館、一九六八年八月)による。秋山論文では「著しい崩れ」についての具体的な指摘はないが、本絵巻の第五段の絵に描かれた、簀子から庭へ降りる階段に座って琴を弾く男性貴族の姿には不自然さがぬぐえず、第二段の絵に描かれた邸宅の簀子の幅がひどく狭い点も気にかかる。
(8)稲本万里子「葉月物語絵巻について(上)(下)」(『國華』第一一一二号・第一一一三号、一九八八年四月・五月)による。
(9)四辻秀紀「葉月物語絵巻」解説(『徳川美術館名品集1絵巻』、徳川美術館、一九九三年四月)による。
(10)小松茂美「葉月物語絵巻」解説(『日本の絵巻10』中央公論社、一九八八年一月)による。
(11)『狭衣物語』の引用は「新潮日本古典集成」によったが、本文は諸本によって若干異なる。本書四九三頁、注三七を参照されたい。
(12)『栄花物語』の「象嵌」「浮線綾」の例は複数認められるが、いずれも続編(『栄花物語』全四十巻のうち後半の十巻をさす)

と呼ばれる箇所にのみ見出される。「象嵌」と「浮線綾」が取り合わされた例としては、たとえば「浮線綾の裳・唐衣、象嵌薄物など金して造りたるに、菊の折枝・松など縫ひたる、いとをかし」（日本古典文学大系『栄花物語　下』岩波書店。巻三十七「けぶりの後」四七六頁）がある。

(13)『とりかへばや』の「象嵌」「浮線綾」の例は、「浮線綾の、所所秋の草をつくして縫ひたる指貫に、尾花色の象嵌に、紅の打ちたる脱ぎかけて、光を放ちはなばなとめでたく」（『新日本古典文学大系』岩波書店、一五七頁）の一例である。

(14)清水好子「鎌倉時代の物語」（『新修日本絵巻物全集17』角川書店、一九八〇年一月）による。なお、清水論文の「単衣ばかりを脱ぎ捨てて」の箇所は、原文では「脱ぎかけて」とあり、襟足が抜き出るように衣を着ることをさすと考えられる。本書四九〇頁、注九を参照されたい。

(15)「松がさね」の用例は平安時代の物語類には認められなかったが、「松の葉がさね」の袿の例が、『栄花物語』（前掲注12に同じ。巻三十六「根あわせ」四六一頁）に認められる。

(16)『苔の衣』（『中世王朝物語全集　第七巻』笠間書院、一九九六年十二月、一八頁）による。

(17)『苔の衣』（前掲注16に同じ）一四頁による。なお、前掲書（注16に同じ）では、「御袴は大宮ぞ着せ奉り給ふ」とあるためか、姫君の袴着の記述とするが、姫君の十一歳という年齢、その折に詠まれた歌に「玉藻」（美しい裳をかける）が詠み込まれていること、この儀式のあと、姫君が春宮に入内していることからも、裳着と解したい。あるいは、裳着と袴着の混同が見られるか。

(18)『中務内侍日記』（新日本古典文学大系『中世日記紀行集』岩波書店、二五一頁）による。

(19)『とはずがたり』（新潮日本古典集成、一〇四頁）による。

(20)『増鏡』（講談社学術文庫、「あすか川」一一六頁、「老の波」三一五頁、「秋のみ山」一〇三頁）による。

(21)『竹むきが記』（『うたゝね・竹むきが記』笠間書院、一九七五年六月、一〇八頁）による。

(22)『満佐須計装束抄』（『群書類従』第八輯、八〇頁）による。

(23)『餝抄』（『群書類従』第八輯、一三一頁）による。なお、年月日の記載はないが、故左府、つまり左大臣家通（一二〇四～一二二四年。猪熊関白家実の子）が、後堀河院（一二一二～一二三四年。在位は一二二一～一二三二年）の高陽院朝覲の日に「松がさね」を着したとする記事も見える。

(24)久保朝孝「葉月物語絵巻」(『体系物語文学史　第五巻　物語文学の系譜Ⅲ　鎌倉物語2』有精堂、一九九一年七月)では、『葉月物語』の全体像についての諸見解が掲出されており参考になる。

(25)中野幸一「葉月物語絵巻」(『日本古典文学大辞典　第五巻』岩波書店、一九八四年十月)による。

(26)徳川義宣「葉月物語絵巻」(『日本絵巻大成10』中央公論社、一九七八年一月)による。

(27)三角洋一「物語文学全覧」(別冊国文学『王朝物語必携』「物語文学全覧」一九八七年九月)による。

(28)中宮ではないが、子のない高貴な女性が兄弟の子を猶子とした例として、鳥羽天皇の皇女八条院が、兄にあたる後白河天皇の皇子以仁王を猶子とし、さらに以仁王の子の道性および三条姫宮を養育した例なども指摘することができる。八条院は、後鳥羽天皇の皇女昇子内親王(春華門院)をも猶子として引き取っており、八条院亡き後、八条院の遺領の大部分は昇子内親王に伝えられたという。皇嘉門院、八条院については、『日本古代中世人名辞典』(吉川弘文館、二〇〇六年十一月)、『日本女性人名辞典』(日本図書センター、一九九三年六月)等による。

主な参考文献

【影印・翻刻】

「葉月物語絵巻」(『日本絵巻物全集17』角川書店、一九六五年七月)

「葉月物語絵巻」(『日本絵巻大成10』中央公論社、一九七八年一月)

「葉月物語絵巻」(『新修日本絵巻物全集17』角川書店、一九八〇年一月)

「葉月物語絵巻」(『日本の絵巻10』中央公論社、一九八八年一月)

「葉月物語絵巻」(『徳川美術館名品集1　絵巻』、徳川美術館、一九九三年四月)

「葉月物語」(『鎌倉時代物語集成　第七巻』笠間書院、一九九四年九月)

【研究書・研究論文】

徳川義宣『葉月物語絵巻』(木耳社、一九六四年七月)

角野こと「逸名物語絵巻について」（『思想　一〇四』、一九三一年一月）

徳川義宣「葉月物語絵巻」（『日本絵巻物全集17』角川書店、一九六五年七月。『新修日本絵巻全集17』角川書店、一九八〇年一月）

清水好子「鎌倉時代の物語」（『日本絵巻物全集17』角川書店、一九六五年七月。『新修日本絵巻物全集17』角川書店、一九八〇年一月）

徳川義宣「葉月物語絵巻」（『日本絵巻大成10』中央公論社、一九七八年一月）

田島毓堂・中村悦子「葉月物語絵巻詞書本文並びに総索引」（『東海大学国語国文』第一四号、一九七八年十月）

中野幸一「葉月物語絵巻」（『日本古典文学大辞典　第五巻』岩波書店、一九八四年十月）

三角洋一「物語文学全覧」（別冊国文学『王朝物語必携』学燈社、一九八七年）

小松茂美「葉月物語絵巻」（『日本の絵巻10』中央公論社、一九八八年一月）

稲本万里子「葉月物語絵巻について（上）（下）」（『國華』第一一二号・第一一一三号、一九八八年四月・五月）

久保朝孝「葉月物語絵巻」（『体系物語文学史　第五巻　物語文学の系譜III　鎌倉物語2』有精堂、一九九一年七月）

四辻秀紀「葉月物語絵巻」（『徳川美術館名品集1絵巻』、徳川美術館、一九九三年四月）

四辻秀紀「葉月物語絵巻の詞書をめぐって」（四辻秀紀『古筆と絵巻』八木書店、一九九四年三月）

市古貞次・三角洋一「葉月物語」解題（『鎌倉時代物語集成　第七巻』笠間書院、一九九四年九月）

伊藤敏子「葉月物語絵」（『角川絵巻物総覧』角川書店、一九九五年四月）

渡辺奈津子「葉月物語」（『中世王朝物語・御伽草子事典』勉誠社、二〇〇二年五月）

西耕生「夏はつる扇と秋の白露と――いわゆる葉月物語の引歌をめぐって」（『愛媛国文研究』第54号、二〇〇四年十二月）

綿貫あいみ「中世詞書料紙装飾金銀泥下絵と和歌――「葉月物語絵巻」を中心に」（『中央大学国文』第52号、二〇〇九年三月）

伊東祐子（いとう　ゆうこ）
一九五七年、長野県生まれ。学習院大学大学院人文科学研究科国文学専攻博士後期課程単位取得退学。博士（日本語日本文学）。都留文科大学・東京外国語大学非常勤講師。著書に『藤の衣物語絵巻（遊女物語絵巻）影印・翻刻・研究』、共著に『源氏物語の鑑賞と基礎知識　横笛・鈴虫』、論文に「青表紙本と河内本について―引歌当該箇所を中心に」「源氏物語の引歌の種々相」「奥入掲載歌と新勅撰集について」「平安時代の物語と絵の交渉について―徳川・五島本『源氏物語絵巻』東屋（一）の図様と詞書をめぐって」「俊成と紫式部歌をめぐる試論―『千載集』入集の紫式部歌を手がかりとして」ほかがある。

中世王朝物語全集　22
物語絵巻集
二〇一九年六月一五日　第一刷　発行
校訂訳者　伊東祐子
発行者　池田圭子
発行所　有限会社　笠間書院
〒一〇一-〇〇六四　東京都千代田区神田猿楽町　二-二-三
電話　〇三-三二九五-一三三一(代)
FAX　〇三-三二九四-〇九九六
振替　〇〇一一〇-一-五六〇〇二
印刷・製本　シナノ印刷
装丁　大石一雄

ISBN978-4-305-40102-1

中世王朝物語全集

1 あきぎり　福田百合子
浅茅が露　石埜敬子　伊藤　博　鈴木一雄

2 海人の刈藻　妹尾好信

3 有明の別　中野幸一　横溝　博

4 いはでしのぶ　永井和子

5 石清水物語　三角洋一

6 木幡の時雨　大槻　修　田淵福子
風につれなき　森下純昭

7 苔の衣　今井源衛

8 恋路ゆかしき大将　宮田　光
山路の露　稲賀敬二

9 小夜衣　辛島正雄

10 しのびね　大槻　修　田淵福子
しら露　片岡利博

11 雫ににごる　室城秀之
住吉物語　桑原博史

12 とりかへばや　友久武文　西本寮子

13 八重葎　神野藤昭夫
別本八重葎　神野藤昭夫

兵部卿宮　工藤進思郎

14 松浦宮物語　室城秀之　河添房江　三角洋一
雲隠六帖　小川陽子

15 風に紅葉　中西健治
むぐら　常磐井和子

16 松陰中納言　阿部好臣

17-18 夢の通ひ路物語　樋口芳麻呂　塩田公子

19 夜寝覚物語　石埜敬子　伊藤　博　鈴木一雄

20-21 我が身にたどる姫君　大槻　修　大槻福子　片岡利博

22 物語絵巻集　藤の衣物語絵巻　下燃物語絵巻　豊明絵巻　他　伊東祐子

23 別巻

■…既刊